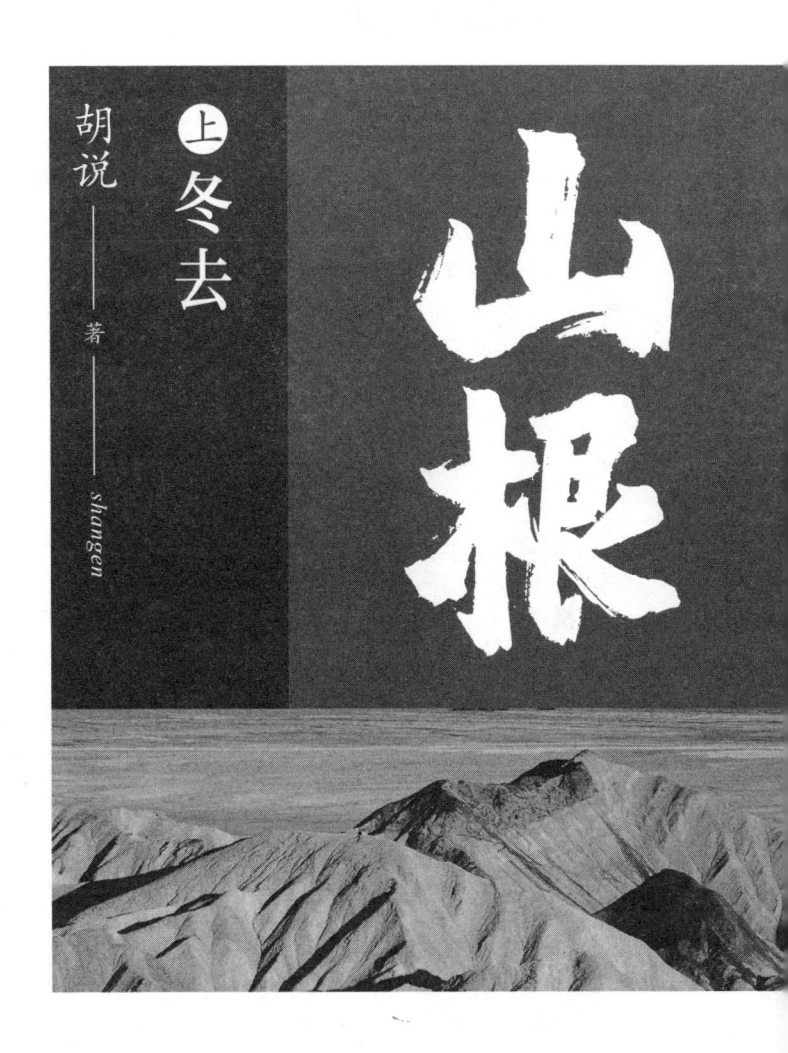

山根

上 冬去

胡说 著

shangen

重庆出版集团 重庆出版社

图书在版编目(CIP)数据

山根 / 胡说著. —重庆:重庆出版社,2021.12
ISBN 978-7-229-16094-4

Ⅰ.①山… Ⅱ.①胡… Ⅲ.①长篇小说—中国—当代
Ⅳ.①I247.5

中国版本图书馆CIP数据核字(2021)第200944号

山根
SHAN GEN
胡　说　著

责任编辑:钟丽娟
责任校对:朱彦谚
装帧设计:八　牛

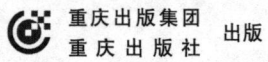

重庆出版集团 出版
重庆出版社

重庆市南岸区南滨路162号1幢　邮编:400061　http://www.cqph.com
重庆出版社艺术设计有限公司制版
重庆市国丰印务有限责任公司印刷
重庆出版集团图书发行有限公司发行
E-MAIL:fxchu@cqph.com　邮购电话:023-61520646
全国新华书店经销

开本:720mm×1000mm　1/16　印张:40.75　字数:865千
2021年12月第1版　2021年12月第1次印刷
ISBN 978-7-229-16094-4
定价:108.00元(上下册)

如有印装质量问题,请向本集团图书发行公司调换:023-61520678

版权所有　侵权必究

山根

目录
Contents

第1章 / 寒冬 /001

第2章 / 春来 /014

第3章 / 亲事 /037

第4章 / 抉择 /083

第5章 / 南下 /099

第6章 / 小兵 /112

第7章 / 倪姐 /161

第8章 / 年关 /190

第9章 / 事业 /221

第10章 / 凤英 /243

第11章 / 爱情 /268

第1章
/ 寒冬 /

1

1979年的寒冬比往年似乎更冷些,广袤无垠的西北大地,早已被厚厚的积雪冻住了。沟壑纵横的黄土高原银装素裹,尽显苍凉。

陇原县就坐落在这片布满生机的黄土塬头,由于冬天天干气燥,田野乡间总是灰尘漫天,两道的林木上蒙着厚厚一层泥灰。在寒冬腊月天,和山间的雪水一起结成了黑灰色的冰溜子,挂在树梢上。

泾河蜿蜒而下,距离县城四十里开外有个不起眼的小村落,唤作庙底村。村子里错落有致的土窑洞房都紧闭着大门,黝黑的门板,灌着风的窗户,都说明这些旧的窑洞房有不少年头了。

庙底村是整个四十里铺镇最偏远,也最贫穷的村子。从庙底村到镇上赶集,得赶上十多里山路,中间还得蹚着冰冷的泾水,倒也称得上跋山涉水了。

仅有的一条出村道路,还是公社组织村民,用锄头和铁锹一寸一寸挖出来的,沿着田埂和地头弯弯曲曲地拐出了大山,再往黄泥巴路基上铺一层枣核大的碎石子。可即便如此,想要出村子,还是要先走上半个小时的羊肠小道,才能摸到那条泥道上。天晴时,虽然会好走些,但走出去没几步,鞋面上都要蒙上很厚一层土灰。老霖雨时节,自是不必说,路面上到处都是积水,进出山村也都是深一脚浅一脚的稀泥,一趟山路下来,在布鞋里的脚被泥浆泡得发白。

到了晌午，雪已经停了好几天，却还没有完全融化。太阳挂在头顶上，可温度总是提不起来，冷得人都不愿意伸手。这样的天气，人们多半都不愿意出门，窝在暖和的屋子里，烧上一壶开水，一屋子人围着红彤彤的炭炉子天南地北地闲扯，打发着寒冬的清冷。

山林间还蒙着一层没有完全消散的雾气，山道上似乎有人正在赶路，隔得太远看不清那人的模样，只能隐约听见黄胶鞋和碎石子摩擦的声音。听声音这人好像是有什么急事，脚步很快，声音很大。他一路小跑着朝村子的方向赶去，跑一段之后，似乎是跑累了，却又不敢停下来歇会儿，只是慢下步子来又朝前走一段，没走几步，又开始拼命地往前跑。

终于他实在是跑不动，才停下了脚步，半弓着身子，双手撑着膝盖，后背剧烈地起伏着，喘着粗气。虽然是寒冬腊月，他却只穿了一件略微发黄的单衣，是那种自家织出来的大麻布裁剪的白布衫，可能是染料涂得不匀，加上这件衣服穿洗多年，所以看起来有些略微地发黄。

他的裤子显得有些短，根本遮不住脚腕，脚上那一双旧的黄胶鞋已经沾满了泥巴。他每跑一步，都会带起一星半点的泥浆子，半条裤管子都已经成了湿润的土黄色。而此时他的后背早已让汗水完全浸透了，被浸湿的那一圈大麻布料子的颜色也格外显眼。

男人并没有多做停留，呆愣愣地在原地喘息了几口，用袖子抹了一把额头上的汗水，就又朝着村子的方向小跑过去。在他身后的好几里以外，一个约莫十岁的小姑娘，也是一刻不停地追赶着他的脚步。可是她太累了，实在是跟不上那中年男子的脚步。

远远地看着村子就在山坳那边，隐隐地还能看见自家的烟囱正冒着烟，小姑娘有些着急，她舔了舔干裂的嘴唇，用手按着肚子，喘着粗气，继续沿着那中年人的脚步，深一脚浅一脚地踏上泥泞的小道，匆匆赶向村子。

小姑娘一边跑着赶路，一边不时用黝黑的小手抹了一把鼻涕。她的耳朵和鼻子已经冻得通红，脸蛋也红彤彤的，不知道是冻的还是跑路跑的，尽管手掌一直笼在袖子里，可依旧没有丝毫温度。道路上太过泥泞，小姑娘脚上的布棉鞋早就已经湿透了。

此时，她觉得村子离她是那么遥远，好像永远也到达不了。她已经完全没有了力气，每迈出一步，都觉得双腿像是灌了铅一样，根本抬不起来。鞋底儿粘着一层厚厚的泥巴饼子，比她的鞋子大了不止一圈，可是才把脚上的泥巴蹬掉，还没走出去几步，就又粘上了一层巨大的泥巴团子。

她走得无比艰难，千层底的粗布麻鞋已经完全被泥水打湿了，脚踩下去，还能从鞋背上冒出几个水泡。鞋旮旯里一双小脚早就冻得麻木了，唯一还支撑着她继续往前奔跑的，只不过是对于母亲的担心。

她依稀记得，早晨天还未曾大亮的时候，父亲就已经背着这些天织好的席子和编好的箩筐出门赶集了。临走之前，还特意叫醒了她，小声地在她耳边嘱咐道："春霞，我到镇上赶集了，你照顾好你妈，要是有啥事，你就到镇上去喊我。"

春霞怕吵着母亲休息，只是轻轻地应了一声。照往常一样，春霞等父亲出门后就起床了，天还没完全放亮，老旧的窑洞房显得无比昏暗。春霞没有点灯，为了让屋里能有些许光亮，她将大门半掩着，寒气直从门缝里灌进来，冷得她不由得打了个寒噤。

身上的棉袄显得有些长，将她瘦小的身材包裹得严严实实，衣角一直垂到了腿弯处。这是母亲的棉衣，粗布麻衣里塞满了鼓鼓囊囊的棉花，兴许是常年未曾洗过，大棉袄冷得像生铁。宽大的袄子，让她干起活来极不方便。

春霞把黝黑的小板凳摆在灶台前，扶着墙壁站上去，双手提着沉重的木头锅盖斜靠在烟囱上，又从青石板围成的水缸里，舀了几瓢清水，将大铁锅灌满。灶台对于她来说，可能显得有些高了，每一次盛过来一瓢水，她都要先把水瓢放在灶台上，然后慢慢地爬上板凳，再把水倒进去。如此反复五六次，等锅底完全注满了清水，再盖上木制的大锅盖，然后把小板凳搬到灶门前去生火。

等到一大锅水都烧开的时候，天也就亮起来了。她端着木盆，从锅里舀两瓢开水，再从水缸里添一瓢凉水，用手在木盆里搅动几下，试试水温，不烫也不冰。然后把木盆端到母亲床前，将拧好的热毛巾递到她手里，等母亲擦完脸，她才就着盆里的热水囫囵洗了把脸。

看着母亲的肚子一天天隆起来，她心里无比欢喜，因为她很快就会有一个弟弟了。可这也急坏了四十多岁的父亲，母亲怀孕让他乐开了花，可是这样的烂包光景，要是再添一张嘴，不知道家里的粮食还够不够吃。父亲农忙时在田间地头忙活着，农闲的时候，就背着篾匠匣子去镇上找些散活儿，兜兜转转一整天，可也挣不了几个钱。

伺候完母亲洗漱，她又开始忙着做早饭。锅里还剩下小半锅热水，再往灶里添把柴火。等水完全滚开之后，从木桶里舀半碗白面，站在板凳上，一手拿着筷子，一手拿着那半碗白面，一边将碗里的白面抖落进锅里，一边不停地用筷子搅动。等灶底的这把柴火完全烧尽，锅里的面糊糊也就熬好了。

她给母亲盛了一大碗，看着她将碗里的面糊糊吃完，又端着碗出来。留给自己的已经不多了，她就着昨夜剩下的半个高粱馒头，吃了半碗面糊糊。然后洗碗，刷锅，挑水，扫院子。

等一切都忙活完了，这才围在炉子边上写作业。炉子上架着一只早已被熏得黝黑的大水壶，她只从水壶底下留出一线炉子的缝隙，时不时地将左右手换着放在炉子边上烤一会儿。

已经好几个月了，她都是这么过来的。母亲已经快四十岁了，怀孕的头几个月，依旧屋里屋外地忙活着。父亲原本是打算让她暂时辍学或者跟老师请半年假，在家照顾怀孕的母亲，等弟弟生下来之后，再回学校念书，可是母亲说什么也不同意。

她依稀记得那天的争吵，父亲说："春霞啊，明儿个，你就不要到学校去了，我都跟你们老师说好了，先给你请半年假，在屋里照顾你妈，等你妈把弟弟生下来了，你再去上学。"

这个理由让春霞无从反驳，她见过了太多和她一样，被家里请假带走的同学，说是请假或者休学，可自那以后，就再也没看见他们在学校里出现过了。她明白，自己很有可能也会成为他们中的一个，从此再也没有机会上学，可是她不敢说半个不字。

2

"春霞，莫听你爸胡说，不读书，就没得文化，以后一辈子都是庄稼汉。我不要别个照顾，你明儿早上还是照常去上你的学。"母亲说。

"那不一样，这回怀的是男娃，得要人照顾才行。等你把娃生下来了，再叫春霞去上学。"父亲有些不高兴，瞅了一眼母亲隆起的肚子，按捺着性子说道。

"我怀春霞的时候，不是也没要别人照顾嘛，娃不是也一样生下来了嘛！"母亲也丝毫不肯退让，有些愠怒地说道。

父亲又说："女娃子，读那么多书有啥子用，以后还不是别人家的媳妇……"

春霞不知道该怎么去劝慰他俩，只是怔怔地坐在门槛上，望着山外的天空发呆。屋里不时传来父母亲的争吵声，也许是因为母亲怀孕，所以即便春霞能听得出来父亲极为恼火，但嗓门也明显没以前那么大，说话也没有以前那么重。

看着父亲黑着脸从里屋出来，春霞有些怕，她不知道自己还有没有读书的机会，等待着父亲最后的决定。重重地吐了口气，父亲说："反正学校快要放假了，等你放假回来，好好照顾你妈，差不多那个时候，娃就出生了。"

春霞想得有些出神了，望着红彤彤的炭炉子发呆，直到里屋的母亲连续叫了她三遍，她才听见。

"春霞，春霞……春霞啊！"

母亲说话的声音有些颤抖，这让春霞有些不安。她赶紧蹿进里屋，凑到母亲床头，昏暗的屋子里，她看不清母亲的脸，只能听见她不停地喘着粗气的声音，好像极其痛苦的样子。春霞急切地问道："妈，我在这儿，有啥事儿？"

"你，你叫你爸回来，我可能，可能要生了！"

"好，好，我这就去，这就去……"春霞顾不得关门，也来不及找人来照看母亲，村子里的人都住得太远。她只能一路小跑，顾不得歇息，顾不得停下来喘口气，一直跑了十几里山路赶到了镇子上。

她不记得自己跑了多久，跑了多远，当她站在父亲面前时，已经累得说不出话来了。

"爸……"她叫了他一声。

父亲正在忙活着，手里还拿着硕大的篾刀，回头看了她一眼，有些诧异，等看清楚她急切的样子和额头上的汗水，似乎已经明白了一切，但还是忍不住问了一句："你跑这来做啥，不是让你在屋里照顾你妈？"

"妈……要生了，叫我……喊你回去。"春霞扶着膝盖喘息了半天，才把一句完整的话说清楚。

父亲明显先是一喜，紧接着又是一愣，脸上先是出现了一抹笑容，可一瞬间又变得有些焦虑。放下手里编织了一半的箩筐，对着左右相熟的小贩叮嘱了几句，把还未卖掉的席子和箩筐托付给他们帮着卖掉，然后急忙忙对着春霞喊了一声："走！"就率先一步跑了出去，春霞反应过来的时候，父亲已经跑出十几米开外，她看着父亲的背影，又喘着粗气追了上去。

李建国这般，倒是惹来了其他小贩的阵阵打趣，人人都说老李织席织箩筐，这下总算是把自己婆娘的肚子织罗起来了；也有人笑话，要是老李婆娘这回还生个赔钱货咋整，这话却惹来更多的笑声。十里八村，凡是相熟的，谁能不知道这些年老李为了求个儿子耗费的那些精力！

老李自然不知道身后的这些议论，他这时候只一心想着赶快回家，婆娘要生娃了，老李家要有后了，这可是比天都要大的事情哩！

父女俩一前一后，一快一慢地一路小跑在山道上，朝着村子的方向急赶。春霞年纪太小，之前已经跑了十几里山路，却没有丝毫停留，此刻再往回赶，有些上气不接下气了。

可还不等她赶到家门口，却又看见父亲赶着一辆骡车正在朝着她这边过来。骡子她见过，这是她家后山梁子上，李二爷家的骡子。搁在平时，李二爷宝贝这匹骡子，就像是自己的亲儿子似的，不管谁家去借都没门儿。春霞不知道父亲是怎么从李二爷手上借来的这匹骡子，她已经没有心思去想这些问题了。

怔怔地看着父亲赶着骡车朝着这边靠过来，骡子身上套着车把式，拉着一辆板车，板车上铺着厚厚的棉絮和被子，被子上还夹杂着几根麦草，那应该是铺床用的陈年干草，想来，父亲是整个将被子和母亲一起抱上了板车。母亲躺在被子里，被包裹得严严实实的，看不清她的脸。

望着骡车快速地朝着这边赶过来，春霞赶紧让到了路边。她想让父亲带上她，她想去卫生院等待着弟弟出生。可是父亲根本看都不曾看她一眼，使劲在骡子屁股上抽了几鞭子，骡子吃疼，步子又快了些。

春霞不知道是该追上去，还是应该回家等着父亲回来，只是那么愣愣地站在原地，看着骡车远去的影子和骡车带起的一路的泥浆子。

可就在这时候，山梁子上传来了李二爷的叫骂声："你个狗日的老李，都说了我的骡子不外借，你咋还偷呢？我的骡子要是少根毛，你看老子不抽死你！嗳，你莫打它，莫打它……"

李二爷愤懑地在山梁子上骂了一路，一直到骡车完全看不见踪影了，才悻悻地一屁股坐了下去，自言自语地说："个狗日哩东西，保不齐这回生的又是个赔钱货。"

老李火急火燎地将妻子送到了镇上的卫生院，直到手术室的大门完全关上的那一刻，他还伸长着脖子朝着里边张望。手术室里只有刘氏撕心裂肺的呻吟声，老李额头上的汗水已经慢慢地干了，混着脸上的灰尘，留下了一道道黑色的泥痕。妻子的叫声，让他的心揪到了一块儿，一刻不停地来回踱着步子，片刻后，泥痕上又蒙上了一层细密的汗珠。

差不多半个小时过去了，刘氏的叫声也慢慢地低沉下去了，变成断断续续的呻吟声。手术室的门终于打开了，老李一脸欣喜地冲上去，污黑的双手死死地攥着主刀医生的白大褂，急切地问道："大夫，大夫，生了吗，我婆娘生了吗？男娃女娃？"

主刀的医生头上戴着帽子，脸上蒙着口罩，完全看不出他的表情。他低头瞥了一眼老李那双黝黑的手，以及白大褂上留下的泥手印，眉毛明显拧到了一块儿。

老李似乎有所察觉，很不好意思地放开了双手，稍微缓和了一下心情，继续问道："大夫，咋样啊？男娃女娃？"

这时候，手术室里传来一名年轻医生焦急的询问声："主任，看情况，孕妇好像不能顺产，要不要马上准备剖宫产？"

可这位被称作主任的主刀医生却并没有回应，他将老李拉到角落里，四下瞥了几眼，看周围没人，才压低声音在老李耳边说道："你也听见了，你媳妇儿生产不顺利，可能要剖宫产……"

"好好好，只要娃能生下来就行！"老李急切地应和着说道。

主刀医生略微安抚了一下老李的情绪，说："放心，放心，娃肯定能平安地生下来。生娃是大喜事嘛，这样的喜事，你看……"

医生做了个搓手的动作，老李一眼就看出来了他的暗示。

3

主刀医生的暗示，让老李先是一愣，可当他听见产房内妻子的呻吟声，心一下子就乱了，很不是滋味，起先断断续续的呻吟声，如今听起来细如游丝。这不禁让老李心急如焚，更让主刀医生诧异的是，下一刻，老李竟然扑通一声就跪了下去。

"大夫，大夫，我是真的没钱了，钱都交了手术费。你放心，放心，只要我娃能平安出生，回头我一定给你补上，补上！"老李死死地拽着主刀医生的胳膊，说话有些语无伦次。

而与此同时，刚才催促主任是否要准备剖宫产的年轻大夫，见孕妇已经没有力气顺产，急匆匆地跑出手术室，询问主任的意见，刚巧就看见了这一幕。

"主任……"年轻的医生不知道接下来的话到底该怎么开口，眼前老李跪下去的一幕，让他尴尬地站在了原地。

主任看了一眼那年轻医生，又瞟了老李一眼，眼神里闪过一抹光亮。他一把将老李扶起来，清了清嗓子，大义凛然地说道："起来，起来。医者父母心，我们当医生的，就是为了行医济世。你放心，娃肯定能平平安安地生下来！"

说完，主刀医生便径直走向了手术室，那名年轻的医生就跟在他的身后。老李眼含泪花地盯着他们的背影，直到手术室冰冷的大门再次被关上的时候，年轻的医生和老李的眼神对视在了一起。老李的眼神很复杂，很浑浊，噙满了泪水；年轻的医生眼神里似乎多了一些什么，至于到底多了些什么，没人能说得清楚，只是他的眼眸不再如同之前那般明亮。

又过了约莫十几分钟，手术室里再没有一丁点动静，老李的妻子也不再发出一点呻吟声。这让他略微有种不好的预感，忍不住又朝着那扇冰冷的大门看了一眼，似乎想透过那扇门看到手术室里的情形，看清楚妻子的状态，看清楚即将出生的孩子的模样。

"吱呀"一声，手术室的大门再次被打开了，门板和门框之间的合页发出刺耳的声音，似乎是一头正在磨牙的兽，听起来格外瘆人。

"大夫，生了吗？男娃女娃？"老李一脸欣喜地凑到主刀医生面前，时不时地还越过他的身子，朝着手术室里瞥两眼。

"你媳妇儿这个情况有些特殊，快四十岁的人了，生娃的危险性比较大，再加上这一路的颠簸……大人和娃只能保住一个……"主刀医生有些为难，说话有些含糊其词。

其实他心里清楚，如果提早准备剖宫产，在那个年轻医生第一次提醒他的时候，就开始着手准备，大人和孩子应该是都可以平安无事的。可是那个时候，他看出了老李的焦急，他想趁着老李六神无主、内心焦躁的时候，索要些"意思"，可也正因为他的耽搁，为了那点"意思"，才使得此刻他说起话来显得不好意思。

此刻，他心里也全然没了底气，如果眼前这个一贫如洗的穷酸男人硬咬着他不放，或者大人和孩子他都要保，着实会让他为难。这件事情如果闹大了，可能他在卫生院的铁饭碗就再也拿不住了。

然而出人意料的是，老李竟然斩钉截铁、毫不犹豫地给了他答复："保娃，保娃……"

刚刚赶到卫生院的春霞站在父亲身后，没有人注意到她的存在，也没有人去关心她的情绪。可是父亲的声音却一次次地灌进她的耳朵里，响彻在脑海中。她虽然只有10岁，只有小学二年级的文化程度，可是也比其他同龄人早熟，这也意味着在她幼小的内心深处，要过早承受失去母亲的痛苦。

春霞没有出声，她不知道该说什么，能说什么，或者她说出来了，又能改变些什么。只是静静地看着父亲的背影，静静地看着医生脸上的焦虑慢慢转变成窃喜，眼泪控制不住地顺着她脸颊落了下来，砸在地面上四分五裂。

"让他签字！"主刀医生朝着年轻的医生使了个眼色，说道。

这个叫王清泉的年轻医生的内心开始了挣扎，所有的信念在这一刻正在被慢慢动摇。他被分配到这家卫生院只有不到四个月的时间，所接到的病历都是诸如感冒发烧之类的小病，他只要按照主任医师开的方子，带病人去窗口缴费和拿药就可以了。

在这期间，王清泉也曾质疑过主任开的方子，他也问过主任，所开的西药中只有一样是对症的，其他的大多是消炎药。有时候几种药物混合在一起吃，反而会使药效大打折扣。

每次病人离开前，主任都会说同样一句话："我先给你开点药，你吃完药，要是没好再来。"

可是这句话让年轻的王清泉心中压抑着愤懑，他立志要成为镇上卫生院里最好的医生，为家乡父老造福，为百姓治病。可是他的信念却在慢慢动摇，主任起初面对他的疑问，总是说："年轻人，很多东西并不是你在学校里就能学到的，各种病历都要经过成百上千次的临床验证，才能对症下药。"

可是到了后来，当这个年轻的实习医生拿着主任所开的两张单子来质问他时，他却说："卫生院每年分配下来那么多消炎药，那都是有任务量的。反正消炎药又吃不出毛病，你一次就把病都治好，那卫生院每个月的业绩不达标，谁给你发工资？"

王清泉总是在心里暗暗地对自己说，他要熬下去，熬资历，熬到自己成为主任医师，熬到他有资格独立接手病患，独立进行手术的时候，他就可以为小镇的百姓造福了。

他把签字确认的单子递到老李面前，对他说道："在这里签字！"

王清泉明白，这不光是一张确认单，更是一张催命符。只要眼前这个老实忠厚的篾匠在这张纸上签了字，也就意味着宣判了躺在手术台上的孕妇——眼前这个篾匠的妻子——死刑。

王清泉看着篾匠那双如枯树皮般的双手，一时之间又有些不忍。可是他改变不了什么，人微言轻，再耽搁下去，可能就是一尸两命。

老李眼中噙满了泪水，可是脸上露出了欣喜的笑容。他只要在这张确认单上签了字，就可以抱着白白胖胖的儿子回家，就可以延续老李家的香火。

4

可是他怔怔地拿着那张单子，却突然发现，他不会写自己的名字。笔尖在纸上渗透出一颗巨大的墨点，洇成了一片，他有些尴尬，又有些焦虑。

老李抬头问了一句："我按个手印行不？"

"行，只要你同意了就行，你同意了，我就能进去做手术，再拖下去，怕是两个都保不住了！"主任医师有些不耐烦地催促着说道。

老李没有再迟疑，将漆黑的手指头塞进了嘴里，眼睛挤成了一条线，使劲咬破了手指，一颗鲜艳的血豆子从指尖上渗了出来。他把带着血的手指狠狠地按在了那张确认单上，又左右碾了碾，让手印看起来稍微显得清晰些。然后才抬起手来，把单子放在嘴边吹了吹，递给了王清泉。

看见老李做完这一系列动作，主任医师悬着的心才算是完全放了下来。可与此同时，年轻的王清泉那副热心肠也慢慢冷了下来。

主任医师和王清泉第三次关上了手术室的大门，所有人都怀着不同的心思，不同的目的。老李心中急切地希望能看见刚出世的儿子，为老李家传宗接代；主任医师希望可以顺利地完成这场手术，没人知道他和老李在角落里说的"意思"到底是什么意思，更没有人知道，因为他的耽搁和掩饰，最后用一张确认单宣判了刘氏的死刑。

王清泉的内心无比煎熬和挣扎，他在内心深处问自己，我以后是不是也会变成那样恶心的人，变成那样操着手术刀的屠夫？春霞的心情更是复杂，她不懂父亲为何会毫不犹豫地选择只保弟弟而舍弃了母亲；她更不懂父亲为什么那么急切地希望母亲生的是个儿子。

伴随着一声悠长的婴儿啼哭，手术室的大门终于打开了。主任医师率先走出了手术室，紧接着王清泉怀里抱着一个襁褓中的婴孩走了出来，最后边则是几名护士，以及被推出手术室的早已经没有生命体征的老李的妻子，刘氏。

"恭喜恭喜，是个大胖小子。"主任医师擦了擦额头上的汗水，笑着冲老李说道。

老李接过婴儿，慢慢扯开包裹在他身上的毯子，确认是个男婴，声音有些颤抖地笑着说："带把儿的，是个带把儿的，老李家后继有人了！"

而与此同时，春霞却疯了一般地扑向了早已死去的母亲，豆大的泪珠子扑簌簌地掉下来，落在母亲的眼窝子里，顺着眼角划过脸颊，滴落在被子里。

"妈……妈，你起来，你睁开眼睛看看我，我是春霞啊，妈……"春霞止不住地哽咽着，使劲摇晃着母亲的身体，想把她叫醒。她没有经历过死亡，没有经历过失去亲人的痛苦，但是她知道，以后母亲就不会再跟他们生活在一起了。就像每年除夕夜，去给爷爷奶奶上坟一般，母亲会和他们一样被埋进黄土里，和泥土融为一体，最后只剩下一座长满荒草的土堆。

"春霞，你妈累了，让她睡会儿！"老李安慰着春霞，不由得看了一眼妻子的尸体，仅仅只看了一眼，却又将头偏向了一旁。他把脸埋进怀里婴儿的襁褓里，忍不住呜咽起来，似乎是因为他的力气太大，怀里的婴儿吃疼，也跟着哭了起来，嘹亮的声音在冰冷的走廊里回荡着。

回去的路显得那么难走，月光明亮而又显得凄冷，亮得如同整座村子都裹上了白绫。春霞抱着弟弟依偎在板车上，依偎在母亲的尸体上。晚上的山风赛过刀子，刮得人脸生疼。老李牵着骡子走在最前头，这一切都来得太突然，他还来不及把整件事情捋顺了，只是满怀着心事朝着家的方向走。

在离村子还有一道山洼的时候，他停下了脚步，看着村子的方向，看着还有几处依旧亮着烛火的窗户，他隐约闪过那么一个念头，整座村子看起来多像是一座巨大的坟丘，而那几点灯火，更似盛夏时节老坟圈子里的鬼火。

老李忍不住又朝家的方向看了一眼，什么都看不见，只有漆黑一片。春霞看不清他的脸，只是借着月光，隐约看见父亲回头看了一眼，不知道是看向自己，还是怀里的弟弟，抑或是躺在被窝里一动不动的母亲。他重重地叹了口气，声音有些颤抖地说："我带你们回家。"

春霞看了一眼父亲的背影，她突然发现，有那么一瞬间，这个她最熟悉的男人是那么陌生。有时候他让人觉得世界很温暖，哪怕是在最凄冷的寒冬，他也能为你撑起一片天。可是这一刻，春霞突然觉得他有些冷漠，有些凉薄。她看见家的方向，只剩下一片漆黑。当父亲说出那一句"我带你们回家"的时候，她心里突然闪过一抹疑惑，我们还回得了家么？

已然是深夜，没有灯火，没有鸡鸣狗吠声。整座村落显得那么寂静，好像是在为老李喜得贵子而默哀，为这个时代重男轻女的思想和残酷的现实而默哀。

老李把车把式从骡子身上卸了下来，然后招呼春霞去开大门。一路的颠簸，襁褓中的男婴已经沉沉地睡过去了，春霞怀抱着刚出生的弟弟，胳膊已经有些麻木了。她个子太小，一手抱着弟弟，一手拿着钥匙，勉强能够得着门上的锁，手指触摸到锈迹斑斑的铁锁也是那般冰冷。

漆黑的屋子里，风从墙缝里灌进来，跟院子里一样的冷。她凭着印象，慢慢地摸索着墙壁，一点点地向里迈着步子。炉火早已完全烧成了煤渣子，没有丝毫温度，连一丝光亮也看不见。她不记得煤油灯放在哪儿了，平常这个时候，多半早就睡下了。

"开灯！"老李在屋外对春霞说道，兴许是听见小姑娘抱着婴儿在屋里摸索煤油灯时发出磕磕碰碰的声音，有些担心吧。

春霞没有作声，借着微弱的月光，小心翼翼地朝着门口挪动步子。她记得灯绳的位置，那件家里唯一的，形同摆设一样的电器，就连过年的时候都很少用得上。顺着墙壁摸索了好半天，手指才碰触到钉在泥土墙上的木钉，那是专门拴灯绳的桩子。

5

"啪嗒"一声轻响，已经被煤灰熏黑的灯泡终于亮起来了，春霞愣愣地看着明亮的灯泡，盯了好一会儿，却不知道接下来该干什么了。

老李没有进屋，他得先安顿好刘氏的尸体，李二爷家的骡子也该还回去了。

"春霞啊，你抱着他先睡，我还有点事儿。"老李又冲着屋子里喊了一声，然后在门前的草垛上扯了一把干草，用火柴燎燃后，又往上添了些枯树叶子和树枝，不一会儿，一丛半人高的火苗子就蹿了起来，周围也亮堂起来了。

春霞不知道父亲深夜还要做什么，她已经无暇在意那些，除了早上吃了半碗面糊糊和过夜的馍馍，一整天都水米未进，肚子早就咕噜噜叫了几次。可是弟弟还在她怀里，根本腾不出手来做饭。她也从来没有照顾过这么小的婴儿，实在不知道该如何是好。

突然，婴儿在春霞怀里哇的一声哭将起来，声音格外响亮。老李一头从外边蹿了进来，紧张地问道："咋了，咋了？"

说着，老李从春霞怀里接过婴儿，像宝贝疙瘩似的揞在怀里，轻轻地拍着包袱。他抱孩子的样子显得那么生硬，有些笨手笨脚。可是不论他怎么哄着婴儿，孩子只是在他怀里哇哇大哭，这让他既心疼，又无奈。

"春霞，去叫你妈，娃可能是饿了。"老李被婴儿吵得心烦意乱，冲春霞招呼着说道。

春霞先是一愣，继而疑惑地小声说了一句："爸，我妈没了……"

"唉……那，你去煮点面糊糊，煮稀一点，多添点水，少丢点白面……里屋的床柜子里头还有两坨冰糖，敲一点放在里头。"老李冲春霞交代着，自己却笨手笨脚地抱着孩子满屋子转悠，嘴里一直不停地念叨着"喔……"，不停地上下轻摇着怀里的婴儿。

不知道又过了多久，老李已经坐在冰冷的炉子前打起了呼噜，孩子好像在他怀里哭累了，也睡了过去。春霞小心翼翼地把熬好的玉米糊糊端过来，轻声叫醒了老李。

"哦，煮好了……那个，等他醒了，你再喂给他吃吧。"老李点燃了煤油灯，抱着婴儿去了里屋。

他本想将婴儿放在床上，可是看见床架上的干草，这才想起来，妻子生产前，他将妻子和被子一块儿抱上了板车。他怎么也没想到会是这样的结果。而此刻，妻子依然还躺在板车上，躺在冰冷的夜色里，永远地睡过去了。

略微出神了片刻，他又招呼春霞，说道："春霞啊，你把他抱到你床上去睡……"

春霞又冷，又饿，又困，又累，抱着弟弟躺进了冰冷的被窝。这一夜，她比平常睡得都沉，梦里她又看见了母亲慈蔼的脸，看见她对着她笑。她梦见第一次拿着奖状回家的时候，母亲轻抚着她的脑袋说："咱女子，聪明着哩！以后肯定是个女状元……"

在梦里她笑了，对着母亲笑，可醒来的时候，眼泪还挂在睫毛上，就像清晨山间草丛里的露水，晶莹、皎洁。

老李也没有来叫春霞起床，春霞起来的时候，老李好像刚从外头回来，被汗水浸湿的头发上，眉毛上，都结满了冰溜子，显然他是一夜未合眼了。

春霞看着他的工具箱，里边装满了各式各样的篾匠工具，她这才明白，父亲在天还没亮的时候，又去了一趟镇子，取回了这些东西。

春霞正在生火做早饭，还是如同往常一样，搬着小板凳凑到灶台前煮面糊糊。煮好后，她盛了一大汤盆送到老李跟前，老李用筷子在海碗里不停地搅动，面糊糊越搅越稀，越搅越凉。他一边搅动，一边对着碗口吹气，等搅得差不多了，直接一口将一大碗玉米糊糊灌进了肚子里，最后用筷子把碗底又刮了一遍，仅剩的一大口糊糊也被他送进了嘴里。这前前后后不过一袋烟的工夫，老李顺手将碗放在一旁，又继续忙碌起来。

母亲依旧身上裹着被子躺在板车里，放在屋外一夜了，脸上打了一层细密的霜花，看起来像个雪人。春霞没敢多看，仅仅是轻瞥了一眼，便又赶忙收回了视线。

"春霞啊，吃完饭，烧一锅热水，我给你妈洗个澡，让她干干净净地走。"老李交代完之后，依旧在忙碌着手里的活计。

等春霞稍微喝了点面糊糊，又开始忙活着烧开水，望着灶台里红彤彤的火苗子，她的心也慢慢跟着暖和起来。多少个似曾相识的场景，母亲在灶台前忙碌着，她就坐在灶门前烧火。她抬头看了看空荡荡的灶台，水汽蒸腾，烟雾缭绕，仿佛又能看见母亲那张慈祥和蔼的面庞。

不知道是被烟气熏着了，还是想念母亲了，眼泪情不自禁地又湿润了她的眼角。10岁的女娃有着比常人更加坚韧的性子，这是黄土高原赋予她的朴实。都说穷人的孩子早当家，可是这个家实在太穷了，穷得只剩下四处漏风的墙壁，她不知道未来的光景是个什么样子，更加不知道以后的日子该怎么过。

老李是十里八乡出了名的篾匠，附近村子里大多数人家家里的筛子、簸箕、箩筐都是经他手编织出来的，谁不夸他手艺好，谁家用的箩筐席子不是他编织出来的？可是此时，他却有些犯难，跟随了他大半辈子的女人死了，就躺在与他近在咫尺的破旧板车上。这个女人跟着他没过过一天好日子，嫁过来十几年了，除了结婚的时候他给婆娘做过一身衣裳，就再也不曾给过她任何物件。只交给了她这个穷得揭不开锅的家，以及快要过不下去的烂包光景。

想到这些，老李的眼睛不由得湿润，鼻子略微抽动了几下，不知道是苦恼这狗日的苦日子，还是在哭自己苦命的婆娘。

对于婆娘的后事，老李显得格外地郑重，他把家里压箱底的钱都翻了出来，又找左右邻居还有几家亲戚借了些钱，这才给婆娘买了一副上好的松木棺材。又找来了镇子上最能吹打的吹鼓手，还有最是灵验的阴阳先生，热热闹闹地把婆娘葬在了村子后面的堡子山。

刘氏入土的那一刻，老李看着纷纷扬扬的黄土，一点一点地掩埋住婆娘的棺材，他心想，这个苦命的女人，给他生下了个儿子，为老李家延续了香火，她是有功劳和苦劳的。他觉得这松木棺材，还有这阴阳先生说的风水宝地，或许就是自己婆娘最好的归宿了……

第2章
/ 春来 /

1

1989年的春天,比往常来得似乎更早些。河水早早地解冻了,带着碎冰碴子一道顺着河岸往下流淌。沿河上下的柳条也展开了新枝,庄稼地里的麦苗长得郁郁葱葱的,看得人心里着实欢喜。

这一年,春霞已经出落成亭亭玉立的大姑娘了,九岁的弟弟小军也长成了半大的小子。姐弟俩正忙着做午饭,日子虽然没有以前那般难熬了,却依旧过得艰苦。四处的墙壁依旧透着风,偶尔还会扑簌簌地掉下来尘土,可好在不用再吃那难以下咽的黑高粱馍馍和糠团子了。

"姐,水开了。"小军站起身来,半趴在门框上,探出小脑袋,提醒着春霞。

"好,我晓得了。"春霞正在门前的院子里削红薯,因为麦面并不充足,她总要在"面鱼儿"里添些红薯、南瓜和土豆之类的东西。

"你去喊爸回来吃饭。"春霞一边说着,一边端着一盆削好的洋芋进了灶房。

小军风风火火地跑了出去,一直跑到门前的河沟边上,才停下脚步。父亲的身影离他还有些距离,但是看得真切。他只穿了一件旧秋衣,外边的袄子搁在地头上,锄头被他一次次地扬起来,挥下去。挖开的泥土再被他用镐头慢慢敲碎,如此反复。

他已经在地里忙活了一个上午了,山对面的那块土地上,明显呈现出两种颜色,一种是被日头晒过,被一冬的风霜冻过的土黄色。另一种是略带些湿润的褐色,那是已经被他翻过一遍的部分,看样子,在日头完全落下去之前,他应该能把整块地皮完全翻一遍。

小军把双手拢到嘴唇边上,朝着对面山头上的老李喊道:"爸,吃饭咯。"

老李听见声音,回头看了一眼,也朝着小军回应了一声:"好,回来了。"可是他并没有立马停下锄头,又朝前翻了一塞,才把锄头杵在地头上,直起腰来。

在老李翻地的当口,小军已经从河沟边跑了过来,他并没有急着再次去催促父亲,而是走到地头上帮他拾起了衣服。看着剩下的还没翻过的地皮,老李心里估摸着,怎么着也还得一下午。他把锄头插在泥土里,双手重叠着放在锄头把儿上喘着粗气。

"走,回去吃饭。"老李冲小军招呼着。

老李披着衣服，扛着锄头，嘴上还叼着旱烟袋，小军欢快地走在他前边。在经过河沟的时候，老李把锄头浸在河水里，随意扯了把干草，捆成一团草把子，洗去了锄头上的泥土。

看样子，小军应该是有些饿了，他催促着问道："下午不是还要用吗，现在洗干净了，下午用完了还得洗。"

老李笑了，甩了甩手上的水，把锄头扛在肩膀上，说："庄稼人，不能偷懒，这镐头就是庄稼人的武器，只有把它收拾干净了，使起来才能顺手。这跟做人是一个道理，庄稼人嘛，要本分。"

小军听不懂他的意思，只觉得老李走得太慢了，兴许此时姐姐已经做好饭，正等着他们呢。他想了一下说道："反正我以后又不种地。"

"你说啥？你不种地？你不种地，能做啥？我把你拉扯大，可不敢学成了二流子，整天游手好闲，好吃懒做，要让人家笑话。"老李明显是有些生气，可是想着小军还只是个孩子，便也没好说什么重话。

小军没有作声，他不知道为什么自己以后要种地，他在学校里的时候，老师总会跟他们说："娃们要好好念书，走出大山，去外边的世界看看。咱们是农民的娃，不能一辈子都守在这山沟沟里，只有念好了书，才能走出去，不然要在山沟沟里头跟黄泥巴打一辈子的交道。"

看着父亲的眼睛，他有些怕，不知道该怎么去回话，索性耷拉着脑袋继续往前走。父子俩一路无话，一前一后地走在黄泥巴道上。

吃饭的时候，老李想了下，说："春霞啊，你吃完饭，帮着看一下小军的作业，快要开学了，可不敢马虎。"

想着小军刚才的话，老李心里还是有些不踏实，小军在一天天长大，可是他也越来越浮躁，这让老李的心里有些不安。他怕小军以后没出息，怕他以后变成个二流子，他更怕小军将来生活没有着落。他今年已经是五十多岁的人了，不知道还能活多久，他多么期望在自己还活着的时候，看见小军长大成人。

吃完饭，老李并没有急着去地里干活。他独自坐在火炉前，静静地看着炉子里的柴火发呆，黝黑的水壶正往外冒着热气，壶盖子被翻滚的开水顶起来，不断地咔咔作响。可他并没有起身把开水灌进暖壶里，只是那么静静地坐着。

正月间的气温还没有完全回暖，屋子里也并不比外边暖和多少。早已被汗水浸湿的旧秋衣贴在后背上，让他觉得有些凉，不禁又朝炉子跟前凑了凑。他把手放在水壶跟前，想让自己稍微暖和一点，可是看着如同枯树皮一样的双手，他忍不住开始叹气。

现在家家户户的生活条件都比以往稍好些，请他做篾匠活儿的人也越来越少，大伙儿宁愿花钱去镇子上买机器加工的，也不再买他做的了，让原本便没有多少收入的家，过得更加艰难。

看着还在灶台前忙碌着的春霞，他心里动了个念头。如果春霞不上大学的话，或许能给家里减少一些负担。那样他就还能勉强凑足小军今年的学费。可是他又不知道该怎么开口，春霞成绩一直很好，好得让他可以时常在村子里炫耀。别人都说，他老李家要出个女状元，他听了也是打心眼里高兴，可是眼下……

"春霞啊，水烧开了，你把水灌到暖瓶里去。"他冲女儿喊道。

而此时，小军突然蹦蹦跳跳地又跑了进来，满心欢喜地说道："姐，姐，我听他们说，西沟那边有人结婚，请了一场电影，咱们晚上一块儿过去看电影呗。"

"好，晚上我带你去看电影。"春霞一边把水灌进暖瓶里，一边说道。

这句话却深深地扎进了老李的心窝子里，他听见的不是要看电影的事情，而是"结婚"这两个字。算算年纪，春霞也已经十九岁了，到了该找婆家的时候了。要是春霞能找个好婆家，她多少也能帮衬着小军上学的事情。

老李虽然没有明说，可是心里已经开始琢磨这个事情了。春霞却全然不知，她的命运正在一点点地发生着变化，在她还在憧憬着美好未来的时候，一切都已经注定了。

2

过了正月十五，便是开学的日子，春霞搭着去县高中的班车离开了家。坐在几乎转不开身子的班车上，她的心情却是那么兴奋。看着两旁山道上正发着嫩芽的柳树枝丫，她内心的情愫也在一点点成熟起来。她对开学的日子是有所期待的，向往书里边自由平等的爱恋，向往书里边高楼大厦的生活和甜甜美美的日子。可是回身看看还处在半山梁子上的村子，她的心又不禁揪到了一块儿。她不在家的日子里，小军会像她小时候一样，搬着小板凳在灶台前做饭，洗衣服，熬猪食……

这个家给她的负担实在是太过沉重，压得她都有些喘不过气来了。每次坐上班车，重返校园的时候，她都有种逃离的感觉，逃离那个穷得四处透风、一年到头看不见希望的地方。

只有到了县高中，坐在教室里的时候，她才会觉得心里平静些。可是她不知道，这只是她最后留在校园里的时光，过了高三这最后半年，她将再也没有机会重新走出大山，走出那个曾经让她备感亲切，如今却想要逃离的村子。

到学校的时候，已经是大中午了，日头照得人暖洋洋的。春霞提着行李和被子，穿梭在车站与学校之间的街道上。正月间的县高中看起来异常热闹，春节的气氛刚散去不久，加上今天是开学的日子，一整个下午都是空闲的。来得稍早的同学们正在忙着收拾床铺，打扫卫生。

走了一路，春霞丝毫不觉得累，反而有了一种回家的感觉。她把行李放在床铺上，忙着铺被子，旧式的土炕显得有些冰冷，土炕底下也从来不会有柴火，可是她的心却是暖和的。

宿舍门外，一个年轻的小伙子不停地在朝里边张望，他穿着笔挺的中山装，头发看起来是刚刚理过的，显得格外的精神。如果不是肩头的那块补丁出卖了他，倒还真觉得他是哪家的高干子弟。

"春霞，春霞，外头有人找。"同宿舍的女孩子抱着脸盆从外头进来，顺便递来了话。

春霞抬头朝门外看了一眼，是他，脸上情不自禁地露出了喜色。她放下手里的事情，略微整理了一下头发，又扯了扯衣角，好让身上那件旧的碎花棉袄看起来能稍微平整些，然后才出了屋子。

两人的目光触碰在一起，谁都没有先开口说话，只是微微笑了笑，都显得有些害羞。

"你来啦！"春霞有些不好意思地低着头说道。

"呃……我来得早，都已经收拾完了。想着来看一下，看你来没，好还你的书。"小伙子把书递到春霞面前，视线却没有离开，但又不知道该看向哪里。略微沉默了片刻，他似乎又想起了什么，又问道："你还没吃饭吧，我从家里带了几个馍馍，你先垫一下肚子。"说着，他又从口袋里摸出来两个白面馒头，一并塞到了春霞手里。

两个早已经掉了皮的白面馒头，被他从口袋里掏出来的时候，都已经变形了，馍渣子就像面粉一样扑簌簌地散落下来。

"好了，我走了，还得回去收拾一下。"小伙子摸了摸后脑勺，憨笑着说道。

春霞站在门口，看着他远去的背影，嘴角掀起了一抹浅浅的微笑。看着两个变形的馍馍，她的心里却是说不出来的暖。

"看什么呢？"直到有个同学把脑袋从春霞的肩膀上探出来，顺着她的目光看过去的时候，她才回过神来。"唉，我也没吃午饭，咋就没有人给我送白面馍馍呢？"此时，两个女生已然嬉闹成了一团，宿舍里不时传出来两人咯咯的笑声。

两个十八九岁的姑娘躺在刚铺好的床铺上，春霞把一个馍塞进了干粮袋，另一个掰成了两半，分了半个给身边的女生，这是她在学校里最好的伙伴。

"春霞，他叫什么来着？"那女生揪了一块馍送进嘴里，问道。

"什么？"春霞没反应过来，又反问了她一句。

"我是说，送你馍的那个男生叫什么名字？"

"你问这个干吗?"春霞有些不解地问道。

"我就是问一下,以后你结婚的时候,我好去找你婆家的位置。"女生嬉笑着说道。

春霞有些不好意思,把手里剩下的半个白面馍塞到了她嘴里,"吃着馍馍都堵不住你的嘴!"可是春霞的心里忍不住有些向往,如果真的能如她所说,倒也真的和书里写的一样了。

黄土夯实的操场上,每个人脸上都洋溢着笑容,土墙上粉刷的白色大字"好好学习,天天向上"虽然早已经褪了色,但是看起来依旧是那么鲜艳。男生们在操场上打篮球,尽管没有硬化的泥土场子上总是会扬起一层层土灰,却丝毫挡不住他们灿烂的笑容。春霞在人群中寻找着他的身影,自从寻见他,视线便再也不曾离开过,他穿着白色的衬衫穿梭在球场上,人群中。看着他每一次投进球,场上的同学们欢呼喝彩,她也总是情不自禁地微笑起来。

从初春开学,到黄土地里的庄稼拔青,变黄,麦子变成和黄土高原一样的颜色,春霞的高中也到了即将毕业的时候了。

他带着她走在校外的草坪上,树林间,两个人只是这样静静地走着,谁都没有说话。终于他打破了尴尬的气氛,问道:"我还你的书,还么?"

春霞心里清楚,其实他要问的并不是书,而是书里他送给她的别的东西。那张写满了懵懂的青春时期,少年想对爱慕的人说出来的心里话。

他们的关系从很早的时候就已经如同不用言说的秘密了。他帮她去食堂打饭,她帮他洗衣服,他帮她补习功课……只是到了快毕业的时候,这些压抑了很久的话,才敢说出口。

春霞的手一直插在荷包里,而那本书里写满了他想对她说的话的纸条,正攥在她的手心里。这张纸条她不敢让旁人看见,也生怕弄丢了,所以每一次换洗衣服的时候,她总是会把那张纸条掏出来,再塞进另外一件衣服的口袋里。尽管此时此刻,那张皱皱巴巴的半页信纸都已经泛黄了,折过的部分也已经断开了,有些地方的字迹甚至已经看不清楚了,但春霞还是把它当成了最宝贵的东西,随身带着。

终于,春霞鼓足了勇气,把那半张皱皱巴巴的信纸从口袋里拿了出来,凑到他面前,问道:"你是不是想问我,有没有看见你写的信?"

看着那张背面用糨糊重新贴了一层报纸的信,他已经明白了春霞的心意,不由得忍不住咧开嘴笑了,春霞也跟着一起笑了。

3

毕业那天,他们像往常放假时一样收拾自己的东西,唯一不同的是每个人的心情。很多相伴了彼此三年的同学，互诉着离别的情愫。校园各处都能看见相拥在一块儿，抱头痛哭的男男女女。他们互相赠送一些小礼物，一方手绢，一个绿皮的笔记本，或者是写满密密麻麻小字的纸条。

春霞收拾好被褥和书包后，背着鼓鼓囊囊的蛇皮袋子去车站赶班车。六月的天，不热也不凉，她只穿了一件很薄的碎花衬衫。扛着那么重的东西，急急匆匆地去赶回家的汽车，让她有些吃不消，可她不敢停下，车子不会等人，错过了这班车，就得明天中午再来。而且今天是毕业的日子，赶着回家的人很多，她不敢保证车子上是否还有多余的地方，能将她瘦小的身体塞进去。

紧赶慢赶，好在终于赶上了。她前脚刚上车，车子就已经带起阵阵灰尘开了出去。她四处寻找着，透过车窗想看见他的身影，哪怕只是来送她，见她最后一面也好。可是直到汽车完全驶离了县城，她也没看见他的影子。

春霞望着车窗外的黄土高原，不禁想起了最初和他相遇的情形。那天下午，她去县图书馆借书，两人几乎是不约而同地同时伸手去拿同一本书。这让他俩都觉得有些尴尬，两人相互谦让了半天，最后他决定把这本书先让给她看，等她看完之后再借给他。

临走的时候，春霞突然叫住了他，问道："嗳，同学，你叫什么名字，这本书我看完之后，怎么给你啊？"

"哦，我叫王永华，高一二班的，就在你们班隔壁。"他说。

春霞心里不禁开始笑了起来，她现在才想起来，王永华怎么会知道自己就在他隔壁的班上呢？谁能说，这次借书的初次相遇仅仅只是个巧合呢？可谁又能说，这难道不真的是巧合么？

从此以后的三年，王永华总会在她每次去县图书馆借书的时候，出现在图书馆里。他们总会不约而同地去借同一本书，可是每次都是春霞先看，等她看完之后，再把书借给王永华。也是从那个时候起，他们形成了一种默契，就是会把自己想说的话写在纸上，然后夹在书页中，送给对方。

来来回回的几百封信，几百张纸条，成了春霞在县高中唯一的慰藉。刚来学校时，她没有朋友，也不愿意跟同学接触，她自卑，怕同学们瞧不起她，笑话她家里穷。每次去食堂打饭，她总是最后一个去的，因为她买不起一毛钱一勺子的菜，多数情况下都是拿着粮票换了饭，然后再去水房接点开水，把米饭搅成稀粥喝下去的。有时候她去得晚了，没卖完的咸菜，食堂的师傅会便宜点卖给她。

直到有一次，春霞拿着已经掉瓷的钵子往米饭里接开水，被王永华撞见了，他才知道春霞上这个学有多么不容易。他既对这个学习成绩好的同学感到敬佩，又觉得她过得实在是太不容易。可是那次却让春霞觉得脸火辣辣地疼，想找个地缝钻进去。

从那以后，春霞再也没给王永华写过纸条，甚至刻意地躲着他，回避他。可是王永华总会找各种法子，让人带书给春霞，而书里依旧夹着和之前一模一样的纸条，是王永华对春霞一次次的鼓励，让春霞可以挺直腰杆走在校园里。

偶尔王永华也会在书里夹几张粮票，一并让人送给春霞，可是每次再收到春霞还回来的书的时候，粮票却依旧夹在书里。王永华懂得春霞的自卑和骄傲，慢慢地他们有了更多的交集，他们的名字总是会出现在每次考试榜单的最前边，两人的名字交替着出现在第一、二名的位置。

很多时候，他们一同出现在校园里，会引来不少羡慕的眼光，他们之间的关系也慢慢地变得微妙起来。几乎所有的同学都知道他俩正在处对象，可是他们自己总是压抑着那种情愫，不在乎旁人的议论和眼光。

也正是因为经历了那样的三年时光，彼此间的心事都通过夹在书页里的纸条互相倾诉，所以才会在毕业的这一刻变得那般不舍。或许回家了，便再也没有机会相见了，可是不回家又能去哪里呢？

春霞望着窗外灰蒙蒙的天，突然觉得这就是她的宿命。也许是因为黄土高原的山梁太高，她一辈子都要被眼前这座大山拦在这山坳里了吧？

回家后的第三天，老李看着女子依旧在灶台前忙碌着，忍不住叹了口气。他已经托人给春霞说过媒了，可是照着春霞倔强的性子，估计她是绝不会同意的。

他这一辈子，算是已经交给了这黄土高原了，可是娃不能像他一样没有出息，不上学的话，估计一辈子都要被困在这沟壑纵横、黄土漫天的山沟沟里。小军倒还好，男娃娃，多吃点苦也没什么，可是这闺女打小就懂事，他也是想着能尽早给她找个好婆家，这样他也能安心。

"春霞，你也老大不小了，爸寻思着，找个媒人，给你说一门亲事，你看咋样？"老李略带着征求的口吻，试探性地问道。

"我要是嫁出去了，你咋个办？小军还那么小，我还得照看。再说，嫁了人还怎么读书，我不嫁！"春霞怔怔地梗着脖子，站在灶台前发呆。

春霞没想到，等待着她的命运竟然会是一场婚姻。

此时王永华的样子再次出现在她的脑海中，毕业的前夕，王永华第一次牵起了她的手，跟她吐露心扉，说出了压抑在心底三年的情愫。

他说："春霞，我……我喜欢你！"

春霞当时浑身如遭雷击，猛地把手抽了出来。她的心从来没像这次一样跳得这么快，连呼吸都变得急促起来。她不敢想象，可是心里又有些向往，她曾经憧憬过未来的生活，在她最需要人支撑的时候王永华出现了。

其实这么多年来，她一直支撑着那个穷得支离破碎的家，早已有些力不从心了，她多么希望可以找个地方歇一歇，找个地方靠一靠。

可是她不能歇，也不能靠。父亲李建国已经是五十多岁的人，虽然庄稼人的手艺，他都能做些，可毕竟是个老实巴交的庄稼汉子，靠着种庄稼过日子。

李建国最风光的时候，也只有过年那几天，因为村子里的社火队是老李一手操持起来的，而他又最会说诗，所以每每元宵节这天，老李可谓是风光无限！

社火队走街串巷，不止是在本村，附近的村子也都会纷纷开门迎接。老李只要随口诌几句诗，赢得主人家的欢喜，离开时，每家每户都会送些烟酒米面，家底殷实的，直接随几元钱，只这一天，老李跟社火队都能赚些零碎贴补家用。

可是现如今，村里的年轻人越来越少，都到城里面工程队做活儿去了，社火队这两三年人凑不齐，办都办不起来，老李这条生计也就断了。

而今装社火队戏服的木头箱子上都已经蒙上了一层灰尘，春霞不能再依靠这个年迈的父亲。至于小军，他还只是个孩子，这些他又能懂多少？

4

老李只是不停地叹着气，或许是觉得自己有些心急了。

毕竟春霞才刚回来没几天，这事儿不是一天两天能说得成的，按着自己闺女的性子，越是逼得急，反而越是说不通。

"这个事情呢，我只是和你说一下，你要是不同意，那就再等等，再等等。"老李含糊其词地安慰着春霞，也安慰着自己。

他不知道往后的日子到底会过成个什么光景，也只能是走一步看一步。

村子里近几年也有人到省城去打工，他也想跟着去省城找份活计，多挣几个钱。可是如果他走了，那这个家可能过得就更加艰难了，地里的庄稼要人照看着，庄稼人不能不本分。而且他大字不识几个，除了会说诗，再也没有其他傍身的技能。

尽管社火队已经两三年时间没有组织起来了，可老李寻思着，不能丢了自己的这门手艺，毕竟是祖宗传下来的。等将来小军不上学了，再把这门手艺传授给小军。

这么寻思着，老李连续好几天都睡不着觉。家里的这几口窑洞房也才刚翻新过，家具也是几年前自己做的，都还结实，现在倒也还能用。想着春霞妈去世得早，自己年龄又大了，一双儿女的将来必须妥善安排，不然他就算死了，也没脸下去给自己婆娘交代！

就这样，老李又想起了春霞嫁人的事情，说到底也就是这两三年的事情了，可大姑娘出嫁，总不好就这么白白地把姑娘撵出门，连个陪嫁的物件都没有吧？当年自己结婚的时候，春霞她妈还带来了五十多斤玉米面儿，作为陪嫁的嫁妆。可是都已经三十多年过去了，再陪嫁玉米面，多少有些不好看。他寻思着，要给大姑娘打造一套家具作为陪嫁的嫁妆，这样就算女儿嫁过去了，婆家也会看得更重些，不至于让她遭罪。

　　第二天一大早，老李就带着锯子和斧头进了老林子，生产队分给他的两亩林地，这几年也长出来了几棵碗口粗的松树。把树砍回去刨了皮，再放上半个月，等水分干得差不多了，就可以动手打造陪嫁的家具了。

　　一般来说，砍树多半都是在隆冬腊月，或者刚开春的时候。那时候天气冷，松树里边的油脂比较厚实，放在屋外头任风吹干，这样的木头会更加紧致，打造出来的器物也更加结实、耐用。可是他实在是按捺不住整天闲在屋里没事干，油菜和麦子都已经收割完了，玉米苗也都播下去，眼下当真是没什么事可干了，除了偶尔去地里扯扯草，他几乎一整天都在门前发呆。

　　庄稼人就是闲不住，一没事做了，就会觉得浑身不自在。索性便提前做准备，先把树砍回去放着，平时农闲的时候，也好锯上几块板子，先把要用的木材准备齐全了。春霞问他的时候，他只是含糊其词地说，是有人请他帮着做一副家具，至于多的话，他是不敢说的。

　　当天傍晚时分，老李扛着一根锯好的松木正往回赶，走在半道上，有个骑着自行车的后生，看模样跟春霞一般年纪，向他打听个事。

　　"麻烦问一下，你晓得李春霞家住在哪里吗？"年轻人向老李打了个招呼。

　　"你找李春霞，有啥事？"老李哐当一下把肩上的木头撂在了地上，一屁股坐在上头，然后从腰带间抽出旱烟杆子，装填着烟叶子。

　　"我和李春霞是高中的同学，找她确实是有点事。只晓得她住在这个村子，但是不知道具体的位置，你晓得她家怎么走吗？"年轻人并没有急着解释他到底为何来找春霞，而是又问了一次春霞家的位置。

　　老李一边自顾自地点着烟袋，一边打量着眼前这个俊俏的后生。可是他心里有些七上八下，从穿着打扮来看，这个后生穿着黑麻布做的衣裳，肩膀上还有两个巴掌大的补丁，显然和自己家一样，条件也并不是很好。这个后生是春霞的同学，找她有什么事情呢？

　　"我是春霞的爸，你找她有啥事？"老李丝毫没对这个后生客气，他也是从那个年纪过来的，自然明白这小伙子的来意。现在各家各户都穷，能供得起娃念个高中的人家不多，但是念完书之后不是还得回农村和黄土打交道，这个后生自行车上还挂着烟酒，难不成是刚一毕业，就想上门来求亲？

　　一听这话，那年轻后生丝毫不敢怠慢，立马把自行车往路边上一靠，用脚把车后轮的支架压下来，热情地迎了上去，笑呵呵地说道："哎呀，叔，不想在这里遇到了您。来来来，您抽烟，抽这个……"年轻人立马从口袋里掏出了一盒卷烟，从里边掏出来一支递了过去。

老李也没跟他客套，接过烟卷看了看，叹了口气说道："哎呀，这是大前门，好烟啊，这个烟我抽过。"老李不禁有些惊讶，没想到一个穿着如此寒酸的后生，口袋里居然能揣着这么贵的烟。再看了一眼他身后的凤凰牌自行车，这车子少说得两百来块钱，老李连想都不敢想。他只是从前见村里的老支书骑过，自家是买不起的。

"你找我女子，啥子事嘛？"老李越来越觉得有些不自在，这个后生给他一种不踏实的感觉。他觉得是件好事，看他车把上挂的烟和酒，多半是要提亲的。可依着他女子的个性，这个事情怕是不好办啊，但是他也正有这个打算。要是春霞能嫁给这个后生，有这个后生帮衬的话，那小军上大学就有指望了。

"我和春霞是高中的同学，在一起上学三年了，毕业的时候本来是想去送送她的，可有事情给耽搁了。我到车站的时候，车子已经走了，我一直撵出去好远都没撵上。寻思着，她家里也不是很远，临走之前来跟她道个别。"王永华有些不好意思再往下说了，他也未曾想到会在这半道上遇到春霞的父亲，一时间觉得舌头也不听使唤了，脸上跟火烧一样，脑子里一片空白。

"哎呀，都是同学嘛，可不敢叫你再送到屋里头去。我家的女子，从小就皮实着哩，可不敢叫人送。"老李一下子就乐开了花，憨笑着一把拍在王永华的肩膀上，似乎是发觉手上还粘着松树油，又不好意思地拿开了。

他把手在衣服上蹭了蹭，也不管那半截木头了，拉着王永华的手，说："走走走，到我屋里头去坐一下，坐着说这个事。"

王永华万万没想到，春霞的父亲会这么热情，他指了指地上的木头，有些茫然无措，说道："叔，你走前头，我来帮你扛回去。"

"哎呀，丢在这里又没有人要，你扛它作甚？走，先跟我到屋里去，春霞在屋里头呢。"说着，老李便带着王永华朝着自己家的方向赶过去，也不知道是因为见了这后生心里欢喜，还是想着往后小军上大学的事情有着落了，忙碌了一整天的老李忽然觉得也不累了，走起路来都带着风。

刚到了门前，老李乐呵呵地如同吃了蜂蜜一样高兴，嗓门也比平时高了几分，冲着屋里喊："春霞，春霞啊，你看哪个来了嘛！"

春霞正在屋里准备晚上的吃食，听见父亲这般高兴，不禁也有些疑惑。她拍了拍身上的灰尘，从灶台门前站起身来，往窗外看了一眼，猛地吃了一惊，甚至是有些出乎意料，她怎么也不曾想过，他会亲自找到家里来。

5

春霞有些茫然无措，此刻她甚至连手都不知道该放在哪里了，不停地攥着衣服来回磨蹭，手心也沁出了一层细密的汗水。若是搁在上学那会儿，王永华来找她，她心里会有一种兴奋感和迫不及待的感觉，然而此时她却觉得脸上火烧火燎地疼。

在学校的那几年里，她尽量让自己看起来能稍微显得精神些，总是穿着那两身她最好的衣裳，这让她多少能有些自信和他站在一起。可是回家之后，那两身最好的衣裳都会被她洗干净，压在箱子最底下。闲在家里干农活的时候，她穿的都是母亲留下的那些粗布衣服，除了洗得稍微干净些，什么都掩盖不住，到处都透露着一个大写的穷字。尤其是当王永华出现在她家院子里的时候，她的心更加慌乱了。

这处老房子，古老的窑洞房，比她自己的年龄还要大些。窗户纸已经破得不成样子，上边贴着一层一层的旧报纸，被太阳和雨雪浸润，变成了和黄土高原一样的土黄色，依旧是窟窿上套着窟窿。门板黝黑，每次开门关门都吱呀呀地响，就像是她爸晚上睡觉磨牙的声音。感觉门板随时会从门框上掉下来一样，可是这么些年过去了，它也还是没有掉下来过。

院子里的土墙早就坍塌得不像样子了，看上去就像是被一张嘴囫囵啃过的泥巴饼子，下雨的时候会随着雨水在地面上留下一大摊泥浆子，日头大的时候，风一吹就会扑簌簌地往下掉墙灰。屋里甚至连个坐的地方都没有，三间大窑洞房，只有一间睡觉的屋子稍显干净一些，但也干净不到哪儿去。

春霞本想让王永华进屋坐一会儿，可是这才想起来，屋里摆满了玉米棒子，连个能坐人的地方都腾不开。她想给他倒杯水，可是这才想起来，家里连个像样的杯子都拿不出来，唯一的一个破瓷缸子是她爸在用，杯底还蒙着一层很厚的茶垢。

最终春霞还是硬着头皮出了门，王永华只是静静站在院子里，他没想到春霞的生活环境比他想象的还要艰难些。这个看起来那么要强的十九岁姑娘，不禁让他从心里产生了一丝说不出来的痛苦，就像是被人按在了水里快要窒息的感觉。他感觉嗓子眼里像是堵着什么东西，胸口像是压着一块大石板，让他痛苦得忍不住想要流泪。

两个人的眼神触碰在了一起，又迅速地移开了。大概是都不想让对方难堪，春霞不想让王永华因为她的家境而同情自己，王永华也不想因为自己突兀的造访而让春霞感到自卑。

"傻女子，愣着干甚，赶紧去倒茶啊！"老李兴高采烈地说道，他心里有自己的盘算，哪里还顾忌场面上尴尬的气氛。

可是春霞依旧站在门口，她显得有些茫然无措，不知道该怎么去面对他。

似乎是看出了她的内心世界，想打破这尴尬的气氛，王永华说道："不了，我来找春霞，说几句话就走。"

"那好，你们说话。哎呀，你们年轻人的事情，我老汉在这儿，你们不好意思，你们说你们的，我去忙我的……"

尽管只剩下他们两个人，可谁都没敢先开口说话，也许是都不知道该怎么开口才好。两人慢慢地走在黄土高原的田野间，虽然是并排而行，可是看起来两人似乎都显得那么孤单。他们都有属于自己的心事和心意，哪怕不说，对方也能明白，这就是三年高中时光和那几百张夹在书里的纸条让两人之间产生的默契。

春霞先打破了这让人难受的平静，她问："你，你怎么找到我家来了？"

"哦，毕业那天我有事，来不及去车站送你。我去的时候，看见你已经上车了，我喊你，可能你没听见。我……我撵到县城外，就再也撵不上班车了……"王永华愣愣地说道，他最不擅长的就是当着姑娘的面说话，尽管他和春霞有过无数次这样交流的机会，可说话还是有些吞吞吐吐的。到最后声音越来越小，只剩下了尴尬的笑。

"你来，就是为了跟我说这事儿？"春霞问，听不出来她的语气，也看不出来她脸上的表情，似乎只是随口一问。

"我……我是来跟你道别的。我要走了！"王永华说。

"你要走？"

"嗯，我的录取通知书到了，再过几天就要去省城上大学了。不知道你考的是哪一所大学，也不知道到时候我们还有没有机会再见面了，所以……我就想着在临走之前，再跟你见上一面。"王永华一股脑儿把所有的想法都说了出来，他说话的时候有些激动，有些骄傲，也有些无奈。

"恭喜你，你是我们镇上出去的第一个大学生……"春霞笑着说道，可是说完之后，心里又是一阵酸疼。

"你，你没考上么？"王永华追切地问。

"考没考上，我都不想再念了。我家的条件你也看见了，我要是再念下去，估计这个家就撑不下去了。我还有个弟弟，他明年就要上初中了……我，我不念了。"春霞说话的时候显得很平静，她故意做出一副很轻松，很释然的样子，还冲着王永华笑了笑，可是这个笑容显得那么不自然，甚至有些生硬。她怕自己的难过被他看出来，又赶紧把脸别到一边，朝前走了几步。

"哦……"王永华脸上的骄傲和兴奋瞬间就收了起来，他想劝春霞和他一起上大学，可是想想春霞的话，他又不知道该说什么好。自己家的条件也不是特别好，为了能最后和春霞见上一面，他在镇上揽了一份活儿，干了整整一个暑假，才凑了一点钱，买了那两瓶最好的汾酒和一条大前门的烟。估计他上大学，家里也得再紧巴巴地过几年苦日子。

6

两人依旧并排沿着庄稼地间的田埂往前走，还是没有说话，日头从面前照过来，王永华停在原地愣愣地看着她的背影，心里有了某种难以言说的情愫。他想跟春霞说些什么，可是那句话始终堵在嗓子眼儿，欲言又止，欲语还休。

"我到了省城以后，还会给你写信的。"他说。

"好，我等你给我写信。"她笑着回头说。

夕阳下，两人就这么静静地伫立着，看着彼此的脸，看着彼此的眼，谁也没有再次回避，谁也没有先移开眼神。

"好了，天不早了，我真的要走了。"王永华抬眼看看还挂在天边上的日头，说道。

这句话有他的信念和决绝，也有不舍，那是对于懵懂的青春岁月的不舍，以及对那个苦命而又坚强的姑娘的不舍。可是此时，他又显得那般无奈和压抑，好在家里还有几个兄弟可以支撑着那个家，支撑着他走出大山，支撑着他可以念完大学，支撑着他带着全家老小都过上好日子的信念。

"你走吧，天要黑了！"春霞见王永华还站在身后没动静，这才出声提醒着说道。她的声音略显得有些生硬，还带着些颤抖。她尽量让自己看起来平静些，尽量不让泪水从眼眶里流出来，尽量不让他看出自己的难过。

王永华走了，真的走了，他蹬着自行车沿着黄土高原的土道拐出了山坳。他没有回头，心情无比沉重和压抑，自行车好像也比来的时候骑得更加艰难，每一次蹬下去，都好像要使尽他浑身所有的力气。但是他没有停下，他知道在背后的山梁子上，有一双眼睛还一直紧紧地盯着他。一口气骑出去好几里地，当他再没有气力蹬着自行车前行的时候，才停下来朝着春霞的方向看了一眼。

山梁子上勉强还能看见一个很小很小的人影，逆着夕阳静静地注视着他。显然春霞在他走后，一直沿着山坡在往山上跑，此时她已经站在了山顶上，沉下去的太阳就在她身边，整个小人也被太阳的余晖镀上了一层浅浅的红色。

他再也按捺不住自己的情绪，扯着嗓子朝着对面山梁子上的人喊了起来："春霞，等我回来……"

"我等你回来……"

太阳终于沉下去了，天还没完全黑下来，只能看见两个模糊的人影，彼此站在两道山梁子上。他们中间是一道很深很长的山坳,山坳底下是一片错落有致的农田,稻子已经长成了郁郁葱葱的碧绿色。

这是一句不完整的道别,也是彼此之间最默契的一句承诺,王永华在心底把这句话又重复了一遍,"春霞,等我回来娶你!"

在山坳的那一边,春霞同样在心底回应了他,"我等你回来娶我!"

这是两人之间的默契,谁也没有真的说出口,却也不用说出口。他明白她心里的苦,她懂得他对她的情。如此便是最好的承诺了。可是他们谁也不曾想过,他们中间阻隔的这一层层山山水水,却成了两人之间永远都无法迈过去的沟壑,就如同一道天堑,横在了两人中间。

当晚的饭菜和平常是一样的,一盘萝卜和一盘青菜,没什么油水,可是老李吃得格外起劲。黝黑的瓷缸子里,还特意倒了半缸子汾酒,是王永华走的时候留下的。

老李略微抿了一口酒,挤着眼睛使劲咂了咂,吐出一口酒气。他瞥了一眼春霞,见她只是静静地吃饭,又看了看小军,心里却在盘算着今天下午上门的那个后生,忍不住问道:"今天来找你的那个后生,有啥事?"

"没什么事,他要去省城上大学了,来跟我道个别。"春霞含糊其词地回应着说,说完便只顾着低下头自顾自地吃饭。

"哦……"老李沉吟了一声,脸一下子就黑下去了。

桌上的气氛有些尴尬,春霞的大学通知书也早就已经送过来了,还一直压在他口袋里。这东西他不知道该怎么处理,如果瞒着春霞把信封烧了,依着女子的性子,就算是表面上不敢跟他闹,但肯定心里会难受,以后知道了,肯定也会责怪他。可是把这信封交给她,自己又实在没本事再供她上大学了。眼看着小军马上就要上初中了,先去学校跟老师说一说,学费先缓一缓,兴许能行。可要是女子也还要上学,那就真的是要了他的老命啊。

思量再三,老李终于还是从口袋里拿出了那张已经被折叠得皱皱巴巴的牛皮纸信封,搁到春霞面前。他不知道该怎么去跟女儿商量,又继续往嘴里倒了一大口酒,才说道:"你不说上大学这个事情,我还忘了。头几天我去镇上办事的时候,听说有你的信,我就去帮你拿回来了。这几天忙得慌,忘记给你了。"

老李一边说着,一边看着春霞脸上的表情,寻思着该怎么把话茬子接下去。可是说到一半的时候,他又想起了今天上门的那个后生,如果他和春霞之间要是真的有点什么事情,那就麻烦了。春霞多半也会跟着他一起去省城上大学,她要是真的去了,那自己和小军该怎么办呢?

"姐，你考上省城里的大学了！"小军忙不迭地朝桌上的信封看了一眼，虽然只有小学六年级的文化水平，但是信封上红艳艳的大字，他还是都能认得的。

"我……不想念了！"春霞随手拿起桌上的信封，往口袋里一塞，说道。

"姐，你可是我们村子里唯一一个考上省城大学的呢，咋就不想念了？"小军的眼神有些慌乱，急得都快要哭出来了。

"不想念了就是不想念了嘛！"春霞终于有些按捺不住自己的情绪，第一次给这个她最为疼爱的弟弟甩了脸色。

"爸，你跟我姐说说嘛，考都考上了，咋说不念就不念了？"小军不知道姐姐为什么会突然朝着他发火，有些茫然无措，就像是一个做错了事儿的孩子，眼睛里噙满了泪水。

"不念就不念了嘛，反正一个女子能上完高中，就已经很了不起了。搁在七几年的时候，都可以到公社办的初中去当老师了。"老李安慰着小军，同时他心里的石头也算是落地了。

老李明白春霞是因为这个破败不堪的家才放弃了到省城去上大学的机会。本来他还为这事忧心，不知道该怎么去劝说春霞打消上大学的念头，甚至想过一直把口袋里的信封藏起来。他有些自责，可更多的是高兴，端起大瓷缸子又往嘴里灌了一大口酒。

7

一转眼就到了八月底，小军也到了该上初中的日子了，他却呆愣愣地坐在门槛上。同村好几个小伙伴都已经报完名回来了，就等着开学的日子，他却不知道该怎么跟父亲开口，他期盼着父亲能跟着他一起去报名，期待着能背上书包去镇上的初中上学，可是父亲已经连续好几天都没露过面了。天还未亮的时候，他就已经背着木匠匣子去镇上找事干了，一直到深夜才拖着疲惫的身子归家。每次父亲回来的时候，他都已经睡下了。等着他第二天早上起来的时候，父亲已经早早地就出了门。

"姐，你说咱爸啥时候去给我报名啊？"小军心里没底，他不知道父亲是不是忘记了他上学的日子，但又不敢开口问。

春霞看了一眼孤零零坐在门槛上的小军，同样不知道该怎么回答他的问题。她心底比小军更着急，却又无能为力。地里的事情已经忙得她有些麻木了，日头正盛，她又把场子里的苞米棒子翻了一遍，好让它们能晒得更均匀些，也方便晚上把苞米粒儿掰下来。

"晚上爸回来的时候，我问问。"春霞只能如此去安慰小军，报名的学费她已经打听过了，是六十七块钱，还要自己准备好粮食。她实在是不知道该怎么去解决这么一大笔钱，家里的两个猪仔也只有几十斤，就算是把两头猪都卖了，也可能还凑不够。

那一夜，小军一直坐到了深夜，父亲依旧没有回来。他偷偷地躲在被窝里流着眼泪，却不敢发出一点声音，怕让隔壁的姐姐听见。也不知道自己到底哭了多久，直到最后两只眼皮实在是睁不开了，才慢慢地沉沉地睡了过去。

到了后半夜，小军被一阵争吵声惊醒过来。父亲和姐姐不知道在吵些什么，嗓门都提得老高。他摸索着站在门后静静地看着他们，却没有勇气去开门。

"我不嫁……"春霞梗着脖子把脸撇到一边，眼泪却已经夺眶而出。

"你不嫁，哪个女子大了不嫁人？你成天窝在屋里，吃的是老子的，喝的是老子的，是想要把老子累死不成？"老李的声音从来没这么大过，他也是被逼得急了，实在没有办法，才会说出这么尖酸刻薄的话来。

可是老李心里头是明白的，如果没有这个大女儿，恐怕这个家早就已经支撑不下去了。就连猪圈里那两条猪崽子都还是春霞趁着暑假到镇子上找事干，攒钱买下的。连着这好几年，至少每年过年的时候，都能杀个不小的猪娃，有点肉吃。但也从来不敢多吃，都送到镇子上的供销社换成了钱，只是为了替自己交个学费。余下的几个钱，都替他和小军扯了过年的衣裳。

老李更明白，春霞之所以不愿意去省城上大学，完全是因为这个破碎的家，已经再也没能力供得起她了，所以才放弃了全村人都梦寐以求的上学机会。可眼下，收成不好，这两个猪崽子又小得很，杀了可惜，卖又卖不了几个钱，小军的学费到现在都还没有着落，着实让他为难得很。

"春霞啊，你要是能找个条件稍微好一点的婆家，也可以帮小军一把嘛，起码让他把书念完。"老李两只眼睛都湿润了，他是已经五十多岁的人了，木匠手艺在眼下也实在是挣不了几个钱，而且找他做木器的人家也越来越少。错过了眼下这几天，怕是要耽搁小军报名的日子了。

他每天早上天还没完全放亮的时候，就揣着两个隔夜的玉米面馍馍，背着木匠匣子，走三十里山路去镇子上揽活儿。往往都是他刚到了镇上的时候，天才亮起来。他挨家挨户地上门打听有没有人家要打新家具。可是有时候，一整天都接不到一单活儿。就算偶尔有人家请他做两件木器，也顶多只是做个搓衣板，打几条新板凳，根本就挣不了几个钱。有时候到了中午，他也会故意放慢干活儿的速度，好在主人家里蹭上一顿午饭。实在是没饭吃，他也从来不愿意花几角钱去铺子里买碗面。

镇子上的饭馆之前请他做过些桌椅板凳，倒还记得老李这个人。有时候，见他大中午的还挨门串户地揽活计,面馆老板总会叫他进门喝口水再走。起初几天,面馆老板还会给他盛碗面,也总说是不要钱,可是老李走的时候总会把钱搁在桌子上。后来干脆就不敢再去面馆了,他是个要面子的人,不能总是去蹭饭吃。别人好心请他吃碗面,他始终觉得这碗面吃得那么腼腆,留下钱在桌子上,心里总觉得丢了些什么。可若是不把钱留下,他又觉得自己比别人矮了一头。

"不是爸非要逼你结婚,这不是跟你商量嘛?你也都十九岁了,我像你这个年纪的时候,都已经开始在生产队里挣工分了……"老李说着说着,自己的眼泪就下来了,他不敢让春霞看见,忙把脸偏过去,只是重重地叹了口气。可能是想到了些什么,他觉得心底无比的难受,最后索性敞开门坐在院子里头抽烟。

小军想去安慰春霞,可是这事他根本就掺和不上。姐姐为什么不愿意结婚呢?这成了小军心底挥之不去的疑问,他在心里设想过无数个答案,是因为这个家穷,她不愿意过早地把自己嫁出去,是放心不下年迈的父亲和我么?这也让小军心底产生了无限的自责,他的自尊心在这一刻显得那么脆弱和无力,眼泪情不自禁地又下来了。可是他只能偷偷摸摸地爬回到床上去装睡,装作什么都不知道。

老李一个人坐在院子里的大磨盘上,黄土高原的夜显得那么凉爽,他却觉得背后燥热得慌。蚊子沿着他耳边嗡嗡嗡地转了好几圈,吵得他有些心烦意乱,连着拍了好几巴掌,似乎都扑了个空。此时他真想狠狠地抽自己几巴掌来解恨,他恨自己只是个农民,恨自己只会个木匠手艺,恨自己连儿子上学的学费都无力负担。

当年和他一起在生产队里挣工分的几个伙计,如今都住在镇子上了,早就不再住像他家这样四处漏风的窑洞房。可是他没有办法,他已经五十多岁了,心里早就没有了再走出大山的勇气。他甚至不知道,将来会是个什么样子,这破烂的窑洞让他的心情烂到了极点,可是他已经顾不上这些。他寻思着,能不能去学校跟老师说说,先让小军报名上学,等到了年底,把两头猪都卖了,再去把学费给补上。

8

又是一夜未眠,老李坐在门前的磨盘上抽了一晚上的烟袋,磨盘底下已经磕满了一地的烟灰。他不知道,这一夜除了他以外,春霞和小军也都各自怀着心事。

小军也是一夜未合眼,在他幼小的心灵深处压抑着不符合年龄的负担。他想走出整日黄土漫天的村子,去外边的世界看看,哪怕只是看上一眼,也算是知足了。他想去上学,像姐姐一样,考上省城的大学。可是眼下拦在他面前的,仅仅是天亮后的报名费。这是他这个年纪的孩子最不应该去操心的事情,却是他最为忧心的事情。

春霞静静地躺着，望着黑夜发呆，泪水不禁打湿了枕头。多少个夜晚，她的眼泪都是这样静静地流淌在枕头上。或许除了偷偷地抹一把眼泪，她已经没有更好的宣泄方式了。母亲不在了，那个唯一可以让她像个孩子一样窝在怀里哭泣的人，已经躺在黄土高原的山梁子上十年了，或许已经和高原上的泥土融为了一体。父亲是一个活得比庄稼还要糙的老农民，一辈子和黄土打交道，又怎么会懂她一个姑娘家的心事，也似乎从来都不曾想过她会有心事吧。

天亮的时候，春霞和往常一样起得很早，一夜未眠使得她看起来总有些无精打采的样子，但是她不能让小军和父亲看出来。稍微洗了把脸，尽量使自己看起来精神些之后，她便开始忙碌着做早饭。

庄稼人只要不偷懒，也总能吃得上一口饱饭，只是饭菜没什么油水，看起来格外的清淡。早饭差不多做好的时候，日头也已经爬到了山边上，第一缕日光照在了老李的脸上，他看起来像是一座活的雕像。春霞想招呼他进屋用早饭，可是张了张嘴，始终没有喊出声来。她心里很是清楚，眼前的父亲已经老了，再也没有能力支撑起这个家。今天是小军开学的日子，可是对于这件事情他一直没有交代。在院子里坐了一夜，或许并不是因为和自己生气，可能只是因为小军的学费而忧心得睡不着觉。

小军在天刚亮的时候，才勉强睡了一会儿。当阳光透过窗户照进来的时候，他全然没有了睡意，不管这个学到底还能不能上，总归要问过父亲之后，才有结果。

他揉着惺忪的睡眼走出房门，看见姐姐正站在大门口静静地看着父亲的背影发呆，他想喊她，却不敢。昨晚父亲和姐姐吵架的事情，到现在还一直悬在他的心头。

小军轻轻走到春霞身边，朝着她眼神的方向看过去。春霞似乎是察觉到了小军站在她身后，回头看了他一眼。然后朝着他挤出了一个笑容，就径直去帮他倒好了洗脸水。

"洗好脸了，去叫爸进来吃饭。"春霞小声地对小军说。

"哦！"小军用毛巾抹了把脸，偷偷从毛巾的边缘看了一眼春霞。然后又朝着门外的老父亲瞥了一眼，小声地叫住了春霞，说道："姐，我今天就要开学了，爸……是不是忘记了？"

"一会儿，叫你姐领着你去镇子上报名。"老李在门外说道，然后依旧是闷声不吭地坐在磨盘上抽烟。

小军听见父亲的话，先是微微有些惊讶，继而又冲着春霞笑了下。他怎么都没想到，父亲还记着他今天要去初中报名，可是到现在为止，他还什么都没有准备。

"爸，吃饭。"春霞在经过门口的时候，又朝着父亲喊了一声，也不等他答应，就直接进了灶房去盛饭了。

这顿早饭,三个人吃得格外别扭。老李只是随意地啃了个面饼子,往自己碗里扒拉了两筷子酸白菜,两口就把一大碗疙瘩汤灌进了肚子里。他把空碗搁在桌子上,从炕上跳了下去,双脚慢慢地伸进黄胶鞋里,鞋后跟都没来得及往上提,直接踩在了脚跟下,进了屋里。

没过一会儿,他又从里屋出来了,手上多了一个黑色的布包。他把布包展开,里边还有一方手帕,不知道手帕里到底包的是什么东西,不过在他手里的东西就好像是金豆子一样,他小心翼翼的样子,让小军格外地好奇。碗口杵在嘴唇边上,却忘记把疙瘩汤倒进嘴里,只是静静地盯着父亲的手。

终于手帕也被翻开了,里边居然包着厚厚一摞钞票,最大面额的一张十块钱被压在最底下,上边是五块的、两块的、一块的、五毛的、两毛的、一毛的,总共有一本书那么厚。

"这是三十九块七毛四分,你先拿去给小军报名。不够的,你先给老师说一下,到了年底,屋里把猪卖了,再给补上。"老李数也不数,直接把一摞大大小小、花花绿绿的钞票放在了炕上,然后又把手帕和黑布包重新叠好,放进了里屋。

小军从来没见过这么多钱,甚至从来没见过十块钱以上的面额是个什么模样,他呆愣愣地盯着那一摞厚厚的钞票有些出神了,直到疙瘩汤顺着嘴角流到了脖子里,他才缓过神来。

"我出去还有些事,可能晚点回……"老李简单地跟春霞交代了几句,就扛着锄头下地去了。

春霞知道,眼下农活儿都已经忙完了,山梁子上的地也都刚翻了一遍,就连地里的草也早都扯尽了,根本没什么好忙活的,他大概又到田埂上找个地方抽烟去了。

这是老李最难受的事情,他多么希望能够带着小军去学校里报名,亲自给他铺一回床铺。可是他连一件像样的衣裳都没有,怕给小军丢人。他怕自己出现在学校里,会让小军被同学们笑话,所以才找了这么个借口,偷偷地躲出去了。春霞是上过高中的,至少在她上初中的时候,还一直是学校里成绩最好的,或许她去给小军报名,在老师那边说话会比他这个庄稼汉稍微管用些。

9

吃完早饭,春霞找了个去镇上的拖拉机,把早就晒好的一大麻袋苞米粒儿和两袋磨好的稻米、两床被子、瓷盆等一些东西装上了车。口袋里揣着父亲早上留下的那皱巴巴的三十九块七毛四分钱,带着小军去了镇上的中学。

小军总觉得一切都是新的，这并不是他第一次来镇上了，可是这次他的心情是不同的。平常来镇子上买些零碎东西，也都总是匆匆地赶二十多里山路，直奔供销社拿上想买的东西，就又匆匆地赶回去。他只是跟在春霞身后，四处看看镇子上不一样的房子，硬化的水泥路面，偶尔有人骑着自行车从他身边经过时狂按铃铛，他都会驻足看着别人的背影好久好久。

春霞的心底也有些忐忑，她的口袋里只揣着那三十九块七毛四分钱，这让她显得有些窘迫和紧张。学校门口的展板上贴着一张红纸的公告，新生都是先在那上边找到自己的名字之后，然后按名字后边分派的数字去相应的教室找班主任老师报名。报完名后，还要去学校食堂交粮食，把苞米和稻米都换成粮票，然后安排学生住的宿舍。

"姐，我问过了，我在三班，报名费和住宿费加在一起是六十七块钱。"小军明显有些不自在，他知道姐姐口袋里只揣了三十九块七毛四分钱，这离他报名的费用还差了好大一截。

同样地，春霞心里也觉得有些为难，可是她只能硬着头皮，死死地攥着口袋里那仅有的三十九块七毛四分钱去给小军报名。眼看着太阳已经慢慢地挂在了头顶上，估计把小军的事情完全处理好应该是到了下午三四点了，那时候还得紧赶慢赶地走二十多里山路赶回去。

春霞让小军站在树荫下，看好被子和粮食，然后就朝着初一三班的教室走了过去。这里不同于村子里的窑洞房，是三层的红砖楼房。春霞曾经在这里待过三年，这里的一切对于她来说，既是熟悉的，也是陌生的。她记得自己曾经坐过的每一间教室，也记得自己曾经在厕所的灯光下熬夜读书。可是所有的记忆都已经变得模糊起来，她已经没有再坐在教室里念书的机会了。

在她面前的教室里，坐着几个和小军一般年纪的少年，每个人脸上都洋溢着灿烂的笑容。终于，报名的人都领着自家的孩子去交粮食，找宿舍了，她才凑到了班主任老师的桌案前。

"李春霞？"正在给新生办理报名手续的班主任老师一眼就认出了她，不禁有些惊讶。

"李老师。"春霞讪讪地笑了笑，其实她老早就认出了这是她曾经的班主任，只是一直没有上前去打招呼。她有些不好意思，兜里报名的钱不够，这让她不由得就站在了报名队伍的最后边，等所有家长都走完了，她才走上前来。

"你今年不是考上省城的大学了吗？喜报都送到学校办公室来了，这都该开学了吧？怎么还没走呢？"李老师高兴得合不拢嘴，这是他所教的学生里边，第一个走出大山，考上省城大学的学生，也是他在自己所教的学生们面前炫耀的资本。但是春霞的出现，却让他有些意外。

"我是来给我弟弟报名的！"春霞不知道该怎么解释，索性便直接回避了这个问题。她的心里有很多的无奈，但是这些事情，除了已经去省城上大学的王永华以外，怕是再也找不到可以倾诉的人了。

"你弟？你弟弟今年也上初中了？"李老师继续问道。

"我弟叫李小军。"春霞解释说。

"李小军。"李老师慢慢地在花名册上扫了一眼，很快找到了小军的名字，接着他又喜上眉梢，笑着说："呵，你弟的小学成绩也还不错，初中再好好地抓几年，考上县里的一中是肯定没有问题。"

春霞艰难地从口袋里掏出了那一把皱巴巴的钞票，因为攥得太紧，手心的汗水已经把最外头那张五元的钞票打湿了，春霞赶紧把那张钱抽了出来用袖子压平。她把厚厚的一大叠钞票交到了班主任老师的手上，才怯生生地说道："这是三十九块七毛四分钱，差的部分我过几天再给您送过来，能不能先让我弟报了名……"

春霞就像是一个做错了事情的孩子一样，话说到最后声音也渐渐小了下去。对于一个曾经学习成绩最为优秀的女生，如今却因为弟弟的学费，在老师面前畏首畏尾，连说话都没有了底气。或许她真的是要小军去看着粮食和被褥，又或许她只是不想让弟弟也处在和她一样尴尬的境地。

"要是换了别人，这事儿肯定不行。可谁叫你是我们学校成绩最好的娃呢，也是我带过的这么多届学生里第一个考上省城大学的学生……可是我也只能帮你们先争取这样拖着，剩下的钱，可一定要及时补上啊！"李老师讪讪地笑着说道。

这话听在春霞的耳朵里，让她像火烧火燎般地难受。她曾经幻想着未来的美好，幻想着可以和王永华一起，脸上洋溢着笑容，并肩走在大学的校园里。毕业之后能找到一份稳定的工作，慢慢去改善艰难的家庭环境。可是仅仅因为一个穷字，就将她对未来所有的憧憬彻底地击碎成粉末。此时她甚至有些怨恨父亲，甚至怨恨自己，作为一个女性，在这个人人呼呼男女平等的时代，只能成为这个家的牺牲品。

可这样的念头只是一瞬间便又被她给否定了，或许她觉得自己算是幸运的，相比大多数小学都没念完的同龄人来说，她算是幸运的。如果不是母亲的坚持，可能在十年前的某一天，她就已经彻底失去了上学的机会。她开始怀念自己的母亲，那个因为生育弟弟而永远没能走出手术室，没能再回家的苦命女人。

可是她不能在这个时候释放自己的情绪，不能告诉曾经以她为傲的班主任，她放弃了上大学的机会。春霞挤出一个尴尬的笑容，很是感激地说："这事儿要是能行，肯定得好好感谢老师。您放心，剩下的钱我肯定尽快补上。"

10

阳光照在校园里,到处都是洋溢着青春气息和带着灿烂笑容的年轻人,春霞看着他们三五成群,走在青石板铺成的校园道路上,不禁想起了自己曾经上学的情景。没有人来送她,也没有人帮她报名。每次开学的日子,都是她最期待,也最害怕的日子。

她期待着能早早地坐在教室里,以此逃避那个让她厌烦了的家,那个冷冰冰,很久不曾真正有过笑声的家。可同时也担心自己的学费,父亲的收入总是有限的,每次她开口向父亲要钱的时候,总是小心翼翼,生怕他会剥夺自己上学的最后一丝希望。

父亲每次都是同样的一句话,那句话让她小小的心灵深处,种下了对于贫穷深恶痛绝的种子——"又要上学,上什么学,书都让你念完了,还要去念。你一个女娃,念那么多的书有啥子用?难道以后还能当教书先生不成?"

每次春霞都只是耷拉着脑袋静静地听着父亲发牢骚,可是牢骚发完以后,父亲还是会很不情愿地从口袋里掏出些皱巴巴的钞票。从来不问学费的具体数字是多少,直接就把身上有的钱全部递到春霞手里。尽管有时候会差很大一部分,可是春霞已经很感激了。

这次小军上学的情景是多么的相似啊!可是面对已经五十多岁的老父亲,春霞又不敢当着他的面说什么,但愿小军能顺顺利利地把学上好,把书念完。在她身上不曾完成的梦想,就交由小军去完成吧!

"姐,报名咋样啊?"小军站在日头底下,额头上已经被阳光烤出了一层细密的汗珠,被汗水浸湿的刘海儿贴在脑门上。

春霞帮他轻轻地抹了一下额头上的汗水,把头发捋到一边,然后笑着说:"放心吧,报名的事都已经妥了。你安安心心把学上好就行了,其他的事情不用你操心,万事都有姐呢!"

十二岁的小军看起来已经跟春霞一般高了,只是脸上还带着未曾消退的稚气,也因为饭菜没什么油水,身子看起来有些单薄。可是他的眼睛里总是透出一种饱经沧桑的味道,没有城市子弟身上那种纯粹的少年应有的天真,看起来略微显得有些复杂。

"走,姐去给你交粮食,把粮食换成粮票,你以后拿着粮票去食堂打饭,知道不?"春霞扯着一个装满玉米粒的大麻袋,有些吃力地一点点地往前拖着。

那一大麻袋粮食少说得有一百多斤,看着艰难而又吃力的姐姐,他有些不忍心。几步就冲了上去,从春霞手里抢下了大麻袋扛在自己肩上,然后喘着气说:"姐,你看着被子,我去交粮食。"

春霞还来不及说些什么,小军就已经扛着比他自己还重的粮食麻袋朝着食堂后方的粮仓过去了。这一刻春霞心里有些堵得慌,她心疼着小军,同样她也知道小军在心疼她,她忍不住想哭,眼泪在眼眶里打着旋。可是她不敢让小军看见,抬起袖子擦了擦眼眶和额头,尽量让自己看起来更精神些。

小军往返了三次,才把一大麻袋玉米粒和两袋子稻米送进了粮仓,在仓库门前有人专门在那里等着学生家长们把粮食送来过秤,然后按着粮食的种类和斤数,发放对应数额的粮票。小军把一大摞粮票拿在手里,花花绿绿的三种颜色的塑料卡票,每一张上边都写着二两或者三两的字样,他把粮票在姐姐面前晃了晃,似乎是在告诉她自己已经长大了,可以独立去完成这些活儿。

"你要把粮票收好,千万不能丢了。学校一般都是一个星期发一次粮票,你每次领了粮票之后,随身带着。吃饭的时候一定要按时去打饭,要是吃不饱,你就跟姐说,我再多给你准备点粮食。"春霞细心地跟小军嘱咐道。

"够了,够吃!"小军有些不好意思,他现在每次吃饭都能吃上两三大碗,加上没什么油水,很快就又饿了。家里的光景不好,地里庄稼收成不多,一多半粮食都已经为了他上学送到了食堂,实在不敢再给家里增加负担了。

"你现在正是长身体的时候,吃不饱一定要跟我说。家里的事情有我跟爸操持着呢,你不要有思想上的包袱,轻装上阵,好好上课就行了。"春霞安慰着说道。

报完名,交完了粮食,春霞又带着小军去了宿舍。宿舍是用烧制的土砖盖起来的楼房,条件比春霞上学的时候要好很多。这是镇上唯一的一处楼房,小军第一次看见这么高的房子,他在内心深处种下了一个信念,以后一定要让父亲和姐姐过上好日子,一定要让他们也住上这样的楼房。

一直忙活到了下午,春霞帮小军铺完了床铺,又交代了一番才离开。回去的路三十多公里,春霞走了整整两个多小时,她兜里仅剩下的几块钱也都给了小军。刚进学校的时候,买墨水买作业本都是要花钱的。小军虽然没有直接开口,可是春霞毕竟也是从那个时候一步步走过来的。

她不禁开始回忆起自己上学的时候,一瓶墨水一毛九分钱,可是又不敢开口向父亲要,就算是开口要了,父亲也顶多是发着牢骚给她一只鸡蛋,让她拿到供销社去换墨水。可是一只鸡蛋在当时只能卖到五分钱,剩下的还差着好大一截呢。但是父亲可不会去管这些,要是说多了,父亲就会大发雷霆地冲着她吼:"饭都快要吃不起了,你还要上学,上个屎的学。现在读完书了,有啥屎用嘛,又不给安排工作。"

那时候,春霞也是无奈地趁着星期天下午,去山林子里砍上几捆柴火,再走二三十里山路,把柴火拖到镇上的供销社卖了换钱,一百斤柴火也只能卖到两块七毛钱。而且还不能让父亲知道了,那显得他没本事,连娃娃们上学都没法子管。如果他觉得自己脸上挂不住,也是要发火的。

第3章
/ 亲事 /

1

春霞到家的时候,天已经快要黑下来了。玉米棒子还晒在场子里,门也还是她走的时候锁上的,父亲显然是一天都没回来过了。她不知道父亲出去干什么了,也管不了。匆忙收拾完了晒在场子里的玉米棒子,她又开始忙活着生火做饭。她已经忙碌了一天了,除了早上走的时候喝了一碗米汤,中午连口水都没舍得去买。加上又走了三十里的山路,她是又累又饿。

随便热了一口早上剩下的米汤,粗略地吃了一大碗,春霞又开始忙活着煮猪食。直到这个时候她才想起来,今天光顾着忙活小军报名的事情,耽搁了去地里除草。可是眼下秋老虎正紧,太阳毒辣,连地里的草都已经被晒死了。

已经连续好多天没下过雨了,收回来的玉米棒子完全晒干了,晚上捡上满满一筐慢慢将玉米粒搓下来。

看着天边红彤彤的云彩,春霞有些担心。都说"朝霞不出门,晚霞行千里",照这么下去不知道什么时候才能下一场雨,明年的粮食也肯定减产,要是那样的话,家里吃的都不够,小军开年上学的粮食又怎么能交得上呢?她不禁开始站在场子里发呆,看着身后破败不堪的窑洞房,身上突然多了一副千斤重的担子。

这是她第一次有了这样的焦虑感,在她刚刚离开校园的第一个秋天。父亲除了每天早出晚归,好像从来不关心这个家,也从来不关心她和小军上学的事情。要是母亲还在世的话,她会不会也像这样焦虑呢?可是母亲已经不在了,在这个时候,春霞更不能退缩,也绝不能生出退缩的念头。如果她倒下了,这个家肯定就再也撑不下去了。她站在黄昏的云霞里,不禁叹了口气。

这个时候,老李扛着锄头悠哉地唱着一首信天游,走在回家的小道上。他的心情从来没有像今天这么高兴过,似乎是捡到了一个大宝贝一样,笑得合不拢嘴。

早上出门的时候，他忧心忡忡地躲在田间地头上抽着闷烟，小军上学这件事情，着实让他觉得自己没什么本事。一直以来引以为傲的木匠手艺，却连儿子上学的学费都挣不来，不禁让他心里很不好受。可是他改变不了这个现实，坐在地头上，一辈子没有出过山的老李在想，到底是哪里出了问题。

为什么别人家和他家一样都是种地的，可是日子过得比他还景气些。搁在公社刚刚解散的时候，他这门祖上传下来的木匠手艺可算得上十里八乡出了名的绝活。不管哪家结婚，那新家具也都是他亲手打造的，没有哪家不说他做的家具结实、漂亮的。村里盖小学，所有的课桌和板凳也都是他一个人承包下来的，别人根本没有这个手艺。

可是就这么几年工夫，没人再请他做木器活了。大家伙都更愿意跑到镇上去买家具，那种看起来漂亮，却根本用不了几年的组合柜，大衣柜和席梦思到底比他做的木器强在哪里呢？

可就在他坐在田埂上抽着闷烟发呆的时候，却听见不远处有人在叫他。抬头一看，是在生产队当妇女主任的罗凤英。

老李对这个女人没什么好感，可是毕竟人家还算是半个当官的，老李心里再怎么不待见她，可是嘴上也不好说什么。

记得小军刚出生还不到三个月，罗凤英就多次上门，对于老李家生二胎这个事情，她抓得死死的，三天两头地到老李家里要小军的社会抚养费。可当时的老李根本就拿不出来一分钱。这个罗凤英霸道得像个母夜叉似的，双手叉腰，把老李骂得抬不起头来，老李只得抱着孩子蹲在场子里的大磨盘上。

闹到后来，罗凤英叫人把老李家所有的东西全都搬到村委会去了，老李也没阻拦。对于他来说，只要能保住孩子，这些旧家具什么的都不重要，往后自己还可以再做。直到有人翻出了老李的木匠匣子，要一并给没收了去，他这才急了眼，出手阻拦。

后来孩子和木匠匣子总算是保住了，可是老李家里除了几孔破窑洞以外，什么都没剩下。那段日子，是他家最难熬的时候。要不是那一年，后山梁子上的李二爷帮着照看这两个孩子，估计小军早就饿死或者冻死在那个冬天了。

2

老李对罗凤英的到来有些意外，同时也没什么好脸色，他心中有些怨气。他在想如果当时不是因为这个女人野蛮地带着人将他家里所有的东西都搬空了，或许现在这个家也不是这样的光景。

"老李还在忙着哩！"罗凤英站在路边上，冲着坐在田埂上的老李大声吆喝起来，声音大得山梁子那边都能听得见。

老李黑着脸，皮笑肉不笑地冷哼一声，回应说："哎呀，不比你罗主任忙得紧啊。这又是到哪家去收超生款啊？"

"哎呀呀，瞧你说的哪里话，收什么超生款哦。这个得罪人不讨好的活儿，我早就不想干了。这不，前几年就辞了妇女主任的工作，现在在镇子上开了个小卖铺。"罗凤英被老李这句话噎了半天，还是厚着脸皮赔笑着说道。

"呵，我倒是听说，你是因为收了超生款不往财政所上交，尽往自己娘家送，让人给检举了，妇女主任干不下去了，才去镇上开的小卖铺啊？"老李丝毫没给罗凤英面子，半开玩笑地说。

"这是哪个婆娘烂嚼舌根子，成天说些没得屁眼儿的话。"罗凤英一听这话，顿时又恢复了一副母夜叉般的嘴脸，双手叉腰像个泼妇一样骂着说道。脸上青一块紫一块的，好半天才把气捋顺了，可她转念一想，今儿个来找老李，又不是吵嘴的，还是先说正经事。不消片刻，她脸上由阴转晴，又笑着说道："老李啊，我今天来呢是有个好事跟你说。"

"哼，好事你还是留着自己回娘家说去吧，我可没工夫听你扯淡……"老李愤愤然地把锄头一扬，带起一些土灰甩得老高，把锄头往肩膀上一扛，说道。

罗凤英眼见老李起身要走，忙凑上去一把扯住他的袖子，也不管老李黑着脸给她摆脸色，笑着说："我说的好事啊，是给你们家女子寻了一门好亲事。"

"我们家穷，女子跟我一样是个庄稼人，咋个敢攀得起你找的高枝儿。你还是找别人家说去，我家的女子，我自己操心！"老李甩开罗凤英的手，怒气冲冲地一个人沿着田埂往回走。

"哎呀，你听我说嘛。我可不是为了这点说媒的钱啊，人家那边说了，光是彩礼都愿意给你五百块钱呢！"罗凤英忙不迭地小跑着一路跟在老李身后，一边跑一边解释说。

老李虽然心里一直压着火气，对罗凤英这个人极其反感，可是在听说对方愿意出五百块钱彩礼的时候，他的心明显跳了一下。老李一辈子都没见过那么多钱，自从公社被解散之后，他在农闲的时候也会去接一些木匠活儿，能给他开到七毛钱一天的工资，已经算是顶到天了。

差不多十多年过去了，他现在给别人家做些家具，椅子最多能卖到两块钱一把，柜子最多五块钱。这五百块钱的彩礼，他得打多少套家具才能攒够那么多钱啊？而且现在小军上学也需要花钱，他也一直为这事操心上火，可是一直干着急，却始终没个实际能挣到钱的法子。

但是再看看罗凤英那副嘴脸，他就觉得这件事情有些不靠谱，镇上能出得起这么丰厚彩礼的人家，怎么会看得上他家的姑娘？虽然他的木匠手艺十里八乡都还算是出了名的，可是也不至于说，有人愿意给自己添上这么大一副担子。他已经是上了年纪的人，儿子还小，刚上初中。先不说上学要花钱，可能还等不到小军成家立业的时候，这个烂包光景的家就已经撑不下去了，难免到时候还要让女婿承担起这一大家子。

再有就是当年因为超生款的事情，罗凤英领头带着人到他家来搬东西，连锅碗瓢盆都没留下。刚死了老婆，儿子还在襁褓中，一口奶水都没吃过，她那样做无异于将老李一家逼上了绝路，这使得原本就破败不堪的家到了濒临崩溃的边缘。等于说是罗凤英将他一家祸害成了现在这副模样，他怎么也不可能就咽下这口气。

可是罗凤英这个人，他还是了解的，是个无利不起早的主儿。且不去说她整日里游手好闲，好吃懒做，喜欢搬弄是非，若不是得了别人极大的好处，又怎么会翻山越岭赶三十多里山路，上门来替他说这档子亲事？若是这个时候回绝了她，她回去自然也没法子给别人交代。老李心里这么寻思着，也算是为当年的事情出一口恶气。

"五百块钱的彩礼，哼，你自己要是有个女子，估计也不会跑这么远的路，把这样的好事说到我家女子头上！"老李依旧没给罗凤英好脸色，他说话虽然显得很是平静，可是每句话里都夹枪带棒，充满了火药味。

"瞧你这说的，我自己要是有个女子，这么好的女婿，我肯定是愿意把闺女嫁过去的嘛！可是我连个娃都没有……再说了，我知道你还在为当年的事情记恨我，可那都是没有办法的事情，上头有村上管着，我不也是被逼无奈么？现在好了，我也不再当那劳什子的妇女主任了，有这样的好事，可不就想着你老李家的姑娘么？为了当年的事情，我是吃不好饭，睡不好觉啊。现在好了，有这样一个机会，我要是能给你家春霞找一门好亲事，也算是能弥补一下当年的罪过嘛！"罗凤英还是不肯死心，苦口婆心地跟老李掰扯着。

"当年的事情，你要是不提我还不想说，既然你提了，我就要跟你好好说道说道。为了一百块钱的超生款，你连我屋里的酸菜坛子都搬走了，为了一坛子腌得半生不熟的烂白菜，在村上跟人能打起来……要不是我拼命护住了木匠匣子，守住了祖上留下的这门手艺，估计现在早就已经饿死了。哦，现在又想来祸害我闺女，我家里虽然是穷，可还不要人施舍和可怜！"老李突然抬高了嗓门，这和以往看起来懦弱本分的他简直判若两人。

3

罗凤英没想到,老李这个平时看起来本分的庄稼汉会因为女儿的亲事而冲她发这么大的火。她以前当妇女主任的时候,从来都是颐指气使地指着别人的鼻子骂,哪曾受过这样的气?可是一想到要是能把这门亲事说成了,能有一笔丰厚的谢礼,这口气她也只能咽到肚子里。谁还能跟钱过不去呢!

她在田埂上站了一会儿,就在她站在原地生闷气的时候,老李已经扛着锄头走出去一二十米远了。她咬咬牙,又追了上去,嬉皮笑脸地拉住老李,很尴尬地笑了下,才说道:"老李啊,你我都是一大把年纪的人了,都说冤家宜解不宜结,你说说,谁家结婚能拿得出来五百块钱的彩礼啊?你要是嫌少,我再去跟人家商量一下,这事要是能成,也算是我做了一件好事嘛。都说宁拆十座庙,不毁一桩婚。这还是给你家的女子说亲哩,你看你家的女子也已经到了出门的年纪了,再过几年也肯定是要嫁人的嘛,到时候你上哪儿去找家里有这么好条件的女婿呢?"

老李没有说话,脸上也看不出来表情。他把锄头又放在地头上,把裤子往上提了下,蹲在了田头上。罗凤英见老李停下来,瞧着他闪烁不定的眼神,心里想着这多半是有门儿。若是照着这个倔脾气的木匠以往的作风,他肯定懒得听自己废话,直接扛着锄头就把自个儿晾在了田头上。但是现在他愣在那里发呆,就说明这事儿肯定是有转圜的余地,保不准是自己刚才哪句话说到了他的心坎上了。

老李其实自己心里也正在寻思着这事,不管自己过去跟罗凤英有多么大的深仇大恨,可是眼下若是不给春霞找一门稳当的婚事,有个女婿帮衬一把,可能这个家就真的要散了。不管女婿怎么样,自己的闺女,那婚姻的事情还得由自己来做主才行。眼看着地里的稻子已经快要干死了,田里的水也都快要见底了,很多地方也已经完全被晒干,露出了一道道指头宽的裂缝。

老李心里知道,若是再不下雨,恐怕今年的稻子又得大幅度减产。且不说明年开春,小军上学往学校交粮食,恐怕连自己家吃饭都得成问题。人都没得吃,哪还有多余的粮食喂猪啊?要是今年年底,这两个猪崽子不能卖个好价钱,到时候估计小军今年欠下的学费都交不上了,又哪里还有继续读书的机会啊?

"那个,我们家的女子可是在县城里头念过高中哩,这要是放在以前'农业学大寨'那会儿,回来镇上当个老师,教初中的娃娃都绰绰有余。就是拿到现在来说,我家闺女也是考上了省城的大学,虽然她不想念了,可是十里八村的谁个有我家女子这个成绩?五百块钱的彩礼,就想把我女子给打发了?"老李突然像是变了一个人一样,虽然他很不待见罗凤英,但是整个镇上能拿得出来五百块钱彩礼娶他家闺女的,可能也真还挑不出来几个。

"我就是说嘛，五百块钱的彩礼肯定是少了点嘛，你还有啥子条件，你说，我回去再跟人家小伙子商量一下嘛！"罗凤英终于喜笑颜开了，只要老李肯提条件，这事情就好办了。她在心里盘算着，自己能把这件事情说成了，中间能落多少好处，心里不禁跟吃了蜂蜜一般，笑得合不拢嘴。

　　"这事情，要我女子点头才行。你找我唠叨了半天，又有啥子用？你以前是村里的妇女主任，从那个时候就已经提倡婚姻自由了，我女子不答应，这个事情说也是白说。"老李继续说道。

　　罗凤英有些急了，可是转念一想，这多半是老李找的借口，他多半是不好意思提条件，所以才整出来这么一出。保不准回去就跟他家的女子商量好条件，然后再借着闺女的口提条件。她想了一下说："哎呀，虽然是说现在男女平等，婚姻自由。可是父母之命，媒妁之言那也是传了好几千年的规矩了不是。你这个当爹的不点头，你女子还敢自己做主了？"

　　说着，罗凤英就直接往老李手里塞进去一摞厚厚的钞票，还不等老李拒绝，她就硬是把钱按进了老李的口袋里。

　　老李把钱从口袋里掏了出来，也是着实让他吃了一惊，这厚厚一大摞钞票，少说得有将近三百块钱。他不是没见过百元大钞，可是一下子这么多钱摆在他面前，却着实让他有些不安，老李二话不说就打算把钱退回去，可是罗凤英怎么都不肯接，老李有些急了，说道："你这是什么意思嘛？"

　　罗凤英再次把老李悬在半空中的手推了回去，说道："我是来说媒的嘛，怎么能空着手来呢。这三百块钱啊，是男方家里下的聘礼。等到他们俩结婚的时候，再给五百块钱的彩礼钱。"

　　"可这事情……"老李实在是有些为难了，若真是个好女婿，能真的对他闺女好，倒也未尝不是一件好事。可是自家女子这个个性，他心里也是清楚的。虽然春霞这么多年以来，什么事情都顺着他，但是唯独在结婚这件事情上，春霞跟他顶了好几次嘴。若是接了这个钱，到时候春霞那边的工作做不通，可怎么办呢？

　　"你放心，人家让我直接带着聘礼过来，也是让你看见人家的诚意嘛，要是春霞真的不同意的话，到时候你再把钱退回去不就是了嘛！"罗凤英安慰着老李，让他放宽心，先把这钱收起来。

　　老李是个老实本分的庄稼人，他寻思着，这也算得上是一件好事，到时候回去跟春霞商量一下，没准要是这丫头同意了呢！这一笔钱不光是解决了小军所欠的学费的问题，就连今年过年也能算是有个着落了。但是不管怎么说，在这件事情定下来之前，还是得先回去探一下春霞的口风，如果到时候这个事情真的行不通就算了，再想其他办法。

"那这样好了,我回去跟女子说一下这个事情,她要是同意,自然是个好事嘛。可要是她不答应,我也无能为力,到时候这个钱你再拿回去,跟人家说一下。你看咋样?"老李试探着询问道。

虽然老李是这样想的,可是他万万没想到的是,罗凤英其实早就在给他下套了。下午春霞给小军报完名回家的路上,被镇上的曹贵荣瞧见了,他一眼就看上了年轻又漂亮的春霞。可是又不知道这到底是谁家的姑娘,于是多方打听之下,就问到了罗凤英的店铺里。

而罗凤英瞅了一眼就认出了春霞,其实镇上人多半都认识这个姑娘,不仅人长得漂亮,还是整个镇子上学习成绩最好的姑娘,平时村里边,镇上家长们教育自己家的孩子时候,都会用春霞来举例子。

罗凤英看出了曹贵荣的心思,想在这中间挣点嘴皮子钱,于是才给曹贵荣出了个计划。自己先带着钱上门去说亲,无论这件事情成与不成,先想办法让那老李把下的聘礼钱收了,等着钱到了他的手,为了那个破烂光景的家,还不消几天就花得七七八八了,到时候这事儿铁定就成了。只要他接了钱,这事情就好办了。

曹贵荣这几年一直在外头做生意,挣了些钱,才从外地回到镇子上。他也没那么多心眼,只想好好地娶个老婆,生个儿子。虽然他已经三十多岁了,可是眼下没有一儿半女,这可让他着急坏了。原本他也是有老婆的人,可是结婚了好多年了,老婆硬是怀不上娃,到各大医院也检查过了,都没查出来什么问题,药也没少吃,家里成天都是一股子中药味。时间长了,曹贵荣和他老婆的感情慢慢就淡下来,整天因为各种鸡毛蒜皮的事儿吵得不可开交。后来因为老婆不能生育这事儿,曹贵荣硬是拖着老婆去离了婚。

4

眼看已经到了深秋,曹贵荣寻思着暂时先留在镇子上,等年后再出去挣钱。整日也是无所事事地在小镇的街道上晃悠,刚好赶上镇上的初中今天开学,他虽然对上学没多大兴趣,但也还是想去凑个热闹,偏偏让他瞧见了领着小军去报到的春霞。

仅仅是擦肩而过,他便被这个农村姑娘的容貌惊艳到了。虽然春霞穿着朴素的碎花衬衣,看起来和普通的农村姑娘没多大差别,可是常年在外边城市打拼的曹贵荣一眼就看出来,春霞身上有一种特别的吸引力。这是他在城市里所不曾见过的,所以便一路暗中跟在她身后。

春霞只顾着给小军报名,交粮食,找宿舍。哪里注意到这个男人正在观察着她的一举一动,只当也是领着孩子来报到的家长,便没怎么注意。就这样,曹贵荣发现原来小军的学费还差了好大一截,而且当天李老师说的话,他在一旁都听得真真切切,原来春霞不光人长得漂亮,还是镇子上为数不多考到省城的大学生,这可让他心里跟猫爪子挠似的。而眼下曹贵荣已经听清楚了,这个姑娘家的条件并不是很好,连弟弟的学费都没交齐。他想了一下自己的家庭条件,如果他能负担起这个女孩弟弟的学费,再给些彩礼,铁定能如愿将这姑娘娶回家做老婆。

可是春霞给小军报完名后,又急匆匆地赶着回家,曹贵荣连上去搭讪的机会都没有。这让他总觉得心有不甘,一打听之下,就问到了罗凤英的铺子里。然后罗凤英眼睛一转,觉得这事要是办成了,她从中间多少也能得些好处。于是一场精心策划的说媒,就在他们的计划中悄然进行着。

在春霞还在为今年稻子的收成担忧,为来年小军的学费着急的时候,却怎么也没想到,一场改变她命运的婚姻在背后被人悄然规划好了。她还憧憬着王永华大学毕业后会回来娶她。这个只剩下三间窑洞房的破碎家庭,她不知道自己还能支撑多久,还能忍受多久。

当春霞还靠在门前的大磨盘上发呆的时候,老李却喜滋滋地扛着锄头,哼着一曲"信天游"悠闲地走在回家的小道上。

虽然他对罗凤英所说的这件事情没有绝对的把握,可是至少口袋里揣着的那三百块钱的大票子,是真真切切地让他感到心里踏实的东西。连毛主席都说过"手里有粮,心里不慌"这样的话,如今只要能把这门亲事办成了,有了这几百块钱的彩礼,家里至少能再挖几孔新的窑洞,光景也会慢慢地好起来。新女婿至少能帮他把小军供到大学毕业,那个时候虽然自己年纪大了,但是小军也到了成家立业的年纪。他再把这门祖上传下来的木匠手艺传到小军手里,再加上小军大学毕业的学历,怎么着也能找份像样的工作,到时候再娶上一房不错的婆姨,他就算是对老李家的祖坟有所交代了。

春霞看着父亲喜滋滋的样子,心里有些纳闷,她有些看不懂父亲了。他难道一点也不担心田里的稻子么?难道一点也不担忧小军上学还差的那一大截学费么?还是说他已经找到活计,找到挣钱的路子了。

"爸,你饿了没,我去给你做饭!"春霞起身,看着眼前神采奕奕的父亲说道。春霞很久没见到父亲这样高兴了,不知道发生了什么事情,但是看他的样子肯定是好事,她也没好问。

"那个,先不忙。我找你有点事情要说……"老李叫住了春霞,把锄头斜靠在磨盘上,自己也一屁股坐了下去。好几次话到嘴边上,可是又不知道怎么开口。他把烟袋掏出来,装上了一锅子烟丝,点了起来。春霞静静地看着他,心里却有些慌了。父亲刚才还一副满心欢喜的样子,可是这回叫住自己,却什么都不说,黑着脸,自顾自地抽烟。这前后转变得太快了，让春霞心里一下子没了底。

"爸，你有啥事，就说嘛。"春霞看着父亲的样子，心里有些难受。可以说现在家里的担子得由她一个姑娘家扛起来，她心里也着实没有底气。但是自小艰难的条件下锤炼出来的如同黄土高原厚实泥土般的性格，却让她不肯轻易向现实低头。

老李把手伸进了口袋里，死死地攥着那三百块钱的票子，他感觉自己的手心已经沁出了一丝细密的汗水，那些纸票子在手里慢慢地变得软和，就像是被水泡过的树叶子。可是他不敢再继续用力攥下去，小心翼翼地把手从口袋里撤出来，把那三百块钱大票子递到春霞跟前说道："这钱，你先拿着。回头先把小军的学费交齐了，免得他在学校里上课不踏实。"

"你哪来这么多钱？"春霞有些错愕，她没敢去接这笔钱，父亲沉重的神色让她心里很是忐忑不安。

老李抬头看了一眼春霞，他突然觉得喉咙里像是有什么东西堵着一般。这是他第一次好好地去打量自己的女儿。这么多年过去了，原本那个拿着小板凳站在灶台前的小姑娘已经长开了，身上略微带着些许她母亲年轻时候的影子。老李觉得鼻子有些酸。可是他不知道该说什么，赶紧又把视线转到了一边。

他甚至有种想哭的冲动，都怪自己没有本事，现在为了小孩的学费，他可能要瞒着春霞替她安排这门亲事。虽然这个看起来略显得单薄的姑娘很早就开始为这个家操劳，可是他连一身像样的衣服都没给她买过。就连她上学的时候，也总是没能把学费给她凑齐。

春霞在山里砍柴，拖到镇子上去换钱的事情，其实他都知道。可是他不敢上前去帮上一把，他怕女儿会怪罪他没本事，怕女儿从心眼儿里瞧不起他这个父亲。可是这个坚强的姑娘就是这样，每个周末干完家里的活儿后，又跑到林子里去砍柴火，不光交齐了自己的学费，还用多出来的钱给他和小军置办一身过年的衣裳。不仅如此，为了能让年景好过些，团年饭上能吃上一顿肉，她还省下自己的粮票换了钱，每年开春的时候去买两个小猪崽子回来养着。

5

"爸给你说了门亲事，这钱，是人家屋里下的聘礼……"老李看着春霞的表情，话说到一半再没敢往下说了。

春霞的脸上像是打了一层霜，她觉得有些心寒，父亲这是要为了小军上学的事情，把自己"卖给别人"啊！她有些想哭，却已经哭不出来了。这个时候她在心里告诉自己不能哭，自己已经是个大人了，要承担起这个支离破碎的家。一旦她在父亲面前落泪了，那就证明她还只是个没长大的孩子，如果是那样，她未来的命运也注定要掌握在父亲的手里。

"我不依，这钱你拿去还给人家。小军的学费，我来想办法……"春霞固执地把钱塞回老李的手里，转头就回到了灶房。重重地叹了口气，她又开始忙碌着给父亲烧饭。

老李坐在磨盘上，看着快要暗下去的天边，心里忍不住有些凄凉。他望着远处的山梁子上的一座小土丘，那里就埋葬着小军的母亲，小小的坟丘在夕阳的映照下，只能看见一个微微凸起的小土包子。老李自言自语地说道："你要是还活着，也会怪我的吧！我这也是没有办法啊……"

一袋烟抽完之后，老李把腿抬起来，把烟锅子在鞋底磕了下，倒出里边的烟灰。他看了一眼还在灶台前忙活着的春霞，叹了口气，走到灶房门前，冲着里边说："那个，你要是看不上人家，爸也不勉强你，这个钱，我现在就给人家退回去。"

"你一天没吃饭了，眼看天就要黑了，还是先吃了饭，明天再去！"春霞忙跑出灶房，冲着门外的父亲招呼着，心里多少是有些感激和心疼父亲的。

老李回头看了一眼春霞，父女两人都情不自禁地笑了一下。老李心里是感动的，他知道女儿不愿意嫁人，多少还是因为放心不下他和小军，放心不下这个家。春霞心里也是感动的，她感谢父亲没有在这个时候逼迫自己，没有因为那笔钱而硬生生地让自己嫁给一个不熟悉的陌生男人。

可是事情并没有像他们预期的那样发展，因为一直不下雨，田里的稻谷还是一批批地倒下了。看着枯黄的稻田，老李心急如焚，哪里还想得起来要去还钱的事情，可是这一耽搁就让事情发展到了一个让他难以承受的境地。

连着好些天，他都起得早早的，趁着太阳还没出来，就拎着担子去河沟里担水，浇灌快要干死的稻子。可尽管如此，还是杯水车薪，无济于事，若是再不下雨的话，这田里的稻子就算勉强能这样多撑上些时日，但产量也肯定是会大打折扣的。

终于在全村人快要把那一洼子泥浆子都要舀干的时候，天空中布满了乌云，下午四五点钟的时候，太阳还挂得老高，却被一团团黑色的云彩完全遮住了光彩，天一下子就暗了下来。老李抬头看看天，黑了半个多月的脸也总算是放晴了。一道炸雷让死气沉沉的村子重新焕发出了生气，人们望着天空中的云团欢呼起来，"要下雨了，要下雨了！"有人因为太过兴奋，竟然忍不住高声喊叫起来，就好像是过年一样兴奋。

当整个天空被黑色的云团完全覆盖之后，如蚕豆般大小的雨点终于落了下来。不一会儿，道路上，水田里，河沟里都灌满了土黄色的泥水。干涸好几个月的黄土高原再一次得到了滋润，快要干死的稻子终于迎来了上天的眷顾。

老李却并没有因为大雨的到来而立马回家躲避，干旱已久的田埂上早就裂开了指头般粗细的裂缝，此时再被雨水这样浸泡着，极有可能会垮塌下去，他必须在雨水将田埂冲垮之前，将稀泥堵在这些裂缝上。可是雨太大了，大得就像是天上破了个窟窿，不到十分钟，黄土高原上到处原本干涸的河沟里，山道上都有一股股水流汇聚成的水洼，再沿着沟壑纵横的堰渠流向山坡下。

"老李，别堵了，雨太大了，来不及堵口子了，还是先回去！天黑了就啥也看不见了。"有人扛着锄头，用手掌拦在脑门前吆喝着，让老李一道回村子里去。

"哎呀，这个田坎子这么高，水肯定灌得深，这要是不堵住，怕夜里都要垮下去了，可不敢马虎。"老李抬头看了一眼，扯着嗓门冲那人喊道，雨实在是太大了，从高处汇聚流淌下来的水柱有水桶那么粗，轰隆隆的流水声把所有声音都淹没进去了。

可是老李话没说完，就感觉脚下开始晃动，一看才知道，田埂子已经完全裂开了，被雨水泡涨了的泥土因为没有张力，正在一点点地慢慢往下滑动。

"唉，老李啊，当心，当心啊……"可是那人话还没喊完，老李整个人就都随着那七八米长的田埂子一起，掉了下去。田埂子外侧是一道五六米高的石头岸，砌了有好几十年了，还是集体吃大锅饭的时候生产队修的。因为种的不是自己家的田地，老百姓种庄稼的积极性不高，所以这道岸砌得也并不是很结实。可是眼下天已经旱了好几个月，石头缝隙里的泥巴早就被太阳晒成了土灰，被突然降临的一场大雨完全给冲散了。没有了泥土的黏合力，再加上垮塌下去的田埂子，至少有好几吨重的泥土，直接就连同那些石头一起倒了下去。

老李年纪大了，手脚没有以前那么利索了，再加上这十天半个月以来，总是不停地来回走几百米远，从河沟子里往田里挑水，早就已经累得精疲力尽了。田埂倒下的时候他本想跑开，可是等他意识到田坎儿要垮下去的时候，已经来不及了，整个人直接就被黄土给埋了进去。

那人一见田坎倒下去，吓得连忙往后退了好几步，等田间的土方不再往下掉了，他才缓过神来，冲着石岸下边焦急地叫喊起来："老李，老李……"

6

可是哪里还寻得见老李的踪影，垮下去的泥巴和石头散落在下方的田里，足足占了半个田头那么宽。那人一想，坏了，老李该不是被这一方泥巴给埋了吧？当即直接从旁边的田埂子上又摸了下，他本想用锄头把泥土挖开，把老李给刨出来。可是义怕这一锄头下去，要了老李的命，便把锄头往旁边一扔，直接扑在土堆子上用手把泥巴和石头刨开。

一边刨，一边喊，声音很是焦急，"老李，坚持住啊，老李，你还不能死，欠我家四十斤麦子还没还呢，你要是死了，我找哪个去要哩！"

终于刨了大半天才把老李的脑袋从泥巴里翻了出来，他大口大口地呼吸着新鲜的空气，身子剧烈地起伏着，喘着粗气。整个脑袋早就被泥水糊成了土黄色，看起来完全就像是个泥人。那人继续把老李身上的泥巴扒拉开，怕他被闷死了。

老李半个身子都被刨了出来，两个人都已经累得没有一点力气了，老李下半身还埋在泥巴里头，但是此时已经没有气力了，那人也累得够呛。他看见老李还活着，不禁一屁股坐进了泥巴地里，也不管周围全是稀泥浆子，直接整个人就躺了下去。

那人喘了半天粗气，总算是缓过劲儿来了，冲着老李笑了笑说道："你个狗日哩，命还真大，那么高的坎子，被埋在这个泥巴窝子里都没死……你可把老子吓得不轻啊！"

"我才不敢那么容易就死了，你不是说，我还欠着你四十斤麦子嘛！可不敢死了，我要是死了，你还不得去问我女子要一两百斤麦子啊！"老李笑着，半开玩笑地说道。

"放你娘个屁，我是为了那点麦子的事情嘛，我是怕你真的死在烂泥巴地里头了。想着朝你喊个话，你心里头也有个活下去的念头……"那人故意做出一副很生气的样子，一边笑骂着，一边继续把老李身边的泥巴往外刨。

"哈哈哈……农业学大寨的时候，你还是村子里的初中老师，你那个时候说话可是不带把子，咋个也学会了骂人哩？"老李不禁感叹起来，笑着说道。

雨水渐渐地将两个人身上的泥巴冲干净了，露出来两张如同黄泥巴一样颜色的脸，那人冲着老李笑了笑，然后说："我倒是不想骂人，可是这不都是你教的嘛！"

"那个时候在公社里头，你是老师，都是你教别人，哪个教得了你？"老李伸手抹了一把脸上的泥水，说道。

"我跟你说了，你也不懂……当年要不是这个屋里头过成那样的烂包光景，我肯定是要去省城里上大学的嘛！唉……"那人似乎是又想起了以前的往事，不由得叹了口气。稍微沉吟了片刻，他伸出一只手到老李面前，说道："来，把手给我，我把你拔出来，再埋在泥巴里头，可不敢再生个啥病哩！"

老李很随意地把手递了过去，可是那人才刚刚拉了他一把，老李就"哎呀，哎呀"地惨叫起来，那人赶忙松开了手，问道："咋了嘛？"

"哎呀，不行，不行，我这有条腿好像是叫石头砸了一下，你一拉，我就觉得这个腿好像要掉下来一样的疼。"老李脸上突然没有之前开玩笑的神情，他脸上有痛苦的表情，眉毛拧到了一块儿，脸上的皱纹看起来像干瘪的苦瓜。

"你莫吓我啊！"那人立刻又收住了笑容，一脸紧张地看着老李的脸，不知道他脸上的到底是雨水还是汗水，一股股地从脑门上往下流。

而此时，春霞也有些着急了，下这么大的雨，她爸只是在中午出去之前跟她说去河沟里担水了，可是眼下下了这么大的雨，他怎么还不回来呢？这么大的雨，河沟里地势低洼，很快就涨水了。虽然那一洼河沟并不怎么深，可是连着好几年夏天都要死上几个学生娃，老一辈上了年纪的说那是龙王爷招去看守龙宫了，保佑来年风调雨顺。眼看这遭瘟的天气，旱了好几个月，这突然下这么大的雨，该不会出什么事吧？春霞越想越着急，拿着一顶黑幡布大斗笠就往田头上赶。

"爸……"春霞站在山道上，山道修得比较高，站在那上边就可以看见底下梯田里的一切。可是春霞瞅了半天，除了看见自家的田埂子塌陷下去十好几米，其他的什么都看不清楚。她一连朝着坡下喊了好几声，可是雨声太大，她的声音完全被流水声和下雨的声音给遮盖住了。

春霞有些着急了，她实在是放心不下，就慢慢沿着田埂子往自家稻田里寻了过去。可是看见的那场面，确实让她的心都碎了。父亲半截身子还埋在泥巴地里，同村的王二伯正在使劲儿地把他从坭坑里往外拽。可是刚拉了一下，父亲就忍不住叫着说，腿疼。按照她对父亲的了解，若不是真的伤筋动骨，他肯定是不会在外人面前丢面儿的，尽管王二伯是父亲小时候一起长大的玩伴儿、同学，可是就算是如此，他也不曾因为一点磕磕碰碰就咿咿呀呀地叫唤。这不是他的作风。

春霞还记得有一年，父亲领着她和小军去隔壁村子看电影，半夜回来的时候，因为没有手电筒，父亲只好不停地搓着煤油打火机。可是走几步，他又怕火机烧坏了，又把火机熄灭一会儿。等金属盖子不那么烫了，再把火机燎燃。可也正是因为这样，小军走着走着，一下从一丈多高的坎子上掉了下去。那个时候老李还年轻，手脚也还算麻利。他眼见小军从那么高的地方掉下去，当即就扑了下去，硬生生地用自己的身体垫在了小弟身子下边。结果自己后背上插进好几根锋利的石头片子，他吭都没吭一声，爬起来就问小军，有没有伤着哪儿？那次父亲后背上全是血，可是他眉头都没皱一下。

"爸，爸，你怎么了？"春霞一边仓皇地叫喊起来，一边朝着老李扑了过去。两只手不停地把压在他身上的泥巴刨开，想把父亲从那堆泥巴下边救出来。可是挖了半天都无济于事，上边的泥土一直在往下滑，每当春霞刚把泥水清除干净，上边的泥土就会慢慢地往下垮塌下来，照这样下去，什么时候才能把父亲给弄出来呢？春霞急得眼泪都出来了。

"二哥，来，你再拉我一把！"老李伸着手，冲王二伯招呼着说道。

"你能不能行哟，要是不能行，可千万莫硬撑着啊！"王二伯也有些担心，他知道老李的个性，一定是怕春霞担心，所以才硬要自己再去拉他一把。可是他又怕老李的腿撑不住，虽然紧握着老李的手，却久久地不敢使劲儿。

7

老李拽着王二伯的手臂发力，想把两条腿从泥堆下挪出来，可是他刚一使劲儿就觉得那条腿疼得要命，忍不住连着胳膊都一起开始哆嗦起来了。王二伯似乎也有所察觉，握着他的手更紧了些，脸色也更加凝重。

"不行，春霞啊，你给你爸挡下雨，我去叫人。这非得把泥巴刨开才行，你爸的腿可能是叫石头给压着了，可不敢硬往外拉了！"王二伯冲春霞交代了一下，就赶忙拖着湿漉漉的身子朝着村子里跑去，一路上雨下得很大，田埂子早就被雨水泡透了，很是难走，王二伯一路连爬带跑地往回赶去。

春霞看着父亲脸上痛苦的表情，心不禁又揪到了一起，她觉得鼻子酸得很，却强把泪水收了回去。这个时候，她不能流眼泪，她必须要让自己看起来更坚强些，不然父亲心里会更加难受。满地的泥水早已将老李浑身上下裹住了，春霞把斗笠挡在父亲身上，用手托着他的后背，尽量让他舒坦些。

也不知道过了多久，雨渐渐地小了些，夏天的暴雨来得快，去得也快。墨色的云团渐渐散开了，日头已经完全落了下去，天微微泛着灰蒙蒙的土色。

老李浑身开始哆嗦，脸上的泥巴被雨水冲刷干净后，泛着白纸一样的颜色。许是因为泡在泥水里太久了，他觉得有些冷；两条腿已经埋在泥巴里有一会儿了，石头压着双腿，长时间的血液不畅，腿脚已经开始有些麻木了。

"来了，来了，爸，王二伯带人来了！"春霞托着老李的后背，有些激动地在他耳边说道。

十好几个乡亲扛着锄头，戴着斗笠，急急吼吼地朝着这边一路小跑过来。

"哎哟我的亲娘哎，这咋弄成这个样子了嘛……来来来，都搭把手……那个，都注意上头啊，可别再塌下来砸着人了。"老村长站在地头上，扛着锄头静静地指派着其他几个村民，自己却没有动手。

十几个上了年纪的乡亲齐齐动手，常年在庄稼地里劳作，手脚也都还麻利，不消十来分钟就已经将垮塌下来的土堆子都刨开了。这时候大家才看清，老李的一双腿上还压着一块箩筐大的石头，混着泥浆子被埋得严严实实的，根本瞧不见一点缝隙，稍微挪动一下石头，老李就疼得额头上直冒汗。虽然他强忍住不吭声，可是春霞扶着他的后背明显能感觉到他的身体在止不住地颤抖。

"不行，这里边不知道是个啥子情况，要是硬把石头搬开，怕他腿受不了啊！"王二伯赶紧制止了大伙儿的动作，又提了铁桶从田沟里舀了半桶水，将老李腿上的泥巴全部冲干净。

大伙儿都愣住了，老李的腿弯曲成一道可怕的弧度，浑浊的泥水里还混着一抹鲜艳的红色。显然他的腿已经是彻底地断了，可能碎石片已经割开了腿上的肌肉。大伙儿一时间都不敢再轻易动手，生怕老李受不了，也怕贸然把石头搬起来，老李的腿就此废了。

"搬……都，都是泥巴地里刨食儿的庄稼汉，没，没那么娇气！"老李嘴唇一直在颤抖着，说话都有些不利索了。

春霞不敢离开片刻，一只手扶着老李的后背，另外一只手紧紧地握着父亲那只已经起满了老茧的手掌。她明显能感觉到父亲握着她手上的劲儿越来越大，额头上的汗珠子也越来越密集。春霞实在是不忍心父亲再躺在冰冷的泥水里，眼泪几乎就要夺眶而出。她把头别向一边，用混着泥巴的手随意抹了一把脸上的雨水、汗水和泪水，谁也没瞧见这个坚强的女娃哭过。

"那，你们几个年轻点的，我喊一二三，你们一块儿把石头搬起来。春霞啊，石头搬起来了，你跟王二哥一起把你爸拉出来。"老村长又朝着众人交代了一番，大伙儿这才推选出来几个力气稍微大点的叔伯来搬石头。

五六个人在石头四周站定，大伙儿慢慢地把手插进泥巴里，摸索着石头的缝隙，当所有人都准备好之后，随着村长一声吆喝，几个人一起使劲儿，把石头平稳地抬了起来，"预备起，一二三……"

就在石头被抬起来的那一瞬间，春霞明显是听见父亲闷哼了一下，然后就剧烈地喘着粗气。五六个五十来岁的叔伯，抬着箩筐大的石头在泥地里深一脚浅一脚地慢慢挪着步子，每个人都不停地快速喘息起来，直到把那块巨石完全搬开，一直压在春霞心里的石头也才算是落地了。

"爸，你感觉怎么样了？"春霞看着父亲惨白的脸，眼泪终于忍不住从眼角滑了下来。

"没，没，没得事儿……"老李把手搭在春霞的肩膀上，借着春霞那瘦小的身材，慢慢地站了起来。他说话的时候，好像已经用尽了所有的力气，整个身子的重量几乎全压在春霞单薄的肩膀上，让她的双脚一点点地陷进了泥巴地里。

"赶紧送到镇上卫生院去看一下，可不敢再留下病根子！"王二伯一脸焦急地招呼着，说道，"来来来，老李，来二哥背你上去。"

"我，我能走，能走……"老李倔强地慢慢推开春霞，想自己走几步看看，让大伙儿放心。可是刚迈出腿，整个人就一下子跪倒下去。春霞死死地扶着他，勉强支撑着没让父亲再次跌倒进泥水里。王二伯眼疾手快，离得近的几个乡亲也都忙伸手去扶他。

"那个，王二哥你把他背上去，我去找个车子，这可要赶紧把他送到卫生院去，这要是拖下去，怕他这腿保不住！"老村长安排着说道。

有人自告奋勇站出来说:"我回去找车子,你们慢慢把老李背上去,我找好车子,就在路口等着你们啊!"

"好好好,你赶紧去吧。"老村长暂时在场面上照应着一应事宜,看着老李满身的泥巴,裤子也已经破了好几个窟窿,血水慢慢地从褐色的裤腿里流出来,老村长心里也有些紧张,又跟春霞说道:"春霞啊,你赶紧回去拿点钱,再给你爸找一身干净的衣裳……那个,我们先送你爸到卫生院去,你收拾好了就过来!"

8

几个叔伯换着背了一段,这才把老李从田头背到了村子跟前的小路上。他家的水田在山坡最底下,从梯田爬上去,纵深差不多七八十米,可是这段只有不到两脚宽的田埂却是格外地难走,田里边是半米高的稻子,田埂外边是半人深的野草和树杈子。只能看见稻子和野草中间明显的界限,根本就看不见脚底下的路在哪里,只能试探着一步步地朝前慢慢挪动着步子。

春霞跟在父亲身后,她显得格外地焦虑,眼下还不知道父亲的腿到底是什么情况,她想从旁边看看父亲的脸,看看他还疼不疼,可是田埂子只容得下一个人通过,她只能不紧不慢地跟在王二伯身后。老李一路上没说一句话,只是紧紧地咬着牙,他多想能说点什么,感谢一下把他从泥巴堆里刨出来的乡亲们。可是此时他连张开嘴的力气都没有了,只是静静地趴在王二伯的后背上。

田埂子高低不平,加上雨水刚过,到处都是湿润的泥土,一脚踩下去泥巴坯子能卷起来把整个脚掌都包裹得严严实实的。王二伯的一只鞋子不知道什么时候已经不见了,大概是踩进了泥巴里,抬脚的时候给拔掉了。可是他连捡鞋子的时间都没有,他想尽量走得快些,尽量走得平稳些,尽量让老李那条受伤的腿少碰到路边的草稞子和树杈子。

当他们一群人前呼后拥地背着受伤的老李上了坡,早已经有一辆拖拉机在道上等着。有人先跳上去,从车厢里拉着老李的手臂往上拽,王二伯又托着他的屁股往上抬,几个乡亲相互搭把手,把老李抬上了拖拉机。

"好了好了,我跟着去一下就行了,你们都先回去……回去回去!"老村长也坐进了车斗里,朝大伙儿交代着。

春霞回家粗略地收拾了一下身上的泥巴,换了一身干净的衣服,就连忙帮父亲找了一身换洗的干净衣裳和两个隔夜的玉米面馍馍,朝着镇子上的医院赶过去。她到的时候,天已经完全黑下来了,她心里一直念着父亲的伤情,加上刚下过雨的出村山道尽是泥水,到的时候两条裤腿上全都是泥点子。

"哎呀,春霞啊,你咋这个时候才来啊?赶紧去劝一下你爸,咋就那么犟呢?"

老村长急得团团转，一直在走廊里来回踱着步子。他把烟锅子叼在嘴上不停地吧嗒吧嗒嘬着，因为医院不让抽烟，他塞了烟丝却也没敢点燃。直到看见春霞过来，他紧绷着的脸才算是慢慢地展开了。

"福堂叔，我爸咋样了啊？"他朝着老村长问道。

"唉，就是犟驴。医生说他腿断了，叫石头把骨头砸坏了嘛，动手术要开刀，他就为了省那点钱，硬是忍着不让打麻药，一个人在里头疼得直叫唤。医院里头又说是他不配合治疗，不打麻药医生不敢动手术。你说我们在外头听着，咋个不揪心呢？"老村长有些愤愤地叹息道。

"呃，那个你带钱了吗？赶紧去把你爸的医药费交一下子，交了钱，这边医生也就好准备给你爸做手术了！"刘福堂想了一下继续说道。他是村里的老书记，以前村子里搞公社化的时候，他算是村里的一把手，万事都由他牵头。现在土地承包之后，他的事情也少了，闲在家里，除了侍弄好自己那几亩薄田，总是会没事就在村子里转悠，看能不能找到些他能说得上话的事情干，也能显得他这个村子里曾经的"一把手"还起得了作用。

春霞心里一紧，说到钱的事情，那无疑将她最后的一丝心理防线都彻底击碎了。这个家里哪还拿得出来钱？小军的学费还差了好大一截。春霞走出去几步，又折了回来，想说话却又不知道该怎么开口。最终咬了咬牙，她很不好意思地对着刘福堂说："福堂叔，你能不能先去跟医院说一下，先给我爸做手术。钱我先写个欠条，等年底把屋里的猪卖了，到时候再还，你看行不？"

春霞如此一说，却让刘福堂感到为难了。他虽然是村子里的村支书，庙底村上上下下、大大小小的事情，他都能说得上话，可是到了镇上的卫生院，他的话却未必能起到多大作用。他想了想，如果这个事情他要是能办成，至少说明他这个村支书还能办成些事情，可是万一没说妥，别人不给他这个面子，或者说他在镇上本来也没多大面子，那这个脸可就真的是丢大发了。

可是春霞已经开了口，若是只有他们两个人，他可以找各种理由推诿过去。但此时在场的，还有王二伯，若是让他看了自己的笑话，回到村子里再把事情传扬开去，他以后在村子里边的工作就更难做了。

"那个，我去帮你问一下，至于说能不能行，我可不敢打包票啊！"刘福堂自己心里也是没底，但是也只能硬着头皮先把这事揽到自己身上，他甚至有些后悔，自己就不该跟过来。可是当时那种场面，村子里遭了旱灾，如果再因为暴雨造成了人员伤亡，那他今年去镇子上述职也不好交代。寻思着先把老李送到卫生院，至少在村子里落不到什么口实，谁承想事情越来越麻烦，反而让他觉得两头为难。

刘福堂沿着走廊来回转悠了好几圈，卫生院他也没来过几次，这时候连个认识的人都找不着，这事他该找谁说呢？本来是想在外边抽上一锅子烟，然后再晃荡几圈，等回去了再跟春霞说没找到人，这事就算是暂时敷衍过去了。至于说到了晚上，他再找个理由说家里有事情要回去，这事就算是跟他撇清关系了。可是就在他刚抽完一袋烟，打算再折回去的时候，却被人叫住了。

"嗳，同志，你是不是有什么事情啊？我看你在这里来回转悠了好几趟了，要是有事你可以跟我说嘛！"一个穿着白大褂的医生叫住了刘福堂说道。

9

刘福堂一愣，朝着那人瞧了一眼，左右思量了一番，最终还是决定帮春霞问一下。他转身走向了那医生的办公室，在办公室门口停下了，从荷包里摸出来一包大前门牌子的卷烟，抖了抖盒子，掏出一根烟递了上去。这是他常年来跟人打交道的经验，虽然他自个儿平时一直都抽旱烟锅子，但总是习惯在身上揣上一包卷烟。往年去公社开会的时候，遇到相熟的领导，他才舍得把烟拿出来。可是自从公社解体后，他连去镇子上开会的机会都没了，打心眼里就觉得自己这个"朝廷命官"成了有名无实的摆设。

"那个……是这么个，我是庙底村的村支书刘福堂，村里头有个人把腿摔坏了，我领着来看一下。这不，现在正躺在手术室里头，可他家里那个烂包光景啊，出不起手术费。所以那个，他闺女让我帮着问一下，能不能先把这个钱欠着，打个条子，等到了年底再来还？"刘福堂问道。

"这个事情得问我们院长，院长没有发话，我们也不好做主啊！"医生回应。

"来来来，大夫，您抽根烟！这个事情您看看能不能通融一下，那头儿，我们村里的伤员也还躺在手术室里，要是能先动手术呢，先做手术。这边呢，我去找你们院长说一下子嘛！"刘福堂说着，递上去一根烟。

那医生瞧了一眼刘福堂，觉得他应该是个见过世面的人，客客气气地回应了一声，说自己不抽烟。然后他把刘福堂领到自个儿办公室里坐下，关上门，这才说道："其实他这个事情，也好办。今天院长不在，出去了，这个事情我也能做主。但是我要是把这个事情答应下来，肯定是要担风险的，万一这个钱最后他们还不上……"

刘福堂心里马上一愣，显然这医生话里面有话。站在医院的角度，治病动手术要各项费用，这无可厚非，可是想到老李家的情况，刘福堂不由得叹了口气，要是老李家里真有钱，他何苦舍下这张老脸在这里求情呢？

"这个你放心，他虽然是庄稼汉，但是信誉上还是十里八乡出了名的好啊，他的手艺没得哪一个敢说不好。挣点钱把这个医药费还清，那还是不在话下的！这个事情我敢给他打包票。"刘福堂耐着性子，装出一脸严肃的表情说道。

本来这个事情跟他也没多大关系，现在竟然把自己也卷了进来，着实是出乎了他的意料。可是毕竟是一个村里的，总不能说到了镇子上让别人看了笑话，说他一个村支书在镇上卫生院都说不上话，回头传扬出去他脸上也不好看。

说来也是巧合，主治的医生，竟然是当初配合宋主任为老李媳妇做剖宫产的王清泉医生。当然，十年过去了，王清泉业已是主任医师了，各种手术他都是不在话下。眼下的情况，这些年他也见得多了，但他不是宋主任，不会做见死不救的事情，他学医的时候，老师就曾对他说过：医者父母心！

"这个手术是个小手术，他是骨头断了，可是他为了省那点钱，硬是不肯打麻药，我们做起手术来，也多了些风险。这个你要跟他说清楚，一切治疗要听从我们医院的安排才行，他不配合，哪个敢给他做手术嘛！"王清泉决定先给老李做手术，但是他还是想在麻醉的情况下进行治疗，可是老李这个倔脾气，不肯用麻药，这可让自己如何动手进行手术呢？

手术室里，躺在手术台上的老李依旧强忍着伤腿上传来的阵阵痛楚，固执地抓着床上的把手。腿上不停地有血珠子从毛孔里渗出来，虽然没有明显的外伤，但就算是不懂医术的人也看得出来，他的腿已经完全被石头给压断了，小腿骨弯曲成可怕的形状，断裂的骨头将肌肉撑得老高，看起来格外瘆人。

老李不是不想尽快手术，腿上不时传来的痛楚让他几乎快要晕厥过去，可是医生开的药费清单让他心里保持了一丝清醒，麻醉药那一项要一百八十多块钱，着实让他有些承受不了。整个手术一共算下来，也就不到三百块钱，可单单一项麻醉药就占了一大半。能减去的药，他都让医生给划掉了，可是唯独麻醉药这一项，双方之间没能达成共识。

老李觉得麻醉药太贵了，他自己可以挺得过来，不用麻醉药也可以手术。但是医院方觉得这样做，手术的风险太大，医院不愿意承担这个责任。

就这样，老李始终坚持不肯使用麻醉药，而医生也不敢擅自做主，在这样的一个伤情之下无麻醉进行手术，所以直到春霞赶到医院之前，双方就一直这僵持着。

刘福堂终于把事情搞清楚了，只要是对症下药，这个事情就好解决了。老李那头只是因为钱的问题，可是那一百多块钱能解决什么问题呢？眼下给不了，以后也总能还得上。眼下只有先说服老李，先把手术做了才成。这手术不做完，刘福堂暂时也不好找什么借口回去。

他从王清泉办公室出来的时候，就直接给了答复："大夫，你只管按正常流程做手术，这头我去跟他说。至于那个医药费的事情，到时候还是得先给你打个条子。来年让他再把钱还清，你看成不？"

"我们当医生的,无非也就是为了治病救人。但是遇到极个别的特殊情况,病人不配合,我们也是没有法子嘛。我总不能把他捆在手术台上去啊,你说是不是这个道理?"

"对对对,我这就去跟他说。"刘福堂心里的石头总算是落地了,他觉得自己这个村支书还是有些面子的,起码在镇子上的卫生院里,他也能跟人说得上话,别人也愿意卖给他这个面子。

这回他走路都比原来更精神了些,当他穿过长长的走廊,到达手术室门口的时候,春霞和王二伯正在焦急地等待着,王二伯蹲在门外,两条眉毛都快要绞到一起了。春霞看见刘福堂走过来,立马快步走上去问:"福堂叔,事情怎么样了?"

"没得事了,我已经跟医院这边的领导打过招呼了,他们同意先给你爸做手术,手术费先写个条子,开年了再慢慢还。但是你也要你爸配合人家医生,他这样不打麻药,人家咋个动手术嘛!"刘福堂说道。

此时王二伯看向刘福堂的眼神明显带着些鄙视的色彩,他们都是村子里上了年纪的人,彼此间心照不宣,但是对方是什么样的为人,各自心里都是有一杆秤的。

10

老李的手术终于算是告一段落了,整整三个多小时,春霞和王二伯还有刘福堂都在手术室外候着。刘福堂已经坐在走廊的长凳上打起了呼噜。直到手术室的门被打开,护士们推着老李走出来的时候,他才猛然间惊醒过来。

"老李,你感觉咋样啊?"刘福堂率先站起身来,朝着被推出来的老李跑过去问。

"给你们添麻烦了,快回去,快回去,有我女子在这儿照顾我就行了!"老李此时看起来有些萎靡,手术之前,他已经拖着这条伤腿在里边躺了将近三个小时,疼得最后连冷汗都流不出来了。

"老李,你腿还疼不疼啊?"王二伯看着老李腿上已经被缠满了白纱布。

"二哥,我没事了,你放心回去,给你们添麻烦了,真是不好意思啊!"老李有气无力地说道。

"都是一个村子里的兄弟,你说这话就见外了。我们也没帮得上什么大忙,这要是换了今天躺在这里的是我,你肯定也要管的不是?"王二伯说。

"他现在腿上的麻药药劲儿还没过,暂时还不知道疼,等再过一会儿,药劲儿一退,他就要喊疼了!"王清泉从手术室里走出来,说道。

"大夫,你看他这还要好长时间才能出院呢?"刘福堂继续问。

"暂时肯定是要先住在医院里的,这刚做手术,还要打消炎针,防止伤口感染嘛!"王清泉解释着说。

几个护士慢慢地将老李移到了住院大楼——砖窑烧出来的青砖砌起来的大楼，为了方便出入病房，老李被安排在了一层一个不大的病房里。里边还有两个同样住院的病号，老李进去的时候，家属都忙着收拾东西，一张空置的床铺上放满了他们的行李，这会儿正忙着腾地方。

刘福堂见老李手术已经做完了，他继续留在这里也帮不上什么忙，再说晚上医院也没有多余的地方，就随便交代了几句，邀上王二伯，两个人趁着夜色，踩着泥泞的山道就折了回去。

春霞忙着整理床铺，好在现在是夏天，倒还勉强可以对付一晚。今夜春霞不敢离开半步，父亲刚做完手术，先不说腿骨被石头压断了，单说手术时在小腿上开了那么长一道口子，等后半夜麻药药性退去，不知道父亲得疼成什么样子。看这情形，估计就算想回家去休养一段时日，也起码得等打过消炎针之后才行，至少也得在医院住上个把星期。

庙底村离镇上的卫生院起码三十里的路程，一来一去怎么说也得半天时间。春霞心想，赶明儿天亮的时候，再回家去收拾些东西，带到医院来照看父亲。

春霞站在苍茫的月色下发呆，夏季的暴雨来得快，去得也快。看着满天的繁星，春霞真不知该如何去凑齐父亲的医药费。家里的两个猪崽子，眼下还不到五十斤，就算是喂到过年，估计也卖不了几个钱。说不定连父亲的医药费都不够，到时候小军报名时欠下的报名费该怎么办？难道说，小军这就上不了学了？

春霞坐在门口的台阶上，把头埋在膝盖中间，后背不住地微微颤抖起来。她不敢哭出声来，怕父亲听见，也怕别人听见。也不知道坐了多久，春霞快要睡着的时候，突然听见病房里传来父亲"咿咿呀呀"的呻吟声。显然他是在极力地压抑着痛苦，不让自己叫出声来。可能是实在忍不住了，才会勉强哼一两声。

"爸，你感觉怎么样？"春霞赶紧跑到父亲病床前，询问道。

老李想说话，可是看见春霞站在床头，却又什么话都没说。或许是因为太疼了，他生怕自己一张嘴，就忍不住会喊出声来，所以只是轻轻地摇晃着脑袋。可仅仅是这样细微的动作，他都觉得已经用完了浑身所有的力气。细密的汗珠慢慢地从额头上渗出来，汇聚在一起，顺着脑门流下来。

不足二十来平米的病房里，住着三个病号，连带着家属，一共六个人，显得格外拥挤。尤其还是在大夏天，屋子里充斥着强烈的药味、血腥味以及脚臭味，几乎令人作呕。周围不时传来蚊子嗡嗡嗡的声音，吵得人心烦意乱。春霞不知道该怎样去减轻父亲的痛楚，只能紧紧地握着他如树皮般粗糙的手。

天亮的时候，父亲才勉强睡着了。春霞慢慢地抽出手来，就着水池子边的水龙头洗了把脸，又把嘴凑在水龙头上喝了几口生水。这才想起来，父亲从昨天晚上到现在还没吃一点东西，估计应该是饿坏了。春霞看着从她身边经过，手里拿着饭碗的病人家属，这才想起来，除了两个隔夜的玉米面馍馍，她什么都没带。而且眼下口袋里一分钱都没有，到哪里去给父亲弄些吃的东西？

春霞进去的时候看见父亲已经醒过来了，他正斜躺在床上，啃着春霞带来的玉米面馍馍。算起来这两个玉米面馍馍应该是已经放了两天了，眼下这天气，估计早就已经馊了。春霞走过去，红着眼睛说："爸，你等一会儿，我回去给你做饭去。"

父亲却一把拉住了她，说道："我没得事儿了，这腿也做了手术，咱们还是回去慢慢养着，总待在医院里，我不习惯。"

春霞哪里肯听父亲多说，她一反常态，甚至是以命令式的口吻，冲着老李吼道："你就在床上躺着，腿没好之前，哪里都不能去！"

老李先是一愣，呆呆地看着春霞，这是春霞第一次冲他发脾气。以前女儿就算心里压着再多的事情，都不会吭一声，就算是一个人躲在山梁子上抹眼泪，也不会跟父亲顶嘴。可是这回竟然是因为自己的腿，她发脾气了，这让老李多少有些意外，可是又觉得心里暖暖的。

可在这个节骨眼儿上，他无能为力，在这个烂包光景的家最需要他的时候，他只能这样躺在病床上。他心里很不是滋味，心里酸得很。

"爸，你先躺一会儿，我回去做饭！"春霞走过去接过来父亲手上已经馊了的玉米面馍馍，强忍着泪水走出了病房的门。

这一路上，春霞没时间去想其他的事情，更没时间去悲伤。眼下的情形，容不得她去悲伤。做好饭后，她又抱着一大钵子热腾腾的扯面，赶回了病房。

可是春霞到的时候，床铺上却是空荡荡的，她心里猛地一紧，手里的饭钵子差点就掉在了地上。

11

父亲那么要强的一个人，该不会是偷偷地背着她出院了吧？可是一路上都没看见人影，他腿上刚做完手术，能去哪里呢？春霞把扯面放在桌子上，向旁边病床上的人问了一声："大婶，你看见我爸去哪里了吗？"

"去打针了！"对方回应说。

她心底这才算是松了口气，可也仅仅只是一瞬间。春霞又觉得父亲自个儿上下楼道都不太方便，有些不放心，赶紧冲出病房去查看父亲的情况。可还不等他出门，就看见一个三十多岁的男人背着父亲从外边进来。

那人看了春霞一眼，竟然呆愣愣地站在门口，一动不动地停在了那里。

春霞看见父亲惨白的脸色，赶忙上去照应，她冲那人说："太谢谢你了，真是不好意思,给你添麻烦了!"

这时候那人才反应过来,发现自己有些失态。他有些不好意思,这才赶紧将老李又背进去,小心翼翼地放在了病床上。

"不妨事,不妨事!"那人说话都有些不利索了,似乎是因为春霞的出现,让他有些惊慌失措。

春霞并没有过多的时间去细细打量眼前这个男人,她简单地跟那人道谢之后,又忙着去照料父亲。一碗热腾腾的扯面,早就坨成了一碗面疙瘩,老李却已经囫囵地吃了起来。看着父亲把一大钵子扯面吃完,春霞才勉强觉得松了口气。

她接过父亲手里的饭钵子,准备出去洗碗。可回头的时候才发现,刚才把父亲背回来的那人还站在她身后,一动不动地盯着她。春霞想了一下,说道:"刚才真是谢谢您了,没别的事了,我照顾我爸就行了,您忙您的去。"

"哦,没事没事,反正我也是闲着,你一个姑娘家,要背你爸上下楼,也不太方便,我帮你照看着!"那人说道。

春霞以为眼前这个男人是病房里其他病人的家属,也没多想,随便客气了几句,就端着钵子去了水池边洗碗。那人也跟在她身后,静静地瞧着她的举动,并没有上前。

"爸,你先躺一下,我回去喂了猪再来给你送夜饭。"春霞跟父亲招呼了一声,就又急匆匆地出了房门,朝着家里赶。

她并不知道,出现在病房的这个男人就是曹贵荣,那个托罗凤英上门说亲的男人。老李起初也不知道这人到底是谁,以为是医院的大夫。可是这人没穿白大褂,看起来又不像是医生。护士站在门口喊他去打针的时候,那人就已经站在屋子里了,硬说要背着他过去,老李推了好几次硬是推辞不了,最后才很不好意思地让那人背他过去。

原来昨晚刘福堂和王二伯回去的时候,刚好遇见了罗凤英,毕竟以前都在一个村里共事,就上去打了个招呼。这一问才知道,原来老李住院了。这个消息可把罗凤英高兴坏了,有了这样的机会,估计这事儿就成了一大半了。罗凤英连夜去了曹贵荣家,动之以情晓之以理,说:"贵荣,你也莫说姐不为你操心啊,眼下老李腿摔折了,在卫生院住院,这个当口,你要是把握住机会了。回头姐再去帮你说道说道,这事儿多半就有眉目了不是。"

曹贵荣觉得在理,如果是搁在以前,春霞还真未必看得上他。可是眼下自己去卫生院照顾未来的老丈人,只要把老丈人伺候高兴了,那这事多半就十拿九稳了。

他到卫生院一打听,知道老李真的住院了,而且到现在连一分钱的医药费都没交。他本想直接替老李把钱交了,再去探探口风,套套近乎。可是转念一想,要是等到医院来催医药费的时候,他再出面,更显得自己出现得及时,所以就故意耍了个心眼。

他先去找王清泉说明了来意,却直接被王泉清给轰了出去,后来他又去了多次,结果都直接吃了个闭门羹。再后来,曹贵荣索性找了另外一个医生,硬生生地塞了两条烟,说明了来意,可是人家也没搭理他,气得他吹胡子瞪眼。

曹贵荣原本是想着,自个儿先照应着老李,等跟他关系熟络之后,再由医院方出面去催要医药费,可是偏偏自己的计划完全落空了。但是眼下老李的情况,肯定是出不了院的,就算真的要出院,至少也要等到一个星期以后,消炎针都打完了,伤口慢慢愈合了才行。

等到老李出院,院方来催缴医药费的时候,他在那个时候站出来,帮衬着老李把医药费给垫上。然后再让罗凤英来说明真相,如此,这门亲事就肯定是板上钉钉的了。

这头曹贵荣正在有条不紊地施行着自己的计划,那头春霞却忙得炸了锅。她再折回去的时候,已经是下午四点多了,这个点就得赶紧忙着做饭,等做好饭再赶过去,差不多也该是吃夜饭的时候了。这么忙活着,一着急,忘记了喂猪。两个半大的猪崽子,从头一天中午一直饿到现在,早就不安分了,拼了命地拱猪圈的栅栏。老李家将两个猪崽子养在一口破败的旧窑洞房里,加上今年干旱,昨天又突然下了一场大暴雨,在黄土坡上挖出来的窑洞被雨水泡开,两头猪崽子就在墙壁上不停地刨土,最终破败不堪的栅栏再也拦不住它们了,两头猪崽子顺着土堆子翻出了猪圈。

等春霞发现的时候,两头猪崽子已经不见了踪影,她急得有些上火。沿着两头猪崽子留下的脚印一路寻过去,最终却还是一无所获,脚印一直延伸到了庄稼地里,就再也找不到了。

一想起还躺在病床上的老父亲,春霞只能无奈地折回去烧饭。中午的扯面是家里的最后一顿面食,她想着给父亲补充些营养,就全做成了扯面。晚上这一顿饭,春霞吃不下,可是她已经一天一夜水米未进了,再加上一路追寻两头猪崽子,早就是又累又饿,随便就着干辣子吃了些南瓜干饭,之后又得忙着赶去卫生院给父亲送饭。

两头猪崽子丢了,春霞不敢让父亲知道。以他的性格,此时躺在床上不能下地,指不定要急成什么样子,再要是气出个好歹来,可怎么办?

当春霞再次抱着一大钵子饭匆匆忙忙地赶到病房的时候,里边正吵得热火朝天。她只粗略地听了一耳朵,就大致明白是怎么回事了。现在是医院方逼着父亲缴纳医药费,可是父亲一时之间又拿不出来那么多钱,而且父亲原本穿的那件衣服里罗凤英给他的那笔聘礼钱,也不翼而飞了。他原本是想着先用那笔钱度过这个当口,把卫生院的医药费结了,立马出院,哪怕是回家自个儿养着都成,总之就是不想再留在这个地方了。可是从手术室出来的时候,原本还揣在裤兜里的钱不见了,他也是到现在才发现。双方吵得不可开交,父亲说是医院在给他做手术的时候,趁着自己被打了麻药,拿走了他口袋里的钱。医院方否认,说根本就没见过这钱,并且要求父亲马上支付医药费。结果双方各执一词,吵得昏天黑地。

12

春霞急了,立马冲了进去,她像是个奓了毛的小野猫似的,死死地把父亲护在身后。看着他气得满脸通红,身子止不住地颤抖,春霞的心真的是已经快到了崩溃的边缘。她尽量让自己保持着平静,尽量让自己更理智些,尽量让自己坚强些,至少在此时,在父亲面前。

"我不是跟你们写过欠条了吗?咱们说好了到了年底的时候再来结账,怎么能在现在这个时候,咄咄逼人?"春霞义正词严。

王清泉没有出面,他指派了另外两个护士过来,同样是女人,说起话来也会方便些,就算是撒泼耍混,也比他一个大男人出面的好。两个护士相互看了一眼,之前她俩一直以为老李是个老实巴交的庄稼汉,大道理说不出来,所以才无所忌惮,可是眼前这个看起来瘦弱的女孩,却让她们觉得自个儿像是被人捏住喉咙的鸭子,喘不上来气。其中一个护士继续说道:"你既然认这个欠条是你写的,那就好说了嘛,早晚都是要结账的,现在把医药费结清。"

"去把你们院长叫来,我问问是不是现在非要问我们要这笔医药费不可……这不是要把人逼上绝路吗,这就是你们卫生院的作风?"春霞第一次这么强硬地说话,不光镇住了两个咄咄逼人的女护士,连老李都愣住了。站在一旁的曹贵荣却是眼前一亮,他不光觉得眼前这个姑娘长得漂亮,而且能在这样的情况下独当一面,他越发地喜欢上这个姑娘了。

两个护士似乎没想到事情会这样发展下去,同一个病房的其他病人和家属也开始指责起来:"医院是治病救人的嘛,人家条子都已经写了,又不是不给医药费。一开始就说好了的,现在来要钱,这不是要赶人家走嘛!"

"就是,又要人家给医药费,又要赶人走。不给医药费又不要走,哪见过这样的医生嘛?"

两个护士见整个病房的人都站在了老李那一边,心里有些没底。这事是王清泉交代她俩来办的,来之前她俩也觉得这么做有些不合情理,但是又架不住人家是主任,只得硬着头皮来催要医药费。可是那老头也是硬气,二话没说就直接伸手在口袋里掏钱，可是他一掏口袋发现自己口袋里的钱不见了，立马就上火起来，最后她俩也是无奈被拉下水，跟老李在病房里大吵了一架。

"反正你们赶紧把医药费凑齐啊，凑不齐医药费就莫赖在医院不走，卫生院又不是专门给你们家开的，哼……"说着，那护士撂下一句话就想转身离开。此时她有种逃离这间病房的感觉，众人的目光让她俩直想找个地缝钻进去。

可就在她俩刚走到门口的时候，却被春霞给叫住了，"等一下！我爸口袋里的钱不见了，你们是不是给解释一下？"

老李自打被送到医院，就一直用手捂着裤兜，来之前他都摸了好几遍了，确定身上带着钱，他才进的医院手术室。本来做手术之前，他是想把钱交给春霞，让她去交医药费的。但是又怕女儿因为这笔钱的事情，跟自己置气。这钱是罗凤英下的聘礼，他原本是想给退回去的，但是一忙起来就把这事给忘记了。女儿不同意这门亲事，他心里也清楚。所以直到他躺在手术台上，还在考虑这个事情到底该怎么办。可是直到今天护士来催着要医药费的时候，他才发现口袋里的钱不见了。

春霞自然是知道父亲的个性，肯定是那笔钱没还。但是在这种时候，她又不好去责问父亲，只能先把事情处理好了，等事后再跟他细说这个问题。现在那笔钱不见了，父亲的医药费没了着落不说，到时候还得想办法把这笔钱还给别人。家里的两头猪崽子跑了，眼下父亲又躺在病床上，家里唯一能下地干活儿的就春霞一个人，可是她还要照顾父亲，根本就没时间去挣钱。这样一想，春霞顿时就觉得压在她身上的担子有千斤重，压得她根本喘不过气来。

"什么钱？我们没看见你爸口袋里的钱……我叫人帮你去手术室里看一下！"那护士本来是想再吵上几句的，可是回头看了一眼整个病房里所有人充满敌意的目光，话锋一转，改口说让人再回去找一下。

说完两个人就快速地离开了病房，这个原本对于她们来说，一直是自己工作的场所，如今却有一种要逃离的感觉。

春霞现在不好再追出去，就算那笔钱真的是被医院的某个护士给拿去了，可是这种情况下，她已经心力交瘁了。父亲的医药费和小军欠的学杂费，原本都指望着来年那两头猪崽子长肥了，能卖个好价钱，眼下却因为忘记喂猪，翻出猪圈的猪崽子不知道跑到哪里去了。这头父亲身上原本要还回去的聘礼钱也不翼而飞了。这三笔钱加在一起，可不是个小数目，自己要上哪儿去找那么一大笔钱啊？

回头看了一眼怒气正盛的老父亲，春霞忍不住叹了口气，然后依次给同一个病房的病人们道歉，这般打扰别人休息，总得说点什么，往后不知道还要在这间病房待上多久，可不能把人都得罪光了。

"哎，你两个别走，钱的事情不说清楚，别想走！"老李已经气红了眼，扯着嗓门朝着门外嚷嚷着,还一副要下地的架势。

春霞看着他的举动,终于是忍无可忍,却又无奈地喊了他一声:"爸……你别再闹了好吗?"

老李看了一眼春霞,本来还想再说些什么的,却又突然想起来那笔钱的事情,眼下他算是将春霞逼上了绝境。这笔钱要是不还的话,到时候春霞在外边可怎么见人啊?别人肯定会说他老李用女儿去骗取别人的彩礼钱,钱到手了,又不愿意把女儿嫁给别人。如果是那样,那春霞以后可怎么嫁人啊?

他突然觉得自己像是做错了什么,忍不住使劲儿给了自己一个大耳刮子,"儿啊,是我苦了你啊!"

春霞看着年迈的父亲,不知道该说什么好,她甚至不知道未来的路到底该怎么走。这一刻她突然觉得自己好累,如果母亲还活着,她会怎么办呢?春霞不禁想起来母亲被推出手术室的那一幕,她望着手术室的方向,心里有些恨,却不知道该恨谁。恨自己的父亲吗?他现在正躺在病床上。恨小军吗?因为他的出生母亲才死在了手术台上!恨这个世道吗?可是恨,又能改变些什么……

13

眼看着时间一天天过去,老李在医院已经住了半个多月,腿上那一道手术后留下的伤口也慢慢愈合了,快要到出院的日子了。按照常理来说,他这种情况至少要在医院住上个把月,才能回家休养。可是每天这样干躺在医院里,光是住院费都是一大笔钱,老李实在是受不了这种心理和身体上的压抑。不管春霞怎么劝,他都执意要出院。最后春霞实在是劝不动他,又考虑到眼下父亲的情况,回家养着或许更方便自己照顾他,便只好顺着父亲的意思,找了一辆拖拉机将他送了回去。

老李整天在家里躺着,寻思着一时半会儿也好不了,他实在是闲不住,自个儿一颠一颠地跳将起来,翻出了木匠匣子,打算做一副拐杖。春霞每天都忙着地里的农活,到了饭点回来给他做饭。小军每个周末也会回来一趟,带些咸菜,换洗一身干净的衣服再去上学。

老师已经连续问了好几次关于学费的事情了,小军却不知道怎么跟父亲说这个事情。家里的情况他看在眼里,藏在心底,有一种深深的负罪感。他不想再因为自己上学的事情,给家里增添负担。

这天小军和春霞一块儿在地里忙活,他突然对春霞说:"姐,我不想上学了!"

春霞有些恼火,可是转念一想,小军成绩一直很好,怎么突然就不想上学了呢?她问小军:"是不是在学校,有人欺负你了?"

小军一直耷拉着脑袋,什么也不说,只是一直埋着头帮春霞扯着油菜地里的杂草。他不知道该怎么跟姐姐解释，只是闷声说："反正我不想上学了！"

春霞有些气恼，把手里的锄头狠狠地挥了下去，直起身子，她呼吸有些急促，不知道是因为太累了，还是因为小军不愿意上学而生气了，愤然说："你不上学，能干什么？家里的光景不好，你不好好念书，成为有用的人，以后这个家怎么办？"

"就是因为这个家已经是个烂包光景，我才不愿意再念下去了。爸的腿摔坏了，医院还欠着医药费。我要是继续念下去，你一个人怎么顾得过来……所以，我不想再念了！"小军道出了实情。

"你要是还认我这个姐，就好好读书，家里的事情不用你操心。你也别有思想包袱，好好考，考到县里去上高中，再考到省城去上大学，等你有出息了，我们一家人的光景就过好了。"春霞安慰着小军。

可就在这个时候，罗凤英领着曹贵荣再次上门了，曹贵荣手上提着烟酒和营养品。虽然在医院住了个把月，曹贵荣每天都往医院跑，像对自己亲爹一样照顾着老李，可是直到现在老李都不知道曹贵荣到底安的是什么心思。这个人也不去上班，每天一大早上就赶到医院给老李送早饭，背着他去换药，打消炎针，到饭店给老李买最好的饭菜，让老李有些摸不着头脑。问了好几次，曹贵荣也不说明原因。可是直到昨天，老李实在是在医院住不下去了，嚷嚷着要出院。曹贵荣这才着急了，连夜去找罗凤英商量。

于是这一到早上，曹贵荣就买好了各种营养品和好烟好酒，跟着罗凤英上门，打算把事情给挑明了。

"老李，老李在屋没？"罗凤英还没进院子，就开始吆喝起来，大嗓门就像村头的高音广播。

老李正在忙着打造拐杖，再过个把月他就能用得上了，到时候也免得再给春霞增添负担。可是这罗凤英的大嗓门，却让老李心里突然咯噔一下。这罗凤英上门的目的老李心里自然是知道的，其实这事儿也怪自己，要是没拿罗凤英这笔聘礼钱，现在说话也就硬气些。可是老李不仅接了这笔钱，而且还不知道这笔钱到底丢哪儿了，医院那个地方人来人往，硬说是在医院丢的，可是也查不出个线索来。就算真的是医院的护士拿了，现在都已经过去那么久，谁会相信他一个庄稼汉身上能揣着那么多钱，多半都会以为他是想赖住院费，所以才撒泼耍无赖。

"你咋来了？我不是说，这事你先等我腿好了再说嘛！"老李有些不耐烦了，可是又不敢直接把罗凤英给轰出去，万一到时候她让自己还钱，那可就是真要撕破脸了，传扬出去不光是自己的老脸没地方搁，怕是还要坏了自家姑娘的名节。

"哎呀，你看你说的是哪里话。你这腿摔坏了，咋个就不给我个信儿呢？我也好去医院看看你嘛！"罗凤英脸上赔笑，热情地扶着老李坐下。

老李心想，你那小卖铺就开在卫生院边上，我进医院、出院你都看得真真切切的，能不晓得是怎么回事？要想去卫生院看我，你早就去了，还会等到今天？可是老李没有把话说破，一脸僵硬的笑容，赔笑着说道："你说我这在泥巴地里摔了一跤，回家养几天就没事了，咋还敢去麻烦你。"

"不是我要来看你，是你的准女婿要我带着他来认门！"罗凤英说着就招呼曹贵荣进屋，可是曹贵荣一直站在门口来回踱步，左右徘徊，和在医院时的表现完全是两个人了。

曹贵荣提着东西进去的时候，冲老李笑了笑，把东西搁在桌子上，笑着说："李师傅，腿好些了吧！"

老李见来人是曹贵荣，还没反应过来，以为这曹贵荣多半就是罗凤英所说的那"准女婿"的家属，难怪会在医院对自己百般照顾，原来是因为这一层关系。他完全没想到，罗凤英嘴里所有的"准女婿"其实就是曹贵荣本人。

"老弟，你咋个也来了嘛！在医院的时候，就总是麻烦你，现在你还上门来看我，这怎么使得哦！"老李有些不好意思，但是对曹贵荣这个人还是有些莫名的好感。

等了一会儿，老李愣了一下，又朝着门口瞧了瞧，见门外再没人进来。疑惑地看着罗凤英和曹贵荣，可是他俩也不知道老李到底在往门外看什么，三个人相互对了个眼神，情不自禁地尴尬一笑。又过了一会儿，见门外还是没人进来，老李这才开口问："这小伙子咋个不进屋来呢？大小伙子的有什么不好意思的嘛！"

老李也想看看罗凤英嘴里的后生到底长什么模样。虽说他本来是不赞成这门婚事的，可是眼下这个情况，自个儿卧床不起，别人下的聘礼也不知道丢在了哪里，医院欠着一大笔医药费，小军的学费也没交齐，家里两头猪崽子也没找回来，所有的事情都压在春霞一个人身上，要是能给她找个好婆家，也算是对她有个交代了。

14

这个支离破碎的家，除了几间破窑洞，已经再没有其他可以拿得出手的东西了。三个人坐在火炕上，老李把手里的一杆梨花木拐杖放在一旁，地上还有些树皮和木屑也没来得及清理。气氛显得有些尴尬，又等了片刻，老李见还没人进来，又忍不住问道："罗大姐，你不是领着那小伙子上门来了，咋个不进来嘛？"

罗凤英看老李气色不错，再瞧着曹贵荣一个劲儿地给她使眼色，这才说道："老李啊，托我说亲的不是别个，就是贵荣。"说完，罗凤英一直盯着老李脸上的表情，生怕他当面给脸色，要是这样，大伙儿可就都下不来台了。

"这……"老李脸色立马黑了下来，他再次打量了曹贵荣一眼，却不知道该怎么接话了。呆愣愣地坐在炕沿上，从口袋里摸出烟锅子，一语不发地往里边填烟丝。

曹贵荣和罗凤英对了个眼神，也不明白老李到底是什么意思。之前进门的时候，老李还热情得很，可这才一眨眼的工夫，他怎么又黑着脸呢？

"叔，之前在医院的时候，我想着你还在住院，所以这个事情也没好意思开口说透。你说眼下，这一大家子的事情，我也能帮得上忙不是。再者说，我是真心喜欢你们家春霞，她要是跟了我，我保准让你们一大家子都能过上好日子。"曹贵荣有些急了，老李不表态，让他心里也没了底气。

"老李啊，贵荣是个好后生，你们家女子要是跟了他，你还愁这后半辈子没有着落？你住院的时候，贵荣二话不说，在医院里伺候了你个把月，这换了哪个后生也做不到他这样啊！你说这样的后生，打着灯笼都找不到，你说是不是？"罗凤英心里也没了底气，生怕这事情黄了。

老李还是没说话，在医院住院的时候，他就觉得纳闷，这个后生不上班，也犯不着总往医院跑，没有来由地照顾他这个糟老头子。原来他是打的春霞的主意，可是这个曹贵荣看起来都已经三十多岁了，比春霞还大十多岁。照着春霞的性格，这事情多半是说不通。可是眼下的光景，自己接了罗凤英的聘礼钱，要是不同意这门亲事，到时候上哪儿去凑那么一大笔钱还人家？

曹贵荣虽然家里有钱，平时看起来人倒也实在，可是没什么文化，说话也总是带把子，老李觉得他身上总有种"二流子"的习气。而且曹贵荣还是个离过婚的人，这一点他在医院，两人闲聊的时候听曹贵荣说过。若是这个后生不曾结过婚，那也倒还成。可是万一他再跟春霞过不到一块儿去，再整这么一出，那春霞可怎么办呢？老李越想越觉得为难，就觉得是自己把闺女推进了火坑。可是眼下他只能天天坐在炕头上，家里什么都是春霞一个人在操持着，他完全帮不上忙。

"唉……贵荣啊，你这个年纪也不小了，你说我家春霞才多大年纪。山里的女娃没见过世面，这往后柴米油盐，难免有个磕磕碰碰。我是怕我女子伺候不了你，要不等叔腿脚好利索了，十里八乡的去给你转转。我以前在这十里八村的做活儿，倒是还晓得几个能干的女子……"

可还不等老李把话说完，曹贵荣就突然说道："叔，我谁个都不要，就喜欢你们家春霞。"

而此时，春霞正好领着小军从田里回来。十月底的天气还有些燥热，春霞和小军脸上都还挂着汗珠子。春霞在门外听到屋里几个人正在说话，便轻轻地拉住小军，站在门外听了一会儿，这才知道，原来上门说亲的就是曹贵荣。这个人春霞在医院照顾父亲的时候见过几次，当时觉得这人是个热心肠，心里还满是感激。直到此时，她才知道曹贵荣原来是在打自己的主意。

春霞没直接进去，而是放下锄头去了灶房生火做饭。这样的场面，她进去了反而不知道该怎么办了，她甚至想再去地里转一圈，哪怕是出去躲，也比待在家里舒服些。可是她若是在这个时候选择了逃避，那以后该怎么办？这个事情总得解决。

"姐，爸是不是给我找了个姐夫啊？"小军喜滋滋地问道。

在小军心里，他觉得这是目前为止家里最喜庆的一件事情了。他并不知道姐姐的心思，春霞心里已经有人了，她一直想等那个人回来。可是此时此刻，那人去了省城上大学，春霞平时家里忙，根本就没时间去镇上的邮局把写好的信寄出去。她总是在每个周末，小军上学的时候，把贴好邮票的信封交到他手里，让弟弟把信投进邮筒里。这几个月她已经寄出去了七封信，却连一封回信都没收到过。

每个周末小军走的时候，春霞都会交代小军，把自己交给他的信封寄出去，再去邮局问一下有没有自己的回信。可是好几个月过去了，一封回信都没有。每次小军放学回来的时候，春霞都有些期待，她期待着小军能带来一封她渴盼已久的回信，可是每一次的期望到最后都变成了失望。直到现在，在这个家里最艰难的时候，在春霞心里最想要安慰的时候，失望慢慢变成了绝望。

所有的担子都压在她身上，她觉得自己已经快要撑不下去了。她不是不想跟命运做最后的抗争，可是她根本就等不了四年，她没办法一直这样看不到任何希望地等下去。这个破碎的家，也不允许她再等四年，小军的学费也等不了四年。

春霞坐在灶门前，锅底的柴火已经烧成了灰烬，她却忘了往灶台底下添柴。等到小军发现春霞坐在灶台前发呆的时候，曹贵荣和罗凤英已经走了。老李没有给他们明确的答复，只是说这个事情，要让女子自己做主。

曹贵荣走之前还特意留下了五十块钱，说是小军在镇上上学，平时花钱的地方多着呢，让他多买些本子之类的东西。小军有些不知所措，不知道到底该不该接这些钱，愣愣地杵在原地。最后曹贵荣还是硬把五十块钱塞进了小军的口袋里。

15

小军不知道这钱该怎么花，他平时上学的时候，一个星期都花不完五毛钱。想着这么一大张票子，还是交给姐姐吧。可是他进去的时候，却看见春霞正坐在灶门前发呆，锅里已经没有一丝热气儿了。半锅水还用木头锅盖盖着，米还在盆里泡着，根本就没下锅。

"姐，你是不是累了？要不我来做饭吧！"小军询问着春霞。

春霞这才回过神来，看了小军一眼，眼睛似乎有些红了。她赶紧打起精神，冲小军说："哦，我没事，饭马上就好了！"

春霞赶忙生起火来，灶门口还放着晒干的玉米秆，她扯出一把来折成几段，塞进了锅底，燎燃火柴点燃了一把松树针。不消一会儿，黝黑的木头锅盖上就冒起了水汽，半锅开水不断地泛起水泡，春霞把淘好的米倒进了锅里，来回搅动着。又回到灶门前添了一把柴火，等到锅里的米完全煮开了，米粒里再也看不见白米芯，又把半熟的米饭用饭篮子捞起来，放在灶台上沥干米汤水。剩余的半锅水，她又用木瓢舀进了泔水盆里，平时这些煮过米粒的水最后都是用来喂猪的，可是眼下家里正忙着割谷子，两头猪崽子已经跑丢了，也没钱再买猪仔，这些泔水最后都是直接倒掉了。

随意炒了点菜，菜里也没多少油水，菜籽收成也不是很好，一亩多菜籽田，能收三百多斤菜籽，再挑到油坊去榨油，最多能榨出八十斤菜籽油。可是这些油要一直吃到年尾，往年杀了年猪，还能得些猪油，最多也就一大瓷盆。平时也不敢多用，只是在下面的时候，用小瓷勺子稍稍刮上指甲盖般大小的油片儿，融进面汤里。可是今年过年，连年猪都没有了，油罐子也已经见底了，春霞有些为难。到现在她才真的体会到"巧妇难为无米之炊"，这些原本在课本里学来的东西，却怎么都写不出她此刻的心事。

炒完菜，就着锅里的热气，春霞又把沥干了水半熟的米饭倒进了锅里，用筷子把米粒铺平，严严实实地盖住锅底，再沿着锅边淋一圈冷水，盖上锅盖，往灶底下添了一把干燥的松针。等这把火完全烧尽了，锅里的米饭也就完全熟了。西北大地的人民大多是以面食为主，都是馒头配稀饭。可是父亲住院的这个把月，为了能让父亲吃得稍微好点，补充一些营养，小半盆猪油和一袋子白面都给父亲做成了扯面。眼下除了白米干饭，恐怕一直到明年五月份，麦子成熟之前，都吃不上白面馍馍了。

吃饭的时候，老李、春霞还有小军都围坐在炕头前，父亲坐在最里边，春霞和小军都是半坐在炕上，双腿耷拉下来。谁都没说话，可是谁心里都藏着事儿，这饭吃得也少了些滋味。

老李瞧了一眼春霞，又瞧了瞧小军，他寻思着要是春霞能嫁过去，或许小军的学会稍微好上点，却又不知道这个时候说这话，是不是有些不合时宜。可要是再不想办法支撑一下这个家，恐怕连今年的年都过不下去了。

"春霞啊，那个曹贵荣就是上次我说的上门说亲的后生。虽然说年纪是大了点，可是人还算不错，也有些本事。你要是同意呢，我就跟人家说说，找个好日子把婚事给办了。你要是不同意呢，等我腿脚好利索了，再出去找些手艺活儿，咱慢慢把人家那个钱给还回去……"老李试探着问。

春霞没有说话，只是听完父亲说的话后，手里的动作明显慢了下来，似乎是在心里衡量着，到底该怎么办。父亲这完全是把自己给逼到了绝路上。虽然表面上看起来，老李是在征求她的意见，可是实际上老李是话里有话，明显是在春霞面前唱了一出苦肉计。

若是等父亲腿脚好利索了，再去想办法挣钱，那小军欠的学费怎么办？来年开春，小军上学还要钱。今年这半年的学费都没结清，明年怎么还好意思再去跟学校求情啊！还有医院还欠着好几百块钱的医药费，那也不是一笔小数目。曹贵荣给的那笔聘礼钱更不必说了，要是说不同意这门亲事，那就得立马把钱退还回去。既不还钱，又不嫁女，这要是传扬出去，依着父亲要强的个性，以后哪里还有脸出门？

"我嫁就是了！"春霞面无表情地应和了一句，似乎是怕父亲为难，也不想让小军看出端倪，她依旧平静地坐在炕头上吃饭，只是那半碗饭她吃了许久都不见碗里有动静。

"好好好，好事啊！那个，小军啊，把大柜底下的酒瓶子给我拿来，可要喝一杯庆祝一下。"老李开心得差点眼泪都掉下来了，这一年发生了太多的事情，没有一件事情是能让人顺心的。直到此刻女子嫁人，他才觉得心情稍微畅快了些。可是他没看出来，春霞心里是多么不情愿，只是被现实逼迫得实在没有办法了，才不得已接受了这样的亲事，春霞只是想让曹贵荣帮着这个家暂时度过最艰难的坎儿。至于说感情，她对这个男人根本就没什么感情，她的感情早就已经给了另外一个人……

"你腿还没好利索，少喝点酒！"春霞并没有去劝父亲，不想在此时让他心里添堵。

"没事没事，我心里头高兴，我女子要嫁人了！"老李倒了半瓷缸子白酒，猛地灌下去一大口，火辣辣的酒气一直烧到了胃里，让他觉得浑身都暖暖的，甚至还有些燥热。他有些坐不住了，脱了外边的黑布套子，就穿了个没有袖子的白大褂子坐在炕头上，想了想说道："小军，那个你腿脚快，你去跑一趟，把你罗凤英婶子喊到屋里来，就说我有事跟她说。"

"好嘞！"小军搁下碗筷就飞奔了出去。他顺着山道一口气跑到了镇上，罗凤英家他是知道的。这人的铺子就开在镇子上卫生院旁边，父亲住院的时候，他去给父亲送饭，见过那个女人，她整天坐在柜台前嗑瓜子。从山梁子上到镇上都是下坡，知道姐姐要嫁人了，小军心里高兴，所以便跑得快些。

16

小军到罗凤英铺子时，已经是下午三四点多了，罗凤英显然也是刚回来不久，正悠闲地坐在柜台前嗑瓜子。铺子里的东西摆放得有些杂乱，也不见罗凤英收拾。罗凤英见小军进门，问了一声："要买些啥？"语气显得格外懒散，这前后也就一顿饭的工夫，她竟然已经忘记了眼前这个半大的孩子就是老李家的儿子。看他身上穿着明显是由大人穿旧了，自家动手剪裁改动过的衣服，多半是哪个山沟沟里的娃，估计也买不起什么大价钱的东西，她索性懒得上前去招呼。

"婶子，我爸喊你有事！"小军抡起袖子，擦了擦满脸的汗水。

"哎哟，我这铺子里忙着呢，可走不开。有啥事叫你爸到铺子里来说！"罗凤英依然自顾自地嗑着瓜子，到现在她都没想起来这是谁家的孩子。就算有事，能跟她有什么关系？她本就是个无利不起早的主儿，让她挪一下屁股，没几个大子可不成。

"我爸腿还没好，所以就叫我来请你！"小军继续说道。

罗凤英一听这话才想起来，眼前这个半大的孩子是老李家的娃。老李主动找她，除了曹贵荣托着说亲的事还能有其他什么事情，一准是老李那边答应下来了。她忙不迭地站起来，嘴角还粘着一片瓜子壳，脸色立马就变了，笑盈盈地走出柜台，拉着小军问道："你爸喊我是啥事啊？"

说着她又从柜台上顺手抓了一把瓜子，递到小军面前。她想，山沟沟里的娃，只要给点吃的，什么话都能套出来。心里有了底气，她才好上门。这边要是老李应承下来了，她再去曹贵荣家煽呼一下，没准儿还能落点好处。小军却说："我爸说，不能随便要别人的东西。"

罗凤英微微愣了一下，又笑着说道："没事，拿着吃，这是婶子给你的，婶子又不是外人！"说着，她把一大把瓜子塞进了小军的口袋里，直到把小军两个口袋都塞得鼓鼓囊囊的，才又问道："你爸喊我过去，是不是为了你姐结婚的事啊？你爸同意了没？"

"我爸只说叫我喊你到屋里去，别的没说！"小军倒是贼精贼精的，眼睛滴溜溜地盯着柜台上的糖罐子瞄了半天。

罗凤英心说，眼前这娃多半是想吃糖了，虽然那个时候，糖还是卖得比较贵的，可她还是大方地从罐子里拿出了一大块冰糖，塞到小军手里。继续问道："你爸有没有说，你姐的婚事啊？"

"婶子，你再给我一块糖，我就告诉你！"小军眼睛滴溜溜地转了一圈。

罗凤英有些心疼，脸上的笑容也有些僵硬，可还是耐着性子又给了小军一块冰糖，比刚才那块小了不止一半。她把糖递到小军手里："现在可以说了，你爸喊我做甚啊？"

小军接过糖块，揣进了口袋里，然后说："我爸就说了让我喊你到屋里去，别的没说，我也不晓得。"说完又一路小跑，出了铺子。

罗凤英在后头黑着脸喊："你个小逼崽子，啥尿东西都不晓得，还骗我的糖吃……"

等太阳已经沉到天边上的时候，罗凤英再一次领着曹贵荣上门了。二人虽然一路上都抱怨说，今天上午跑了一趟冤枉路，心里却都是美滋滋的。罗凤英说成了这门亲事，能得些好处，这回做媒起码比她整日里守着那冷清的铺子要强，她倒也乐呵呵管这些闲事。曹贵荣得偿所愿，抱得美人归，也总算是了却了一桩心事。

几人坐在炕头上挑日子，春霞一直坐在旁边没说话，脸上也没什么表情。明天小军又得去上学，忙活完这些事，她打算再写一封信，把自己要结婚的事情告诉王永华。虽然她心里还是舍不得他，可是这个家实在让她焦头烂额、心力交瘁了。春霞没有忘记那天下午，两人隔着郁郁葱葱的庄稼地，相互许诺，等待着对方……可是仅仅过了三个多月，一切就已经物是人非了，她有自己的迫不得已，有自己的无可奈何。可能这是她最后一次给王永华写信，他也从来没有回过信，可能这次也还是一样，得不到任何回复。但要是不把这门亲事说清楚，春霞还是有些不甘心，若是有一天王永华再站在她面前，她又该怎么去面对他呢？

"我看下个月十五号就是个好日子！"罗凤英装模作样地看着手上的老黄历，一本正经地说道。其实她哪里会那些东西，只不过是认得几个字，随便看看黄历上写的"宜婚嫁"就断定那天应该是个黄道吉日。

"这么快，我这还来不及准备呢，你说这……"老李突然一愣，眼皮突兀地跳动了一下。虽说闺女结婚是好事，可是自己现在还卧床不起，家里连一件拿得出手的物件都没有，就这么嫁过去了，那还不得让人家笑话。他是个好面子的人，硬气了一辈子。

"叔，这是好事，早点把婚事给办了，往后家里有个什么事情，我来照应着，也省得别人说闲话不是。"曹贵荣忙抢过话说，生怕事情再耽搁下去会出什么岔子。

"就是就是，这再往后头，这也找不出来好日子……就下个月十五号是个吉日！"罗凤英连忙附和着说道，她心里比老李和曹贵荣都着急，这事要是就这么定下来，也就算成了，跟她就没多大关系了。得了曹贵荣些好处，已经来来回回地跑了好几趟了，这么多年天天都悠闲地待在铺子里，养了一身懒病，这三十里山道还真是要了她半条老命。

"那，女子，你说话。你看咋样？"老李又征求了一下春霞的意见。

"我还有几个条件，你要是都答应了，我就答应跟你结婚。你要是不答应，这婚我就不结了！"春霞突然对曹贵荣说。

曹贵荣想都没想，就满口答应下来，急切地说道："莫说眼下的事情，结婚后屋里屋外的事情，都是你说了算，我全都听你的。"

"第一，我嫁给你以后，家里就只剩下我爸和小军。小军还在上初中，我爸腿上有伤，你得供小军上学，一直上到大学毕业为止。"春霞说。

"没得问题，读书是好事嘛！哎呀，要是我屋里能出个大学生，我也是高兴得很的嘛！这个不消你说，我都会供小军上学。"曹贵荣满口答应。

"第二，你得把我爸欠的医药费给清了。家里现在就我一个劳力，我要是不在了，爸的日子肯定更难过。他腿脚好利索之前，我要照顾着他。"

"没问题，这个没得问题。女婿孝顺老丈人，这本就是天经地义的事情嘛。再说，我是个孤儿，无父无母，也没有兄弟姊妹，我们结婚以后，让你爸跟我们一道搬到镇上去住，往后我会把你爸像自个儿亲爸一样对待。"曹贵荣再一次满口答应下来。

说完这两点要求，春霞不禁叹了口气。她心里对这场婚姻没有任何情感寄托，就好像是一场交易。她之所以嫁过去，也只是为了能勉强撑起这个支离破碎的家。这一刻，她对未来所有美好的憧憬都破灭了，她不知道等待着她的将会是怎样的命运。她在心里对自己说，或许这就是他们这一代人该过的日子，像大多数同龄的女孩一样，到了该嫁人的年纪，由家里安排一门看起来似乎很不错的人家，嫁过去，生孩子，过日子。

17

眼看着春霞的婚期将近了，老李却怎么都坐不住了。他拄着拐杖沿着石板铺成的小道，一瘸一拐地挪着步子，摸到了王二伯家。眼前这等情形，自个儿又干不了重活儿，挣不了什么钱，可是闺女下个月就要出嫁了，怎么着也得准备一份像样的嫁妆。虽说曹贵荣眼下把春霞当成个宝，可若是结婚的时候没有任何嫁妆，难保以后在曹家不被欺负。

"哎呀，老李啊，你这腿脚都没好利索，咋不在屋里养着呢？"王二伯正在清扫院子，已经入秋了，早晨天气还是显得有些微微的凉，山里边比外边要稍微冷些，大多数人都已经穿上了秋衣。

"坐不住啦，你说庄稼人总是在床上躺着，怎么能行？这都养了两个多月了，再不活动活动，往后都不记得怎么拿锄头了。"老李讪讪地笑着，跟王二伯开玩笑。

王二伯家住山梁子上头，门前砌了一道石岸，石岸中间又用石板摞起来一条一丈多高的台阶。可能是看老李不方便上来，王二伯赶紧丢了手里的笤帚，快步走到老李面前。

两人随意寒暄了几句之后，老李这才开口说道："我是有个事来求你帮忙，不晓得你有没有空哩？"

"我两个，还说啥求不求的。有事情，你叫小军过来递个话就行了嘛，你这腿脚不方便，何必还亲自跑一趟！"王二伯说。

"怕娃说不清楚，还是我个人跑一趟。门前屋后的，想了一圈子，也只能来找你了！"

"你跟我客气个屎，有啥事就说嘛！"

"是这样的，我那个女子也到了出门的年纪了嘛，这有人上门来说亲，日子已经定下来了……"

还不等老李把话说完，王二伯突然惊讶起来，表情有些夸张："咦，这个是好事嘛，请我喝喜酒，叫个娃娃来告诉我个日子就成了。别的没有，两瓶子白酒，四把面条这礼还是送得起的，你也别嫌寒碜。"

"喝酒的事情，肯定少不了你！我来找你，是想请你帮我砍几棵树。"老李继续说道，还递上去一根卷烟。

"砍树做甚？"王二伯接过卷烟，疑惑地问道。

"我女子要出嫁了，日子快到了。可就我那个烂包光景，你也是晓得的。女子出嫁，我连嫁妆都给不起，说出去了怕叫人笑话。寻思着，我自个儿还有些木匠手艺，想给女子打一套家具，当做是嫁妆。可是我这腿，一时半会儿还进不得山，小军也才是个半大的娃，指望不上。所以就想着请你帮个忙，砍几棵树。不叫你白帮忙，每天的饭我管，另外我这里还有一条烟你拿着。"老李把一条"大前门"牌子的卷烟从衣服里拿出来，塞到王二伯手里。

"砍树就砍树嘛，哪个要你的烟哟！拿回去，你要是给烟，这个忙我就不帮了。"王二伯一脸严肃地黑着脸。

"拿着，拿着……你要是不要烟，我就不要你帮这个忙了！"老李也是一脸严肃。

王二伯很不好意思地接过了烟，说道："那我就收下了！把屋里收拾一下，过一下我就去帮你砍树了。"

吃过早饭，太阳才刚冒出头，王二伯裤腰带上别着斧头，肩上背着锯子和搭杵进了林子。不一会儿就听见老林子里传来"哒哒哒"的砍树声，然后"哗啦"一声，一棵汤盆般粗细的松树就倒了下来。王二伯用斧头磕掉了枝丫，只留下一根光秃秃的树干。他再把树干锯成一根根差不多一丈多长的木头段子，一段段地扛到了老李家门前。

老李早已经在门前的场子上摆好了茶水，等待着王二伯的木料。王二伯把木头一根根地架在木头"马脚"上，老李一只手拄着拐杖，另一只手里拿着一条高腿板凳，一瘸一拐地把板凳靠在木料边上。他腿脚还没完全好利索，所以只能坐在板凳上刨树皮，每刨过一截，就跛着脚把板凳再往前挪动几步，再刨一截，直到整根松树木料完全被褪去了树皮，只留下一根笔直的白晃晃的木头芯子。他再用墨斗在每一根木头上弹好线条，最后用锯子把圆形的木料"改锯"成一块块指头般粗细的木板。

往常他做家具，木料都是已经放置了一段时间的干木头，做起来得心应手。可是眼下春霞出嫁在即，他等不了那么久，等不到木头完全晾干。湿润的木头锯起来格外费劲，不消几下湿滑的锯末就将锯条卡在木料上了，拉也拉不动，推也推不出来。老李的腿使不上力气，所有的劲道都是完全从手臂上使出来的，没多大工夫，他就满额头都开始流汗了。

略微休息了一会儿，他坐在太阳底下抽着烟袋，春霞有些心疼他，给他提来了暖瓶和茶碗。这门亲事她是在万般无奈下才答应的，心里明显是有些不情愿。可是看着父亲这般忙活，她心里却有些不是滋味。倒了一碗水，放在磨盘上凉了一会儿，春霞把水端到老李面前说："爸，喝口水！"

老李接过碗，却不急着喝。他略微沉吟了片刻，叫住了回身进屋的春霞，说道："春霞啊，爸有话说。"

春霞微微地愣了一下，不知道父亲要跟她说什么，她没多想随口问了一句："还有啥事？"

老李在心里酝酿了半天，却也不知道该说什么，本来已经想好了，却迟迟不知道该怎么开头。他把水碗放回磨盘上，又换了一袋烟，这才说道："爸知道你心气高，不愿意嫁给曹贵荣。你答应这门亲，是想着曹贵荣能帮衬上这个家。是爸没有本事，供不起小军读书……往后你好好过日子，爸……爸对不住你！"

"爸，这个事情跟你没有关系，是我自己决定要嫁给曹贵荣的，我哪个都不怨……"春霞嘴角有些抽动，眼角有些泪水，身子也有些微微地颤抖。她心里不是没有怨恨，只是这时候既然事情已经成了定局，怨恨也改变不了什么。她对生活似乎已经有些麻木了，接连不断的事情都压在她身上，让她觉得身上的担子太过沉重，压得她根本喘不过气来。

18

已经到了黄昏时分，天色有些暗淡了，老李还在院子里忙活着，一如既往地把一根根木段子刨了皮，用墨斗打好线条，再锯成一张张木板。他的手艺显得有些僵硬，不似以前那般灵活了。可能是因为年纪大了，干活儿没有以前那么麻利；也可能是因为对春霞内心愧疚，再加上腿脚还没完全好利索，他总觉得有些力不从心。可这是春霞的嫁妆，他每一斧子，每一锯子都显得那么小心翼翼。

整整三天的时间，老李每天都是太阳还没升起来就已经起床了，一直忙活到夜幕降临。终于眼前一堆木头全都做成了半成品的木板，靠在院子里晾晒了三天，去了大部分水分。他心里大致算了一下，眼前这些木头，差不多够做一张大床，十把椅子，一顶大衣柜和一副组合柜的了。这些东西在镇子上都可以买得到，但是要算起来，也是好大一笔钱。有这样一套嫁妆，自家闺女嫁过去倒也不算是太寒碜。

这一夜老李睡得比较踏实，梦里他见到了自己的妻子刘氏，那个苦命的女人，那个为这个破碎的家操劳了一辈子，却从来没有过过一天好日子的女人，那个为他老李家生了一对儿女，最终因为难产而死在手术台上的女人。他想对她说些什么，可是所有的话语都显得那么的苍白无力，到了嘴边最后竟成了呜咽。

春霞在隔壁的屋子里，听着父亲房里的动静，她不知道父亲是在说梦话。婚期已经快了，还有半个多月，她有些害怕，可是又不知道自己到底在害怕些什么。窗外是一片漆黑，破旧的窑洞房里没有一丝光亮，她就这么睁着眼睛静静地躺在床上，看着屋顶上的黄土。

她在想，如果王永华回来的时候，看见自己已经嫁人了，是不是也会跟自己一样，躲在被子里哭泣，恨这个世道呢？他如果真的因为自己而哭泣，她该会是怎样的心情呢？也许她会欣慰地笑，至少那个男人还一直把她藏在心底；也许她也会跟着他一起哭，哭自己没能坚持到最后，没有坚守两个人之间的约定和诺言，没有等到他回来娶她。

天亮的时候，春霞才勉强合眼睡着。老李拄着拐杖在院子里忙碌起来，他用角尺在木板上画好了线条，每一个该打孔的地方都已经画好了记号，木匠匣子里各式各样的刨子依次排开，摆放在一张厚厚的摄布上。他把几块木板钉在"马甲"上，简单地做成了一张桌子，那就是他大展拳脚的工作台了。一根根粗糙的木条和木板，被他用各种大小不一、长短各样的刨子刨成了光滑的材料。

春霞打开门的时候，正看见老李拿着一根木条在眼前比画着，他左眼紧闭着，右眼沿着木条的边一直望过去，这是他多年以来的经验，木料是不是平整，有没有瑕疵，他一眼看去，心里就一清二楚了。把木条中间的榫头和榫口一一对上，合实，楔子上木钉。一张……，他又用钻子和凿子在床头雕刻出一个"囍"字和一些……把床撑子、床板子打磨光亮，用石膏水抹上一层细密的石膏浆，……最后刷上桐油榨出来的清漆。这等手艺，就算是最好的木匠师傅，恐怕也……一番。

就在这个时候，却有人找上门来了。老李不认识眼前的这两个女人，看她们身上的衣着，也明显不像是村子里的庄稼人。

"师傅，麻烦问一下，李建国的屋住哪一块儿啊？"其中一个妇女问道。

"你大老远地跑我们这山沟沟里来，找李建国有啥事儿？"老李有些纳闷，眼前这两个女人，一看就是镇子上的人家，应该是吃公家饭的，怎么会无缘无故地跑这么远，找上自己家来呢？难不成是听说自己的手艺，找自个儿去做箍匠活儿或家具的？他看着院子里油漆还没完全干的新床，在心里寻思。

"是这么个事儿，李建国的娃跟我娃都在镇上上初中，我娃没招他，也没惹他，结果他莫名其妙地把我娃额头上打了一道口子，缝了七八针。这个事按理说，小娃娃打架，大人是不该掺和的，可他把我娃打坏了，难道不该出点医药费吗？我跟老师说了这事，老师叫我领着他找大人去解决一下，可不想走到村口的时候，那碎娃一溜烟儿就不晓得跑到哪个旮旯儿去了。我没得办法，才过来问个路。"另外一个妇女说道。

老李没吭声，微微地叹了口气，说道："我就是李建国……"

一听说眼前的人就是李建国，那两个妇女立马就变了一副嘴脸，脸色立马就黑了下去，嚷嚷着指着老李说道："哦，那李小军就是你娃啊，你说说，都是爹生娘养的，你娃下手咋就那么狠呢？拿起砖头就敢往人脑袋上盖啊，这还好我娃命大，没被他打死。这才多大啊，就敢动手打人了，往后还不混成个二流子啊……"

老李没有理会两个妇女七嘴八舌、一唱一和的腔调。他慢慢地拄着拐杖站到了磨盘上，扯着嗓门使出全身的力气，对着村口的方向使劲儿喊了一声："李小军，你给我回来!"声音里充满了怒气，就算是站在山对面应该也都能听得见。

两个妇女都觉得老李是在装模作样，此时那小军早不知跑哪儿去了，他就这样喊一嗓子，那李小军能回来？摆明了就是在装样子给自个儿看的。

可是不消一会儿工夫，小军居然真的就从村口蹿了出来，耷拉着脑袋慢悠悠地回来了。

老李看了他一眼，脸色黑得有些可怕，却什么也没说。小军有些缩手缩脚地站在院子外头，却被那两个妇女硬生生地给扯着衣领子揪了进去，两人恶狠狠地指着小军的鼻子骂道："呵，你咋不跑了啊？打人的时候，你可是硬气得不行，哦，打完人之后，就不敢担责任了？"

春霞听着院子里的动静，也被父亲那一声打雷般的吼声给镇住了。父亲平时老实巴交的一个人，根本就不曾与人吵过半句嘴，说话也从来没像今天这么大声过。看着两个妇女来回扯着小军的衣服，春霞实在是气不过，把小军拉到一边，护在身后。

19

老李却比往常显得都要平静些，他虽然黑着脸，却从头到尾一言不发。两个妇女不知道老李到底是什么个性，也没敢太过放肆和嚣张。可是毕竟是李小军打了人，该出的医药费总还是要出的。其中一个妇女，嗓门大得像喇叭，说话的时候唾沫星子都喷出去老远，冲着老李嚷嚷着说："李师傅，既然你娃子回来了，我就当面问一下，这个事情，你打算怎么处理!"

说完，那妇女双手叉着腰，摆出一副怒不可遏的样子看着李建国。可是老李依旧是一声不吭，只顾着往烟斗里填烟丝，而且他的动作慢到了极点，双手一直在发抖，烟丝都掉了一地。老李的手在发抖，不是因为年纪大了，也不是因为劳累，而是他一直强忍着心中的怒火，他是个要面子的人，一辈子都没丢过这么大脸的人，让两个妇女指着鼻子骂了半天，却找不到一句可以反驳对方的话。

尤其是在这个节骨眼上，春霞为了能让小军能继续念书，为了能交得上老李的医药费，为了让这个支离破碎的家勉强能够维持下去，不得已答应嫁给一个比自己大十好几岁还离过婚的男人。这事要是传出去，肯定会让别人笑话。老李不想让别人戳着他的脊梁骨，说他是卖女儿，为此才辛辛苦苦地拄着拐杖也要给春霞做一套像样的嫁妆。

可就在这个时候两个妇女找上门来，说小军在学校里打架了，这让老李如何能咽得下这口气呢？他越想越觉得心里窝火，填烟丝的手也有些拿不稳烟斗了，一直左右摇晃。酒盅大小的烟锅子里，被他结结实实地按满了烟丝，最后把烟嘴塞到嘴里，牙齿咬得铜质的烟嘴咯咯地响。他又伸手到口袋里摸索火柴，连续抽出来几根火柴，都因为用力太重直接给压断了，他一根根地把废弃的火柴扔到地上，最后火柴终于划着了，可是烟锅子里的烟丝塞得太实，好半天才点着。

老李使劲儿嘬了几口，可能是因为吸得太猛，也可能是因为此时正在生着闷气，不禁剧烈地咳嗽起来。

"过来！"老李瓮声瓮气地黑着脸朝小军喊。

小军躲在春霞身后，他从来没见过父亲如此严肃的表情，平时他坐在磨盘上抽烟的时候，多半都是遇到了解决不了的烦心事。眼下父亲止不住地抽着旱烟锅子，手臂还不停地上下抖动，说明这次自己打架的事情已经让他气愤到了极点。小军第一次有了害怕父亲的感觉，可是他还是一步步地走到了父亲面前。

还不等小军开口说话，老李抬起手中的拐杖就狠狠地朝着小军的腿弯上打了过去，最为结实的梨花木头拐杖竟然生生地断成了两截。看那样子，是丝毫没有留有余地，那一拐杖打下去，小军明显是承受不住，整个身子直接就跪了下去，可是下一秒，小军就强忍着痛站了起来。

老李已经按捺不住心中的火气了，他跛着脚站起来，手里还拿着那半根拐杖，朝着小军身上就准备劈头盖脸地打下去。

一旁的两个原本还嚣张得不可一世的女人，心里却突然就没了底气。谁见了这样的场面，都会觉得有些过意不去。那么结实的梨花木拐杖，足足有锄头把那么粗，硬是生生地打在自己儿子身上，断成两截。换了谁，谁能下得去这样的狠手啊？

春霞见父亲下手这般重，忍不住就冲上去，一把将小军护在怀里。王二伯正好从一旁路过，忙不迭地呵斥着冲上去，夺下了老李手里剩下的半根拐杖，然后扔出去老远。可尽管王二伯抱住了老李，他还是不依不饶地脱了脚上的黄胶鞋，朝着小军扔了过去。

"你这是做啥子嘛，娃子犯错了，你说一下，吵一顿，不行打两下就行了，哪有你这样打娃的，都快叫你打死了！这么粗的木头杆子，你也真下得去手！"王二伯也很生气，硬生生地将老李按住了，又考虑到他腿脚没有完全好利索，硬拉着他在磨盘上坐着。

"打死了……打死了，我好省心。"不知道是因为跟王二伯较劲累的，还是被这事给气的，老李说话的时候一直不停地喘粗气。

"要打，你先听娃娃把话说完嘛，就算是有错，县太爷大人板子也总还得问个子丑寅卯！"看着老李又要起身，王二伯再一次按着他的肩膀，将他按在了磨盘上坐着。

"小军啊，你真的跟人家打架了？"王二伯朝着小军问。

"他们围着我，叫我给他们钱买烟抽，我说没钱，他们就打我。六个人打我一个，我没有办法才还的手。这事儿老师已经问过了，老师说这事不是我的错，叫我莫管了，好好上课。然后今天上课上到一半的时候，他们就到班上来了，硬拉着我说要我回来找我爸赔钱……"

"呵，好大的本事啊！十几岁的娃娃都学会抽烟了，抢劫都抢到学校里头去了，现在都这么明目张胆地拉帮结派，打架抢劫，这往后长大了，那还不危害社会啊！你还敢上门来要医药费？六个打他一个，被娃开了瓢那是活该！"王二伯也是异常地气愤，他曾经也是当过老师的人，最烦的就是这种家长因为学生打架上门找茬儿的事情。"你们回去告诉你们娃，要是以后再让我晓得他们欺负小军，就不用上学了，都背着书包回家打猪草去吧！"

"呵，你当你是哪个？那镇上的初中是你家开的，还是你是校长啊？"其中一个妇女阴阳怪气地说道。其实起先老李揍小孩的时候，她俩也是被吓了一大跳，生怕老李把小军给打坏了，回头要是这个事情再传回学校里，那可就不得了了。老师本来已经说了不能再找小军的麻烦，是她俩私下觉得气不过，这才上门告状，也不是硬要拿笔医药费，其实也不差那几个钱，尤其一听说是自己儿子为了抢钱买烟抽，才跟别人打起来的，就更没有上门的底气了。但是王二伯那种趾高气扬的口气，让她俩都觉得脸上挂不住，非要在言语上讨回来才行。

"我不是校长，学校也不是我家开的，可是县里的教育局局长，那还是从我班上毕业的学生。我教出来的学生，都没得一个敢在学校里头当众抢劫的。现在是我跟你说这个话，你的娃要是不好好管教，迟早有一天，就不是我跟你说，而是公安来跟你说了。"王二伯义愤填膺地说，他说话的时候就像是再次回到了他曾经上课的讲台上，只不过这次的对象成了孩子的家长。

20

被王二伯一番教育，两个妇人突然间又有些不好意思了。毕竟自个儿找上门来，别人当面把梨花木拐杖都打折了，而且王二伯还有那层关系，两人考虑到自家孩子往后还要继续上学，眼前这些人虽然看着是庄稼汉，但都得罪不起，也不好再纠缠下去，只得灰溜溜地折了回去。

两人走了之后，老李还是黑着脸，止不住地抽烟。王二伯也有些生气，指着老李说道："你也是，做做样子就行了。这事你也赖娃，你怎么好坏不分，上来就动手呢？那可是自己亲生的娃啊，你也真下得去手！那么结实的拐杖都打断了，这万一把小军腿打折了，往后看你指望哪个！"

"你以为我不知道，你早上把树桐子往下一摔，我那拐杖是你砸断的……自己的娃，心里能没点数，我还能真的下那么重的手？"老李绷着脸，半气半笑地说道。

王二伯突然忍不住笑了起来："哎哟哟，你这个老狐狸，没看出来，你还有这一手啊！"

"唉，我自己的娃，我哪能不晓得，他从小都听话懂事得很，不可能没来由地跟人家娃打架。我要是不这样，那两个婆娘闹下去，我哪有钱赔人家哦。"老李见春霞和小军已经进屋了，这才小声地跟王二伯说道。

王二伯正准备发笑，老李却一脸正经地问道："嗳，我怎么不知道县里的教育局局长是你教出来的学生呢？你不是就教了个小学五年级吗？"

"才说你是狐狸，你咋就犯傻了呢？我要是不说县里教育局局长是我教出来的学生，能镇得住那两个婆娘？光是唾沫星子都把我俩淹死了！"王二伯和老李对视了一眼，两人忍不住笑了起来。

春霞把小军拉进屋里，撸起裤管看了半晌，又用手摸了摸小军的腿弯，很是心疼地问道："还疼不疼啊？"

"不疼！"小军像是觉得自己做错了事一样，静静地坐在板凳上。此时他觉得姐姐好像是母亲一般，虽然他从未见过母亲，也不知道母爱是一种什么感觉，但是这个只比他大十岁的姐姐，已经充分填满了他心中的空缺。

"你说咱爸也真是的，下手没轻没重。那么粗的拐杖……"春霞还是有些抱怨，但更多的是心疼小军。当春霞听见父亲和王二伯的对话之后，心里才慢慢释然了。父亲是个老实本分的庄稼人，王二伯以前也是村里民办小学的老师，她从来不曾想过，原来他们俩还会有这样的一面。带给她更多的不光是惊讶，还有两人因为维护小军的默契。

自从这件事情过去之后,老李还是依旧每天早起,打造春霞的嫁妆。小军依旧去镇上的初中上学,所欠下的学费,曹贵荣已经帮着缴清了。以前小军的个头明显是比其他孩子要高一头的,这是从小就劳动的原因,让他比同龄的孩子发育得要快些,可是他的心智也因为早熟,而承担了不属于这个年龄的孩子所应该承受的负担。学费没缴清的那段日子,他总是觉得自己比其他同学都要矮一头,每回只要是班主任的课,他的心里就总是忐忑不安,如坐针毡,生怕老师下课之后会问他学费的事情,哪还有心思听得进去课程上讲了些什么。

春霞依旧每天忙碌着屋里屋外的活儿,可能到了下个月,她就很少能再回这个家了。去了另一个家,和一个自己不喜欢的陌生人组建成一个新的家庭,那该是怎样的一种活法,她有些担心起来。可是这些话,任谁都不能说,也无人可说。她唯有在每天晚上,所有事情都忙活完,整个村子都睡下之后,偷偷地伏在写字台上就着煤油灯微弱的灯光,把这些少女的心事都写进日记本里。

眼看着成婚的日子越来越近了,年关也快要到了。她和曹贵荣结婚的日子,就定在腊月十五。这段日子,春霞觉得很难熬,每天晚上都翻来覆去地睡不着觉,连她自己也说不上来,究竟在恐慌些什么,担心些什么。她只能不断地让自己忙碌起来,因为忙碌可以让她没有时间去考虑这些烦恼的问题,只有每天把自己累到完全疲惫,躺在床上就能马上睡着的程度,她才会觉得睡得稍微踏实些。

春霞从来没觉得哪个冬天像今年这般冷,她觉得今年的冬天比往常都要来得更早些,可是又觉得日子比以往过得都要慢些。今天是小军放寒假的日子,她得先打理好家里的活儿,腾开手去接小军放学。

镇子上已经开始忙活着准备过年了,青石板铺成的街道上摆满了各式各样的年货、新鲜的水果、漂亮的袄子,各色的款式也已经跟往年的有所不同。仅仅几年的工夫,春霞甚至觉得自己已经不认识这个小镇了。她身上还穿着那件碎花的棉衣,那是她觉得最漂亮的一件衣服,可是眼下走在街道上跟周围的人比起来,自己就像是个没见过世面的农村妇女。

这是她第一次有了这种感觉,来不及多看,来不及多想,春霞径直去了学校。她到的时候已经是大中午了,离校的学生们都在整理着自己的书包和被子。一整个学期都没有洗过的被子,得带回去好好拆洗一下。春霞帮小军把被子卷好,塞进了蛇皮袋里。小军背着厚厚的布包,那里边装着他所有的书本,手上还提着一张网兜,里边装着自己带咸菜的瓷钵子。

一路上,两个人都没有说过一句话,小军总觉得姐姐今天有些奇怪,但是又不知道该怎么去问。春霞拿了东西就急匆匆地往家里赶,家里还有好些活儿等着她做。

另外一方面，她在人群中间看见了两个熟悉的面孔，一个是即将要成为她丈夫的曹贵荣，另一个是她心心念念的王永华。

她不知道这两个人为什么会同时出现在镇子上，曹贵荣是做生意的，眼下整天在镇子上晃悠，多半是在置办一些结婚要用的东西和年货。王永华也到了放寒假的时候，今天刚好搭班车才回到镇子上。

春霞为了避免自己同时碰见他们两个人，为了避免自己的尴尬，为了避免自己忍不住要当着王永华的面号啕大哭，只能选择了逃避，刻意地躲着他俩，扛着蛇皮袋快步朝家里赶。

21

可是老天爷似乎是有意要跟春霞开这个玩笑，春霞最害怕的事情，终于还是发生了。她扛着被子一直急匆匆地往前赶，却没想到曹贵荣也正在街道上晃悠，迎面朝着她这边走过来，显然是已经在人群里看见她了。

"春霞，春霞……"曹贵荣伸长脖子，兴奋地挤过人群，朝着春霞和小军走过来。两人之间不过十来米的距离，这个时候就算是想躲，也已经来不及了。

春霞心里有些着急，若是曹贵荣再这样叫着自己的名字，不远处的王永华肯定会听见。如果也让他看见自己，然后三个人凑到一块儿，这种情况下，她真的得找个地缝钻进去了。

"姐，好像是姐夫在叫你！"小军一脸兴奋地冲着春霞说道。曹贵荣不光到家里去过几次，平时闲着的时候，也会去学校看看小军。每次去都会带些水果、作业本之类的东西，要不就直接带着小军到学校门口的铺子里吃顿好的。曹贵荣跟小军说，自己马上就要跟他姐结婚了，让他管自己叫姐夫。小军哪里知道春霞的心思，也从来没想过姐姐嫁给这个男人，是为了他的学费和那个烂包光景的家可以过得稍微好一点。几顿好饭菜，就让这个半大的孩子把曹贵荣当成了自己的亲人，顺理成章地管他叫姐夫了。

可这一声"姐夫"听在春霞的耳朵里，却总觉得那么刺耳，像是有一只手穿过了她的身体，捏住了她的心脏，狠狠地扯了一把一样难受。还不等春霞躲开，小军就在人群里又跳又叫地喊了一声"姐夫"，还不时地冲着曹贵荣打招呼。

曹贵荣在人群里喊着春霞的名字，那头王永华的目光也被吸引了过来，他定着眼神在人群里寻找着春霞的踪影。原本人群涌动，办年货的人再加上接孩子放学的家长，春霞在人群里很难被王永华看见。可是偏偏小军又蹦又跳又叫的，王永华隔得老远，一眼就找到了春霞的位置。他也激动地一路叫着春霞的名字，扒开人群朝着这边赶过来。

几乎是同时，王永华和曹贵荣都蹿到了春霞面前。春霞最不想看到的事情发生了，她甚至觉得自己是在逃命一般，想要从这种尴尬的气氛中逃离出去。可是周围挤满了人，她连想要逃开的路都找不到。

"接你弟（小军）放学呢，来，我帮你拿！"几乎又是同时，王永华和曹贵荣伸手去接过春霞肩膀上扛着的被子。

曹贵荣看着眼前这个书生模样的青年，心里寻思着这多半是春霞家的亲戚，看着他一身学生的打扮，手上还提着个大箱子，连连说："哎呀，我来我来，你提那么多的东西，咋个拿得动嘛？"

王永华看着眼前这个三十多岁的男人，也当是春霞家的叔伯亲戚，也没多想，客气地说："还是我来吧，年轻人有的是力气。"

春霞看着两人相互打招呼，争抢着想要接下自己肩头扛着的被子，一时之间竟有些不知道如何是好。曹贵荣是她不得不嫁的男人，因为这个支离破碎、分崩离析的家。王永华是她最想嫁，最想和他一起并肩而立，组建新家庭的男人。可是此时此刻这两个男人同时出现在她眼前，她不知道当他们知道彼此的身份之后，会做何感想，事情又会朝着怎样的方向发展。

春霞只能尽量避免最为尴尬的局面发生。她倔强地把蛇皮袋扛在肩膀上，说道："不要争了，屋里还有事，这点东西我自己扛就行了。"说着，她又扛起被子打算尽快带着小军逃离人群，逃离这尴尬的现场。

小军却不合时宜地说道："姐夫，没事，我自己扛就可以了！"他原本只是想接过姐姐手上的被子，好让她轻松些，其实春霞也完全没有必要来接他，小军也完全可以一个人把东西搬回去。往常春霞上学的时候，也一直无人接送，可是她只是想让自己忙碌起来，多给自己找些事情做，忙到没有时间去思考那些让她烦躁的事情。

这一声"姐夫"，听在曹贵荣的耳朵里格外地舒服，也正是这一声姐夫，让他更加不能松手，硬是从春霞手里夺过了被子，一把扛在自己肩头上。可是这一声姐夫听在王永华的耳朵里，却宛如晴空中的炸雷，让他瞬间呆滞，站在了原地。

王永华不敢相信自己的耳朵，他甚至觉得自己的心脏都不由得停止了跳动，好像有什么东西重重地砸在他的胸口，让他有种无法呼吸的窒息感。可是他还是忍不住想要再次确定一下，是不是自己听错了，不管别人说什么，不管春霞是不是真的跟眼前这个男人结婚了，至少他要自己去证实，听春霞亲自告诉他事情的真相。王永华问："你，结婚了？"

春霞不知道该怎么去解释，她甚至想暂时躲着王永华，等一切都尘埃落定，等一切都成为了现实，无可更改的时候，再见面恐怕也就不需要再做什么解释了吧。可是眼下所有事情都不期而遇地发生了，让她有些措手不及。她不知道王永华问的这个问题到底该如何去回答。这对于她来说是残忍的，难道要她当着自己喜欢的人的面，告诉他自己即将要嫁给一个她不喜欢的男人，而自己嫁给他只是为了勉强支撑起眼前这个家？

曹贵荣有些不明就里，再次不合时宜地向王永华发出了邀请，他说："兄弟，我和春霞这月十五号结婚，要是有空的话，到家里来喝杯喜酒。"说着，曹贵荣一只手扛着被子，另外一只手很随意地就搭在了王永华的肩膀上。

"谁是你兄弟，你结婚跟我有什么关系！"王永华很是愤怒地甩开了曹贵荣的手，没有任何征兆地冲着他发了一通无名火。这让曹贵荣感到纳闷和懊恼，自己好心请他喝喜酒，就算不来，也不至于这么大火气啊。可是当他看着眼前这个年轻人深情款款地看着春霞，便瞬间明白了事情的真相。他也算是老江湖了，在外边混了这么多年，如果连这场面都还看不出来端倪，那就真的是白混了。

此时两人都把目光放在春霞身上，他们都在期待着春霞能亲口说出答案。王永华期盼着这一切都只是眼前这个老男人一厢情愿，他希望春霞能告诉他，这一切都是假的；同时曹贵荣也很期望能听见春霞亲口告诉眼前这个年轻人，她愿意嫁给自己，以满足他的成就感。

第4章
/ 抉择 /

1

在两个男人急切的眼神中，春霞再一次选择了逃避。她不知为何命运对自己是那样不公，更不明白为何眼前这两个男人要如此残忍地逼迫她。一个是她所爱的男人，一个是她即将要嫁的男人。难道只是为了一个难以启齿的真相，为了宣示自己的征服感？可是谁又真正在乎过她的感受？她只能逃跑，只能逃向那个给不了她任何安全感和温暖的家，那个不知道还能不能被称得上是家的地方。

春霞多么希望能在王永华面前肆无忌惮地哭上一场，将这些年来所有的委屈和悲愤都化做泪水，像个小女孩一样投进他的怀抱里。可是连这么简简单单的最后的愿望都无法实现，现实已经让她麻木了，甚至已经对命运的安排完全妥协了。王永华的再次出现，也让她丝毫提不起对未来的向往。她原本已经痛到没有任何情感变化的心再次有了波动，她不明白为什么自己会觉得那么委屈，那么难受，那么想无所顾忌地号啕大哭。

春霞不顾一切地扒开人群，疯了似的慌不择路地向前逃窜。曹贵荣和王永华还愣愣地站在原地，诧异地看着她的背影。两个男人心中都有了一丝莫名的挫败感和无奈感，可是他们无法明白春霞的内心在经受着怎样一种煎熬，一时间竟也不知道到底该不该追上去。

小军还是个半大的孩子，虽然在他情窦初开的年纪，还未曾想过在姐姐身上会发生如此复杂而又揪心的故事，他却看出来春霞的为难，从曹贵荣手上接过蛇皮袋，焦急地追了上去。当他到家的时候，却并没有见到姐姐的身影，父亲还在院子里忙活着姐姐出嫁的家具。

老李看见小军站在门前，肩头还扛着被子，不禁有些诧异地问道："你姐呢，她不是去接你了吗，你没遇见她？"

小军不知道该怎么去回答父亲，他是个不会撒谎的孩子，却第一次动了撒谎的念头，他也不知道自己到底要帮着姐姐隐瞒些什么，可是打心眼里觉得，这件事情还是不让父亲知道的好。小军说："姐还有些事情，让我先回来！"

这个谎撒得那么没有水平，如果说两人在街头错过了，老李可能会相信，但是春霞去镇子上还能有别的什么事情呢？以春霞的个性，她是那么疼爱这个弟弟，不可能让他扛着被子和那么多东西独自回来。老李却并没有急着去拆穿谎言，这其中可能有他不知道的事情，他略微叹了口气，轻轻地"哦"了一声。

小军把东西放进屋子里，跟父亲说："我去接我姐，等一下回来。"

老李依旧低着头，自顾自地忙着手里的活计，一直到小军走远了，他才停下来，闷不做声地抽起了旱烟袋。他又何尝不知道春霞心里的苦，却又无可奈何。他唯愿春霞嫁过去之后，能生活得好一些，日子过得更顺当些，哪怕那是一个连他自己都不甚满意的女婿。他突然觉得自己是有些委屈了闺女，微微抽动了一下鼻子，又捡起斧子，用斧背使劲把手里的木楔子钉进了榫口。

而在另外一头，小军静静地站在春霞身后，在她面前是一座低矮的坟墓，那里躺着他们共同的母亲，那个苦命的死了十几年的女人。小军最了解姐姐的心思，只有她在承受了巨大的委屈，又无人可以倾诉的时候，才会一个人偷偷跑到母亲的坟前哭泣。

春霞像是个无助的孩子，蹲坐在坟前的石头上，她双手抱着膝盖，把脑袋埋进手臂里，整个人蜷缩成一团，后背不停地起伏着，却没有发出一点声音。

小军静静地看着春霞，不知道该不该上前去安慰她，也不知道该怎么去安慰她。他只是默默地走上前去，静静地和她坐在一起，感受着西北黄土高原上吹来的风。这一刻他突然觉得自己应该去保护她，保护那个一直如母亲一般呵护着他的姐姐。他看着坟丘，看着春霞，看着这两个苦命的女人，心中多了一份责任感和无助感。

"姐……"小军看着远方的天空，脸上洋溢着笑容，他问她，"要是我不读书了，你是不是就不用嫁给那个你不喜欢的男人了？"

春霞这才微微抬起头，她看着小军的脸，伸手去帮他将了将被风吹乱的头发，然后也和他一样抬头看向远方的天空，缓缓地说道："我们这一代人，可能就是这样了，谁又能真的顺从着自己的心意去活呢？"

"可是我看得出来，你跟姐夫……你跟他之间没有感情的。你每个星期让我带到邮局的信，都是给那个人的吗？"小军问道。

春霞没有说话，她觉得自己的心太累了，只想这样静静地坐在风里，尽管此时的风吹在人的脸上像是刀子刮过一般，可也好过疼在心里。低矮的坟头上，两人靠在一起坐在石头上，阳光照过来，看起来是那么温馨的一幅画面，可是谁又能读得懂她心底的悲凉？

王永华走在回家的路上，他是多么想去跟春霞问个明白，这到底是怎么一回事。可是这个时候，他知道自己出现得很不合适，一个人孤零零地走在回家的山道上，整个人如同丢了魂一般。他索性直接把箱子往路边一扔，一屁股坐在路边发呆。想念着曾经和春霞走过的每一个场景和画面，不经意间他又瞥见了自己的行李箱，随手翻开箱子，里边除了简单的几件换洗衣裳，还有厚厚的一摞信封。

他原本打算将这些写满了思念的信亲手交到春霞手里，幻想着她接到这些信时的笑脸。可是此时一切都化为了泡影，他心里已经有了答案，那个他最不愿意接受，最难以接受的答案。他的家境和春霞差不多，家里的所有期望都寄托在他这个文化程度最高的后生身上。他没有勇气放弃学业，更没有勇气不顾一切地去和春霞在一起。他好恨，恨自己在最好的年纪遇上了最好的姑娘，恨自己在最无能、最无力、最无助的时候，给了那个姑娘承诺，却又无法兑现。

看着手里那一封封在无数个深夜挑灯写满思念的信，王永华突然有了一种无以言说的悲情。曾经他最为之骄傲的学业，如今却成为了他与春霞之间最大的障碍。他将信封一一拆开，将每一张写得满满的信纸拿在手里，眼泪情不自禁地滴落下来，在信纸上洇开一团团墨迹。他和春霞的爱情不是败给了自己，不是败给了曹贵荣，更不是败给了距离，而是败给了一个穷字，败给了现实。

2

苍苍茫茫的黄土，一望无际的苍凉，让人的心找不到一丝慰藉，太阳有气无力地在山头上挂着，红艳艳的就像是快要滴出血来。就像此时王永华的内心，看不到一丝希望，他知道自己对于春霞存有一份亏欠。如果最初不给对方希望，此刻的自己也不会显得这么绝望。

可是事到如今，他又能做些什么呢？春霞心里的苦，丝毫不会比自己少，他从一开始就清楚。可是自己的家境也并不殷实。如果他不念这个大学，说不定当时就真的能够跟春霞在一起了，可是那样的穷苦日子，难道他要春霞跟着他一起过吗？

在省城上学的这半年，接触过大城市的王永华思想上开始有了改变。他向往城市的高楼大厦，也憧憬着和春霞能有一个美好的未来，但是最后这一切都败给了现实。

王永华在山头上整整坐了一个晚上，天亮的时候，他决定最后去见一次春霞，起码知道她心里边到底是怎么想的。在他的认知里，春霞是一个很特别的女性，她有自己的想法，有自己的追求。如果在这种毫不知情的情况下，自己选择了逃避，就算可以逃避春霞，也一定逃避不过自己的内心。

就着河沟里的清水，王永华很随意地捧了两捧清水洗了把脸，让自己看起来显得更加精神些。然后他毅然决然地一口气冲到了春霞家门口，这个家没有任何变化，古旧破漏的窑洞房，还是和上次来的时候一样破败。

"春霞，春霞！"王永华站在院门外边，朝着里边喊。虽然院子没有门，土墙已经破得不像样子了，很多地方因为常年没有修缮，露出了豁口，很轻易地就能直接翻进去，可是王永华还是没进院子。

其实这一夜，春霞一直没睡，她只是和着衣服静静地躺在被窝里。眼看着跟曹贵荣结婚的日子一天比一天近，她的心里就一天比一天慌。原本对于生活的希望，也慢慢在这份苦难中消磨殆尽。可能她这一辈子，算是已经完全定型了，只能成为这个破败不堪的家里的牺牲品。

春霞再也流不出来任何泪水，或许是对命运低头了，或许是已经对于眼下的情况麻木了。她的眼神很是空洞，虽然她听见了王永华的声音，可还是躺在床上没有动弹。

隔壁房间里，老李也醒着，他的心思很是复杂。从火炕上爬起来，从漏风的窗户往外看了一眼，看见那个后生的第一眼，他就想起来这个年轻人的身份。他也是过来人，所以有些东西他一眼就能看得出来。从这个小伙子第一次上门的时候他就看出来了，自家闺女和这个后生之间互生情愫。他们之间的一举一动都被老李看在眼里，但老李毕竟是个保守的庄稼人，所以很多话，他也没说得太直白。

是自己对不起春霞，因为自己没本事，支撑不起来这个破败的家庭，不得已还得拖累闺女，让她嫁给一个比自己大十来岁、离过婚的男人。说实话，从心眼里，老李并不喜欢曹贵荣，这个男人身上有太多东西让他看着不实在。虽然心里有些不踏实，可是这种奇怪的感觉，还是被他给按下去了。

思量了一番，春霞马上就要嫁人了，在她出门之前，有些事情终归是要面对的。老李披着衣裳，到了春霞卧房门口，使劲咳嗽了几声，然后才干巴巴地朝着屋子里头喊道："春霞，你出来一下嘛，那个后生，你还是见一下。"多余的话，老李没说出口。不过他的意思已经很明显了，他是想让春霞在出嫁之前，能最后跟之前的感情做个了断。可是这份仁慈，在春霞看来，却是那么的残忍。为什么剥夺了自己幸福的权利之后，还要揭开这伤疤？

春霞有些心乱如麻，不知道这个时候，还该不该再最后见王永华一面。见面之后，又能改变些什么呢？她觉得自己很委屈，却已经流不出一丁点眼泪来。

隆冬腊月的风赛过刀子，初升的太阳丝毫提不起温度。春霞和王永华走在布满露水的地头，整个村子还处于一片宁静中，偶尔传来鸡鸣狗叫之声。农村人起得早，可是眼下地头也没什么要侍弄的作物，无非趁着早上多往缸里挑几桶水。等到太阳完全升起来的时候，家家户户的烟囱都冒着缕缕青烟，村子也有了生活的气息。但是一眼看过去，又是一片破败不堪的景象，多少让人提不起来劲。

两人就这么一直沉默着，一前一后，漫步在田间地头的小道上。两个人心里都有很多要向对方倾诉的话，可是谁都没有先开口，或者说，不知道该如何起头。

当走到了地头，再也没有路往前走的时候，两人才停住了脚步。春霞回头，刚好对上了他的眼睛，他没有回避，也没有躲闪，就这么静静地注视着她。良久过后，春霞终于开口说道："我的情况你已经看到了，很多事情，不是我自己能决定的。小军要上学，但是家里已经负担不起了，我和曹贵荣的婚姻，连我自己都做不了主。你现在才来找我，能改变什么呢？"

他没有说话，似乎是被春霞给问住了。是呀，自己又能改变些什么呢？虽然去了一趟省城，眼界开阔了不少，可是毕竟现在还正处于求学阶段，他根本帮不了她什么。往事历历在目，就像是发生在昨天一般。上次的离别，跟这次何其相似，只不过在那个时候，他们的心里都还有盼头。

一切的源头，都是因为一个"穷"字，王永华似乎想到什么，思量之后，他最终才下了决心，上前拉起她的手说："既然你不喜欢他，为什么要嫁给他？一切都是因为穷，但是眼下的形势不一样了，守在村子里，一辈子都没有机会。"

春霞的心似乎是动了一下，似有若无的某些情愫再次从内心深处滋长出来。但只是一刹那，这种念头又被她给压了下去。

3

对于她来说，一切不切实际的念头都是奢望。虽然王永华再次出现在她的面前，可是既定的事实已经是无法更改的了。或许只有坐在校园里的那个春霞，才是最真实的自己。可是这样的机会，在她放弃去省城念大学的那一刻，就已经被彻底地封存在了记忆深处。

王永华突然有了一个大胆的念头，他却一直在思量，到底该不该让春霞逃婚呢？逃婚之后，又该怎么解决眼下小军上学这个问题？一旦他策划好行动路线之后，就再也没有回头路可走了。这是王永华坐在半山腰上想了整整一个晚上，才得出的答案。

他不肯看着春霞被那样的命运所束缚。她坚强，勇敢，热情，勤劳，如果她肯出去打拼，那么命运的节奏是否也会因此而发生改变呢？最后王永华一咬牙，做了个深呼吸，看着春霞的眼睛，问她："你在城里，还有没有其他什么亲戚？"

他为什么要问这个呢？春霞很是疑惑，跟眼前的情况完全不沾边。春霞略微想了一会儿，把自己能想到的亲戚全都过了一遍，最后才想起来，是有这么个亲戚，据说是在深圳打工，只是在很小的时候见过，是她的舅舅。可是自打母亲死在了手术台上之后，这个舅舅便再也没有上过门了，好像有十来年了。春霞只是依稀记得舅舅提过这么一嘴，可是毕竟有十多年没见过面了。

"我有个舅舅，在深圳打工！"春霞说。

一听春霞说有这么个亲戚，王永华的心里终于算是松了口气。他按着春霞的肩膀，说："春霞，你走吧！去深圳，去投奔你舅舅。我相信，凭你的能力，在城市里找到一份工作，肯定不难。只要有了钱，就能供小军上学，你就不用因为钱的事情，嫁给曹贵荣了！"

春霞震惊了，她做梦也没想到，王永华给她的主意，竟然是逃婚。可是眼下这个情况，父亲已经收下了曹贵荣的彩礼钱，他是个要强的人，硬气了一辈子。如果自己就这么一走了之，那父亲肯定一辈子都会活在别人的闲言碎语当中。更何况，就算自己真的去了深圳，万一父亲知道了自己的下落，依着他的个性，肯定得把自己带回来。

可是春霞的心里，还是有了一丝松动。他说的何尝不是一条路子？只不过眼下去深圳的话，自己连路费都没有，又如何能到得了深圳？这个问题，春霞并没有直接告诉王永华，她只是说，自己不知道那个舅舅家的具体地址。她不想再因为钱的事情，让王永华为难，他的家庭其实也不富裕，甚至比自己的家庭好不了多少。只不过，王永华家里兄弟多，劳动力多，所以勉强比自己家里稍微好过些。

是啊，要想在一个陌生的城市里立足，首先就得有一个落脚点。可是眼下，不光是不知道舅舅的具体地址，就算是知道了地址，自己从来没有出过远门，能找到他吗？连路费都没有，怎么去深圳呢？春霞的心一下子就乱了，自从王永华将她的心从绝望中拉出来的那一刻起，她仿佛又看见了希望，又对生活有了新的向往。可是摆在眼前最大的难题，还是因为钱。

"那你舅舅有没有留下电话什么的，或者地址？"王永华有些激动地问。

春霞想了想，掂量了一下，最后才说："都是好多年前留下的电话，也不知道现在能不能打通。我只知道舅舅大概是在一个被服厂上班，但是连被服厂的名字我都记不得了。"

两人分别之后，春霞回家的第一件事情，就是去翻找舅舅曾经留下的电话号码。可那都是很多年前的东西了，也不知道一时半会儿能不能找到。春霞想再跟命运较量一把，离她跟曹贵荣结婚的日子越来越近了，也就是三五天的时间，她想赌一把，如果在这段时间内，真的能联系上舅舅，知道他的地址，那为什么就不能尝试一下去深圳呢？

春霞不是个胆小怕事的女人，她思想前卫，敢爱敢恨。她爱这个家，爱小军，可是唯独不爱曹贵荣。

"你找啥哩？"老李从外边进来，看见春霞正在翻箱倒柜地找东西，不禁问道。

春霞被父亲吓了一跳，生怕他看出来，支支吾吾地说，只是在收拾些东西，等到过门的时候，好一并带过去。老李也不好多问，叹了口气，又出了屋子。他有些心事，不知道该说给谁听，只能一个人蹲在大磨盘上抽烟。从王永华出现在院门外开始，他就有些担心，担心到了最后关头，春霞这边会生出些什么变数。可毕竟春霞这桩婚事，自己心里也是有些不情不愿的，总觉得对她有些亏欠和愧疚，更多的是自责，怪自己没本事。

老旧的黑木箱子里，装着春霞所有的书本，她看着那些静静地躺在箱子里的已经微微泛黄的书，心里感慨万千。她却并没有迟疑，留给她的时间不多。能不能完成逃婚，就看能不能找到舅舅留下的那个电话和地址了。春霞努力回忆着那一年舅舅回家时的事情，那大概是在自己十岁左右。

那个时候，父亲不识字，所以舅舅留下电话和地址的时候，是春霞记在了自己某一本书的封皮上。她判断出了大致的时间节点，那一年，她应该还在上小学二年级。春霞的书本都整理得很有条理，所有的书都是按照她上学的时间排列的。可是她只记得，那个时候大概是在上二年级，那个电话和地址，写在了某一本书的封皮上，但是具体是哪本书，却想不起来了。

无奈之下，春霞只能把四年级全部的书都翻了出来，一本一本地翻找。可是所有的书都找遍了，也还是没找到那本记着电话和地址的书。春霞有些失望，也有些沮丧，她抿了抿嘴，直接坐在黑木箱子上，手里还拿着一个作业本，就那么静静地坐着发呆，心想可能这就是自己的命运。

"姐，吃饭了！"这个时候，小军探着脑袋，在门口冲着她喊道。

春霞没有回应他，只是静静地，无力地坐着。小军看着满屋子的书本凌乱地堆了一地，好奇地问道："姐，你在找什么？"不等春霞回应，他就蹿了进去，看着春霞手里还拿着的本子，以及搁置在箱子上的书，然后说了一句："姐，你找四年级的书干吗？"

4

朝着小军看了一眼，春霞有些无奈地张了张嘴，却什么都没说，什么也说不出口。她重重地叹口气，似乎是放弃了最后的希望。春霞突然觉得自己很可笑，都到了这个份上了，竟然还会有这样的想法，或许是上天跟她开了个玩笑。春霞疼爱地摸了摸小军的脑门，然后才说："没什么，收拾一下，咱们去吃饭！"

春霞又把一地的书重新整理了一遍，整整齐齐地放进了箱子里。她却不知道，在此之前，老李先她一步，拿走了那本记着舅舅电话号码和地址的书。在王永华和春霞在田埂上说话的时候，老李还是有些不放心，他怕这中间再出现什么岔子，所以就尾随过去，听了一耳朵。刚好就听见了王永华撺掇春霞逃婚的事情，老李当时气得不行，想直接冲上去，可是最后还是按住了性子。

春霞的性格，他比谁都清楚，一旦是她认定的事情，就算是九头牛都拉不回来。可要是春霞真的逃婚了，那……他不就成整个村，乃至整个镇子上的笑柄了么？别人会怎么说他——拿自己的女儿去骗曹贵荣的彩礼钱。所以他要做的，就是让春霞自己断了逃婚的念头。那年记下春霞舅舅的电话和地址时，老李也在场，他比春霞更加重视这个一直在大城市打拼的小舅子，所以当时的事情他记得一清二楚。

想要让春霞主动打消去深圳的念头，只能让她没办法跟舅舅联系，找不到地址，她就没办法过去了。在春霞回来之前，他就已经悄悄地把那本书给找了出来。

收拾完一屋子的书之后，春霞没精打采地跟着小军去灶房。春霞掀开锅盖看了一眼，混着红薯和南瓜的米饭已经熟了，正冒着热气，空气里弥漫着红薯和南瓜的甜香。春霞去灶洞前拿起火钳，把锅底下的柴火退了出去。可是无意间，她发现那本书正搁置在灶门口。

春霞有些激动，也有些紧张，为什么这本书会出现在这里呢？难道自己要逃婚的事情被发现了么？她来不及多想，赶紧翻开那书的封面，已经泛黄的书页上赫然写着那个号码，那个地址，春霞激动得差点跳起来！她把书抱在怀里，像是捡到了宝贝。稍微整理了下思绪，她立马又警觉起来，生怕被父亲发现，悄悄地将书皮撕了下来，来回对折了一下，塞进了口袋里。

其实老李的心里，一直都很矛盾，一方面他反对春霞逃婚，可是另外一方面，他又不忍心葬送春霞的未来。他犹豫了好久，一个人抱着那本书坐在灶门前好久，最终没能把书扔进火堆里。他重重地叹了口气，随手将那本书搁在了灶门口，他知道，春霞天天都在灶房里忙活着，迟早都会发现这本书的。如果春霞真的要走，他拦不住。

吃完早饭之后，老李察觉春霞有些不对劲，吃饭的时候，她一直有些心不在焉。老李也意识到了这一点，他知道春霞正在计划着逃离这个家，逃离这场没有爱情的婚姻，逃离这个一直束缚着她命运的地方。但是他什么都没说，春霞抬头看了他一眼，两个人的眼神碰撞到了一起，春霞有些紧张，老李有些茫然失措。他怕被春霞看出来自己心软了，于是从炕上挪动着身子，斜靠在窗户边上"吧嗒吧嗒"地嘬着旱烟袋。

春霞和往常一样，收拾完了碗筷之后，就在灶房里忙碌起来。只不过今天她比以往都要忙些，可能是因为即将离开这个家，所以在离开之前，尽量多做点自己能做的事情。差不多快到中午的时候，春霞说要上镇上去置办些东西，老李没说什么，只是把身上紧紧巴巴的七十几块钱全给了春霞，说马上要过门了，想买什么就买什么。

这样的举动，着实让春霞有些惊讶，一直以来视财如命的老父亲，第一次这么痛快地把钱给了自己。其实两个人都各怀着心思，老李知道春霞这次出门，多半就不会再回来了。可是即便如此，他还要假装什么都不知道。春霞心里着实不是滋味，她觉得脸上火辣辣地疼，手僵持在半空中，不知道该如何是好的时候，老李硬把钱塞进了她手里，然后头也不回地扛着锄头，朝着地头走。

春霞看着老父亲的背影，心里五味杂陈。她有些犹豫，难道自己真的就这么一走了之了吗？到了镇上之后，春霞找到了邮局，除了邮局之外，整个镇子上根本没有谁家安得起电话。春霞尝试着拨通了那个电话号码，这是她第一次打电话，难免有些紧张。

听筒里连续传来"嘟"的声音，让春霞有些惊讶，当电话接通的一瞬间，春霞听见那头的人"喂"了一声，她直接就喊了一声"舅舅"。可是对方似乎并没有听出她是谁，又问了一遍："你找哪个？"

可是这个时候，春霞傻眼了，那个时候她还小，再加上舅舅已经十几年没回过老家，更没有看望过她，她已经不记得舅舅的名字了。春霞张了张嘴，却不知道该怎么告知对方，随后她又冲着电话那头问："你那里是不是被服厂啊？"对方也很纳闷，又问道："对呀，你是谁，你找谁呀？"

春霞有些紧张，她看着电话上的时间到了59秒的时候，直接就把电话给挂断了。因为在她打电话之前，工作人员告诉她，一分钟要三毛钱，她不敢花得太多。三毛钱，对她来说，真的不便宜。可是挂了电话之后，该怎么办呢？

原本已经计划好了，直接逃婚，去深圳打工，可是现在除了知道这个电话是舅舅工作过的那间被服厂，其他的都一无所知，春霞不知道该如何是好。她从来没有出过远门，去得最远的地方，恐怕就只有县上的高中了。怀里只揣着那七十块钱，春霞有些茫然了，她不知道该怎么去深圳，甚至不知道过去的车票得花多少钱，就连火车站在哪里，她都不知道。

她把这一切都想得太简单了，走在小镇的街道上，春霞有种失魂落魄的感觉。她不知道该怎么办，难道就这么回去，等着曹贵荣上门来迎亲吗？可是春霞刚往前走了没多远，就看见了老李。

5

春霞有一种做坏事被人发现了的感觉，她想找个地方躲起来，可是已经来不及了，老李已经看见她了。春霞站在原地，没敢动弹。一直等到父亲走到自己面前的时候，她才气若游丝地喊了一声："爸！"

其实老李一直都跟在春霞身后，一直看着她进了邮局，自己就在外边看着，可是一时半会儿，他却不能把这些事情全都说透了。如果让春霞知道这些事情，说不准她就下不了那个决心了。老李也怕春霞撞见自己，他怕自己会忍不住再把春霞给带回去。

有些话到了嘴边又没办法说出口，老李不知道该怎么面对春霞，就随便找了个借口，说是镇子上有人家请他做些手艺活儿，可是这借口显然是瞒不过春霞眼睛的。老李连工具匣子都没带，完全不像是来做手艺活儿的。先前在灶房发现那本写着舅舅电话和地址的课本时，春霞便起了疑心。再加上今天老李反常的举动，她的心里有些动摇了。

看似一切都做好了精心的准备和部署，可真要去实施的时候，又出现了诸多的阻碍。老李走后，春霞朝着家的方向一步步地晃荡着，那晚老李没有回家，他在妻子的坟前坐了整整一夜，一连抽完了半袋烟丝，直抽得嘴里没有了味道，不停地往外吐口水。他不光嘴里是苦的，连心里也都是苦的。他的内心很是复杂，很是苦闷，却没有一个可以倾诉的对象。等到太阳升起来了，他的身子也慢慢开始暖和起来，这才扶着墓碑，艰难地站起身子。

等他拖着僵硬的身子赶到院子门口的时候，不由得停住了脚步。都已经日上三竿了，灶房却没有任何动静，他估摸着春霞多半是已经收拾好东西，离家出走了吧！老李重重地叹了口气，然后轻轻地推开了春霞卧房的门。门吱呀一声开了，一切都被收拾得井然有序，春霞换洗的衣服都已经被带走了。

老李在屋子里转了转，平时他很少进春霞的房间，可是这次进来，心情格外地沉重。他不知道自己放任春霞离开，到底是对还是不对。坐在春霞的床上，房间有些昏暗，他看着窑洞房顶上的黄土，开始反思自己的这一生。最后只是很无奈地重重地叹息了一声，然后起身朝外走，站在房门口，最后朝外看了一眼之后，才关上了房门。

而在另外一头，春霞一个人提着编织袋正急匆匆地朝着镇子上赶。这是她和王永华约定的时间，两人提前说好了，如果春霞真的下定了决心要离开这个家，那么今天他们就在县城的车站会合。王永华说："如果你不来，我也不会怪你！"

冷冷清清的小镇车站，几乎没什么人。一辆老旧的大巴车，是整个小镇上唯一通往外界的交通工具，进一趟县城一块钱。春霞从前上高中的时候，就一直是挤这辆大巴。车上基本没有座位，那个时候总是有很多跟她一道去上学的农村子弟，可是这次出去，车上只有寥寥几个人，这也是春霞第一次坐在座位上乘坐大巴车。

临近中午的时候，春霞终于到了县城的车站，王永华早已经在车站门口等候着她。当看见那辆写着庙底村牌子的红色大巴时，王永华直勾勾地盯着车窗看着，视线一刻也没有离开。一直到大巴停稳之后，车门打开，里边的人一个个都下来之后，王永华愣住了，他有些落寞和惆怅。

难道春霞没来么？他呆呆地站在原地，久久不能释怀，心里好像被什么东西堵住了似的难受，直到司机朝着后排座位不停地喊："哎，小姑娘，到站了，喂，到站了！"王永华直接蹿上了大巴，朝着最后排看过去，春霞靠着座位睡得正熟。

她已经整整一夜没睡了，天还没亮的时候，春霞就偷偷摸摸地收拾好了东西，蹑手蹑脚地出了院子。她在路边上等了半个小时，大巴才带起一阵土灰，呼啸而至。可能是即将要离这个家了，春霞压抑已久的心终于释放开来了，所以这一路上，她没有任何顾虑地睡着了，睡得那么熟，眼角上还挂着晶莹的泪珠。

王永华的嘴角挂着一抹微笑，轻轻地拍了拍春霞的肩膀，春霞在恍惚之间醒了过来。他帮她拿着厚重的装着换洗衣服的编织袋，她跟在他身后，没有任何交流，更多的是心照不宣的默契。买好了去省城的车票之后，王永华在车站附近帮春霞买了两个热腾腾的馒头，看着她把馒头全部吃完之后，又送她上了去省城的大巴车。

所有要交代的事情，所有那些说不出口，却又没办法压抑在内心深处的情愫，全都写在了信里，厚厚一摞。他把信封塞进春霞手里，交代她到了省城之后，该怎么去火车站。寒假里打工挣的一点钱，也全都塞进了信封里，可是他没有直说，他知道一旦说出口，春霞是断然不会接受这些钱的。但他知道，眼下春霞急需一笔路费。

"你到了省城之后，按照我在信里写的路线去找火车站。路上注意安全，到了那边之后，给我来个信儿。"他交代完了一切之后，才三步一回头地下了班车。两人隔着窗户，互相看着彼此。

车子发动的那一刻，王永华再也忍不住，跟着班车一路小跑。春霞只看着他的嘴巴一张一合，好像是在说着什么，可是引擎声太大，她根本就没听见他到底说了些什么。一直等到王永华完全被车子甩在山道拐角处，春霞才收回视线，她紧紧地攥着手里的信封。

打开信封的时候，春霞的眼角忍不住湿润了。他给她画了一幅地图，笔记是那么的笨拙，可能这些确实不是他的强项。看着那些被夹得平平整整的零散钞票，春霞心里有说不出来的悲伤。

6

春霞走后的第三天，在老李的那间破旧窑洞房里，曹贵荣怒火中烧，愤怒得像是快要发疯了一般。从前的伪善彻底暴露无遗，他没有再留一丝情面。接亲的队伍在门外候了很久，鞭炮早就准备好了，只等这新娘子过门。可是直到屋子里传来了"砰"的一声巨响，大伙儿才反应过来，事情有变。

曹贵荣指着老李的鼻子一顿臭骂，什么话恶心，什么话难听，他就越往那上边骂。老李只是坐在炕上，僵着身子抽着闷烟，他的手一直在不停地颤抖着，可是自始至终他却一言不发。老李是个要面子的人，就像西北黄土高原上的泥土一样朴实。收了曹贵荣的彩礼钱，可是最后事情完全变了卦，他心里也是五味杂陈。

如果是搁在以往，他肯定会硬气，甚至直接将曹贵荣轰出去。可是眼下，他不知道该说什么，炕头的桌子上，放着一摞钱，是曹贵荣的彩礼钱。可是明显不够，老李也没料想到事情会发展到这一步。他有些自责，有些恨，恨自己没本事。

"彩礼退给你，我女子不嫁了！"老李愤懑地把钱朝着曹贵荣推过去，黑着脸说道。

"不嫁了？哦，不嫁了你不晓得早点跟我说，现在好了，外头迎亲的队伍来了，好几十号的人等着我，你叫我咋出这个门？我曹贵荣就算是再不成器，也从来没丢过这么大的人！"曹贵荣更加生气了，脸上红一阵、白一阵、青一阵、紫一阵。

眼下已经不是钱的问题了，自己花了这么大的代价和功夫，最后却被这个老实巴交的庄稼汉给摆了一道，这样要是传扬出去，他曹贵荣估计这辈子都会成为整个镇子上的笑柄。可是眼下，李春霞确实是已经逃婚了，这个场面，自己到底该怎么应付！曹贵荣心里乱成了一团麻，他冲着老李头喊道："你个老匹夫，你住院的时候，老子伺候了你一个多月。医药费都是我出的，彩礼钱你也拿了，现在说退婚？！你，你这是骗婚，是犯罪。哦，你用你女子诓骗我的彩礼钱，现在这退的钱都不够，你就想把这婚事给推了？！你以为我曹贵荣是好欺负的是吧！"

越说，曹贵荣就越觉得来气，院子外头挤满了人，却没有一个人进来，大家伙儿都伸长了脖子，往里张望着，想看看里边到底发生了什么事儿。外边已经开始议论起来了，各种说辞都有。曹贵荣看着院子里的人不时地交头接耳，每个人脸上的表情都不一样，有震惊的，也有幸灾乐祸的，还有看笑话的。虽然听不见别人在说什么，可是他看谁的眼神都觉得不对劲，他总觉得那些人因为这桩婚事，私底下正在嘲弄他！

"砰"的一声，曹贵荣直接一脚把房门给踹了下来，他站在门口，看着院子里正盯着自己的那一双双眼睛，觉得自己完全成了一个笑话！所有的情绪一起涌上心头，曹贵荣无比地愤懑和委屈，他甚至想找个地缝钻进去。

"天底下哪有这样的事情？！一个老实巴交的木匠，竟然发起了女儿财，拿自己的闺女来骗我的彩礼钱，你们给评评理！"曹贵荣站在门口，大声地朝着在场的人诉说着自己心里的委屈，恨不得拆了老李这几间破房子。

跟着曹贵荣一起来接亲的人立马就开始起哄了，场面一度失控，大家非说让老李给个说法。可是这种事情，老李如何能够出面？他始终窝在炕上，浑身都气得发抖，却始终一言不发。直到最后，大伙儿怕真的出岔子，不得已请来了村支书。

明面上看来，村支书是在缓和场面上的紧张气氛，可是他的做法却跟和稀泥没什么两样，好像是都帮着两边说话，可是说的全都是废话，跟没说一样。

他说："曹贵荣啊，这个结婚，那是有法律规定的，你们要自由恋爱，其他人是没有理由和资格干涉的。但是春霞她不愿意嫁给你，这个事情我看你也不能强求。"

稍微顿了顿，见曹贵荣脸上还挂着怒气，老支书也没敢再多说什么，转而把矛头又指向了老李。毕竟他跟老李打交道有几十年了，轻重和分寸，拿捏得恰到好处。他知道，老李是个要面子的人，这个时候无论说什么，他都不可能吭声，脸上挂不住啊！

"老李，你说你都已经答应人家了，咋到最后又搞成这个样子嘛！这事儿还真不赖他曹贵荣，你说换了别个，那还不得跟你打破头啊！但是话又说回来，春霞这个娃也真是的，一点都不叫人省心，你说这个时候，新娘不见了，这个婚还咋结？"老支书一脸痛心疾首的表情，说到最后，止不住地叹气，说着说着，就顺着人堆出了院子。

临走之前,还刻意交代了一句:"那个,这婚要是结不成了,你们该干吗就干吗去。该回家的回家,该退钱的退钱。但是有一点丑话,我要说在前头,千万千万不能闹事情,哪个要是敢闹事情,我就敢叫派出所把他铐起来。"说完之后,背着手,唉声叹气地走了。

一直到中午的时候,曹贵荣还赖在屋里不肯走,可是外边看热闹的乡亲已经耐不住性子了,等到院子里的人都走光了,曹贵荣扑通一下子跪在了老李面前,连着抽了自己几个大嘴巴子。呜咽着,祈求老李告诉他春霞的下落,就算是春霞不乐意,他也可以等,他可以去找春霞,等她回心转意。

老李却依旧呆愣愣地坐在火炕上,独自生着闷气。他把烟锅子在炕头上敲得梆梆响,却一言不发,到了最后,实在是被曹贵荣的无赖手段折磨得头皮发麻了,才气冲冲地出了门,朝着后山头上走去。直到他停下脚步才发现,自己竟然无意识地走到了妻子的坟头上。看着满坟包子的蒿草,老李心里生出一片凄凉,眼下这种局面,自己活着也是跟着遭罪。他要强了一辈子,可是万万没想到,临到老了却要被人戳脊梁。

"唉!这也得亏你走得早,你要是活着,指不定还要遭多少罪哦!"老李扶着墓碑独自感叹。

7

可是在另外一头,已然决定离家出走的春霞却有些犯难了。原本冷清的火车站,却在每天早上放票的时间,一下子就紧张起来,春霞甚至还没搞清楚到底是怎么回事儿,就已经被人潮挤到了边缘。短短半个小时,售票窗口被围得水泄不通,根本挤不进去。最后一打听才知道,原来南下务工已经成为了一种风气,尤其是去深圳的火车,更是一票难求。

票贩子们提早就已经将车票兜售一空,剩下的为数不多的几十张,也被早早排着队的务工人员抢在了手里,像春霞这种头一遭进城,又不懂行情的生瓜蛋子,自然而然也只有干瞪眼的份儿。春霞本想在票贩子手里高价买张票,因为她已经在售票窗口守了三天,依旧还是没能抢到一张车票。但是一问之下才知道,票贩子手里的票比正常价位的车票至少要多出四五十块钱。春霞攥着口袋里的七十块钱有些犯难,这些钱只够她勉强买一张前往深圳的火车票,哪里还有多出来的钱去买票贩子手里的高价票啊。

可是眼下,已经在车站守了三天了,总不能就这么灰溜溜地回去,她不知道怎么面对父亲那双饱经岁月沧桑的眼睛,更不知道怎么面对自己的命运。春霞稍微紧了紧怀里的编织袋，连着几天来一直在拥挤的人群中抢票，编织袋上的拉链已经被撕裂开了，她只好用一条麻绳将袋子口扎着。

天快亮起来了，又到了放票的时间，要是再抢不到火车票，春霞真不知道该如何是好了。她不想对命运低头，更不想重新返回那个禁锢着她的窘迫山村，只能硬着头皮往人堆里扎，稍微离售票窗口近些。可是当售票窗口内部的电灯亮起来的时候，人群就完全失控了，春霞还是被人群给挤了出来。虽然一旁的铁路站警一直在高声地喊着"排好队，不要挤，不要挤"，可是人群已经完全失去了控制。

最终不光是春霞，就连好几个已经挤到前排的汉子也都垂头丧气，骂骂咧咧地从人群里退了出来。春霞认得这几个汉子，跟她一样，也是前往深圳打工的。只不过他们比春霞早来好几天，可依旧没办法买到火车票。就在春霞感到绝望的时候，她在人群中看到了一个熟悉的身影，是王永华。

春霞有些手足无措，她不想让王永华看见自己这么狼狈的样子，可是她越是躲闪，王永华越是不停地朝着她这边靠了过来。此时的春霞心头百感交集，平时一直不服输，万事要强，此时竟然连一张火车票都买不到。直到王永华在人群中抓住了春霞的胳膊，她才极其无奈地站在了他面前。

"叫你半天了，你咋不理我呢？"王永华讪讪地冲着春霞笑了笑，然后把手里的热馒头交到了她手上。

"火车站太吵了，没听见！"春霞随便找了个借口搪塞着说道，稍微顿了顿，春霞似乎是想起来了什么，继而问道，"你怎么来火车站了？"算起来，离王永华开学的日子还早，他这个时候来火车站做什么呢？而且从他家赶到火车站，至少要两三个小时，想来他应该是天不亮就往这儿赶的……

"哎呀，这事儿也怪我，忘记跟你说了。现在去深圳务工的人太多了，去那边的车票不好买！"王永华有些不好意思地说道，他看着春霞稍微有些凌乱的头发，不知道该说些什么，想伸手帮她捋一捋发丝，最终也没敢把手伸出去。稍微顿了顿，他才突然想起了什么似的从口袋里摸出一张火车票，说道："你先坐火车去西安，然后再从西安转车去深圳，那边的票比这边要好买些！"王永华把火车票递到春霞面前，傻愣愣地笑着说道。

春霞看着王永华的侧脸，心里五味杂陈，却也不知道该不该接这张车票。她稍微朝车票上瞥了一眼，到西安的票要十多块钱。春霞把编织袋搁在地上，然后从贴身的口袋里摸出一方手绢，倒腾了半天才从里边抽出十块钱，她把钱塞进王永华手中，然后在他错愕的眼神中，一把夺过车票。

"你这是做什么？"王永华的脸一下子就变了颜色，他把手里的十块钱又硬塞了回去，春霞却怎么都不肯接。最后王永华故意装出一副很生气的样子，黑着脸说道：

"你要是这样,那你把车票还我!"可是春霞死死地把车票攥在手心,她朝着售票窗口瞥了一眼,那里已经关上了窗口,如果今天还走不了的话,多半要等到明天了。可就算是再等上一天,也未必就能够抢到车票。

"那,那等我以后有钱了,再还你!"春霞没辙了,只好又把那十块钱接了过来。

此时车站的播音突然响了起来,"请往西安的旅客,检票上车!"王永华立马就催促着春霞赶紧去检票,自个儿却呆愣愣地站在原地,看着春霞的背影发呆。直到春霞的身影完全消失在人群当中,火车的汽笛轰鸣起来,缓缓地离开出站点后,在王永华身边却出现了另一个人的身影,正是老李。

"叔,春霞已经走了!"王永华看着远去的火车,回过头对老李说道。可是老李的目光始终停留在火车上,似乎他能够看见春霞的情影一般,久久地驻足,眼神丝毫不肯移开。

王永华看着老李黝黑坚实的侧脸,不禁想起昨天晚上,这个小老头找到自己家门前的情景。当时他正在院子里的大树底下看书,却见老李时不时地伸着脑袋朝着院子里张望,却又怎么都不肯进来。王永华放下手里的书本,赶忙将老李迎进了院子,又给他倒了一碗水。

"春霞是不是去深圳了?"老李劈头盖脸地问道,听不出来他当时到底是什么语气,更看不出来他的表情。

王永华当时悄悄揣摩着老李的意思,寻思着他是不是上门来兴师问罪的,便有些闪烁其词地反问道:"咦,李叔,春霞这几天不是大婚么,怎么,怎么?"可是他话还没说完,就看见老李正死死地瞪着他的眼珠子,后边的半句话还没完全说出口,就给咽了回去。

"呃,只怕这会儿春霞已经到了深圳了!"王永华想了想,反正是躲不过去了,索性就实话实说了。他等待着老李大发雷霆,可是过了好一会儿也不见老李发作,有些纳闷地抬头看了老李一眼,可老李依旧呆愣愣地坐着喝茶,丝毫没有要发火的样子。

直到最后,等到王永华快要绷不住,想劝慰老李不要太想不开的时候,老李却开口了,他说:"我打听了一下,去深圳的车票不好买啊!也不晓得我女子有没有搭上火车……"说到这儿,老李又忍不住掏出旱烟袋子,点燃了一锅子旱烟,没有任何表情地"吧嗒吧嗒"地嘬了起来。

王永华本来还想着,老李是不是在诈他,想从自己这儿套什么话。可是转念一想,眼下去深圳的人,确实是多得难以估计,他之前上学期间,也是目睹过车站里抢票的情景,不免也有些担心起春霞。但是还不等王永华开口,老李又率先说道:"其实,我是想让你带我去车站看一下,看看春霞走了没!"

又是一阵沉默，两人谁都没有说话，似乎是想起来了什么，老李这才又补充了一句："你放心，我不是要春霞跟我回去，我就是有些不放心，这孩子也是头一遭出远门，我是怕她买不到票。老汉我折腾了一辈子，都在和黄土打交道，到现在都不晓得火车站的门朝哪边开。我要是找别个，万一要是传出去，别人还真的要说我是拿闺女骗彩礼钱；可要是不去车站看看，我又有些放心不下，春霞这女子，太要强了，我就是怕她被人欺负！"

稍微琢磨了一下，王永华觉得，老李说得也在理。其实经过老李这么一说，他自己心里也有些犯嘀咕，眼下去深圳的票着实不好买，也不知道春霞这会儿到底走没走。最后两人一合计，老李决计让王永华带他去车站看一眼，不管咋样，哪怕是没找到春霞，自己心里也算是有个底儿，就当是春霞已经搭火车走了吧！

老李毕竟年纪大了，腿脚也有些不利索，两人到车站的时候，已经是凌晨三点多了。老李在人群里兜兜转转了半天，最后看见春霞缩着身子，依偎在售票窗口边上。老李的眼泪当时就要下来了，他却不敢上前跟春霞搭话，他怕，怕春霞看见自己之后更怕。老李不动声色地站在远处一袋接一袋地抽着闷烟，直到天快亮起来的时候，老李也挤进了人群里，他想帮春霞买张去深圳的票。只不过当时人太多，春霞根本没工夫分心，不然她一回头肯定能看见正在帮她扒开人群的老父亲。

第5章
/ 南下 /

1

坐了整整一天的火车，春霞终于到了省城西安，这还是她第一次一个人出远门。20世纪九十年代初，省城已经和农村形成了天差地别的变化，除了县城的教学楼，春霞再也没见过这么高的楼房。这个省城全都是好几层高的大楼，整个村子里的人世世代代都住在窑洞房里，整日和黄泥巴打交道，甚至有些人一辈子都没有离开过。谁能想到，外边原来是这样的世界。

春霞拿着王永华给他准备的地图，沿着街道一直往前，可是走到前方不久之后她又觉得自己好像是走错了路。来回折腾了几趟之后，她已经有些精疲力尽了。把大编织袋往路边上一放，坐在袋子上稍微喘了口气。除了早上吃了两个白面馒头，她已经整整一天水米未进了，肚子早就饿得咕咕叫。可是她身上的钱并不充裕，眼下还不知道去往深圳的火车票到底多少钱，她不敢轻易地花出去一分钱。

看着周边行走的人群，看着他们身上的衣服，春霞突然有种自卑的情绪。她身上穿着黑布袄子，看起来格外扎眼，来来往往经过的人总是会投来不一样的眼神，只是觉得这个姑娘特别土气。春霞翻看着王永华给自己画的地图，兜兜转转绕了几圈之后，她就不知道自己到底站在图上的哪个位置了。

从图上标注的建筑物来看，她只能重新回到汽车站才能找得到方向。可是抬头一看，到处都是高大的楼房，每一座看起来都是那么的相似，春霞甚至不知道刚才走的到底是哪条道了，就连想找到汽车站，也成了奢侈的想法。直到此时，她才认识到自己并没有那么坚强，没有那么能干。

春霞急得一直在原地打转，可是就连问路，她都不知道该问对方这是哪里。直到最后，春霞终于冷静下来，她对这个城市实在是太过于陌生，想问路，她也担心会不会遇到诓骗她的人。这一点，王永华在信里边写得特别醒目，甚至还在字的下边画上了波浪线，提醒春霞一定要特别重视。

起初，王永华是想直接一道把春霞送上火车的，可是他身上的钱少得可怜，而这个时候，春霞比谁都更需要钱。就算这个时候，真的把所有的问题都替春霞解决了，可是这些她本该面对的问题，最终还是要独自面对。与其到了那个时候，真的接触到社会的残酷，不如从一开始，就让她变得更加坚强。

稍微平复下来之后，春霞仔细地辨识着来时的路，她朝路人问路的时候，也是有选择性的。主要以女性或者小孩为主，在经过了几番询问之后，春霞大概知道了自己在王永华所画的地图上的位置。她要沿着这条路，再走四条街道，才能够到达火车站。

虽然已经连续有好几次，有车子朝着春霞询问，问她要去哪里，可是最后都被春霞给拒绝了。她不能多花一分钱，在找到舅舅之前，身上多揣着一分钱，也就多一份底气。她是庄稼人的儿女，没有别的优势，唯一有的就是吃苦耐劳的精神。尽管她知道从这儿离火车站还有十多里地，可是对于她来说，这些都不算什么。常年往返在小镇与家之间的三十多里山道上，这点路程对她来说真的不算什么。

直到太阳快要下山的时候，春霞终于找到了火车站，她的脸上满是汗水，可是终于出现了一丝久违的笑容。她觉得什么东西都是新鲜的，火车站上方的那两个大字是那么的醒目。她见过电灯，却从来没见过这么亮的灯，整个广场几乎比她家山梁都要宽阔，却依旧被那盏灯照得通亮。春霞使劲把编织袋的带子往肩膀上拎了拎，然后抹了一把额头上的汗水，跟着人群一起慢慢地朝着售票厅走去。

王永华把买火车票的步骤写得很清楚。她排着长长的队伍，手里紧紧地攥着口袋里的钞票和身份证，手心里全是汗水。一直排了二十来分钟之后春霞终于到了窗口前，她一直盯着前边那人买票的步骤，竖起耳朵听着别人说的话，脑子里想着自己应该说些什么，做些什么。

终于轮到了春霞，她咽了咽口水，站在售票窗口前。工作人员冰冷地问她到哪里。她这才怯生生地回应着说："俺去深圳。"说完之后，这才猛然想起来手里攥着的身份证和钞票，脑袋像是短路了一样，忘记了去问火车票多少钱，差点把所有的钱一起塞进窗口底下。

工作人员朝她看了一眼，然后冰冷地说道："到深圳，最快的车，凌晨四点半，站票，一共二十九块五。"

春霞的第一反应就是，这火车票怎么这么贵。可是最终还是咬着牙，从口袋里的一沓毛票里面，数了二十九块五毛钱出来，塞到了窗口下。在她的注视下，工作人员把票和身份证从里边塞出来。春霞把所有的东西一股脑儿地全部都揣进了裤兜，然后一只手死死地拧着裤袋口，另外一只手挽着编织袋的带子，从排队的人群中挤了出去。

直到走到了空地上，春霞才从口袋里掏出火车票，在灯光下看了一眼。她看着刚刚升起来的月亮，大概判断了一下时间，现在离凌晨四点还有很长一段时间。春霞找了个避风的墙根前，坐在编织袋上，双手都拢到袖子里，缩着身子，让自己稍微暖和一点。

她看着周围和她一样坐在墙根底下等候火车的人，每个人脸上都洋溢着不同的表情。可这个时候，春霞的肚子又不争气地咕噜噜叫起来，她朝着周围扫视了一眼，有背着篮子在人群中卖水煮鸡蛋和包子的小贩。春霞想了很久，最终还是决定买个热馒头，然后又问小贩要了一碗热水。春霞饿极了，一个馒头瞬间就被她塞进了肚子里，还没尝出味道，就已经咽了下去。一碗热水灌下去，馒头慢慢在胃里撑开，她才稍微觉得有些饱了。热水带来的温度让她觉得稍有些暖意。

一直等到迷迷糊糊、半梦半醒的时候，才听见广播里来回播放着，"列车即将开往深圳，请前往深圳的旅客朋友们，马上检票上车。"春霞立马又融入了上车的人群中，她只能跟着人潮慢慢往前走，根本就看不清方向。

2

柔弱的小身板扛着臃肿的编织袋，好不容易按照车票上的车厢号挤上了绿皮火车。人潮涌动，车厢内连个站脚的地方都没有，各种味道充斥其中，密闭的车厢内温度渐渐升高，让人觉得浑身难受。春霞终于找到一个可以将编织袋搁置下来的位置，人就坐在编织袋上。

虽然环境如此，可是春霞的心里还是充满了对于那个未知城市的向往和憧憬。她带着王永华对自己的眷念和对那个破败不堪的家庭的无奈，逃离了那个最熟悉的地方。看不见未来究竟是个什么样子，但是至少应该会比现在的处境要强些！她几乎是以最狼狈的姿态，从那个原本应该是自己避风港的家里逃了出来。不知道这样的选择到底是对是错，可是这条路毕竟是自己选择的，哪怕前边的道路充满了荆棘和坎坷，自己也得咬着牙挺下去。

在绿皮火车哐当哐当的节奏声中，春霞靠着车窗，坐在编织袋上睡着了。梦里的画面都是美好的，充斥着各种让人向往的生活，有恋人，有家人，有笑容，有温暖。不知道究竟睡了多久，再次睁开眼睛的时候，春霞猛地吃了一惊，火车停靠在路边，周围的人来回走动着，她生怕自己坐过站，赶紧朝窗外张望，可是依旧是一脸的迷茫，完全不知身在何处。最后向身边的人一打听才知道，离目的地还远着呢，火车只不过是中途停靠。

春霞站起来，活动了一下身子，感觉浑身上下，哪哪儿都疼。可能这就是生活给予她的第一份考验吧！如果这点苦自己都扛不住，往后又怎么能撑起那个窘迫的家？这是春霞第一次独自出远门，她的心情很是复杂，对于未知的事物充满了好奇和恐惧，她不知道到了深圳以后该怎么办，仅凭着那个不知道是打给谁的电话和地址，能不能找到舅舅还是个未知数，可是开弓没有回头箭，既然已经到了这个地步，就只能硬着头皮，一路披荆斩棘，走到底了！

两宿时间，终于，绿皮火车才算是到达了终点。一个完全陌生的城市，一切都是未知的，充斥着挑战性和不确定性因素。春霞终于冲破了一切束缚，到了这个可以实现梦想和野心的地方，可是直到这一刻，她都不知道自己到底能做些什么，甚至不清楚自己未来的人生方向。

她拖着疲惫的身子，拖着已经断了半边带子的编织袋，一步步顺着人潮走向出站口。直到完全走出车站之后，她却有些迷茫，在这个陌生的城市里，自己到底应该怎样立足。她知道谁也靠不了，一切都只能靠自己，一切都得从头开始。

手里握着那张记着舅舅地址和电话的书皮封面，已经皱巴巴的了，可是那东西却像是她唯一能够抓住的救命稻草，春霞紧紧地攥着那页书皮，回过身最后看了一眼人潮涌动的车站。一切都是冰冷的，一切都是陌生的，却无法动摇她对未来美好生活的憧憬和向往，无法撼动她对一切苦难都从不低头的决心。

虽然前路茫茫，春霞却重新燃起了对生活的希望。她有些庆幸，庆幸自己在最后关头，能够勇敢地走出传统思想观念的束缚，大城市的第一印象，就让她彻底改变了对于之前一切的认知。

离开车站之后,春霞漫无目的地在大街上晃悠着,身上还剩下了不到二十块钱,她舍不得轻易用掉一分。来往的车辆,不停地有司机摇下车窗,询问她说:"姑娘,你上哪儿,要坐车不?"可是春霞都摆了摆手拒绝了,她还是和之前一样,不断地向路人询问被服厂该怎么走。像她一样出来打工的人数不胜数,在90年代,下海经商,进城打工,似乎一下就变成了一种潮流。

等到春霞一路询问,找到被服厂的时候,已经夜幕降临了。她在被服厂门外徘徊了很久,却不知道该不该进去,都已经十多年没见过面的舅舅,她脑子里的印象早已经模糊不清了,甚至连舅舅叫什么名字都不记得。就算是要进去找人,估计都成问题。

这是春霞到达这个城市的第一夜,似乎是生活对她的考验,这一夜注定漫长而又难熬。被服厂已经下班了,大铁门被锁得死死的,春霞无处可去,却也不敢就这么离开。她饿着肚子,躲在墙角稍微背风的地方,哆哆嗦嗦地挨过了一夜。虽然穿着麻布棉袄,却依旧挡不住寒意,春霞冻得直哆嗦,鼻腔像是滑丝的水龙头,鼻涕止不住地一直往外流。

春霞的鼻子有些酸,身子不停地发抖,有那么一瞬间,她甚至有些后悔,自己就这么在冒冒失失、没有充分准备的情况下,独自一个人跑出来。可是一想起曹贵荣那张陌生的嘴脸,一想到那个支离破碎、即将分崩离析的窘迫的家,她内心深处又莫名地升腾起一股倔强。

等到天快亮的时候,春霞终于支撑不住,抱着编织袋哆哆嗦嗦地沉沉地睡了过去。她觉得脑袋很沉,眼皮很重,直到有人来叫她的时候,她都还是迷迷糊糊的。周围穿着蓝色工作服的被服厂工人不断地从她身边经过。一个五十来岁的大妈见她可怜兮兮地缩在角落里,上前拍醒了春霞。

"噢哟,姑娘,姑娘,醒醒,醒醒!"中年大妈蹲下身子,拽了拽春霞的衣角,可是春霞没有回应,脑袋耷拉着,朝着那人看了一眼,浑身上下没有一点力气。大妈伸手摸了摸春霞的额头,滚烫滚烫的,她有些揪心,但是马上就到上岗的时间了,她不敢过多停留和耽搁。可如果就这么放任这个小姑娘躺在风里,不管不顾,她又实在是有些于心不忍。

最后,大妈跟门房的保安大叔通了气,让他先照顾这个姑娘,自己这才去上班。春霞被安置在保安室的躺椅上,盖着保安大叔的旧军大衣,一直到中午吃饭的时候,大妈有些放心不下这姑娘,在食堂要了一截生姜块,赶到了门房。

春霞醒来的第一眼,见到那大妈正冲着自己笑的时候,她突然间竟然有种忍不住想哭的冲动。不知道是被烧昏了头,还是迷迷糊糊没睡醒,有那么一刹那的错觉,春霞觉得大妈是那么像自己死去的母亲。

3

　　已经多少年没有过这种感觉了，人的内心不管有多么坚强，但始终都会有那么一个薄弱点，尤其是在生病的时候，这种对于亲人的依赖感会变得格外强烈。那大妈伸手摸了摸春霞的额头，然后用火钳夹着生姜块儿搁在煤球炉子上烤着，她手法很是娴熟，一直等到整个姜块完全被烧至焦黑的时候，她又双手来回掂着，用嘴吹着气，再用指甲将上边那层黑色的外皮完全剥离下来。

　　直到露出里边的金黄色的姜仁的时候，她才轻声地跟春霞说："来，闺女，把这个吃了，能退烧！"

　　春霞看着那块还粘着黝黑外皮的姜块，心里真的是五味杂陈，百感交集。她不停地抽泣着，吸着鼻子，把姜块塞进了嘴里。这是农村常见的土法子，直接嚼烧熟的生姜块，能够快速退烧。春霞家境不好，小时候生病买不起药，母亲总用这法子治疗感冒发烧。虽然姜块入口时一阵辛辣，可是春霞的心里却是暖的，是甜的。看着大妈的笑容，她仿佛又看见了母亲的脸，所有的委屈瞬间化作眼泪，如同决堤一般，怎么也止不住了。

　　这突如其来的举动，让大妈和保安大叔都是一愣，在他们面前，春霞估计跟他们的孩子一般年纪。看见这个无助的小女孩哭得如此伤心，两人都有些手足无措。那大妈安慰着春霞，问道："姑娘，是不是受人欺负了？有事别往心里憋着，说出来，看看我们能不能给你出出主意！"

　　听到这儿的时候，春霞突然又忍不住破涕为笑了，她一边抹着眼泪，一边含糊其词地说："没有，我是想我妈了！"

　　就这样，春霞大致把自己逃婚的经历和目的告诉了他俩，听她说完之后，两人都是一阵沉默，不知道该说什么好。最后还是那保安大叔问了一句，说："你来找你舅舅，知道他的名字或者地址什么的么？要是知道，我们帮你联系看看。"

　　可是这个时候，春霞犯难了。她除了知道那个电话号码和被服厂的地址之外，其他的一切，她都是一无所知。舅舅离家十几年了，自从母亲过世之后，这份亲情好像就这么断了，两家之间再也没有一丁点的往来。她甚至连舅舅叫什么名字都已经不记得了，只知道他姓刘。

　　说着，春霞把口袋里揣着的那张封皮交到了保安大叔的手中，他看了一眼那个电话号码和地址，然后回应说："电话倒是我们这儿的，但这留的是车间的电话，一个车间好几百号人，这怎么找哦？"这确实是个伤脑筋的问题。不过后来，保安大叔看过那个号码之后，再确定那是哪个车间的内部电话，才领着春霞去车间库房一个个地找人。

　　直到最后，春霞也不敢确定，眼前这个男人到底是不是自己的亲舅舅，他穿着围裙，戴着袖套，正在缝纫机前赶制厂里交代下来的一批订单。春霞也有些疑惑，可是连这个口都开不了，最后还是保安大叔问道："哎，老刘，你看一下这个女娃是不是你外甥女，她说是来找她舅舅的，但是想不起来舅舅的名字了。"

　　老刘丝毫没有停下手里的工作，一边踩着脚下的踏板一边朝着春霞问道："你是哪个，找我有啥事？"

　　虽然已经离家多年，可是舅舅这一口始终没办法改过来的蹩脚方言，却让春霞一下子就认出来了。眼前这个男人，正是那个十几年都没有回过家的舅舅。可是自己还不能告诉他，她是因为逃婚才不得已投奔舅舅。如果是那样的话，最后还有可能被舅舅给送回去。

　　春霞没有迟疑，朝着那人喊了一声"舅舅"之后，才说道："我妈叫刘翠香，我爸是老李，我们家住在庙底村。"

　　直到这个时候，刘师傅才停下了手里的活计，他看着眼前这个眉清目秀的女娃，有些激动地问道："你是春霞？哎呀，十几年没见，没想到你都长这么大了！"说着，刘师傅解开了身上的围裙和袖套，喜笑颜开地拍着身上的布料，看起来他是真的高兴。

　　还没等春霞反应过来，他又回头朝着车间里边喊了一嗓子："王班长，王班长，家里头有事情，跟你请半天假啊！"

　　"老刘，请一次假，你这个月全勤可就没得了！那可是好几块钱啊！"另外一头，一个戴着厚厚老花镜的老师傅一脸惊讶地看着老刘说道。

　　"外甥女来了，你就大人大量，给我通融通融吧！"刘师傅继续劝说道。他是个老实巴交的实在人，有一副热心肠，在厂子里人缘相当不错，尤其是在被服厂里，深得领导器重。因他是车间的技术骨干，这个节骨眼儿上，厂里还真的是离不开他。

　　被叫做"王班长"的车间领班看样子跟刘师傅差不多年纪，只不过他身上多了一些城市人的做派，左右权衡了一下，有些为难，压低声音说道："老刘啊，你也知道，这不是我不愿意通融，厂子里最近订单紧张，可就指着这一批服装翻身呢。你又是技术骨干，你要是请假了，这让我也难做啊！"

　　老刘本来还想再说些什么，毕竟这个外甥女好多年都没见了，一想起死去的姐姐，他心里就格外不是滋味。都已经十几年不曾回过老家了，眼下外甥女千里迢迢投奔过来，看样子已经是一脸倦怠，总不能让她等到自己下班。可是那几块钱的补贴也不是个小数目，一家老小可都指着他这点工资生活。

最终老刘把心一横，咬了咬牙，正打算说不要这个月的奖金了。可是还不等他开口，春霞似乎已经看出来舅舅的为难，她从小就是在苦难中磨砺出来的姑娘，没那么矫情，连忙拉着舅舅，讪讪地笑着说道："舅舅，要不您还是先忙您的，我等您下班！正好刚来深圳，我也想找个活计，您容我在厂子里看看，说不定我能帮得上忙呢！"

一听这话，王班长比刘师傅还高兴，厂子里现在正是缺人的时候。被服厂的效益不好，工资不高，暂时也找不到合适的人，这几年深圳发展得太快，周边的厂子都纷纷改行了，唯独这个厂子还苦苦支撑着，可是眼下已经到了垂死挣扎的边缘。王班长问道："你会用缝纫机么？"

"缝纫机？"春霞有点犯愣，这东西只是听说过，却不曾见过。她一时间也不知道该怎么回应，但是她朝着厂子里扫了一眼，看着别人的样子，心里盘算着，只要给自己点时间，她应该很快就能学会，所以便直接回应说："我能学，我以前在家里也做过针线活儿！"

领班的王班长也是个老江湖，他自然是看出来，眼前这个眉清目秀的女孩似乎有些执拗。可能她并不会用缝纫机，但是他从春霞的眼睛里看出来一股子不服输的劲儿。他似乎看见了自己年轻的时候，深圳也就是这几年才发展起来的，之前不也是农村么？深圳人就是靠着一种不服输的精神，才拼出了今天，他想给眼前这个姑娘一个机会，但是订单实在是催得紧张，他也实在是腾不出人手来带她。思量了一番之后，王班长说："这样吧，给你三天时间，你要是能熟练地使用缝纫机，那就留下来！"

春霞有些喜出望外，连连道谢，可是王班长突然变了脸色，一本正经地说道："不过我可事先声明啊，要是三天你学不会，厂子里可不养闲人啊！"

"是是是……"春霞连忙回应着说道。

紧接着，王班长给春霞找了一个工位，看样子这应该是台老旧的缝纫机，上边已经蒙上了薄薄的一层灰尘，似乎很久没有人用过。王班长稍微交代了一番，给她布置了一些稍微简单的活计，就是缝合衣服的边角。说完之后，就自顾自地忙活去了，春霞左右环视了一下周围人的动作，学着别人的样子，有些笨手笨脚地操作着缝纫机。起初的时候，她的动作还有些笨拙，而且这台缝纫机已经许久没有人用过了，踏板踩起来咯吱咯吱地响个不停，着实让春霞有些为难。

但是她是个聪明姑娘，仅仅用了半天的时间，就已经能够熟练地操作这台缝纫机了。到中午吃饭时，王班长正好从春霞边上路过，不经意间朝着她身边的筐子瞥了一眼，瞬间就被震惊了。三四只筐子里边，都是已经缝合好的毛料，王班长虽然没有直接夸奖，但还是停住了脚步，叫上春霞和刘师傅一起去食堂打饭。

可是春霞刚一站起来，竟然眼前一黑，一头扎了下去。这一突如其来的举动可把舅舅和王班长吓了一大跳，他们伸手探了探春霞的额头，烫得简直像个大火炉。直到此时，王班长才知道，春霞正发着高烧。

4

等到春霞再次醒来的时候，已然是第二天的下午了，黄昏的阳光透过窗帘照进来。春霞四下打量了一下周围的环境，和她以往见过的屋舍都完全不同，一切看起来都是那么的新奇。窗外一座座楼房拔地而起，这里的环境跟大西北土黄色的窑洞房完全不同，房屋上都抹了水泥灰，有的房子还刷着朱红色的油漆，在夕阳的映衬下，别有一番风味。

春霞刚刚打开房门，对面的客厅里，一个十岁上下的小男孩正伏在桌子前写作业。她看着墙壁上贴着的一张张奖状，上面写着"刘然"的名字，想来这应该是舅舅家的孩子。小男孩虎头虎脑地盯着春霞看，春霞也是头一次见到这个表弟。

可是这小男孩刚一开口，竟然让春霞觉得出奇地好笑。他有些呆愣愣地说道："你长得真好看！"春霞稍微想了想，却不知道该怎么回应他。记得舅舅离开家的时候，还不曾娶过老婆，可是这才一转眼的工夫，表弟都已经十来岁了。

就在春霞发呆的时候，从外边进来一个跟春霞差不多年纪的女孩。两个人的目光碰在了一起，彼此间都觉得有些尴尬，春霞不知道该如何称呼对方，稍微往旁边让了让。那女孩也奇怪，为什么家里会突然多了一个陌生人，而且连外套都没穿，看样子应该是刚刚睡醒的样子，头发还有点凌乱。那女孩凑到刘然面前，小声地在他耳边嘀咕了一会儿，似乎是在问些什么。

小孩子倒是比较直接，大着嗓门就回应着说道："她是表姐，爸带回来的！表姐昨天发烧，是爸给背回来的！"

春霞这才想起来，昨天自己在厂子里赶着王班长布置的活计，她只想能尽快在这个陌生的城市里找个安身立命之所，哪怕是有一份工作，也不至于搞得这么狼狈不堪。可是她只顾着干活儿，完全忘记了自己还生着病，等到王班长来喊她一起去食堂打饭的时候，春霞只觉得头重脚轻，两眼一黑就一头栽了下去。刘师傅赶紧背着外甥女去了医务室，医生开了一些药之后，他才将外甥女背了回去。

正好今天是周六，下午的时候不用上学，刘然正在桌子前写作业，姐姐也是刚刚才放学，她一直是住校，只有周六下午放假之后，才会回来待一天，拿些换洗的衣服。春霞也很好奇这个女孩的身份，本想开口问的，可是看起来这个女孩似乎对自己并没有什么好感。还不等春霞开口说话，那个女孩听完刘然的话之后，只是朝着春霞瞥了一眼，似乎很是嫌弃她那一身打扮，轻轻地"哦"了一声，就直接进房了。

可是片刻之后，那女孩又从房间里冲了出来，冲着春霞大吼大叫道："谁让你睡我的床了？"言语之中，满是对春霞的嫌弃和不满。早知道会是这样，春霞说什么也不会躺在那张床上，可是昨天自己完全烧晕过去了，什么都不记得，醒来的时候就已经躺在了那张床上。春霞没有吱声，任凭女孩在自己面前耀武扬威，大发雷霆。

"不就在你床上睡了一晚上嘛，有什么大不了的，反正你又不在家！"率先开口的竟然是刘然，他看着表姐很是窘迫地被自己的姐姐欺负，不禁开口说道。

可是那个女孩还是不依不饶，也不知道是因为春霞在她床上睡了一晚，还是因为弟弟竟然帮着一个外人说话，她有些愤懑，那女孩朝着两人看了一眼，眼泪差点都下来了。她梗着脖子瞪着春霞，却什么都没说，最后她竟然直接蹿进屋子里，把春霞的行李从屋里搬了出来，然后扔在门外，大声嚷嚷着："请你出去，我们家不欢迎你！"

春霞怎么也没想到，刚刚醒来，竟然会是这样的情形。她的脑袋还有些晕，身上没什么力气，可是被眼前这个女孩这么一通呵斥，她顿时觉得胸口似乎有什么东西堵着一样。春霞什么也没说，穿上自己的外套之后，正想扛着编织袋离开。

此时天色将暗，春霞刚一开门，迎头就跟舅舅撞在了一起。两人都先是一愣，舅舅打量了一下春霞，有些纳闷地问道："春霞，你这是做啥子嘛，病还没好，你要去哪里？"春霞看着舅舅手上拎着半截猪肉，一准是因为自己到来，所以才这般破费。她心头一阵温暖，却又有些委屈，不知道该说什么。

"爸，是姐姐要赶表姐走！"此时刘然看着门口的父亲说道。

"咋了这是？"刘师傅看看一脸委屈的女儿，再看看正站在门口的春霞，有些闹不明白。女儿的书包还斜挎在肩膀上，看样子应该是刚放学不久才对，可怎么就这么一会儿的工夫，两个娃就这么彼此不能相容呢？刘师傅有些为难，这个女儿其实并不是他的亲生女儿，他和现在的妻子其实是组合家庭，但是婚后，妻子给老刘生了个儿子，这样就奠定了自己在老刘家的地位。可是自那以后，这个闺女就总是无理取闹，总喜欢无缘无故地在自己面前发脾气。

刘师傅自然是知道，小姑娘家家的，她是怕这个家里有了个弟弟之后，爸爸妈妈都不再爱她了。可这样一来，就苦了刘师傅了，他明知道闺女是在无理取闹，却又不敢说重话。话说轻了，这小姑娘依旧不停地折腾，话说重了，又怕妻子和邻居们说他重男轻女。

"她凭什么睡在我的床上，你看她那脏兮兮的样子，谁让她睡在我的床上了？"那姑娘大着嗓门，冲着刘师傅嚷嚷道。

"有你这么跟你爸说话的吗?是我让她睡在你床上的,怎么了?"刘师傅也突然大着嗓门呵斥起来,不过尽管他有些不悦,也始终把握着分寸,不敢把话说得太重。稍微顿了顿,刘师傅又过去安慰那姑娘,小声地说道:"她是你表姐,爸在这世上,可就这么一个亲人了。你说她大老远地跑过来,你爸我能不管么?"可是任凭刘师傅好话说尽,这姑娘依旧没有任何反应。

就在刘师傅不知道该如何是好的时候,门开了,从外边进来一个体态肥硕的中年妇女。那妇女看着在场的三人都僵着,有些纳闷,有些不解地问道:"你们这是干吗呢?"说话间,轻轻地关上了房门。

直到这个时候,春霞都不知道眼前这个中年妇女是谁,不过看样子,她有房间的钥匙,对屋里的人丝毫没有那般地客套,应该是舅舅的妻子,自己的舅妈了吧!从舅妈一进门开始,舅舅脸上的表情就变了样,他讪讪地笑着说道:"咳,快管管你这闺女,跟她表姐闹别扭呢!"

这中年妇女一问才知道是怎么回事儿,可是这女人精明得很,没说过春霞半点不是,倒是一直在批评自家闺女。可越是如此,春霞的脸上就越是挂不住,她就越是想要离开这里。其实这个女人是有些小心思的,她知道这个时候就算是自己帮着女儿说话,也无济于事。不过春霞住在自己家里,那以后的日子就还长着,有个人帮衬着自己干些活儿,尤其是这种农村出来的姑娘,手脚勤快,比保姆还好使唤。

但是这些话,她不能直接说出来,看着女儿那一副不可一世的样子,中年妇女有些不悦,她把闺女拉进里屋嘀咕了一会儿,等到两人再出来的时候,那姑娘气鼓鼓地瞪了春霞一眼,说道:"你要是睡我的床,得讲究卫生,得每天洗澡。我回来之后,你就不能跟我睡一起,床单你也得给我洗干净。"

其实听见这样的话,任谁心里都会有些气愤,这是赤裸裸的歧视。可是还不等春霞开口,刘师傅就有些愠怒地问道:"哦,你回来了,春霞不跟你睡,那睡哪儿啊?"

"爸,表姐跟我睡!"刘然笑着说道。

吃过晚饭之后,大家坐在客厅里看电视。这是春霞第一次看见电视机,她觉得这东西很新奇,在一个木质的大箱子里边,竟然还有人说话,人物动作一清二楚,春霞有些傻了。以前总是听王永华给自己讲述外边的世界,也说过电视机。之前春霞还不相信世界上会有这样的东西,她觉得是王永华故意吹牛,可是真正见识到这东西之后,自己也被震惊到了。

春霞虽然眼睛一直盯着电视机的屏幕,却没看进去电视里的节目,她一直在打量着电视机的外形,盘算着,等以后自己有钱了,一定要给老父亲买一台电视机回去。直到这个时候,春霞才隐隐地觉得有些心酸,她不知道自己离家出走之后,老父亲是怎么独自面对曹贵荣的,更是不知道老父亲该怎么面对村里人。

5

当晚春霞躺在床上,久久地睡不着。她不知道自己往后该何去何从,看着城市的变化,她觉得自己的眼界完全被局限了,只有在城市才有发展的机会。小表弟睡在另外一头,好像也还没睡着,一直在被窝里窸窸窣窣地捣鼓着,春霞有些好奇,问道:"你怎么还没睡着啊?"

听到声音后,小家伙突然从被窝的另外一头爬了过来,凑到春霞跟前,春霞没多想,帮他披了披被子。可是刘然突然很是好奇地问道:"表姐,你嫁人了么?"

一听这话,春霞心里头咯噔一下,难不成要告诉他自己是逃婚出来的?春霞轻轻地弹了刘然一个脑瓜崩儿,笑着问道:"你这个小鬼头儿,大半夜的不睡觉,问这些干吗?"

"哎呀,你就告诉我,你到底嫁没嫁人?"刘然催促着问道。

春霞稍微动了动脑子,不能跟刘然说自己是逃婚出来的,但是看这个小鬼好像后边还有话要说,前提是他得知道自己有没有嫁人。春霞说道:"表姐还没嫁人呢,你问这个干吗?"

"那太好了!表姐你人长得这么漂亮,等我以后长大了,一定要娶你做老婆!"刘然异常兴奋地叫了起来。

春霞稍微笑了笑,又弹了刘然一个脑瓜崩儿,笑着说道:"这个小鬼头儿,人小鬼大!"说着又帮他披了披被子。这个时候春霞才想起来,舅舅从家里走的时候,还是单身独户,可是到深圳之后就有了自己的家庭。不过看那女孩,好像也不比自己小。春霞有些好奇地问:"你姐姐叫什么名字,她还在上学吗?"

"咳,我姐叫郝国梅,在师范上大二了!"刘然有些不屑地说道。

听到那女孩不姓刘,春霞心里有些犯嘀咕。不仅如此,尤其是在听见那女孩正在上大学的时候,春霞的心里多少有些羡慕。她忍不住继续问道:"为什么你姐姐不跟舅舅姓?"

"我妈嫁给我爸的时候,就已经有我姐了,我妈是二婚。结婚好几年之后才有的我,所以我姐跟她前一个爸爸姓,我跟我爸姓!"刘然解释道,稍微顿了一会儿,刘然继续说道:"你是不知道,据我爸说,我姐是怕我爸重男轻女不喜欢她,所以才一直在家里闹腾,为的就是想引起大家的注意!可是我爸好像是把她给惯坏了,什么都由着她,现在都已经管不住了!"

"你姐都那么大了,还要你爸管着啊。再说,她都已经上大学了,这不是挺好的嘛!"春霞有些羡慕,同样是女孩子,却因为家庭背景不同,命运截然不同。有时候,春霞一直在想,假如自己要是上过大学,以后的命运是不是也会不一样呢?可是也只是想想而已。

"别提了,我姐初中升高中就没考上,本来是要留级的,但是一直在家里闹腾,后来我爸没辙了,去找的学校领导,送了好几条烟才过的关。高中考大学也是一样,我姐那分数线,根本就不够上师范的,可是她还是闹着要上大学,为这事儿,我爸不知道花了多少钱!"刘然有些愤懑地说道。

春霞只是静静地听着小表弟的话,可是后边说的什么她没听清楚,只是在想,人跟人的命运难道真的就只是用钱来决定的么?自己明明考上了大学,可是因为家境不好,连学费都交不起,为了让弟弟能够有上学的机会,才放弃了上大学;但是郝国梅不一样,她根本就没考上,竟然能够花钱进入大学,买下一个文凭。有那么一瞬间,春霞觉得这个世界真的是好不公平,或者说,在穷人的世界里根本就没有公平可言。

第二天早上,天刚亮的时候,春霞就已经起床梳洗完了。吃过早饭之后,她有些难以启齿地问舅舅,自己工作的事情到底有没有着落,自从前天自己病倒之后,被服厂的事情就一直悬在心头,没了下文。舅舅说:"你生着病呢,还是再休息几天,等你完全好了,我再跟领班说。"

春霞有些失落,她以为这件事情就这么黄了。舅舅似乎看出了她的心思,又说道:"不过你放心,上回你做的那几筐子毛料啊,王班长很是满意。厂子里现在效益不好,好多人都转投其他厂子了,正好缺人手。王班长说,你什么时候病好了,什么时候去厂子里上班。"

"我今天就可以上班!"春霞有些激动地说道,恨不得立马就有一份工作。

就在此时,刘师傅本想带着春霞一起去厂子的时候,舅妈却突然说道:"春霞啊,你看你这感冒还没完全好!"说着,她伸手摸了摸春霞的额头,然后有些夸张地说道:"哎呀,这额头咋还这么烫呢?这怎么能去被服厂上班呢,你听舅妈的,还是再休息几天,等你病好了,再去厂子里!"

舅舅也有些担心,他说:"春霞啊,不着急,你到了舅舅这儿,就跟到了自己家里是一样的,你先在家里休息,将养几天,等身体完全好了,再去厂子里上班!"说着,舅舅抬起胳膊,挽起袖子看了看手表,有些着急地说道:"哎呀,时间不早了,我得去上班了!"

等到舅舅走了以后,舅妈也收拾好了出门的一应事宜,然后她对春霞说道:"春霞啊,你先在家里休息,不急,就在家里待着。舅妈也要去上班了,中午的时候,你跟刘然凑合着热一下饭,晚上我回来了再给你们做好吃的!"

还不等春霞说话,舅妈就已经拉开门出去了,可是还没等春霞缓过来,舅妈突然又回来了，有些不好意思地说道："春霞啊，舅妈最近上班时间紧，工作有点多，你要是有时间呢，帮我把刘然的衣服洗一下！"说着，指了指门口的筐子，里边放的全都是一家人的脏衣服。

可是等到春霞真的开始动手洗那一大堆脏衣服的时候才发现，除了刘然的一件校服外，其他的全都是舅舅、舅妈和郝国梅的脏衣服。春霞什么都没说，毕竟人在屋檐下，帮着搭把手做些家务在所难免，总不能让别人真把自己当客人。

春霞本以为只是暂时帮舅妈做一些家务，可是一连过了一个多星期，自己的病都已经完全好起来了，每次春霞询问舅舅自己要上班的事情，舅妈总会找各种理由，不是说春霞身体还没完全好，就是说被服厂工资太低，表面上看起来，是为了春霞好，让她待在家里休息，可是实则在舅舅走了以后，舅妈总会给春霞找一大堆的家务活儿。

一直到半个月以后，有天晚上吃过晚饭，春霞一个人站在门口吹风，舅舅似乎是看出了她的心思，轻轻地拍着春霞的后背说道："你跟你妈一样，都是闲不住的人，明天早上跟我一起去厂子里上班，我已经跟厂里的领导说过了。"

春霞有些喜出望外，拧在一起的眉毛终于舒展开了。可是自从这天起，原本客客气气的舅妈突然像是变了一个人似的，说话做事都好像带着一股子气儿，就像是谁得罪了她一般。

第6章

/ 小兵 /

1

短暂的几天相处下来，春霞就发现，其实在这个家里，尤其是这样的组合家庭，情况远比她想象的更为复杂。舅舅虽然一直护着她，小表弟跟自己的关系也一直比较亲切，可是舅妈似乎并不是很喜欢自己。表面上看起来，特别是舅舅在场的情况下，她表现得格外殷勤，总是嘘寒问暖。可是一旦舅舅不在家的时候，她似乎就像是变了一个人，而且丝毫不加掩饰，就连说话都变得尖酸刻薄了。至于郝国梅，自然不必说，这个跟自己一般大的女孩，始终瞧不起农村人，总有一股子优越感。

这天早上，春霞刚刚洗漱完毕，等着舅舅一道上班。平时这个时候，春霞都总是搭乘舅舅的自行车去被服厂，可是今天早上也不知郝国梅是要闹哪一出，寒假待在家里没事儿做，非要去跟同学一起摆个摊，但是具体做什么却根本没人知道。从这天起，每天早上她都占了刘师傅自行车的后座。好几公里的路程，春霞只能顶着寒风独自前行，不过好在舅舅时常还是满关心自己的，这不禁让春霞在寒冬有了最后一丝温暖的慰藉。

不过这也是春霞认识她生命中另外一个人物的重要原因。那天上午，微微下着雨，深圳地处沿海边，海风很大，春霞瘦小的身子在寒风中有些站立不住，雨水让风一刮，直接迎面砸了过来。春霞只能把雨伞挡在身前，尽量遮挡这细密的雨水，可如此一来，也因为遮挡了视线，刚巧和骑着自行车的杨小兵正面撞在了一起。

虽然在看到对面有人冲过来的时候，杨小兵已经刻意地捏紧了刹车，可最终两人还是撞在了一起。春霞艰难地从地上爬起来之后，丝毫顾不得身上的泥水，还是朝着厂房车间冲了过去。厂子里一直讲的是效益和时间，迟到的话是要扣全勤奖的。

本来杨小兵还有些不好意思，可是看着这个比自己稍小几岁的姑娘率直、坚毅的样子，他心里不禁有些好奇。竟然也不顾忌是上班时间，一路跟着这个女孩，一直看着她的身影完全消失在六号车间门口，这才意犹未尽地看了看表，三步一回头地赶回自己的工作岗位。

杨小兵原本是退伍军人，退伍之后就被分配到了被服厂，后来因为被服厂改制，被私人承包之后，杨小兵又成了车间的主管。他是一个有想法的年轻人，虽然眼下还留在被服厂，可是他看着这个原本还是一片沼泽的荒芜之地，慢慢地变成经济特区之后，便有了一些新的想法。只是眼下这些想法还有些不成熟，还没他着手施展抱负的空间。

中午吃饭的时候，杨小兵一直守在食堂门口，他想为早上的事情跟春霞道个歉。可是一直等到食堂的人全都走完之后，他才看见春霞最后出现在食堂门口。本来已经想好了见面的场景，可是在见到并且看清春霞的长相之后，杨小兵发现自己突然变得有些语无伦次了，脸红到耳根子后边去了。

"呃，那个，你站住！"杨小兵有些茫然，看着春霞从自己面前经过，一直走远，直到最后春霞快要消失在视野中的时候，才忍不住喊道。可是杨小兵是军人出身，平时又总是一副不苟言笑的做派，这一声叫喊倒像是命令。春霞有些茫然不知所措地站在了原地，她四下看了看，最后才确定眼前这个穿着白衬衫、旧军装的男子是在叫自己。

其实在进入食堂的时候,春霞就已经注意到杨小兵一直站在食堂门口盯着自己看,可是她当时并没有多想,早上因为急匆匆地赶着上班,当时也没看清楚对方的长相,丝毫没有把这个人和早上的事情联系在一起。

"那个,对不起啊!"杨小兵左顾右盼,四下环顾了一圈,眼瞅着周围没有人经过,他才抓了抓后脑勺,有些不好意思地说道。对方毫无由来的道歉,却让春霞有些摸不着头脑。杨小兵似乎是想起来了什么,又补充着说道:"早上的事儿,是我撞到你了,那个,你没事儿吧?"

春霞这才恍然大悟,她上下打量了眼前这个年轻人一番之后,微笑着说道:"哦,没事儿!"可是不知道为什么,春霞突然被眼前这个温文尔雅,又一身军人气派的男子扰得有些心烦意乱。这个时候,她突然想起了王永华,这两人身上有很多相似的地方,但又有些不同。至于说到底是哪里不同,春霞一时半会儿也说不上来。

"要是没有别的事儿,我就先回去了!"春霞朝着杨小兵晃了晃手里的饭盒,示意自己还没有吃饭。

杨小兵先是愣了一下,他似乎被春霞的这个笑容给迷住了。杨小兵的形象不错,喜欢他的姑娘大有人在,他却觉得眼前这个姑娘的笑容是那么干净,不由得心神一动。春霞见眼前的男子依旧盯着自己看,呆愣着不说话,有些不好意思。就在她刚想要转身离开的时候,又被杨小兵给叫住了。

"我叫杨小兵,你叫什么?"杨小兵似乎是怕眼前这个姑娘会突然消失一般,格外珍惜眼下这点说话的机会。下次,自己该找什么理由跟她搭话呢?眼下周围没人的时候,自己尚且有些笨嘴笨舌的,要是旁边有外人在场的话,那自个儿哪里还有勇气开口?

"我叫李春霞,在六厂车间上班!"春霞想也没想就回应道,她也不知道为什么会对眼前这个男子生出一种亲切感,或许是因为她在这个陌生的城市没有一个朋友。或者说,春霞的人生中本来就没有多少朋友,上学的时候也就那么几个要好的女同学,可是毕业之后,农村姑娘都有自己的宿命。男性朋友更不必说,除了王永华之外,她几乎没跟其他同龄男子多说过几句话。

一时间,两人就这么呆愣愣地面对面站着,两人之间始终保持着两米开外的距离。其实在深圳这样的经济特区,情侣牵着手走在大街上也不是什么新鲜事儿,可是春霞和杨小兵两人似乎格外的传统。杨小兵有一句没一句地跟春霞搭话,直到这个时候,他才想起来春霞足足比别人晚到食堂半个多小时,忍不住问道:"单位十二点就开始打饭了,你怎么这个点才出来啊?"

"刚出来的时候,人太多了,要排很久的队,我趁着这会儿工夫,能多做几个毛边,好几毛钱呢!"春霞的眼睛都亮起来了,除了吃饭,她恨不得把所有的时间都用在那台缝纫机上。

直到车间上班的电铃响起来的时候,两人才发现不知不觉就这么聊了二十多分钟。杨小兵被急促的铃声拉回了思绪,他有些不好意思地说:"哎呀,真不好意思,又耽误你吃饭的时间了!"春霞没有多余的时间跟他寒暄,转身朝着他道别,然后又火急火燎地朝着车间里跑去。

杨小兵看着春霞的背影,看着她一直在背后甩动的马尾辫,心里多了一份说不出来的喜悦。连他自己都说不清楚,为什么今天会如此高兴。他在这个厂子里待得太久了,眼看着这个厂子从国企变成私企,再从体制走向了改制。很多人都是待在固定的岗位上,整日无所事事,无所作为,这样的人实在是太多了,可是杨小兵一时之间又没有办法改变现状。或许他觉得春霞是跟他一样有思想、有抱负的人,可到底是什么原因,却又说不上来。

2

转眼间,天色已近黄昏,舅舅来唤春霞下班的时候,她依旧一如既往地工作在缝纫机前。春霞的进步,舅舅一直看在眼里,虽然他们之前一直是一道上班,可是每次下班的时候,她总要自己给自己加会儿班。眼下她虽然只是做些边角料,可是手法已经相当娴熟了。短短的半个月,春霞不仅能够熟练地操作缝纫机,而且她做出来的毛料已经赶得上工作三四年的老职工了,速度和效率也比别人快很多。

"春霞啊,别忙活了,收拾收拾跟舅舅回家吧!最近治安有点混乱,你一个女孩子家走夜路不安全!"舅舅劝说道,并且忍不住拿起了春霞做的边角料查看了一番,心里不禁又多了些慰藉。他看着春霞的眉眼,似乎看见了已故的姐姐刘氏的影子,忍不住又想起了小时候的情景。

"舅舅,你先回去!我再做些,这是头一个月,等把这些活儿做好了,也好为以后打下基础,能早点学着做整件的衣裳。"春霞抬起头,她戴着口罩,只能看见她美丽的眼睛,稍微有些疲惫。

舅舅本来还想再劝劝她,可是看着春霞依旧专心致志地忙活着手里的活计,又有些不忍心打扰,想着今天还有些别的事情要处理,便提醒春霞注意时间,注意安全,别回去得太晚,然后便转身出了车间,骑着自行车回家去了。

等到春霞再次抬起头的时候,天色已经完全黯淡下来了,深圳的天比北方天黑得要晚些,春霞足足加班了两个多小时,看着多出来的一筐子毛料,她露出了一丝微笑。已经出来了差不多半个多月了,除了之前偷偷地给王永华写过一封信,托他给家里报个平安之外,眼下她不敢花钱给家里打电话。刚出来的时候,身上的几十块钱也就只够车票钱，剩下十几块，都买了日常的生活用品，可不敢再花钱给家里打电话，电话费实在是太贵了。春霞看着那几筐子边角料，寻思着这个月发了工资之后，先给家里汇一笔钱，至少让小军上学的学费能有着落。

等到春霞下班的时候，厂子里已经相当安静了，静得有些瘆人。直到此时，她才想起来舅舅走之前跟她说最近治安有些混乱，心里不禁有些没有来由的恐慌。她始终觉得从她出了车间大门的时候，就有人一直尾随在身后，可是好几次回头却连一个人影都没有。

稍微拍了拍胸脯，春霞觉得是自己过分紧张了。可是看着外边万家灯火，周围完全陌生的环境，她又有些失落。厂房选址，稍微比较偏，虽然这一片此时正在建楼房，周围却已经没有多少人了。又往前走了几步，前边似乎有人说话，春霞这才稍稍放下心来，壮着胆子继续往前走，可是越往前走，她就越来越觉得事情好像有些不对劲。但是她停不住脚步，近乎机械式地继续朝前走着。

前边似乎有十来个人，也不知道在干什么，等到春霞走近的时候，那些人也突然警惕了起来。趁着夜色的掩护，纷纷躲进了草稞子里。就在春霞犹豫不前，瞪着眼睛朝前方张望的时候，突然感觉有人从后边勒住了自己脖子，而且还有什么冰冷的东西架在她的脖子上。

顿时，春霞就慌了神，虽然这一块儿是经济开发区，但是机会多的同时，犯罪活动也多。春霞怎么也没想到这样的事情竟然会发生在自己身上，从小到大她还是第一次遇到这样的险情，也不知道该怎么处理，只能任由对方挟持着自己一步步往前走。

"你们竟然还带着尾巴来了？"那人把刀子架在春霞的脖子上，恶狠狠地朝着对方问道。

"哼，你们想黑吃黑，我们也不是吃素的，这样的伎俩也敢在我面前耍，你当老子是吓大的？"另外一方的人同样不甘示弱，压低声音呵斥道。

直到此时，春霞都不知道究竟是怎么一回事，可就在她六神无主、左右为难的时候，却突然被人一把拉了过去。这事发生得实在是太过突然，春霞还没反应过来到底发生了什么，就看见挟持自己的那人被人摁在了地上。然后那人厉声命令道："去报警！"

春霞先是一愣，然后就顺着路头也不回地朝前跑，想要尽快逃离这片是非之地，也不知道跑了多远，直到她已经完全没有力气的时候，才回想起刚才那个声音。这个声音很熟悉，却又想不起来到底是谁，或许是因为刚刚惊吓过度了。等到春霞完全平静下来之后，她才猛然意识到，那人多半是杨小兵。

可是另外一头，眼见杨小兵制服那人，并且说让春霞去报警之后，这些人突然面露凶色，纷纷掏出了匕首，十几个人在夜幕的笼罩下混战在了一起，等到春霞带着警察赶到现场的时候，杨小兵满身是泥水，正坐在地头上，可是刚才的十几个人跑的跑，溜的溜，除了一个重伤倒地不起之外，就再也没有其他人了。

等到两人录完口供，做完笔录，从派出所出来的时候，已经是后半夜了。直到这个时候，春霞才搞清楚到底是怎么回事儿。原来这些人是倒腾水货彩电的，虽说深圳发展迅速，可是要想买到正规渠道的彩电，还是要费些功夫。这些人就盯上了这条发财的野路子，可是走私是重罪。在那个年头，这些人都信奉"撑死胆大的，饿死胆小的"，尽管上边明令禁止走私彩电，尤其是水货彩电，可是依旧有人铤而走险。

刚巧就在两伙人交易的时候，被下班回家的春霞给碰上了，双方都以为是对方安排的人，想要黑吃黑。于是就挟持了春霞。其实在春霞离开车间之后，一直感觉身后有人尾随也并非是错觉。杨小兵在下班之后，路过六号车间门口，又想起了早上的事情，忍不住朝着里边张望了一眼，春霞依旧还在缝纫机前加班。他看着刘师傅对春霞嘱咐，心想最近的治安确实有些混乱，就想着送春霞回家，可是又怕被她发现，所以就一直跟着她，没承想刚好撞上了这么一桩意外。

杨小兵是退伍军人，身手了得，眼看春霞被那人挟持，当下也顾不得对方到底有多少人，也没时间去想后果，直接就冲了上去。这些盲流哪里是杨小兵的对手，三下五除二就被解决了。

从派出所出来之后，杨小兵看着春霞依旧有些惊魂未定，却又不知道该怎么解释自己会出现在那里，反正看着春霞的眼神，总觉得有些尴尬。直到最后，还是春霞率先开口说道："今天，今天的事情，谢谢你啊！"

"呃，没事没事……那个，我送你回家，最近治安有点乱，你一个人回去，不太安全！"杨小兵鼓足勇气说道。

杨小兵一直把春霞送到刘师傅家楼下，才恋恋不舍地推着自行车往回走。春霞独自走在漆黑的楼道里，她的心里暖暖的，这短暂的一天内发生的事情，直到此时都让她觉得不可思议。

正当春霞跨上楼道口的时候，差点被人泼了一盆洗脚水。春霞抬头，只见郝国梅披着衣裳站在门口。还不等春霞开口，郝国梅竟然阴阳怪气地说道："呵，这才来深圳多久啊，就学着城里人搞对象！"

面对郝国梅的指责，春霞没说一句话，毕竟人在屋檐下，她暂时只能隐忍，不然舅舅在这个家里便不好做人了，这些道理春霞打小就明白。稍微缓和一下情绪，春霞脸上挤出一个笑容，对郝国梅说道："只是一个厂子里的，天晚，顺道一块儿回来的，可不敢瞎说！"说完，春霞本想直接进屋，却被郝国梅拦在门口，饶是如此，春霞依旧忍耐着。

此时，刘然恰好看见门口的异样，这孩子打小就聪明，这些磕磕绊绊的事情，他早就看得明明白白的了。披着衣服蹿到门口，直接从郝国梅手里接过洗脚盆，很不高兴地抱怨道："姐，你都洗完了，咋还不去睡觉，我还等着洗脚呢，盆儿给我！"刘然这一通说辞，顺道就牵着春霞的手进屋去了。郝国梅虽然总是看春霞不顺眼，但是大晚上的，也不敢闹出太大动静，怕惊动父母。

3

等到灯火完全熄灭之后，刘然窝在被窝里，隐约觉得有些不对劲，似乎春霞躲在被窝里抽泣着，偷偷地抹眼泪。她是个坚强的姑娘，可是自己也说不明白到底为什么哭，可能是因为前半夜刚刚经历的事情，让她有些惊魂未定，也许是因为郝国梅将她拦在门口的一通奚落，或许是因为她作为一个外乡人，一个农村人，与生俱来的命运！总之她说不清楚自己为什么会流眼泪，也说不清楚自己为什么会觉得伤心和委屈。本以为只要自己本本分分、踏踏实实地凭借着自己的劳动，就可以找到立足之地，可是没想到，城市比农村更加复杂。

"表姐，你怎么哭了！"刘然从被窝的另一头爬过来，帮着春霞掖了掖被子，压低声音悄悄地问道。这个时候，春霞觉得心里暖暖的，这个看起来只有十岁的小表弟似乎是她在这个城市里唯一的亲人，当然还有舅舅。只不过舅舅还得顾忌着舅妈的脸色。

"谁说我哭了，可能是有点感冒！"春霞抽了抽鼻子，在黑暗中悄悄抹了抹眼泪。虽然刘然只是个十岁的孩子，可是这个小孩实在是太老成了，他似乎把所有的事情都看得很透彻，但又不肯轻易地表达出来。

"我姐就是那个臭脾气，你别理她。她呀，就是见不得别人比她强，这就是赤裸裸的妒忌！"刘然像个大人一样，安慰着春霞，稍微过了一会儿，这小破孩子竟然伸手抹了抹春霞的发鬓，用大人的口气说道："等我长大了，一定要娶你当媳妇儿，到时候就没有人欺负你了。要是有人欺负你，我来保护你！"

春霞被刘然的话给逗乐了，忍不住扑哧一声笑了出来，伸手帮他掖了掖被子，半笑着说道："你这个小屁孩，才多大啊？"可是春霞的心里暖暖的，黑暗中她看不清楚刘然的脸，却想起了自己的弟弟小军。春霞在心里盘算着，等自己稍微存些钱之后，一定要把小军接到城里来上学，要让他从小了解外边的变化，开阔眼界，不能一辈子都窝在山沟里。

可是事与愿违，所有的事情未必都会朝着每个人期许的方向发展，第二天早上刘师傅上班的时候，自行车刚刚出了巷子口，就被几个混混给堵住了，对方根本就不跟你多含糊，上来就下了死手。刘师傅整个人倒在了血泊里，等到附近有人发现他的时候，刘师傅已经冻得浑身哆嗦，被送到医院抢救了一天一夜才醒过来。

春霞赶到医院的时候，看着额头上缠满纱布的舅舅，心里别提是什么滋味。除此之外，刘师傅的右腿也被打折了，躺在床上不能动弹。舅妈和郝国梅都围在病床旁边，不停地抹眼泪。

看见春霞的第一眼，郝国梅就坐不住了，像只奓了毛的刺猬一样，直接冲上去就甩了春霞一个大耳刮子。直到此时，春霞都还不知道究竟发生了什么事情，可是郝国梅已经劈头盖脸地骂了起来："你个害人精，你还我爸的腿！"

刘师傅虽然躺在床上不能动弹，人却已经恢复了意识，看见郝国梅欺负自己的外甥女，心下别提有多着急，可是他没办法下床阻止，只是不停地叫喊着："住手，住手！"可是郝国梅已经近乎于疯狂的状态，完全是一副泼妇的嘴脸，此时哪里听得见刘师傅的劝喊声。直到最后，刘师傅实在急得没办法，顺手抄起了床头的瓷杯狠狠地摔在了地上，一声巨响之后，郝国梅才心有不甘地停了手。

"咋回事儿嘛？好端端的，你怎么拿你表姐撒气呢？"刘师傅躺在床上，捶胸顿足地冲着郝国梅喊道，语气中充满压抑不住的气愤。

"我去派出所问过了，那些人根本就是来报复她李春霞的，凭什么，凭什么倒霉的是我爸！"郝国梅的眼睛里噙满了泪水，稍过一会儿她又哽咽着说道："我爸现在住院了，不能上班了，开年我就上不了学了！"

"哦，就你那个成绩，上学，还不如不上！"刘师傅没好气地数落着郝国梅，虽然这个女儿不是自己亲生的，可是自己也从来不曾亏欠过她，奈何这丫头就是一直不长进，成绩一直起不来。但是刘师傅也不好说重话，毕竟是组合家庭，有些事情还是得给妻子留些面子。可是这次他是真的发火了，春霞是自己姐姐的孩子，姐姐不在了，自己也好些年没有回过老家，这个外甥女就跟自己的孩子一样。

"反正自从她来了咱们家，什么事儿都不一样了。我知道我不是你亲生的，现在你外甥女来了，你嫌弃我，我走！"郝国梅越说越激动，到最后狠狠地丢下一句话，直接摔门而去。

这些话听在刘师傅的耳朵中，格外不是滋味，尤其是那句"我不是你亲生的"。这句话就像是刀子一样，深深地扎进刘师傅的心口，气得他剧烈地咳嗽起来。春霞看着舅妈追出去的身影，不知道该说些什么，只是愣愣地站在了原地。

直到这个时候，春霞才想起来刚才郝国梅说过的话，那些人是来报复自己的，多半是昨晚从现场逃离的那些人，只是让舅舅遭了罪，她心里格外不是滋味。在刘师傅再三询问之下，春霞才把昨晚上的事情一五一十地交代清楚，连她自己都有些无地自容，这祸确实是自己闯出来的。

"丫头啊,别多想。我倒是庆幸这事儿发生在我身上,要是换了是你躺在这儿,舅舅这心里头更难受!"刘师傅宽慰着春霞。

过了好半天,春霞还是呆愣愣地站在原地,她的眼中噙满了泪水。虽然舅舅并没有要责怪自己的意思,可是春霞心中依旧不是滋味。这一大家子的开销,基本都落在舅舅身上,眼看着开春之后,郝国梅就要上大三了,刘然也要开学了,可是家里的顶梁柱倒下了。舅妈虽然有个营生,可是她那点收入根本就是杯水车薪,没办法维系这一大家子的开销和两个孩子的学费。再说,舅舅刚刚住院,腿上还动了手术,家里仅存的那些积蓄也都搭了进去。

春霞怎么也没想到,自己才来舅舅家半个月,就发生了这样的事情。可是自责也解决不了任何问题,春霞在心中期盼着,自己要赶紧挣到钱才好,至少能做点什么。

都说伤筋动骨一百天,舅舅这伤势估计没有三个月,怕是好不了了。自从出了这档子事情之后,舅妈和郝国梅对待春霞就再也没有好脸色,家里所有的家务,脏活儿累活儿全都使唤着春霞去做,就好像春霞是他们家的下人似的。不仅如此,舅妈和郝国梅还变着法儿给春霞使绊子,说的话也是不堪入耳。春霞知道这二人是在刻意地刁难自己,却依旧隐忍着,没有一句怨言。她觉得只有多为这个家里做些事情,自己的心里才会稍微舒服一些。

终于到了发工资的日子,春霞第一个月的工资是一百二十块钱,虽然春霞还是厂子里的新职工,但是她的工时和完成的数量差不多是老职工的一点五倍,而这个工资基本上也是按照正式编制员工的工资来发的。原本春霞打算第一个月工资发了之后,自己留下一些必要的生活费,剩下的钱全部邮寄给父亲,作为家里的开销和小军的学费。可是偏偏出了这么档子事儿,舅舅因为有伤,必须得请假三个月,所以当月的全勤算没了,勉强才发了一百多块钱。

到了郝国梅和刘然开学的日子了,可是刘师傅手里的这些钱,只够交一个人的学费,顾了姐弟中的任何一个,那么另外一个人肯定就不够了。原本刘师傅想着,郝国梅的成绩本就不怎么样,先让她那边缓缓,等到后续工资发了之后,再给郝国梅补上。可是刘师傅的话还没说完,郝国梅就不乐意了,总拿春霞说事儿,将所有的原因都归结到春霞身上。

这事儿着实把刘师傅气得够呛,原本是因为组合家庭,刘师傅在对待郝国梅的时候,才打也不是,骂也不是,从小就这么一直宠着,惯着。可是眼下好了,偏偏还就惯出了一身臭毛病,怎么都改不掉。不仅如此,尤其是当郝国梅总拿自己的身世说事儿的时候,刘师傅心里就格外不是滋味。可是郝国梅总把这事当成自己的挡箭牌,任何情况下,她只要以此说事儿,刘师傅都会妥协,她似乎觉得这就是刘师傅的死穴。

4

转眼开学的时间就到了，刘师傅却一直都在为郝国梅和刘然的学费伤脑筋，其间他也曾跟郝国梅沟通过一次，可是万万没想到，只是随口提了一嘴，郝国梅的反应竟然大得出奇。刘师傅只是说，先把刘然的学费交清了，她这边稍微缓上一缓。郝国梅当时就不乐意了，吵着闹着，哭着喊着，说刘师傅是自己的后爸，就想着趁这个当口不让自己继续念书了。

可是话又说回来，就算郝国梅真的去上这个学，又有什么意义呢？从初中到高中，乃至大学，她的成绩一直是年级垫底的那种，整日就是无所事事，在教室里混日子罢了。而且之前的每一次升学，还都是刘师傅花钱走关系给买的学历，可以说，郝国梅今天能有书念，全都是刘师傅花血汗钱买出来的。作为一个后爸来说，刘师傅完全可以说是仁至义尽，可即便是如此，郝国梅仍旧有诸多不满。

架不住郝国梅的折腾，刘师傅拄着拐杖，黑着脸，叹着气，最后还是先把郝国梅的学费给交了。但是对于自己的儿子，刘师傅又不知道该如何交代。刘然的成绩一直是学校出类拔萃的，虽然老师念及刘然的成绩，但是学校毕竟有自己的制度，刘然也是个懂事的孩子，面对老师无数次的催促，他实在是没办法继续扛下去了。

那天刘然拖着书包，无精打采地坐在楼下，刚好被春霞撞见了。再三询问之下，刘然才说出了实情，是因为学费的问题。春霞兜里还揣着刚发的工资，除了买了些必备的生活物品之外，剩下的一百来块钱怎么都舍不得花。本想寄回老家给小军当学费的，可是最近一直忙着加班，等到下班的时候，邮局都已经关门了。估计这会儿，自己的老父亲肯定也跟舅舅一样，正为儿子学费的事情发愁。

可是两边都是自己的弟弟，小军是自己的亲弟弟，刘然是自己的表弟，虽然相处的时间不长，但是刘然已然将自己当成了亲人。春霞思量再三，最后咬了咬牙，偷偷在舅舅的桌案上放下了五十块钱，算起来，有这五十多块钱，再加上舅舅手上的余钱，刘然的学费应该是足够了。剩下的将近六十块钱，她再偷偷寄回家给小军做学费。

就在春霞蹑手蹑脚走进舅舅房间，想把那五十块钱偷偷放在桌上的时候，却恰巧让舅妈给撞见了。舅妈好赖不分，上来就劈头盖脸一通臭骂，说春霞想趁着大家不注意，进屋偷东西。刚好春霞手上还攥着五十块钱，舅妈就那么死死地拽着春霞的手腕，大声朝着门外吼叫着："老刘，老刘，你快进来啊，快进来啊！"

刘师傅一头雾水，听见老伴叫喊，心想着怕不是出了什么状况，拄着拐杖三步并作两步赶紧就进了里屋，瞅见这一幕，有些不明就里。舅妈恶狠狠地咒骂："咱家怎么就收养了你这么个白眼狼，家里都快要揭不开锅了，你居然，居然……还养出个家贼来了！"

春霞连解释的机会都没有，就被舅妈一通臭骂，唾沫星子喷了春霞一脸，饶是如此，春霞还是一句话也没说，放下钱，就径直出了屋子。她根本不想去争辩什么，只要舅舅心里清楚就行了，反正舅妈和郝国梅从来就没拿自己当亲人，就算解释得再清楚又能怎样？

在经过舅舅身边的时候，春霞稍微停下了脚步，做了一个深呼吸，脸上挤出一丝笑容，对舅舅说道："舅舅，这些钱，你先拿去给刘然交学费！"说完，头也不回地走了出去，她生怕自己会忍不住在舅舅面前流下眼泪。刘师傅看着眼前的场景，又看了看舅妈手上攥着的五十块钱，心里五味杂陈。

"你俩还跟我演戏呢？哦，你以为有你舅舅护着你，你就能在这个家里肆意妄为了，我告诉你……"舅妈本来还有很多不堪入耳的说辞，可是在看见刘师傅那张铁青的脸之后，后边的半句话又咽了回去。

"家里有多少钱，你不知道啊？"刘师傅从来没有这么生气过，说话的声音也不由得提高了好几个分贝，说完之后，重重地"哼"了一声，拄着拐杖出了门，只留下舅妈还愣愣地站在原地。可是她怎么想，还是觉得事情不对劲，甚至怀疑是刘师傅背着她藏私房钱。总之在她的心里，手里攥着的这五十块钱就是春霞从自己家里偷的。或许是因为被老伴儿呵斥了一顿，舅妈心里有气，越想就越觉得春霞如心头刺儿。

本以为事情就这么过去了，舅妈把那五十块钱贴身揣着，本打算吃过晚饭之后，把钱交给刘然，让他明天上学的时候带到学校交给老师，先把学费的问题给处理了，也省得这孩子有心理负担。吃过晚饭之后，舅妈一边洗碗，一边叫喊着刘然，可偏偏这个时候，舅妈一直贴身揣着的五十块钱不翼而飞了，她百思不得其解。这个小小的厨房统共就十几平米，舅妈把能找的地方找了个遍，浑身上下也翻了好几遍，就差没有把衣裳脱下来找了，可是偏偏揣在身上的钱就这么不见了。

舅妈思前想后也没想明白这钱到底是怎么丢的，可是转念一想，做饭期间除了春霞帮忙之外，也没人进入过厨房，自己跟她待的时间最长，难不成是在做饭期间，春霞从自己身上把钱给顺走了？可是做饭期间两人也没有身体接触，春霞到底是怎么把这钱给偷走了呢？舅妈想到这里，更加笃定这钱肯定是春霞给偷了。她拉着刘然，怒气冲冲地直接一脚踹开了房门，指着春霞的鼻子就是一通臭骂。

春霞却一句话都没有反驳，她依然睡下了，今天发生的事情着实让她的心里积蓄了无限的委屈，此时正在被窝里偷偷流眼泪。饶是如此，舅妈再次没有来由的一通臭骂，让春霞更加委屈。但是她依旧以为舅妈责怪的是之前的事情，那明显只是个误会。春霞终于忍不住了，可还是按捺着性子解释说："舅妈，那五十块钱是我这个月的工资，舅舅如今没办法上班，没有收入，我是想先把表弟的学费给交了，可是你……"说到后边，春霞已然忍不住泪水哗哗地往下流。

刘师傅听到屋里的动静，披着衣裳，拄着双拐赶过来的时候，看着眼前的一幕，也是窝了一肚子火气。刘师傅询问之下，发现妻子依旧在拿那五十块钱说事儿，此时刘师傅心里更是五味杂陈，万万没想到春霞本来是好意，拿出自己的工资来帮这个家里渡过难关，却闹出这样的误会。刘师傅压制着火气，把整个事情都解释了一遍，直到舅妈吼出那一句"五十块钱被偷了"的时候，大家才知道，原来二人说的根本就不是同一件事情。

这样一来，事情倒变得复杂起来了，每个人心里都各自怀揣着各自的算盘。舅妈一直以为之前是刘师傅为了替春霞撇清责任，所以才说那些钱是春霞给的，她依旧觉得是刘师傅在背着她藏私房钱。而且因为这件事情，舅舅跟舅妈之间似乎也生出了些嫌隙。春霞也有些搞不懂，是不是舅妈借题发挥，想把自己给赶出家门。在这个家里待久了，舅妈跟郝国梅似乎一直对自己都没什么好感，总是对她百般刁难。刘师傅也觉得，这件事情有些愧对春霞，毕竟她是一番好心，拿出自己的工资，想先帮刘然把学费缴清，可是偏偏出了这么一档子事儿。刘师傅也不免怀疑，是不是自己的老伴儿在借题发挥。

刘师傅没好气地说："这个家里到底有多少钱，你心里没点数吗？我一个月一百多块钱的工资，哪回不是一发工资，就都交到你手里的？这钱怎么花的，你心里没本账吗？"

舅妈仔细一回忆，好像确实是这么回事儿，家里的钱财一直都是自己管着的。除了老刘住院花去了一部分钱之外，家里也没有任何积蓄了。难不成这五十块钱还真的是春霞给的？要是这样的话，那自己还真的是错怪她了。可是话又说回来了，既然这五十块钱是她给的，可是就这么一顿饭的工夫，自己贴身揣着的钱怎么就凭空消失了呢？

仔细一想，做饭的时候，郝国梅进了一趟厨房，当时她好像是跟自己要钱来着，说是要买一套新衣裳。但是家里现在都快要揭不开锅了，哪里还有钱给她挥霍。当时郝国梅在舅妈跟前撒娇，春霞也在现场，可是这个时候，春霞又不好明说什么，只是让舅妈再好好找找！这个时候，舅妈多半也开始怀疑，是不是郝国梅在跟自己撒娇的时候，趁机把自己口袋里的钱给掏走了。

这么一寻思，舅妈也没好说什么，毕竟是组合家庭，要是这钱真的是郝国梅拿的，还不知得把老刘气成什么样。等到后半夜，所有人都睡下之后，舅妈一个人悄悄去了郝国梅房里，趁着给她盖被子的工夫，四处摸了摸。舅妈原本只是想试试看，她多么希望是自己把这钱丢了，可是这一搜竟然真的在郝国梅的枕头底下把钱给摸出来了。

看着熟睡中的郝国梅，舅妈有些心疼，也有些无奈，最后只是重重地叹了口气，悄悄关了灯掩上门出去了。在经过春霞的房间门口时，舅妈终于有些不好意思地进去看了看。本想跟春霞道个歉，可是进去的时候，春霞和刘然都已经睡着了，这话压在心口，最后还是什么都没说，只是顺手帮二人披了披被子。可是舅妈刚刚出去，春霞便在黑暗中睁开了眼睛，心里稍微松了口气，多半是舅妈已经原谅了自己。

5

本以为这件事情已经算是完全告一段落了，可是第二天早上，天还没亮的时候，郝国梅却砰的一脚踹开了春霞的房门。刘然和春霞还在睡梦中，猛地被这一阵声响惊醒过来，就看见站在背光门口的人影，但是看不清那人的脸。春霞隐约看清楚那人似乎是郝国梅，正纳闷这又闹的是哪一出啊。可是郝国梅却蹿到床前，直接就给了春霞一耳光，大骂她不要脸，偷了自己的钱。

一大早上的，舅舅和舅妈被惊醒之后，都和着衣裳赶出来。见这两个孩子已经厮打在了一起，连忙将两人拉开。刘师傅很是生气地问道："到底是怎么回事儿？"

郝国梅本想说是春霞偷了自己藏在枕头底下的五十块钱，可是话到嘴边，却怎么都说不出口，只是梗着脖子看着春霞生闷气。她也想理直气壮地告诉父母，春霞偷了自己枕头底下的五十块钱，可是这钱本就是自己趁着撒娇的空当，从母亲身上偷来的，这要是说出去肯定得先让母亲训斥一通。可要是不说，这打架肯定是自己不对。

在刘师傅一再逼问下，郝国梅这才含着眼泪，梗着脖子指着春霞，气冲冲地说道："她，她趁我睡觉的时候，拿了我的钱！"等到这话说出来的时候，郝国梅自己也有些胆怯了，却又把眼神投向了母亲。她知道母亲也不太喜欢春霞，肯定会站在自己这边。

可是话刚说出去，刘师傅登时就纳闷了，怎么这娘儿俩都一直因为钱的事情跟春霞过不去，忍不住就问道："你的钱，你哪来的钱啊？"

这一问之下，让郝国梅没话说了，她稍微顿了下，又哭着说："她偷我钱，你就不管，就嫌我不是你亲生的，你也跟着她欺负我！"

刘师傅被这话气得直接往后退了几步，眼睛里布满了血丝，却一句话都说不出口。可是让所有人都没想到的是，舅妈直接就上去甩了郝国梅一个大耳刮子，然后指着她的鼻子："以后你要是再说这样的话，你就连我这个妈也别认了！"稍微顿了顿，舅妈又对着春霞说道："春霞啊，你是个好孩子，昨晚是舅妈误会你了，你也别往心里去！"

这些话听在郝国梅的耳朵里，别提是多么地不是滋味，她本想说些什么替自己辩解，可是还不等她开口，舅妈就直接厉声厉气地说道："你枕头底下的钱是我拿走的，你还算不算是个当姐的，刘然怎么说都是你的亲弟弟，这点钱是给你弟弟当学费的，你这个死女子，你怎么……"说到后边，舅妈竟然都忍不住哭了起来。

谁也没想到事情最后会发展成这样，这注定是不愉快的一天，春霞也在计划着，等自己稍微存一些钱之后，就从这个家里搬出去。虽然挣钱确实不容易，可是该花的钱还是得花的，尤其是在经历了这一系列的事情之后，她反而觉得要想在城市里有一方完全属于自己的安身立命之所，就必须得掌握一门技能。可是眼下，她也只能先委曲求全，暂时寄人篱下。

那天在给家里汇钱的时候，她给王永华去了一通电话，稍稍询问了家里的情况，好在暂时也都还过得去，春霞这才稍微放下心来。得知自己逃婚之后，曹贵荣带人去家里闹腾，春霞心里很不是滋味。不仅如此，曹贵荣隔三差五地就会去家里折腾一番，并且扬言自己跟老李家这门亲事铁板钉钉了，还说老李家要是敢不认这门亲，他就让老李去坐牢如何如何……老李是个死要面子的人，可是偏偏遇上了这么个无赖，硬是嚷嚷得十里八乡都知道这事儿。

往后的好几天，春霞上班的时候都有些心不在焉。王永华告诉了她家里的情况，虽然还有所隐瞒，可是春霞毕竟是个聪明的姑娘，她知道父亲目前的境况肯定比王永华说的还要艰难些，尤其是王永华告诉她，那天老李偷摸着为她送行的事。

但是这些事情，春霞一直压在心里，没敢跟任何人说。杨小兵一如既往地每天送春霞上下班，两人的关系也日渐熟络起来，可是每当春霞坐上杨小兵的自行车的时候，郝国梅心里都特别不是滋味。

当时郝国梅一直嚷嚷着要上大学，有一多半的原因是因为杨小兵，可是这种暗恋，杨小兵却一直视而不见。尤其是在杨小兵退伍之后，郝国梅也曾经多次表达过自己的心意，可是都被杨小兵给拒绝了。然而此时，杨小兵却对春霞如此地关切，这让郝国梅心里更加不是滋味。在此之前，杨小兵虽然多次拒绝过自己，可是也不会像现在这般冷漠，郝国梅总怀疑是不是春霞在杨小兵面前说了自己的坏话。凭什么她一个农村出来的土丫头，就处处比自己强呢？自从这个女人出现之后，自己好像事事都不顺，如此想来，郝国梅更是处处给春霞使绊子。

有一天早上，当杨小兵再次来接春霞上班的时候，发生了让人难以预料的一幕。春霞刚出门，还没来得及下楼，门口就站着一个穿着旧军装，提着行李的男人。看起来跟舅舅差不多年纪，那人手上还拿着一张纸条，上面写的就是舅舅家的地址。

看样子他应该是在门口徘徊了很久，却始终没有下定决心去敲门，刚巧被春霞给碰见了。春霞当时正急着去上班，回头瞧了这人一眼，他鬼鬼祟祟地在舅舅家门口踱着步子，还挤着眼睛从窗户缝儿往里偷窥。

这不免让春霞多了个心眼，上前问了一声："您找谁？"春霞警惕着，上下打量了一番眼前这个男人，他的脸上明显有一道伤疤，笑起来的时候显得格外狰狞。

"哦，王雪梅是住在这里么？"那人有些躲闪，拿着纸条凑到春霞面前，继续说道，"我是按着这个地址找过来的，但是这一块儿的房子都翻新了，好不容易才一路问过来。"

春霞思量着，王雪梅是舅妈的名字，可是眼前这个男人又是谁呢？他跟舅妈又是什么关系呢？稍微想了想，春霞还是多了个心眼儿，最近治安不太平，谁知道这人到底有什么目的呢？还是先问清楚再说，春霞问道："您找王雪梅有什么事儿么？"

"哦，是这样的！王雪梅是我老婆，我离家有些年头了，回来找不到门儿了，只有这么个条子……"那人解释着说道。

经他这么一说，春霞心里登时就咯噔一下，舅舅跟舅妈是组合家庭，怎么突然又冒出来个舅妈的丈夫，这事儿似乎有些蹊跷。可是毕竟春霞不是当事人，这中间的种种她并不清楚，只是有些吃惊地看着那人，一时间也不知道该说些什么好。但是她的这种反应，却让对面那人产生了误会，那人有些激动，直接一把抓起春霞的手问道："你是国梅？我是你爸啊！"说着，差点眼泪就下来了。

突如其来的举动，让春霞有些猝不及防，那人却眼泪巴巴地拽着春霞的手，怎么都不肯松开。恰到此时，郝国梅刚好收拾好书包正准备出门，碰上这一幕，不禁又开始冷嘲热讽起来："哦哟，这才来城里几天啊，都开始嫌弃自己的亲爹了！"言语之中尽显轻蔑之意。

"您认错人了，她才是郝国梅！"春霞无意与这二人纠缠，楼下的杨小兵看了看手表，正在催促春霞赶时间上班。春霞说完之后，那人才松开手，春霞没有工夫继续耗在这里。就在她转身下楼的时候，却听见郝国梅的尖叫声："哎呀，脏死了，你别碰我！"

6

谁也没想到，这时候冒出来的这个脏兮兮的汉子竟然是郝国梅的亲生父亲。如果不是此人找上门来，可能舅妈一辈子都不会想要再提起这个人，直到后来春霞才知道，这个人叫郝成刚，在郝国梅很小的时候，就因为杀人而入狱，被判了好多年。最近这几年才放出来，可是因为在牢里关的时间太长，跟社会完全脱节了。虽然在社会上混迹了几年，可是他的那些手艺已经完全跟不上时代的步伐，最后几乎沦为乞丐。到最近这几个月，实在是没地方打工，也没办法糊口了，这才想起来寻找舅妈。

可是这个人的到来，无疑是压倒郝国梅精神世界的最后一根稻草，此前她一直觉得春霞不论在什么方面都不如自己，总想着能够压她一头。可偏偏在这个时候，冒出来一个杀人犯父亲，而且还没有正当工作。当年郝成刚入狱之后，母亲才带着她改嫁给了现在的后爸。之前她动不动就拿自己的身世来当挡箭牌，因为只要她拿这事儿哭诉，后爸肯定会事事都依着她。可现在，当自己的亲生父亲真的出现时，郝国梅却有些恨，她恨老天爷为什么对她这么不公平。也直到此时，她才觉得后爸对她比对亲生女儿更亲。

郝成刚暂时没地方去，就一直赖在舅舅家不肯走。刚来的那段时间还好，对这家里的人还稍有谦恭，可是日子久了，一切都变了。那段时间，舅舅还在家里养伤，但是郝成刚已然被养得脑满肠肥，舅妈也抱怨，说他不上进。尤其是在此时，自己都已经改嫁了，他也不好总住在这里不走。

但是谁能料到，郝成刚竟然摆起谱来，说舅妈是个没良心的女人，自己刚刚入狱就转嫁他人。而且还说，自己年岁大了，以后要让郝国梅来供养自己。这话不管搁在谁的耳朵里，都会受不了。尤其是郝国梅这个性子，如此一个生父的出现，让她颜面扫地，在这个家里总觉得自己像是个多余的人。舅妈说过几次，也知道舅舅一直隐忍着，却丝毫没办法对付这个无赖，只能暂时忍着。

半个月后的一天，春霞下班回家，刚走到楼下的时候，就听见楼上吵得沸沸扬扬。街坊四邻都伸长了脖子，正瞧着热闹，这样的场面春霞本不想掺和。可是刚走到楼道口，就发现事情不对劲，好像是舅舅跟人吵起来了。春霞心想，舅舅腿上还有伤，这个时候跟人发生口角，万一要是再动起手来，肯定是要吃大亏的。赶忙三步并作两步冲上楼梯，刚一露面，还没来得及站稳身形，就被迎面泼过来的一盆水淋了个透。

舅妈正端着脸盆，双手叉腰站在门口，将两三个流里流气的人挡在门口，舅舅也站在她身后。春霞看着已经失控的场面，搞不清楚到底发生了什么事情。当她看见人群里的刘然，这才悄悄地问了一下。

据刘然说，事情原来是这样的，郝成刚最近手头紧，舅舅跟舅妈又一直逼着他从这个家里搬出去。于是郝成刚在走之前，就想着先弄一笔钱，可是又没有挣钱的渠道，他就打起了郝国梅的主意，私底下在外边给郝国梅介绍了一门亲事。不仅如此，郝成刚连彩礼钱都已经收了，这些人就是上门来娶亲的！

下午郝国梅刚一放学，就被这群人给堵在了巷子口，当那些人说，郝成刚已经将她嫁给了那人的时候，郝国梅怎么会甘心这样的命运？却被那些人强行堵住了去路，郝国梅着急忙慌地，顺手抄起手边窗台上的酒瓶子，朝着那人脑袋上砸了下去，趁着那人哀嚎的时候，郝国梅这才逃回了家里。

但是那群人一直追到了家门口，此时郝国梅正抱着膝盖躲在房间里不敢出来，就这么任凭那些人在门口撒野。刘师傅本来是在家里养伤的，听见门口有动静，而且敲门声大得出奇，几乎要把门给捶破了，忍不住起来查看情况。一问之下，才知道出了这么一档子事儿。

刘师傅跟那群人理论，可是没说几句，两人就吵了起来。对方看刘师傅挂着双拐，便觉得他是个好欺负的主儿，硬是要进屋里抢人。就这样，事情闹大了，瞧热闹的人也越来越多。等到舅妈跟刘然回家的时候，也被门口发生的这一幕给震惊了。舅妈不由分说地冲进屋里，直接端着脸盆就冲了出来，那一盆洗脸水本是泼向那群人的，却不料那些人眼见王雪梅的动作，闪躲开了，刚好被冲上楼道的春霞给撞上了。舅妈虽然眼神中有些愧意，眼下却也没有多余的工夫来解释了。

在了解完整件事情之后，春霞也有些六神无主，她万万没想到郝国梅也会面对和自己一样的命运。正当双方吵得不可开交、局面一度失控的时候，杨小兵出现了。他毕竟是当兵的出身，三下五除二就把那几个人打翻在地。对方眼见吃瘪，但是又实在没有继续较量下去的资本，这才骂骂咧咧地从人堆里挤出去。

可是事情并没有因此而结束，之后的几天，那群人陆陆续续地上门了好几次。在经历了几次争执之后，对方似乎也觉得这门亲事黄了，但是总不能赔了夫人又折兵。这天下午，为首的那人直接请来了居委会的主任，说是郝国梅不愿意嫁也就算了，可是必须得把彩礼钱和医药费给退回去。

自从刘师傅腿伤之后，这个家里所有的负担几乎全都落在了王雪梅身上，她那点微薄的收入，还不够这一家人的开销。眼下又哪里有余钱来偿还这笔烂账！可是居委会的主任似乎跟那几个人站在一起，春霞估摸着，那主任多半是得了那人的好处，所以总帮着他们说话。可是自己毕竟是个外人，也不好多说什么。但是这笔债务无疑是雪上加霜，如果不解决的话，恐怕以后就永无宁日了！

舅舅和舅妈说什么也不肯承认有这么一笔彩礼，因为他们确实没见过一分钱，再者说来，谁又愿意把女儿嫁给这种人！可是他们说不出个道理，只能和人家吵，只是两边公说公有理婆说婆有理，谁也没办法把谁说服，两家人只能肚子里面一个劲儿埋怨管杀不管埋的郝成刚！

春霞看了看居委会主任拿来的条子，又看了看坐在一旁生着闷气的舅舅和舅妈，以及满脸泪水的郝国梅，只能鼓着勇气说道："主任，郝国梅打伤了那人，医药费我们可以出！但是这个彩礼钱却是郝成刚收的，这条子也是签的他的名字，这笔钱没理由让我舅舅来退！再说，《婚姻法》明确规定恋爱自由，郝国梅也不够法定结婚年龄，这事儿只能去找郝成刚！"

这话一出口，舅舅的眼睛亮了一下，他怎么就没想到这茬！

确实，这条子是郝成刚打的，虽然是以彩礼的名义收下的这笔钱，可是压根就跟自己没什么关系。再者说，从法律的角度来讲，包办婚姻本来就是违法的行为，而且郝国梅还不到法定的结婚年龄。如果硬是要追究起来，只能是郝成刚诈骗，所以这事儿，除了医药费之外，完全跟刘师傅一家没有任何关系。

居委会主任毕竟有些学问，春霞这么一说，他也不好再说什么。可是那些流里流气的人又怎么肯轻易作罢。找郝成刚要钱，他现在早就不知道跑到什么地方去了。这事儿后来一直闹到了派出所，但是有春霞那席话挡着，办案的民警最终裁定，刘师傅一家赔偿对方医药费，然后又另外立了案，郝成刚以聘礼为名，实行诈骗。并且警告了那些前来闹事的人，不得再前往刘师傅家寻衅滋事，这事儿就这么告一段落了。

经过了这场变故之后，郝国梅对春霞的态度也有所改观，但是她却拉不下面子去跟春霞道歉。好在这之后，她也没有再为难过春霞。

又过了个把月时间，刘师傅的腿伤也好了起来，他是个闲不住的人，刚见好转就闹着要去厂子里面上班，谁劝都不行。

春霞跟舅妈劝说了多次，也不见成效，只能任着他到厂里。好在厂里都是熟人，大家分担着，帮衬着，直到老刘身体全部恢复。

眼看舅舅身体好转，春霞这才提出想从家里搬出去，住进厂里的宿舍。虽然舅舅一再挽留，春霞却执意要搬出去。春霞知道，舅妈和郝国梅明面上不再针对自己，可是总这么寄人篱下也不是个办法。再者说，刘然也慢慢长成了个大孩子，总不能还跟他睡在一张床上，免得别人在背后说闲话。

7

起初在刚刚进入职工宿舍的时候，一切还显得相对和睦，可是日子久了，春霞发现，这里也远没有自己想的那么简单，人与人之间的关系相当微妙。来自五湖四海的人，挤在一个宿舍里边，因为地域不同，人员素质不同，总会产生各种各样的闹剧，钩心斗角无处不在。

尤其是当春霞住进来之后，宿舍里有个长相漂亮的姑娘叫张燕，同样对杨小兵心生爱慕。她看见杨小兵总是跟春霞之间有来往之后，就一直不怀好心，想尽办法挤对春霞，平时也喜欢在背地里搞些小动作，当着其他人的面，诋毁春霞更是家常便饭。久而久之，这间宿舍的关系似乎也变得微妙起来，似乎所有人看春霞的眼神都有些不对劲，好像是在刻意地将她孤立起来。但是这些事情，春霞早已心知肚明，她也没把这些鸡零狗碎的事情放在心上。

有天傍晚下班的时候，春霞刚一进宿舍，就听见张燕急吼吼地说："我的项链不见了，你们谁看见了么？"似乎是提早就预谋好了一样，刚好等着春霞开门的时候，她才高声地呼喊起来。宿舍里的其他几个农村姑娘早就得了张燕的好处，再者说，那几个人也有些嫉妒春霞能得到杨小兵的青睐，所以故意挤对春霞。

"呀，你的项链不见了，那条项链可是纯金的，老值钱了！哎，大家都帮忙找找！"宿舍里，其中一个女孩立马就附和着说道。大伙儿开始在宿舍里翻箱倒柜地找了起来，可还不等春霞走到自己床前，那女孩竟然从春霞的枕头底下翻出了那条项链。

"李春霞，你这手也太不干净了！自从你进了咱们宿舍以后，隔三差五地就丢东西，这回可是人赃并获，哼，原来这宿舍里的贼是你啊，以前还真没看出来！"那女孩阴阳怪气地说道，说完之后还把从春霞枕头底下翻出来的项链举给大家看。一时间，各种污言秽语层出不穷，大家都以一种异样的眼光看着春霞。

可这个时候，张燕却装模作样地说道："好了，既然项链找到了就行了！李春霞，你给我道个歉，这件事情就算了！"

春霞怎么可能听不出来这话里的意思，可是自己没做过的事情，怎么能承认？一方面春霞知道整个宿舍的人都在挤对自己，另外一方面，张燕虽然嘴上说只要自己跟她道个歉就不再追究了，可一旦自己真的道歉了，恐怕之后怎么都说不清楚了。

"项链不是我拿的！"春霞硬气地回应道，说完之后，也不理会别人的目光和言辞，直接走向床铺，收拾着被那女孩扔得乱七八糟的东西。

张燕却怒气冲冲地蹿了上来，猛地一把将春霞拉到人群中间，然后趾高气昂地说道："李春霞，你这是什么态度？你要是承认了就算了，我也不想跟你这种农村来的人计较。你要是想要，说一声，我送给你。可是你偷了东西还嘴硬，要不要脸啊？"

"谁不要脸，谁心里清楚！"春霞的目光扫过每一个人脸上，言语掷地有声，不卑不亢。

这事儿一直折腾到熄灯也没吵出个所以然来，春霞也不想再跟她们吵下去。第二天上班之后，春霞正在缝纫机前赶制边角料，被厂里的主任给叫了出去。春霞当时还一头雾水，全然不知道发生了什么事情，可是等她到办公室，看见一大群领导以及张燕的时候，心里已经知道了个大概。春霞怎么也没想到，这本来就是张燕栽赃陷害，自己都没有跟她计较，她却倒打一耙，先跟厂里的领导打了小报告。

"李春霞，这次叫你来呢，就是想了解一下情况，你先别有思想负担！张燕说，你偷了她的金项链,这件事情你有什么要说的么?"主任问道,旁边几个领导也目光如炬地看着春霞。

"身正不怕影子斜,我没偷东西,这件事情我也没什么好解释的!"春霞看了看张燕脸上得意洋洋的样子,冷冰冰地回应道。在经历了一系列事情之后,春霞再也不是刚从乡下进城的那个土姑娘了,她明白一个道理,如果自己一味地妥协下去,反而更容易被这些人欺负。

"你这是什么态度?东西都已经从你的枕头底下搜出来了,你还想狡辩!"其中一个肥头大耳的领导直接呵斥道。春霞抬头看了那人一眼,这人时常在张燕面前献殷勤,此时逮住这个机会,估计是想借题发挥。

"就是,东西都从你枕头底下搜出来了,而且还有整个宿舍的人作证,你还想抵赖!"张燕异常激动地站起身来说道。

"李春霞,你进厂子不容易,你的工作能力我们也知道!可就算是这样,你也不能偷东西啊!张燕说了,你当面给她道个歉,这件事情就算了!人嘛,不怕犯错,知错能改就还是好同志嘛!"另外一名领导有些痛心疾首地说道,他是六号厂房的主管,也是春霞的直接领导,此时也想大事化小小事化了。

春霞虽然知道领导是在帮她,可是这件事情,要自己怎么承认呢?一旦承认了,就算能继续留在厂子里,以后还不得被别人的口水给淹死?春霞有些气愤,梗着脖子说道:"我没偷东西,为什么要向她道歉?这明显是栽赃陷害!"

"李春霞,你要是这个态度,我也帮不了你!只能按照厂里的制度办事儿了!"领导也被春霞的话给激怒了,直接大声地喊道。

按照厂里的明文规定,如果发生偷窃事件,是要直接被开除的,如果是重大财务还有可能被判刑。但是张燕也怕事情闹大,她的主要目的是想将春霞从厂子里赶出去,要是真的闹到派出所,她又怕事情败露,所以没敢逼迫得太紧。这些她都提前跟那个体态肥硕的领导打好了招呼。

就在此时,办公室的大门却被人一脚给踹开了,在春霞被领导叫出去的时候,杨小兵就已经看见了。当时他只是好奇到底发生了什么事情,又不好直接进办公室去问,就在楼下徘徊了良久。可是等了好半天,也不见春霞从里边出来,杨小兵早就听说厂里这几个主管作风有问题,怕春霞吃亏,就在办公室门口听了一耳朵。办公室里不时传来那几个领导的呵斥声,而且似乎有诱导春霞承认偷窃的事实,可是春霞怎么也没有低头。

杨小兵实在是听不下去,心里的火气也不打一处来,脾气一上来,直接一脚踹开了办公室的门。他本是个天不怕地不怕的主儿,这些场面他见得多了,一旦春霞招架不住,把这事儿给认下来,那么后边的事情肯定一茬接着一茬。

"杨小兵,你想干什么?这里可是主任办公室,你,你想干什么?"那主任看着杨小兵怒气冲冲地闯进来,吓得身子往后一歪,差点没躲到桌子底下去,就连说话也有些哆嗦。

"哪有你们这么当领导的?这不是明摆着要屈打成招,强加罪名吗!"杨小兵怒目直视,朝着几个领导询问道。

经过杨小兵这么一闹,当天这会也没开成,那几个主任也怕事情闹大,只得暂时作罢。可是事后,张燕却三天两头地往主任办公室里跑,那主任本来就对她有意思,想趁着这个机会揩油。之前,张燕只是看春霞有些不顺眼,嫉妒她跟杨小兵之间的关系,经过上次的事情之后,她就有些恨,恨杨小兵为了这个农村来的姑娘强出头。所以不管怎样,她都得想办法将春霞从厂子里赶出去,要是再放任她跟杨小兵之间来往,恐怕自己这一腔热情真的要付诸东流了。

几天之后,工厂在没有通知春霞的情况下,在广播里将此事曝光,并且直接将春霞开除了!这些都是那胖主任在背后动的手脚,他直接将事情捅到了厂长那里,并且添油加醋地把事情大肆渲染了一番,又煽风点火说了一些冠冕堂皇的言辞,厂长在不明真相的情况下,直接在开除春霞的处分决议上盖了公章。

刘师傅在听到广播之后,也是一脸诧异。春霞是个怎样的姑娘,他再清楚不过了,要是说春霞偷窃,他无论如何都不肯相信。但是事已至此,刘师傅也没有任何办法,他放下手里的活计直接在厂子里寻找春霞的身影,可是前前后后找了个遍,也愣是没找着。刘师傅心里有些失落,不过他知道,就算这个时候劝说春霞先回家里待一阵子,她也肯定是不会同意的。只是不知道她接下来有什么打算,他不禁有些担心。

在春霞收拾好东西,准备离开的时候,张燕却突兀地出现在宿舍门口,她双手抱在胸前,阴阳怪气地说着风凉话:"李春霞,你要是跟我服个软,以后离杨小兵远点,这事儿本来可以算了的!我呢,也可以跟主任说说,让你继续待在厂子里!"

张燕有些趾高气扬,不可一世,本以为春霞会跟自己低头,可是自始至终,春霞连看都没看她一眼,收拾好东西之后,径直朝着门口走过来。但是张燕有些没眼色,依旧堵在门口,春霞丝毫没跟她客气,直接扛着编织袋从她身前挤过去,也不理会张燕在身后骂骂咧咧,就出了厂子大门。

8

站在人流涌动、车水马龙的街道上,春霞有一些茫然失措。就如同她初来深圳的时候一样,偌大的城市,却不知道何处才是自己的归宿。虽然已经在这座城市待了半年,可是平时也总是待在厂子里,几乎都没怎么出去转转,真到了没事情做的时候,又不知道该去哪里。与刚到这座城市不同的是,春霞在这半年时间内,也算是大体了解了这座城市,可越是了解就越发现这里是那般冰冷。

有那么一瞬间,春霞甚至产生了要回老家的冲动,可是这个念头转眼就被她给否定了!这个时候回去,该怎么面对自己的老父亲,村里人的口水都会把她淹死。再说,那个偏远落后的小山村又如何能有前途,总不能就这么认命了吧?可是不认命,又能去哪里呢?这半年虽说是挣了些钱,可大部分都已经汇到家里了。身上这点钱在工作没有着落之前,可不敢乱花。

春霞扛着编织袋,漫无目的地走在街道上,也不知道该去往何处。沿路一直留意着街头各家门面有没有招聘的,不管什么活计,总得先找个包吃住的地方,至于说工作,不管做什么都无所谓,春霞是从农村出来的姑娘,什么脏活儿累活儿她都干得了。

可是春霞不知道,从她刚出被服厂大门的时候,杨小兵就一直尾随其后,他只是想知道春霞的去向,跟了半天才发现春霞似乎不是去往刘师傅家,而是漫无目的地在大街上晃悠,好像还在寻找着新的工作。在春霞询问多次,依旧没有店面愿意招工的时候,杨小兵才现身。

"呃,我就是顺路经过这里,你的事情我都听说了,要是暂时没地方去的话,先到我那儿去凑合几天!"杨小兵说话显得格外地小心翼翼,他生怕春霞会拒绝他的邀请,也怕春霞会误会自己别有用心。让他喜出望外的是,春霞竟然答应了!

或许是之前便对杨小兵有些好感,也或许是相信杨小兵的为人,又或许是此时此刻自己确实是没有地方去,春霞坐在杨小兵自行车的后座上,看着沿途的风景,心里却是别有一番滋味。这也是她第一次好好欣赏这座现代化的城市,之前虽然在深圳待了半年多,可是被服厂的位置处在郊区,基本上也没怎么出来逛过。看着周围一座座拔地而起的高楼大厦,春霞的心也被触动了,这一刻她更加坚定了自己的决心,一定要靠自己的努力,在这座城市拥有自己的容身之所。

这一刻春霞坐在杨小兵自行车的后座上,一只手上握着编织袋的带子,一只手轻轻扶着杨小兵的衣服,却始终有些不好意思,没敢靠得太近。自行车一路颠簸,春霞偶尔会因为惯性朝着杨小兵的后背靠过去,但是刚一接触,又刻意地分开了。这一幕多像是王永华载着自己的场景,春霞在想此刻他又在干些什么呢?不知不觉间,杨小兵停下了车子,兴高采烈地冲着春霞喊了一声:"到了!"

在春霞正打量着周围环境的时候,杨小兵已经接过了春霞手里的行李,有些不好意思地回头对春霞说:"住的地方有些简陋,先将就一下!"

等到春霞进门之后,才发现杨小兵租的这房子,竟然是一室一厅的,统共才二十多平米。虽然小是小了些,但是收拾得格外的整齐,被子叠成了四四方方的豆腐块，屋子里的摆设也是井井有条。春霞有些为难了，这样的房子，两个人怎么住呢？

杨小兵看着春霞正在出神，似乎是看出了她的担忧，朝着屋子里看了看，然后说道："那个，你随便坐，就当是自己家，别客气，我出去一趟，马上回来，你稍微等我一下！"可是这话说出口之后，两人都觉得有些尴尬，尤其是那一句"就当是自己家"，这话太容易让人误会。

没过一会儿，杨小兵就扛着一副铁架床进了屋，春霞帮忙搭了把手，两人把屋子里的家具稍微挪动了一下，在杨小兵床铺的另一头摆下了这张折叠床。然后他又在屋子正中间拉起了一根铁丝，挂上了一道帘子。等到这一切都布置完了之后，杨小兵满头汗水地对春霞说道："暂时先将就一下，过几天我就出去找房子，到时候换个两室一厅的，咱俩也有个照应！"

就这样，春霞暂时住进了杨小兵的出租屋里，每天早上上班的时候，杨小兵都是先出去买好早餐拎回来之后，才骑着自行车去厂子里。春霞在杨小兵走后，稍微地收拾下屋子，帮他洗洗脏衣服，打扫打扫卫生之后，就去街上找新工作。

可是一连好几天，问了好多地方，都没有找到合适的工作。小店面一般都是个体户，请不起人。大型厂子一般都是要技术人才，可是春霞没有上过大学，她的文凭学历有限。不仅如此，这个时候深圳已经成了全国发展最快的城市，大学生毕业之后都削尖了脑袋想在这个城市立足，就业的人实在太多，大学生一抓一大把，春霞只有高中文凭，自然也就失去了竞争优势。

过了差不多半个月，春霞始终觉得这样下去不是办法，身上的钱不多，也不能一直这样耗下去。再说，马上就到暑假了，再过两个月小军就要开学，到时候她肯定得往家里汇些钱，先把小军的学费给解决了。一直转到天黑，也没找到一家用人单位，春霞有些灰心。

她垂头丧气地走在回出租屋的路上，这附近都是正在建楼房的工地。到了晚上，居民楼附近会有很多人摆地摊儿，春霞寻思着给杨小兵买条毛巾。杨小兵一直格外地节俭，一条毛巾剪成两半，一半儿洗脸，一半儿擦脚。饶是如此，那被剪裁成两半的毛巾都已经破了好几个窟窿，他还舍不得丢！

在地摊儿上买这些日用品的时候，春霞遇见了之前在厂子里的同事，在春霞第一天到厂子的时候，也是这个热心的大娘招待的自己。两人相互寒暄了一番之后，对方也觉得春霞因为张燕这档子事儿被厂里开除，实在是有些冤枉和可惜。但是转念一想，那人却又说道："春霞啊，你是个勤劳肯干的姑娘，待在那个厂子也没什么前途，还不如趁早离开！"

这也算是唯一一个跟春霞有共同语言的人，他们一大家子也是农村人，只不过比春霞早几年到了深圳。遇到这么个知心人，春霞似乎想起了已经死去多年的母亲，忍不住把心里的苦水一股脑儿地全倒了出来。可是就在春霞跟那大娘聊天的同时，大娘已经卖出去好几百块钱的东西了，往来的人可以说络绎不绝。

"大娘，你这一晚上能挣多少钱啊？"春霞忍不住问道，这些天来一直找不到工作，她也有些着急了。看着大娘倒腾这些日常用品，似乎卖得还不错，春霞也动了心思。

"这个可说不准，要是卖得好的话，一晚上毛利润得有个百八十块钱！可有时候，一晚上也就挣个三五块钱。但是总的算起来，这一个月平下来，也不比在被服厂挣得少！"大妈解释说。

春霞一直跟大妈聊到后半夜，等到收摊儿的时候，春霞帮衬着收拾东西，等把大妈那边完全收完之后，已经十二点多了。春霞回家的时候，杨小兵一直蹲在门口抽着烟，直到听见脚步声之后，赶紧掐了烟头，立马迎了上来。

"今天怎么回来得这么晚，是不是找着工作了？"杨小兵殷切地问道。

春霞心里先是一暖，可是在杨小兵询问工作的事情之后，春霞的情绪再次低落下去。杨小兵似乎看出了春霞有些异样，好像是有心事儿，可是他又不知道该怎么把话茬子接下去，稍微想了想，这才继续说道："哦，你还没吃饭吧？我买了宵夜，趁热吃点！"说着，杨小兵便和春霞一道回到了出租屋。

这一晚，春霞一直没睡着，躺在床上翻来覆去地寻思着摆地摊儿的事情。这个时候，春霞手里也没多少本钱，也不知道这生意到底该怎么做，毕竟在做生意上春霞没有任何经验。

"你睡了吗？"就在春霞翻来覆去睡不着的时候，杨小兵在另一头开口问道。

"没呢！睡不着！"春霞随口回应着说道。

"是不是有什么心事儿，是因为工作的事情吗？放心，你这么能干，肯定会有用人单位等着你呢。就算没找到工作也没事儿，你就先在我这儿安心地住下，工作的事情我抽时间帮你问问！"杨小兵猛地一下坐起身来，披着被子，在黑暗中对着帘子另外一边说道。

"我寻思着，也在夜市街上摆个地摊儿！今天遇上厂子里的杨大娘了，看样子她摆地摊儿做得还不错，所以我就寻思着去夜市街倒腾些东西，多少也能挣几个钱！"春霞隔着帘子说道。

"这是好事儿啊！我觉得成！"杨小兵稍微思量了一下，夜市街倒腾的那些东西，他也有些门路。他有好几个战友复原后找不到工作，都是在那一片摆地摊儿，挣得也不比杨小兵少。还有几个在夜市街摆了几年地摊儿，挣了一笔钱之后，就改头换面租了个铺面，成了个体户了！

等了半天，春霞那边却没有任何回应，杨小兵有些纳闷。他稍微一想，估计是春霞那边因为这事儿犯难了，杨小兵忍不住问道："是不是遇上什么困难了？要是有什么困难，你别跟我客气，有事儿你直接说出来，咱们一起想办法！"

"我没做过生意，也不知道摆地摊儿能不能挣着钱！"春霞想了想，还是说出了自己的担心。

"咳，你放心，本钱和进货的事情，我来负责，你就负责把东西卖出去就行了！赚了算你的，赔了算我的！"杨小兵拍着胸脯说道。

"这怎么行呢？我住在你这儿半个多月了，吃住都是你的，心里早就过意不去了，怎么好再让你跟我一起担风险呢？"

"这样！我先进一批货，你先卖着，不管赚多少，到时候把本钱还给我就行了！"杨小兵说。其实他心里早有盘算，就算这批东西真的赔了，他也没打算让春霞赔一分钱。可要是他不这么说，估计春霞是无论如何都不会答应的。

9

两天之后，春霞还未将摆地摊儿的一应事宜准备妥当，杨小兵就已经风风火火地拖着一板车的小饰品和日常用品回来了，春霞有些茫然。说实话，直到这个时候她心里都还有些没底，不知道这些东西到底能不能挣到钱，可是现在杨小兵已经把这些东西拉回来了，春霞也没办法。本来还只是一个想法，在事情还没有绝对的把握之前，春霞还不打算付诸实践。

并不是说春霞胆小，而是她从小经历过的生活告诉她，她没有资本挥霍，更赔不起。杨小兵却一直怂恿着春霞迈出第一步，他总是说，目前深圳是整个中国发展最快的经济特区，有些方面甚至已经超过了首都北京。这个时候，就应该有魄力，撑死胆大的饿死胆小的。

稍微将这些东西分门别类之后，春霞询问了一下每一样东西的原价，她心想只要不亏损，哪怕少挣一点都无所谓。毕竟这些东西是杨小兵花钱进的货，无论如何不能让他的血汗钱打水漂了。春霞粗略地估算了一下，这些东西加在一起，进价估计要一千多块钱。可是杨小兵在被服厂一个月的工资也才一百多块钱，也就是说这些东西，杨小兵得不吃不喝一整年才能进回来。春霞心里也有些负担，可是也没办法，只能硬着头皮去试一试，但愿这些东西不要砸在手里才好。

夜市街附近主要是打工的外来人，他们需要的无非就是手电筒、电子表以及一些日常用品。从杨小兵进的货物来看，他并不是头脑发热胡乱拉回来这么一车东西，似乎是有针对性的。

第二天傍晚时分，杨小兵早早就下了班，帮着春霞出摊儿。在杨小兵回来之前，春霞已经挑了一些东西装在筐里。杨小兵将这些东西扛到自行车的后座上，两人一道在夜市街的角落里寻找了一块人流量还算可观的空地。

说实话，刚到的时候，杨小兵也有些笨手笨脚的，他虽然是把这些东西都摆出来了，可是在做生意上他似乎也是个门外汉，眼瞅着附近几家摊位的生意还不错，自己这边却一直无人问津，春霞心里着实有些着急了。

春霞是个聪明的姑娘，她一直盯着左右两边做生意的摊位，看了半个多小时之后，总算是看出了点门道。可是在这段时间里，但凡是从摊位前经过的人，杨小兵都总要拉着对方询问，要不要买点什么。可越是如此，这些过往的行人似乎偏偏就对他这些东西不感兴趣，这着实让杨小兵有些丧气。

俗话说得好，万事开头难，所有的事情都只有迈出第一步之后，才会有结果。首先得想办法卖出去第一件产品，然后才会有更多的顾客，这似乎是经商行业里的一条铁律。在看清这些规律之后，春霞直接让杨小兵退到一旁休息，摊位上的事情完全由她来打理。起初杨小兵还有些不乐意，可是一寻思自己待在旁边确实帮不上什么忙，这才只得退到一旁干看着。

此时刚巧有人主动询问起摊位上的东西，春霞一脸笑意地跟那人介绍着这些东西，在那人询问价钱之后，春霞看着对方的脸色，似乎是有要买的意向，却没有最终下定决心。春霞又补充说，要是买得多的话，可以优惠，直到这时那人才真正动心了，一下子就拿了两件。

当有第一个人决意购买春霞手里的东西之后，后续的顾客便真的是络绎不绝，差不多两三个小时之后，摊位上的物品已然所剩无几，这个时候春霞稍微降了降价，只以稍微比进价高出一成的价钱，就把余下的物品全部处理了。等到春霞回头去叫杨小兵的时候，他已经斜靠在大树上睡着了。春霞叫醒了他，杨小兵稍微揉了揉惺忪的睡眼，抬头看了看四周，街道上已经没有多少人了，周围的摊主们也正在收拾东西。杨小兵寻思着，多半是春霞叫他回家，忙不迭地说道："你先歇会儿，我去收摊儿！"

春霞跟在杨小兵身后，什么都没说，可是等他走到摊位打算收拾货物的时候，却发现摊面上空无一物。杨小兵有些惊讶地回头看着春霞，眼神中尽是不可思议。春霞站在不远处，冲着他晃了晃手里一大摞钞票，脸上挂着欣慰的笑容。

"全卖完了？"杨小兵有些不敢相信地问道。

"全卖完了！走吧，差不多该回家了。"春霞脸上挂上笑容，催促着杨小兵说道。

杨小兵看着春霞脸上灿烂的笑容有些痴了，尤其是在春霞催促着他说"该回家了"的时候，杨小兵似乎有种已经拥有了属于自己的小家的感觉。不过话又说回来，家不就是有亲人，有自己爱的人的地方吗？杨小兵脸上也洋溢着幸福的笑容。

一路上，春霞坐在杨小兵自行车的后座上，两人有说有笑，欢声笑语不绝于耳，就像是一对处于热恋中的情侣一般。春霞心里正在盘算着今天的账目，等到家之后，一算下来，除去进货的本钱之外，今天一天就净挣了三十多块钱。连春霞自己都有些喜出望外，三十多块钱差不多能抵得上自己在被服厂十天的工资。可是这些钱，只是这一晚上两三个小时的收入，这么算下来，要不了多久，日子就能朝着更好的方向发展。

在当天晚上算完账之后，春霞把卖出去的这部分货物的本钱和一半的盈利交到杨小兵手上。可是杨小兵说什么都不肯接，说这些钱先让春霞帮忙收着，等到月底的时候，再一起结算。其实这不过是个托词，杨小兵从一开始就没打算再要这笔钱，他只是期盼着春霞能够有个正经营生。

本以为事情会这么一直顺风顺水下去，可是直到一个月后，等到春霞差不多把所有的货物快要卖完的时候，却发生了让人难以预料的一幕。那天晚上，杨小兵照常骑着自行车接春霞回家，这一个多月他每天下班都格外早，帮着春霞把当晚要卖的货品运到摊位上，然后等着春霞把东西卖完之后，再载着她一道回家。

可是那天晚上，却出现了一个不速之客，这人不是别人，正是张燕。当时她正挽着厂里主任的胳膊在夜市上逛游，隔得老远就看见春霞在这一块摆地摊儿。遇上这么好的机会，张燕怎么可能放弃奚落春霞一通，她径直朝着春霞的摊位走过去，装作是买些东西。春霞当时也没瞧见这人正是张燕，还热情地招呼着她，说："您随便看！"

张燕本来就是来找茬的，随便翻看了几件东西之后，就骂骂咧咧地开始抱怨起来，说这些东西一怎么不好，二怎么有问题。直到最后，还刻意装出一副刚认出春霞的样子，抬起头来，脸上故作一副很是吃惊的表情，高声说道："哦哟，这不是李春霞么？怎么了，在厂子里偷东西被开除了，现在又在这里摆地摊儿，卖这些假货啊？"声音高得几乎整条街道都听得见。

被张燕这么一闹腾，当天晚上的生意差到了极点，本来正在摊位前查看物品的几个顾客在听说这档子事情之后，不禁都放下了手里的东西，悄然离去了。春霞本想劝说让他们再看看，可是眼瞅着张燕的架势，估计今天这生意是没办法做下去了，便也什么都没说，但是张燕一再地扔东西，让春霞极其窝火，只不过春霞一直隐忍着，没有发作。

面对着众人的指指点点，春霞心里明白，今天要是不把事情说清楚，往后怕是一传十，十传百，自己的摊位也很难再有顾客光顾了。杨小兵似乎也发觉了摊位前有些不对劲，心急火燎地想要上前查看情况。可是还不等他冲到摊位前，让所有人都意想不到的一幕发生了，春霞直接干脆果断给了张燕一记响亮的耳光。

"张燕,在被服厂的时候,你就一直处处刁难我。你栽赃我偷窃,害得我被厂里开除了,现在我在这夜市摆个地摊儿,你也来捣乱,到底安的什么心?我到底哪里得罪你了?"春霞不卑不亢,掷地有声地说道。她的声音响彻在夜空上方,这是有史以来春霞第一次正面与人发生冲突。

周围的摊主和顾客都被这边的动静给惊动了,纷纷凑过来围观。张燕在众目睽睽下被春霞甩了一个大嘴巴,哪里咽得下这口气,她心想李春霞不过是个农村出来的土丫头,让自己欺负了也没地方说理去,可是她做梦都没想到,春霞竟然会当着这么多人的面抽她一个大嘴巴。张燕脸上火辣辣的,有些挂不住,她忍不住想要再打回来,可是刚一伸手,手腕就被身后的人死死地捏住了!

谁也没有注意到,此时握住张燕手腕的竟然是在隔壁摆摊的大妈,她在这一块摆摊儿已经有些年头了,周围来来往往的顾客,还有这些摆摊儿的摊主都认识她。大妈指着张燕的鼻子骂道:"你这个恶婆娘,春霞是什么样的人,我比你清楚。你是个什么东西,我心里也有本账。先前你冤枉春霞,害得她被厂子里开除,这事儿春霞能忍,但是我却忍不了!我告诉你,别以为春霞是外乡人就好欺负,我就是她的亲人,这里摆摊儿的都是春霞的兄弟姐妹。今天你要是敢动春霞一个指头,你看看自个儿能不能走出这条街!"

虽然春霞摆摊儿的时间不长,也就一个多月,可是这段时间大家对她和杨小兵的热情她却是看在眼里的。大妈算是这地摊儿上的老前辈,多少人在这边摆摊儿都跟她取过经,她的人品大伙儿都是知晓的。这大妈本来就是个大嗓门,经过她这么一番说道,其他的摊儿也都开始纷纷响应起来。大家看着张燕的眼神,都充满了敌意。

直到此时,那胖胖的主任却还一直隐藏在人群当中,没敢现身。他是个有家室的人,要是让别人看见他和张燕一起出现在夜市街上,恐怕会对自己的前途有影响,说出去也不好听。张燕被这一大群人怒目直视,也有些怯了。可是再看看人群里的主任,他已经悄然离场了,张燕心里清楚,自己再纠缠下去,也讨不到任何便宜,愤恨地丢下一句话:"你给我等着,咱们走着瞧!"说完之后,慌里慌张地扒开人群,追着那主任的脚步逃离了现场。

杨小兵担心春霞心里不舒服,索性跟大妈道谢之后,就把摊位上的东西给便宜处理了,然后骑着自行车载着春霞朝着出租屋赶回去,想让她早些休息。可是二人离去的身影,被一直潜藏在树荫底下的张燕看在眼里,胖主任丢下她一个人,悄悄地跑了。种种事情联系在一起,张燕越想越觉得心里的火气直往脑门上蹿!

10

谁都没有料到，张燕竟然一直为了这件事情耿耿于怀，直到半个月后，等到杨小兵再次给春霞进了一批货，刚卖到一半儿的时候，终于出事儿了。那天下午，杨小兵像往常一样下班，然后帮衬着春霞把当天准备好的货物载到摊位前。可是刚摆上东西，还没来得及卖出去，就被一群戴着红袖章的人给堵在了摊位前。

春霞本以为这些人是来买东西的，正忙着向他们介绍自己的东西，可是出人意料的是，春霞话还没说完，领头的那人竟然直接说道："把东西全都给我没收了，拉到局里去！"直到此时，春霞还是一头雾水，搞不清楚到底发生了什么事情。

眼看着自己的货物被那些人搬上板车，春霞怎么可能就这么轻易地让对方得逞？她忙不迭地将那些人推开，可是对方的动作实在是太过于粗鲁，直接将春霞推倒在地。杨小兵看见场面上不对劲，直接冲上来扶起春霞，看着她胳膊上的擦伤，杨小兵气不打一处来，直接就动了手，将那伙人按在地上一顿揍。打完之后，还要为首的那人给春霞道歉。

"杨小兵，你也是当过兵的人，做生意是要交税的，有人举报李春霞逃税漏税，我们也是按照章程办事儿！"直到此时，那人才放松了口气，解释说道。

杨小兵和春霞一下子就愣住了，虽然他们没有做生意的经验，但是做生意要交税，确实是不争的事实。可是就这么让他们把这些东西给拉走了，春霞心里格外不是滋味。这些货物都是杨小兵拿自己的积蓄进的货，要是被他们给没收了，自己怎么对得起杨小兵呢？春霞说什么也不肯让那些人把东西拉走！

"算了，春霞，让他们把东西拉走！"杨小兵毕竟是当过兵的人，虽然已经退伍了，是个火爆脾气，但也不是不讲道理的人。

春霞看着满大街的摊主都噤若寒蝉，本想说，这些人都没有交税，为什么偏偏只没收自己的东西？可是这话她没有说出口，在此之前，这里的街坊四邻没少帮助过自己，春霞又怎么好给他们找麻烦？但是究竟是谁写的举报信呢，春霞思来想去也想不通。

等到事情结束，春霞和杨小兵回到家的时候，已经是后半夜了。杨小兵本想带着春霞去医院处理一下胳膊上的擦伤，却被她拒绝了。自己做生意这条路算是完全被堵死了，还有这么多的货全都砸在手里了，哪里还敢再让杨小兵为自己花钱？虽然那些人只是没收了今晚带去的东西，可是往后自己要是再去夜市摆摊儿，也肯定会被那些人纠缠。

春霞算了一下账目，摆摊儿一共一个半月，第一个月的货物完全卖出去了，挣了一千多块钱，加上杨小兵那一千块钱的本钱，总共也就两千多块钱。春霞本来是想先把杨小兵出的本钱还了，可是杨小兵说什么都不肯接，最后虽然把钱接过去了，却又完全砸在了进货上。这半个月虽然卖出去了不少东西，但是眼下也只赚回来了一半，剩下的这一大屋子的货物，又该怎么处理呢？这让春霞有些犯难！

"明天你还是别去夜市摆摊儿了，我估计这事儿肯定不会就这么结束，先等一段时间。等风头过了，再做打算！"杨小兵劝慰着春霞说道，其实他心里早就有了盘算，要是不把那个写举报信的人找出来，估计以后要是春霞再去摆摊儿，也肯定会受到各种各样的排挤和针对。可是一连查了半个多月，也愣是没查出来举报信到底是谁写的！

春霞在这后半个月时间内，也试着再去夜市摆摊儿，可是偏偏只要他们出摊儿的时候，就会有人来查。这生意怕是根本就没办法再做下去了！杨小兵寻思着把这些货再退回去，可是厂家那边怎么都不肯退钱。最后还是春霞托夜市大妈把这批货便宜卖了出去，前前后后算下来，除了杨小兵的一千块钱本钱，还赢利了一千块钱。可是总不能坐吃山空，往后该怎么办呢？

一连好几天，春霞再次去街上找工作，可是依旧没有任何一家用人单位录取她。这件事情，杨小兵看在眼里，急在心里，最后还是托了以前的老战友，这才在一家日化品销售公司找了一个销售的职位。春霞很是感激杨小兵对自己的帮助，可这个时候，春霞的心里也有些犯难了。

这个时候，她不禁想起了还身处山村的父亲和王永华，还有自己的弟弟小军。春霞根本就没有心思来考虑自己的事情，眼下她只想先挣些钱，寄回家里去。一方面让那个家里能够稍微过得舒坦些，至少小军上学的学费和生活费得有着落；另外一方面，她也想让父亲早日把曹贵荣的彩礼钱给退了，不然要强了一辈子的老父亲就始终抬不起头来做人。

昔日王永华对自己的好，也慢慢地浮现在眼前，春霞似乎又看见她与他之间发生的种种事情。这种情感不是说短暂的相处就会产生的。尤其是在春霞正值人生最困难的时期，王永华给予自己无私的帮助。王永华和杨小兵，这两个男人都在她的人生中起到了至关重要的作用，可越是如此，春霞越是要求自己对感情专一。

在日化品销售公司上班不久之后，春霞就从杨小兵家里搬了出去，住进了出租屋。或许这就是她最明确的态度。只不过在周末或者放假的时候，春霞都还会再次回杨小兵那边，一方面她已然将杨小兵当成了自己的亲人，另外一方面连她自己也不得不否认，自己对于杨小兵并不是没有丝毫的感情，只不过这种微妙的感觉连她自己都尚未察觉。

与此同时，春霞也结识了她在日化销售公司的另外一个朋友，这个女孩叫王明芳，跟春霞的遭遇有些相近，只不过这个女孩已经在社会上摸爬滚打了好些年，算是个老江湖了。两人是在同一天面试进入这家公司的，日化销售公司以销售业绩为考核标准，不过好在春霞之前摆过地摊儿，也算是有些销售经验，能够抓住顾客的心理，知道什么时候该说什么话，什么时候顾客已经确定了购买意向。

但是相比较而言，王明芳就没有这么幸运了，虽然她也是个工作上格外拼命的姑娘，可是业务量始终垫底。按照公司以往的惯例，但凡是销售量连续三个月不达标的，都会被直接裁汰掉。王明芳却天生一副好面孔，那长得叫一个水灵，一双丹凤眼说是勾魂夺魄都不为过。公司副总似乎对王明芳有意思，有副总的关照，王明芳每个月也算是能勉强过关。

但是这样的光景并没有维持多久，副总是有妇之夫，这在公司内部尽人皆知。王明芳是从农村出来的姑娘，要想在这个城市里立足，必须得有所倚靠。尽管王明芳每天都拼命地工作，业务量却始终不是很理想，而她又不能被公司辞退，家里的光景不好，只能靠她的那点工资维持着。所以王明芳虽然很是嫌弃副总那副嘴脸，还是选择了委曲求全。

然而，副总之所以能有今天的地位，完全是因为他的老婆曹芳华跟公司董事长之间的亲属关系。这个女人是个女强人，在各个方面都不肯输人半分，公司内部想要巴结这个女人的员工也大有人在。所以没过多久，副总格外关照王明芳的事情，就被有心人给打了小报告。

副总的老婆毕竟是个经历过风浪的女强人，起初，她并没有将这些事情放在心上。可是事出反常必有妖，自从有人打了小报告之后，这个女强人的心理也开始动摇了，稍微留了个心眼。如此一来，事情就不得了了，自从曹芳华查出两人之间的端倪之后，就处处给王明芳穿小鞋。这次女员工宿舍内部的人似乎是同时收了曹芳华的好处，王明芳在宿舍里的日子格外不好过，隔三差五地就会被同事变着法地欺负。

直到后来，当王明芳实在是不堪其辱，想要奋起反抗的时候，却被曹芳华带的人打得鼻青脸肿。这件事情在公司里传得沸沸扬扬，春霞因为一个人在外边租房子，在完全不知情的情况下，摊上了这件事情。

11

那天下午已经下班了，春霞收拾好东西准备回家，却被王明芳给叫住了。王明芳一再掩饰，春霞还是看出来她脸上的瘀青以及眼角的泪光，可是不管春霞怎么询问，王明芳始终三缄其口。不过话又说回来，这样的事情，王明芳自己又怎么能说得清楚呢？随后春霞猜测，是不是王明芳在宿舍被人给欺负了，便顺口问了一声，王明芳还是不说话，只是哽咽着点了点头。

因为自己之前也有过类似的经历，再加上两人家庭境遇如此相似，遭遇又是如此的相像，春霞便心生怜悯，暂时让王明芳住到了自己的出租屋里。可从此之后，春霞的噩梦就降临了，她怎么也没想到因为自己的好心，却引狼入室，险些吃了大亏。

似乎是摸准了春霞周末要去杨小兵家打扫卫生，王明芳直接将副总带回了出租屋。偏偏事情就这么巧，杨小兵因为临时有事，当天并没有在家。春霞在收拾完屋子，帮杨小兵洗完脏衣服之后，就早早地回去了。可是刚到家门口的时候，就发现门口有两个人正在偷偷摸摸地朝屋子里窥探。春霞当时就多了个心眼，没敢惊动那两人，也没敢直接回家，稍微在屋子外边等了下。

可是当时天色已经渐渐暗了下来，没看清楚那两人的长相，只是觉得这两人似乎是熟人。仔细一瞧才发现，原来是副总的老婆曹芳华，还有一个是她的女秘书。春霞当时心里有些纳闷，这两人为什么会突然造访呢？难道是找自己有什么事情不成？

在发觉两人是公司熟人之后，春霞也没有掩饰，直接就上楼了，并且很是热情地跟这两人打招呼，并邀请二人进屋子坐坐。可是从二人的脸色和行事作风上来看，她们在看到春霞的时候，明显是一脸嫌弃的样子。

"曹总，您怎么有空过来了，找我有什么事儿么？"春霞询问道。

曹芳华斜着眼睛看了春霞一眼，先是有些惊讶，继而问道："你也住在这里？"

一听这话，春霞不由得多了个心眼，看着曹芳华脸上的异样，尤其是她话中的"也"字，看来并不是冲自己来的。可这个时候，曹芳华的秘书却压低声音在她耳边说了些什么，等到曹芳华听完之后，脸色立马变了，就好像是春霞跟她有天大的仇恨似的。

可是曹芳华毕竟是经历过风浪的女人，即便内心已怒不可遏，表面上还是按捺着性子，不露声色。她压低声音呵斥道："把门打开！"

春霞虽然一头雾水，没搞清楚曹芳华到底唱的是哪出，可还是按照她的意思，掏出钥匙准备打开门锁。可是当钥匙插进门锁之后，怎么都打不开房门。春霞有些纳闷，房门似乎是从里边反锁了。天色才刚刚暗下来，难道这个时候王明芳已经睡下了？

春霞朝着屋子里喊了好几声，声音一次比一次大，还尝试着拍了拍门，可是一点动静都没有。这个时候春霞有些着急了，自己身上的钥匙没有任何问题，可就是打不开门，里边也没有任何动静，难道说王明芳生病了不成？春霞有些着急，可是还不等她开口，曹芳华就已经失去了耐心，对着房门一通踢踹，并且很是失态地朝着里边大声喊道："伍云龙，你给老娘出来，你把门给我打开！"

曹芳华都快把门给踹破了，里边都没有一丁点反应。直到最后，曹芳华喊得有些累了，也有些怀疑是不是自己偏听偏信，怕闹出笑话来，于是又询问了一下自己的秘书小陈："是你亲眼看见伍云龙跟那个狐狸精一起进去的？"

小陈一脸痛心疾首的样子，捶胸顿足地跟曹芳华保证说："曹总，我绝对没看错，那人绝对就是伍总，还有王明芳那个狐狸精。我亲眼看见他们俩一起进的屋，然后立马就让人通知你了，他们肯定还在屋里，绝对错不了！"

直到此时，春霞才算是听出一些端倪来，曹芳华是带着秘书来捉奸的。但是怎么好端端的，王明芳会跟一个四十多岁的老男人混在一起呢？春霞有些难以置信，之前在公司里也听到过一些流言蜚语，春霞只当是那些人故意排挤和孤立王明芳，所以才恶意中伤，故意诽谤和造谣。可是此时曹芳华都亲自找上门来了，看来这事情未必是空穴来风。

就在曹芳华打算破门而入的时候，门却突然从里边打开了，王明芳穿着睡衣从屋里走出来。在看到曹芳华和春霞的时候，她的脸上明显露出了一丝诧异的神色。一直镇定自若的曹芳华突然像是发疯了似的，跟王明芳撕扯起来，拽着她的头发就直接往屋子里冲。嘴里还骂骂咧咧地叫嚣着："伍云龙，你个臭不要脸的东西，给老子滚出来！"

春霞生怕闹出什么事情来，一直紧跟其后，劝慰着曹芳华先松开手，等把事情搞清楚之后，再做打算。可是此时的曹芳华哪里肯轻易放开王明芳，她在屋子里搜了个遍，可愣是没找出个人影来。这时候，曹芳华直接就甩了王明芳一个大嘴巴，恶狠狠地骂道："你个骚狐狸精，才进公司多久啊，就学会勾引男人了！"

但是自始至终，王明芳都一言不发，她的眼泪早已经在眼眶里打转了，却一直没有掉下来。春霞生怕两人之间再打起来，一直劝阻着。可是曹芳华已经陷入了癫狂状态，发疯似的到处在屋子里搜人，甚至直接把床铺都给掀了，可是依旧没有找到人。

"曹总，这里是我家，你闹够了没有？"春霞见劝阻无效之后，也有些火了，大着嗓门朝着曹芳华吼道。直到这个时候，曹芳华才渐渐地镇定下来，一脸怒气地看着春霞。虽然此时曹芳华怒火中烧，却又不好发作，虽然她早已经知晓伍云龙背着自己在外边养了个狐狸精，可是毕竟没有当场捉奸在床。即便此时，她觉得春霞知道实情，刻意地在帮这二人打掩护，可苦于没有证据，也不好把事情闹得太过分，毕竟这件事说出去不太好听。

最终曹芳华带着秘书负气而走，只留下满屋的狼藉。春霞收拾到半夜才把屋子收拾干净，这一夜王明芳却不知所终。看着一屋子被打坏的东西，春霞重重地叹了口气。当春霞收拾床铺的时候，却发现了被子里还藏着一只手表，这明显是男人的东西。这一刻春霞断定，曹芳华来闹事，肯定不是无中生有，只不过在那个时候，伍云龙偷偷逃离了现场。春霞看着还未落锁的窗口，心中感慨万千，不禁又重重地叹了口气。

等到后半夜，王明芳依旧没有回来，春霞有些担心，稍微出去寻找了一番。最后在海边找到了已经被风吹麻木的王明芳，春霞静静地站在她背后。

王明芳并没有回头，但是她知道身后有人。春霞叫了她一声，怕她会因为今天发生的事情，做出什么不理智的抉择。可是春霞张了张嘴，又不知道该怎么去安慰王明芳，此时她甚至不知道该怎么面对这个跟自己有着同样背景，同样遭遇的女孩。但是两人的选择截然不同，春霞在面对自己的命运时，选择了不顾一切地离家出走，她有自己的追求和目标，却不会为此出卖自己的灵魂。

"你是不是也觉得我是个坏女人？"还不等春霞开口，王明芳直接淡淡地问道。她的目光看着远方的夜空，看不出来此时她脸上的表情。春霞甚至不知道该怎么去回应她的话，或许在春霞的传统观念里，这样的行径，确实已经算得上是坏女人的标准了。

"春霞，我们虽然有同样的遭遇，却有不同的命运！"王明芳的眼泪忍不住夺眶而出，她冲着春霞冷笑了一下，然后继续说道，"其实我是从家里逃婚出来的，我爸要把我嫁给村支书的傻儿子，就是因为村支书家里有钱。可是我不信命，我一定要在这座城市里活出个人样来！但是我没有上过几天学，也没有你那么聪明，如果不这样的话，我可能，可能就会被公司给辞退！"

这件事情之后，没过多久，王明芳就从春霞的小屋里搬出去了。从此以后，也没见过她再来公司上班。再次见到王明芳的时候，是在两三年以后。那是春节，春霞离家后第一次决定回老家，她们在火车站相遇。彼时的春霞已然完全像个城里的女孩，身上的气质已经脱胎换骨。可是王明芳却混得像个乞丐，她的衣服脏兮兮的，怀里还抱着一个一岁大的婴儿。

两人寒暄之后，王明芳道出了自己的经历。原本她以为，伍云龙会因为她而跟曹芳华离婚，然后再顺利地把自己娶进门，可是直到王明芳怀孕，伍云龙也没敢跟曹芳华离婚。王明芳原本还想以肚子里的孩子来要挟伍云龙，可是直到她把孩子生下来之后，也没能得偿所愿。在经历了连续三个月的斗争之后，她实在是没办法继续在深圳待下去了，只能带着孩子离开这座正在崛起的城市。

春霞送她上火车，看着她在窗口跟自己挥手告别，心里百感交集，五味杂陈。她怎么也没想到，一个风华正盛的女孩，就这样被城市的繁华给毁了一生。

12

王明芳离开了，生活还要继续。日子一天天地往前，眨眼又是一个年关将近。工作也渐渐越来越忙活，对于春霞来说是好事情，忙点好，忙点便有业绩，便有钱赚。

春霞站在公司的窗口，望着对面街上新盖的商厦，心中忍不住感慨：这才几天时间，对面的楼又高了两三层，等到过年的时候，怕是就能封顶了吧？

"春霞，伍总喊你到他办公室！"

春霞的思绪，被秘书小陈拉了回来，小陈全名唤作陈晓莉，是个东北来的姑娘，长得高高瘦瘦、白白净净，又很能察言观色，在公司一向很受几个老总的器重，往往出差谈业务什么的，陈晓莉也都是必须随从的，这也导致她在公司行事颇有些跋扈，总之下面的同事对她是没有什么好感的。

春霞能够清楚地感受到，自从陈晓莉带着曹总到自己住的地方"捉奸"开始，伍总就不怎么待见这位一向会来事的公司"大管家"。可这些她不会去说，也不想留意，人多的地方，是非多，她是来工作赚钱的，并不想参与到他们的斗争里去。

春霞敲开门时，正看到伍总和曹总谈事情，两人和和气气的，要不是亲眼目睹了曹总"捉奸"的情景，春霞尚难以置信，两个人说和好还能好得这么快。

但事情总是有缘由的，比如公司那位口直心快的王大姐就曾一语道破过天机："伍总可不会跟曹总离婚，这公司是他们两人合伙开的，要是离婚了，两口子都会舍不得。"

原来，合伙的生意，也能维系一段婚姻啊！

见到春霞进来，伍云龙和曹芳华停下了交谈，曹芳华起身离开，临走的时候，还特意看了眼春霞，眼神满含深意，只是这深意到底是什么，怕也只有曹芳华个人知晓。

"春霞，来了啊，坐，坐坐。"

伍云龙倒像没事儿人一样，堂而皇之地坐在老板椅上，手里夹着根烟，一口接着一口，像是个烟囱似的，春霞皱着眉，屏住呼吸问道："伍总，您找我？"

伍云龙笑着从桌子上拿起一张数据表，兴致盎然地指着表格里的数据笑道："倒没发现，你还是个销售精英，销售高手，今年后半年的销售数据出来了，你做得很好，比某些老员工一年卖得都要好。你一个人就给公司卖了十几万的货，我刚才跟曹总已经商量过了，今年年终奖给你双份！"

"这……"

春霞心中又是激动又是紧张，一方面是因为双倍年终奖的事情，这可是大几千块钱呢，可是她回过神一想，似乎觉得又有些不对，按说业绩比她做得好的人，也大有人在，怎么就只有自己有双份年终奖了呢？难道是伍云龙想要收买自己？还是说他心怀亏欠？

"你不要多想，也不许拒绝，这是公司董事会的决定，我等会儿就让小陈拟文！"伍总一派不容置疑的口吻，又含笑起身，家长似的，颇是关怀地询问道："春霞，你来深圳多久了？可还生活得习惯？你看我这当老板的也是失职，竟对你的生活一概不知，我也长不了你几岁，你就把我当你的大哥，跟我说道说道，要是有什么困难，我这个当大哥的一定给你解决！"

春霞感受着来自伍云龙的关怀，心中总觉得有些滑稽，可具体哪里不对劲儿，她又说不出来，大致觉得可能是因为王明芳的事情。眼下她倒是想问问伍云龙是否知道王明芳去了哪里，可没有真凭实据，她没办法问这些，只好拣着自己来深圳的事情简单地说了几句。

"呀，原来你这孩子也有这些不开心的过往，不过没事，来了深圳，这里就是天堂。你是个人才，准能在这片热土上找到自己的价值，这里，每天都有十万富翁甚至百万富翁的出现，春霞，好好干，你也可以的！"伍云龙依旧夸赞着，话里话外甚至有些奉承的意味，表露得很是明显，而这些种种异常的举动，让春霞分外地不适应。

难道，这位伍总在对自己打什么主意？

春霞脑海里面划过一丝念头，但很快又否决了，自己身无长物，长得又没有王明芳那般好看，伍云龙能图自己什么？

春霞简单地把这当做自己努力工作的回报，很是感激地向伍云龙表示感谢，她甚至心想，要不是王明芳的事情，兴许伍总还真的不至于那么讨厌哩！

"伍总，没什么事情，我就先回去工作了？"春霞起身，却被伍云龙拦下："小李，你先别走，我这还有件事情想跟你说……"

难道是王明芳的事情？

春霞怀着疑虑，向伍云龙投去质询的眼神，伍云龙却笑吟吟说道："今晚下了班，你先别走，晚上公司安排了个饭局，有几个大客户需要见……"

"饭局？"春霞心中纳闷，往常这类招待会见的事情，不是都安排的陈晓莉随同吗？

想到晚上已经跟杨小兵约好了一同吃饭，春霞便要拒绝，可还不等她开口，伍云龙就把话封死了："小李，这是公司给你的成长机会，你要好生把握，再者，晚上也没有外人，就张总、徐总他们，你也都见过，还有你曹姐晚上也去，我是怕她到时候女人家没人照顾，哈哈，才让你跟着，你也见见世面，顺便到时候也和你曹姐说说话，省得她在酒席上尴尬……"

伍云龙已经将话说到这个份儿上，春霞想要拒绝也没有任何的理由和借口。再者，听到伍云龙说曹芳华晚上也跟着去，春霞也便安了心，心想即便伍云龙对自己有什么图谋，但总没胆量当着曹芳华的面做什么。

出了总经理办公室，春霞跟杨小兵打了个电话，电话里，杨小兵倒是分外理解，还嘱托春霞一定抓住机会，跟着老总们多学习，以后说不准也能当老总哩。但春霞听得出来，杨小兵这些话里还是有些落寞的，便在快要挂断电话的前一秒，壮着胆子说道："等周末，周末我们去看电影……"

春霞说完就脸蛋通红，心中更是一个劲儿地后悔，不过说出去的话泼出去的水，且电话那头的杨小兵已经乐得连声应承，春霞便是想要反悔都已经没了机会。

"呦，李春霞，没看出来啊，你手段这么厉害，这才进公司几天啊，就把咱们伍总迷得团团转，给你年终奖双倍奖金不说，还带你参加公司跟大客户的饭局，你这是灰麻雀飞上金枝啊……"春霞这边电话才挂断，就听到陈晓莉泼妇骂街一样在公司里面嚷嚷，"怎么，就不敢告诉你男人，你在公司做的这些事儿？还是说，你也准备学王明芳那个小贱人？"

"我没有……"春霞已经恼羞得面红耳赤，可她就是个不善争论的人，那陈晓莉的嘴巴就跟机关枪一样，倒豆子似的继续挖苦着，"你没有，你看看咱们公司今年的年终奖金，就连公司的老人刘大姐也没像这样，你这破天荒头一份啊，你要没什么不可告人的事情，说出去谁信啊！"

陈晓莉的这些话，终于惹来了公司所有员工的目光，大家看着站在角落里无助的春霞，眼睛里面都射出一些跟往常不一样的色彩。春霞看着很陌生，这些人眼睛里面投来的猜忌、怀疑、嫉妒甚至是恼恨，她却感受得清清楚楚。

春霞往伍云龙的办公室看去，办公室已经关了门，原来，陈晓莉是看到伍云龙不在才这样嚣张的啊……

"你不要看伍总，就算伍总在这里，我也要替大家鸣不平！"陈晓莉是个极善于煽风点火的人，至少在这一刹那，她做得很成功！

"小陈，你也别说了，我们可不像现在的小姑娘，天天眼睛盯着老总的屁股，我们啊，还是老老实实地工作！"刘大姐一句话完结了这场没来由的争吵，也一句话拉开了春霞和所有人的距离。

春霞感受着这一切，既那么荒诞，又那么现实，可她又能改变什么呢？陈晓莉本来就是自己心理不平衡，春霞越解释倒越显得自己心虚一样！

"也许过段时间就会好了！"

"等年终奖下来,我请同事一起吃个饭,希望他们能理解!"

春霞这般想着,心中便坦然了许多,她身正不怕影子斜,更不怕这些流言蜚语。她想着空穴来风的事情,总会拨开云雾见天明,那些中伤诽谤,肯定也会随着时间慢慢澄清。她想起父亲常常挂在嘴边的那句话:"做人要踏踏实实,做事要实实在在,就好比伺候地里的庄稼,你用了心,老天爷肯定能给你个好收成,那些愣怂懒汉、坏怂瓜娃,这老天爷也肯定会给他们磨难。这人做事,天在看,娃们莫要走歪了路……"

13

办公室里,因为陈晓莉的几句话,大家都对春霞有了成见,虽然其他人没有像刘大姐这样心直口快,可那份不开心,就差用笔直接写在脸上了。

春霞装作无事,回到自己的工位,拿起电话拨打给客户,不过心情难免受了影响,中途好几次都介绍错了公司的几个日化产品的数据。她正沮丧的时候,又引来陈晓莉的挤对和挖苦,她真的有些恼怒了,恨不得给这女人几个耳光。

最后还是伍云龙的出现化解了这场暴风雨,看着陈晓莉跟没事人一样奉承着、巴结着,就差说晚上能不能换她去参加饭局了。可不知道是不是报应来得太快,伍云龙赶苍蝇似的挥了挥手,从陈晓莉手里面拿过公司年终奖的文件,然后冷声说道:"小陈,有件事情,我想还是当着大家的面儿给你说一下,年后,你就不要来公司上班啦!"

"什么?"陈晓莉愣住了,条件反射似的问了句,"伍总,您这是什么意思?"带着一丝期待,陈晓莉脸色难看地询问着,"您是想派我去外地的分公司了吗?"

伍云龙做事不拖泥带水,却也不排除想当众给陈晓莉难堪,"你想多了,我就是代表公司正式通知你,你被解雇了!"

"为什么?"陈晓莉的泪水终于落了下来,她整个人像是被电击一样,浑身颤抖着,让人看了只觉得如此可怜。

"没有为什么,这是公司的决定,许会计,明天给小陈算一下公司还有年终……年终不用了,小陈自己已经算出来了……"晃着脑袋,伍云龙就回了自己的办公室。对他来说,这是个再简单不过的命令罢了,至于这几句话会不会让一个从东北到深圳讨生活的女孩从此没了生计,他是不管这些的!

春霞心想,这一刻,伍云龙的心里面定然是暗爽的。要不是陈晓莉从中捣鬼拉着曹芳华去捉奸的话,王明芳应该也不会从公司离开了。

没有人敢去质疑伍云龙的命令是否得当,是否合法,所有人都战战兢兢,生怕惹到麻烦,都低埋着头,也不知道在忙什么,但看上去像有很多事情要做一样。

春霞看着孤零零的陈晓莉，想上去安慰几句，可这女人刚才还对她那么刻薄呢，她这个时候贴上去，怕也只是徒惹一段不开心。春霞叹了口气，默默等待着下班，等待着这一切尽早过去……

陈晓莉收拾了办公用品就离开了，没有人送别，没有人安慰。她临走之前期待地看了眼伍总办公室的门，那里丝毫没有动静。熬到下班的时候，所有人都长长地舒了几口气，很快出了公司，而公司的这点事情，怕也是他们今后半个月时间里在茶余饭后的谈资。

春霞等到伍云龙走出办公室的时候，已经是六点多快七点了，伍云龙一边看着手表一边催促道："小李，我们赶快过去，你曹姐和其他几家客户公司的老总都已经在那边了！"

伍云龙走在前，春霞跟在后面，吃饭的地儿倒也距离公司不远，就隔着一个路口的距离，是家装修很豪华的港式餐厅。春霞曾经听公司的同事不止一次地提起过，这家餐馆最便宜的一道菜都要好几块。春霞从没想过自己也会来这里，她进去的时候默默想着，这里的一顿饭吃下来，怕是比自己一个月工资都花得多。

"张总，徐总，抱歉抱歉，来晚了来晚了，公司有点事情，耽搁了！"伍云龙对这种场合拿捏得很是到位，几句客套话，就把迟到的事情翻了篇，还装作生气一样，问曹芳华怎么也不知道先让客人点菜，怠慢了贵客如何如何。曹芳华是个懂分寸的女人，在这样的场合是很会给自己老公面子的，说了几句自己的不对，就叫来服务员点餐。

春霞瞥了眼菜单，只觉得瞠目结舌，一道菜，十多块甚至几十块，像是在花自己的钱一样，默默心疼着，直到曹芳华点完菜，伍云龙把话题转移到自己身上的时候，她才反应过来。

"小李？"伍云龙先是轻轻唤了一声，又抬高声音喊了一声，春霞这才回过神，听到伍云龙吩咐道，"今晚的饭局，张总可是点了名让我叫上你，你等会儿可一定要陪张总多喝几杯，张总对你可是向来都很看好的！"

伍云龙口中的张总，叫张明凤，年纪轻轻的，可是已经在供销社旗下的一家商场里面做负责人了。伍云龙公司经销的部分化妆品，都在这家商场里面有固定的代销，且每个月的销售额都很好，可以说张明凤是公司的大客户。

曹芳华也帮着开口道："春霞，你这孩子，就是太实诚，不过这下好了，有了咱们张总的器重，你这以后的路肯定会越来越好。"

张明凤谦虚得很，谦虚地笑着，谦虚地端起酒杯，谦虚地说道："伍总、曹总，你们莫要捧杀小弟，小弟就一个打工仔，不敢跟你们这些大老板比！"又将酒杯举向春霞，"春霞妹子，我见着你就觉得亲近，我老家是陕北的，见你就觉得像是见到家里人一样亲近。你要不嫌弃，这杯酒我就敬你，以后你要有什么事情，可以直接来找我，我能帮到的，定是没二话，你张哥我在深圳，说几句话，大家肯定都还是愿意卖我几分薄面的！"

春霞只觉得受宠若惊，这张明凤她只见过两三面，还是跟着公司的老员工去的，只是去供货，也没有过深的交谈，可她万万没有想到，这么一个大人物，居然还记着她，还知道她的事情。她真真有些诚惶诚恐，木讷地端起酒杯回敬，可一句话都说不完整。张明凤装作不在意，说一切尽在酒中，就仰头喝了杯中红酒。

春霞学着张明凤的样子，也一口干了。她记得书里面描述的喝红酒的情景，可不是这样的豪饮，尽管显得有些不伦不类，但这也可能是张总的热情使然。

"好，好酒量！"

张明凤夸赞的同时，又不动声色地把酒给春霞倒上，然后又对着身边陪同的高总说道："高总，你也陪我这大妹子喝几杯，我给你说，这个妹妹，我认定了，以后她的事情，你也得上心，不然，不然就是不给我老张面子！"

"张总，你放心，我高山做事情那是铁板钉钉！"高山恭维着端起酒杯，春霞不得不陪着喝完，两杯酒下肚，春霞的脸颊像火烧一样，可这才开始，紧接着又是伍云龙和曹芳华分别敬酒，一圈下来，倒显得她春霞是个大人物一样。

春霞搞不明白，昏昏的，隐约听到伍云龙说张明凤即将高升，从供销社下面的商场负责人要升任供销社的领导了，同时管理好几家大卖场。听到这里，春霞这才意识到，原来伍云龙安排这个饭局，是想巴结这位即将走上更重要位置的领导，毕竟，更高的权力便意味着更多的利益。

但她还是没明白自己怎么就成了张明凤的妹妹，怎么就成了今天晚上这场酒席的话题中心。听着伍云龙一个劲儿地夸自己在公司如何如何踏实做事，业绩如何如何好，多受同事喜爱的时候，春霞有些飘飘然，甚至有那么一刹那，她还觉得伍总不失是个伯乐，竟然能发现自己也是个人才……

很快，各式的西餐变戏法一样上来，春霞不懂怎么使用刀叉，只能看着其他人怎么拿，自己便怎么拿，动作说不出的笨拙。她觉得促狭觉得羞惭，就在她暗暗骂自己怎么这么笨这么丢人的时候，她猛然听到张明凤温和的声音，"春霞妹子，别慌，其实这西餐，也没甚，还没一碗面实在，我第一次吃牛排的时候，刀叉都拿反了的，哈哈，别怕，慢慢学就好。"

张明凤一派过来人的口吻，主动站到春霞身后教她怎么使用刀叉，怎么切肉，当他的手握住春霞的手的时候，春霞都来不及抗拒，只是这样的"教学方式"，让春霞更觉紧张。而其他人的笑，更使得她这份紧张，灌注到了身体的每一个细胞。

14

"张总，我会了，我自己来……"春霞挣扎着脱离张明凤的"教学"，好在张明凤也没有强迫，他自然地松开手，回到座位，又开始了新一轮的话题。春霞就像个局外人一样，木木地切着小块的牛排，埋着头抿着嘴，好像这肉跟自己有多么大的仇恨一样。

男人依旧讨论着他们的话题，尤其是几杯酒下肚，说得更加热火朝天。此刻春霞总算歇了口气，话题的中心终于不是自己了。她匆匆地吃了几口菜，腹中翻腾的酒精也像是被抚平了一样，总算安稳了下来。

此时餐厅里面的食客也越来越多，嘈杂的声音汇聚在一起，像一首协奏曲一样。仔细听的话，隐约能听到大家口中都谈着近来发财的事情，合作的事情，生意的事情，也有港商操着一口粤语，间或夹着几句英语，交谈着，问候着。

"春霞，你怎么不给张总敬杯酒啊？"就在春霞以为已经没自己什么事情的时候，曹芳华却侧过身悄悄地在她耳畔说道，"你难道没看出来张总对你的意思？张总这是看重你，你可不能不识好歹，这可是你这小姑娘的福气，像他这样的青年才俊，以后的位置还指不定多高呢！"

春霞没有听得太明白曹芳华话里面隐含着的另一层意思，只想着这也是场面话，好赖曹芳华也是公司的副总，她的话总不能拒绝，便依着曹芳华的吩咐，起身敬酒，"张总，我也敬您一杯，感谢您对我的夸赞和看重，希望我们两家公司以后合作越来越好……"

"瞧瞧，瞧瞧，到底是读过书的孩子，这说话都是一套一套的！"高总夸着，卖弄着，就如同这个秘密他早已经知晓了。其余人也都纷纷附和，得知春霞是因为家里穷才没有去读大学，更是唏嘘，只是这些话让春霞心里面堵得慌。

这一刻，她有些想王永华了，想着他在大学的校园里面应该还好吧，想着如果自己没有辍学的话，这个时候应该也是在大学的象牙塔里，陪着王永华，同他一起自习，一起散步，一起探讨哲学和天文学，一起想象未来……可惜，这些事情，而今只能存在于她的想象……

怀着心事，春霞举杯一饮而尽，可这酒啊，一旦喝了，就没法再止住。春霞这酒，就停不下来了，先是敬张明凤，又是敬高山，剩下的两口子，更不能不敬，一口连着一口，瞬间就是五杯下肚。

春霞终于觉得想要吐了，这时候，张明凤"善解人意"地递过来一杯温水，还很心疼地说道："春霞妹子，你少喝点，不会喝，你莫要逞强！"

被人呵护着总是好的，春霞向张明凤投去感激的眼神，连忙接过水猛地喝了一大口，许是酒精被稀释，这酒意瞬间削减了三分，可春霞脑袋还是晕晕的。她想，自己肯定是醉了，她盼望饭局早点结束，盼望早点回到屋子美美地睡个觉！

但春霞想得太简单了。张明凤的话还没说完，高山就已经嚷嚷着"张总护花心切"，说什么春霞妹子不喝酒，那你就替她喝云云。伍云龙和曹芳华也都跟着起哄，话题便又扯到春霞身上，不过这次众人说得更加露骨。

春霞即便再笨，这时候也能知道这些人话里话外的那层意思了：张明凤看上她了，张明凤想跟她好……

春霞对这突如其来的"爱慕"和追求表现得正如她这个年纪的女孩子所应该表现的一样，懵懂、慌张而又略微觉得滑稽！

这才见过几面，这才说过几句话，这就能一个人跟另外一个人好？

骨子里的那些传统和保守，让春霞对这种"一见钟情"式的爱自觉地抵触和抗拒，她希望这也是几句玩笑话，几句酒后的醉话。

可事情的发展总是超乎人的想象，大家依旧继续着这个让春霞觉得分外尴尬的话题，聊到后来，就差直截了当地告诉春霞，张明凤喜欢你，想要跟你好，你同意不同意？

幸好这句话没人说破，春霞还能装作听不懂一样地埋着头继续切肉，直到冷却的牛排已经被切成小粒小粒的时候，她才听到张明凤犹如圣旨一样的一句话："大家莫要这么编派了，春霞是女孩子，女孩子脸皮薄，你们这么说，她会感到局促的！"

张明凤的话，还真像是圣旨一样好使，至少在晚饭结束之前，再没人继续这个话题了，不过他们的谈资可不会减少，这不，放开春霞，又立刻借着张明凤的升迁以及即将到手的权力做着探讨。这场开局热烈，中途尴尬，结尾依旧热烈的晚餐，在张明凤一句"以后有事就来寻我，你们的事，就是我的事"这样极具西北男人大包大揽风格的话里面终于结束。

春霞也终于不用再局促地手持刀叉，更不用再喝酒了。谢天谢地，从餐厅的阶梯走下来的时候，她就像是脱离了五指山的孙猴子，浑身都觉得轻松自在，至少，这外面的空气，是自由的，清新的……

"伍总、曹总，要没其他事情，我就先回去了，喝了酒，头有些痛！"春霞听到众人还准备张罗着去卡拉OK，立刻提出要回家。

"春霞，张总和高总都还想再玩玩，要不你就再陪陪？"曹芳华拉住春霞的胳膊，虽然这话是在问询，但里外都是不容拒绝。

伍云龙也站出来帮腔，"对的对的，年轻人，还是应该有些活力，再说了，明天是周末，公司又没安排加班，张总兴致正高，你可不能让大家扫兴啊！"

一瞬间，春霞有种想要说出"不可以"的冲动，可话到嘴边，变成了"我可不可以不喝酒？"

目睹了陈晓莉的离开，春霞不能让自己也丢了这份工作，即便那么不情愿，这时候也只能硬着头皮，暗暗咬牙保持清醒。

"这就对了嘛！"

另外的四个人都长长松了口气，在春霞看不到的间隙，高山还跟张明凤挤了挤眼睛，而伍云龙和曹芳华两口子也都满含深意地看了张明凤一眼。张明凤则将这些动作尽收眼底，然后不动声色地取车，招呼众人上车落座，随着发动机的轰鸣，车子径直往距离最近的一家卡拉OK驶去。

今夜，春霞真真觉得自己是见世面了，西餐、红酒还有卡拉OK，她没想过这些东西会这么快地进入自己的世界，即便过去她曾经幻想过，可当这些以眼前的这种方式来到她面前的时候，她又觉得这些东西似乎也没想象中的那么好。

坐在小汽车的后排，春霞强忍住想要吐的冲动，可是汽油味儿实在是太难闻了，下车的时候，她终于忍不住吐了。

"妹子，你还好吧？"张明凤等她吐完，递了张纸巾，满是关切地说道，"你进去先休息一会儿，等我陪他们一阵，就送你回家……"朦朦胧胧中春霞点了点头，现在她已经快被酒精麻醉了脑袋，意识也渐渐地不清晰。

卡拉OK里面发生了些什么，大家都说了些什么，唱了些什么，春霞真的已经记不清楚了，后来她隐约回忆起有人似乎想要翻她衣服，但好在冬天衣服穿得厚实，她侧了侧身，裹住了自己……春霞醒来的时候，已经是凌晨快一点了，这时候曹芳华和伍云龙正在合唱邓丽君的《我只在乎你》，曹芳华的声音很甜，伍云龙唱歌故意带点港台腔，这一曲罢，赢来阵阵喝彩。

"春霞醒了，来来来，春霞，你也来唱一首，陪你张哥唱一首……"曹芳华把话筒交给春霞，春霞紧张地攥在手里，"我不会唱，你们唱，我想先回家休息了！"

"这才几点，着什么急！"曹芳华倒像是急了，一把将春霞推向右手边的张明凤，"张总等你一个晚上了，你这妮子，还不快陪你张哥唱几首歌！"

"不唱歌就喝酒！"高山跟着起哄，伍云龙虽然没有开腔，可已经把话筒递给了张总，言下之意，不用说也都清清楚楚的。

"春霞妹子，你别紧张，唱歌很简单的，你喜欢唱什么，我给你点！"张明凤一边说着，一边自作主张地点了首《甜蜜蜜》，等到音乐已经响起，还不忘跟春霞说，"妹子，别怕，你就跟着哥唱就行。"

可这一刻，春霞丝毫不觉得甜蜜，也丝毫没有笑容，留给她的，只有尴尬，不知所措，直到一曲终了……

15

说是陪唱，可基本上都是张明凤一个人唱完的，春霞几次想要开口，然而脖子像是被人掐住了一样，愣是发不出一个音节。好在也没人责怪她，张明凤唱完，众人都在夸，一个劲儿轮番敬酒，春霞倒是被丢在了一旁，这又让她觉得难堪、觉得滑稽，可她的心情，无关紧要。

"春霞妹子啊，这唱歌就是胡吼乱答应……"可能是又喝了几杯酒，张明凤醉醺醺地把春霞拉到一旁，用一口陕北方言语重心长地说道，"妹子，哥的好妹子，哥想跟你好，你看行不行……"

这话挑明了，也就没了顾忌，张明凤借着酒意拉住春霞的手，一口一个妹妹，一口一个行不行，这委实把春霞窘迫住了。

春霞也没想过，这么一个高高在上的人，醉了酒竟然会这么的举止荒诞，她有些恼怒，挣扎着脱开张明凤的手，正儿八经地对他说道，"张总，你喝多了，你莫喝了，我先回咧！"

春霞要往外面走，张明凤将她拦住，"春霞，你不能走，你走了我咋办？你还没答应我呢，你不能走，你得跟我好才行！"

"张总，你莫胡说咧，我不跟你好，我有喜欢的人！"春霞红着脸，硬气地说完这句话，硬气地想着，这下张明凤总不能再纠缠自己了吧？

"你才胡说咧，我都问过你们伍总和曹总了，他们说你这娃还没谈对象呢，不过就算有，那又能咋样？我就不信，他还能比你张哥我好？"张明凤就像是说到什么天大的玩笑话一样，自个儿乐呵呵地笑着，他这模样，让春霞觉得就是太狂了，她心想，你就算再好，那也是你的好，我不跟你好，就是不跟你好！

秉承着老李家血脉里的那股倔劲儿，春霞毫不顾忌旁边已经停下来看热闹的另外三位，拿着手里面的话筒，像是要宣读什么一样，义正词严地对张明凤讲道："我说了我不跟你好，你就莫要纠缠我，人贵有自知之明，我李春霞攀不起你，今晚就当喝多了，好了，你们继续，我就先走咧！"

啪！

春霞万万没想到，自己的这句话，换来的不是放行，而是一个猛烈的巴掌，而这记巴掌的主人正是曹芳华。曹芳华比自己受了侮辱还要面目狰狞，她一个巴掌抡完，举着手摆出架势，母老虎一样，威风凛凛地说道："你胡说啥呢，人张总看得起你，才提出跟你好，你倒不识抬举了，我就问你，你还想不想在公司上班了？你还想不想要双份年终奖了？你要还想，就好好跟张总道个歉，跟张总好，不然……"

"春霞，你不要让大家不开心！"伍云龙也站了出来，脸色很不好看，他的话很短，分量却比婆娘说得还重几分。

"春霞，我看张总对你是真心真意的，你要跟他好了，有你这辈子都享受不完的荣华富贵，这是好事，你可不要浪费了机会……"高山扮演和事佬的角色，扮演得很到位，入木三分，但是这几句话，也把春霞所有的路子都堵死了。

张明凤的话总是出现得那么及时，那么恰到好处，他说："春霞妹子，我是真心想跟你好，虽然我大你几岁，但我会疼你的！"

这话比刀子还要锋利，一下子就扎得春霞慌了心神，这个男人是真的想跟自己好？春霞注视着他，想要从他金丝框眼镜下面发现点什么，但他就那么笑吟吟地任你看着，浑然看不出点什么。春霞很矛盾，按说张明凤的条件，是她接触过的男人里面最好的，也长得不丑，个子高大，就是有点瘦，这是这个男人的优点，春霞不能不正确对视，可这就是自己必须跟他好的理由吗？

就因为他的物质条件比别人好，她就要跟他在一起，那当初她早就跟曹贵荣结婚了。她要的不是这些，或者说她从没想过从男人的身上得到这些。

"张总，抱歉，我在老家已经订过婚了，再过两年我就得回去结婚，你还是喜欢其他人吧，比我好的姑娘多得很呢！"春霞找了个托辞，她想，话都这么说了，张明凤也就不会再纠缠了吧？

可她这话才说完，几个人就笑了起来，曹芳华就像个拉亲说媒的媒婆一样，脸色一变，又笑嘻嘻地谈道："春霞，那更合适不过了，你张哥只是想跟你好，没想着跟你结婚，他在这边有老婆了……"

"啥？"春霞感觉自己一定是听错了，张明凤有老婆，这个男人有老婆？这个男人想跟自己好？是不是自己喝多了，听糊涂了？

"春霞妹子，我也不瞒你，哥在深圳已经安了家了，可是家里那是个母老虎，你别看哥在外面威风，回到家里，命苦得很。哥也想有自己的爱情，而你就是哥的爱情，哥想跟你好，哥见你第一眼的时候就喜欢你，你跟哥好，你想要啥哥都给你，你就算是想以后跟哥结婚，哥也可以答应，那个婆娘，哥早就不想要了！"张明凤一边说着，眼泪一边往下流，说得那叫个情真意切，那叫个涕泪横流，这番话说完，像是把另外三人都感染到了一样，大家都上前拍着他的肩膀，给他安慰的话语。

荒唐，太荒唐了！

春霞觉得这比秦腔戏里面陈世美的戏份还要荒唐，一个人有老婆有家庭，怎么还能对另一个异性说喜欢？说爱情？说想两个人好？她从没听说过还有这样荒唐的事情，也从没见过把厚颜无耻这几个字能表现得这么淋漓尽致、这么尽善尽美的人！

可怕，太可怕了！

春霞想要逃离这个地方，逃离这些人，不管什么代价，哪怕是丢了工作，哪怕是没了即将到手的年终奖,就算失去再多,她也要离开,这些人,把她春霞当做什么人了?

小三?

小姐?

春霞被这些人的荒唐言行惹得不由得笑了出来,"张总,谢谢你的好意,但我不是那样的人,我回家了,你们继续玩!"

"你不能走!"曹芳华拦下春霞,"你必须答应,不然明天我就让你从公司走人!"

张明凤开始劝说,说什么这没事,这不重要之类的,可是太假了,太虚伪了,春霞越发觉得这个男人恶心,她又突然想起那天曹芳华带人捉奸的场面,想到了王明芳那张局促的脸,她不能那样,她不想成为第二个王明芳,不想被别的女人堵在门口捉奸撕打,她浑身打了个寒颤儿,满身鸡皮疙瘩,皱着眉,二话不说就径直走了。

身后,曹芳华和伍云龙已经在破口大骂,说她是个白眼狼,说她不识好歹,说她就是个贱命,让她滚,让她再也不要来公司……

春霞的眼泪,止不住地往下流淌啊,收也收不住,她一肚子的委屈,想找个人说。可走出歌厅,来到大街上,一个能倾诉的人都没有。这一刻,有种叫做孤独的感情爬上了她的心头,她开始想家,想父亲,想弟弟。她想,父亲要是知道有人这样"作践欺辱"自己的女儿,怕是要跟那人拼命吧?她一点儿都不怀疑,她知道父亲一定能做得出来!

越是这么想,春霞越觉得委屈越是想哭,她一边抹着眼泪,一边往出租屋的方向走,到街边巷口的时候,注意到巷口正有个人朝她望着。

是杨小兵!

春霞看到是他,就像溺水时突然抓住了救命稻草一样,几步跑过去,捶着他的心口骂道:"你是个木头吗?你是个死人吗?我被人欺负了,你都不知道来帮我,杨小兵,你们男人都太不是东西了,你走,你走,我再也不要见到你!"

杨小兵浑然不知春霞的身上发生过什么,可是部队里面培养出来的那份冷静和智慧,让他隐约猜测到了点什么。他看着这样的春霞,心中的火焰砰地就蹿了起来,"春霞,别怕,走,谁欺负你,你告诉我,我给你去报仇!"

大不了蹲牢房,大不了把命搭上,可他不允许有人这么欺负春霞,这些混蛋,竟然连这么可怜的女孩子都要欺负!

"你莫去,莫去,小兵,对不起……"春霞猛地意识到自己不应该把杨小兵也牵扯进来,他还年轻,还有未来,不能因为自己犯什么事情,再说,她又算什么,值得杨小兵替自己出头?

"你说,是谁欺负你,我去找他!"杨小兵肚子里面有股邪火,要是不让他发泄出来,他觉得自己整个人都会被憋炸了!

16

杨小兵争着要找伍云龙这些人算账,春霞却不想了,她累了,这个时候她只想洗把脸,裹着被子好好睡一觉。兴许,这些只是一场梦,梦醒了,便什么都过去了。她只当今晚的一切荒诞都是一场噩梦,那些丑恶的嘴脸,都是梦里面的妖魔鬼怪,因为真正的人可不会做这些事情啊!

"小兵,你回去,我没事,我没事……"春霞推着让小兵走,她有些怕,可具体是怕什么,她这时又讲不出来,她只想一个人安静地睡一宿。

杨小兵离开了,春霞回屋脸都没洗就和衣躺下了。这一夜,她做了个噩梦,先是梦到曹贵荣,紧接着又梦到张明凤,梦里,两个人龇牙咧嘴地扑向自己,他们想要强暴她,等他们离得越来越近,春霞又发现那两张面目可憎的脸庞,悄然变成了杨小兵的模样……

"不要!"

春霞从梦里面惊醒过来的时候,已经是天亮了。

春霞坐在床上,呆愣地看着窗外,心里百感交集,只觉得这世道太艰难,和小时候听那戏里唱的没啥不一样。她心想自己就好比那窦娥,甚至比窦娥还要委屈,窦娥还有自己的爹爹能伸张正义,可是自己呢?她心里的这些苦闷,这些委屈,又该去与谁倾诉?

此刻,孤独侵蚀着春霞的身心,她有些想家,想父亲,想弟弟,想村头的那座黄土山,想那里的一切,可是,她知道自己不能回去!

"贼老天,你还要欺负我成啥模样,你还想把我欺负成啥模样?"一个女人,从大山里逃婚出来,已经被捻成渣,老天似乎还看她不顺眼,要用些手段,把她化作灰,一点尊严不给,风一吹就跑才行。

床头的镜子里面,她整个人头发乱糟糟的,但是春霞没有心思整理,她用手梳着,渐渐就哭出了声,一是头发丝扯开时,头皮被拉得疼,二来,心里实在是委屈,也没个人疏解。她想自己可真是命苦,不都说三十年河东三十年河西吗?但她春霞的好日子到底什么时候才能来啊?

突然响起了敲门声,杨小兵的声音在门外响了起来:"春霞,起床了吗?我给你带了点早餐……"

春霞擦了擦眼泪,从床上起身,心中有些暖意,但人到门前,便立住了,没有上去开门,"杨小兵,你走吧,你别以为给我一些小恩小惠,就能从我这里得到什么，如果你打的是这种心思，就赶紧走吧！"说完这些话，春霞赌气地准备回到床边，门外却再次响起杨小兵的声音："春霞，你如果不想见我，我就把东西放你门口，你快些拿进去，别冷了。"

这话说完，饭盒落地的声音响起，听着像是它们已经被放在了地上。春霞站在原地，心里在犹豫，最终听着脚步声渐远，她才叹了一口气，打开门缝，看向外面。巷子口，杨小兵离开的身影还是那么干脆利落，可春霞心里面没来由地咯噔了一下：杨小兵，你彻底地走了吗？

杨小兵已经走了，门脚放着杨小兵常用的铝饭盒，还有一袋橘子和苹果，她将东西都提进来，打开饭盒盖子，看着饭盒里面的肠粉，心里面的愧疚就像那黄河水一样，哗哗哗止也止不住地涌了出来。

做错事的并不是杨小兵，而是张明凤、伍云龙这些坏人，结果自己却把所有的怒气都发泄在了杨小兵身上，这是多不应该！这是多么荒唐！春霞想起父亲给自己常说的那句人要懂得知恩图报，想到这些，她心里面更加惭愧，杨小兵为她付出了那么多，可到头来，自己只能给这个男人添麻烦！

"走了好，小兵，你不要再见到我了，我是个坏女人，不值得！"肠粉的香味十分诱人，她没有过多克制，直接大口吃起来，眼中闪动着坚毅的神色。她想，杨小兵最好就这样永永远远地别再理自己了……

一边想着这事，春霞又一边想着以后，公司显然是不能继续待下去了，伍云龙、曹芳华两口子怕也没那么好心会留自己，与其被这两口子欺负，还不如去找找其他工作，至少在销售这一块，经过这么久的工作，她已经很有心得，就算换一家公司，也不会拿不起。

只是想到工资还有一个半月卡在账上，春霞觉得必须想个法子把它要回来。钱没有错，何况这些还都是自己的辛苦钱、血汗钱！春霞心想自己周末先看看有没有新公司招人，等到下周一就去伍云龙那边辞职清算自己的工资。

吃过早餐后，她洗漱一番，心里知道关键时刻只能自己帮自己，其他人都不顶用。看着镜子中梳妆整洁的自己，干练明快，她稍稍地振作了一些信心，视线离开镜子之前，她低声自语："你不算漂亮，你只是不丑。"这座城市的诱惑太多，她不想自己的心境被那些牛鬼蛇神破坏。她还是那个她，她还要走她的路，谁也拦不了，天道昭昭，她不信老天会由着这些坏人作恶，她也不信自己这双手养不活自己！

从出租屋走出来，刚到巷子口，她就看到了一个熟悉的身影，不是别人，正是刚才给她买早餐水果的杨小兵，他像个愣娃一样，踢着脚步。春霞看到他，忍不住就笑了，走到跟前，她故意隐藏起嘴角的笑意，板着个脸问道："你是不是傻，这么冷的天，你守在这里做什么，不用去上班吗？"

杨小兵满脸的笑容，也不在意春霞的说辞，直直问道："怎么样，心里好受些了吗？你要还不开心，今天我就带你去找伍云龙，我非要打断他的腿、他的胳膊，我看他以后还敢不敢动这些歪心思，我看他以后还敢不敢让人欺负你！"

春霞心中感动更甚，她看着这个男人，心里的那些冰冷，就像是遇到了暖烘烘的太阳一样，全都消融了，全都不见了，"好些了，你不是要工作吗，快去吧，不用担心我的事。"

杨小兵心底还是觉得不安，他怕春霞钻牛角尖，温和醇厚的声音响起，"春霞，你要信这老天爷是长眼睛的，那些欺负你的人，肯定不会有好下场，再说，还有政府还有公安法院，他们以后还敢欺负你，咱们就去告他们！"

"我知道咧，小兵，谢谢你！"春霞由衷地感谢，但心中对杨小兵更觉愧疚，杨小兵难以察觉到女孩子心底这些细腻的情绪，他只是说道："春霞，你接下来准备做什么？我可以陪着你，你一个人，我不放心。"

春霞心中思索一番，还是将自己的计划说了出来，希望他作为一个旁观者，能够给点建议。听完春霞的打算，杨小兵点头道："没问题，等你周一去找那个混蛋要工资时，叫上我。我也要跟他算个账！"

"小兵，你莫要惹事……"

"你放心，我不会乱来！"

两人别过，春霞就往人才市场找去，这次换新工作她不想再麻烦杨小兵或者舅舅，在深圳这么久了，她自信找份工作还是容易的！

街道上，依旧是忙忙碌碌的工人，春霞看着他们坚毅而又充满朝气的面孔，心里面那些不快很快就烟消云散。这毕竟是个充满朝气的城市，那些龌龊那些不好，也都只是这座城市犄角旮旯里面见不得光的一小撮而已。

乘龙家电大楼内，春霞来到人事部，在门外的长凳上坐着等待。这已经是她跑的第三家公司了，前面两家都是日化品销售，但春霞心底里没底气，她能想得到，一旦这些人知道自己"得罪"了张明凤这么一号人物的时候，只怕自己就算进去，也怕是没几天就又要被赶出来！

"也不知这家家电销售公司能不能留我……"春霞想着心事，在她的身边，还有三名和她差不多年纪的男女，他们衣着光鲜，且不论谈吐举止，光是身上散发出来的精气神，就把刚在挫折中蹚过一回的春霞比了下去。

人就是这样，总会怀疑自己，尤其是刚刚历经挫折沮丧。但是有一点春霞很清楚，那就是她必须尽快找到工作尽快赚钱，年底了，她还想再多赚钱寄回家里，想到家，春霞的身上又充满斗志。

突然面试室的房门被打开，一个西装革履的男人垂头丧气地走出来，皮鞋跟在地上哒哒响，像是给人下死亡通知书的死神钟声。春霞注视着这个男人，直到他走出拐角，离开她的视线，她都没有找到这个男人身上有什么不足的地方。

身边的几人也因为男人的失败而变得局促不安，但他们脸上都带着若有若无的微笑，让自己显得比别人自信一点。

面试室内走出一个二十出头的姑娘，手里拿着写字板，手钩着门把手问："谁是李春霞？"

春霞猛地站起来，连忙点头说："我是。"

第7章
/ 倪姐 /

1

负责面试的姑娘抬眼看了看春霞，随后对她招了招手，"到你面试了！"她缓步走过去，不料坐在她右手边的男人也站了起来，眉头紧皱地大声问道："她来得没我早，为什么先我一步接受面试？"

春霞停下步伐，那门前站着的姑娘皱起眉头，把写字板上夹着的文件翻了翻，脸上露出抱歉的笑："不好意思，翻错了，确实是你先，那你先进来，李春霞，你等一下，下一个就是你！"

知道是闹了乌龙，春霞重新坐回座位，那男人挺直身体，和姑娘一同进入面试室，经过春霞的时候，还故意哼了一声，似乎是觉得春霞抢了他的机会一样。春霞只觉得这人太幼稚无理，可也没往心里去，她一门心思地想着马上到来的面试。

门关上后，春霞身边另外两名女生就开始窃窃私语，大概是不小心，也可能是故意让春霞听见，两人指指点点地说春霞一看就是走关系进来的主儿，刚才进去的男人就是个愣头青，还敢冒犯顶撞，两人打赌，男人肯定进不了这家公司。

春霞心中觉得好笑，看了她们一眼，心想自己要真是关系户那就好了，也就不用这样紧张了。她没有理会这两人的闲言碎语，世上的闲话多了去了，这不是她该关心的，而两个女孩见到春霞没有什么反应，就更加没有避讳，反而嘀嘀咕咕讨论起春霞的名字来。

本来内心平静的春霞,这个时候脸不由红了一阵,她不是傻子,知道她们是看她"土气",在拿她开涮。也许自己该改个名字?春霞想了一阵,又摇了摇头,这名字还是母亲给自己取的,好得很好得很,谁的名儿都没她这个好!

时间一晃,刚才还傲气的男人走出面试室,脸上满是不甘,显然是黄了,一种叫做沮丧的情绪开始在男人的身上蔓延,而这情绪也影响到了正在备战的春霞以及另外两个女孩。

春霞身边坐着的女孩推了一下她的手臂,朝男人抬了抬下巴,像是在说:"你看,我说的没错吧……"又好像是在说:"姐姐,你要真是关系户,等会儿可一定要关照关照我……"

男人在门口踌躇两步,在关门前,对着室内大喊:"你们不要男销售员就直说,整这些幺蛾子做什么?浪费我时间!"说完,男人瞪了刚才说闲话的两个女孩一眼,气呼呼地快步离开。

"这都是些什么人,自己实力不行怪人家写错招聘广告?"

"肯定是气急败坏了嘛,这种人,我见得多了!"

两个女孩还在热火朝天地讨论,两人将目光对准春霞想让她发表一下意见,春霞却缄口不言。她只想找个能够好好工作的下家,但从刚才到现在的情况来看,这家公司,指不定内部也和她以前工作的地方一样浑浊不堪。

春霞内心打起退堂鼓,她可不能才走出狼窝又进了虎穴!

男人大发脾气离开后,喊名字的姑娘出来过一次,但并未喊谁的名字,只看了几眼就重新把身体缩回门内,关上门,木质的门砰地重重响了一声,将春霞和另两人吓了个不轻。

"得嘞,经那莽汉一搅和,我们也跟着遭殃,没办法面试了。"一女孩收拾着红色小包准备离开,而另外一个女孩,也停止了闲言碎语,只是紧张地盯着面试室的木门,显然她也不想丢掉这次面试的机会。

春霞偷偷注意着她们的举止,心中更觉好笑,人就是这样,表面上看着不在乎,其实心底最在乎。言不由衷,也是人类的一大通病。春霞不记得这是从哪本书上看到的,但现在觉得那位作者将人性的这一点刻画得简直入木三分!

啪嗒一声,面试室的木门终于打开了,刚才那个负责点名的姑娘脸色不太好看,指了指春霞道:"李春霞,你来吧,到你了。"

春霞点头,整理了一下衣着,努力让自己镇定下来,然后快步走进面试室。不知是不是错觉,就在她准备关门的时候,她听到了窃窃私语,那两个坐在椅子上的女人,像议论刚才那个男人一样议论自己……

面试室里,正中间有一张大圆桌,贴着墙左右各有三张办公桌,看样子这里除了是面试室，还是公司员工日常办公的地方。大圆桌前坐着两个女人，一人四十来岁，戴着金丝眼镜，此刻正翻看着春霞略显单薄的简历。另一人则衣着靓丽，长发披肩，正是刚才叫春霞进来面试的年轻女孩。

中年女人头也不抬地指了指她对面的位子，"李春霞，坐，你先把你的基本情况说一下，我们做个了解！"

春霞恭敬地弯腰，也不敢真的坐下，她先自我介绍："领导好，我是李春霞，来自西北陇原，之前在被服厂和日化品公司做过工，这次来公司是想应聘销售员的职务……"

中年女人放下手中的简历，抬了一下金丝眼镜，审视她一番之后，打断了春霞的话，皱眉问道："你是高中毕业？"

春霞还未来得及回话，旁边的靓丽女人就抬手让她先坐下。

春霞落座后，梳理了一下发丝，点头道："我确实是高中毕业，因为家里经济条件不允许，就没有上大学。"

中年女人摇头，拿起简历，翻到后面的空白处说："高中毕业证的复印件怎么不贴上去？该不会是谎报学历吧？"

春霞一愣，脸上一阵红一阵白，不知道该说什么好，当初她逃得匆忙，出来的时候只带了一个身份证，毕业证并未带在身上，自然也就没有毕业证的复印件。

看她不说话了，中年女人拿起红色圆珠笔，摇了摇头，准备在一旁的表格上画×，显然是准备把春霞当做弄虚作假的人来对待！

"哎，倪姐，没必要这么严格，我看她还很老实，应该不至于作假……"靓丽女人笑着说，把中年女人手中的笔捏住。

春霞呼了口气，她觉得自己可以再争取一下，连忙说道："领导，我真的是高中毕业，你要不信，可以出一道题考考我，而且我真的很在意这份工作，马上过年了，我想多赚钱给家里寄回去……"

春霞这话一出口，并未引得面试官的嘲笑，大家反而用认真的目光看向她，神情里面多了一些凝重。

"不用出题考你，我们这里最主要还是看个人实力。"靓丽女人沉声说，将简历上她填写的工作经验指了指，"你说你之前在日化品销售公司干过，你把你以前的工作讲一下，我们听一听！"

"这个我可以保证绝对真实。"春霞诚恳地说，她很感激这个年轻女孩能给自己再次尝试的机会，春霞连忙把自己在日化品公司所学的那些技能简单说了一道，然后又将自己的业绩讲了讲。要想留下，她就必须把自己的真本事拿出来。

"那你干得这么好，又为啥从日化品公司里面出来？"中年女人的问题很刁钻，但这个问题让春霞又不得不面对，她不知道是该说真话还是说假话，一阵犹豫之后，就在两位面试官快要不耐烦的时候，春霞将得罪张明凤和伍云龙的事情原原本本地说了出来。

说完这些话，春霞就等着她们宣判自己的"死刑"，她不信在明知道自己得罪手握重权的张明凤之后，这家公司还愿意留自己！

只是让春霞万万没有想到的是，中年女人不仅没有直接宣判自己"死刑"，反而还认真地对她说道："销售员能不能卖出商品，需要的专业知识并不多，但对产品要有足够的了解，否则自己都不了解的东西，如何能够推销给客户？你在上家公司做得很好，不过我们是做家电销售，能不能适应，还要看你个人本事！"

倪姐自身也并没有多高的学历，她反感的是不学无术的那种年轻人，对春霞这种自身能考上大学，但没条件上的年轻人，心中有着一些同情。尤其是当听到这个女孩险些在异地他乡遭人欺负，面对那些诱惑还能选择坚守本心，她就决定给春霞一个机会。

她将一摞十几张的文件递给春霞："从现在开始，给你十五分钟，你要把其中介绍的这几款机器记个大概，型号、优缺点、价位……"

一连七八个注意事项，春霞听得脑袋有点乱，来不及答应，先把文件接到手里。只见每张纸上都布满了表格和数字，总共加起来，少说有七八百字，而这些，她得在十五分钟内全部记下来。

春霞知道，这应该是最后一关，自己要是能顺利通过，那么这份工作也就顺理成章可以得到，反之……

春霞握了握拳头，暗中给自己鼓劲加油：李春霞，你可以的！

2

春霞认真看起密密麻麻的文件，上面的内容虽然多，但主要都是介绍产品的各项参数，她心中默念着刚才倪姐所说的注意事项，开始对所有电器的信息进行分门别类，然后开始默诵记忆。

靓丽女人在一旁看着，脸上露出笑意。她已经很少遇见春霞这种不看事情可不可能，而直接去做的人。女人低声对旁边的倪姐说道："倪姐，我看她还是好的。"

倪姐脸上也露出满意的神色，目前为止，春霞在她这边已经算是基本合格，是否录用，就看等会儿的询问环节，春霞能够答对多少。倪姐自然也知道这一关有点难，但是她要通过这件事情，先看到一个人的态度，能不能做到是一回事情，敢不敢做又是另外一回事情！

时间过去十分钟，春霞已经挪了位置，在一旁空着的办公桌前认真记着各项产品参数，春霞的心里也很没底气，这上面的有些机电设备她见都没见过，这一时半会儿让她摸透根本不可能，她现在能做的就是死记硬背！

春霞记忆的时候，外面等待的一个女孩也被叫了进来，女孩的表现十分得体大方，很容易就进到了下一个环节。同样，负责面试的倪姐将一份电气设备的规格报表递给她，让她在十五分钟后接受问询。

当女孩看到文件上面密密麻麻的内容，而且是要在十五分钟内记下时，女孩发出一声冷笑，也不管面对的是公司的主管，直接把文件丢在桌上："不就是一个销售员的位置吗，整这么多花里胡哨的东西，还要背这么多资料，你们招科研人员呢？"

"哎，你这是什么话，是我们求着你来应聘的吗？"靓丽女人站起身来，指着女孩的鼻子就骂，"像你这样的，到哪里都找不到工作！"

女孩瞥了眼埋头背诵的春霞，冷声道："你们也就骗一骗山里来的傻妞，我不和你们折腾。这么多字，十五分钟记下来，你们哄鬼呢！"说完这话，女孩哼了一声，提起小包就往门外走。

到了门外，女孩还不忘对楼道里面的另外一个女孩添油加醋地描述事情的可怕，最后，还带着一抹嘲讽说道："像他们公司这样面试，迟早都要倒闭，走吧走吧，咱们还是重新再找一家公司吧！"

很快，她俩吵吵闹闹地离开了，而面试室里面的气氛更加地紧张尴尬，春霞的手心里面更是捏了一层汗，时间刚过去一刻钟，倪姐就从圆桌起身来到春霞身旁，她低声问道："记得怎么样了？时间到了，我可要考核了！"

倪姐的话语十分冷淡，显然因为刚才的事情心情有点差，而这时，靓丽女子起身说道："倪姐，要不再等一下，刚才他们打扰了几分钟，要不让李春霞再记几分钟？"

"小陆，你记住，规矩就是规矩，谁也不能破坏！"倪姐冷冷地回了一句，就说道，"李春霞，准备好了没？"

春霞把手中的文件放回桌上，咬着嘴唇说道："差不多可以了。"

房间内开始变得安静，被倪姐唤作小陆的靓丽女子暗中摇了摇头，似乎是说春霞不应该这么冲动，又似乎是在说这么短的时间，还被其他人打断，是完全不可能记住的。小陆紧张地盯着春霞，也暗暗为她加油，这样一个朴实的女孩，她是多么希望她能够留下来！

作为在乘龙电器工作了十几年的老员工，倪姐对产品的参数已经了如指掌。她把桌上的文件翻面盖住，直接问："你先说一下公司目前经销的几款电视机的规格、报价以及优缺点。"

"目前公司代理经销的电视机分别有国产的金星牌电视机、飞跃牌电视机、福日电视机以及从日本进口的索尼电视机，金星牌电视机由上海电视厂生产制造……"春霞开始时有些紧张，可说着说着，脑海里面记忆的点全都涌现出来，虽然有些规格参数什么的她也不懂，但资料里面写着的，她都大概记了下来。

看着春霞一本正经地将资料表上的电视机参数如数家珍报出来，倪姐和小陆脸上都浮现出一抹激动，尤其是倪姐，她怎么会看不出来春霞纯属死记硬背，而且说的过程里面还有些错误疏漏，但是，倪姐看重的是春霞的这股子劲头，春霞身上的这股子敢拼敢闯的劲儿让她回想起了刚刚到深圳打工时候的自己！

"好，很好，你再说一下公司经销的几款洗衣机的性能、规格、价格！"倪姐心里面尽管已经确定了答案，但还是不动声色地继续提问。

经过了最初的紧张，春霞已经适应了，后面的考核，对她来说已经没什么难度了，一口气，她就将自己记忆的相关数据说了出来。

这样的一问一答持续了好几分钟，春霞的回答虽然不是全对，但可以说是八九不离十了，倪姐和小陆不禁有些惊讶，想不到她的记忆力如此得，两人暗中点头。就在最后一个问题提出，她的回答再次正确时，倪姐对春霞说道："李春霞，恭喜你通过考核，等会儿让小陆带你办理一下入职手续。"

"谢谢倪总，谢谢倪总！"春霞万分感激，终于有工作了，终于不用担心了，哪怕未来的路还模模糊糊看不清楚，但至少她又有了一个能安身立命的地方了。

办理入职手续的时候，通过简单的聊天，春霞才得知，小陆名叫陆媛，求学的遭遇和她相似，因为父母下岗，她只能放弃上大学，让弟弟继续读书，而她只能提前进入社会打工。陆媛讲完这些经历的时候，还不忘感激地说道："幸亏来深圳之后遇到了倪姐，你别看她平常冷着脸，但是她待人极好的！"

春霞点了点头，这些她都能感受得到，但她现在还不愿意想那么多，她现在只想好好工作好好赚钱。

陆媛看到她有心事，便好心说道："你也不要常想着那些不开心的事情，做人嘛，还是要常往前看，我以前也觉得自己命苦，可是现在一切不都好起来了吗？你要多点信心，以后有什么困难，就跟我还有倪姐说，不管是工作上还是生活上，我们都会帮你的！"

春霞再次感激，感受着新公司的人情世故，她心里面也多了些信心，至少，这里的领导不会像伍云龙那样。春霞办完入职手续，就问自己主要做些什么，她很多东西都还不懂呢，得尽快学习才行。

陆媛说道："没看出来你还是个风风火火的性子，本来还想着让你休息一两天，等到星期一再正式进入工作呢，不过你要着急的话也行。那个小邱，你过来一下！"

陆媛挥了挥手，叫来一个和春霞年纪相仿的小姑娘吩咐道："这是咱们公司新来的李春霞，你们年岁都差不多大，前一两个月小邱你就多带一带她，有什么问题，你们找我。"然后又对春霞夸赞了一番小邱的能力，说完这些，陆媛就忙自己的事情去了，留下春霞和小邱交谈。

小邱是个自来熟的性格，没几句话，就已经一口一个"春霞姐"地叫了起来。春霞有些不好意思，虽然自己比小邱大两个月，但是按照工作上的规矩，都是新人喊老员工哥啊姐啊的，哪有反过来的道理？

"盈盈，我看咱们就不要这么客套了，以后工作上你就是我师傅，私下里咱们就是好姐妹！"春霞拉着邱盈盈的手，像是对妹妹一样亲切地说道。

邱盈盈自然无不赞同，然后就带着春霞开始熟悉公司的情况。从公司领导到下面的员工，再从公司的经营范围到公司的运作情况，邱盈盈都说了一些。可能是女孩子喜欢讲八卦，邱盈盈还悄悄地把公司里面一些员工的趣事都一股脑儿地说给春霞听，仅仅一个下午的时间，春霞就把公司里面的大小情况都掌握了。

下午下班，春霞收拾东西准备回家，没承想又被邱盈盈拦住，邱盈盈非要请春霞吃饭，这让春霞更觉得不好意思。春霞没有拒绝邱盈盈的好意，只是吃饭付账的时候，自己提前把账结了，她不能这么不懂事。不过就因为这一顿饭，邱盈盈对她更好了，还说明天早晨要过来叫春霞一起上班。

春霞笑着送邱盈盈离开，她满怀喜悦地回到出租屋的时候，发现杨小兵站在门口正等着自己，春霞按捺不住心里面的激动，走上前把自己找到工作的事情分享给杨小兵，"小兵，这家公司的人真好！"

杨小兵也替她觉得开心，看着春霞满脸的笑意，杨小兵也暗暗松了口气。他提出要庆祝庆祝，春霞也没拒绝，两人走到巷口，点了点儿烧烤，又一人喝了瓶啤酒，算是庆祝春霞找到了新的工作。

3

春霞讨论着新公司的气象，讨论着赶在年前还能挣多少钱，她傻呵呵的模样，落在杨小兵的眼中是那么的美好。

"我明天就去伍云龙的公司，去要我的工资！"虽然找到了新工作，可是春霞还是惦记着她的那份工资。虽然不多，只有五六百块，可是那是她的血汗钱，她得想方设法地讨要回来。

"我陪你！"

"你别去，我自己去就可以！"

春霞倔强地拒绝了杨小兵的好意，她不想将这个男人拖入自己的这些麻烦事里面，她觉得自己是可以承担这些的。

杨小兵还想继续，但是被春霞故意岔开了话题，最后杨小兵心想就让春霞先自己去一趟，反正光天化日、朗朗乾坤，他不信伍云龙吃了熊心豹子胆敢动春霞一根手指，要是伍云龙真敢那么做，就算拼了半条命他都要他好看！

　　第二天早晨，春霞就独自一人前往原先所在的公司。刚到公司，众人看她来了，纷纷投来奇怪的目光，好似她这个人，不该出现在这里才对。看到这些，春霞就知道伍云龙和曹芳华应该已经在公司里面说了些什么。

　　走得近了，春霞隐约听到那些闲碎的言语，都是在讨论她的相貌和身材，说什么这个女人真不要脸，居然敢勾引供销社的张主任如何如何。听着这些恶心的话语，春霞既为自己已经离开这里感到庆幸，又为伍云龙和曹芳华的无耻行径感到恶心！

　　显然，这两口子在公司里面散播自己如何勾引张明凤的不实消息，这完全是污蔑诽谤。春霞非常气愤，她匆匆走过这些长舌妇的身前，但几米长的路，眼下却变得格外漫长，她只感觉无形中有无数根针在扎她的背。

　　不过春霞没有半分退缩，她知道自己既然来了，就不能逃走，否则最后吃亏的只是自己。

　　"你们干吗呢，不用干活了？"伍云龙的声音从员工办公室入口响起。四下变得安静，伍云龙眯着眼过来，看到春霞，心中好奇她是想开了，还是来找麻烦的。

　　不过伍云龙显然对那天晚上春霞没有给他面子很愤怒，他冷着脸直接说道："你这女人，还好意思出现，你勾引张主任，要不是张主任意志坚定，只怕还落了你的陷阱，春霞啊春霞，我没有想到你竟然是这样的人！"

　　伍云龙这些话，落在春霞的耳中，让她身体不易察觉地打了一个寒颤，春霞只觉得这人太恶心了！居然还能编派出这些话语来污蔑自己，春霞瞪着他，想看看这个男人还能无耻到什么地步！

　　伍云龙似乎是被春霞的目光盯怕了，他大步流星走到她身边，抬手一拦问："你来这里还想做什么？你快滚吧！"

　　春霞侧眼看向伍云龙，就像是看一个小丑，春霞沉声道："我来结工资。"

　　听到这话，伍云龙有点不敢相信自己的耳朵，忍不住笑道："你是做梦呢，还是没睡醒？那天你干的那些事，损坏了公司的声誉，我没有找你麻烦索要损失和赔偿，你竟然还敢跟我讨要工资，谁给你的勇气？你这女人怎么这么不要脸？"

　　春霞咬着牙，知道和他多说无益，便没有多言，直接往他的办公室里面走。她还不想把那些话都说出来，更不想被人当做泼妇一样看待，直到这一刻，春霞还是克制的。

　　就在她要伸手扭动门把手时，伍云龙先她一步抓住了门把手。"这里不欢迎你，出去！"伍云龙脸上满是不耐烦，快速摆了摆手。

春霞没有强行进去，而是低声警告伍云龙如果他还是这个态度的话，她就要去公安局、去法院告发检举，到时候不要说伍云龙，就是张明凤也都要跟着一起倒霉。

这话一出，伍云龙冷笑，嘴里冒出一句："你这是找死！"

春霞坚定道："我只是想要拿回自己应得的工资，当然，你要是不信，你也可以试试，我就这一条烂命，我不怕陪你们折腾！"

短暂的沉默后，伍云龙松开了捏着门把手的手。这件事有点麻烦，他不敢冒险，最重要的是这些年他的生意，可不全都是正规的，还有些偏门生意，都是摆不到台面上的。这些若是给公安的人知晓，他这公司甚至他这条命怕都是要搭进去！

春霞扭开门把手，映入眼帘的是一张老板椅，老板椅上坐着的正是曹芳华，看到曹芳华也在办公室，春霞冷声哼了哼，这个女人，在她看来同样面目可憎！

伍云龙干咳一声，曹芳华瞪了眼，随即露出笑脸："春霞，你终究还是想通了？怎么样，张主任那边可还是在等着你的回话呢！"

春霞面色坚定，理都没理曹芳华的无耻丑恶，她开门见山地说出了自己的要求。说话间，曹芳华的脸色变得越来越难看，最终一双血红的眼睛直勾勾瞪着她，像是要把她吞了。

"你当我是吃素的，那天晚上让你安然无恙地走了，现在还过来敲我竹杠?！"曹芳华冷声道，搁在桌面上的拳头紧握着。

春霞脸上没有表情，但心里五味杂陈，若不是有那么一个"自己应得的"想法驱使着她，她可能一秒钟都扛不住，直接转身逃走。

"那都是我应得的，你们要是不给，我就到法院、到公安局告你们！"春霞此刻是豁出去了，她怕什么，她什么都不怕。杨小兵说得对，天塌下来，都有党和政府给他们撑着呢！

"你！"曹芳华腾地站起身来，走到春霞身边，双手抱胸道，"告公司？春霞，你是不是翅膀硬了？你信不信我晚上就找几个人把你揍一顿？"

伍云龙这个时候也出言威胁："对，你还敢威胁我们，你信不信我今天让你出不了这道门！"

"你们这是犯法！"春霞气得浑身发抖，她无法想象曹芳华是如何做到这样无耻这样野蛮的。她感觉自己根本不是在和人对话，而是在和两个禽兽说话，不对，说他们是禽兽都是在抬举他们，他们是禽兽不如！

气愤让她喘不过气来，满肚子的委屈刺激着她的泪腺。时间一点点过去，她调整好呼吸，脑袋微微上抬，心中明了，现在倘若哭了，她就彻底地败了，败给这帮禽兽了！

"好好好，既然你不愿意结算我的工资，那算我打扰了。"春霞嘴角微微一笑，她不想跟他们纠缠了，人和畜生有什么可谈的？说完，她便十分干练地往门口走。

看到这一幕，伍云龙和曹芳华都不由愣了一下，她刚才摆出的架势可不是这样，现在突然放弃，且整个人散发出来的气息，似乎变了。

伍云龙给曹芳华使了个眼色，曹芳华快步过去，要抓春霞的手臂，不料却被她利落地打开。

"你还不得了了，白眼狼，真把自己当个东西了……"曹芳华大喊，手已经往春霞头发上抓。

春霞先一步把办公室的房门打开，就在头发快被曹芳华抓住的时候，侧身躲开，猛地推了曹芳华一把："你别碰我，既然你们狼狈为奸，那我也没什么好说的，以后你们好自为之，再做这种辱我的事，别怪我把你们做的那些龌龊事都抖出来，让大家说道说道！"

员工们听到吵架声，都探头过来，细碎的言语蔓延，对办公室里发生了什么很是好奇。

春霞面色发红，这是她第一次做这种事情，后续会如何发展，她并不确定。但她认为，不能见光的勾当终究是不敢在阳光下横行的，自己拿出一些气势来，就算要不到工资，能够让伍云龙等人吃瘪、担惊受怕，她心里也会舒坦一些。

就在她准备快步离开时，伍云龙小跑着到了她身边，把一个信封塞进她手里，沉声道："这些钱够抵你的工资了，管住自己的嘴，别乱说话，对大家都有好处。"

春霞没数这里面的钱，但是掂量了一下，大概也差不多，她没有理会伍云龙的话语，拿过钱，直直地就离开了。

后来，伍云龙的公司倒闭了，两口子也因为走私商品的罪名被抓了。春霞知道这些事还是从报纸上看到的，只不过看到这些事情的时候，她丝毫都不觉得意外。

多行不义必自毙！

这些人、这些事，也告诉后来的春霞要做好事、做法律允许的事情，违法的事情不要去尝试，这也是后来她的生意能做大的一个重要原因！

4

春霞望着手里的信封感受着沉甸甸的重量，心中不由得舒畅，走出公司好远，她长长地舒了一口气，好像这么久以来的郁结一下被打开了，从今以后，自己跟那个肮脏的地方再也没有一丝瓜葛。

"等这个月工资发了，连同这些钱，我都寄回家里……"春霞想着陇原老家的父亲和弟弟，终于觉得自己有个盼头了，她甚至想，等把这些钱寄回去，父亲还完账，自己来年再赚点钱就可以回老家了,这里再好,却不是家!

路过菜市场的时候,春霞挑了几样自己平时舍不得买的小菜,切了半斤肉,想今天做点好的,包一顿饺子,一是庆祝讨要回来工资,再者是感谢杨小兵这段时间以来的帮助。

回到出租屋的时候,春霞老远就看到杨小兵在门口坐着。这时候天已经有些黑了,晚风挟起一阵阵凉意,看到衣着单薄的杨小兵,春霞有些愣住,心里面更是觉得暖烘烘的。

"小兵。"春霞站住,轻轻地唤他。

"春霞,你回来了。"杨小兵站了起来,朝她迎过去,到了跟前才注意到春霞的手里拿了好些菜,"这是?"

"一起进去吧,外面风大,我今天给你做点好吃的。"春霞有些不好意思地笑道,率先走去开门了。

杨小兵不明所以,只好跟上去抢过手里的东西,憨声笑道:"今天怎么了?这么高兴。来,我帮你拿。"

"没啥事没啥事,小兵,我今天把工资都要回来了!"春霞含着泪水,把自己要工资的事情简单说了下,她没有说伍云龙两口子差点打自己的事情,她不想让杨小兵操心这些。杨小兵听到这事,连连嚷嚷着说:"好事好事,这是好事,是该庆祝庆祝!"

两人进了屋,杨小兵把菜拿到厨房放下,简单聊着,只不过春霞看他欲言又止的样子,问道:"怎么了?"

杨小兵摸摸索索地从口袋里掏出一个东西递给她,春霞接过来一看,眼睛里满是惊讶,"这是……传呼机?"

"嗯。"杨小兵一边忙活着把菜拿出来,一边继续说:"其实自从上次发生那事以后,我就一直惦记着给你买个传呼机,这样你要再有什么事就可以直接联系我了。"

春霞听了有些感动,以前在家里的时候,别说传呼机了,就连买件好点的衣服都是一种奢侈,而眼前这个跟自己非亲非故的男人,在帮了自己这么多之后,还给她买了个传呼机。

"小兵,我……其实你不用这样……"春霞看着他,心里五味杂陈,不知说什么好。但这件礼物实在是太珍贵了,春霞昨天还在公司的时候了解过,传呼机目前在市场上卖好几百呢,这个傻男人,竟然出钱给自己买这个!

"没事儿,这才几个钱呢。况且这是为了你的安全着想,这不该省的钱咱不能省!"杨小兵被她看得有些不好意思了,挠了挠头傻笑。

但他越是这么说,春霞越是觉得不能接,"小兵,你把传呼机拿回去,或者你退了，我不要，这礼物太贵重了，我……"

"退不了了，我没要发票，你快拿着！"为了转移话题，杨小兵又忽然想起来说，"对了，你今天要钱的时候，那两口子没有为难你吧？"

"没有没有，很顺利的！"春霞接过洗好的土豆放在砧板上，笑吟吟地说："你放心吧，自从上次以后我就明白了，人不能白让别人欺负，得学会保护自己。如果事事靠别人的话，将来还怎么自己一个人在这个大城市里立足。好了，不说这些了，今晚我给你做点好的，谢谢你一直以来的帮助。"

杨小兵有些沉默，最后像是历经了千番挣扎，终于下定决心似的，一把拢过春霞的肩头，望着她的眼睛认真说："春霞，我真的只是别人吗？"

春霞想不到他会来这一出，脸顿时有些发烫，艰难地移开眼睛，低头："小兵，我知道你对我好，我对你……一直都很感激，可是在我身上有很多事，并且，我心里已经有人了。"

杨小兵虽然对这个场景已经有了预料，但是这个突如其来的答案还是让他有些震惊，杨小兵慌忙放开手，错开的眼神里闪过一丝疼痛，"对不起，我……"

"没事儿。"春霞用蚊子般大小的声音回答，深呼吸让自己快速平静下来。但是她的心里面已经波涛汹涌。这么久了，她怎么能看不出来杨小兵对自己的心思？只是这层窗户纸，之前一直没有被捅破，她还能当做什么都没发生什么都不知道，可是这层窗户纸一旦捅破，她和他之间就像是突然多出了些什么一样。

这突如其来的问答，让两人都有些尴尬，后来，这顿饭不知道是怎么做完的，直到上了餐桌，整个吃饭的过程两人都默契地一言不发。

杨小兵走后，春霞坐在床上，想着刚才发生的一切，心里如同乱麻缠绕在一起，明明自己心里只有那个人，可为什么？当杨小兵看着她的眼睛，问出那句话的时候，她的心却悸动得如此厉害？

一定是因为连日来经历的事情太多了，春霞安慰着自己，看着窗外远处忽闪忽暗的霓虹灯，她决定强迫自己暂时不再想这件事。夜深了，一阵困意袭来，春霞昏昏睡去，这个晚上，她又做了个梦，她梦到自己即将和王永华结婚，可是当婚礼正要举行的时候，王永华的身影居然变成了杨小兵……

第二天，春霞睡醒的时候将近六点，待在床上，春霞回忆着昨晚的梦，隐隐觉得脸上发烫。她咬了咬牙，像是在宣示什么一样，暗暗告诉自己，自己爱的是王永华，自己不能做对不起他的事情……

只是想到王永华的时候，她觉得那张脸越来越模糊，"这么久了，你还好吧？"

距离上班还有一个多小时，麻利地洗漱了一番后，她便打理了行装准备出门，毕竟是第一天上班，早到一点比较好。

临行前，春霞无意间看到桌上昨晚杨小兵送给她的传呼机，微微发愣，春霞心绪起伏，她心想着昨晚的话，会不会太过无情，可是，永远这样纠缠着，只怕对两个人来说都是负担。

良久，春霞默默将传呼机揣进兜里，出门了。

杨小兵的名字一直萦绕在她心头，挥之不去，就连汽车的鸣笛声都差点没听见。经过了昨晚，他以后还会出现吗？春霞突然意识到，自己心里居然一直在想这个问题，可明明是自己拒绝了他，现在又有什么资格挽留呢？

接着她又想到了王永华，他现在还好吗，过得怎么样？春霞永远也无法忘记，当初王永华送她离开时，跟着班车一路小跑眼神里充满了不舍的样子，但是他那一张一合的嘴里到底喊了些什么？是叫她照顾好自己，还是让她不要忘了他？

是他将自己从那个小地方，从令人窒息的束缚里拯救出来，是他给了她寻找新生的勇气，无论将来面对多大的困难险阻，春霞都有决心去克服。至于杨小兵，如果他再也不出现了，她也只当是自己辜负了他，并会一直感激下去，没有怨言。

想通了这些，春霞觉得心里轻松了许多，到公司的时候，陆媛告诉她邱盈盈找她有事，让她过去一趟。

春霞找到邱盈盈的时候，发现她正和另外一个人谈着事儿，邱盈盈向春霞点了点头，示意她再等一会儿。春霞倒也不着急，一边翻看着邱盈盈上次给自己的各项家电的参数还有报价情况，一边等着邱盈盈。

5

大概过了十几分钟，邱盈盈结束了交谈，送走客户，走过来询问春霞看得怎样。春霞笑着说还行，只是看邱盈盈经过刚才的谈话后，心情似乎有些不好，春霞也没多想就问邱盈盈怎么了，是不是身体不舒服。邱盈盈笑着摇了摇头，但分明是那么勉强。

春霞见此也不好多问，只是隐约觉得邱盈盈似乎有事情瞒着她，可是毕竟两人认识的时间不长，还没熟络到无话不说的地步，春霞便也没再问下去。刚到家电销售公司上班，一切对于春霞来说，都是一场前所未有的挑战，不过好在这家家电销售公司确实跟她以往所接触的那些工作单位有所不同。

直到后来，春霞才知道，倪姐其实也是从大山里走出来的姑娘，只不过她比春霞早十来年就到了深圳，在这个经济特区刚刚起步的时候，她就已经在市场上摸爬滚打了。吃过亏，上过当，能有今天的成就，完全是凭着一股子不服输的精神，咬着牙，含着泪，拼出来的。

所以在倪姐的公司里，不存在钩心斗角，不存在尔虞我诈。倪姐对待每一个员工就像是自己的家人，也正是因为倪姐待人处事的方式和态度，才决定了她今天的地位和高度。

陆媛刚从东北老家出来的时候，跟春霞的遭遇很是相似，陆媛的父母一直都是机电厂的正式职工，可是那段时间刚好赶上厂子里搞"优化组合"，陆媛的父母恰好就在被优化的行列中。说得好听点，叫优化组合，其实说白了就是用这个理由变相地将部分员工辞退了。没有了经济来源，一大家子的开销成了摆在面前的最大问题。

恰好在那个时候，陆媛考上了大学，但是父母没办法再让她继续念下去。或许在那个年代，人们的思想观念还没有完全改变过来，大部分人都觉得女孩子读那么多书没用，反正以后总是要嫁人的。所以陆媛的父母决定把上学的机会留给弟弟，陆媛痛苦过，挣扎过，却什么都改变不了。她带着委屈和不甘，踏上了南下务工的道路，可是刚一下火车，行李就让扒手给盗了。

孤单、无助的陆媛缩着身子，在天桥下待了一晚上，虽说深圳的气候比较暖和，可是她丝毫没觉得这个世界还有一丝温度。陆媛一个人漫无目的地浪荡在街头，漫无目的地朝前走，最后到了海边。有那么一瞬间，她甚至对这个世界没有任何留恋，她觉得父母抛弃了她，就连自己外出打工，都会遭遇这样不公平的待遇。陆媛产生了轻生的念头，想直接一头扎进海里，一了百了。

可就是在那个时候，她遇见了一生中的贵人，倪姐在生死关头，拉了她一把。在听说陆媛的遭遇之后，倪姐说："人在走投无路的情况下，任何可以活下去的手段，甚至说是违法的事情，都有可能去尝试。但是在这样的境遇下，你没有选择去偷，去抢，去骗，去违法，这就说明你骨子里是个善良的姑娘！但是你所经历的任何苦难，只要它们没能杀死你，就会成为你成长道路中的助力，融入血液里，化进骨子里。这些经历只会让你变得更加强大！"

直到这个时候，陆媛才幡然醒悟，自己是多么脆弱。倪姐只是说："要是你暂时没地方去的话，就先跟着我吧！先去看看，要是觉得不合适，你可以再找其他的工作！"

虽然刚刚在火车站被人偷走了行李，可是陆媛丝毫没有怀疑倪姐，都说吃一堑长一智，陆媛在注视了倪姐的眼神之后，直接就答应了下来。直到后来，在跟着倪姐闯荡两年之后，陆媛才算是真正明白了一个道理——读书，并不一定非要待在大学里！读书是为了明辨是非，是为了让自己的生活变得更好，如果一味地为了上大学而学，那么就有些本末倒置了！

同样，邱盈盈也是在走投无路的情况下，遇上了倪姐。可以说，她们三个人的身世背景和遭遇几乎完全是一个模子里刻出来的，或许是因为这样，三个女孩在工作之余，成了无话不说的朋友。

短短半个月的相处，春霞不仅跟她们打成了一片，而且对这家公司的企业文化，也了解得更加透彻，或许这才是她真正想要寻找的工作岗位。春霞本以为，一切都会顺风顺水，朝着好的方向发展，可是还不到一个月的时间，她在工作上就受到了阻力。

那天早上，春霞像往常一样，很早就到了公司，正在收拾工位。离上班还有半个多小时，春霞觉得自己还有很多东西需要学习，所以上班比别人来得早，下班比别人走得晚。可这个时候，她看见邱盈盈神色匆忙地偷偷进了倪姐的办公室。

春霞本想跟邱盈盈打招呼，可是看着她鬼鬼祟祟的样子，似乎是怕被人发现，春霞有些好奇和疑惑。邱盈盈正常上班，为什么搞得像是在做贼似的。她估摸着邱盈盈可能是遇到了什么麻烦，毕竟自己来公司的这半个多月，邱盈盈对自己诸多照顾，要是她真的遇上什么事情，自己也可以力所能及地帮上她一把。

正当春霞犹豫要不要过去询问一下时，邱盈盈又匆忙地从倪姐办公室里出来了，蹑手蹑脚、小心翼翼地将倪姐办公室的门带上，生怕发出一丁点声音。可是邱盈盈刚一转身，就看见春霞站在自己面前。

邱盈盈明显是吃了一惊，手里的文件袋一下子掉在了地上。两人就这么僵持着，对视了两三秒，谁都不知道该怎么去缓和这尴尬的气氛。邱盈盈到底在干什么？春霞朝地上的文件档案袋扫了一眼，文件袋上用马克笔写着项目名称。这是邱盈盈刚刚经手的一个项目，一下子就卖出去了五十多台电视机，昨天晚上春霞陪她一起加班，把这些材料整理好之后才搁在倪姐的办公桌上的。

等她们把文案材料整理好的时候，已经是晚上十点多了，倪姐那个时候已经回家了。所以在邱盈盈把文件袋放在倪姐桌子上时，办公室里根本就没有一个人。春霞很是疑惑，这份材料不是邱盈盈自己做的么？可是她为什么像做贼一样，又把文件袋给偷出来呢？

邱盈盈似乎比春霞还紧张，但是她没有任何解释，慌慌张张地捡起文件袋之后，就直接匆匆忙忙地朝着公司外边走去。春霞虽然心里有一百个疑惑，却不知道该怎么开口问她。可是相处了一段时间，她了解邱盈盈的为人，至少她不会做有损公司利益的事情。

"盈盈，你……你这是？"春霞不知道该怎么问下去，邱盈盈今天早上的举动实在是太过于奇怪了。

看着邱盈盈离去的背影，春霞隐约觉得可能会出事，她有一种说不出的不安。可是邱盈盈突然去而复返，她近乎于哀求地对春霞说道："春霞，你今天早上见过我这件事情，不要跟任何人说，好吗？"邱盈盈有些激动，说话完全乱了分寸，紧紧地攥着春霞的胳膊，直勾勾地盯着春霞的眼睛，等待着她的回答。

春霞有些茫然，她完全不知道邱盈盈究竟是怎么了，甚至她不知道到底该不该答应邱盈盈这个请求。春霞稍微有些迟疑，她有种不祥的预感，邱盈盈今天反常的举动，似乎是真的做错了什么事情，要自己帮她隐瞒。可是想起倪姐对自己的好，春霞又有些犹豫，如果不答应邱盈盈，那就有些对不起这个朋友，毕竟在这个冰冷的城市，春霞的朋友本来就不多。可要是答应了她，如果真的出了什么事情，或者邱盈盈真的做了什么对不起倪姐的事情，那自己以后该怎么面对倪姐呢？

"我求你了，春霞，算我求你了！"邱盈盈有些激动地抓着春霞的胳膊，因为太过用力，指甲几乎要将春霞的衣袖刺穿了。胳膊上传来的疼痛感将春霞的思绪拉了回来。

可就在这个时候，邱盈盈竟然咬着牙，差点在春霞面前跪了下去。春霞有些惊讶，赶忙拉住邱盈盈的双手，急切地说："好好好，我答应你，我答应你！快起来，你快起来！"

"谢谢，谢谢你，春霞！"邱盈盈着急得眼泪都快要下来了，她咬了咬嘴唇，硬是把眼泪压了下去。

"盈盈，到底出了什么事情，你告诉我。有什么事情，我能帮得上忙，你只管开口，你这样，我真的有些担心！"春霞急切地盯着邱盈盈的眼睛，想得到一个合理的解释，她为什么要这么做，是不是她真的遇上了什么麻烦？一连串的疑问，不停地在春霞的脑海中闪现。

"等事情解决了，我会给你，给倪姐一个解释！但是现在请你帮我保密，这件事情，绝对不能让任何人知道！"邱盈盈再次恳求道。

"好好好，我答应你！要是有什么解决不了的麻烦，你千万别一个人担着，有困难，你说出来，我们一起想办法！"春霞说。

"你只要帮我保密，不要让倪姐和陆媛知道今天早上的事情就行了！至少暂时别告诉她们，等事情解决了，我会把真相告诉你们的！剩下的事情，我能应付！"邱盈盈的眼神突然变得无比坚定，似乎是下了很大的决心。说完这句话之后，邱盈盈没有等待春霞回应，转身快速地朝着门口走去。

春霞看着她离开的背影，心中隐隐有些担心，可是什么忙都帮不上。公司里静得让人有些窒息，春霞看着清晨的阳光透过玻璃照过来，心情却是无比的沉重和压抑！

6

该发生的事情最终还是发生了，从那天邱盈盈慌慌张张地将销售资料从倪姐办公室里偷出来之后，她整个人就不见了。春霞有些担心，可是去了好几次邱盈盈的住处，都没找到人。这段时间，倪姐和陆媛去香港出差，暂时还没回来，关于邱盈盈不辞而别这件事情，她们暂时还不知道。可是春霞担心，自己这样隐瞒着，万一邱盈盈出现什么危险该怎么办？

其间主管也问起过这件事情，却没有人知道邱盈盈的下落，大家都以为她是接到倪姐的通知，或者是有什么新的订单，出差去了。可是只有春霞知道，盈盈可能真的是遇上了什么麻烦。她说事情解决之后，她会给大家一个解释，可是现在杳无音讯，春霞的心一直揪着。她有些犹豫，要不要把这件事情告诉大家，至少出了事情，能多些人帮忙解决，总比邱盈盈独自面对要强。

邱盈盈似乎是早就预感到要出事似的，像是人间蒸发了一般，直到那天中午，有人闹到公司之后，春霞才算是明白到底发生了什么事情。

"出来，赔钱，赔钱！有没有人在，给老子出来！"未见其人，先闻其声，而且看这架势，来者不善。若是一两个人闹事倒也还算正常，这年头永远不乏无理取闹的人。可是当众人看见场面的时候，不禁倒吸一口凉气，来的足足有好几十号人，大家都有些胆怯，不知道该怎么面对。一旦处理不好，场面有可能会失控，打架斗殴是在所难免的。可是公司上下以女性居多，要是这事没处理好的话，后果不堪设想。

所有人都躲在办公室里不敢出去，外边的人把出口围得水泄不通，根本就出不去。

"这都是些什么人啊，眼瞅着就要下班了，让他们这么堵着，咱们可怎么出去啊？"负责公司日常工作的主管有些焦虑，他跟着倪姐也算是经历过大风浪的人，可是面对这么多闹事者，个个凶神恶煞，一副要吃人的架势，他也有些犯难。

"要不，找个人下去问一下到底出了什么事儿，咱们总不能一直躲在办公室里不出去吧？"另外一个人从窗口往外瞅了一眼，怯生生地说道。

"要去你去，我可不敢出去！你瞅瞅这些人，一副要跟人拼命的架势，这要是出去了，还不得被他们生吞活剥了！"员工们压低声音，议论纷纷，窃窃私语。所有人都把眼神投向了主管，他是这里唯一主事儿的人，如果连他都没辙的话，其他人就更不敢出去了。

这个时候，大家都各自怀着心思，焦虑不安地围在窗口，偷偷从窗户缝里往外查看着。下边的人一直骂骂咧咧的，从他们的叫喊声中，大家隐约算是明白了，好像是说他们购买的收音机质量存在着严重问题，好些人都把收音机装好之后，抱到了公司门口。

主管也有些纳闷，他在这个公司已经有些年头了，公司根本就没卖过这种牌子的收音机，可是他们怎么会找上门来闹事呢？难道是其他同行眼馋，故意找的这么一帮子人来找茬儿的？也不是没有这种可能性！可是春霞心里清楚，这个项目是邱盈盈经手的，从她之前慌张的态度和异常反应来看，多半是跟这件事情有关系。但是在没有核实事情的真相之前，春霞并没有把她知道的这些告诉大家。

"你们等着，我先下去问问情况！咱们总不能一直躲在办公室里不出去！"主管把心一横，跟大家说道。

可是事情远比想象的要复杂得多，处理起来也没有想象中那么顺利。主管刚一出去，还没来得及开口，就被那些人围在了人群当中，那些人一副恶狠狠的架势，揪着他的领口不让走。嘈杂的声音瞬间掩盖了一切，那些人在看见公司大门被打开的一瞬间，如同潮水一般涌了进来，挡都挡不住。

"黑心商人，无良商人，老子攒了好几个月的钱，就买这么个破烂东西？"

"就是，今天不给我个说法，你们谁都别想从这里出去！"

"跟他们废什么话啊，赔钱，少一分钱都不行！"

"大家听我说，听我说！"主管很是狼狈地从人群里蹿了出来，手里拿着已经张着嘴的皮鞋，头发也有些凌乱。可是根本就没人听他解释，更没有人把他当回事儿。

其他的员工更是死死地靠在门背后，根本就不敢出声，连大气都不敢喘。春霞听着门外的动静，生怕这些人再打起来，主管是个上了年纪的人，怎么经得起这么折腾？她想扯开门出去看一眼，却被其他同事给制止了。

"春霞，主管都解决不了，你一个新来的小姑娘逞什么能啊？你要是一开门，咱们也得跟着遭殃，这些人还不得把办公室给拆了？！"

可是春霞已经顾及不了那么许多了，主管平时对自己不错，就像是自己的父亲一般。更何况，这件事情多半是跟邱盈盈有关，自己是她的朋友，她惹出来的事情，自己也应该帮她一把。不仅如此，倪姐更是在自己工作没有着落的时候，破格给了自己一次机会。眼下他们出差还没回来，自己也该尽力为公司做些什么才是。

春霞稍微寻思了一下，又从门口折返了回来，她赶忙拨通了电话，"喂，您好，我要报警！我们这里是××家电销售公司，有好多人上门闹事，场面都快控制不住了，你们赶紧过来看看！"春霞简单把外边的情况描述了一下，然后告诉了警方公司的地址。做完这一切之后，她才算是稍微放松下来。

这个时候，外边的人已经将主管逼到了墙角，其中一个四十多岁的妇女厉声厉气地朝着他吼："你就是这公司的老板吧？你也太不是个东西了！我们挣的可都是辛辛苦苦的血汗钱,可是你看看这东西,这都是些什么破烂儿啊?我儿子就摸了一下收音机,就被电给打了,现在还在医院里躺着呢!我告诉你,今天要是不给我个说法,我,我……你,你们都别想出这个门!"

"就是,我们也都是看着你们公司卖的收音机比别家的便宜,这才买的东西!你说谁挣个钱容易啊,你们也太黑心了!我家的收音机刚通上电,就冒火星子!你瞅瞅,瞅瞅,看看我这胳膊被烫成什么样子了!我们全家可都指着我这个手艺过日子,你说,这可让我们一大家子怎么活?"另外一个五大三粗的汉子,胳膊上还缠着带血的毛巾,恶狠狠地问。

"不是,大家都先冷静一下!咱们总得先把事情搞清楚,我们是家电公司,可是我们公司从来都没卖过这种牌子的收音机,你们是不是搞错了?"主管上了年纪,扯着嗓门在人群中喊道,他的嗓子都已经有些沙哑了,可是根本就压不住那些人的声音。

"你什么意思啊?我们兜里可都揣着票据的,这上边明明盖着你们公司的章,难道是我们诬赖你们不成?"主管的话刚说完,人群立马就炸开了锅。他这一句话算是激起了众怒,本来情绪就相当激动的众人在听完这话之后,更加愤怒了!

"哦,你一句不是你们卖的,就想把这件事情撇得干干净净了,做梦!主任,主任你倒是说句话啊!"刚才说话的中年妇女指着主管的鼻子一通臭骂,骂完之后,这才想起来和他们随行的还有居委会的主任,可是等她想起来的时候,居委会主任早就不见了踪影。兴许是看见场面失控,怕担责任,这才躲起来了吧!

"这还有没有王法了,你要是敢赖账,你看老子不卸你一条胳膊!"众人已经完全愤怒了,先是愤怒地朝着主管臭骂,到了最后就开始推搡起来,主管在人群里,显得那么无奈和无助。他根本没办法站稳身形,一下子跌倒在地上,后边的人看不清楚前边的情况,还在不停地朝前推搡着,人群拥挤不堪,直到有人高喊:"别搡了,别搡了,踩死人了!"后边的人才慢慢静下来!

听到办公室外的动静,春霞再也按捺不住了,她有些担心主管的安危,奋不顾身地扯开房门,朝着人群中冲了进去!等到春霞扒开人群,将主管从地上扶起来的时候,他已经人事不知了。

"你别装死啊,我告诉你们,今天这事儿不给个说法的话,我们是不会走的!"那人有些心虚,说话也突然没了底气,毕竟眼前这人已上了年纪,真要是闹出人命来,谁也担不起这个责任。他说话的时候,显然没有之前那般嚣张了,可是看那人躺在地上一动不动,又有些不知所措。

周围的人见出了这档子事儿,胆小的已经灰溜溜地退到了一旁,只剩下几个不怕事大的,依旧杵在公司里。春霞摇晃着主管,不停地喊着他的名字,生怕他真的就这么一睡不醒了。好半天之后，主管才恢复了呼吸，不过还是出气多进气少，喘息了好半天才缓过劲儿来。

"罗主管，你怎么样了？要不咱们还是去医院吧！"春霞急切地询问。

可是还不等罗主管开腔，那些人见他醒过来，又壮着胆子围了上来，高声地叫嚣着："不行，你们不能走！"

"各位大哥大姐，你们也看见了，罗主管已经晕倒了，你们总不能把人逼死吧？"春霞有些生气，毫不示弱地瞪着眼前的众人。可是当她看见这些抱着收音机等着解决问题的人，都穿着各种不同颜色和制式的工作服之后，不禁又想起了自己的老父亲，这些人跟她的父亲是那么相似。

此时，这些上当受骗、买了假货、让人同情的受害者却让人很是生气和为难。春霞想了想，又说："老板出差了，要过几天才能回来。你们要是真的在我们公司买了假货，这件事情我们肯定会负责到底的，但是在事情还没有搞清楚之前，你们总不能一直在这里闹腾吧！"

"你负责，你负得起这个责任吗？"人群中，有人见终于有个明白事理的姑娘站出来了，可是看她的样子，明显才二十出头，又怕她说话不算数。但是想来想去，这小姑娘多半也是打工的，他们之所以找过来，也确实是为了解决问题，而不是刻意要上门找茬儿的。那人的口气稍微松了一些，说话的态度也没有之前那般强硬了！

就在这个时候，警笛响了起来，警车呼啸而至，这些人一下全都安静了下来。

7

从警车上下来一个中年男子，身着警服，国字脸，板寸头，脸上没什么表情，却给人一种不怒自威的气势。他径直朝着公司里边走过来，一双琥珀色的瞳子一直在观察着周围的状况。在他沿途经过的时候，围堵在公司大厅里的人都纷纷退到一边，给他让出一条道来。

那名中年警察先是扫视了在场众人一眼，然后又看了一眼躺在地上的罗主管，在确定场面上没有发生斗殴事件之后，才询问道："是谁报的警？"

"哦，同志，是我报的警！"春霞赶紧走上前来，忙说。

可这个时候，人群里再次有人不乐意，那人走出来，一脸怒意地高声说道："警察同志，这事儿您可得管一管，他们公司卖的收音机，质量上有严重的问题。我这才买几天啊，收音机就坏了，本来我还以为是我自己弄坏的，找个师傅上门维修。可是人家师傅一动螺丝，就告诉我，这批收音机都是报废的次品，翻新之后卖给我们的，里边的线圈都老化了！你说气不气人，我花了八十多块钱，就买了这么个破烂儿!"

"有事情,找人民警察!可是你们这么兴师动众地上门找麻烦,这算是怎么回事啊?万一要是闹出点乱子,你说哪个能承担得起这个责任,你说是吧!"那名警察将众人教训了一番,然后又把头转向春霞,继续问道:"你是公司负责人啊,他们这些收音机都是在你们公司买的?"

"我只是……"春霞有些不知所措,正想说,自己只不过是个打工的,倪总出差去了,还没回来。可是还不等她开口,人群里有人就抢着说道:"就是在他们公司买的,我这里还有买收音机的时候开的单子,你看,这上头的章子就是他们公司的!"

"各位大哥大姐,出了这样的事情,咱们肯定得想办法解决,但是我们也得先了解一下情况,要是你们的收音机真的是在我们公司买的,出了质量问题,我们肯定会负责到底的。但是在事情没搞清楚之前,也请大家先给我们一点时间,去了解情况!"春霞清了清嗓子,不卑不亢地说道。

"姑娘啊,你能做得了这个主儿不?"人群中,走出来一个上了年纪的大妈,眼泪巴巴地看着春霞的眼睛问。

"大婶,你放心,要真的是我们的问题,我们肯定会负责到底的!"春霞的脸上露出一丝坚定的笑容。她虽然才来公司半个多月,但是她知道,凭着倪姐的为人,如果这些人手里的收音机真的是从他们公司买的,出现了质量问题还伤了人,她是肯定会负责到底的。

一般来说,像春霞这样刚来上班的人,是没有资格做出任何承诺的,可是眼下唯一能够主事儿的罗主管已然没有精力再处理这件事情了。公司里的其他人,都有些怕事,也怕担责任,直到这个时候都还不敢露面。春霞只能硬着头皮,先把事情给答应下来,她想,就算是倪姐在的话,也肯定会这么处理的。

但是春霞现在唯一担心的,就是邱盈盈,这件事情到底是不是跟她有关,只有在先联系上她之后,才搞得清楚。可是春霞心里还是隐隐地有些放心不下,万一真的跟邱盈盈有关系的话,不知道她会不会因为这件事情被公司开除,甚至还要因为这件事情承担法律责任。

"嗳,这就对了嘛!遇到问题了,要像这样心平气和地坐下来商量嘛,先把事情搞清楚了,对吧!只要大家都心平气和地把事情讲清楚,哪来那么多的纠纷呢!"警官语重心长地劝说道。看样子,他似乎并没有要立案的打算,只是过来维持一下现场秩序,不过好在有他在场,至少在这一身警服的震慑下,可以让这些人先安静下来。

"罗主管,你看,我先把他们的情况统计一下,等到倪总回来之后,到时候再让倪总拿主意，你看这样处理行不？"春霞并没有擅自做主，毕竟她还只是个新人，况且现在留在公司里主事儿的是罗主管，如果自己没有征求他的意见的话，倒是显得有点越权了。

不过，眼下罗主管的情况，确实没办法处理这件事情。眼看着天都快要黑下来了，如果不把事情处理好的话，估计大家都别想下班了，况且这些人没有得到一个明确的答复，估计一时半会儿是不会善罢甘休的。罗主管看着眼前这个姑娘，脸上终于有了点血色。但是他的身体状况欠佳，说话还是有些有气无力，他说："春霞啊，先按照你说的办，你先把他们的情况统计一下，具体的处置措施，等倪总回来之后，再做定夺！"

听他这么说，大家心里总算是有了些着落，警察也跟着忙活着，在大厅里喊道："哎，你们都排好队，先在这个同志这里做好登记，大家不要乱，要讲秩序！"

直到这个时候，躲在办公室里的员工才偷偷摸摸地打开房门，朝着外边张望。几个人抬了一张桌子，在大厅里依次登记了这些人的信息和损失，并且核实了他们手上的收音机是否真的是从公司里买的。除了极少数别有用心的人，抱着自家老旧的收音机，想要浑水摸鱼之外，其他的情况都还算是属实。

等把所有人的信息和损失核实完，已经快到晚上十二点了，直到这个时候，大家才心不甘情不愿地离开公司大厅。春霞看着大厅中回收的收音机，足足有一百多台，光是给这些人打欠条，都用完了好几支圆珠笔。

"春霞啊，已经很晚了，你们也都早点回去休息吧！"罗主管还在大厅里忙活着，毕竟是一百多台收音机，横七竖八地摆得到处都是，连个下脚的地方都没有，得把这些残次品拾掇拾掇，挪出一条道来供大家通行。

"罗主管，我没事儿，你的身体要不要紧啊？要不您先回去休息，这里有我们几个就行了！"春霞看着罗主管佝偻着身子，扶着墙壁喘气，有些担心。

"唉，怎么就摊上这么个事儿呢？倪总做事情一向不会出现任何差错！她也断然不会拿这些残次品来赚钱！可是我们公司没卖过这个牌子的收音机啊，怎么会出现这么多假货呢？"罗主管有些生气，也有些纳闷。

"其实……事情总会水落石出的，你也不用这么担心，还是多注意下身体！你今天也忙活了一晚上了，还是早点回去休息！等事情调查清楚了，肯定会有一个满意的结果，您宽宽心！"春霞本想说些什么，可是一想到这件事情可能跟邱盈盈有关系，她又有些担心，话到嘴边，最后又咽了回去。

"唉，那你们也别忙得太晚了，把这些东西统计完之后，早点回去休息。"罗主管看了看手表，已经这么晚了，然后继续说道，"晚上外边不安全，你们回去的时候，最好还是有个伴儿，注意安全啊！"交代完这些之后，罗主任才拖着疲惫的身子，收拾了自己的皮包，然后满怀着心事儿走出公司大厅。

等到罗主任走后，旁边的刘大姐看了看四周，在确定周围没有人之后，她才拍了拍春霞的肩膀，然后压低声音问道："春霞啊，我问你啊，你是不是知道些什么啊？"刘大姐说完之后，朝着那些收音机努了努嘴。

春霞一下子不知道该怎么回应她，反问道："刘大姐，您怎么会这么问？"

"其实我知道，这批货是盈盈负责的，平时你们几个走得近，我寻思着，你是不是知道些什么。唉，你说这件事情要真的是盈盈干的，等倪总回来之后，她该怎么办呢？"刘大姐有些意味深长地说，说完之后，还特意查看了一下春霞的脸色。

春霞虽然有些担心，怕刘大姐看出端倪，可是脸上依旧没有什么表情，她只是希望，这件事情最好别跟盈盈扯上任何关系才好。尽管刘大姐也是个热心肠的人，就算她知道了，也不会把这事儿拿出去乱说，要不然她也不会等到所有人都走了之后，才在春霞面前探口风。可是春霞还是没有透露任何消息，至少在邱盈盈回来之前，她得暂时先把这件事情给瞒下去，只是最好能在倪姐和小陆回来之前，把事情弄清楚，不然的话，邱盈盈可能还会有更大的麻烦。

"刘姐，瞧您说的哪里的话，盈盈是什么样的人，您比我还清楚，她怎么会做这样的事情呢？在事情还没弄清楚之前，咱们还是不要瞎打听了，万一到时候这件事情跟她无关，咱们岂不是错怪盈盈了！"春霞压低声音，小声在刘大姐耳边说。

"我是担心盈盈被人给骗了，她自己还不知道，也不知道这孩子现在跑哪儿去了，都好几天没露面了！"刘大姐有些惋惜地说道。两人都是一阵沉默，刘大姐看看外边的天色，似乎是想起来了什么，又说道："哎哟，你看都这个点儿了，也不知道我们那口子有没有吃晚饭，我得先回去了！你也早点回去，你一个女孩子家，晚上在外边不安全！"

刘大姐匆匆忙忙地收拾好东西就回家去了。偌大的公司里，就只剩下春霞一个人，可是她并没有急着走，看着满大厅摆满了已经打包好的残次品收音机，春霞不禁叹了口气。刚才刘大姐的话给她提了个醒，春霞心里很是担心，她估摸着，邱盈盈可能真的是让人给骗了。眼下，春霞能帮她做的，就是尽快把这批货的损失核算出来。

8

等到春霞再次抬起头的时候，外边已经放亮了，不知不觉间，她就这么在公司里待了一整宿。这批货的损失差不多一万五千块钱，看着这一百多台收音机，春霞心里就像是被什么东西给堵住了一般。就在这个时候，公司里的座机电话突然响了起来。

春霞有些疑惑，这么早，天才刚刚亮，还没到上班的时间，怎么这个时候会有人打来电话呢？春霞没有多想，径直走过去接了电话，她只是冲着电话说了一声："喂，您好！"可是那边，却传来了邱盈盈近乎于哭腔的声音，她像是抓住了救命稻草一般。朝着春霞哭诉着："春霞，是你吗？是你吗？我该怎么办？我该怎么办啊？"

春霞有些着急，直到现在，她都不知道邱盈盈到底遭遇了什么事情。稍微安慰了一下邱盈盈之后，春霞继续问道："盈盈，到底是怎么回事儿，你现在在哪儿啊？你先别哭，有事情咱们一起解决，哭是解决不了问题的！"

"春霞，我爸病了，需要钱！那个人说，只要通过我们公司的渠道帮他把收音机卖出去，就给我一千五百块钱的回扣。可是现在找不到人了，我爸……我爸急等着钱救命啊！我该怎么办？"邱盈盈在电话那头哭得格外伤心，她已经六神无主，她甚至不知道该向谁求援。这个时候，她已经打完了所有记得的电话号码，却没有一个人接听，她也只是尝试着拨通了公司的座机电话，没想到这个时候，春霞竟然还在公司里。在听到春霞的声音时，邱盈盈的情绪一下子就崩溃了。

"你，唉，你需要钱可以跟我们说啊！你先别急，先告诉我你人在哪里，我这就过去找你！"春霞有些生气，她最担心的事情终于还是发生了，在此之前，她不止一次地怀疑这件事情可能跟邱盈盈有关系。可是每次当这个念头刚刚涌上心头的时候，她就安慰自己说，这件事情可能只是个巧合，跟邱盈盈无关！然而这个时候，就连春霞都有些乱了分寸。

倒卖这批水货收音机，公司的亏损不单单是这一万五千块钱，影响更大的是倪姐辛辛苦苦才积攒下来的信誉。如果这件事情要追究法律责任的话，说不准邱盈盈还得承担法律责任。一想到这儿，春霞心里就像是一团乱麻。

"春霞，你跟倪姐说一声，等我爸好起来了，我肯定回去！不管是坐牢还是赔偿，我都愿意承担，只是这段时间，我爸病得很重，我实在是没辙了。你让倪姐暂时缓我几天，我肯定不会一走了之的！"邱盈盈在电话那头哭诉道，想来她也确实是被所有事情搅乱了心神。

"倪姐和小陆出差，还没回来！盈盈，逃避不是办法，我现在也不知道是该劝你回来解决这件事情，还是应该让你回去照顾你爸！但是你放心，倪姐那边，我肯定会帮你说话的。不管怎么样，都等你把家里的事情处理好之后，再回来！"春霞重重地叹了口气说道，其实她是同情邱盈盈的遭遇的。她们俩的家境那么相似，可能换了自己，也会犯同样的错误吧！

打完电话，春霞才总算把事情的前因后果搞清楚了。邱盈盈的父母因为机电厂"优化组合"，暂时失去了工作，只能赋闲在家。他们在机电厂上了一辈子的班，突然没了工作，也没有别的本事，更不会什么手艺。家里还有一个要上学的弟弟！因此，邱盈盈这才不得不南下打工。

可是最近这段时间，因为年关将近，邱盈盈的父亲想趁着年底找个合适的工作，哪怕少挣一点钱，也至少先把年货办齐了。开年之后，弟弟上学也得花钱，一大家子的负担也不能都让邱盈盈一个人扛着。所以他决定出去找个工作，面试了一大圈公司，都没有人愿意接受他。最后邱师傅抱着试一试的态度，去国家电网面试，毕竟以前在机电厂干了快三十年了，就凭这个资历，也总算是赢得了初试。但是第二轮复试过后，单位通知邱师傅带上体检报告去报到。

本来这是个天大的喜讯，可是万万没想到，邱师傅体检竟然被查出来肺癌。刚刚通过国家电网的面试，邱师傅还来不及高兴，就被这突如其来的打击给击溃了。虽然他一直隐瞒了自己的病情，还托人开了一张假的体检报告单，想在自己人生的最后关头再为那个家里做些什么。可是自从邱师傅知道自己的病情之后，心理上的负担成了诱发病情的重要原因。他总是担心，如果自己不在了，这个家庭以后的日子该怎么过。儿子还小，还在上学，他以后的学费该怎么办？

整天这么忧心忡忡的，邱师傅终于病倒在工作岗位上，那天他在村子里修电线，突然眼前一黑，整个人就这么挂在了电线杆子上，还好有安全措施的保护，要不然直接就从上边栽下来了。和他一同检修电路的同事当时吓坏了，以为邱师傅是触电了，赶忙剪断了电线，过来查看情况。可是当他把邱师傅从电线杆上救下来的时候，发现他根本就不是触电了。

邱师傅昏迷的事情很快被单位的领导知道了，出于对邱师傅的关心，领导让人把邱师傅带去医院检查检查。可是他生怕自己伪造体检报告的事情被查出来，死活都不肯去医院，还坚持说自己身体没事儿。从那以后，邱师傅的身体就大不如从前了，单位领导也觉得邱师傅做事情有些力不从心。偶然的机会下，领导发现邱师傅一直在偷偷地服用抗癌药物，直到这个时候，大家才知道邱师傅得了癌症，而且已经病入膏肓了。如果再不及时就医的话，恐怕真的活不了多久了。

当邱盈盈接到母亲打来的电话时，正是春霞刚来上班的第一天。当时母亲告诉她，医药费还缺一千多块钱让她想想办法，哪怕是先跟老板预支一年的工资，也得让她父亲挺过这一关。可是邱盈盈怕公司里的人知道自己家里的情况，她没有向任何人寻求帮助。刚好这个时候，她在公司里遇到一个上门来推销二手收音机的，那人私下跟她说，只要能帮他把这批货卖出去，可以给邱盈盈一千五百块钱的提成。如果是在平时，这种事情，就算是有回扣，邱盈盈也不会轻易接触，可是当时的情况有所不同，父亲病重，急需要钱。

于是邱盈盈选择了铤而走险，利用公司的销货渠道，帮着那人把这批收音机卖了出去。本来说好的，只要这批收音机全都卖出去，他就给邱盈盈回扣，可是在这中间，突然有人找到店里来了，指着邱盈盈的鼻子就是一通臭骂，还把从她手上买的收音机抱了回来。直到这个时候，邱盈盈才知道，原来这人拜托她卖出去的这批收音机都是翻新过的残次品，根本就用不了几天。那几天，来店里找麻烦的人陆陆续续来了好几拨，但是都被邱盈盈给隐瞒下来了。

也正是因为这样，她怕事情败露，所以才有了那天早上，她偷偷摸摸进倪姐办公室，把销售资料偷出来的一幕。一则是邱盈盈怕事情被倪姐发现，二则她是想拿着这些资料，去找那人算账，把这些残次品给退回去。可是事情哪有这么简单，邱盈盈不仅没有拿到回扣，甚至连那个人的踪迹都找不到了。直到这个时候，她才知道自己上当了！

可是父亲还躺在医院里，手续费一直迟迟没有到位，这几天邱盈盈一直做噩梦，梦见父亲不在了，梦见自己被送进了监狱。她整个人都变得精神恍惚起来，稍微听见一丁点动静，就变得像惊弓之鸟。

9

知道这些信息之后，春霞能做的，就只能是暂时把自己手里的钱全部支援给了邱盈盈，至少让她先回家跟家人见上一面。谁也没办法保证，邱师傅的病情能够好转过来，只能说是，尽人事，听天命。春霞私下里托杨小兵打听那个人的消息，毕竟杨小兵当过兵，人脉广，说不定能把那个人找出来。只要找到真正的罪魁祸首，说不定邱盈盈也能少担些责任，毕竟这是春霞现在唯一能帮邱盈盈做的事情。

两天之后，倪姐和小陆终于出差回来了，看着公司大厅里堆满了这些残次的收音机，倪姐并没有大发雷霆。她是经历过大场面的人，尤其是在这个时候，越发显得冷静。倪姐当即就召开了会议，想要尽快解决这件事情，把损失降到最低。

"没想到，我就出差几天，就发生了这样的事情！但是事情已经发生了，大家也不要有什么思想负担！不惹事，不怕事，是我的行事风格，既然事情已经发生了，咱们就得想办法面对！这次的事情，春霞处理得很好，公司所有人都应该像春霞一样，有独当一面的勇气！"倪姐在会议上说道。

她稍微了解了一下情况，听完罗主管的汇报，查看了各项损失的清单之后，当即就让小陆去财务领了一笔钱，先把这批残次品按照原价收购回来，另外公司也发布了公告，召回这一批次存在质量问题的收音机。倪姐还让小陆带着春霞一家家地把钱送到那些受害者手中，对于在使用收音机过程中受伤的人员，给与一定的赔偿。

会议结束，所有人都离开会议室之后，春霞单独留了下来。她对倪姐说道："倪姐，这件事情虽然是邱盈盈做的，可是她的处境也相当为难。如果是我处于她的境地,说不准也会跟她做出同样的事情来!但是请倪姐您看在她是为了给邱师傅凑医药费的分儿上,这件事情能不能从轻处理?"春霞说道,她说话的时候,一直在观察着倪姐的反应和表情,生怕自己哪一句话没说对,惹老板发火了。

可是自始至终倪姐都很平静,直到春霞把话说完,她才说道:"春霞啊,没看出来,你还这么有心!其实这件事情,你处理得很好。至于邱盈盈,我也能理解,她在公司待了几年,是我一手带起来的人,她的人品肯定是没有任何问题的,但是犯了错,肯定是要承担责任和后果的!希望她能从这件事情上,汲取教训!"

"倪姐,您看,能不能别让盈盈担这个责任啊!她父亲现在还躺在医院里,往后还指不定那个家庭会怎么样呢!所有的担子都落在盈盈一个人身上,她也怪不容易的!而且马上就要过年了,您要是报警的话,说不准她连年都过不了了。"春霞还是有些担心,想要得到一个准确的答复。毕竟在邱盈盈出事儿之后,她唯一相信的就是倪姐,把所有的事情跟倪姐和盘托出。春霞本来就没有几个朋友,此时,又怎么能见到邱盈盈因为这件事情而毁了这一生呢?

"你这孩子,怎么这么较真,认死理呢?我说过要处理邱盈盈了吗?"倪姐很是玩味地看着春霞,就好像这件事情根本没有发生过一样。稍微顿了顿,倪姐继续说道:"你跟盈盈说一声,让她赶快回来报到。既然已经做错了事情,就得自己来面对,不能一直躲着不见我啊!那一万多块钱的损失是小事儿,但是她连犯错之后,回来面对我的勇气都没有吗?如果是这样的话,那我倪燕就算真的是看错人了!"

直到这个时候,春霞才算是松了口气,听倪姐的口气,她似乎并没有要责怪邱盈盈的意思,只不过是想让邱盈盈经过这件事情获得一些经验和教训。

从办公室出来之后,小陆就带着春霞挨家挨户地按照之前登记的地址,上门给受害者道歉,并赔偿了他们的损失,也把这件事情的始末跟大伙儿解释清楚了。在得到应有的赔偿之后,大家也都表示能够谅解这次事件,也没有再继续追究下去。

邱盈盈回来,已经是三天之后了,她怯生生地站在公司楼下,犹豫了好半天也不敢进去。直到中午吃饭的时间,春霞出门才看见邱盈盈一个人躲在花坛后边。

"盈盈,你回来了,怎么不进去啊?"春霞走上前去,拉着她的手问道。经过这段时间,邱盈盈整个人都消瘦了一大圈,显得很是憔悴。看得出来,她此时很是焦灼与不安。

"春霞,倪姐在公司吗?我……我有些害怕,不知道该怎么面对她!"邱盈盈眼角闪烁着泪花,很是自责地说道。

"既然都已经回来了,还有什么不敢面对的?再说,倪姐也没有要怪责你的意思,只是经过这件事情,你必须得亲自去给她一个解释!我想倪姐想要的,只不过是你承担责任的勇气!"春霞宽慰着邱盈盈说道。

看着邱盈盈依旧有些犹豫，春霞有些生气，突然厉声训道："邱盈盈，你有犯错误的胆量，难道就没有承认错误的勇气吗？所有人都已经原谅你了，你也应该原谅自己！每个人都会犯错误，但是知错能改，依旧是个好人！走，你跟我进去，去当面跟倪姐承认错误，她会谅解你的！"

"可是，可是……我没脸去见倪姐！我……"邱盈盈朝着四周看了看，虽然这个点儿，大家都出去吃饭了，公司里根本就没有人，但邱盈盈还是生怕被别人看见，她不知道该怎么面对倪姐，更不知道出了这么一档子事情之后，大家会怎么看待她，以后她在公司里又会是什么处境。原本那些把她当朋友的人，会不会因为这件事情而疏远她，孤立她。

"你要是再这样，我就不管你了！"春霞见劝了半天都没有效果，故意做出一副很是生气的表情。或许这个时候，只有自己臭骂她一通，邱盈盈的心里才会觉得轻松一点。

春霞转身，假意要离开，可就在这个时候，邱盈盈终于鼓足勇气跟了上来。春霞停住了脚步，回头给了邱盈盈一个微笑，然后握住她的手，说道："这就对了嘛，这才是我认识的邱盈盈！走，我陪你进去！"

春霞一直陪着邱盈盈走到了倪姐办公室门口，这个时候，邱盈盈似乎是下了极大的决心，回头看了春霞一眼，在得到春霞的微笑和鼓励之后，深深地吸了口气，这才鼓足勇气，敲开了倪姐办公室的房门。

"进来！"里边传来了倪姐的声音，没有任何情绪，却也让邱盈盈觉得有些不安。可是都已经走到这一步了，决不能在这个时候还有任何的退缩，不管进去之后，要承担怎样的责任，哪怕是被倪姐臭骂一通，也比自己这样一直活在内疚中要强。

春霞看着邱盈盈进去之后，没有立马离开，她也有些惴惴不安，不知道倪姐会怎么处理这件事情，也不知道邱盈盈还能不能继续在公司里待下去！她不知道邱盈盈在里边说了什么，更不知道倪姐会怎么处理她，只是为邱盈盈的命运捏了一把汗。

"倪姐，我……"办公室里，邱盈盈小心翼翼地站在办公桌前，她想把最近发生的事情跟倪姐解释清楚，可是话到嘴边，又不知道该怎么起头。

"坐吧，坐下说。"倪姐还是一副很冷静、很镇定的态度。可她越是这样，邱盈盈反而愈加不安。

"我，我错了，倪姐！"邱盈盈的眼泪刷的一下就下来了，直接扑通一下子跪在办公桌前。

倪姐本来没有任何表情的脸上，突然出现了愤怒的表情，她朝着邱盈盈怒吼道："你给我站起来！"倪姐没有任何征兆的变化，让邱盈盈吃了一大惊，可是她依旧跪在地上不肯起身。或许在经历了这件事情之后，邱盈盈早该想到，倪姐会有这样愤怒的情绪。

"倪姐,我愿意承担这件事情造成的一切损失,只是……只是觉得很对不起您!我辜负了您对我的信任!"邱盈盈有些语无伦次地说道,她不知道该怎么去解释自己所犯下的错误。

"你给我站起来!都说'男儿膝下有黄金',难道女人就该这么轻易地给人下跪吗?你是来承认错误的,可这就是你承认错误的态度吗?我是怎么教你的,人活着,得有一股子气势,你现在跪在我面前,算怎么回事儿?"倪姐愤怒地说。

邱盈盈越发不知道该怎么说话了,原本已经想好了说辞,可是在这个时候,根本不知道该说哪句话才好。她就像是没听见倪姐的话一般,依旧倔强地跪在地上不肯起身。

"怎么,你现在连我的话都不听了么?站起来!"倪姐从来没有像今天这么大嗓门地在她们面前说过话,她也说不清楚自己为什么会这么愤怒,或许只是因为看着自己一手栽培起来的员工,会向自己下跪。她愤怒的并不是给公司造成了多大的损失,而是邱盈盈承认错误的态度,愤怒的是邱盈盈在遇到事情时,这么脆弱。

直到这个时候,邱盈盈才勉强站起身来,她抿了抿嘴唇,尽量不让自己的眼泪掉下来。她站起身来,准备继续接受倪姐的责备,倪姐却突然走到她面前,轻轻拍了拍她的肩膀,说话的语气也变得温和起来。她把邱盈盈拉到一旁坐下,然后转身给她倒了杯热水,才继续说道:"你呀你,家里出了事情,难道不能跟我说?为了一千块钱的医药费,搞出这么荒唐的事情,你让我说你什么好!"

"倪姐,对不起!"邱盈盈的脸上终于有了些血色,似乎是倪姐骂了她一通之后,让她心里稍微轻松了一点,也不再像是刚进来的时候那般拘谨了。

"对不起?我要对不起有什么用!你还得趁着年底的工夫,多做出些业绩来!为了你这档子事情,公司要赔偿那些受害者的损失和医药费,前前后后加起来也不是个小数目,你必须在年内超额完成销售任务才行!"倪姐虽然嘴上这么说,可是语气却变得非常温和。

其实这个时候,倪燕心里已经没有责备邱盈盈的意思了,她也并不在乎那一万多块钱。只是她毕竟是过来人,邱盈盈的心思她完全能够理解,如果不给她施加一些动力,让她把注意力转移到工作上来,可能她好一阵子都缓不过来劲儿,会一直陷入自责当中。

"好了,这件事情就这样吧!你去财务预支一笔钱,先给你父亲看病要紧,我已经提前跟小陆打好招呼了,你直接过去就行了!另外再给你放几天假,回家一趟,看看你父亲。"倪姐柔声说。

这个时候,邱盈盈的眼泪终于忍不住夺眶而出了。

"但是我有言在先,等你回来之后,我必须看见一个精力十足的邱盈盈!"倪姐又补充了一句。

这件事情总算是告了一段落,好在邱盈盈带着倪姐预支给她的这笔钱,在手术最后期限前赶了回去,邱师傅的手术进行得很是顺利,总算是保住了性命。另外让人喜出望外的是,杨小兵那边也有了那个人的消息,在警察一番部署之后,那人终于没能逃过法律的制裁。在他被捕的时候,竟然还在做着残次品生意,只不过这次,他把犯罪的手伸向了偏远的农村。

第 8 章
/ 年关 /

1

转眼,年关将至,越是到这个时候,春霞的心里就愈加地觉得有些落寞。这已经是她离家的第二个年头了,除了每个月往家里汇一笔钱,打一通电话外,一直没有回过家。今年发生了太多的事情,春霞的心情也格外沉重,她在犹豫到底要不要回家过年。

公司年会上,看着大家有说有笑,议论着回家之后过年的情境。每个人都在诉说和思念着自己的家人,这个时候,春霞显得格外失落。她已经不知道该怎么去面对那个家庭了,到底该不该回去一趟,成了她心中摇摆不定的念头。

这时,邱盈盈凑到她身边,似乎是看出了春霞有些异样,询问她是不是哪里不舒服。春霞只是摆了摆手,说自己没事儿,就是多喝了几杯酒,有点晕。回家的路上,春霞看着万家灯火,脑海中不断地浮现出父亲那张布满沧桑和皱纹的脸,还有小军的笑容,以及她朝思暮想的王永华。

春霞站在街头,看着远方的天空有些出神,街道上办年货的人纷纷从她身边经过,她看着小孩跟在大人身后,欢呼雀跃地跳着,蹦着,嘴角不禁又露出一丝微笑。

"爸爸,咱们什么时候回老家啊?爷爷肯定一直都在等着我们回去呢!"从她身边经过的小女孩拽着父亲的衣角,嘟着小嘴。

父亲一只手拎着皮包,俯下身子,另一只手将小女孩抱了起来,然后笑着说:

"嗯，咱们回去之前，是不是要给爷爷准备些礼物啊？你想给爷爷买什么礼物呢？"

看着这样的场面，春霞的心里有些酸楚，从小到大她从来没有像这样在父亲面前撒过娇，从她记事起，父亲似乎一直都是一副冷漠的面孔，甚至从来都没有抱过她一次。春霞抽了抽鼻子，在冷风中吸了一口凉气，最终还是下定了决心，不管怎样，有些事情终究还是要面对的，一直躲着也不是办法。

春霞花了几天时间，精心置办了年货，给父亲和小军各自买了两身新衣服，然后跟杨小兵打了声招呼，就连夜搭乘火车回家了。火车上，春霞思绪万千，看着车厢里那些赶着回家过年的人，春霞突然想起自己离家时候的样子，想着想着，不禁又觉得有些好笑。

在经历过城市的残酷磨炼之后，春霞已经不再是之前那个唯唯诺诺的小姑娘了。坐了一天一夜的火车，然后又转了一趟汽车，直到第三天早上，天已经完全放亮的时候，春霞才赶到镇子上。这里的一切都是那么熟悉，只有几十米的街道，青石板铺成的路面，青砖白瓦的店面，以及街道上背着篓子采办年货的行人。只不过，不同的是此时此刻的心情和心境。

来来往往的人，纷纷看着这个穿着大方漂亮的姑娘，不由得停住了脚步。

就在春霞匆匆忙忙往家里赶的时候，她突然被人撞了一下，还没看清楚那人的模样，就礼貌性地向那人说了声"对不起"。可是那人的嘴更快，骂骂咧咧的，脱口而出就是一句："你眼睛瞎了，这么宽的大街，你非要跟我挤在一块儿！"

春霞有些无奈，但是她此时根本没工夫跟这人纠缠，只是想着尽快回家。可是当她看清楚那人的长相之后，脸上却露出了一抹厌恶的神色，稍纵即逝。这人不是别人，就是当初保媒拉纤，帮着曹贵荣上门说亲的罗凤英。等到罗凤英看清楚眼前这个穿着时髦的姑娘是春霞的时候，突然改了口风，变脸像翻书一样快，她嬉皮笑脸地说："哎哟，我当是谁呢，原来是老李家的女子啊！"

春霞根本没工夫搭理她，但是也没有说别的什么，只是礼貌性地笑了笑就打算离开。身后却再次传来罗凤英阴阳怪气的声音，她大着嗓门说道："啧啧，这小姑娘出去没两年，你看看这穿得，啧啧，搞不好怕是在城里有男人养着的吧！"

看热闹的不怕事儿大，虽然大家伙儿都知道罗凤英不是什么好人，说话也没什么口德，还总喜欢搬弄是非，可是在偏远山村待久了，穷怕了的人，多少都会有些仇富的心态。看着春霞身上的那身衣服，多少女人眼睛都直了，这样的料子，她们只在村里放电影的时候，在银幕上见过，从来没见有人真的穿过。

其实春霞的这身衣服，在深圳那样的一线城市，已经算是最普通的了。她怎么可能舍得花钱买贵的衣服？这还是倪姐穿过的旧衣服，因为已经过时了，所以被倪姐一直搁在柜子里。春霞去倪姐家里做客的时候，知道这是倪姐不要的东西，觉得蛮可惜的，倪姐也觉得春霞该好好拾掇拾掇自己，便让她在柜子里挑了几件旧衣服。

"哎哟，你说这是谁，李木匠家的女子？"另外一个人也跟着迎合起来说道，似乎是有些吃惊。春霞不想去理会这些人的闲言碎语，头也不回地继续朝前走，可是耳边依旧传来那些人的声音。

"李木匠家的女子不是跟了曹贵荣了嘛！这事儿闹的，你说好端端的一个姑娘家，愣是让这个混混逼得离家出走了，这在大城市里咋生活哟！其实要我说啊，在城里找个男人也没什么不对！"后边的声音透过嘈杂的人群，直接灌进了春霞的耳朵里，听起来是那么刺耳和难听。

"这事儿，你还不晓得吧！曹贵荣每年过年的时候，都会去李木匠家要钱，据说是当初的彩礼钱！"罗凤英眯着眼睛，在人群中寻找着春霞的背影，最后冷哼一声说道："等着吧，有这小丫头好戏看哩！"说着，转身消失在了人群当中。

春霞虽然心里很不舒服，却没跟这些人多计较，嘴长在别人身上，她们想怎么说就怎么说呗，自己又不会掉块肉。春霞走在回家的山道上，这条路她走了不下几百次，这个山头上有几棵树，那个拐弯的地方有块大石头……春霞心里都记得一清二楚。山梁子上的窑洞房，依旧错落有致，看起来是那么亲切，虽然破旧，却给人一种很温馨的感觉。

这是春霞第一次觉得，这个破旧的村庄，是那么让人向往。

有些山头上已经盖起了红砖瓦房，大部分窑洞已经空置出来了，春霞心想，多半这几年经济发展迅速，村里也有些变化了，只是不知道自己家里现在是什么样子。连着走了十几里山路，春霞的脑门上全是汗水，可是她丝毫没有停留，从盘山公路往前眺望过去，不远的地方就是自己家的窑洞房了，一缕烟从半山头上升起来，春霞心想，多半是小军正在做早饭。

终于到家门口了，一切都还是原来的样子，一片土灰色，在严寒中显得那么的萧索和破败。春霞的眼眶有些湿润了，她归心似箭，一口气赶了将近三十里山路，到了家门口的时候，她却突然停住了脚步。想要推开围墙的木门，手却僵在了半空中，有些不知所措。她不知道该怎么去面对老父亲，面对这个家，她甚至不知道父亲会以怎样的方式来迎接她，是欢喜，还是愤怒，抑或是依旧麻木的脸。

就在春霞犹豫的时候，厨房的门吱呀一声被打开了，小军拎着盛满猪食的桶子从屋里走出来。他已经长成了个大小伙子，虽然他今年只有十四岁，但是身体比一般孩子要结实许多，个头也比旁人要高上许多。春霞看着小军娴熟的动作，眼角有些湿润。她只是这么静静地注视着小军，想要喊他的名字，却感觉喉咙像是被什么东西堵住了似的，发不出声音来。

2

一切都像是凝滞了一般,就在春霞打算推开院墙大门的时候,背后突然传来"哐当"一声巨响,声音在寂静的村子里回荡着。小军被这声音勾住了眼神,他回过头来,朝着院门口看去,不禁愣了一下。春霞也被这声音给惊动了,回过头去,看见老父亲披着衣裳,呆愣愣地站在原地,手里的锄头已经掉在了地上。

没有人说话,没有任何声音,父女两人就这么静静地站着。春霞的脸上洋溢着笑容,眼角却含着泪水,嘴角抽动了半天,最后才喊了一声:"爸,我回来了!"说完之后,眼泪就止不住地流了下来。春霞似乎是想把所有的情绪、思念,以及这些年在外边受的委屈都发泄在这泪水中。

老李的嘴角抽动了半天,抬手揉了揉眼睛,最后吸了口凉气,说道:"回来就好,回来就好!"看样子,他是在刻意掩饰着自己的情绪,不让眼泪掉下来。可是他说话的声音,明显有些哽咽。最后他朝着春霞露出了久违的笑脸,迟疑了几秒钟后,似乎想起来了什么,这才说道:"回来了,咋还站在外头,快进屋去,外头冷!"说着,老李从地上拾起锄头,扛在肩膀上。

"进屋,进屋去!"春霞笑着回应,她抬起手抹了抹脸上的泪水,然后提起搁在地上的皮箱。老李看着她艰难的样子,赶忙凑上前来,从春霞手里夺过箱子的把手:"哎呀,你先进去,我来,我来……"老李有些手忙脚乱,刚提起箱子,肩膀上的锄头又哐当一声掉在了地上,春霞本想弯腰去捡起来,却被老李一把拉住,他推着她的后背,不停地催促着,说道:"哎呀,你管这些干甚,快进去!"

老李扯着嗓门,朝着院子里喊道:"小军,军儿啊,你姐回来了,快出来!"老李的声音底气十足,声音大得出奇,生怕别人不知道他闺女回来了似的,声音响彻全村。

"姐,你回来了,这次回来了就不走了吧!"小军有些腼腆,言语中说不尽的关切和想念。

"你这小子,没大没小的,倒管起你姐来了,快,快帮你姐把东西拿进去,外边冷,别傻站着。走,进屋!军儿啊,你把炉子生起来,把火烧得旺旺的,你姐赶了好几天的路,估计是冻坏了!"老李扛着箱子往里走,一边走,一边朝着小军吩咐。

等到老李进屋之后,春霞一把拉住小军,小声地问:"家里都还好吧?"

"姐,你放心吧,家里有我呢,没事儿!就是……"小军的脸色突然冷淡了下来,像是有什么话要说,可是临到了嘴边,又不知道该不该说。

"咋了嘛,有啥子事情,你跟姐姐说嘛!"春霞心里寻思着,是不是父亲的身体出了状况，抑或是其他什么事情，可是将所有的事情捋了个遍，也愣是不知道小军想说的到底是什么事情。

"就是每年的这个时候，曹贵荣都会带人上门来闹腾一阵子，我就是怕你这个时候回来，要是让他碰见了……"小军有些为难地说道，看着春霞的脸上露出了一丝坚毅的表情，小军又继续说，"前几次，他来的时候，爸气得好几天没吃饭，不知道今年会咋样！"

"这是我们大人的事情，你一个小孩子家家的，操这些心干甚？"春霞虽然皱着眉头，也有些担心，可还是宽慰着说道。现在她就是这个家的主心骨，父亲年纪大了，不能再让他为自己的事情操心了。小军还在上学，也不能让他因为这些事情受到影响。

从深圳出发的时候，春霞就已经想好了，既然要回去，这些事情终究是要面对的，总是躲着也不是办法。再说，自己今年挣了些钱，就算是把曹贵荣的聘礼钱都还回去，也还有足够的余钱留给小军上学和家里的开销。

"哎呀，我说你两个咋还愣在院子里呢，外头冷，来来来，快，快进屋，有啥子话，到屋里头去说！"老李把春霞的行李安置好之后，又从屋里折回来，看着姐弟俩还站在院子里，又连忙催促着二人进屋。

春霞冲着父亲笑了笑，摸了摸小军的脑门，牵着他的手说："走，进屋去，姐给你带了几件衣服，你穿上，让姐看看合不合适！"

炉火燃起来的时候，父女三人围坐在屋里，春霞又把箱子从里屋拖了出来，这一大箱子，除了她给父亲和小军买的东西之外，就再也没有其他东西。自己随身的衣物，也就装在背包里。老李像是看稀奇一样，一直盯着春霞的箱子看。

春霞从箱子里拿出好几套还没拆开塑料包装袋的衣服，递到小军手里，然后催促着说道："快去，把衣裳穿上，出来让姐看看！"小军答应了一声，就兴高采烈地抱着新衣服进里屋去了。

这个时候，只剩下了父女两人，春霞从箱子底下翻出一个布包，然后塞到老李手中，说道："爸，我今年也挣了些钱，你先拿着，这些钱，一部分把曹贵荣的彩礼钱给退回去，还有一部分留着家里的开销和小军上学用！"

"咦！你说你这孩子，挣了钱自个儿留着就是了嘛，你给我干吗？"老李连忙朝着旁边一侧身子，把春霞的手推了回去，然后继续说道，"其实曹贵荣的钱，我已经还得差不多了！再加上我这几个手艺，也能挣点小钱，小军上学还是供得起的。倒是你，你挣点钱也不容易，自己存着，以后找个好婆家！"

"爸，你就拿着，我挣钱本来就是给这个家花的，你要是不要，我直接丢炉子里烧了！"说着，春霞假意做出一副生气的样子，作势就要把钱扔进炉子里。

"唉，你这孩子！好好好，我就先帮你收着，等你结婚的时候，给你置办嫁妆！"老李忙不迭地制止了春霞的动作，然后把钱攥在手里，厚厚的布包传来的质感，老李知道这笔钱肯定不是小数目，不禁心里又多了几分愧疚。他要强了大半辈子，可是唯独在对待春霞念书和结婚这两件事情上，他觉得自己不是一个合格的父亲。

春霞又转过身去，从箱子里掏出一件羽绒服来，拿到老李身前，一边比画着，一边说道："爸，我给你买了几件衣裳，你试试，看合不合身。"说着，春霞转过身去，把衣服展开，披在老李身上，然后帮他把拉链给拉上。做完这一切之后，春霞饶有兴致地站到一边，仔细瞧了瞧，"你穿上这衣裳，一下子就年轻了好几岁！"

老李用布满老茧和洗不净污垢的手，轻轻地抚摸着身上的羽绒服，就像是抚摸刚出生的婴儿一样，可是他的手不敢太过用力，生怕把衣服弄脏了。穿上这羽绒服，老李不光觉得身上热乎乎的，更觉得心里暖洋洋的，眼泪在眼眶里直打转。他抽了抽鼻子，有些不好意思地说："你这孩子，就会乱花钱，挣那几个钱也不容易，干吗都花在我身上！"

这个时候，小军已经换好了衣服，兴冲冲地从屋里跑出来，他站在中堂门口，很是兴奋地朝着春霞喊了一声："姐，你看咋样？"

春霞回过头去，朝着小军上下打量了一番，然后又冲着他露出了一脸的笑容，打趣道："哎哟哟，这是谁家的少爷啊？走在大街上，怕是要迷倒一堆小姑娘哟！"

这个时候，老李已经把身上的羽绒服给脱了下来，又换上了单薄的涤纶衣服，春霞转过身去，制止了他的动作，说道："爸，你干吗要脱下来啊，穿着暖和！"

"我这早上去地里转了一圈，还没洗澡，可不能把衣服弄脏了，还是先搁着吧，等到过年的时候再穿！"老李讪讪地笑。

春霞又陆陆续续地从箱子里拿出各种日常用品，足足摆了一大桌子，她一件件地介绍这些东西是干吗用的，然后交代小军该怎么使用。老李站在一旁，看着这些稀奇的玩意儿，脸上情不自禁地露出了笑容，他的眼睛始终盯着春霞的侧脸，直到春霞把一瓶"大宝SOD"蜜塞到他手里，他才回过神儿来。

"爸，咱们这儿冷得很，外头又干燥，以后你出门的时候，抹点这个，皮肤就不会裂口子了！"春霞交代。

老李笑得合不拢嘴，看着手里的东西，说道："我一个糟老头子，还能用得上这些东西？"可是他的心里却是喜滋滋的，春霞知道心疼他了，这让老李的心里备感欣慰，但同时他心里的愧疚也越加沉重了。

"军儿啊，去，去李二爷家借条肉回来，给你姐做顿好吃的！你就说我说的，等过年杀了年猪的时候再还他。"老李这才想起来，春霞赶了几天的火车，估计还没好好吃顿饭，这都到家了，怎么还能让她饿肚子呢？这一顿饭一家人吃得别有滋味，饭桌上虽然没有七个碟子八个碗，却总能听见屋里传来的欢声笑语。

3

春霞回家的第二天，老李张罗着要把年猪给杀了。这头猪喂了足足一年，有二百来斤，本来老李是打算把这头猪卖了，留着钱给小军上学做学费的，可是这几天他着实是高兴坏了。春霞回来了，这让他激动得有些忘乎所以。不过春霞昨天给的那些钱，也足够这个家里的开销和小军的学费。农村人，过年简单，随意置办些酒肉饭菜，鞭炮对联，就算是对付过去了。

老李破天荒地喊了好几个邻居来家里吃年猪肉，席间一大群人推杯换盏，春霞在灶台上忙活着。虽然在城市里生活了两年，她却并没有因此而生出养尊处优的态度，更没有因为自己走出了大山，而嫌弃这个贫穷落后、残破不堪的家。

席间，那些叔叔伯伯都羡慕老李能有这样一双儿女。春霞不仅人长得漂亮，而且能吃苦，在城市里找了份稳定的工作。小军不仅长成了个大小伙子，眉宇之间英气逼人，哪怕是穿着破衣烂衫，但总是收拾得干净整洁，关键是他学习成绩一直是镇子上出类拔萃的。同龄已婚的男士都觉得谁要是能娶到春霞，那真的是上辈子积德了，言语之间全都是爱慕之意，引得自家媳妇儿抱怨连连，大家伙儿也跟着起哄，席间好不欢乐！

可就在这个时候，一位不速之客却打破了席间的平静和欢乐。曹贵荣的突然到来，让大家伙儿一下子都安静了下来，他在七村八镇，可以说是名声在外，尤其是他跟春霞结婚这件事情，更是尽人皆知。席间的这些个长辈虽然都是活了五六十岁的人精，可是见到这么个无赖，也都是敬而远之。大家伙儿只顾着低头吃饭，或者背过身去抽烟，全然不想掺和到这件事情当中。

"哦哟，爸，今天杀年猪啊！你咋不找个人给我个信儿呢，这就太见外了！"曹贵荣看着大家伙儿在吃饭，找了个空位置坐下，也不知道桌上放的是谁的酒杯，端起来就直接一饮而尽，引得众人一阵阵嫌弃，旁人的眼光像是锥子一样向他刺过来，但是曹贵荣早就已经是油盐不进、死皮赖脸的无赖了。

"我不是你爸，曹贵荣，你这话可不能乱说！"老李有些生气，从曹贵荣进门开始，他的脸就刷的一下子黑下来了，他猛地喝完了杯中酒，就坐在一旁不停地抽起了旱烟锅子。他这几天也有些担心，曹贵荣每年年底的时候，都要上门闹腾一阵子，自从春霞离家出走之后，这件事情似乎就一直没完没了了。

曹贵荣似乎也是想着，到了年底，春霞应该就回来过年了，之前两年想着上门来碰碰运气，可是都扑了个空。他原本以为春霞回来了，只是一直躲着不愿意见他，所以每次过来总要闹腾一番。像他这样三十多岁的中年人，又是个离了婚的单身汉，孤家寡人一个，那些彩礼钱都是他好多年在外边打工攒下来的。这几年他几乎是坐在家里啃老本，可是也总有坐吃山空的一天。这笔钱对于他来说也不是个小数目，可是曹贵荣也知道老李家没钱，所以总是趁着年底的时候，上门闹腾一阵子。老李也没辙，年底最多就是给他两条猪肉，但是也不算价钱，这东西在农村很廉价，根本抵不了几个钱，但好歹能让曹贵荣稍微满意一点，不至于一直这么折腾。

"大家伙儿都别干愣着啊，来来来，吃吃吃，喝喝喝，吃好喝好啊！"曹贵荣丝毫不把自己当外人，端起酒杯招呼着众人，就像他是这家里的主人一般，却没有一个人给他面子。所有人都坐着没动弹，甚至有人已经看不下去了，向老李托词说家里还有事儿，就先走了。还有几个乡亲留了下来，想帮着老李把事情给解决了！毕竟老李上了年纪，万一闹腾起来，自己还可以帮把手。最为关键的是，这几个年轻后生都对春霞有意思，想在此时表现一番。

此时春霞一直躲在屋子里，暂时还没出来。曹贵荣这个人天生的大嗓门，隔得老远，春霞就听见他在中堂里叫嚣。春霞虽然已经下了极大的决心，回来之前就一直想着要把这件事情给解决了，可是此时此刻，她心里还是有些慌张，不知道该以怎样的方式出现。再加上曹贵荣这个人死皮赖脸，遇上这么一个人，当真谁都没辙。

"春霞啊，春霞，出来嘛！我知道你回来了，你别总躲着我嘛，这样躲着能躲一辈子吗？"曹贵荣几杯酒下肚之后，大着嗓门冲着里屋叫喊。

春霞有些慌了神，她不清楚曹贵荣是真的知道自己回来了，还是说只是想诈一下自己。他来的时间太过于凑巧了，自己昨天才回家，他今天就追上门来闹腾，这不像是巧合。倒像是提前得到了消息，这个时候春霞才想起来，昨天早上自己在市集上碰见了罗凤英，这个人天生就是个长舌妇，任何事情到了她嘴里都能说出花来，多半是她又提前跟曹贵荣打好了招呼。

但是春霞并没有因此而失了分寸，眼下客人都还在屋子里，一旦她出现，曹贵荣无疑要闹腾一番，父亲又是个要面子的人，他那火暴脾气一上来，九头牛都拉不住，估计场面不好看。春霞不想因为这件事情让父亲脸面上挂不住，也不想让在场的诸位叔伯兄弟看了笑话，所以暂时按捺住性子，躲在里屋没有出来。

一直等到酒席吃完，所有人都走光了，曹贵荣还是像个无赖一般，坐在席面上。满桌子的剩菜剩饭全让他一个人给包了，就像是好几天没吃饭的饿死鬼一般，吃相也极其难看。尤其是当众人都走了之后，他更是肆无忌惮。其实自从曹贵荣离婚之后，他吃饭睡觉也完全没了规律。手里有几个钱之后，就一直混迹在镇子上的录像厅里，一待就是好几天。一直等到身上那点钱都花光了，被老板赶出来，才会去找个散活儿挣点零钱。他这样的日子过了不是一天两天了。

其间，他也托罗凤英给他保过几次媒，可是对方一听说那人是曹贵荣之后，就断然给回绝了。谁也不愿意嫁给这么一个没有任何盼头和前途的男人。

家里没个女人照应着,再加上曹贵荣又是个游手好闲的主儿,三天两头不着家,屋前屋后都长满野草,那房子也好久没有收拾了,屋顶的瓦片早就开始漏水了。虽然他的砖瓦房在这一带还算是数一数二的,跟大家伙儿的窑洞房比起来,也格外敞亮,可是这也是两年前的事情了,这几年村里发生了翻天覆地的变化,外出务工已经形成了一种风气。

村里出去打工的人不在少数,但凡是在外边混了几年之后,回来的人都已经从原来的窑洞里搬出去了,在离镇子稍近的地方批了一块地皮,自己盖起了新房。这么一比较,曹贵荣在众人面前,也就没什么优势可言了。他自己也清楚这档子事儿,可是不管谁劝说,他都当成耳旁风,根本听不进去。

不仅如此,他还一直做着美梦,觉得春霞虽然没有进门,但是已然成了他的人。他寻思着,春霞在外边打几年工之后,有了钱,到时候还是得跟他好,自己就在家里吃现成的。他时常想,自己之所以变成一副人不人、鬼不鬼的样子,都是因为那次婚没结成,他把所有的原因都归罪到春霞逃婚的事情上。所以他还心安理得地觉得,春霞在外边混出个样子来,以后供养自己也是理所应当的事情。

"曹贵荣,刚才是人多,我给你留点面子,你也别得寸进尺。彩礼钱,我都给你准备好了,退给你!但是你得给我立个字据,打个收条。这钱还给你之后,你以后跟春霞再没有半点关系,你不能纠缠她!你要是答应呢,我这就把钱给你,要是不答应呢,这个钱你也莫想要了,以后要是再敢上我家的门,我就对你不客气了!"老李黑着脸说道。

按理说,老李这话说得有理有据,没有任何差错!可是曹贵荣却不这么想,他有些纳闷,心里琢磨着,难道罗凤英说的是真的,春霞真的回来了!这老李有钱退还彩礼钱,那这钱肯定是春霞给他的。没想到啊,这小丫头出去就两年,能挣这么多钱,要是就这么拿着钱走了,那往后不就只能坐吃山空了吗?可是要不接这个钱的话,自己连这个年都过不下去了!

曹贵荣有些为难,这事儿到底该怎么办呢?稍微权衡了一下,曹贵荣心想,先把钱拿到手了再说。反正他跟春霞结婚这事儿,尽人皆知。不管以后谁说起来,他都可以理直气壮地说春霞是他的老婆。

"行啊,那你先把钱给我!我给你算一下啊,这不比往年。前两年,一千块钱还当钱用,可是现在一千块钱能买得到两年前一千块钱的东西吗?就算是我这个钱存在银行里,那也能下个崽儿不是!你给我两千块钱,这个事情就算这么了了!"曹贵荣一副死皮赖脸的态度,蹲坐在板凳上。

这话谁听了都受不了,老李的脾气顿时就上来了,拍着桌子,很是气愤地朝着曹贵荣吼:"曹贵荣,你还要不要点脸!当初你就给了三百多块钱的彩礼钱,我也陆陆续续地退了你一部分。就算这三百块钱存在银行里,两年也不可能有一千块钱的利息!我告诉你,你要是这么说,那这个钱,你一分都别想拿到!我也不要这张老脸了,任你出去怎么说!"

老李气得吹胡子瞪眼,可是曹贵荣依旧是一副油盐不进的态度,他等的就是老李这个态度。只要闹腾起来,他比谁都愿意看见这样的场面。这个钱就算是不要了,今年过年大不了就一直赖在老李家不走!

本来他还只是怀疑,这罗凤英说的到底是真是假,春霞到底是不是回来了,可是眼下的局面让他更加断定这笔钱肯定是春霞让老李还的,要不然凭他一个木匠,就算是打一整年的零工,不吃不喝,也不可能攒这么多钱!

现在春霞一直不露面,只要闹腾起来了,恐怕她想躲都躲不了。曹贵荣一直在等这个时机!

"你不还钱也行,反正我是你女婿,这事儿谁人不知谁人不晓。我也不怕你不还钱,那点钱就当是我孝敬你了,但是眼下快过年了,我没钱办年货,就在你家过个年,你没意见吧!"曹贵荣越说越来劲儿。

"放你娘的狗臭屁!谁承认你是我女婿了,我告诉你,我也不怕你赖在这儿不走,莫怪没人管你饭,饿死你!"老李愤愤然地把烟袋锅子在桌子上磕得梆梆响,烟灰四处乱飘,整桌子的饭菜都没办法吃了。

明显老李是想这样逼走曹贵荣,但是这家伙依旧死皮赖脸地坐在席面上,不管怎样都是一副不温不火的赖皮态度。虽然菜里全是烟灰,没办法吃了,他却往杯子里倒了一杯酒,自斟自饮就这么干喝了半天,直到整壶酒都见底了,他还有些意犹未尽的样子。

老李就坐在旁边等着他,其实老李也有些纳闷,曹贵荣这次过来跟以往有所不同。要是往年,估计自己要是这个态度,他早就跟自己掀桌子摔板凳了。老李也是个明白人,他偷偷地瞄了曹贵荣几眼,曹贵荣这个时候眼神飘忽不定,一直在朝着里间看,要不是老李坐在门口,刚好堵着门,估计他是要满屋子找人了。从曹贵荣进门开始,就一直嚷嚷着要找春霞,老李估摸着,他怕是得了信儿,要不然也不会这么一反常态地好脾气,坐在这儿让自己数落。

"小军儿啊,来来来,再给我烫一壶酒!"曹贵荣微微有些醉意,说话的时候舌头都有些不听使唤了,走路也飘起来了。

可是等了半天,小军依旧窝在灶台边上不肯搭理他。曹贵荣见小军一直没动弹,索性站起身来,拿着酒壶朝着老李那边走过去,满嘴酒气地嘟囔:"你不给姐夫倒酒,我自己找去!"

直到这个时候，老李才算是明白，曹贵荣这是明摆着想趁着这个当口，进屋里去找人。老李心里一紧，这要是让曹贵荣看见了春霞，估计他更不肯走了！两年前，自己没有照顾好春霞，让她受了那般的委屈，眼下老李自然不可能再让春霞吃亏。

"屋里没有酒了，最后一壶都让你喝完了！"这个时候，小军也从灶房里走了进来，他手里提着一只塑料壶，朝着曹贵荣晃了晃。

早上老李要杀年猪，才让小军去刘二爷家灌了十斤酒，席间只不过就喝了几壶，断然不可能就这么给喝完了。老李看了小军一眼，这孩子也算是有心了，他却给小军使了个眼色，然后黑着脸说："把酒给他，让他喝个够！喝不死他！"

小军有些为难，站在原地没有动弹，可是老李都已经这么吩咐了，他也只能照着办。其实老李是怕曹贵荣借着进屋里找酒的时机，撞见春霞。小军是想着只要没有酒给他喝了，曹贵荣觉得无趣，肯定会自己离开。可是眼下，老李既不想让曹贵荣进屋，也不想给他酒喝，但是又怕他以此为借口闹事，只能让小军去给他倒酒，先把他稳住了，等他喝醉了再说。

曹贵荣也不傻，当然看得出来这其中的端倪，正当小军抱着酒壶转身进厨房的时候，他又讪讪地笑着说道："唉，算了！这酒我也不喝了，你留着过年吧！反正我待在这里，你们也不欢迎我，我走就是了！"曹贵荣站起身来，假意要走，一步三回头地看着老李的反应。

"走走走，要走快走，没人留你！"老李也瞥了曹贵荣几眼，但是脸上依旧没什么表情，心里七上八下地坐在门口抽闷烟。

这个时候，春霞也侧耳贴在门口，听着屋外的动静。其间，她有好几次都想出去，但是老李始终用板凳顶着门，从里边根本打不开。春霞知道父亲的意思，是不想自己跟曹贵荣见面，也怕他见到自己之后闹腾，只能暂时待在屋里边。

可是谁也没想到，曹贵荣刚出去，又去而复返。老李以为他发现了什么，一时间有些紧张，但依旧黑着脸，站起身来呵斥道："你又回来作甚？"

曹贵荣瞅了老李一眼，然后径直朝着他走过去，老李生怕曹贵荣要进里屋，又一屁股坐下去，故意把腿踩在桌子腿上，挡在曹贵荣面前。

"我烟掉在桌子上了，回来拿烟！"曹贵荣指着桌子上的烟盒说，其实他之前也留了个心眼，故意把烟盒子留在桌子上。他心想，就算他一直这么待下去，春霞也不一定会出来见他。春霞只要是有心要躲着他，就算自己在这里守几天，也见不到她。于是曹贵荣就想着，把烟盒留在桌子上，自己假意离开。自己走了之后，春霞肯定会出来，然后自己再借着回来拿烟的时候，跟春霞来个不期而遇。

可是曹贵荣没想到，老李比他心眼还多，曹贵荣离去的时候，他就瞅见了桌子上的烟盒，刚开的一包烟，照着曹贵荣那抠门的个性，肯定是要回来寻的，索性他暂时就没让春霞出来。也多亏老李多了个心眼，要不然真的让他们这么撞见了，还不知道后边会造成什么不可控制的局面。

"其实不是我说你，你跟春霞的事情，根本就不可能。你呢，也别再往我家跑了！要是你想明白了呢，给我立个字据，写个收条！只要你同意，我随时都能把钱给你送去！"老李看着曹贵荣的脸，依旧抱着最后一丝幻想，毕竟这么一直吵下去不是办法，事情也总得想个办法妥善处理了。

这个时候，曹贵荣的酒劲儿也上来了，脑袋有些不清醒，往嘴里塞了根烟，可是刚走出去没几步，竟然扑通一下子倒在了门口，整个人四仰八叉地躺在地上起不来了。老李也是吃了一惊，赶忙站起身来查看。此时曹贵荣的脑门上撞出了一道血口子，他却丝毫没有感觉，就这么躺在地上睡着了！

4

谁能料想到事情会发展成这样子！起先，老李还有些疑惑，多了个心眼，寻思着是不是曹贵荣在跟自己使苦肉计，当然这样的事情，曹贵荣确实做得出来，也不怪老李疑心重。可是等了半天，曹贵荣好像真的是一点动静都没有。老李嘴上塞着旱烟袋，猛吸了一口，烟气却一直灌在嗓子眼里，两个鼻孔喷出两条烟柱子。他凑上前去，见曹贵荣躺在地上，已经不省人事了。

眼看着马上就要过年了，在这个时候摊上这种事情，估计这个年也别想过踏实了。虽说老李心里是一百个不愿意，可是也不能任凭曹贵荣就这么躺着，眼下还搞不清楚这家伙到底是因为多喝了几杯酒醉了，还是刚才摔了一跤，晕过去了，看着曹贵荣一脑门的血，老李再也坐不住了。

就在这时，春霞听着外边没什么动静，才从里屋出来。看着父亲盯着眼前的曹贵荣不该如何是好，春霞想也没想，立即上前去查看曹贵荣的伤势。

"爸，咱们得送他去趟卫生院！"春霞回头征求老李的意见，毕竟已经好几年没有回来，村子里头发生了一系列的变化，春霞对目前的形势不太熟悉，有什么事情还得老李点头才行。

"要不，咱先找你四叔给看看，他懂些中医，先让他给瞧瞧，要是没什么大问题的话，给他敷点药就行了！这个无赖，要是等他酒醒了，还不知道要咋闹腾哩！"老李也有些拿不定主意。

春霞没有反对，毕竟这个时候，天色已经暗下来了，如果要去卫生院的话，起码得好几个小时。几十里的山路，等把不省人事的曹贵荣拖过去，人都冻坏了。于是，她朝着灶房里喊了一声："小军，你去喊一下四叔，就说曹贵荣在咱家喝醉了，磕着脑袋了，让他来给瞧瞧！把手电带上啊。"春霞说完之后，又让老李支了两张板凳，先把曹贵荣扶到一旁躺下，老李拿了一床被子给曹贵荣盖上，两人就在一旁焦急地等待着。

不一会儿，小军拉着四叔气喘吁吁地赶回来，老李听见屋外的脚步声，赶紧凑了上去，接到四叔之后，忙让他给曹贵荣瞧瞧伤势。

"老四啊，你快给瞧瞧，这曹贵荣赖在我家里喝酒，刚要出门就一头栽在门槛儿上了，我也不晓得他是喝醉了，还是摔坏了。你说这快过年了，咋还摊上这么个事儿，你赶紧给瞧瞧！"老李心里有些着急，催促着四叔。

"好好好，莫着急，等我先看一下子再说。"四叔把手里的皮包搁在一旁，赶忙去看曹贵荣的伤势，他先是掰开曹贵荣的眼皮，看了一下瞳孔，之后又瞧了瞧他脑门上的伤口。在此之前，春霞简单地帮曹贵荣止了血，又一直用手帕按着曹贵荣的脑门，直到四叔过来之前都没撒过手。

一家三口都焦急地等待着四叔给出最后结论，此时三人的心也全都因这个不速之客而揪到了一起。春霞倒是没有想那么多，她只是觉得先把曹贵荣的伤势情况给弄明白，万一真的有什么问题，也好提前做准备。虽然她很不待见这人，可是此时也放下了内心抵触的情绪。说实话，春霞是有些怕跟曹贵荣打交道的，毕竟两个人为人处世的方式和性格都不在一个频道上。

老李也有些焦虑，甚至是焦躁，虽然脸上没有表现出任何情绪，一直蹲坐在门墩儿上抽着闷烟，心里却是一百个担心。曹贵荣这泼皮无赖已经连着好几次趁着过年的时候上家里来闹腾了，这要是等他醒过来见着春霞本人了，那还得了？

小军虽然年纪尚小，没有那么多心眼儿，此时此刻更插不上话，但是他心里清楚这件事情的始末，如果不是因为这个家的烂包光景，此时姐姐应该还在上大学。眼下小军已经上初中了，教他的老师都是当初教过姐姐的，每次小军成绩不好的时候，老师们也都会拿着姐姐的事迹来给他做思想工作。也正是因为当初姐姐读书的时候成绩异常优秀，所以当下自己的老师才愿意花更多的精力和时间在自己身上。小军把姐姐没能上大学，为了自己的学费不得已要嫁给曹贵荣这件事情看得很重，只不过他自己都没有觉察到罢了。

终于，四叔在稍微查看了一下曹贵荣的伤势之后，开口说道："哎呀，这个事情呢，我也说不好。他这个情况吧，像是酒喝多了；但是吧，又怕是摔了一跤，摔坏了脑子。我这个中医学得也不到位，只能治一些小毛病，他这个情况吧，我也拿捏不准。要不，你们还是连夜带他到镇上的卫生院去看一下嘛！"

四叔说出了自己的担心，可是曹贵荣和老李家的事情，他也多少清楚一点。本来也是个好意，怕这事要是耽搁下去，若是曹贵荣真的有个什么好歹，老李家估计脱不了更大的干系和责任。但是他看着老李依旧黑着脸，也没好多说些什么。

此时老李心里还在怄气，本来今天春霞回来了，他高兴，所以才请了七邻八舍的叔伯兄弟来家里吃年猪饭。曹贵荣完全是不请自来，老李也不怎么欢迎他，这倒好，本来就因为这个不速之客的到来，闹得酒席不欢而散，没承想这家伙自己多喝了几杯，在门槛儿上栽了个大跟头，还得连夜带着他跑几十里的山路去卫生院。这事儿不论搁在谁头上，心里都不舒坦。

客客气气地送走了四叔之后，春霞看着老李依旧有些不高兴，但还是说："爸，虽说咱都不怎么待见曹贵荣，可毕竟是在咱家喝了酒之后他才出的事儿。咱还是带他去镇上的卫生院看一下吧！"

"我也没请他来，哦，他自个儿跑到我家里来喝酒，我本来就不情不愿，现在倒好了，他自个儿在门槛儿上摔了一跤，还得我给他出医药费，这是哪门子的道理嘛！"老李心里还是有情绪，虽然嘴上这么抱怨着，可是心里也有些考虑，他是怕曹贵荣醒来之后，拿着这事不让，要是这样，这个年可就过不安稳了。尤其是春霞一连好几年都没回家，这头一次回家过个年，就遇上这样的事情，他心里着实有些自责和难受。

"算了算了，你也别生气了。还是先带他去卫生院看一下，没什么事情，我们也放心。万一真的有个什么事情，曹贵荣真的是摔坏了，到时候怕是更麻烦了！"春霞依旧安慰着老李说道。见父亲没反对，春霞才招呼着小军，问他有没有合适的人，找个车子带曹贵荣去一趟卫生院。

老李虽然有些不情不愿，还有些窝火，但毕竟也怕真的再摊上什么事儿，便黑着脸，气鼓鼓地说道："小军啊，你去看看你四哥睡了没，要是没睡的话，你跟他说一声，就说我们要去一趟镇上，问一下看他有空没。"老李也帮忙安排，尽管此刻他心里别提有多少个不乐意，可毕竟还是保持着理性的头脑。

等到达镇上的卫生院之后，都已是深夜了，这个点儿，镇上的卫生院早就下班了，只剩下几个值班的护士。前前后后找了半天人，主治大夫才赶过来。检查了一番，曹贵荣并没有什么大碍，就是喝醉了，外加轻微脑震荡，休息几天就没事儿。到这个时候，春霞悬着的心才算是完全放了下来。

"爸，这没什么事儿了，要不你跟小军先搭四哥的车子回去吧！我在这里看着就行了，等到明天他醒了之后，我就回去！"春霞看着一脸倦怠的父亲和小军说道。

"这可不成，曹贵荣可不是什么好人，把你一个人放在这里，要是他醒了……我不放心！要不你还是跟小军一起回去吧，我在这里看着他，等他醒了我再回去！"老李有些倔强地看了一眼躺在病床上的曹贵荣，然后咬着牙根，恨恨说道。

可就在这个时候，病房的门突然被推开了，所有人都循着开门的声音朝着门口看过去。

"春霞，你回来了？"那人站在门口，情绪很是复杂，有些激动，有些喜悦，还有些兴奋。可是看着躺在病床上的曹贵荣，心里又有些失落和难以言说的纠结。

"永华？你……"春霞也有些激动，已经这么久没有见到王永华了，谁能想到再见面的时候，竟然会是在这样的场合。虽然这几年，两人之间都一直有书信上的往来，春霞把这些年的委屈和辛苦以及思念都写在了书信里，可是再见时，还是忍不住有些热泪盈眶。

老李似乎是看出来了两人的心思，他也知道春霞和眼前这个小伙子相互倾心。当即说道："要不，你还是回去吧，你们俩好几年没见面了，肯定有好多话要说。这里有我看着就行了！"

"叔，你还是跟小军一起回去吧，这里我帮你们看着！"王永华自告奋勇地说道，说完之后，又怕春霞和老李反对，又补充了一句说道，"我哥做手术，我这段时间都一直陪在医院里，不耽误事儿的！"

听他这么说，老李才算放下心来。他知道春霞和王永华之间的关系，也知道自己在场的话，他们之间肯定有些话不好意思说，而且老李对王永华比较熟悉，也有些好感，这才交代了一番："那就麻烦你了，要是这家伙醒了之后，说些不干不净的话，纠缠春霞，你直接帮我捶他！"

5

老李走后，病房里一下子变得安静了下来。春霞和王永华都有些拘谨，可能是三年没有见面，原本是有很多话要说的，却一下子堵在胸口，不知道该说些什么了。尤其是在这样的场合下，两人都有些不自在。春霞似乎是看出了气氛有些不对，她毕竟已经参加工作了，没有王永华这种书生气息，于是提议，两人去外边走走。

天气虽然异常寒冷，可是走在皎洁的月光下，两人的心里却是暖暖的。此时王永华的心里别提有多么甜蜜，但是他却突然觉得有些语塞，不知道该说些什么，他心里知道，春霞这些年在外边工作一定不容易。想到这里，他甚至还有些自责，觉得没有保护好自己喜欢的姑娘，心里升腾起一种歉疚的情绪。

可是这样的想法，他并没有表达出来，只是觉得以后要对春霞更好一些。又往前走了一段，差不多快要走出卫生院的大门了，两人之间依旧没有人开口说话，只是这么静静地走着。皎洁的月光下，两个人看起来都是银装素裹的样子，好像走在雪地里，走着走着，就白了头发，走着走着，就是一辈子了。

春霞突然有些俏皮地冲着王永华说道："咱们像不像是走在雪地里？"

"啊？"王永华没想到，春霞突然开口，说的却是这么诗情画意的景象。他只是看着春霞的侧脸，嘴角露出了一丝微笑，然后有些木讷地回应着。

春霞在王永华面前，突然又变成了那个天真烂漫、活泼可爱的小女生，她回头冲王永华笑着说道："我突然想起来书上的诗词——皑如山上雪，皎若云间月。"

王永华怎么也没想到，春霞会突然展现出这样的一面，他甚至在想，在这样的情况下，春霞竟然丝毫没有因为曹贵荣而受到影响，看来她这几年在外边经历的事情，已经让春霞发生了本质上的变化。至少在此时，王永华觉得他与春霞之间，有了一定的差距。不管是精神层面上，还是穿着打扮上，王永华都有些自卑感，但是同时也坚定了他更加发奋和刻苦地去念书的决心。

半响过后，王永华突然打断了春霞的兴奋劲儿，稍有些担心地问道："曹贵荣，他这是……咋回事儿啊？"

"他呀，也没多大点事儿。听说这几年一到年关，他就上我家里去闹腾，这不，跑我家里去，多喝了点酒，出门的时候在门口摔了一跤。我爸找了村里四叔给看了一下，四叔也闹不清楚他是喝醉了，还是脑子摔坏了，所以就带着他到卫生所里来给看看！"春霞解释说。

"我也听说了，曹贵荣每年都会上你家里去闹腾一阵子，你这才回来，他不会纠缠着你吧？要不，你先回去躲一下，这里我帮你看着就是了！"王永华还是有些担心地说道，其实他也是有私心的，春霞是他喜欢的姑娘，当初差点就嫁给了曹贵荣，如果不是最后关头，春霞听了自己的话，去了深圳打工，他恐怕是要后悔一辈子的。但是眼下，春霞回来了，他怕曹贵荣还会纠缠春霞，所以才有意让春霞回避。

"有些事情，总是要面对的，总不能躲一辈子吧？就算我躲着曹贵荣，难免他以后还要上我家去闹腾！我爸年纪大了，总不能让他天天为了这件事情怄气吧。我都想好了，等曹贵荣醒过来，我就把事情跟他说清楚，把彩礼钱退给他。"春霞突然变得冷静下来，异常坚定地对王永华说道。

此刻倒是显得王永华看问题有些浅薄了，他并没有想到春霞在这三年之中，会有这样的变化。在思想层次上，他已经远远地落后于春霞。虽然王永华也感觉到春霞跟三年前有所不同了，可是他一时半会儿也说不清楚这种变化到底在哪儿。

当然，在这种久别重逢的喜悦气氛当中，他也没有那么多的时间去想这些问题。只是隐约觉得自己跟春霞之间，有了一些隔阂和差距。不过这些他并没有放在心上，因为有一点他可以确信，那就是春霞对待他们之间的感情始终没有动摇过。只要春霞心里还有他，那么一切都显得微不足道了！

"你哥哥怎么样了？"春霞突然问道，从两人见面开始，就一直没有聊这个话题，眼下春霞突然问起来，王永华显得有些不知所措。

皎洁的月光下，隐约能看见王永华的脸上泛起了一丝愁色，从见到春霞开始，他就把兄长的事情完全抛诸脑后了，只是淡淡地说了一声："就是个阑尾炎手术。"虽然他嘴上轻描淡写，可是神情却没有那么轻松，只不过这种忧虑转瞬即逝，再加上天色黑暗，根本就看不出来他的表情。

可是春霞还是察觉到了些什么，王永华是那么骄傲的一个人，尤其是家里好几个哥哥弟弟供着他念大学，这让他肩上的担子比山还要沉。这几年在大学，他一门心思扑在学业上，所有的课程都是全年级最优秀的，每年的助学金、奖学金，几乎被他一个人给囊括了，加上勤工俭学，勉强还算是过得去。

但是天有不测风云，人有旦夕祸福。老天爷似乎是有意要跟他开这个玩笑，偏偏在他这么艰难地想要把大学上完的时候，家里接二连三地出现事故。但是为了能让他安安心心地念完最后一年书，家里所有的大事小事都一直瞒着他，就是不想他因此而耽误学业。

直到这次放寒假回家的时候，王永华才察觉到，不仅仅是年迈的父母亲身体大不如从前，就连家里的顶梁柱——自己的大哥——也总是偷偷按着肚子，缩在墙角。王永华暗中观察了好几次，大哥确实是生病了，这才强烈要求必须带大哥到医院去检查一下。

可是大哥是个执拗的性子，一直坚持着，咬着牙不肯去医院，他生怕因为自己的身体再花些冤枉钱，那王永华最后一年的学费可就成了摆在眼前的最大的问题了。大哥总是跟他说："咳，你这娃子，咋那么多事儿呢？庄稼人，皮糙肉厚的，哪有那么金贵？不就是肚子疼么，可能是吃坏了东西，蹲个茅坑就行了，干甚要去医院检查嘛？"

大哥一直以这样的托词拖了好几天，直到昨天晚上，王永华和他一起从地里忙完回家的途中，大哥再次犯病了。王永华从来没见过大哥那个样子，大哥疼得浑身发抖，脸色惨白，而且大冬天的竟然满额头都是汗水。王永华知道，大哥肯定是疼得冒冷汗了，他说什么也不肯让大哥再这么坚持下去，无论如何也得带他到医院检查一番。

走在路上的时候，大哥一直劝他回去，却已经疼得快说不出来话了，说话的时候，牙齿都一直咬得咯咯作响。王永华不管不顾，一直背着大哥连夜赶到了镇上的卫生院，医生一检查才知道，是阑尾炎加胃穿孔。还好赶到医院及时，要是再晚一点，大哥这条命恐怕都保不住了！王永华当即让大夫给大哥做了手术。

可是做手术的这笔费用，花光了王永华攒了整整一个年头的奖学金、助学金和勤工俭学的补贴，就是把这些全部加上，都还差了好大一截。王永华从病房出来的时候，刚好就是准备回家去筹钱的，可是经过走廊的时候，无意间听见了隔壁病房里的动静，顺便朝门口的玻璃窗里瞥了一眼，当他看见春霞的时候，所有的事情一下子都忘到九霄云外去了。

几乎是下意识地推开了隔壁病房的房门，心情异常激动，他都不知道怎么跟春霞打招呼了。他也不确定春霞已经回来了，三年没见，朝思暮想的姑娘就站在自己眼前，可是他却突然愣住了，眼眶里明显闪动着泪花，却强忍着没有哭出来。

当他看见病床上躺着的曹贵荣时，心里突然咯噔一下，脑海中出现了无数种念头。直到最后，春霞跟他解释清楚整件事情的始末之后，他的心跳才算是恢复了正常的频率。在此之前，他生怕春霞因为家里的窘迫，或者其他什么原因，不得已委曲求全，又跟曹贵荣搅和到了一起。

直到春霞问起大哥的病情时，他才忽然醒悟，想起来还有这么一档子事情。可是等他恢复理智之后，摆在面前最大的难题就是巨额的手术费用。眼下他已经没有时间和心思去考虑来年要上学的问题，首先要解决的，是把大哥的病给治好。可是王永华在脑子里把所有的亲戚朋友都想了个遍，也愣是没想起来可以向谁去借钱。不光是他家，周围七邻八舍都穷得自顾不暇，哪里还有钱借给他啊？

但是当着春霞的面，王永华丝毫不敢表现出来，夜色下，他的情绪波动虽然都写在了脸上，可是转瞬即逝，根本就没有给春霞察觉的机会。或许这就是相爱的两个人之间的默契吧，但凡是有一丁点反常的举动，都逃不过对方的眼睛。虽然王永华已经掩饰得很好了，但还是被春霞看出了端倪。

"要不，咱们去看看你大哥吧！咱俩都认识这么长时间了，我家里的情况，你都一清二楚了，可是我还没见过你的家人呢。"春霞说道，其实她只是想看看王永华的大哥到底病成什么样子了。这几年，他们虽然没有见过面，但是双方之间一直都有书信往来，在王永华写给春霞的信件当中，他不止一次地提过这个为了家庭，甘心情愿放弃了当兵机会，一辈子守在大山深处的兄长。

这句话多少让王永华有些无所适从，一方面他很是期待带着春霞去见自己的家人，这意味着，春霞跟他之间的关系更进了一步。可是另一方面，王永华有些担心，他不想让春霞看见自己家里的窘迫，尤其是此时，他为了大哥的手术费和自己的学费满心焦虑的时候。

可是还不等他答应下来，春霞就拽着他的胳膊朝着医院的大门走去。王永华不知道是该拒绝让春霞跟自己的兄长见面，还是顺其自然，就让事情这么发展下去，至少他跟春霞的事情算是水到渠成了。可是还没等他把事情想明白，春霞已经拽着他到了病房的门口。

"是这里么？"春霞从门口的玻璃窗口往里看了一眼，然后压低声音回头问道。

王永华也顺着门口的小窗户往里看了一眼，此时大哥正坐在床上，显然是做完手术之后，麻药的效果刚过去，他有些疼痛难忍。可能是因为病房里还有其他人在，所以他一直强忍着，没有吭声。但是额头上早已经布满了细密的冷汗，整张脸都扭曲变形，惨白得有些吓人！

6

尽管王永华和春霞两人的动作都已经很轻了，小心翼翼地生怕惊动了里边病床上还在休息的大哥，但是当门口刚刚出现两人的侧脸时，就已经被里边的人给察觉了。王永华本来并没有下定决心带春霞去见躺在病床上的兄长，可是这样一来，就是现在打退堂鼓，也已经来不及了。

"小华，你……"王贵华挣扎着想要起身，可是刚一动弹，牵动了伤口，加上麻醉药的效果已经过去了，疼得他龇牙咧嘴，他浑身无力，一下子就躺在了病床上。

看到这一幕，王永华来不及多想，他担心兄长的病情，赶紧推门进去，三步并作两步，直接冲到病床前，急切地说道："大哥，你躺着，别动！"说着，又查看了一下王贵华刚做完手术的伤口，确定伤口没有出血之后，他悬着的心才算是放了下来。

王贵华的脸上，终于露出了一丝笑容，显然他是强忍着疼痛，硬挤出来的一个笑容，笑得那么苦涩。当他看见和弟弟一道进来的姑娘的时候，眼前一亮，心里多半已经猜到了些什么，但还是问道："永华，这姑娘是？"

"大哥，我跟你说过的，她就是李春霞！"王永华回头看了春霞一眼，然后对着她露出了久违的笑容。

可是在听见这个名字之后，王贵华的脸一下子就黑了下来，只是轻轻地"哦"了一声，然后就什么也不说了，静静地闭上眼睛，急速地喘着粗气，不知道是因为刚才的动作牵引到了伤口，还是因为其他事情，心里压抑着愤怒。

春霞不明白为什么王贵华的情绪会有这么大的变化，她虽然有些疑惑，心中隐隐有一丝不安，但是并没有把这件事情放在心上。只有王永华自己心里清楚到底是怎么回事。之前兄长问起自己有没有心仪的姑娘时，王永华只是心不在焉地傻笑，后来经不住兄长和父母一再地追问，终于把他跟春霞之间的事情老老实实地交代了。

本来自家弟弟找到了一个有学识，能吃苦，又漂亮的姑娘做对象，是一件值得高兴的事情。可是后来出了曹贵荣这档子事情，春霞跟曹贵荣之间有过那么一段过往，虽然没有结成婚，可是这件事情闹得整个小镇上尽人皆知，王永华的家人自然也知道了这件事情。

虽然王永华一再解释，一再为春霞辩解，说这件事情春霞完全是有不得已的苦衷，可是不管王永华怎么说，全家人都不同意他再跟春霞交往，那阵子，家里还背着王永华给他安排了几次相亲,但是都被他以各种理由给回绝了。

王永华怕家人多心,暂时就没把找对象的事情放在心上,每次家里人催促他结婚,他就用学业来做托词,能拖一阵子是一阵子。后来家里人也质问他,是不是还对春霞念念不忘,所以才拒绝了家里安排的相亲。王永华为此也跟家里做过几次争论,可是每一次父母亲和兄长都愤愤地说:"不管你找个什么样的对象,但是李春霞想进我们王家的门,就是不行!咱们家,好不容易才供出你这么个大学生,李春霞这种女人,你要是把她娶进门,往后咱们还不得让人家的唾沫星子给淹死!你娶谁都行,唯独李春霞不行!"

时间久了,加上这三年春霞一直没有回过家,所以王永华也没再提起过这件事情。家里也当是两人之间断了来往,也就没有再催促王永华结婚。可是偏偏这个节骨眼上,王永华把春霞带到了兄长面前,更要命的是,还是在兄长刚刚做完手术的情况下。看着自己的大哥无比气愤,胸口不停地剧烈起伏,王永华只得找了个借口,说:"大哥,春霞家里有亲戚在住院,我们也是刚才在外头碰见的,人家也是关心你,所以我就带她来看看你嘛!"

王贵华只是轻轻地答应了一声,但是别的话什么都没说。王贵华的反常着实让春霞有些尴尬,她觉得可能是王贵华刚刚做过手术,所以暂时身体还有些不适,需要休息,倒也没往深处去想。

见大哥一直对春霞爱搭不理,王永华担心如果继续待下去,生怕大哥一时忍不住,把实话说出口。稍微劝慰了王贵华几句,王永华就带着春霞又出了病房。可是在临走的时候,王贵华却咬着牙,强行坐起身来,对王永华说道:"小华啊,大哥的事情你莫操心了,去叫你嫂子来!这医药费让你嫂子回娘家想想办法,可不能耽误了你开年上学!"

"放心吧,大哥,不打紧的!我的奖学金、助学金都一直存着,除去你的手术费、医药费,我学费还有多的,等开学了,我再打一份工就是了。你放心养病就行了,家里的事情有我和二哥,你就别操心了!"王永华没有表现出来任何的异样,拍着胸脯说道。

可是从病房出来的那一瞬间,春霞明显看见了他脸上的一丝愁容,不等王永华开口,春霞直接从兜里掏出一千块钱,硬塞到王永华手里,说道:"这些钱,你先拿着,先把你大哥的手术费缴清了!等你上学的时候,我发了工资,到时候再给你汇些钱!"

"这怎么行呢,我咋能要你的钱?"王永华的脸一下子黑了下来,把春霞的手推回去说道。

"咋啦,现在跟我分得这么清楚啦?"春霞故意拿话来噎他,她知道如果不这么说的话，依王永华的性格，他是无论如何都不肯接受自己的帮助的。看着王永华依旧坚持的态度，春霞又说道，"那这钱就算是我借给你的，等你以后毕业工作了，再还我就行了！"

可是王永华依旧是一副为难的表情，明明四处都借不到钱，可还是死要面子活受罪！最后春霞故意装出一副很生气的样子，板着脸说道："你要是不要这钱，以后你就别来找我了！"

看到春霞生气的样子，王永华以为春霞当真了，这才急忙接过她手里的钱，说道："好，这钱我就先拿着，等我以后挣钱了一定还给你……我给你写个欠条！"说着，王永华从胸口的口袋里掏出钢笔，浑身上下摸了个遍，也没找出一张纸。他四下张望了一番，然后从墙壁上的宣传栏里撕下一张公告，在纸张的背面郑重其事地写下了欠条。

"你跟我之间，还用得着这些东西吗？"春霞看着王永华认真的样子，觉得有些好笑，虽然春霞压根就没想让他写这个欠条，可王永华还是有点认死理，可能这就是春霞喜欢他的原因吧！

王永华写完欠条之后，用袖子把纸张抹平了，然后一本正经地递到春霞手里，很严肃地说道："呐，这个你收好，以后要是我还不上，你就拿着欠条去我家里要钱！"

春霞看着她的样子，突然扑哧一声笑了出来。这一千块钱，是之前春霞交给老李，让他拿来还曹贵荣彩礼钱的，可是曹贵荣晕过去之后，需要钱住院，所以老李临走的时候，就把这一千块钱又塞到了春霞手里，意思是让她等曹贵荣醒了之后，再把这笔钱给还回去。可是眼下，当春霞看见王永华家里有困难的时候，根本没想那么多，直接一股脑儿地把身上的钱全部都掏给了王永华。

王永华也知道，就算是在深圳那样的大城市，一个普通工人一个月的工资才一百块钱左右，这还得算上加班、全勤和各种补助。这一千块钱，多半相当于一个工人将近一年的工资，可是春霞却还没等自己开口，就直接把钱塞到了自己手里，一方面他心里觉得暖暖的，至少证明春霞心里自己的重要性；另外一方面，他也觉得有些歉疚，没想到自己一个大男人，还得让自己喜欢的姑娘为自己家里的事情花钱，尤其是家人还一直反对他们之间的交往。虽然这件事情，王永华一直没有对春霞说起过，可是他心里始终有些过意不去，觉得自己亏欠春霞的实在是太多了！

7

"永华，快拿给你哥哥，也让他能安心养病啊！"

在春霞的催促下，王永华揣着这沉甸甸的一沓钱刚准备进病房，嫂子就急匆匆地赶了过来。她抽空给王贵华送饭，一会儿还要去镇上做工，端着铝制饭盒的一双手显得又粗又老，可是她才二十九岁！

王永华见过省城里的女子，别说三十岁，就是四十岁也有好多人保养得年轻漂亮，可是在这个穷山沟沟里，生活的苦累直接把人推向了快速的衰老。

太穷了，这里怎么就能这么穷？

他一瞬间在心里再次发誓，要更努力念书，说什么也要留在城里，把爹妈、哥嫂都从这个穷苦地方解救出来！

"永华，你哥怎么样了？"嫂子焦急地看了一眼病房门上的玻璃。

"嫂子，我哥还行，你先过来！"王永华拉过她，将温热的钱塞到了她的手中。

"永华，你这是哪儿来的钱？"嫂子一惊，担忧的眼神似乎在询问王永华是不是做了什么危险的事。

"这是……"王永华停顿片刻，哥哥若是知道这钱是春霞的，一定死活都不会收，便随口扯了个谎，"我存了一点奖学金，还有个朋友在省城，借了点……"

嫂子眼眶红了，往回推了推："这钱我们不能要，你在外面不容易……"

话是这么说，但是这个家太需要这笔钱了。

"我在外面，打工的机会多，钱什么时候不能挣？我哥的身体才要紧！"王永华说着，眼睛也潮热起来，"嫂子，你别让我哥有心理负担，你就说这钱是你从娘家那儿凑的，千万让他身体彻底好了再干活儿！"

这边，王永华刚劝嫂子拿了钱，那边就听到走廊吵吵嚷嚷的声音。

"你这死婆娘，这一年都死哪儿去了？"

曹贵荣醒了！轻微脑震荡对这个常打架的混混来说不算个事儿，反而让他睡了个好觉。他一睁眼睛看见春霞，尤其是看到从城里回来，早已经捂得白白净净又穿着时髦的她，更是精神得像头驴，尥蹶子一般从床上弹起来，当下让春霞连跑的余地都没有，直接把她手腕抓住了。

"你放开！"

面对春霞的厉声呵斥，曹贵荣反而换上一副流氓一样的讪笑："你是我婆娘，还不让碰？"

"谁是你婆娘？"

春霞挣扎不开，曹贵荣想女子想得都快疯了，也不管病房里还有其他人，一只手就往春霞的衣服里伸！

"流氓！"

王永华冲过来便看到这一幕，一拳就把曹贵荣掀翻了，曹贵荣反应过来，顿时开始朝春霞破口大骂:"我说你怎么不回来,是在外面养了野汉子了?你看我不收拾你们这对狗男女……"

干巴巴的唾沫随着他口中恶臭的气团喷过来,骂出的话一句比一句难听。春霞心里充满了屈辱与愤恨,要不是那笔钱给了王永华,她真恨不得把钱狠狠甩给他,让他有多远滚多远!

"春霞,快跑!"

来不及反应,王永华已经把春霞拉到了自己身后,可是王永华那一副书生身板单薄得很,春霞喊道:"你打不过他!"

"跑!跑!"王永华也不知道自己是哪儿来的勇气,竟在情急之下道,"春霞,我绝不许别人动你!我一定会保护好你!"

此言一出,春霞顿感心中一阵温暖的激流,但不得已还是跑了。

回到了家,春霞惊魂未定,曹贵荣就跟过来了!王永华根本不是他的对手,曹贵荣照着胸口一打,王永华就倒下了。

曹贵荣趁着老李出屋,溜进了屋,接着就是一阵打砸,他原以为是罗凤英夸大其词,原来春霞确实回来了,而且还那么漂亮,现在他更不能要彩礼了,他要的是人!

"老李,你不是说春霞没回来么?你敢骗老子?老子今天就要把春霞带走,要不然我就让你们谁也甭过年了!"

春霞里屋的门锁着,听到外面锅碗瓢盆碎了一地的声音,心惊肉跳欲哭无泪,老李也快哭了:"春霞啊,你快把钱给他,打发他回去吧!"

"钱没了……我给人了!"

"你这女子!你……"

老李气得差点背过气去,曹贵荣也气急了道:"好啊,是不是给了你的奸夫?老子今天非要打断你的腿!"

眼看着门锁就要坏了,小军急得如热锅上的蚂蚁一般:"姐,我看他是疯了,你快跑吧!"

春霞也知道自己若再留在家里怕是非得拖累了一家不可,她穿上棉袄摸了一把小军的脸:"你长大了,照顾好爸!"

说着,春霞从后窗溜了出去,等曹贵荣砸开门的那一刻,只看到小军这个半大小子站在房间里泪流满面。

沿着土路跑到大道上,春霞赶上了一辆去镇上的拖拉机,总算是暂时脱离了那个疯子。她不知道家里被砸成什么样,更是不敢去想,只能把头埋在膝盖中间,被刺耳的风声与拖拉机的轰鸣声裹挟着,不知道渺茫的未来中,命运将会把她推到哪里。

来到了镇上，春霞没有落脚处，又担心王永华，赶忙来到了医院，果不其然，王永华一脸的伤痕。春霞没来得及说话，王永华便焦急关切道："春霞，你怎么样了？他又去找你了么？都怪我，我没打过他……"

看王永华一边说着一边捂着胸口咳嗽着，这一路上都没掉过眼泪的春霞再也抑制不住情绪，她既心疼又委屈，扑进了王永华的怀中哭了起来，将刚刚的遭遇讲给了他。

"春霞，这个年你就在我家过吧！反正你是我女朋友，我这就去跟我哥嫂他们说！"

王永华不顾春霞的阻拦来到了王贵华的病房里，春霞躲在门边却听到了里面王贵华大发雷霆的声音："绝对不行！永华，你怎么可以把那种女人带回家？再说你可是咱们家唯一的希望，万一真的被那个混混找上门来，你出了啥事，让我和爹妈怎么活？算哥求你了，你跟那女娃子断了吧！"

再后来，春霞听不清王永华那据理力争的声音了，也看不清脚下的道路，因为泪水已经封住了她的双眼，她离开了医院，离开了这个刚刚才让她燃起对爱情激烈向往的男人。

医院特有的消毒水的味道仍然残留在衣服上。

傍晚，西北的冬天格外干冷，阵阵的北风卷着风沙似乎要带走春霞皮肤上的最后一点水分。

春霞又冷又饿，在一家面馆坐了下来，她之前在这个镇子上念高中的时候，和同学们来吃过这家的牛肉面。这是为数不多的奢侈时刻，那个味道让她念念不忘，但此时此刻那面汤氤氲升起的香味却无法搅动她的食欲。

她后悔自己让王永华那么为难，早知道就不来医院了。

可是不去医院找王永华她又能去什么地方呢？身上所有的钱几乎都留在了家里。

春霞终于大口大口地吞下了面条，连同面汤都喝了个干干净净。

她心中堵得厉害，一面担心家里，一面又因为王永华而伤心，看着周围的人桌子上都放满了大大小小的年货，她却知道自己的家是回不去了。

"春霞！"

一个熟悉的声音在耳边响起，春霞默然地抬起头，看到了一张熟悉的脸，明明已经在嘴边的名字却怎么都叫不出来。

面前的女孩是她的高中同学，宽广的额头，圆且黑的脸颊，塌鼻梁上架着一副眼镜，大大的眼睛藏在两个镜片的后面，个子不高，但是身材很壮，腰间绑着一条围裙，应该是这家牛肉面店的服务员。

"春霞，你放寒假了？回家过年了？"女孩的手自然而然地放在春霞的肩膀上，她熟稔地打着招呼，而这个动作让现在很是落魄的春霞感到不太自然。

毕竟春霞就算是再朴实，也曾经是有着那好学生的骄傲的！

她当过班长，当过学习委员，在学校的红旗下讲过话，多次辅导过班上的差生……

然而，她却如同班级里那大部分的学生一样，连个大学都没念上。

而这个女孩，也曾经是她辅导过功课的对象，而且，因为这个女孩子成绩太差，更是她作为学习委员的重点帮助对象！不过也正是因为如此，她们成为了不错的朋友。

朋友归朋友，她的心里却还是对这个朋友与自己有着不同的定位。

可偏偏，她三年的辛苦却落得跟这个女孩子一样，甚至和班上那些混日子的男孩子一样！

"嗯。"春霞小声地答了一句。

眼看着也快到关店的时间了，女孩干脆坐下来说："春霞，自从高中毕业咱们俩就没联系了，大学有意思吗？"

大学有没有意思春霞不知道，她现在只想赶快离开这里，即使见到这位老朋友，她心中也感到亲切，但亲切跟自尊比起来，她还是想先维护自己的自尊。

"还行。"春霞又含糊地答了一句。

女孩似乎完全没有看出春霞心中那翻搅着的情绪："反正比我现在要有意思多了吧？我在这儿当服务员，老没劲了！"

"做什么不一样？都是正当职业赚来的钱。"春霞一边起身结账一边说着。

但是怎么能一样呢？从扫大街到摆地摊到服务员，甚至是销售，哪有一个大学生找到的工作那么体面？

春霞的这句话用来安慰自己都显得那么无力。

"你就别结账了，这碗面算我的！"

"这怎么行？"

"怎么不行？我上高中的时候让你这个学习委员操了多少心？请你吃碗面还不行？"女孩一边说一边朝老板打了个招呼，"郑哥，面的钱你从我工资里扣，这是我同学！咱们班就两个念大学的，这就是其中一个！而且是重点大学呢！"

女孩一边说一边热情地朝老板介绍春霞，这个年代的大学生可是个稀罕物，尤其是在这小镇上。

老板倒也大方，他的眼神惊讶地离开了桌子上的账本，望着春霞："是吗？你还是大学生！这气质果然不一样，今年我儿子也要高考，算是沾沾你的喜气！凤英，这碗面算我请的!"

经过老板这么一提醒,春霞才想起来这位同学叫李凤英,可不知为什么她明明才离开学校三年,校园时代的记忆却仿佛一下子离她很远很远了似的。

"这哪好意思?"

"有什么不好意思的?沾沾喜气!沾沾喜气!"

老板和凤英的热情让春霞更是窘迫得无地自容,她不想撒谎更不善于撒谎,却在这个时候不得不继续这个谎言。

"凤英,你今天就下班吧,也到时间了,去送送你朋友!"

凤英送春霞出了店面:"春霞,这么晚了还有回你家的车吗?"

"有的,谢谢你的关心,也谢谢你的面,外面天冷,你也快回去吧!"

春霞握了握凤英粗拙的手,假装是要赶车的样子,好不容易才辞别了她。

终于走过了拐角,冰凉的夜水一般地把小镇浸透了,春霞的手不自觉地放在了自己的脸上,才发现灼热得厉害!

她没发烧,只是太难堪。

该去哪里呢?春霞在大街上踱着步,漫无目的地看到了一家招待所,进去一问才知道,住一晚要十块钱。

她身上的钱所剩无几,还要留作去深圳的路费,便只好走了出来。

眼看天越来越晚了,总得找个落脚的地方。

对了!

春霞灵机一动,突然想起以前班上的那些混混不是经常去录像厅吗?好像一晚上才几块钱!

她沿着这条街又走到了录像厅的前面,可是向里面望了一望,玻璃门内几个男青年正对着屏幕露出并不太正直的笑容,屋子里烟气缭绕。

春霞咬了咬嘴唇,心想反正忍一晚上就好。要是在外面待上一晚,恐怕是要冻死人了!

她试探着推开了门,男青年们的眼神都惊讶地盯在她的身上,好像这个时间,这个地点,并不符合这个看起来文文静静的女生。

"老板,在这儿一晚上多少钱啊?"

春霞犹豫着问道,而这时,音响中传来了一个奇怪的女声,再一看屏幕,这播的根本就不是什么正规片子,而是成人录像带!

这些男青年本来就被这录像带搞得心痒,此时的焦点便落在了春霞的身上。

8

完了。

春霞的心一下子就沉了下来，她看着那几个男人不怀好意的眼神就知道自己碰上流氓了！

而就在这个时候，录像带似乎也播放到了最精彩的地方，那一阵高过一阵的不堪入耳的声音，让春霞感到无比羞耻。

她转身就要跑，可是那几个男青年却好像是已经用眼神协商好了似的直接挡住了她的去路！

"美女，你这是要去哪儿啊？外面这么冷，在屋里热乎热乎！"

其中一个男青年已经握住了春霞的手，死死地就是不松开。

"我来错了地方，你放开我，我要走！"

春霞怎么都挣脱不开。

"走什么走？这么冷的天，陪咱们一起热乎热乎！"

"你们再这样我就要报警了，老板在哪里？"

另一个男青年冷笑了一声："老板？老板早回家去了！你出去打听打听，这录像厅晚上就是我们帮着看的！你要找老板，我们几个就是！"

春霞知道自己这是进了狼窝，刚刚就不应该铤而走险进什么录像厅，她急得都快哭了："求求你们了，我真的是来错了地方，你们就让我走吧！"

可是到嘴的肉又怎么能不吃？再加上春霞实在生得漂亮，更是激起了这些男青年心中罪恶的想法。

乱七八糟的手一涌而来，其中一只在春霞的大腿上狠狠地拧了一把，这一下更是让春霞心中羞耻不已，她尖声惊叫起来："滚开！你们滚开！"

而就在这时，身后的门突然被一脚踢开了！

"流氓！放开她！"

春霞睁大了眼睛回过头："凤英？"

只见凤英这个女孩子的脸上写满了英勇，这激起了那些男青年心中的愤怒。

"跟你有啥关系？快滚！"

男青年们怒骂着，就在这个时候，凤英用十分敦实的身材，一把就把春霞抢了过来，直接护在了身后："你们这群流氓！"

"凤英，你……"

春霞还没来得及说话便看到凤英随手抄起了一根板凳，哐当一声就往前面砸去。一个女娃子竟然有如此行为，这群流氓也愣了一愣。

"春霞……"

凤英给了春霞一个眼色，两人拔腿就跑，后面的几个人就追。

大口大口的风灌进胸腔中，两片肺叶扩张得生疼。凤英抓着春霞来到了大街上，街上还有些行人，那些流氓也没敢再追上来。

两个人上气不接下气地喘了好一阵子，春霞捂住就快要蹦出来的心脏："刚刚多谢你了，要不是你的话那几个流氓……"

"春霞，你怎么能去那种地方呢？你不知道那地方都是坏人吗？"

春霞这才无可奈何地说了实情。

"春霞，刚刚我就觉得你不对劲，看你一个人走夜路又担心，正好我也下班了就在你身后跟着，但你走得太快了我没跟得上你，要是再早一点你就不会被那几个流氓欺负了！"

凤英说完又义愤填膺地骂了那几个流氓一通。

"实在谢谢你！凤英！"

春霞跟着凤英来到了她的住处，这是她跟别人合租的平房，那两个女室友都是凤英的同乡。

"别拘束，我这也挺破的，你就凑合着住一晚吧！"

凤英一边说一边生起了炉子，接着又打开了引风机："这东西啊，不打不行，前段时间胡同口那儿合租的两个女孩，就被煤烟熏死了！"

"是吗？那真的太可惜了，凤英你可要小心！"

春霞一边说着，一边盯着红彤彤的炉火，把双脚和双手都凑近了。

屋子暖和起来之后两个人躺在了被窝里，她高中时和凤英的关系也没要好到这个地步，所以便挺直身子躺在被窝里，倒是凤英直接把手放在了春霞的腰腹上："咱俩搂着，好取取暖！"

由于刚才的惊魂一场，两个女孩子都没有睡意，渐渐聊起了高中时的往事。

聊着聊着凤英的话题便又转移到了大学上："我那时候其实也够努力的了，但是这脑子实在是不好使，我哥都说了只要我能考上，不管啥学校都供我！"

春霞的心里一酸，紧跟着鼻子也一酸，她倒不是委屈，也从来没怪过父亲，只是羡慕的心酸。

"春霞，你就不给我讲讲大学里面都有什么样的课程什么样的事儿吗？我去不了听你说说也过过瘾嘛！"

春霞张了张嘴巴，却欲言又止，终于在一阵沉默过后，春霞说道："凤英，其实我骗了你，我家就我爹，还有我弟弟小军，哪里还能供得起我念大学？"

凤英突然从被窝里直起身子来，直直地望着春霞："什么？你根本没去念大学？"

"对不起，我骗了你！"

一瞬间，春霞心中仿佛有一堵墙，塌了。

"你跟我对什么不起呀！我只是觉得太可惜了，你是咱们班学习最好的，太可惜了！"

春霞垂下眼皮："哪有什么可惜不可惜，其实我早就知道我家没有这个条件，只是我高中一直不甘心罢了。我倒是后悔没早一点出来打工，给爹分担点负担。"

"春霞，还是你懂事，要是我考上了，我非逼着我家人给我念书不可！"

春霞笑了笑，她又何尝没有任性地这么想过呢？只是他人无法顾及自己的心酸，每个人顾着自己的心酸还来不及！

于是两人的话题又从学校说到打工，春霞将自己在深圳做销售的事情告诉了凤英，凤英睁着大大的眼睛问道："你一个月能挣一百多块？"

"是啊，那个地方比咱们这儿发达多了先进多了，赚的自然也多了！"

凤英点了点头，眼睛映着炉火仿佛被点燃了一般："我在这儿打工一个月才挣三四十块钱，要不开春了我也去深圳吧！"

于是，春霞跟凤英约定好了时间，又把办公室的座机电话号码给了凤英。

"你去深圳了，就来找我！"

"这怎么好意思？再说，我不知道我能不能适应那大城市！"

春霞突然握住了凤英的手坚定地说道："咱们没有大学可念，唯一能改变这命运的方式就是出去闯一闯了！"

9

第二天早上，在凤英的百般挽留之下，春霞还是选择了离开。

因为凤英马上就要回家过年了，而她家也不富裕，一家四口都睡在一口大炕上，哪有地方再留她一个姑娘家去过年呢？

反正早晚都要回深圳，春霞便买了当天的票，临近过年的票反而特别好买，因为大家都是返乡，而只有她是离家。

折腾了一天，春霞回到了自己的小窝，深圳的冬天不同于西北的干冷，而是一种渗入骨头缝的湿冷。

第二天就是年三十了。

市场处于半开门的状态，春霞住处也没什么吃的，便打算简单买点食物，至少包个饺子，把年过了。但是菜价翻了倍地涨，更别提猪肉了。

在市场转了一圈，春霞什么都没买到，就这么从市场这头走到了尾又从尾走到了头，犹豫着要不要买些青菜，一回头竟遇上了自己的舅舅。

"舅舅!"

"春霞你没回家过年吗?"舅舅心疼地问道。

春霞摇了摇头:"工作比较忙,就来不及买票了。"

既然撞见了自己的外甥女,做舅舅的怎么也不忍心她自己一个人过年,便把她领到了自己的家里。

一进门,便听到舅妈唠叨:"真是的,前两天让你买菜你竟然忘了买葱,现在又出去买,是不是都快贵翻天了?"

郝国梅首先看到了跟在舅舅身后的春霞,本来喜气洋洋的脸色,瞬间就掉了下来。

其实春霞也帮着这一家人解围过,关系稍有缓和,但是在这个节骨眼下,很显然这家人并不想看到春霞。

"国梅,怎么不打声招呼?"舅舅的脸上显得有些尴尬,春霞首先说道:"不好意思,来打扰……"

"你既然知道打扰,怎么还来?"

"国梅,你怎么说话呢!"舅舅象征性地说了她,她一赌气便回到了房间,倒是刘然兴冲冲地跑了出来:"姐,你来啦!我好久都没见到你了!"

这时舅妈也从厨房走了出来,脸色难看得很:"要来怎么不提前说一声,也让我准备准备。"

春霞客套了几句来到了房间里,又同刘然说了会儿话,便到了吃年饭的时间。

直到那些菜被端上桌子,春霞才知道,为什么这家人对她有着莫大的敌意。

红烧肉、清蒸虾、汤圆……

这些都是平常吃不上的东西,只有过年的时候才能被摆在餐桌上,而她这个外人来了,岂不是又要把这些难得的美味分一些出去?

春霞的心中生起了复杂的情绪,偏偏又在这时候,她的肚子里响起了饥饿的咕噜声,郝国梅白了她一眼:"你这是有备而来呀,为了蹭这一顿年饭好几顿没吃呢吧?两手空空地来了就带张嘴!"

春霞没说什么,她只感到一阵巨大的羞耻,为了她的饥饿而羞耻,为了她的贫穷而羞耻。

"实在抱歉,我是来得唐突了。"

舅舅有心把好菜摆得离她近些,但是马上又被舅妈拿到了自己两个孩子的跟前:"孩子现在长身体呢,让孩子多吃点!"

其实,春霞确实是好几顿都没吃饱饭了,望着那油滋滋的红烧肉,白亮亮的汤圆,早就已经馋得抓心挠肝,但是她只是夹了几筷子的素菜,舅舅看不下去,便夹了只虾到她的碗里。

可是，郝国梅和舅妈两双眼睛却死死地盯着这只虾，仿佛这虾价值千金似的！

一时间春霞如芒刺在背，毕竟这虾可不多，春霞吃了一只，别人就要少吃一只！她把虾夹到了刘然的碗中："然然吃吧，我是没什么胃口的。"

两双眼睛这才离开了这只虾，而刘然直接剥了虾壳子，却又把虾肉扔到了春霞的碗中："姐，你吃！"

郝国梅和舅妈同时狠狠地剜了刘然一眼，而春霞在刘然和舅舅的敦促下将虾肉放入了口中。

紧实而细腻的肉质，散发出淡淡的香、甜、鲜，春霞皱了皱眉头，她才知道原来虾这么好吃！

因为这一只虾，郝国梅和舅妈的一顿年饭吃了一肚子气，而这一切春霞都看在了眼中。吃过了饭，她默默地帮舅妈收拾了碗筷，而舅妈也顺理成章地去休息，毕竟春霞干的这些活计，也算是抵了那只虾。

眼看天已经黑了。

"舅舅舅妈，今天感谢你们招待我，时间不早，我先回去了！"

舅舅想挽留，舅妈却说："那你可小心点，我也想留你，可是咱家没地方睡呀！再说然然也大了，也没法一块儿睡了！"

春霞被舅舅送下了楼，而远处已经传来了阵阵烟花的声音，她告别了舅舅一个人踏入这夜色之中。

空气中弥漫着鞭炮点燃时那特殊的气味，她一面快步地走着，一面抬头看着天上的烟花，不知道父亲和小军这个年过得怎么样，曹贵荣有没有再去骚扰，王永华怎么样了。

头脑中思绪翻飞，最终她的注意力落在了刚刚的那只虾上，她反复回味着那个味道，而刚刚那一顿饭的耻辱也反复在她的心中，反刍一般地折磨着她。

以前，春霞出来闯荡只不过是想为家庭分担一些负担，而现在她突然迫切地希望能赚到更多的钱，而这个念头的起因，却只是因为她想要以后痛痛快快地吃顿虾！

不用在乎每个人会分到几只虾，不用吃得那么珍惜，更不需要看任何人的脸色，要大吃特吃个够！

意识到这个想法的春霞竟然被自己给逗笑了，但是转瞬之间鼻子、眼眶又酸胀了起来。

随着烟花越来越多，春霞的脸被映成了好几种颜色，一九九二年就这样以一种猝不及防的方式，来到了春霞的眼前。

第9章
/ 事业 /

1

作为一名公司销售,春节的假期并不长,在商场还未开业之前,春霞要先熟悉新进的一批货品,包括参数材质。

别人来到公司都怨声载道,而春霞早就盼望着上班了。

除夕夜听了一整夜的烟花爆竹声,她知道这个城市里的每一个家庭都在忙着团圆团聚,她却在担心第二天的口粮,当然也在思念着远在家乡的父亲和弟弟。

挂面混着方便面,外加上一些青菜,春霞总算是把这个假期混过去了。

"来,春霞,你给我介绍一下这一批传呼机的参数。"倪姐一边说着一边看着手中的资料本。

这是公司今年销售组第一场会议,公司进的一批新货马上就要投入市场,倪姐便急着让大家熟悉这批货物,并且由春霞给大家做个榜样。

"这款传呼机是东芝公司最新款的汉显……"春霞一边背,一边觉得眼前发黑身上发凉,还一阵阵麻酥酥的好像是触电了一般发软。

"怎么就背到这里?下面呢?介绍一下亮点啊!"

在倪姐的提醒之下,春霞又勉强说出了几个亮点,她明明已经背得滚瓜烂熟,现在大脑却像是被黑板擦过了一般,竟什么都不剩!

倪姐失望地叹了口气:"这个假期过去,大家的工作劲头都不如从前,一个个又散漫了!"

说着她的眼神落在了春霞的脸上,露出一种难以掩盖的失望来,春霞望着这个眼神,目光渐渐模糊了。

接着便听到咕咚一声,春霞整个人倒在了地上,桌子前放的资料文件散落了一地,同事们七手八脚地围住了她,慌忙想将她扶起来。

倪姐到底是见过世面的,她在春霞的面前蹲下来,接着用力掐了掐春霞的人中,这个脸色蜡黄的小姑娘终于睁开眼睛:"抱歉,我有点不舒服……"

"怎么不舒服?"

"头晕……"

倪姐摸了摸春霞的额头,春霞并没有发烧,反倒是有些发凉:"你不会是低血糖吧？来，大家把她扶到我的办公室沙发上躺下……"

办公室里，倪姐端着一杯白糖水扶着春霞喝了下去，春霞缓了好一阵子，这才完全清醒了过来："对不起，刚刚……"

倪姐看到春霞脸色稍微好些，便把面包递到她的手里："我看你这样子像是营养不良，先吃了吧！"

事实上，春霞在匆匆离开家那天之前，把身上大部分的钱都留给了小军，毕竟她听到曹贵荣在那屋又是打又是砸，若不留下些钱让父亲重新去置办，恐怕这个年都过不了了。

所以回到深圳时，她身上的钱已经所剩无几，昨天吃完了最后一顿面条，就等着中午来单位吃工作餐了，外加上刚来了月经，身体就更加虚弱了。

"唉，春霞，你最近是遇上了什么困难吗？怎么把自己弄成这样？"倪姐心疼地问道。

春霞嘴里嚼着面包，只觉得口中一阵发咸。这是她回到深圳以后听到的第一句关切的问候，心中顿时生出一股委屈，但眼泪终究还是没掉下来。

"我家里出了些事儿，就把身上的钱都留给家里了。"

倪姐点了点头，转身回到自己的办公桌旁，拉开抽屉抽出了二百块钱。

"倪姐，你这是干吗？"

"先拿着！"倪姐把钱塞到春霞的手中，"先拿着吃饭用吧！"

"可是……"

倪姐望着这个淳朴的小丫头，不由得想起了曾经的自己："你啊，照顾家里人也好，遇上什么困难也罢，总应该先照顾好自己的身体对不对？"

"那，就当我是预支工资好了！"

"别想那么多，你呀当务之急就是把身体养好，公司刚进这一批货物需要周转的资金，眼下正是销售的关键时刻，你把身体养好了，好出业绩呀！"

春霞点了点头说："知道了。"

到底是在农村吃过苦的孩子，春霞吃饱了饭之后身体很快便恢复了，马上便投入到了火热的销售工作中。她是个知道感恩的人，对于倪姐的照顾，自然是加倍地回报。

商场第一天开业，红色的条幅、彩虹门在公司门外装点起来，最新款式的几款电子产品也早都打响了广告，春霞直接卖出了十五台录音机、十三台传呼机，创造了营业额的新纪录。

当天晚上的总结例会，倪姐平素里一向是淡雅镇定的，但是今天脸上却是止不住的笑意。

"今天我要着重表扬一下春霞，她给咱们公司迎来了一场开门红！一个人就创下了这么多业绩！咱们把掌声送给春霞！"

在倪姐鼓动之下大家都热烈地鼓起了掌，然而在这掌声之下，同事们的脸色却不太好看。

毕竟销售这个行业是靠提成吃饭的，春霞把所有的单子都抢了去，别人又怎能不眼红？

倪姐在掌声之中亲切地走到春霞面前，牵起她的手说："春霞，你来给大家总结一下你的经验！"

春霞有些难为情地走到了会议室的前面，她面对这份荣誉显得有些措手不及，谦虚地说道："我哪有什么经验？不过是在面对顾客的时候表现得诚恳些，其他的就是运气……"

"这可不是运气，是你的努力得来的……"倪姐勉励了一番春霞，又激励了一下大家便散会了。

然而，倪姐的这般偏爱让大家看在眼中都觉得心中不舒服，毕竟春霞只不过是个农村来的孩子，业绩却要比从小在深圳长大的员工更好！

于是在这场会议结束之后，几个员工缩头缩脑地围在了一起，又开了一场小型会议。

结果第二天，春霞整整一个上午只卖出了一台传呼机。

而这时赶上总公司的领导过来视察，倪姐早就对春霞高度地赞扬了一番，领导也想看看这个叫春霞的小姑娘的能力水平。

结果倪姐信心满满地当着领导的面问春霞卖出了多少，春霞心中"咯噔"一下，如实道："一台。"

领导的脸色顿时变得很难看，而倪姐的脸色更难看了，笑容直接僵在了脸上。

2

"开什么玩笑？"

领导生气地问道："咱们这商场销售最佳员工一个上午竟然只卖出了一台传呼机？要是这种人也能评上销售最佳的话，那我真不敢想象你们的销售额里到底有多少水分！"

倪姐马上辩解道："江总，我们的业绩绝对没有任何掺假……"接着她转过头用极其严厉的语气质问春霞道："怎么回事？你是不是今天身体又不舒服了？状态不好？"

春霞没什么好解释的，便只好垂下眼睛："我没有不舒服，也没有状态不好……"

倪姐停顿了片刻长长地叹了口气，但是她也没时间在这里跟春霞刨根问底，便只好先跟领导赔着笑脸道歉。

江总要求把柜台的业绩单拿来，结果一看春霞的业绩直接排在了倒数第一，而其他的员工业绩都不错，且大体并没有太大的出入。

江总看完了便直接把业绩本扔到了柜台上，他虽然脸上生气，但还是顾及倪姐的面子说道："小倪，我一天这么忙，你还跟我开什么玩笑？你刚刚还说想给这个叫春霞的最佳员工奖？"

"那真的对不起……"

听着江总和倪姐的对话，春霞的脸上一阵发烫，更是不敢抬头直视二人的目光，她实在是丢了倪姐的脸！

"行了，带我去看看下个部门。"

江总不耐烦地说着，倪姐赔着笑脸带着江总离开，临走之前给了春霞一个狠狠的眼神。

等两个人都走远了，春霞才听到了周围同事阵阵窃笑的声音。

"看来销售这种东西还真是凭运气，要不然昨天来个开门红，怎么今天就只卖出一台？"尖细的女声传来，是老员工顾大姐，显然这就是说给春霞听的。

"只有没实力的人才说什么运气！"陈金生道。

春霞听到这些刻意的议论声，本来并不打算放在心上，仍然想以最好的姿态面对顾客，但是，若是心中没有半点波澜，她做不到。

而且，这个最佳员工奖的奖金有五十块，相当于半个月的工资，春霞知道，这下最佳员工奖是与自己无缘了。

但这并不是最让春霞忧心的，她最忧心的是不知道该怎样面对倪姐。

意料之中，在当晚的总结例会上，倪姐丝毫不留情面地狠狠地批评了春霞。

"做销售最怕的就是心浮气躁，春霞，你是因为昨天拿到了那么好的业绩，所以今天就骄傲了吗？"

春霞低着头，一声不吭，而在座的每一个人都仿佛看笑话似的看着她，倪姐没好气地说了声："行了，大家都散会，春霞你留下！"

倪姐亲切起来的时候像个大姐姐，生起气来却严厉得几乎不近人情！一股强大的气场压顶而来。

待同事们纷纷离开了办公室，春霞坐在自己的座位上，动也不敢动，双手不自觉地摩挲着白色的桌面，上面已经印满了她手掌的汗水。

"跟我说说，这到底是怎么回事？"倪姐抱着手臂来到了春霞的面前，她今天也挨了领导好一顿批评，自然也是一肚子气。

"倪姐……"

"难道不知道站起来吗？这是你跟领导说话的态度？"

春霞一惊，马上站了起来："对不起。"

"你知不知道我有心向领导推荐你当最佳员工，可是你呢？今天竟然这么不争气！这本来是你的一个好机会，现在什么机会也没有了！"

等倪姐说完了，春霞才道："对不起！"

"别天天把对不起挂在嘴边，对不起有用吗？我要的是一个解释和你的态度！"

春霞咬了咬嘴唇，这才说道："我知道我不应该说别人的坏话，我也没有这个意思，只是每来一个客人，当我接待的时候，同事们便一拥而上把客人拉到别处……"

倪姐冷冷地看着春霞，红唇与粉底都因为时间已晚所以斑驳，在灯光之下更显得她的脸色难看。

"所以呢？这就是你业绩倒数第一的理由吗？"

春霞在心中默默地等待着倪姐给她一个公道，却没想到倪姐根本不把她的解释放在心上，反而责怪她，她心中也憋了一天的委屈。

"可是同事们都团结起来抢我一个人的单子，我一个人抢不过那么多人……"

"他们为什么抢你的单子？难道你的意思是因为他们嫉妒你所以才团结起来抢你的单子？"

倪姐咄咄逼人地问道，春霞没说话。

"在你没来之前，这个销售岗位上也不是没有冠军，怎么这件事情不发生在其他冠军的身上，反而发生在你身上？你埋怨别人，为什么不从自己的身上找找原因？"

春霞实在不知道该从自己的身上找什么样的原因，她一直以为倪姐虽然看起来脾气不好但事实上是一个通情达理的人，可是没想到她竟然完全不为自己主持公道。

"可是……"

"可是什么？每一个人想留在这家公司都是要靠业绩说话，我不管这其中有什么原因，业绩才是最重要的！如果业绩不好的话，那你就只有一个选择了！"

春霞知道，倪姐没有把最后这几个字说清，那是因为给她面子，如果达不到业绩标准，那么等待她的就只有一条路了，那就是辞职。

"你也许会觉得这种行为不公平不公正，但这就是职场，就是商场。春霞，倪姐我不愿意辞掉你，但是有些事，你若是不自己处理好的话，不去做到圆滑，那么在哪一个销售圈子中都难以混下去！春霞，你是个聪明孩子，该动脑的地方好好动动脑！"

倪姐说完一只手放在春霞的肩上拍了拍，一个人离开了办公室。

怀着沉重的心情，春霞也离开了公司，她没什么胃口也并不想回家，脑海中反复回味着倪姐对她说的几句话，却怎么也琢磨不出个意思来。她在街上游荡着，不知怎的，一抬头竟然来到了杨小兵的家门口。

3

杨小兵不在家。

春霞透过玻璃朝里面望去，房间中堆积着成箱成箱的货物。

她近期一直没有跟杨小兵联系，不知道杨小兵现在又在做什么生意。

细碎的雨点打在春霞的脸上，下雨了。

她一直不是很适应深圳的冬天，虽然不似家乡那边冷，但是阴沉沉的，湿冷的气息直往骨头缝里钻，钻得人生疼。

春霞打算回家，而这时杨小兵回来了，他骑着一辆三轮车，三轮车上面搭着一张木板，上面放着色彩各异的碟片，还有花花绿绿的磁带盒子。

"春霞！"

杨小兵看到春霞来了，热情道："你怎么来了？"

"来看看你。"

杨小兵从三轮车上跳下来急急忙忙地开了门，然后迅速把车上的货物扔到箱子里搬进去，春霞也跟着帮忙。

"别让雨淋湿了，这包装皮儿都是纸做的！"杨小兵一边说着一边把最后一箱货物也搬进了房间中，接着他又到院子里面去锁三轮车。

"春霞，你到屋里边儿待着别淋湿了！"

等到杨小兵锁好了车再进屋的时候，外面的雨已经渐渐大了起来，头发上的水珠与他眼中的笑意一同随着暗黄色的灯光闪烁着。

"幸亏你是今天来了，要是你明天来，我得晚上12点才能到家呢！"

春霞弯下腰随手抄起了一个白色的盒子，是武打片，这不由得让她想起了在录像厅的惊魂一夜。

人最原始的欲望被毫无保留地展现出来，这让春霞开始怀疑是否男人都这样，都喜欢看那种不堪入目的画面。

当然伴随着恐惧而来的，也同样有一种好奇，她仿佛触到了一个从未接触过的世界的起点。

"你那都是什么录像带？"

"爱情啊，武打呀，喜剧什么的。"杨小兵一边擦着头上的水一边说道，"当然还有外国片……"

春霞点了点头："没卖什么不正经的片子吧？"

杨小兵愣了一下，看看春霞笑了："你想什么呢？我这卖的都是正规片子！"

春霞顿时感到害羞，或许她不该这么直接地问出来。

"春霞，你去屋里头坐着。"杨小兵说着开始在厨房中翻找食材，却只有些面条。

"春霞，你在家等一会儿，我出去买点菜。"

"不用了，你白天上班晚上又出夜摊，这会儿又要去买菜，太累了，再说外面在下雨。"

春霞虽然阻拦，但是杨小兵还是执意把春霞留了下来，只身一人打着雨伞来到了雨中，他一个人可以凑合着用面条当顿晚饭，但是春霞来了，他怎么着也得做两个菜。

杨小兵出去买菜，春霞心里怪过意不去的，便顺便帮杨小兵收拾了一下货物。

在这些货物中有一台录音机，是杨小兵平常出摊时放歌用的，春霞按下了播放键，里面传来了清脆的男声。

"把你的心我的心串一串，串一株幸运草……"

这首歌春霞听过，是小虎队的《爱》。

听着那轻快而又动听的歌声，春霞的心思不自觉地落在了王永华的身上。

她不确定她对王永华是否已经是所谓的爱，被这首名叫《爱》的歌勾起了与他的回忆，想必也算是爱吧。

录音机播了五六首歌之后，杨小兵回来了，他的发梢滴滴答答地往下滴着水，春霞赶快拿了一条毛巾："早说过别让你去买菜了，结果淋成这样！"

杨小兵笑着接过毛巾："好些日子没见你了，该炒两个好菜！"

两个人在厨房叮叮咚咚地忙活了一阵子，两道菜出锅，一个是猪肉炒青椒，一个是土豆熬白菜。

"春霞，怎么过个年你还瘦了？你多吃点！"

春霞点了点头却没什么胃口。

"你知道吗？我最近发现现在大家都挺流行听磁带什么的，就进了一批货摆地摊，最近卖得可好了，还有录像带，运气好的时候能赶上录像厅的老板来收！一下子货就能全出了！"

杨小兵兴冲冲地讲着，不断地往春霞碗里夹菜，可是春霞吃得不多，脸色也凝重得如同今晚的雨夜。

"出了什么事吗？"

"也没有什么。"

春霞本来不打算说，但是在杨小兵的催问之下，她将所有的遭遇都说了一遍，杨小兵点了点头："这并不是你的错。"

"可是领导说她只看业绩，不管是否公平，你觉得是不是有些不近人情？"春霞放下筷子皱着眉头问道。

"是有点！"杨小兵思索着说道，"但是，领导说的也没错，你想想难道领导为了主持正义，结果把同事们都得罪完了？恐怕为了一个人这么做，得不偿失吧？"

春霞本来有一肚子的委屈，被这么开解一番倒也慢慢释怀："那我该怎么办呢？"

"让我看，首先你应该学习如何跟同事们搞好关系，但是搞好关系的同时也要树立你自己的威信，让别人不敢轻易侵犯，你之前在工厂里工作的时候不是也遇到过这样的事吗？"

听了杨小兵的一番话，春霞顿悟，但是又有一种打心底生出的无力感。

她真的不知道怎么与这些一直在这个大城市生活的同事成为朋友，毕竟她只是一个农村出来的孩子。

"我不知道该跟他们怎么搞好关系，我根本就插不进他们的话题中……"

杨小兵却道："我想你一定知道怎么跟别人搞好关系，怎么去制造话题，但是你只是有些缺乏自信。你只要用友好的态度，大大方方地去与同事们相处，想尽办法和同事们打成一片！"

春霞放下筷子，不管是学习上还是工作上几乎什么事都难不倒她，但是要说与这些钩心斗角的人搞好关系，还真的不是件容易的事。

4

怀着心事吃下了晚饭，雨却没有丝毫要停的意思，春霞在窗边徘徊着。

"今晚就别回去了，这冬天的雨太凉了！"

住在一个男人家里，春霞怎么都觉得别扭，其实原本都不别扭，只是在那个录像厅她认识到了男人那可怕的一面，就怎么都没办法和杨小兵相处自如了。

"我还是回去吧。"春霞执意要回去，杨小兵无可奈何只好拿出了伞和一件厚外套。

清冷的雨水被二人踩在脚下，杨小兵的伞朝春霞这边倾斜着。

"还麻烦你送我，真不好意思。"

"你跟我还客气什么？"

两人继续往前走，春霞的脑中仍然在回想着倪姐的话，她偏过头去问道："你觉得我这个人圆滑吗？"

杨小兵笑了："你呀！这个人身上哪儿都好，就是不圆滑！"

"圆滑是优点吗？我知道我确实不圆滑，但是我不知道怎么去做。"春霞困扰地说道。

杨小兵举着雨伞的手露出微微的青筋，手指在伞柄处来回摩挲着："圆滑也称不上是什么优点，但是如果你圆滑的话，当初在厂子里就不会被那么多人欺负针对。"

"你是说当年的事情，和我现在所遇到的事情，也有我的不对？"

春霞皱起眉头来，她是正宗的西北姑娘，满身都是淳朴肯干的劲儿，但唯独缺了花花肠子，而她的心里也一直对这些小心思感到不屑。

杨小兵转过身来，一只手放在春霞的肩上，他思忖着该怎么跟春霞去解释："春霞，这社会上的大多数事情都是没办法用对错去区分的。就好比我当年新兵入伍的时候，也是耿直的性子，却被班长收拾了个痛快，后来我学着圆滑些，班长对我也好了。"

"那你的意思是，我也应该跟那些背后耍花样的人搞好关系？去和他们打成一片？"春霞的语气当中明显带着些不快。

"是！"杨小兵肯定地说道，"但又不是！圆滑只是一种处世的技巧，就比如领导问你是不是今天不舒服才业绩这么差，她那是为了给你个台阶，也是为了给她的领导一个解释，而你就应当在此时学会随机应变，顺着说就是了。而对于那些针对你的人，你要跟他们保持一定的友好关系，有些时候哪怕你不是那么想的也要那么说，但是也要施展出自己的威严……"

"那不就是说谎吗？"

杨小兵辩解道："这不是说谎，这是一种处世的技巧跟方法！"

"若这是处世的技巧，那我宁愿不学！"

春霞的强硬态度让杨小兵暂时沉默了，半晌才说道："也许，我不应该对你说教，但刚刚说的只是我的一些经验罢了。我比你入社会早，我知道，你的身上还保留着学生时代的那份质朴与单纯，甚至是一种更加骄傲的气质，但是你已经不是学生了。既然已经走到社会上，那就该适当学学世俗，因为这世上谁都不能免俗。"

"我只想做一个正直的人，你的那些世俗，恐怕我学不会……"

杨小兵长长地叹了口气："春霞，你学得会也好学不会也罢，但我对你说的这些只是想减少别人对你的伤害！"

春霞被杨小兵送回了家，这一路上，杨小兵说一句她便反驳一句，但是杨小兵不生气，知道这是春霞心中有情绪，便由着她发泄。

第二天上班，前一天的场景再一次重演。

其他的销售员都团结地站在一起，而只有春霞孤单地站在一边，等到客人进来，春霞刚刚走上去接待客人的时候，同事们便都涌了上来，更有甚者甚至直接把春霞挤到一边。

她的心中有说不出的委屈，自己从来没有对同事们不友好过，可换来的却是这样的对待！

又是一天的业绩惨淡。

晚上的例会上，第一名受到表扬，最后一名得到批评。

春霞哪里受得了这样的打击，她从小到大都是第一名，不管是学习还是体育，甚至是德行，她都是班上稳稳的第一名！

她看着贴在墙上的业绩排名，几乎不忍心看到最后自己的名字。

下了班，她黯然地走出了公司大楼，一抬头便看到杨小兵，他手里提着一个装着饭盒的塑料袋，脸上的笑容被夕阳映着。

他的脸部轮廓很清晰，眼睛很深邃，剑眉不浓不淡，身体仍然保持着在部队中留下的挺拔姿态，让人看一眼便觉得神清气爽。

"你怎么来了？今天晚上不是还要出摊吗？"

杨小兵三步并作两步地来到春霞的面前："我这就去出摊，但是今天中午我吃了一家味道还不错的灌汤包，就想着让你也尝尝。"

接过温热的饭盒，春霞在心中觉得过意不去："你对我太好了。"

"心情好些了么？业绩怎么样？"

春霞摇了摇头。

杨小兵只好宽慰道："同事们之间的关系需要一点一点去改善，所以你也不必太着急，慢慢来就好！"

"他们这些人根本就是欺负人！一群人针对我一个，我真不知道，要拿出什么样的态度对待他们！"春霞生气地说着。

杨小兵道："我说一句并不好听的话，你若是想在这里混下去，而你又受到了大家的排挤，那你必须要在自己的身上找原因……"

"三人成虎吗？因为他们人多所以他们就是对的了，因为我只有一个人所以我就是错的了？"

杨小兵似乎有些困扰该怎么跟春霞去表达，但是军人出身的他，更习惯有话直说："这就是社会，春霞，你的美好品质可以留在心中，但是公司并不是你保持正义感的地方，这是你谋生赚钱的地方。你与我争论对与错，毫无意义，若你再不及时改变观念的话，公司你可就待不下去了！"

杨小兵的一番话让春霞陷入了沉思，而杨小兵也觉得自己的语气过重，他拍了拍春霞的肩膀说："抱歉。"

5

要跟这些人搞好关系吗？要学会圆滑吗？

春霞尝试着与他们聊天说话，可是这些人一看到春霞过来就马上冷嘲热讽："销售冠军你不忙吗？哪有时间跟咱们聊天啊？"

春霞只好笑了笑，她这才突然意识到自己在先前那段时间几乎是个工作狂，就想着怎么提高业绩，却从来没想过与周围的人搞好关系。

于是在一次又一次的尝试接近之下，这些人冷嘲热讽的内容又改变了。

"销售冠军也学会来巴结人了？"

这一句话气得春霞胸口发闷，她什么时候巴结人了？

就这样做了一次又一次的尝试，得到的是一次又一次失败的结果，春霞顿时觉得心灰意冷，她觉得工作倒不怎么累，可是要处理好人际关系，让人筋疲力尽。

"要不你带些水果跟同事们一起吃？"杨小兵提议。

春霞咬了咬嘴唇，水果那么贵，她自己都舍不得买，还要给那帮同事分？

但是，在杨小兵的催促之下，春霞还是买了一袋苹果带到了公司，她本想着把苹果分给大家，但是这些人齐刷刷地不要。

一袋苹果原封不动地回到了春霞的手中，春霞的脸尴尬得就像是红苹果，而就在这时，顾大姐那咿呀学语的孩子突然看着苹果流起了口水："吃果果！"

今天顾大姐的孩子生病，家里又走不开，只好把孩子带来上班。

"晚上妈妈买给你！"

孩子突然哇的一声哭了出来，她生病了难受，好不容易才有了胃口。做母亲的怎能不心疼？但是碍于面子又实在没办法把苹果拿过来。

春霞赶紧从袋子里挑了一个又红又大的苹果，笑着递给了顾大姐："给孩子吃吧！"

顾大姐冷冷地看了一眼春霞，眼神中满是狐疑："谁知道你这苹果到底干不干净？"

"那我洗洗就是了！"

春霞转身去洗手间洗了苹果，又递给了这个小家伙，还没等顾大姐阻拦，小家伙已经接过了苹果，咬了一口。

"你这孩子怎么那么不听话？"顾大姐连声责怪孩子，而这时顾客们也都来了。

虽然孩子吃了春霞的一个苹果，但是这并不能让顾大姐对春霞改观，他们照例用一拥而上的方式把春霞的顾客抢走。

而顾大姐在那边忙着，生病的孩子却没人管了，春霞想着反正自己也没客户，干脆就照顾照顾这个小家伙吧。

一阵高峰期过去，顾大姐卖出了好几台传呼机，这时候才想起了自己生病的孩子，但回头一看，孩子正跟春霞在柜台里面坐着玩呢！

"姐姐你好温柔呀！"

小孩子奶声奶气的声音是不会骗人的，顾大姐走上去一把拉过了孩子的手："你别去烦人，人家是销售冠军，哪有时间顾得上跟你玩儿啊！"

孩子马上就哭了："妈妈，疼！"

春霞马上站起来："我又不忙，也不是什么销售冠军了，你们忙我就陪孩子玩一会儿！"

顾大姐见到这小家伙跟春霞难舍难分的，也没办法强行把她们拉开，便只好不情愿地笑了笑。

但是由于孩子，二人之间的关系也变得微妙了起来，顾大姐再也没办法拉下脸对春霞冷嘲热讽了。虽然别的同事还是一拥而上把春霞的单子都抢走，但是顾大姐却不好意思这么做了。

而那些讨好别人的事，春霞连着做了几天发现收效甚微，干脆再一次把重心放到了工作上，她的顾客虽然还是一次一次地被人抢走，但是有些老顾客点名要春霞来接待，这使得她的业绩也没那么难看了。

"你心情好了不少，是最近业绩有了起色吗？"杨小兵又一次来接春霞下班。

春霞摇了摇头："是有些起色，但是难免被他人抢单子，不过我想抢就抢吧，我只要做好我自己的事就好，尽量与他人友好相处，也尽量争取到更多的单子。"

杨小兵笑了笑："你能有这样的心态，很不错。"

"不然还能怎么样呢？我发现就算是我拿出很好的态度跟他们相处他们也是老样子，倒不如把这份心思放在工作上，尽量做到最好。"

"说的也是，圆滑只能是为人处世的润滑剂罢了，但要是一心把精力放在圆滑处事上，反倒是误了正事。"

春霞点点头："是啊，人哪能做到尽善尽美？做好自己就好了。"

杨小兵赞同地拍了拍春霞的肩："你说得对！之前我还想着跟你传授传授经验，现在才发现你的思想境界提高得很快呀！"

春霞摇摇头："哪有？你的话我仔细想过了，我想这处世是要学着圆滑的，但是也不应该丢了自己，总之要问心无愧就是了！"

月总结会上，春霞的业绩自然而然还是倒数第一，倪姐的脸色很难看，但是这一次却不是冲着春霞了。

原来，因为大家的业绩都差不多，又共同压制住了春霞，渐渐地变得不思进取了起来，业绩竟然一天比一天差！

"销售没本事，搞乌烟瘴气倒是能耐……"倪姐发了一通火，最后说道，"你们要再是这样就扣保底工资！"

众人都默默地低着头，的确，他们这一个月光忙着对付春霞了。

"以后，你们每一个人都有固定的顺序，客人来了轮流去接待！谁也不许抢谁的单！一次接待最多不可超过两人！"

春霞看着倪姐，她终于明白，原来倪姐也知道这其中的不公平。

"还有，从今天起春霞做这组的销售组长！"

众人一惊，春霞也一惊，虽然颇有异议，但是倪姐还是散会了。

"倪姐，这个月我的业绩很差，还害得你在领导面前丢脸，我怎么能做组长呢？"

她看着春霞脸上的表情缓和了些，微笑着说道："春霞，你的抗压能力很好，这一个月我都在默默观察你，虽然你的单子都被抢走了，但还是一心一意地服务顾客，并不气馁，咱们销售组缺的就是你这样的人做领导！"

6

突如其来的晋升让春霞感到无所适从。

她几乎是整个公司里最年轻的职员，却要做销售组的组长！

倪姐看着春霞脸上惊愕的表情，问道："怎么？你不想当组长？你不想涨工资？"

"销售组长的工资是多少？"

倪姐道："每个月多加20块，年底还有奖金，这个奖金可比优秀员工要多，不过也要看你带领团队的能力，业绩越好奖金就越多！"

虽然春霞仍然感觉自己不能胜任，可是潜意识里已经摩拳擦掌跃跃欲试起来，仿佛有一股火焰在心中燃起一般，心脏扑通扑通地跳，胸部一阵起伏。

"怎么样？你愿意做组长吗？"

春霞停顿了片刻，接着她坚定地点了点头："我愿意做！只是倪姐，我之前不是惹你生气了吗？这个月的业绩也很不好，突然提拔我做组长……"

倪姐按下春霞的肩，让她坐在椅子上："不是跟你说过了吗？这段时间你的表现我都看在眼里……"

"可是同事们呢？他们心里会不会不平衡呢？"

"不平衡是一定的，但是这个位置不管是谁来做都会引来大家的不平衡，而且这段时间你的努力大家也都看在眼中，不管单子的业绩有没有算在你的头上，你都会用心去接待客人。"

春霞说道："不管这个业绩是归到了谁的头上，但最终都是归到了咱们部门，我想着若是咱们部门的业绩能提高些就好,为了倪姐,哪怕是没有提成我也愿意好好做!"

"不,你这是为了公司!春霞,上次我对你发火,你生我的气了吗?"

春霞连忙摇头:"没有!"

倪姐笑了笑:"我可不信!明明你没做错事我却严厉地训你,你能说你不生气?"

看着倪姐那双细长的眼睛,春霞知道自己的心思骗不过她:"倪姐,其实我是有一点点生气的,但是就只有一点点,因为想到你平常对我的照顾,以及对我的期望,我就不生气了。"

倪姐在春霞面前的桌子上靠着,她抱着双臂,一双穿着皮裤和高跟鞋的腿显得无比修长,她看着春霞始终是满脸笑意,只是这笑意背后更是一种充满深意的揣摩。

她有些不相信春霞的心态竟如此之平稳、质朴,要知道她做公司领导这么多年,下面的员工被说几句就总是怨声载道。

"真的!倪姐,这段时间我只对自己感到失望!"

倪姐为难地叹了口气:"原谅倪姐吧!我实在没办法为了你一个人把大家都批评一遍,所以让你忍耐了那么长时间,但是这个月他们每个人的业绩都不好,我这才有了说他们的理由,这段时间让你受委屈了!"

"领导很难做的,倪姐,我知道!我也理解。"

杨小兵在出地摊的时候得知了春霞晋升的消息。

他正在卖磁带,等到这波高峰过去了,春霞才在杨小兵的面前摊开了手掌。

"什么呀,神神秘秘的?"

杨小兵一边说着一边低下头,从春霞那白皙的手掌中,他看到了一个金色的小牌,后面带着别针,前面写着的是"销售组长李春霞"。

"春霞,你当组长了?"

春霞颇为骄傲地将名牌放回了口袋中,她满脸的笑意中不自觉地带着些撒娇的意味。

杨小兵没说什么,转身就开始收摊。

"你干吗?"

"收摊呀!今天晚上我要好好地跟你庆祝庆祝!"

"那多不好意思……"

杨小兵摇摇头:"刚刚有个录像厅的老板来我这儿买了不少录像带,所以今晚赚的已经够了!"

春霞带着杨小兵来到了附近的一家小吃部,杨小兵看着这又小又破的店面摇了摇头:"今天我就带你吃顿好的吧,咱们今天是为了庆祝又不是为了填饱肚子!"

"太贵了吧，这里的价格正好！"

杨小兵却已经抓住了春霞的手腕，他拉着春霞往旁边的一家大餐厅走："今天也正好是我开支的日子，你就放心地吃吧！"

在餐厅的小包间内坐下，春霞翻着菜单怎么都觉得心疼。

"白灼菜心，素烧茄子……"

看春霞点菜犹犹豫豫的模样，杨小兵拿过了菜单："再来个剁椒鱼头，干煸茶树菇。"

等到服务员走了，春霞才小声地说道："刚刚那两个菜也太贵了吧？"

"这是他们家的特色菜，上次我和我战友来吃过，再说这顿饭是我请你，你担心什么？"

等到菜品都上齐，春霞却突然听到旁边的包厢中有些异样的动静。

"你听这是什么声音？"

两个人的耳朵都竖起来，而这时一声女人的叫喊让两个人都红了脸。

毕竟就算是再不懂事的两个人也清楚旁边的包厢究竟在发生着什么。

杨小兵皱着眉头："真是的，在饭店里不好好吃饭干别的做什么？浪费了今天一桌好菜，让人没心情吃！"他说了一阵有的没的，就是为了将那声音盖过去，好照顾春霞的自尊，可是那声音却一浪高过一浪！

"要不这样吧，打包了菜到我家吃去！"

"也行！"

两个人说着话便叫服务员打包，但是在走出包房的那一刻，明明害羞的春霞却充满了好奇心，她下意识地朝着隔壁包厢的门缝望去。

毕竟那个叫喊的声音她听着耳熟，像极了倪姐！

而就在此时，包厢的门也被打开了，是一个脑满肠肥的男人，而他身后坐着的不是别人正是倪姐！倪姐的脸上仍旧是迷离陶醉的表情，两根手指夹着点燃的烟。

"啊！"春霞小声地叫了出来，而这时倪姐眯起的眼睛睁开来，很显然她也看到了春霞！

"春霞，快点啊？还愣着干吗？"

杨小兵说着就去牵春霞的手腕，春霞来不及反应，已经被杨小兵拉走了。

她心中留下了深深的震动，倪姐是那么优雅有气质，可是又怎么会在饭店包厢中做出那种事呢？而且对方又是个老男人！

7

早上上班的路上，春霞望着繁华的街道上车水马龙，望着那高低起伏的建筑物，望着各个门面当中豪华的装修，一颗心仿佛是在飘浮一般，不知道该怎么面对倪姐。

她还不知道深圳这座城市，不仅仅把发达的一面展示给了她，连同阴暗面也一同向她铺展开来。

来到了公司，销售组组长第一次组织早间例会。

这是倪姐在下班之前特地要求春霞准备的，以后的每一次早间例会也都由春霞来主持。

于是春霞按照倪姐的开会方式主持起了会议，并且告诉大家今天的销售目标。

然而底下却不乏窃窃私语的人，他们对这个年纪轻轻的农村小姑娘不服。

春霞看在眼里，轻轻地说了声："散会。"

新的制度让每个人得到顾客的机会是均等的，春霞不得不佩服倪姐的这个新规定，让员工们再也没有了一起聊天的机会。

但一天下来，大家都没有完成今天的目标，甚至还十分懈怠。在晚间总结会上，春霞让大家作出反省和总结，那些人也只是敷衍过去，只有顾大姐碍于之前孩子的面子，好好地做了番总结。

春霞早就料到事情会变成这样，却毫无办法，想要找倪姐说说，请教一下，却下意识地想到了昨天那个画面，她便不敢去面对倪姐了。

几天下来，业绩都比不上从前。

春霞在早间例会上鼓励勉励大家，在晚上的总结会上又一直让大家总结经验，却收效甚微，倪姐让春霞来到了她的办公室。

一丝不苟梳成中分的头发在脑后扎了一条马尾，黑色的衬衫上面戴着简单的金属饰物，倪姐的衣衫头发都整整齐齐，脸上是精致姣好的妆容。

春霞一时间感到恍惚，几乎不敢相信她前几天是真的在那家餐厅遇到了倪姐，或许她看花眼了吧？

而倪姐也好像那件事情从没发生过一样，直接发问："春霞，你这星期的业绩是怎么回事？"

倪姐一边说着一边敲打着本子，上面春霞的业绩占了绝大一部分，而剩下人的业绩却非常差。

"对不起！"

倪姐突然拍了下桌子："不是跟你说过不要说对不起吗？对不起什么用都没有，也不可能让业绩提升！"

"是我管理得不好。"

"为什么管理不好？"

春霞没说什么，倪姐继续说道："我让你做这个销售组的组长，是为了让全组的业绩一同提升，但是只有你一个人的业绩提升了，你现在要明白你是组长，你要为全组的业绩负责……"

"可是他们根本就不配合，也打心里不服我……"

倪姐放慢了语速，打量着春霞："你的意思是组长的工作你胜任不了？"

春霞沉思了片刻，她抬起头："我想我是胜任不了，但是我愿意再努力好好试一试，倪姐再给我一次机会吧！"

"那就再给你一个星期的时间，如果业绩再这么差的话，那你们这个组就不需要组长，我亲自来管理！"

退出了办公室，春霞心神不宁，并不光是因为刚刚被倪姐批评了一顿，还因为她思忖着那天晚上的事，那个人应该不是倪姐吧？否则倪姐怎么还像从前那般自然呢？

第二天的早间例会。

同事们照常像平常一样懒散，春霞说道："大家最近的工作劲头不足，业绩也很差，咱们的业绩直接就跟工资挂钩，难道大家就不想多赚些钱吗？"

这时，一位二十五六岁的女孩子不满地咳嗽了一声。

她的身上看起来颇有娇小姐的那份气质，而春霞这个比她还小的农村女孩身上的那股质朴气息与她形成了鲜明的对比。

但是春霞没有胆怯，直接说道："你有什么意见，就大大方方地提出来！"

女孩这才站起身，她望着春霞的眼睛中带着些轻视的意味。

"我没什么意见！"

"那你刚刚咳嗽一声，明显是有不满的地方！"

"还不让人咳嗽了？"女孩说完就直接坐下了，屁股重重地落在椅子上。

春霞知道，这是一种明显的挑衅，如果这个时候她不处理好，那么也就无法在这个小组中树立威信，以后更是没法管理！

春霞一直都是性格温厚的人，而且这女孩的挑衅也并没有让春霞真正生气，但是春霞还是不得不提高了声音大声地喊道："站起来！我让你坐下了吗？这是你对领导说话的态度吗？"

众人纷纷惊讶无比地看着春霞，他们并不知道这个小姑娘的体内还有如此大的爆发力与脾气。

女孩也愣住了，她正了正神色轻哼了一声："我有在跟领导说话吗？再说不就是个小组长嘛也是领导？"

"我的职位是很小，但是至少我是你的组长，就是你的领导，你现在就给我站起来！"春霞的手放在女孩的桌面上，她说出的每句话每个字都掷地有声。

女孩终于不情不愿地站了起来，春霞放缓了语气这才问道："说，你到底有什么意见？你的意见若是好就分享给大家。"

"我没什么意见，只是你刚刚说多赚些钱不好吗？抱歉，我并不是那么看重钱，毕竟我刚刚大学毕业，家里人正在为我通融工作呢……"

好个大学毕业！春霞竟然不知道那些大学竟然教出了这种素质的学生！

"大学生，看样子你根本看不上这份工作？"

女孩没说话算是默认了，春霞继续说道："在座的各位几乎都没有上过大学，那么也就是说你不仅仅看不上这份工作，也看不上没读过大学不得不做这份工作的我们是吗？"

女孩愣了一下，她显然没有想到春霞会如此咄咄逼人！而且竟然把矛盾抛向了她！

"我可没说，我只是说我们家里也不缺我赚的这些钱，所以自然是能卖出多少就是多少咯！当是体验生活嘛！"

春霞点了点头，收起了刚才的气势，反倒显得十分心平气和："一会儿开完会，你去跟我办一下离职手续！"

女孩一愣："凭什么？我可没有说要辞职！"

"不是你说你家里也不缺这些钱吗？"

"可是我还是要工作的……"

8

女孩的气势明显软了下来，但是春霞更进一步地问道："我记得你也在这里做了两个月了，这么长时间体验生活还不够吗？既然是大学生，自然要去做那些体面的工作，干吗来做销售呢？"

"你管我？我想做什么就做什么，这是我的自由啊！"

"那就请你到别家公司去自由！今天你必须跟我去办离职！"

春霞的态度十分强硬，所有的员工都面面相觑，会议室里突然变得鸦雀无声，再也没有人敢议论纷纷。

"你没有权力辞退我！我可是咱们部门唯一的大学生，你有没有请示过领导？你不能辞掉我！"

女孩据理力争，她心中的慌乱写在脸上，春霞看得出来，她没有嘴上说的那么不在乎这份工作。销售的工资比其他行业都要高一些，她知道这个女孩舍不得走。

春霞道："大学生怎么了？就算是大学生，留在这里业绩垫底又有什么用呢？销售这个职业要的就是赚钱的欲望，既然你这么看不上钱，那你就不要做这份工作了，我会跟领导如实说明你的情况！"接着春霞的眼睛又望向了在座的每一个人："大家也是一样！如果不想挣钱的话，那么现在就离开公司，想在这里混日子混底薪是不可能的！我这个组长的职位虽小，但是我可以跟领导汇报你们每一位的表现、业绩。"

大家又是长久的一段沉默，春霞问道："你们现在有谁不想多赚钱？看不上销售这个职业？那现在就一起跟我过来，我这就帮你们去办离职！"

本来大家是打算团结起来，一起把业绩拉低，好把春霞这个组长拉下来，但是当春霞态度强硬了之后，这帮乌合之众又不敢说话了。

"不要以为法不责众，如果业绩再这样低迷下去的话，那就只有集体降底薪了！你们要是想留下来，最好好好完成我给你们定下的营业额！"

一场会议就这样以春霞的强硬态度收场，而女孩则被春霞带去了领导的办公室。

两个人一起走在走廊里，女孩的态度终于软下来了，她语气中带着恳切："组长，你不要让领导辞我好不好？"

春霞头也没回径直往前走，女孩都快哭了："是我不该说那些话！"

直到来到领导办公室的面前，春霞这才看着女孩的眼睛说道："你要是早这么说我必定想办法留下你，但是刚刚你已经在同事们的面前表明了态度，我想这个岗位还是不适合你。"

春霞跟倪姐说明了情况，女孩的辩解显得苍白无力，而倪姐看着春霞，嘴角微微地翘了翘。她今天显得很疲惫，手头又有另外一个在忙的工作，就直接说道："行了，我这还忙呢！你带她去人事！"

女孩没有想到倪姐竟然这么轻易就答应了春霞的要求，她辩解道："我刚刚也不是故意的，我只是在气头上，再说，我可是大学生！"

倪姐抬起头不耐烦地说："大学生就去研究所工作，快带去人事吧！我这儿正忙着！"

把女孩的一系列事项处理完毕，春霞也回到了工作岗位上，果然杀鸡儆猴尤为有效，同事们马上认认真真地接待了起来，当天晚上业绩便有了显著的提升。

只是春霞的心里却有些愧疚，毕竟那个女孩也知道错了，但是春霞还是辞掉了她。

"春霞，你今天做得很好！"

晚间例会结束之后，倪姐找到了春霞："树立了威信，他们这些人就都怕你了！"

"可是我是不是做得有些过了？辞掉了一个人。"

"这也是没办法的事，社会是个很残酷的地方，也该让那个刚刚从象牙塔里出来的大学生见识见识了！"

工作就这么一天天有了起色，而且倪姐经常明里暗里地对春霞进行一些点拨鼓励，春霞也在这个管理的岗位上越做越好。

这期间，杨小兵的磁带生意也有了较为稳定的客源，他的手头攒了一些钱，眼看又快到五一，便想着带春霞一起出去旅游。

"旅游？"

旅游这种事对春霞来说仿佛很遥远似的，她的生活仿佛只有拼搏没有享受。

"对呀！五一放假了咱们去趟海南怎么样？"杨小兵在来接春霞下班一起吃晚饭的时候，兴冲冲地征求着春霞的意见。

春霞却有些为难："你不知道这销售行业就靠着节假日来赚钱呢！现在我又是组长，那几天我肯定走不开！"

杨小兵显得有些不开心："好吧！"

"省些钱不好吗？"

"钱是赚出来的又不是省出来的，再说我是真的很想跟你出去转转，我之前就在海南那边当兵，那边的景色很好，想让你也看看。"

杨小兵诚恳地说着，春霞的手却已经翻开了新产品的资料。她最近很忙，公司又新上了一批电风扇，马上就要到夏天了，是电风扇热销的季节，她要想用什么样的介绍方式才能推销出更多。

"你听我说话了吗？"

春霞的目光没有离开资料，只是敷衍地说了句："哦，那是个好地方！"

"你知道那是个什么地方吗？就说是个好地方？你一个西北来的见过那样的地方吗？"杨小兵有些生气。

"没见过。"

"你别看了！"杨小兵气得直接夺过了春霞的资料，春霞心中的一股火也升了上来："你到底要干吗呀？"

"我是问你到底要干吗？连好好听我说话都不行吗？难道我在你的心里就这么不重要吗？"

杨小兵吐出的一连串问句让春霞觉得摸不着头脑："你在说什么呀？"

"我就问你我在你的心里到底重不重要？"

"你到底想干吗？"

杨小兵更加生气了，他放在桌子上的手青筋凸起来，一字一顿地问她："我对你非常好，可你最近对我很敷衍，甚至越来越敷衍，所以我想问你我在你的心里到底重不重要。"

9

周围吃饭的人都纷纷朝着这桌望来，让春霞有些不好意思，尤其是杨小兵问出的问题。

"难道你对一个人好都是抱有目的的吗？是需要我回报你还是……"

"没有一个人对别人好是完全没有目的的，哪怕是父母是手足，也都需要得到回报！"

杨小兵的一双眼睛直视着春霞，春霞莫名地感到一阵难为情，她低下头不再回答杨小兵的问题。杨小兵看到春霞这样的态度，便直接转身离开。

离开了餐厅，杨小兵便后悔了，他就这么把春霞一个人扔在里面，怪让春霞没面子的，但是想到春霞对他的态度，又觉得心中失望无比。

五一劳动节就快来了。

那天晚上跟杨小兵的争吵，春霞也没有放在心上，只是把更多的精力投入到了工作中。

"春霞，有你的电话！"

"我的？"

春霞想起自己曾经把公司的电话留给了凤英，凤英本来说开春就过来，可是现在都快五一了也没有动静。

春霞拿起了电话，刚想问是不是凤英，可那边竟然传来了一道熟悉的男声，春霞愣住了，浑身就如同电流流淌过一般地愣住了。

"春霞你没事吧？"倪姐看到春霞这样突然有些担心地问道。

春霞摇了摇头，用双手抱住了电话的听筒。

"你怎么知道我公司的电话？"

"我跟李凤英打听的，暑假的时候我在镇上遇到过她！"

王永华的声音仿佛是一股清泉一般，以极温润的姿态流入了春霞的心中，她不禁下意识地想起了小虎队的那一首歌。

"你找我有什么事吗？"

"难道没什么事我就不能找你吗？春霞，我不知道为什么，那天在医院你为什么不辞而别？难道你是不喜欢我了吗……"

"喜欢"两个字如同杨柳的叶子一般轻轻地撩拨着春霞的心，春霞的呼吸变得沉重起来，情绪变得高涨起来，她摇了摇头却发现电话那边的人看不到她的动作，所以她要用语言更加清楚确切地向王永华表示："我没有不喜欢你！"

"所以我才一直不敢给你打电话，我怕我打扰到你，春霞你是不喜欢我了吗？是因为看到我哥哥生病我家又穷所以……"

"不是！绝不是的！"

王永华似乎舒了口气："那就好。我在学校打工赚了点钱，我已经买了四月三十日的票……"

"去哪里？回家吗？"

"不！是去深圳。"

春霞还记得除夕晚上看到的那满天烟花，而此时此刻那烟花就绽放在她的心里："你要来我这里？"

"你欢迎吗？"

春霞知道自己似乎该表现得矜持些，却还是忍不住说："我当然欢迎你！"

挂断了电话，春霞的笑容仍然久久停留在脸上，倪姐道："你男朋友的电话？"

春霞的脸一下子就红了："倪姐，就是一个朋友……"

"行了，五一期间给你尽量抽出一天假期吧，带着你的那位朋友好好在深圳转转！"

"谢谢倪姐！"

深圳火车站。

这个火车站可真大，来来往往的人拖着箱子拿着行李，他们大部分是大学生和农民工。春霞挤在这些人流中显得格外瘦小。

王永华的车次是早上到这里，他昨天晚上坐的车。

春霞和王永华约定就在车站的出站口处相见，不见不散。

通过广播的播报，春霞知道王永华所在的车到站了。

一瞬间，血压升高，心跳加速，春霞握着栏杆的手都在微微颤抖着。她就要看到王永华了，明明早在几天之前就已经有了心理准备，但是春霞还是紧张得不得了。她紧张得早早起来就化好妆，她还不太擅长化妆，但是想给王永华看看自己化过妆的样子。

三三两两的人从站台里走了出来，春霞想要抬起头张望，却还是假装不那么焦急地望着站台，似乎有些漫不经心，可是这漫不经心演得不太好，因为王永华一拐弯走出来的时候，春霞就看到他了！

"春霞！"

王永华背着土黄色的帆布挎包，身穿一件深蓝色的衬衫，又短又齐的头发像是新理过，他看到春霞的一瞬间便咧开嘴笑了，露出两排又齐又白的牙齿，伸出宽大的巴掌招手。

春霞曾经试想过好多次来车站接王永华的场景，她早就已经惊心动魄万分激动了好多次，可见到王永华的那一刻她反倒不那么紧张了。王永华似乎天生就带着一种亲和力似的，对于春霞来说是那么亲切。

"你来了！"

春霞在王永华面前低下头，而王永华也紧张得不停地揉捏着双手，他们都笑得既害羞又甜蜜，明明上一次在医院相见的时候还不是这样，这一次却不同。

因为上一次只是偶遇，而这一次是王永华专程来到春霞所在的城市，特别为春霞而来！

"那个……你饿了吗？一起吃点东西？"

王永华点点头，脸上是坐了一晚上硬座留下的疲惫。

来到了饭店中，春霞点了一屉小笼包、两份肠粉、一份粥。

"这是这边的特色早餐，你尝尝。"

两个人坐下来吃早餐，目光却在彼此的眼中不停地交汇着，似乎总是有话要说却一切都在不言中。

吃过了饭，春霞带着王永华出去找宾馆，毕竟一个男生住在春霞的小出租屋里不合适，也太难为情。

在大街上找了好几家宾馆，价格都因为节假日而贵得吓人，王永华和春霞犯了难，王永华道："去你的家里可以吗？你放心，我不会对你做什么的，而且我也实在住不起这么高价格的宾馆。"

春霞低下了头，又轻轻地点了点，算是同意了王永华的提议："只是我家又小又破，你别嫌弃……"

"但是这个家里有你呀，我怎么会嫌弃？"

第 10 章
/ 凤英 /

1

五一假期的人真多呀，尤其是当春霞带着王永华走过那一片闹市区时，人群如同潮水一般涌动着。两个人在这人群中保持着不远不近的距离，一个是学生，一还是害羞的小姑娘，都低着头走路，不敢对视对方的眼神。

"咱们一会儿去坐公交车……"

春霞这样说着，身边的人却没了回应，抬头一看原来身边的人早就已经不是王永华了！

一时间春霞有些慌了，她焦急地朝四周打量了一圈，却没有看到王永华的身影，原来这熙攘的人流将他们两个人冲散了！

"王永华！"春霞喊了一声，可惜声音很快就被鼎沸的人声遮掩过去，她不得不大喊了一声："王永华你在哪里？"

喊完之后春霞的脸便如同火苗在燃烧一般，绯红一圈一圈地扩散至耳际脖颈。

"王永华，王永华！"

春霞喊了好几声之后王永华才从人群中挤到了春霞面前，他的额头上渗着一点点汗水，面色有些紧张，他的眉毛浅淡，脸上的轮廓也不明显，颇带着一股初生的稚嫩气息，所以更显得手足无措。

"春霞，刚刚吓死我了，我以为我找不到你了呢！"

春霞看到了王永华总算是松了口气，她离王永华更近了些："这个地方叫福春路，人很多，你要是跟我走失了的话，叫我怎么找啊！"

突然王永华拉起了春霞的手，那是一双带着些凉意，又有些潮湿的手，虽然力量不足，但是一瞬间还是将春霞的心重重地敲击了一下。

"快走！"

还没等春霞从这份震惊当中缓过神来，王永华拉着春霞便走。两人一路小跑来到了前面的一个小胡同，王永华这才停下来。

"怎么了？"春霞的脸红得更厉害了，微微带喘，胸脯一上一下起伏着。

王永华这才告诉春霞，原来他刚才跟春霞走散是因为看到了一个扒手，就在那扒手伸出两根手指头准备夹别人包里的东西时，他走上去提醒了一下。

扒手的好事不成，王永华这才马上去追春霞，结果他却被扒手盯上了，那人恶狠狠地盯着他，王永华才不得不拉着春霞赶快跑。

"那他现在还跟着咱们吗？"

王永华让春霞放宽心："没有，我已经把他甩掉了，而且这儿人多他也不敢怎么样！"

春霞却担心地说道："你不知道，深圳的人很多也很杂，你提醒别人是好，可是也得保护自己的安全啊！"

"当时哪顾得上啊？只想着赶快提醒那人一下！"

王永华挠了挠头发，春霞抬起头，虽然嘴上有些责怪和担心，但是心里更是对王永华生出一种崇敬之感,他明明还是个学生,身材又不算高大,却能见义勇为!

直到这时,两人才同时发现彼此还紧紧握着手,春霞急急地收回了手,王永华也有些脸红了,但是犹豫了半天又牵起了春霞的手:"这里人多,咱们别再走散了!"

春霞也觉得这个理由不错,便任由王永华牵着她的手,可是两个人都太紧张,手心渗出的汗交融在一起,加上天又热,可是谁都不想放开。

坐上了公交车,又左拐右拐地走了几个胡同,这才来到了春霞所租的出租屋。

"这儿有些破。"春霞朝出租屋里面望了一眼。

"没事!只要有你在。"

知道王永华要来,春霞早就去市场买了好些菜。

一进门便是逼仄的厨房,堆了一堆青菜后显得更加狭小,春霞难为情地说道:"实在是太小了,所以显得有些乱……"

王永华却颇为感动:"你是为了我才买这么多菜吗?"

"是啊!想到你在学校那边肯定吃得也不算好,我就买了些菜,也想着给你换换口味!"

王永华更是满脸的惊喜,他珍惜地看着春霞:"你对我太好了,过年的时候又给了我那么多钱来解我家的燃眉之急,我真不知道该怎么感谢你!"

两人一边说着话一边来到了里屋的床上坐下,春霞道:"别说什么谢不谢!还有你哥哥的身体恢复得怎么样了?"

"上次写信给我,说是已经好得差不多了,出门打工了!"

"让你哥哥以后注意下身体吧!"

王永华点点头,一只手放在春霞的书桌上,两个手指肚来回摩挲着一小块翻起的油漆:"春霞,我回到学校才两个月,打了几份零工,但是也都交了学杂费了,还有一些用来买了来这里的车票,但是你放心,到暑假之前,我会先还一部分钱给你!"

"你这么说不就见外了吗?"春霞的语气里颇有些责怪的意味,"我有说过那钱要还了吗?你正是读书的时候,有钱就好好给自己改善改善生活,再说我在这边打工,不比你的收入多多了?"

王永华叹息:"你一个女孩子在外面打工也不容易,其实后来我去你家打听过,你爸说你把钱都给了我,结果没办法还曹贵荣的彩礼,连年都没在家过,就匆匆离开了!"

"我爸是不是怪你了?"春霞焦急地问道。

"他当时没怪我,但是我真的觉得很愧疚,那些钱是你的全部积蓄了吧?"王永华一边说着一边低下头,小小的窗户透进外面的阳光,映着少年的愁容,钱总是难倒英雄好汉的大关，又何况这一个年轻的学生？

春霞只觉得心疼："我不是还可以再赚吗？永华，你别太有心理负担！"

"可是那是你的钱！我一定会想办法还给你，回去我就再接几个家教……"

春霞急了："我不要你还钱！你也不要这样跟我见外，我只要，只要你……"

春霞没有再说下去，而王永华勇敢地说了下去："我会一直对你好！一直一直对你好，而你如今对我的这份恩情，我也永远不会忘记！"

2

一同做了饭，一同在小餐桌前吃饭。

这是忙里偷闲的一天，更是让春霞的心中泛起波澜的一天。

母亲早亡，家境落魄，连书都没得念，春霞常常回顾起自己的童年，似乎永远都在为生计所迫，没有什么真正幸福的时刻。

但是今天，幸福好像是突然涨起的大潮一般，她去过深圳的港口，她见过就快涨潮的海浪，那海浪就这样汹涌激荡地拍打着她的心，那泛着白沫的激浪也流入了她的身体，一层一层地渗透下去，滋润着她的身心。

聊不完的天，说不完的话，转眼已经到了深夜。

两个人来到水池的前面洗漱，春霞含着一嘴白色的泡沫心不在焉，她不知道该如何面对接下来的尴尬时刻，两个人同时躺在一张床上。

其实和男人住在一间屋子里的经历她也不是没有，但是杨小兵不会让她如此的紧张忐忑，当然这也是因为杨小兵的绅士和正直，在两人的中间拉起了一道帘子。可是春霞知道，自己紧张并不只是因为跟男人住在一间屋子里，而是因为这个男人是王永华！

磨磨蹭蹭地漱了口，两个人回到了床上，很显然春霞的行李只有一套，也没有打地铺的可能了。

两个人躺在床上，被子隔在中间。

昏暗的灯被关掉。春霞回过头去望王永华的侧脸，上一次这么安静地望着他的侧脸还是在上学的时候，她感叹着时光造化，曾经的同学，如今竟躺在一张床上！

昨夜的疲惫让王永华很快就睡着了。

第二天早上，王永华起床的时候，春霞就已经走了。

桌子上放着早餐和一张春霞留下的字条：我去上班，晚上回来。

王永华起床吃了早餐，看到春霞的书桌上摆着一摞摞书，是学习会计的书。原来春霞虽然没有再上学，却仍然没有忘记学习。

打扫过房间，王永华看到春霞放在桌子上的名片，他早就听说春霞的工作是销售，很好奇，便按照名片上的地址来到了那家商场。

商场里的繁华，装修的奢华，很显然让王永华觉得自己有些格格不入，他并不想打扰春霞的工作。

左转右转，他找到了春霞的身影。

只见春霞身着一套黑色西装，里边是白色衬衫，头发整整齐齐地挽起来，露出光洁漂亮的额头，显得干练，再加上西装较为突出女性的曲线，让王永华觉得春霞早已不再是印象中那个青涩的甚至有些土里土气的女高中生了。

她早已经跟从前有了翻天覆地的改变！而且不知怎的，王永华能够感受到她身边似乎环绕着一种极强的气场，那些员工对她也很尊重，非常虚心地接受着春霞的指导。

这时一名员工跑过去，急匆匆地说道："组长，上面来领导了，让你去一趟！"

王永华一惊，没想到春霞小小年纪竟然已经当了组长！他心中不由得敬佩，春霞竟然能在深圳这个地方立足，并且还有了职位！

春霞忙不迭地离开，带着些小跑，高跟鞋的声音哒哒地传到王永华的耳朵里，让王永华觉得春霞似乎在这一两年的时间里早就变得比他成熟多了。

在商场中徘徊了一阵子，也快到下班时间了，王永华来到商场的外面，准备给春霞一个惊喜。

而这时他注意到另一个男人也似乎在等春霞附近那个柜台的人下班，不然眼睛怎么会一直往春霞所在的那个方向盯着？

两个人不约而同地对视了一眼，王永华看着那个男人一身精干的肌肉线条，轮廓分明的脸以及粗重的眉，猜想这人恐怕是个当兵的，上大学军训时的教官也是这个身材。

这时，春霞下班了。

她急匆匆地走出来，满心想着快点回家去见王永华，结果走出大门的那一瞬间便愣住了，这两个男人的眼睛齐刷刷地盯在了她的身上！

"春霞！"王永华微笑着先一步走了上去，经过昨天一天的熟悉，他自然而然地拉住了春霞的手："春霞，真没想到你还是个组长！"

春霞一愣，她望向旁边站着的杨小兵，从杨小兵的脸上她看到了一股由震惊和愤怒混杂在一起的情绪，她也不知怎的就匆忙地抽出了手。

"春霞。"杨小兵说。

王永华也愣住了，气氛一时间变得尴尬起来，仅仅几秒钟的时间，杨小兵的脸色由原本的愤怒变成了一种克制的友善："春霞，这位是？"

"哦，杨大哥，这位是……"

春霞犹豫着不知道该怎么说,她不知怎的,总觉得"男朋友"这三个字从自己的口中说出来,怎么都不合适,而这时王永华抢先一步说道:"我是春霞的男朋友!"

杨小兵的眉头一皱:"春霞,你什么时候交的男朋友?我怎么不知道?"

春霞有些不知所措,但还是解释道:"这是王永华,我们俩是高中同学,所以……"

春霞没有再说下去,杨小兵无法遮掩脸上失落的表情,而这时春霞对王永华说:"这位是杨大哥,是我刚刚来深圳这边的厂里上班时认识的朋友,这段时间也对我照顾了不少!"

王永华笑了,只是这笑容里不可抑制地带着一种抵触的情绪:"杨大哥,真是多谢你照顾春霞,她一个女孩子在深圳这边能站住脚,也是多亏了你吧?"

"举手之劳而已。"杨小兵的眼神放在春霞的脸上,他有个惯性的动作就是把手放在春霞的肩上,但是下意识抬起的手却缓缓地落了下去:"既然已经有人在等你了,那我就先走了!"

"杨大哥……"春霞说了一声,杨小兵头也不回地走了。

等到杨小兵走远了,王永华的不悦开始表现在脸上:"春霞,这位杨大哥……你们之间到底是什么关系?"

"就是普通的朋友关系!"

"你别骗我了,普通朋友谁会愿意照顾你?我是男生,我了解男生照顾一个女生的动机!"

3

王永华原本的好心情被这个男人搅得很糟糕。

然而春霞现在还没有反应过来,她沉浸在一种害羞与欣喜之中,因为王永华刚刚说,他是自己的男朋友!

"春霞,你们之间到底是什么关系?"王永华语气软下来,他的眼神迫切地盯着春霞。

"我不是说了吗?我们就是普通朋友!不管你信也好不信也好,反正我行得正坐得端!"春霞说着别过头去。

王永华停顿了几秒,终于说道:"反正你也可以随便说你们之间的关系,我又不在这里。"

"你就这么不信任我?"

"不是我不信任你,那个人长得不赖又照顾你,这么长时间,你们没谈过恋爱我不相信。"

王永华是看得出来的，那个男人在等待春霞的时候那焦急的眼神，迫切的神情无不写着他对春霞的爱！

　　"没谈过就是没谈过！从前不会以后也不会！"春霞有些生气。

　　"真的吗？"王永华问道，"可你之前为什么没有跟他谈恋爱呢？"

　　春霞沉默了半晌，她好几次地欲言又止最后终于说道："还不是因为你！"

　　"因为我？"

　　"因为我心里一直都有你，哪怕不能跟你在一起，我也不会接受别人！"

　　夕阳映着春霞潮红的脸，她这几天总是脸红，红得让她怀疑自己是不是发烧了。就在这时，王永华突然把春霞拉进了怀里："春霞？这是真的吗？你的心里一直都有我？"

　　略带着潮湿的衣服上面的汗味钻入春霞的鼻腔中，她贴着王永华的胸口重重地点了点头，王永华不无感激而又感动地说道："我真的觉得好开心，春霞，原来你一直记挂着我，你知道吗我也跟你一样！你原谅我为刚刚的事情生气，我只是太……太喜欢你了！"

　　"喜欢"两个字在春霞的心中深深刻下了浓重的一笔，她觉得这幸福来得太快太突然，竟然招架不住！

　　回到家中，如同昨天一样做完晚饭吃过饭，躺在床上的两人谁都睡不着。

　　搁在床中间的被子显得十分碍眼，王永华侧过身去，他看到月光照在春霞的胸脯上，随着她的呼吸而微微颤抖着。

　　一双炽热的手握住了春霞的手，春霞只是装睡，她骤然睁开眼睛，看到王永华正盯着她看。

　　"你干吗？"

　　一瞬间一股恐惧掠过心头。

　　王永华说："这个假期很短，后天我就要走了，我想多看看你！"

　　春霞下意识地拉了拉被子掩盖自己的害羞："不是还有暑假吗？"

　　"可是我还要等上两三个月才能再见到你，我会很想你，你睡吧，让我就这样看着你！"王永华没有放开拉着春霞的手，依旧看着春霞，而春霞又何尝不是满心的激动紧张？

　　不知过了多久，已经睡着的春霞突然听到耳畔那粗重的呼吸声，她猛然睁开眼睛，才发现王永华离她很近很近，搁在中间的被子失去了作用，王永华的身体已经贴上了她的身体！

　　一瞬间，在录像厅所看到的画面不受控制地注入了春霞的脑海中，春霞大叫了一声："你别这样！"

可是王永华的动作却没有停下来,他的体内似乎有一种难以平息的占有欲,他吻了吻春霞的脸颊:"我只是,太喜欢你。"

"不!不要!"春霞一骨碌从床上爬起来,似乎是在录像厅那天的回忆太可怕,让她对男人有一种潜意识的恐惧:"我求求你别这样!"

看到春霞眼中流出的泪水,王永华才真的清醒过来,他开灯扯过来已经躲得远远的春霞,满脸愧疚:"对不起,我刚刚实在是太过分了!"

春霞还是一直哭。

"你原谅我好不好?看到你哭我真的好难受好愧疚!"

"你别对我那样!"

"我知道,我不会了,我只是想拥有你,你知道吗?今天出现的那个人让我感到很害怕,我害怕我会失去你,所以才会不由自主地……不过我不会了,春霞,原谅我!"

王永华的手轻轻地摸着春霞的背,他感受到春霞的颤抖,将春霞拉进自己的怀中:"我到底干了什么糊涂事!竟然把你吓成了这样?"

春霞摇了摇头:"我只是,太害怕了,这种事还是以后再说吧!"

"那就以后再说!等我们结了婚再说!"王永华坚定地说,他缓缓地低下头,不敢再侵犯更多,但又太想在心爱的人身上留下些标记,只能轻轻地吻了吻她的头发:"好了,春霞,我就只对你做这么多!"

结婚。

春霞甚至不敢相信自己的耳朵,王永华已经想到了结婚吗?她还太小,并不能真正地理解结婚到底是一种什么样的体验,但是,一想到未来会跟王永华结婚,她的心中便像是燃起了团团希望的火焰一样。

"永华,永华。"

很快,假期结束了。

王永华来的时候只带了一个空空的挎包,只装了些洗漱用品,但是在来到车站时里面已经塞了满满的日用品和食物,这些都是春霞给他买的。

"春霞,我要走了。"王永华说着,依依不舍地放开了春霞的手。

这次见面对于春霞来说是人生第一次品尝到爱情的滋味,也同样是王永华的第一次。

爱情那浓浓的甜,也在此时此刻全都化为了酸涩。

直到站台内已经开始检票,王永华与春霞才依依惜别,就在这时,春霞突然从衣服里拿出一个信封。

她匆匆地把信封塞进了王永华的包中:"这钱你拿着,别委屈自己!"

"我不能再要你的钱了!"王永华想把钱还给春霞,可是春霞已经跑远了。

"回去了记得给我写信!"

"你也是!"

直到听到列车离开站台时鸣笛的声音,春霞才离开了车站,心头的情绪复杂地翻搅着,就如同家门口那棵李子树上的果实的味道。

4

送走了王永华,春霞的生活又回到了正轨上。

只多了一项,那就是每天晚上伏在书桌上写情诗和信,或者是在等待着王永华的来信。

找春霞的电话又一次打来了公司,而这一次不是王永华而是凤英。

春霞再一次来到了火车站,正在触景生情,凤英走了出来,她拎着一个布包,朝春霞热情地喊:"春霞!"

春霞带着凤英回到了出租屋,又亲自下厨给凤英做了顿饭,凤英不无感激地说道:"春霞,你对我真好!"

"好不是应该的吗?你怎么说也救过我,再说在这大城市里,咱俩给彼此做个伴儿不是挺好的吗?"

饭菜被端上桌,凤英从包里掏出白吉馍:"我带了点干粮,没别的只有馍,你要是不嫌弃就一起吃?"

春霞拿过来,干燥的面饼散发出朴素的面粉香气,她掰下来一块:"你不知道,我在深圳就想吃这个,幸亏你带来了!"

"你还想吃?我都吃腻了,在面馆天天就是馍配咸菜,我跟你说要不是我真的想换换口味,我才不来深圳呢!"凤英说着朝空气白了一眼,"我上次跟我们老板说能不能中午给我加点菜,或者是吃点白米饭,他说能倒是能但是我吃得太多了,就只能给我吃馍了!"

春霞被凤英逗笑了:"你呀你!到什么时候都忘不了吃!"

第二天,春霞便带着凤英来到了公司,进行了面试。

凤英和春霞都是高中学历,满足公司对学历上的要求,又看在是春霞的朋友分儿上,倪姐就勉为其难地把凤英留了下来,让春霞多多培训凤英。

然而凤英换上了西装,就好像是偷了别人的衣服来穿一样,站在柜台前怎么都不太自然,不是扭扭捏捏,就是小动作过多。

其他同事像是看笑话一样地看着凤英,毕竟这个山村里来的孩子实在和这个大城市格格不入。

春霞没办法,只能把自己用于推销的时间放在了凤英的身上,规范凤英的动作,让凤英记下所有要卖的产品的参数和优缺点,以及如何推销。

然而这一切需要死记硬背的东西却实在让凤英犯了难,春霞因为聪明所以并不觉得这些难,但是凤英背了许久却还是说得磕磕绊绊。

不仅如此,深圳人说话都带着些港台腔,好像显得多时髦似的,反观凤英,普通话说得不标准,夹杂着的方言总是引人发笑。

春霞看不过去,就只好命令每一位同事都做好自己的工作,不许嘲笑他人。

这时,不满的声音又出现了。

"对待我们这么严格,对她自己的朋友倒是够宽松的!"

"是啊,也不管那人是什么身份!"

一群人经常你一言我一语地讨论,很快也被春霞听到了耳中。

春霞虽然懒得跟人争辩,心中却很好强,她尽力地改变凤英,让凤英尽量学好普通话,也尽量做出热情而真诚的模样对待顾客。

难于上青天,或许就是对凤英这段时间工作的一个总结。

大家排队站着轮流服务顾客,可每次到了最末尾的凤英服务的时候,凤英却显得不是太积极,直到客人走近了,凤英才张嘴,没什么礼貌用语,只是问道:"你需要撒?"

而接待顾客的时候,凤英也常常因为记不住产品参数,被顾客反问她到底是不是这个商场的销售人员。自然而然地,她的销售额也实在难看。

长时间的表现欠佳让春霞有些生气。

"凤英你不能再这样下去了,我教你的那些销售方式你都记住了吗?还有,全天站着是很累,但是我们销售人员就是要在意自己的形象,你的站姿实在太随意了!"

凤英这几天也被折磨得够呛,她一会儿要忙着给顾客端茶倒水,一会儿又要去介绍产品,还要保证销售方式,实在难以胜任。

"我也没什么办法,我天生就这样子呀!让我去跟那些顾客赔笑脸我可不会!"凤英是个直性子的人,所幸春霞并没有计较太多,反而每天花出更多的时间去培养凤英。

但是凤英的长进依然不大,在月总结会上,倪姐便直接劝退了凤英。

本来春霞还想帮凤英说几句话,求求情,再争取机会,但是凤英自己好像也破罐破摔一般:"不做就不做了,我想我不适合销售!"

春霞倒也能理解,于是专门抽出一天假期陪凤英出去找工作,可是找来找去,大部分都是销售、服务员,有技术含量的凤英也做不了。

春霞的工作忙,也没办法一直帮凤英找工作,找工作的事被暂时搁置了下来,凤英靠着手上的那些积蓄，就这么挨过了一阵子。

但是积蓄再多也总有花完的那天，况且还住在别人家里，总是有诸多的不方便。

于是凤英愁眉苦脸地过了好长一段日子，找工作也再没有麻烦过春霞，一个人在大街上游荡。

这一天，凤英的脸上似乎写着极大的惊喜，她最近这段日子早出晚归，但是一旦春霞问她去干吗了，凤英就只是敷衍地摇了摇头："你就别问了。反正我是挣钱去了！"

"那是什么工作呢？"春霞不依不饶地问道。

"就是一个普通工作呗。"

但是，春霞并不相信。

因为这段时间她经常看到凤英一个人在傻笑，几乎也不怎么回家了，一旦回到春霞这里便是满嘴钱钱钱的，天文数字动不动就从她的口中说出来，还十分骄傲得意的样子。

春霞不无担心地问道："那到底是什么样的工作呢？"

凤英神秘地笑了笑，说道："以后再告诉你，等我成了最上端的那个人！"

5

春霞实在是摸不着头脑。

凤英这淳朴的小姑娘在出去打了几日工之后就突然变得满嘴都是钱，是因为虚荣？

锅中的菜炒好了，春霞用铲子将蔬菜倒入盘中，电饭锅里的饭也煮好了，又去忙着盛饭，等到饭菜都已经放到了桌子上，凤英还在滔滔不绝。

看凤英说得那么投入，春霞道："那你现在挣多少钱了？"

一句话就把凤英给问住了，她愣了一下："你着啥子急？你在商场做销售工资不也是月底才发吗？那我这里做事不也要等着月底吗？"

"哦，你说的是！"春霞夹起一筷子青菜放到凤英的碗中，"先吃饭吧！"

凤英这才拿起碗筷，略有些嫌弃地看着桌子上的粗茶淡饭："以后挣钱了咱们就不吃这个了！"

春霞一笑："那吃什么？难不成要吃龙肝凤胆？"

"你就抬杠！"凤英黑黑的圆脸上，就连雀斑都泛起了一层向往而激动的红色，"到时候啊咱们也吃海鲜，嗯……就吃什么龙虾，大个儿的那种！"

"就上回咱们在市场上见到那个，很长的那种？"

凤英颇为得意："才不是呢！要更长的，就像是香港电影里面那种！"

春霞回顾了一下所谓的香港电影，她的小出租屋里连台电视机都没有，在家里也没看过电视，所以香港电影中的龙虾到底有多大她不知道，但是虾她是吃过的，鲜甜的滋味对于这个内陆来的女孩子来讲是一种奢侈的美味。

"中！你要是赚了钱，也让我尝尝龙虾的滋味！"

五一小长假，大家的业绩都很高，春霞也在这个月收获了一百五十块的工资。过完春节回来身上已经分文不剩，现在又有了些存款，春霞心里也慢慢有了些安全感。

下班后，春霞就往老家寄了五十块钱的生活费。

回到家，迎接她的凤英照例滔滔不绝地讲述着她的致富经。

春霞听得耳朵都起茧子了："对对对看准行情就投资……"

她接了凤英的下半句。

"叫你说对了，看来这段时间你也学习到不少嘛！"

"今儿我开工资了，凤英你呢？"

春霞一边说着一边摊开手掌心的那一百元整，相当宝贝地捏着，凤英一看脸色就变了："哦，你开工资了！"

"你呢？你开了多少？你不是说，你去的那个公司赚得可多了吗？"

春霞对于凤英所说的那个单位心中的疑问越来越大，她和凤英共事过一段时间，凤英的方言很重，再加上语言表述能力不行，个人气质也不行，整体看来不太像是个聪明人，可是怎么换了一家公司就突然有了那么好的待遇呢？

凤英愣了片刻，又转而说道："投资这种东西，是一种放长线钓大鱼的生意，你不能目光短浅，老想着这个月收成多少下个月收成多少……"

"咱们出来打工不就是为了挣钱吗？不想着这个月收入多少？那还干什么？"

"都跟你说了，这是一种长线……长线投资你懂不懂？"凤英一向脾气很好，但是说到这里却有些激动。

春霞拉着凤英坐到了两个人每晚挤在一起睡觉的小床上，她担心地问道："你那个公司究竟是什么公司呀？"

"就是一个叫阳光工程的公司……"

春霞琢磨着，这名字听着倒还正常，但是，所谓的工程到底是干什么的呢？

"说了你也不懂！"

春霞文化水平不算太高，显然理解不了这个阳光工程到底是个什么玩意儿，她奉劝道："凤英，我觉得这些玄而又玄的东西咱们还是少接触为好。我知道你家可能没我家这么穷，但终归也不是富裕人家，你也没什么钱投资，自从你来了深圳，两个月还没挣到什么钱呢！"

二手市场上买来的老式电风扇在房间中吱吱呀呀地响着，吹出潮湿而又闷热的风，让两个人此时此刻的气氛更加地沉闷。

"所以我劝你，还是不要搞什么投资了，找个地方好好上班！"

被春霞这么一劝说凤英反倒是来了劲儿，她把身子往旁边重重地挪了挪："当初是你劝我来深圳的，说这边挣的钱多，结果呢？你在那销售公司明明都是个组长了，都不能帮帮我……"

"我有帮你的！你还记不记得你去公司的那几天，我天天教你怎么跟顾客对话，教你怎么保持仪态，可是你也不听，我也没什么办法呀！"

凤英噘起嘴巴推了一把眼镜："你那还叫帮我？领导要辞我，你都不帮我说几句话！"

春霞心里暗暗叫苦，她怎么没帮凤英说过话？只是凤英实在是达不到最低标准，被辞掉也是无可奈何的事！

"也许你不太适合做销售，但是可以换一个说话少的工作……"

"还去当服务员？"

春霞指了指桌子上的书："你也可以学会计！用不着跟别人打交道，每天看账本就行！"

"我根本就看不懂！春霞，我看你根本就是看不起我！给我推荐的工作没一个适合我的，我自己找到了好工作，你反而觉得我那工作有问题！再说我的工作你懂什么你就随便乱说？"

春霞是什么都不懂，她也奇怪自己来了深圳这么长时间，还没有凤英来了这短短几天学会的乱七八糟的术语多：长线投资，发展下线……

"算了，我是觉得咱们同学一场，也挺好的，所以才住在你这儿。现在我们公司也不是没地方住，明儿我就走！"

春霞劝了两句，但是凤英根本就听不进去。早上上班之前她嘱咐凤英别离开这儿，深圳的人杂，不安全，结果晚上回去时发现凤英已经走了，连自己的行李也带走了。

春霞虽然担心，可是凤英连住址都没留下来，她也就只能任由凤英了！

6

日子照常进行，春霞的班照上，凤英离开的半个月后，突然有两个男人来到了春霞的住所。

"凤英！凤英！"

春霞正做晚饭呢，就听到外面熟悉的家乡话，接着是一阵敲门声。

"来了！"春霞打开门，这两个人长得跟凤英有些像，春霞猜测应该是凤英的哥哥和爸爸。

"你是春霞？"年轻男人先开口了，显然他的语气里带着些焦急，更带着些火气。

"是。"

春霞看到这两个人脸上的表情，也不由得担心了起来："凤英出了什么事吗？"

"我们还要问你呢！凤英来深圳之后，给我们写过信，信上留的就是这个地址，凤英呢？"

"凤英从我这儿离开半个月了，她没跟你们联系过吗？"

春霞当时心里就打起鼓来，现在凤英的家人如此急迫地来找凤英，又是一副兴师问罪的脸孔，莫非是凤英出了危险？

"凤英不在我这里，凤英出了什么事？"

"嗨呀！嗨呀！"年老的男人，也就是凤英的父亲当时就捶胸顿足，阵阵哀叹，"我的凤英啊，这到底是出了什么事？去了哪里？"

凤英的哥哥也急了，干脆一把就把春霞拖到了一边，直接进入这小小的出租屋之中，里里外外找了个遍，可就是没看见凤英的身影！

"是不是就是你把凤英给害了！凤英一个星期之前写信给家里，又打电话到村里找我们，说是把腿摔断了，要了三万动手术，他哥当时想也没想就直接把钱打来了，然后就联系不上凤英了！"

老天爷呀！这可是这个家庭当中所有的存款了，或许还有借款！春霞道："凤英的腿怎么会断呢？还有你说的这些我都不知情，她在哪里？"

"我还要问你呢！"凤英的哥哥也是一个庄稼汉，他孔武有力的手臂一下子就把春霞的衣领提了起来："是不是你把我妹妹卖了？"

凤英的爸爸，一个本来就绝望担心的老汉，现在更是哭天喊地起来，一双充满了沟壑的老手往水泥地面上捶打着："我的老天爷呀！这可怎么办？你到底把我娃卖到哪里去了？"

什么卖不卖的？春霞不明白他们所说的是什么。

"这怎么可能呢？"

"就是你，我娃说了，就是你一定要让她来深圳，我们家里人劝了那么长时间都劝不住，只能由着她的性子来了！可是你，你竟然……"

老汉后面的话春霞听不清了，只是不断地哭喊，春霞蹲下来想要把老汉扶起来，却被推到了一边，身体重重地摔在地上。

双方就这么僵持不下，凤英的哥哥干脆道："走！上派出所！"

到了派出所已经是晚上，春霞被生拉硬拽到了这里，身上因为挣扎留下了一块块擦伤，不过她现在已经感觉不到疼痛，只是迫切地想要证明自己的清白。

"警察，你得给人民做主啊！我妹妹到深圳来找她，结果现在人没了，结果，又说要动手术把家里的钱都要走了！都是她搞的鬼，她教唆我妹妹来深圳，害了我妹妹呀！"

凤英哥哥声泪俱下地说着，警察看了一眼春霞，先是安抚了一下这两个男人，接着厉声审问起了春霞。

春霞问心无愧，有什么答什么，但是凤英的确是来找她的，而她又提供不出凤英的下落，所以自然是惹上了嫌疑，更不能无罪释放，警察便让她先联系自己的家人过来。

"我没有家人，我是自己一个人来这边的！"

这时，凤英的哥哥说道："我早就听凤英说，你有一个舅舅在这边！"

无奈之下，春霞联系了舅舅舅妈一家。

不一会儿，舅舅来了，他急迫地询问警察是什么事，而舅妈在一边不停地咒骂："你这个死丫头就知道给我们惹事！一天看你蔫儿蔫儿的，竟然还敢干这种伤天害理的事！"

"舅妈，我没有！"春霞急得哭了。

因为春霞在这边的亲人只有舅舅一家，警察也对舅舅一家人做了调查，了解到舅舅一家人有的白天在上学，有的白天在工厂，一直都行为端正也没做过什么不法之事。

"我们跟这个小丫头根本就没有关系，是她这个农村来的要投奔我们，我们偶尔赏她口饭吃，还这么连累我们！真是个白眼狼！"

舅舅瞪了一眼舅妈："你够了，警察也没说这事就是春霞干的！"

"行，你就护着她吧！都闹到派出所来了还能有什么好事吗？从今天起你必须离这个扫把星远远的，要不然咱俩非离不可，就算是不离，咱这个家也非要被她拖累死不可！"

舅妈这么说，舅舅也很无奈，而这时民警说："那么李春霞，你们还负责吗？"

"这孩子跟我们家一点关系都没有，再说她早就是成年人了！"

民警说："既然这样你们就回去吧，如果你们有嫌疑的话还会找你们回来。"

深夜，舅舅、舅妈走了，春霞暂时被关到了拘留所里，拘留所里几乎没什么个人生活的物品，环境也很差。民警看春霞倒也不像是做坏事的样子，但是在事情调查清楚之前春霞确实有一定的嫌疑，所以让春霞再联系一个朋友帮她送些日用品过来。

春霞思来想去，她在这个深圳也只有一个朋友了，那就是杨小兵！

在拘留所里将就住了一个晚上，潮湿闷热而又骚臭的空气让春霞几乎整夜未眠。那些同样被拘留的小混混，看春霞好欺负，把春霞挤到一边去睡觉，所以这一晚上待下来，春霞是又困又累又饿。

这时杨小兵到了。

上一次跟杨小兵见面还是在公司门口，遇到王永华的那一次。后来春霞一直忙工作，也没顾得上杨小兵，所以现在见到杨小兵她满心的愧疚。

杨小兵却并不在乎，他把生活用品和一些食物一股脑儿地塞给了春霞，又问清了整件事情的经过。

7

两人隔着一扇玻璃窗，杨小兵心疼地看着春霞："你跟我说说，这个凤英到底为什么要突然离开呀？"

"凤英那段时间经常跟我说什么赚钱的好方法，又是长线投资又是发展下线的，我也不懂这些，只跟她说让她好好赚钱，不要再去这种说得冠冕堂皇实际上毫无保障的公司，结果她就生气了，就走了。"

杨小兵一拍大腿："那找不着她了！"

春霞连忙说道："为什么？如果找不到她的话，难道我就要被关在这里吗？或是给我定罪？"

春霞一边说一边急得快哭了，杨小兵却显得镇定些，他思索了片刻说："那倒不至于，警方又没有什么特别的证据，凤英应该是进了传销组织了！"

"传销？"

杨小兵点点头，然而这个词对春霞来说非常的陌生："这是个什么，什么组织？还是一个工作单位？对了我听凤英说，她工作的单位叫阳光工程！"

"一时半刻我也跟你讲不清，总之传销这个东西就是骗钱的，进去的人先被骗，然后再骗别人！"

春霞这才恍然大悟，怪不得凤英说什么赚得多，又骗家里人打钱过来，原来钱都交给了传销组织！

"那怎么办？凤英会不会出事啊？"春霞抓着栏杆，都快哭了。

杨小兵下意识地把手伸进去，摸了摸春霞那泛黄的脸："你还担心别人呢！我知道这里的环境不好，现在得想办法让你先出来！"

"可是，可是有什么办法呢！"

"别急，我给你带了不少吃的，这里环境不好，但你要记得吃饭，别搞坏身体，我跟警察那边说传销的事。"

时间很快就过去了，杨小兵不得不离开了拘留所。

他跟警察解释了一下凤英应该是进了传销组织，但是警察那边也并没有立刻把春霞放出来，春霞便托杨小兵去公司请假。

来到了春霞工作的商场，杨小兵找到了春霞工作的柜台，听人讨论这才知道，春霞这一走组里乱了套，刚好领导又过来视察，倪姐正因为春霞的失踪而生气呢。

在春霞同事的带领之下，杨小兵来到了倪姐的办公室。

"你好，你就是春霞的领导吗？"

倪姐今天穿着一条黑色的长裙，V领之下能够隐隐约约地看到白皙的皮肤。

杨小兵因为心情焦急，所以走进来的那一刻有些冒犯，倪姐看到杨小兵时顿了顿，不由得打量了起来。

他虽然剃着简单的平头，但是还算俊朗，身材很矫健，即使穿着汗衫也能够微微地看到里面肌肉的线条。他并不壮，反而很瘦，但瘦得结实。

"你是春霞的……男朋友？"倪姐想到春霞谈了恋爱。

杨小兵有些尴尬，但是连忙摇了摇头："不是的，我是春霞的朋友，我来给春霞请个假。"

"春霞已经两天没来上班了，是生病了吗？大概还要请多久的假？"

杨小兵本来不打算把春霞进拘留所的事情告诉领导，但是又不知道什么时候才能放出来，便只好把事情原原本本地说了出来。

倪姐叹了口气："那个凤英我见过，来我们公司上了几天班，结果呢什么都做不好，没少拖累春霞，现在倒好，还把春霞给拖累到拘留所里了！"倪姐心痛地说道。

"领导，春霞告诉我，如果她一时半会儿出不来的话，就让别人当组长吧，毕竟她怕好不容易建立起来的管理机制又乱了！"

"唉！"倪姐叹了口气，"这孩子，都这时候了还想着工作呢！不过确实也是，咱们公司很忙，尤其春霞又是组长，要不这样，我找找关系吧！"

"找关系？那会不会要花钱？要是花钱就从我这里拿吧！我也想春霞赶快放出来，那里环境很糟糕！"

看到杨小兵那一脸单纯的恳求，倪姐站起来把身上披着的皮夹克拿掉，一袭长裙包裹着曼妙身材，她缓缓地来到了杨小兵的面前："能不能找得到关系还不一定呢，但若是找到了，春霞是我们公司的人，就不用别人拿钱了！"

杨小兵激动地说道："领导，太谢谢你了！"

由于倪姐身上所穿的衣服太过华丽，以及胸口那里实在过于引人注目，杨小兵作为男人眼神不自觉地瞟了一眼又马上收回。

倪姐察觉到这个眼神轻轻一笑："你别老领导领导地叫我，在这儿他们都叫我倪姐！你也这么叫我吧！"

"好，倪姐，我早就听说春霞受你的照顾，多谢你了！"

"谈什么谢不谢的？"倪姐的手缓缓地落在了杨小兵的肩上，那健美的肌肉在手指肚下滑过，果然有一种年轻的弹性。

"多大了？"

杨小兵被女人这样近距离触摸着，脸瞬间就红了："二十六岁。"

"那我正好比你大八岁。"倪姐注意到杨小兵那害羞的神色，"我看你来到这儿也风尘仆仆的，我给你倒杯茶吧！"

"不用！太麻烦您了！"

可说话间，倪姐就已经把茶杯塞到了他的手中："喝点吧！"

杨小兵把一杯茶水整个吞下去，他来得焦急，哪顾得上喝水？倪姐看到他这一副冒失的样子，不由得露出了一个欣慰的笑容。

春霞本来就没有犯罪，再加上倪姐找了公司上面的领导和公安局交涉了一番，春霞便被放了出来。

春霞回到工作岗位上，对倪姐和上面的领导感激了好一阵子。

春霞虽然被放了出来，可是凤英到现在还没有下落，凤英的哥哥和爸爸认准了春霞的家，天天来这里要人，连春霞的日常起居都被他们深深地干扰到了。

春霞不忍心报警，毕竟他们是凤英的亲人，随着等待的时间越来越长，那对父子再也没有耐心了，每天都对着春霞软磨硬泡地让她交出凤英。

8

终于有一天春霞实在忍无可忍，对他们厉声说道："我从来都没有对凤英做出过任何坏事，如果你们再这样骚扰我的话，那我就只好报警了！"

"你报警啊！反正我这一把老骨头也不想活了，就是我可怜的女儿被你害了！"

春霞实在不知道，这个老汉到底要歇斯底里到什么时候。她能够理解女儿失踪给他带来的痛苦，却不能再承受这种无休止的骚扰了。

"我说过我没有害过她！"

"你还说你没害过她？要不是你的话我娃怎么会来深圳？我告诉你，要是凤英真有什么三长两短的话，就一命赔一命！"

老汉说着，凤英年轻的哥哥也跟着附和着："对，凤英真出了什么事我们也不会让你好过的！"

春霞实在被这两个男人逼得没办法，只好用传呼机呼来了杨小兵。

杨小兵看到这对父子，先是安慰了一番，但是这两个人完全不讲理，杨小兵只得厉声呵斥:"你们这样做是违法的!如果你们再这样的话,我一定会报警!"

果然,老汉又像上次那样歇斯底里地喊叫。

"要不这么着吧春霞,你上我那儿住去!"

"这怎么行呢?再说,现在你那出租屋里面都堆满了光碟呀磁带呀,根本没法再多住一个人了!"

杨小兵无奈,他也清楚其实这不过就是春霞的借口,他也清楚自己实在应该避嫌,毕竟春霞已经有了男朋友,并且,是一个有学历的、前途光明的男人。

"那我就只能把他们赶出去了!"

杨小兵毕竟是当过兵的,力气之大直接把两个人推出了春霞的家门,警告他们如果下次再来的话就不得不动手了!

虽说那两人不情不愿,随时都打算趁杨小兵走之后再过来继续骚扰春霞,但好歹算是解决了暂时的问题。

"给你添了这么大的麻烦。"春霞低下头,"你还给我买了那么多日用品和吃的,花了不少钱吧?而且,你来了也不能再摆摊……"

杨小兵听着春霞所说的一大堆抱歉,越说越觉得心里凉,春霞仿佛在跟他划清界限一般,要把他越推越远。

"你跟我干吗这么见外呀?你现在不是正需要我帮助的时候吗?"

"可是也太麻烦你了,你这样我很过意不去,过段时间我请你吃顿饭……"

说着说着,春霞的声音小了下去,她知道杨小兵为她做的远不是吃顿饭这么简单就能感恩的事。

杨小兵用双手扳过春霞的肩膀,他的手很大很粗,在厂子里做的也是粗活,手掌心的茧子刮着春霞的衣服发出沙沙的声音。

"春霞,你不要过意不去,我为你做的这些事我愿意,如果你真出了事的话我才心疼呢!"

"可是……"春霞犹豫了片刻,她回想起那天吃饭的时候杨小兵对她说的话:"你不是说是需要回报的吗?没有任何一个人不需要回报,而你也需要,可是恐怕……"

"那不过是句气话罢了!"杨小兵微闭了一下眼睛,他仿佛下定决心一般地说道,"春霞,你放心,既然你已经有男朋友了,我不会让你从中为难,但是,我愿意帮助你,我不需要回报。"

春霞抬起头,眼中闪着泪水:"真的吗?"

杨小兵沉默了良久:"当然是真的!"

接下来的日子,凤英还是没有露面,她的亲人也仍旧蹲守在春霞家附近,杨小兵只得每天早上送春霞去上班，晚上出了工厂又来到春霞的商场接她下班。

就这么一来二去，春霞的同事也都认识了杨小兵，而且这个英俊帅气的汉子也颇受女孩子的欢迎。杨小兵的本职工作就是组装电器，于是公司里的电器出了什么问题，或者是客人拿回来的问题电视，小姑娘们也懒得等维修师傅过来，便都找杨小兵帮忙修了。

杨小兵也勤快，只要能帮的能做的都从不推辞。

倪姐看到杨小兵，热情地打招呼："这段时间你老来公司。"

"没办法，春霞叫凤英的家人盯上了，而且她在这边也没什么亲戚，只能我帮帮她了！"

"原来是这样！对了，今天晚上你和春霞有空吗？"

"倒没什么事，倪姐是有什么东西要让我修吗？"

倪姐摇了摇头："那倒不是，今天晚上我没什么应酬，就是想请春霞吃个饭，毕竟春霞的业绩很不错，一起来吧？"

在这热情邀请之下，春霞和杨小兵一同来到了倪姐定的饭店。

这样富丽堂皇的饭店春霞和杨小兵都是第一次来，春霞惴惴不安地坐下来，倪姐点的菜一道一道上来，当那道盐焗虾被摆上桌子的时候，春霞的眼睛闪烁了一下。

"倪姐，怎么突然想起来请我吃饭，这里应该不便宜吧？"春霞道。

"这里价格还可以，我经常都来这里应酬，春霞，我早就想请你吃个饭了，这段时间咱们这个销售组你管理得非常好，就算是我给你的一次表彰吧！"

倪姐一边说着一边开了白酒，就往春霞的杯子里倒，春霞是没什么酒量的，连连推辞，但是倪姐十分热情，春霞不得已只好干了一杯。

杨小兵也跟着干了一杯。

接着，他们便聊了一些公司的事和家常，杨小兵拿起红红的大虾，把剥完壳的虾肉顺便放到了春霞的碗里。

几轮敬酒下来，春霞渐渐有些困乏了，她不胜酒力，杨小兵心疼："倪姐，春霞不能喝，要不，就给她换点饮料吧！"

倪姐却摇了摇头，意味深长地说道："你不懂，春霞呀她是公司的重点培养对象，喝酒应酬什么的现在就得练习起来，否则以后真应酬的时候喝多了，那才尴尬呢！再说现在有你还有我照顾春霞，怕什么？"

于是春霞便顺理成章地被灌倒了，杨小兵的酒量不错，吃完饭本想着送春霞回家，但是倪姐却把他们安排在了这家酒店的住宿部。

"一人一间房，好好休息吧！"

可当杨小兵把春霞抱进了她的房间之后，再回到自己房间的时候才发现，倪姐还没有走。

9

杨小兵的酒量好是好,但是也架不住倪姐的一顿灌,他刚刚把春霞送进了隔壁房间,本来就疲累,现在恨不得倒头就睡。

但是倪姐却一直在床边坐着,没有穿外套,露出里面带着黑色亮片的衣服,依旧是有些暴露的,她一点要走的意思都没有。

杨小兵在椅子上坐下来,跟倪姐保持着距离。

"把春霞送过去了?春霞还好吧?"

"应该是睡着了,她从来没喝过这么多酒,八成明天起来得宿醉。倪姐,明天春霞要是不能按时上班的话,能不能请你谅解一下?"

倪姐勾起嘴角:"你还挺了解春霞的,知道她没酒量,挺心疼她的。"

几句话便勾起杨小兵心中的痛楚,而倪姐混迹商场这么多年也不是一般人,她早就在刚刚的那顿晚饭中看出了杨小兵的心思。

"都是朋友,互相照顾。"

"倪姐是过来人,你还年轻,所以有两句话想跟你说,年轻人不要太沉迷于感情,就算是有感情也要放在值得的人身上。"

杨小兵惊讶地抬起头,他没有料到倪姐会跟他说这样的话:"多谢倪姐的提醒,年轻人嘛确实应该把精力放在事业上。"

这边说着话,倪姐就轻轻地在床上横过身体,拉着枕头倚着床边躺了下来,而杨小兵这边也是困得上眼皮打下眼皮,一个劲儿地打瞌睡,他却不能撵人走,毕竟今天晚上的饭和房都是倪姐请的。

于是两人就在屋子中这么僵持着,倪姐一边说着一边拨弄自己的头发,也是有些醉了,渐渐地便说到了自己年轻时来深圳打工的时光。

"人啊,要是没有个贵人提携着,想站住脚实在太难太难了!更何况是出人头地……"

倪姐摇着头发牢骚,杨小兵也实在困得没办法,便哼哼哈哈地应着。倪姐失望地叹了口气,让杨小兵到床上睡觉,自己离开了。

春霞半夜的时候醒了。

因为醉酒,头脑依旧混沌不清。

她在酒店的大床上坐起来,口中干燥得厉害,胸中泛着恶心,本能地想要倒水喝,却发现这儿根本就不是家里!好像是在酒店里!

她下意识地摸了下身体,衣服还好好地穿着。

春霞战战兢兢地打量着房间,房间里好像也没有别人,她这才努力回忆起晚上和倪姐、杨小兵一起吃饭的事情,可是怎么到酒店里来的,却无论如何都想不起来。

春霞没心情再睡下去了,她沿着墙壁摸索想要开灯,但是又因为醉酒所以走路摇摇摆摆,不小心碰到了装饰的铁质花瓶,花瓶重重的落地声回荡在这小小的房间中,春霞吓了一跳。

不多时,隔壁房间传来了声音,接着门被敲响了。

"谁?"

"是我,春霞!"

听到杨小兵的声音,春霞的心里总算是安稳了下来,她打开门,杨小兵道:"刚刚把我吓坏了,我以为你遇到什么危险了呢!"

"哦,我没事,我是怎么来到这儿的?"

春霞说着把杨小兵让进来,杨小兵道:"你喝醉了,是我跟倪姐把你一起扶到这房间里的。"

"哦,原来是这样,倪姐干吗要灌我那么多酒呢?我难受死了。"

"谁知道?也许是你们这位领导自己想喝酒了就找两个人来陪着呗!"

杨小兵烧了一壶水,晾凉了递给春霞:"渴了吧?"

春霞实在渴极了,迫不及待地喝下去,但是又因为喝得太急所以胃中一阵痉挛翻搅,当下就觉得恶心难受。

杨小兵直接拉了垃圾桶过来,放到春霞的面前:"觉得不舒服就吐出来,要不然你会一直难受!"

春霞也不想在别人面前失态,可是实在忍受不住胃中的翻搅还是吐了出来,杨小兵又递来了水,清理了垃圾桶。

或许是因为恶心,或许是因为难受,春霞的眼泪不自觉地流着,一双眼睛被眼泪浸得通红,杨小兵看着她心疼:"要不你再睡会儿,离你上班还早着呢!"

春霞点点头,杨小兵帮春霞拉开了被子:"我等你睡着了再过去。"

睡意上涌,春霞很快就睡着了,只是在这睡梦之中,仿佛还带着几声啜泣。杨小兵刚刚关门想离开,却又不放心,便干脆不睡了,在床边拉了椅子坐下。

那亦醉亦醒的啜泣与呻吟,跟羽毛似的,不停地拨弄着杨小兵的心,杨小兵忍不住伏下身去抹春霞的眼睛,帮她擦擦眼泪。

"永华……"

手就这么僵在半空中,杨小兵将手收了回来,却被春霞一把抓住了:"永华,你终于来了,我好想你!"

杨小兵知道,恐怕春霞是把自己当成王永华了!他一时气恼,想要抽出自己的手,但是又想到,自己有什么理由去怪春霞呢?是他一直以来都没有明确表明自己的心意,仅仅是跟春霞之间有些小小的暧昧,可是暧昧又怎么能算数?

终究是心疼,杨小兵没有松手,任由春霞拉着。

"抱歉,我来晚了!"

春霞上班之后小跑着来到倪姐的办公室。

"昨天我就知道你喝多了,迟到也是正常的,没事,我不会扣你工资的!"

"谢谢倪姐!商场那边还忙,我先去了!"

"等等!"倪姐犹豫了片刻,春霞问道:"怎么了?"

"你过来,我听说你的那个朋友杨小兵对电器维修蛮在行的,不知道他的工作忙不忙,需不需要加班?"

"他呀,平常上班倒是不忙,五点就下班了,但是晚上还得出去摆地摊。"

倪姐点点头:"还真是个上进的青年,你问问他,说咱们公司缺一个维修师傅,他愿意做的话就让他来做个夜班,修完了就可以回家睡觉不耽误上班!"

"真的吗?那太好了!倪姐,我回去问问他!"

杨小兵得到了这个消息也欣然同意,最近这几天城管管得严,他就干脆把货物都甩卖了,在春霞的工作单位做夜班维修师傅。

10

白天在单位积累的经验,正好晚上用来实施,凡是拿到售后的电器,经杨小兵之手,便手到病除。杨小兵因此赢得了大家的赞誉,尤其是倪姐,更是天天往售后部门跑,看杨小兵维修的进度。

不过杨小兵实在不喜欢被人一直盯着工作,有时候就拉出一把椅子让倪姐坐着,有时候就干脆让倪姐先回去。

"我来的时候你早都该下班了,怎么还在这儿陪着我?"

倪姐笑了笑,不时伸出涂了红色指甲油的手摸摸刚刚被杨小兵修好的电器。

"怎么?不许我陪着你?"

"那倒不是,就是怕你累着,白天要工作,晚上还要陪我。"

杨小兵将电器拎起来放在工作台上,发出一声巨响:"倪姐,你别见怪,这东西实在太沉了!"

倪姐早就不是一惊一乍的年轻小姑娘,说:"工作需要嘛!"

"你说我这儿又是脏又是乱的,声音还大,一会儿还要用电焊,你就先回去吧!"

倪姐抱着手臂反倒来了劲儿似的:"我要负责我们公司在这家商场的全部工作,

你也是我负责的内容之一！"

　　杨小兵这下没话说了，只好半开玩笑："好吧，那就多谢倪姐的照顾，正好我一个人待在这儿怕鬼！"

　　一句"怕鬼"把倪姐逗笑了，她站起来来到杨小兵的身边，摸了摸他肩膀上那结实的肌肉："你还怕鬼呢？"

　　杨小兵道："那就当我是好了！"

　　接着杨小兵便继续闷声不吭地修电器，倪姐的手却迟迟不打算从他的肩膀上拿下来，反而是揉捏了一会儿他的肌肉："你当过兵吧？"

　　杨小兵点头算是回答。

　　"在哪儿当的兵？"

　　"海南。"

　　倪姐笑了，用一双柔媚的眼睛盯着杨小兵："我很喜欢当过兵的人，他们做事都很果敢，性格也很坚毅。"

　　杨小兵借着挪机器微微地侧了下身子，好不容易才让倪姐自己放下了手："部队的训练的确很严格。"

　　就这么一来二去，同事们也渐渐发现了，只要杨小兵一来，倪姐就往售后的维修部，那个最脏最乱的地方去，有时候还非穿着长裙和高跟鞋过去。

　　"难不成倪姐和小兵哥是那种关系吧？"

　　"你可别瞎说！"

　　"我可没瞎说，这也是有凭有据的，要不然怎么两个人天天都共处一室呀？"

　　这个时候，春霞听到了员工的闲谈，轻轻地咳嗽了一声："你们专心工作，不要聊天！"

　　一个跟春霞要好的小姑娘反而问道："春霞，你是不是知道些什么？你说我们猜的对不对！"

　　就算是别人不猜，春霞自己也要猜，毕竟杨小兵这人虽然挺热情，但是骨子里是有些孤僻的人，并不喜欢与不熟悉的人离得太近，可是最近偏偏跟倪姐一晚上一晚上地待在维修部。

　　难不成他们两个是真有什么？

　　"你们一天就打听这些没用的！多想想怎么把业绩搞上去！"

　　不过那小姑娘也知道春霞的脾气好，偷偷在春霞的耳边说道："嘿嘿，你不会吃醋了吧？小兵哥那么好的男人……"

　　"啧，你够了啊，再说了，我也有男朋友了！"

　　春霞极不情愿地说着，她也不知道自己心里哪来那么一丝丝不太情愿的情绪。

最近这段时间，凤英的家人也不来闹了，杨小兵又来这边上晚班，两个人的作息时间刚好错开，平常就连见面说话的机会也没有多少了。

但是春霞还是打算找个时间好好问一问杨小兵，他跟倪姐到底是怎么回事。

可是还没等春霞发问呢，倪姐却先找到了春霞。倪姐向来是一个爽快的人，她开门见山地问道："你对杨小兵是什么感觉？"

春霞愣住了："什么意思呢？反正我觉得杨小兵是个很好的人，他挺乐于助人的，也挺有男子气概。"

"哦！"倪姐也非常赞同地点了点头，"那你对他呢？我干脆直接问你吧，你喜欢杨小兵吗？男女之间的那种喜欢！"

春霞的心中突然惊雷般地炸响了一声，她已经明白之前的那些猜想应该都是真的！倪姐不会是真的喜欢杨小兵吧？

"我有男朋友。"春霞回答道。

倪姐颇有耐心："有男朋友是有男朋友，但是也不妨碍你会喜欢另一个人啊！"

这个逻辑春霞不太理解："既然已经有男朋友了，又为什么要喜欢别人呢？那不就是对感情的不忠？"

但是这句话在倪姐的口中却说得无比自然。

"你是一个对待感情很忠诚的人，那么你就直接回答我，你喜不喜欢杨小兵？"

春霞摇了摇头。

"既然是这样，你能不能帮倪姐一个忙呀？"

春霞已经猜到会是什么事了，难不成要撮合他俩？

"好。"

"杨小兵过来入职的时候，我看过他的身份证，七月十四日是他的生日，我想给他个惊喜！你能不能告诉我他的家在哪里？"

看到倪姐眼睛中殷切的目光，又想起倪姐这长时间以来对自己的照顾，春霞只好答应了下来，只是心中却有一种异样的感觉生起。

她甚至觉得有些沮丧。

"怎么了？你不情愿？"

"倒不是，倪姐，你是不是对杨大哥他……"

"你才知道吗？我确实很喜欢杨小兵！"

春霞的心中一沉："你为什么喜欢他呢？他只是一个维修工人，电器厂的工人，而你是这间公司的经理，身份这么悬殊……"

倪姐似乎有些懒得解释："总之这跟身份没什么关系，你知道杨小兵的家在哪里吧，带我过去，还有，你能不能把他家的钥匙给我？"

"你怎么知道我有他家的钥匙？"

"我听小兵说的。"

倪姐是一个气场很强的人，迫于这种压力之下，春霞只好把钥匙交给了她。

七月十四日很快就到了，春霞的心中焦躁不安，她不知道杨小兵会不会因此生她的气。

第11章
/ 爱情 /

1

这种焦躁不安并不仅仅是因为春霞把钥匙交给了倪姐，更是因为春霞心里的愧疚。

和杨小兵认识了这么久，她却从来没有打听过杨小兵的生日，当然了，春霞从小在乡里长大，那里穷得叮当响，哪里还顾得上过生日呢？

到底是城里人不一样，过生日还想着送个惊喜。

不过这个生日，连杨小兵本人都没放在心上，不过他倒觉得今天蛮开心，因为上夜班的时候倪姐没有盯在他身边。

他以前跟倪姐说过，一直被她这么盯着，让人心神不宁，倪姐却干脆直接走了过来，露出一副娇媚的神情："怎么，你觉得心神难安？"

他不知道这到底算是一种暗示还是一个玩笑。

正干着活儿，维修部有人敲门，杨小兵心里一沉，估计又是倪姐。

进来的人却是春霞，她的脸上有一种复杂的表情，杨小兵却显得心情不错："春霞，你怎么还没走？来找我是有什么事吗？"

春霞咬咬嘴唇，她记得以前杨小兵对她说过，把钥匙交给她是因为对她放心，而现在她把钥匙交给了别人。

"也没什么。"春霞说。

"先坐下吧，我去给你倒杯水！"

杨小兵说着擦了擦手就要去倒水，春霞急忙拉住他的衣袖："不必了，我就是来找你聊聊天。"

热水还是被塞到了春霞的手中："怎么突然想来找我聊天？是不是因为最近咱俩都没见过面？"

春霞点了点头，但事实上她是被倪姐委托来的，倪姐想要托她问问杨小兵对自己到底是个什么感觉。

"杨大哥，你最近跟倪姐走得挺近的……"

杨小兵用扳手拧下了一颗螺丝："我有什么办法？倪姐经常赖在我这儿不走，我想可能是不放心我的工作吧！"

"杨大哥，你觉得倪姐长得漂亮吗？"

"漂亮！"杨小兵几乎是脱口而出，毕竟他见到倪姐的第一眼，脑海中闪现的就是这两个字。

"我也觉得……"

还没等春霞的话说完，杨小兵就直接说道："我觉得漂亮对于一个女人来说挺重要的，但也不是最重要的！"

"那最重要的是什么？"

"我觉得是一种品质吧！"

杨小兵有一搭没一搭地跟春霞聊天，而春霞每句话都问得小心翼翼："那你觉得……倪姐的品质怎么样？"

"那我怎么知道？"

"我说也是！"

杨小兵放下工具，口中缓缓地倒吸一口气："你今天怎么总是问我倪姐呀？她漂不漂亮品质好不好跟我有什么关系？"

"嗯，没什么，就是最近你也知道，你们两个走得蛮近的……"

杨小兵只说道："身正不怕影子斜，随他们怎么说去！"

春霞本来想再问下去，但是想来想去也是尴尬，她已经清楚地知道杨小兵对倪姐没有什么特殊感情，现在她要出去给倪姐传达。

"怎么样？"

"杨大哥说对你的印象还不错！"

倪姐接着问："既然是这样的话，我想我这次到他家他应该不会生气吧？"

"不会！杨大哥他脾气很好！"

结束了维修工作，杨小兵骑着自行车回到了自己的家，在门外还没觉得有什么异常，屋子里面也关着灯。

但是一推开门，一股浓浓的异香传来，杨小兵误以为家里着了火，匆忙地来到里屋，只见那雪白的墙上，映着一个女人长发及肩的影子！

"妈呀！"杨小兵几乎是本能地向后退了一步，这时柔媚的笑声响起，笑容里还带着几分戏谑之意："小兵，看来你是真的怕鬼！"

杨小兵的确被吓出了一身冷汗，毕竟倪姐坐在桌子前，桌子上只点了两支蜡烛，一进门，墙上的阴影便先映入眼帘。

倪姐突然出现在自己家，让杨小兵觉得挺受惊吓。

"倪姐，你怎么在这里？"

倪姐站了起来，她似乎颇喜欢黑色的露肩长裙，黑色刚好勾勒出她身材的线条，显得很性感，更衬得她的肌肤雪白。

"你回来啦！今天是你的生日，我来给你过生日！"

杨小兵挠挠头："今天不是啊！"

倪姐多少有些生气，毕竟现在的重点并不是今天是不是杨小兵的生日，而是她今天穿着性感，来到杨小兵的家里，又准备了这顿烛光晚餐！

"我看过你的身份证，今天就是你的生日呀！"

杨小兵这才不疾不徐地掏出身份证，恍然大悟："原来今天是七月十四呀，不过我习惯过阴历的生日。"

倪姐有些无奈，她拉住杨小兵的手，不，是只用一根指头钩住了杨小兵的小指："你快坐下！你可以在农历的生日和朋友们一起吃饭，但是今天这个生日我来陪你一起过好吗？"

出于礼貌，杨小兵推托不得，但是心里早就已经愤怒难当，毕竟这里是他的家，倪姐这个外人怎么能不经他的允许就进来？

况且这家里面乱七八糟，他整天只顾着上班根本没时间收拾，这样的场面令他感到尴尬。

"来，小兵！"倪姐一边说着一边拿起杨小兵面前的高脚杯，缓缓地倒入了红酒。

"倪姐，你这是干什么？你这实在是又破费又麻烦，其实我也不需要你这样！"

倪姐任由杨小兵说话，自顾自地跟杨小兵碰了个杯，杨小兵不得不也把杯中的酒一饮而尽，继续说道："倪姐，我真的希望我们两个保持距离！"

"为什么？你不喜欢我吗？"倪姐把身子向前倾了倾，露出女人十分性感成熟的美。

杨小兵说到底是个男人，他的注意力会不由自主地落到那个地方，但是他马上就别过头去："你这是干什么？"

"我没有要干什么！小兵，我很喜欢你，也是想给你个惊喜，才给你过生日的。"

杨小兵不知该怎么说，推辞也不是接受也不是，便只好沉默着，倪姐道："小兵，你一个人在这城市也不容易，要不咱俩在一起吧？"

2

杨小兵下巴差点没掉下来，他看着倪姐那张姣好的脸，又想到自己成天在工厂里做完工那一身铁屑和油的味道，这根本就没有任何合适之处呀！

"倪姐，你不要找我开玩笑了！"

"我不开玩笑！"倪姐严肃地说道："你是觉得倪姐长得不漂亮，还是年龄太大了？"

杨小兵盯着地面上的一根头发："倪姐哪里都很好，是我不好，我没什么前途……"

没想到倪姐的手直接放在了杨小兵的脸上，那温软的触感让杨小兵的心中一阵麻酥，他抬起头，倪姐温柔地说道："那倪姐给你前途呀！你技术上做得好，我打算提拔你到公司的上层，专门做电气技术这方面的顾问。现在在厂子上班还有什么前途？赚得又少，还累，你跟倪姐好好干！"

要知道这的确是一个巨大的诱惑，不过杨小兵不喜欢这种走后门式的工作。

"让你费心了，不过我现在的工作做着还行。"

"小兵！倪姐我在帮你！"

一杯接一杯红酒下肚，杨小兵刚刚喝了，倪姐又帮他倒上，几轮下来，杨小兵实在遭不住了："倪姐，我不太喝得惯红酒，你就别怪我了，还有你的好意我心领了，但是……"

"你是觉得倪姐的岁数太大了？"

"不是，我们根本就是两个世界的人，怎么可能在一起呢？"

"有什么不能的？深圳这片土地很先进，也很开放，感情这种事只要你情我愿不就可以达成吗？"

杨小兵觉得醉了，他的口才不是很好，他说出的每一个理由都被倪姐反驳了，说到最后，连他自己都不知道该说什么。

"小兵，今天是你的生日，祝你生日快乐，我给你准备了一件礼物！"

倪姐从包包中拿出了一个精致的小盒子，盒子上面是竖着的烫金条纹，打开来里面是一块表，从那金属的光泽上看去，这块表价值不菲。

"倪姐，这么贵重的东西我万万不能收，你还是拿回去吧！"

倪姐假装做出生气的样子："这是给你准备的，你还不收，你是不是讨厌倪姐？要不然你就收下！"

推了三番两次，倪姐已经把表戴在了杨小兵的手腕上，这个表可真好看，沉甸甸冰凉凉的，可是杨小兵觉得受之有愧。

"你是怕，收了这块表你就是欠我的了？就拿人的手短了？"

杨小兵沉默。

"可是你来做维修师傅的这份工作不也是我给你的吗？而且比你上班挣得还多，我要是真的让你拿人手短，用人情来逼迫你的话，还用得着送你手表吗？"

倪姐将杨小兵的手推了回去。

一夜就这么过去。

杨小兵醒来的时候，倪姐还在他的身边酣睡着，这张又破又小的床，许久都没更换过的被褥，这个过惯了骄奢生活的女人竟然能在他的身边睡着？

不过还好，杨小兵为人很正直，这一夜他什么都没做，反而睡到了床边上。

"小兵，我给你时间考虑，但是你也别让我等太久了！而且我跟你保证，你要是答应跟我在一起，顾问那个职位一定是你的！"

倪姐就这么离开了，杨小兵坐在床边搓了搓手："这他妈叫什么事儿啊！"

傍晚时分，杨小兵堵住了下班的春霞，很显然春霞那一副急匆匆的样子看起来就像是为了躲避自己。

"你怎么能把我家的钥匙给一个不相干的外人？"

春霞被杨小兵抓住，面对杨小兵的质问，春霞选择了沉默，她没脸见杨小兵。

"我问你话呢！"那种带着男性爆发力的洪亮的声音在春霞的耳边炸响，春霞打了个激灵，可是杨小兵丝毫都没有放过她的意思："昨天晚上你明明有时间告诉我这件事的，但是你选择了瞒我！春霞，难道我对你不好吗？"

"不是的，你对我很好，只是，只是倪姐她蛮喜欢你的，我想若是你们在一起也挺不错的……"

春霞的声音越来越小，杨小兵心中陡然生出一股无名火，他本来想问春霞难道就一点都不在乎自己吗，难道就一点都不觉得吃醋吗！

可是，春霞已经有男朋友了，想必她那么老实的女孩子，对待感情也必然专一吧，否则怎么可能这么不在乎自己的感受？

"春霞呀春霞，你让我怎么说？我真不忍心怪你，可是你也太过分了！"

"是我不对！只是倪姐实在是太照顾我了，她就对我提出这一个要求，我实在没办法不答应她呀！"

从前春霞觉得杨小兵的脾气很好，但是今天她第一次见到了杨小兵生气的模样。

"春霞！你真是让我失望透了！"

杨小兵放春霞走，春霞却一直拉着他道歉："是我不应该这么做！是我不应该……"

"你有什么不应该的？我是对你好，我是尽我所能地对你好，但是倪姐呢？她也不过就是帮了你几个忙罢了，对她来说根本就是无足轻重的小事！而你呢？却百般地帮她！"

杨小兵甩开了春霞的手，一个人来到了公司。

春霞看着那背影，自责地叹了一口气，她也知道自己这么做根本就没有尊重过杨小兵的感受，又想起那天在饭店看到倪姐和一个男人的情景，她不确定自己是不是看花了眼，但如果没看花眼的话，那就更是对杨小兵的不负责任！

杨小兵带着一股火气来到了公司，这时倪姐走出来，遇到了杨小兵，她关心道："昨天晚上你恐怕是没睡好，要不今天你就早些回去吧！"

看着倪姐那满身的温柔气质，杨小兵的一股火发不出来，只得点点头："好，不忙我就先回去。"

"我看要不你就别回家了吧？现在天又热，你们家那么小，你睡着也够难受的，要不就来我家睡吧！"

杨小兵一愣，他还没想到倪姐这么开放，倪姐看到杨小兵这惊诧的表情，又发出一串笑声："瞧把你吓得！不过我就喜欢你这单纯的样子！"

3

杨小兵本来就在气头上，干脆冷着一张脸，直接说道："我还有工作要做，倪姐，先进去了！"

倪姐回头望了一眼杨小兵的背影，没有再跟上去。

等到晚上，倪姐还是来了，她拎着一个塑料袋子，里面是一个密封的饭盒。

"倪姐。"杨小兵简短地打了声招呼，倪姐却已经把饭盒里的汤和菜摆在了简陋的桌子上，双头螺丝刀从桌子上滚落下来。

杨小兵回过头去，刚要低头捡，倪姐便也弯下了身子捡起了螺丝刀，一片春光外泄，一阵妩媚的呼吸在耳边响起。

"你去洗洗手吧！"

杨小兵向来不喜欢拐弯抹角，一向为人正直，他清楚倪姐对他的心意。

"倪姐，你能让我来做这份工作我很感激，但是我也并不想为了这份工作就出卖自己，因为我们两个并不合适！"

杨小兵的话说得字字清晰，倪姐却仿佛没听到似的，竟然已经盛起了鸡汤："小兵，这是我从一家特色饭店买的，给你尝尝！"

"倪姐，你有没有听懂我在说什么？如果你一定要这样的话，那这份工作我不做也罢！只希望你不要因为我迁怒了春霞！"

倪姐挑了挑眉把鸡汤放下，露出一个意味深长的笑："年轻人总是这样，把感情看得那么重，难道你不觉得，这是在浪费时间吗？人生很快就过去，你没必要把青春浪费在一个根本就不爱你的人身上！"

不得不说年长一点的人说话的确足够刺痛人心，杨小兵没有丝毫犹豫："倪姐，现在我要讨论的是，我跟你不合适，不管从年龄来讲还是……"

"这样严肃的话题待会儿再说吧，不要辜负了今天晚上的好菜和鸡汤，吃完再说！"

倪姐仍然十分淡然，杨小兵心中都觉得羞愧起来，明明他说出的话已经够明确了，他知道这样的话说出来必定会伤人的心，可是倪姐并未表现出一丝一毫的伤心。

"好吧。"

鸡汤的味道的确很鲜美，黄色的汤汁上面浮着一层鲜亮亮的油，杨小兵觉得可口，便三两口喝掉了。

饭吃完了，杨小兵决定继续刚才的话题，他已经在心中下定决心，如果倪姐再这么下去的话，他打算辞职。

并不是因为厌烦，而是在杨小兵的心里，他觉得一段感情的发生必然是朝向婚姻的，而倪姐与他实在差距甚大，若是真的发生了些什么，他会心怀愧疚。

"倪姐，我希望你不要怪我说的话太绝情，我只是觉得我配不上你，不是我要拒绝你……"

倪姐的眉头舒展着，用一种诱惑的眼光看着杨小兵，她不断地点头以赞同杨小兵的说法。

"倪姐不会让你感到压力的！"

"我不是这个意思……"

杨小兵辩解着，心里痒痒的，胸口中好像憋着一股欲望，作为一个男人他清楚地知道这种欲望是什么。

倪姐看到杨小兵的脸膛红起来，便坐在了维修室的床上，她把一只脚搭在另一只脚上，镶嵌着花朵的高跟鞋挂在脚趾上，高跟鞋晃晃荡荡的，看得人的心也开始晃晃荡荡。

"小兵，你过来嘛！"

指头轻轻地一勾，仿佛四两拨千斤似的，杨小兵便不自觉地贴了过去，他的眼睛没办法从倪姐的身上错过。

"不行，倪姐，我去洗把脸……"

杨小兵与心中的欲望做着抗争，倪姐却挡在了他的面前，红唇直接吻上了他的嘴巴。

杨小兵只听到心中轰的一声，他奋力地推开了倪姐，力道之大甚至让倪姐直接摔倒了。他来到了洗手池的旁边，把凉水直接浇到自己的头上。

这种事情不能做，做了不仅仅是道德的问题，说不定还要被定什么流氓罪！

从部队出来的杨小兵心中一直维持着一种类似军人军纪的正义感。

等到杨小兵从这种感觉中逃离出来，他擦了擦脖子上的汗，回过头再看倪姐。

他这是第一次见到女人哭得这么伤心。

凌乱的长发有的顺着泪水粘在脸上，有的搭在肩上，杨小兵一时心里愧疚至极："倪姐，我刚刚不对！"

"你怎么忍心这么伤害我？"

"我不是故意的！"

杨小兵一边说着，一边把倪姐搀扶了起来："你到底让我怎么办才好呢？我一直认为不以结婚为目的的恋爱就是在耍流氓，我没办法对你负起责任，也没有能力给你好的生活，你到底为什么喜欢我呢？"

"难道喜欢一个人有错吗？"倪姐一边说着一边抹去了眼泪，她穿好高跟鞋站起来，"算了，我以为我这段时间对你的照顾与追求会让你有所感动，哪怕不感动，稍微触动一点也好，那好，你去喜欢一个根本就不喜欢你的人吧……"

"倪姐，你误会我了！不管我喜不喜欢春霞，咱们都是不合适的，我是一个男人，可是我的能力财力却远远不及你，我是断然不会选择踏入这样一段感情中的！这不是在拖累一个女人吗？"

倪姐却冷冷地哼了一声："是吗？这不过是你的借口吧？好，我希望你继续留下来工作，因为公司的确需要你，但是你放心，我绝对不会再骚扰你！"

高跟鞋的声音离开了房间，杨小兵垂头丧气地坐在床上，他看到桌子上摆放着的那些碗盘，更是心乱如麻。

脑海中想着杨小兵和倪姐的事，春霞躺在床上翻来覆去地睡不着，而这时，窗外突然传来了敲打的声音。

春霞吓了一跳问："谁？"

"春霞快开门啊，是我啊，凤英！"

春霞想都没想，便一个打挺从床上爬起来，开门便说道："凤英，我找你找了好久，你担心死我了！"

"我没事，我就是想你了所以回来见见你！"

4

一晚上辗转反侧。

春霞不知道到底该怎么跟凤英说，凤英进入的工作单位是一个犯罪团伙，传销组织！

凤英看起来似乎累极了，在床上倒头就睡，春霞也没办法劝说她，便只好等着第二天下班回来再跟凤英说。

结果就这么一天的工夫，春霞放在家里的八百块钱就全丢了！

她加班回到家看到凤英不在，再走进去才发现卧室里凌乱不堪，她马上就意识到发生了什么事。

果然，凤英偷走了她所有的钱！而这个钱是她省吃俭用攒下的，还打算拿出一部分资助王永华念书呢！还包括王永华暑假来深圳的车费！

完了，完了！

春霞看着满屋的狼藉身体阵阵发凉，脚后跟发软，整个人便瘫倒在地上，她怎么都没想到那个充满正义感的凤英会偷她的钱！

"我的老天爷呀！"春霞傻呆呆地在房间中环视了一会儿，夕阳落下去，最后的余晖也消失在空气中，可是春霞还是没有开灯。

也不知道过了多久，蚊虫顺着门窗飞进来，门外也响起了蛐蛐鸣叫的声音，春霞勉强站起来，她开了灯，昏黄的灯光映得她的脸色蜡黄。

下意识地，春霞就想找杨小兵，其实从很早起，她就把杨小兵当成了自己的亲人，遇到任何困难第一时间都想着向杨小兵求救。

可是，她又认为杨小兵现在肯定还在生她的气，便只好等着第二天去报警。

第二天一早来到了公安局，春霞报了警，民警把春霞责怪了一通。

"那个李凤英竟然回来了，你为什么不到公安局来报备？"

"我……"春霞无奈地说道，"我也想，也想凤英的父母别再担心了，但是还没来得及……"

民警一拍桌子："你呀，你呀，你知道你误了多大的事吗？"

春霞茫然地看着民警。

"我，我怎么了？"

"你这根本就是在包庇罪犯！你明知道李凤英有可能进了传销组织，但你竟然不及时报警！"

现在春霞对于自己丢了钱的那份悲伤，已经远远小于心中的恐惧，难不成警察要因为这个定她的罪？

"那我该怎么办?"

"有什么办法?只好等,至于你丢钱的事,我们现在给你立案!"

春霞点点头:"那太谢谢你了,这个钱什么时候能追回来呀?"

"你还敢问?"

警察的态度让春霞浑身发冷,她打了个哆嗦。

"你早来派出所报案的话,还会丢钱吗?真是的,你先回去吧,我们还忙!"

警察这几句话让春霞的心瞬间就凉了,她沿着胡同往外走,看着急匆匆去上班的人,她的心里充满了委屈。

那可是她辛辛苦苦做销售才得来的钱,每一分都是用汗水换来的呀!

她对凤英那么好,凤英怎么能偷她的钱呢?

一路行尸走肉般地来到了公司,春霞漫无目的地打量着街道,望着每一张不同的脸,这时突然一张熟悉的脸映入了她的眼帘。

"这……凤英?"

春霞去上班要经过一条较为偏僻的小巷,她走惯了这条捷径。

而凤英就出现在小巷的路口,她的身边还跟着一个高大的男人!

春霞哪管得了那么多,心中只有一股冲动的火气以及万分的焦急。报案也来不及了,等到去公安局报了案凤英早没影儿了!

于是春霞便直接冲了上去,她一把就拖住了凤英的手腕:"凤英!你……"

春霞的话还没说完,凤英便好像触了电似的往回缩着手,她的眼神不敢直视春霞,转身就要跑,而这时那个高大的男性却把凤英紧紧地拉住了!

"你想跑?"那个男人衣衫不整,看起来相当不修边幅,胡子拉碴,他在凤英的耳边轻轻地问道。

"凤英,我的钱是不是你拿的?"

凤英不敢抬头,也不敢说话,畏畏缩缩。

这时高个子男人问道:"你是凤英什么人?"

"我是凤英的朋友,你呢?"

这个男人的眼珠一转:"我是凤英的男朋友!"

"什么?你交了个男朋友?"

凤英刚要摇头,但是男人手上的力气加大了,凤英疼得快哭出来了,便也只好点了点头。

"小姑娘,我刚刚听你说凤英偷了你的钱?"男人用小小的黑眼珠盯着春霞,春霞也没否认,男人的态度友善起来:"凤英她不懂事,这样,我带你回我们的家,然后我把钱还给你!"

凤英刚想说话，那男人狠狠地瞪了凤英一眼："凤英，你怎么能这么不懂事呢？"

春霞惊讶，这男人为什么答应得如此爽快？她也实在是心疼自己的钱，便迷迷糊糊地跟着这男人走，一路上凤英都低着头。

她有些不明白为什么他们是男女朋友关系，凤英却好像怕他似的！

就这么往前走了几百米，拐了几个巷子，越走越深，春霞对这里还算是熟悉，因为杨小兵的家就在这附近。

但是走着走着，春霞感觉气氛越来越不对，想来想去都觉得不妥，她不敢再跟着走下去了，转身就要跑，而这时那男人伸出大手一把就把春霞抓住了。

"你往哪儿跑？"

"你放开我！我……"春霞张口就想问这男人是不是搞传销的，但是又怕激怒了男人，便扯谎："我要去上个厕所！"

男人阴冷地笑了笑："上厕所？我告诉你厕所在哪里！"

"不用！真的不用了！"春霞慌了，因为男人的手力气太大了，她根本就挣脱不开。

"救命！放开我，你放开我！"春霞拼命地挣扎着，而这时她才看清，为什么凤英老老实实地待在他的身边，原来是因为他们俩的手早就被绳子牢牢地捆住了！

也就是说，他们根本就不是什么男女朋友，凤英被他胁迫了！

"春霞！都是我的错！"看到春霞逃跑无望，凤英哭了，而这时又从前面走来了一男一女。

5

"救命，救命啊！"春霞放声大叫起来，她几乎是使出了毕生最大的一次力气，声音高高地划破了寂静的清晨。

她向那一男一女求救，那一男一女急忙跑了过来，却并不是为了救她，而是一把就将她的嘴捂住了。

"闭嘴！"那女的很瘦，却相当狠厉。

春霞仍旧挣扎着高呼，那男的干脆直接将一张破布塞到了春霞的口中，又控制住春霞的手，将春霞携着往前走。

春霞已经意识到她马上就要进入那个犯罪团伙中了！

等待她的究竟是什么？

就这样，一路挣扎到了目的地，春霞的鞋子不知道什么时候掉了，就连腰间杨小兵给她买的传呼机也不见了。

哐当一声，铁门在春霞的背后被关上了，屋子里面是潮湿溽热的空气，墙壁黑黑的，地上也黏着一层灰尘，看不出颜色。

"你们是谁？你们要对我做什么？"春霞下意识地往后退，带她们来的男人笑了笑："这儿啊，是个能让你发家致富的地方！你就叫我刘哥！以后咱们就是同事了！"

"什么同事啊？我是被你们强行带来的，你们放我走吧！"

这时那个皮包骨女人来了，她看起来很年轻，甚至比春霞还要小一些，刘哥管她叫媛媛。

"你来了就别走了，咱们带你赚钱你还走什么呀？"

"春霞，是我不对！"凤英哭了，这时媛媛走过来，她非常温柔地把手放在凤英的脸上抚摸着："你哭什么呀？这位是你的老乡吧？我听你们俩的口音像，你把你老乡带来了，咱们这边是会给你嘉奖的！"

"我才没有……"

这时刘哥说道："你昨天出去了，不知道，凤英昨天刚交了八百块钱，今天又要管我要，说这钱是偷的她朋友的，想还回去，我不让，她就跑了，我就出去把她带回来，没想到正好遇到她朋友。"

媛媛用赞许的眼光看了一眼刘哥："刘哥，没想到你今天是做了件大善事啊，又帮助一个人来赚钱了！"随即，媛媛又看了看春霞："凤英交给上面的钱是你的吧？你也别心理不平衡，这钱就算是你入的股，你做的投资，以后这回报也是你的！"

"我不！我要我的钱！"

媛媛显得十分耐心，却也带着几分狠劲儿："这钱上交了我们也要不回来。我们这是一个大公司的分公司，我们公司叫阳光工程，是专门做投资的。你只要投资就算是入股，算是这个公司的一个股东，你要是再拉人投资，这个钱的一部分就是给你的分红，你拉的人越多赚得就越多，你想想这是不是一个好买卖？比你做什么服务员呀销售呀赚得多多了！"

经过媛媛的劝导，春霞算是明白了究竟什么叫做传销！这根本就是一种诈骗！

"你放我出去吧！"春霞快哭了，已经过了早上的上班时间，她都迟到了。

但是她怎么都没有想到，这里根本就不是一个她能自由进出的地方！

看到春霞一脸的倔强，刘哥对凤英说道："凤英呀！你好好地劝劝你朋友！"

于是两个人被关到了另一个房间，一走进来便看到地上打着地铺，一床一床的被子挨在一起放着，又乱又脏，春霞皱了皱眉头："你就住这里？"

凤英羞愧地点头："是……"

"我不是早就告诉你这根本就不是一个什么正规的单位吗？你为什么不听我的话？"春霞气急了，对凤英喊道。凤英哭了，事实上她的眼泪一直没有断过："我也知道，可是他们把我的钱都骗走了，我来的时候带了几百块，都放在这儿了，他们说如果我能拉来人的话就给我分成，我舍不得我的钱所以只好……"

春霞握了握拳头，差点就一个巴掌打到凤英的脸上："你知不知道你爸爸你哥哥多担心你！他们都找到我家来了！"

凤英一听到这里更是悲痛欲绝："我对不起他们！"

"你居然骗他们说你做手术花了三万块，你怎么连自己的家人都骗！"春霞听到门外有走动的声音，声音小了下来。

"我是没办法，他们说只要再投一些钱我就可以成为一个经理，或者说，成为了大股东我才能挣钱，否则之前的钱就白投了！"

凤英也小声说着，春霞看着这连个窗户都没有的房间，心中已经绝望无比："你真是害死我呀！"

"我不应该偷你的钱，我之前一直都执迷不悟……"

"凤英，都这么长时间你难道还看不出来吗？什么所谓的大股东？他们根本就是……根本就是一个骗钱组织，你不管到什么时候都赚不来钱，他们只会从你的身上吸血！"

凤英长长地叹了一口气："我又何尝不后悔？我今天就要跑，但是被他们抓回去了！"

春霞虽然心中既恐惧又焦急，但还是尽量让自己镇定下来："凤英，他们这里不是没有限制过你的人身自由吗？"

"那是因为一开始我对他们深信不疑，他们也想让我去筹钱所以我才能自由走动，可是我住在这里之后就限制我的自由了，那天我去找你我是说我去找钱所以……"

春霞微闭上眼睛，只觉得天旋地转，这青天白日之下竟然被人抓到这种地方来！

"春霞我错了，你打我骂我都好，我不应该偷你的钱……"

凤英声泪俱下地说着。

"打你骂你有什么用吗？现在咱们要想办法逃出去！"春霞的声音压得很低很低，接着她说，"我得想办法让他们取得信任，这样，你给我讲课吧？把你那些什么理论都讲给我！"

"好！"

凤英讲完课，又跟刘哥讨了一双鞋穿上，她总不能一直光着脚吧？

"怎么样？凤英有没有给你介绍咱们是一家好公司？"

春霞恳切地点了点头："确实是！能赚大钱呢！"

6

媛媛看了看春霞，眼光中透着狐疑，刘哥也走了过来。

毕竟春霞被抓进来的时候还大吵大闹，这么快就学乖了？难道是凤英讲课讲得好？

显然这两个人不相信凤英有这样的能力，而且春霞看起来聪明得很，不可能这么快就被洗脑。

"刘哥，这地上潮湿，刚刚我被你们带来的时候鞋子都掉了……"春霞去上班的时候穿的是高跟皮鞋，所以挣扎起来不方便，也是春霞为了能够逃跑故意扔下的。

媛媛嘴角是一抹似笑非笑的弧度，她缓缓地走到春霞的身边，又看了看地上打的地铺："你既然也知道咱们这儿是让人挣钱的生意，暂时也不出去，我们也没有多余的鞋子给你，你就先在那地铺上待着呗。"

"不是，不管我出不出去总要有双鞋，再说那是别人的地铺，我弄脏了怎么办呀？"

听到春霞这么说，刘哥和媛媛都笑了出来，配合这笑声的是隔壁屋子的人，他们不知道说起什么，也突然笑得很开心，甚至笑得很团结。

"我只不过是要一双鞋子，这也没什么好笑的呀！"春霞强忍住心中的一股火气，尽量心平气和地问道。

"咱们这是一个大家庭，不分你我，踩谁的地铺不一样？"

刘哥边说边拿眼睛瞅了一下凤英："你说是不是，咱们不都是共用这些被褥？"

春霞只感到一阵恶心，这里男男女女都有，怎么可能共用？

"春霞，先算了吧。"凤英扯了扯春霞的衣袖。

要鞋子不成，春霞也知道这是他们怕自己跑了，无奈之下春霞只好说道："那好吧。"

这时隔壁房间的门开了，刚才那些充满笑声的气氛瞬间变得低沉了起来，一个男人被另外一个男人紧紧地控制着，去到了另外一个房间里。

她听到外面似乎有上锁的声音，接着便是重重的砸门声，春霞一阵毛骨悚然："这是干什么呀？"

"要是谁不听话的话，就把那人拉进小黑屋里关上一天，出来就听话了。"

凤英的声音变得颤抖而低沉。

"你也被关过吗？"

"是的，要不然我也不会跟我爸妈说要什么手术费了，是被关怕了，他们说必须要来钱才能放我出来！"

春霞恨铁不成钢地望着凤英:"既然你早知道是这样,为什么你去我家那次没有去报警?"

"我……"凤英畏畏缩缩地看着春霞:"那钱我已经给他们了,他们说能够提我当经理,说是以后能让我赚更多的钱,我就没舍得……"

春霞摆了摆手:"难道你以为他们真的会让你当经理?他们真的会让你有什么收益?"

"我现在才想明白,可是……"

杨小兵手上积攒了些要维修的电器,所以前一天晚上干脆住在了维修部,反正第二天也是休息日,早上吃过早饭才回家。

回家的路上,杨小兵遇上了两个熟人,都是住在附近的邻居,其中一个人是专门回收旧货卖二手的。

"什么事儿啊?你们俩这么高兴!"杨小兵揉了揉发红的眼睛,走上去问道。

专门卖旧货的老头子神秘地笑了笑:"嘿嘿,今天可捡了大便宜!"

另外一个人说:"别跟小兵说,他这人正直!"

这勾起了杨小兵的好奇心,他非要问个明白,便拉住老头子:"什么便宜事儿?也说来给我听听!"

老头子四下望了望,这才凑近了:"小兵,咱们都是一起出地摊的,你可别告诉别人!"

杨小兵咂咂嘴:"我现在都不出地摊了,你说了我能告诉别人?"

老头子这才从自己的破布包里翻了一阵,翻出一双黑色的皮鞋来:"看!这鞋,应该是皮的!"

另外那人皱皱眉:"你呀,也是什么都敢捡,这东西搞不好是死人的!"

"死不死人怎么样,东西是好的!"说着便拿着那双黑色的高跟皮鞋在手上端详起来。杨小兵看到了这双皮鞋,总觉得眼熟,黑色,方头,这不是跟春霞公司的工作装一模一样吗?

这不由让杨小兵心里生出一阵担心来,但是想来想去似乎不少商场的销售人员都穿着这种鞋子。

"这有什么好神秘的?不就一双鞋吗?"小兵轻哼了一声。

"啧!这鞋可是纯皮的,还有东西呢!"老人又从布包里翻出了一个深蓝色的传呼机。

杨小兵愣了,一把就夺过传呼机,老人也急了:"你干吗呢?我好不容易捡的!"

"这,这是我朋友的!"

"哎！你又不缺钱，跟这老头子争什么争啊？看到了就说是你朋友的！赶紧还给人家！"另外那人说道。

但是杨小兵认得这个传呼机，这是他亲手买来送给春霞的，他打开了屏幕，上面留下的信息也基本可以断定这就是春霞的东西！

一时间杨小兵的心中慌乱不已，难不成春霞出事了？不然为什么要把东西扔在这儿呢？还是说被偷了？

"你还不还？"老头子急了。

"这是我朋友的……"杨小兵心里七上八下地打鼓，这东西若不是被这老头子捡走，而是被另外的人捡走的话，杨小兵就更看不到这个传呼机了！

"你这人怎么这样？早知道不给你看了！"老人抢过传呼机就往包里面塞。

"你卖给我吧！"

"你不是有吗？"

"快点卖给我！我这就回家去拿钱！"

于是，这个传呼机便被杨小兵再一次买了下来，接着他小跑回到了商场。

商场里的销售周末是不休息的，他来到商场时早就已经过了正常上班的时间。他来到春霞的柜台，却不见春霞的踪影，问了别人才知道春霞今天根本就没有来上班！

杨小兵道："如果春霞来了，你们就用传呼机呼我一下！"

"组长出什么事了吗？"

来不及回答，杨小兵已经离开了商场。

7

早高峰的公交车左等不来右等不来，杨小兵干脆直接跑到了春霞家。三四公里的路程对于杨小兵这个当过兵的人来说不算什么，因为担心春霞，所以脚步变得更加迅速。

敲门敲窗，喊名字，屋子里没有人回应。

在院子中站定，杨小兵仔细地思考了一下，春霞到底能去哪儿呢？

难不成是回老家了？可就算是回老家，春霞怎么会不辞而别？如果家里真的出了什么事来不及向公司请假，她的东西又怎么会掉在自己家附近呢？

一阵一阵如同阴霾一般的预感在杨小兵的心中生起，他小跑着来到了公安局，将春霞的事情说了出来。

民警叹了口气，把烟熄灭在烟灰缸里："这个姑娘可真不让人省心！你是她的朋友吧？"

"是，上一次春霞在这儿被拘留，我过来看过，你应该记得我的！"

民警点头："我记得你！春霞没跟你说过吗？她丢钱了，八百！"

杨小兵心里更是一沉，心想春霞这么大的事都不跟他说一声！

"还说什么了吗？"

"她说这个钱是上回那个叫凤英的姑娘偷的！说是凤英来了她家一天这钱就没了！"

杨小兵道："我估计春霞是被带进传销组织了，她的鞋跟传呼机一起被扔在了路上，我听捡鞋的那个人说鞋是左一只右一只地丢在路边的，会不会……"

看到杨小兵面色沉重，民警马上说道："我们马上就出去，你带我去那个地方……"

"警察同志！春霞会不会出事？"

"估计是被抓进传销组织了，但是应该没有什么生命危险，除非，除非这姑娘是个宁死不屈的，在那边又吵又闹，怕是得受点皮肉之苦！"

听警察这么说，杨小兵等不及了："那咱们就快去吧！"

民警安排了人手，本来一行人已经坐进了警车，但是转念一想说道："咱们这样容易打草惊蛇，开我的车，便服！"

一路开车来到了杨小兵家附近，便服警察们纷纷下了车分散开来，在队长的指挥下向附近的人打听了一些情况。

但是因为本来就是休息日，要上班的人不多，所以几乎没有什么目击者。

警察又找捡到鞋的老头调查了一番，老头也没说出什么所以然来。

"有什么结果了吗？警察大哥？"杨小兵急切地问道。

民警摇了摇头："不是这么快就能破案的！最近我们也在严打严抓，感谢你提供的这个线索，不过我们要蹲点！"

"春霞这个女孩儿她性格很刚烈，我真怕她在那里面受什么皮肉之苦！"

民警无奈："没办法，现在我们也没有线索！对了，传销组织的人通常会打电话跟他的亲戚朋友要钱，你注意一下，一旦有什么动静就马上联系我们！"

杨小兵心里虽然急，但是也知道破案不是一时半会儿的事。

"还有，如果春霞回家了的话也第一时间通知我们！"

杨小兵点点头。

民警在这附近蹲点，杨小兵再一次来到了公司。他知道这份工作对于春霞来说很重要，便打算先跟倪姐说明这个情况。

倪姐看到杨小兵来办公室找自己，直接把椅子转了过去，很显然她现在并不想见到杨小兵，也更是无颜见到杨小兵。

在那天的鸡汤中,她放了不少让人性情大增的补药,然而就是这种药都没办法让杨小兵对她动情!

"倪姐,你这是干什么?"

倪姐抬起一只手摆了摆:"我现在不想见到你,如果你是工作上的问题,就反映给春霞吧!"

"就是春霞,她又没来上班你不知道吗?她出事了!"

"什么?你说春霞又遇到危险了?"倪姐这才把椅子转过来,杨小兵把今天早上的事情告诉了倪姐。

很明显,杨小兵从倪姐的脸上看到了担心,还有一丝不耐烦。

毕竟,一个员工,又是一个小领导,却因为频频出事影响工作,不管有什么原因都足够让人觉得恼怒。

"没有我能帮上忙的?"

"暂时还没有,但如果春霞一旦联系你,请你马上告诉我联系警方!"

倪姐忧心地说道:"要是真进了那种地方,我真怕春霞被那些人洗脑了,到时候就算是救她也不行了,她自愿留在那里了!"

"不会的!"杨小兵信誓旦旦地说道,"春霞绝对不是那样的人!她不会轻易被洗脑!"

倪姐轻轻地哼了一声,她混社会混得早。

"你觉得春霞的意志力很坚定吗?这个社会可不是看谁的意志力坚定不坚定,而是命运,命运会让人干出一些身不由己的事来!"

倪姐满脸都是凄凉的表情,而杨小兵顾不得这些:"倪姐,都是我的错,本来这段时间我都是护送着春霞的,但是就这几天……"

"所以这就是命运啊!"倪姐淡淡地说道。

"倪姐,其实我今天来找你,主要是想求你一件事。春霞她不容易,家里面还有一个弟弟要上学,都是春霞供着的,我想能不能尽量为春霞保留这个职位,春霞回来了,让她继续上班……"

倪姐坐在巨大的椅子里看着杨小兵,就这么盯了一会儿,她才说道:"是啊,春霞的这个钱不仅要寄给老家的父亲和弟弟,更需要供她男朋友念书!"

杨小兵满心都是焦急,然而这句话刺进他的心里,他仍然不能做到不痛不痒。

"你为春霞想得可真是周到!"

"我只是不想她之前的这些努力都白费了,你不知道其实春霞把公司产品的资料都打印了一份放在家里,她说只要一闲下来就会研究产品……"

倪姐点了点头:"你说的这些倒是令我挺感动的,但是春霞如果卷入这件事情中，恐怕我想留她继续做组长，也难以服众！眼下还旷工，你不知道其中有些人一早就对春霞做组长这件事情感到很不满！"

8

"我知道。"杨小兵也听春霞说过几句公司里的事。

"所以我想保她这个职位也保不住！"倪姐一边说着一边观察着杨小兵的脸色。

杨小兵叹了口气，他知道春霞绝对不会接受他在资金上的帮助，但是眼下春霞所有的积蓄已经被凤英偷走了，若是再失去了这个职位，恐怕未来的日子要过得艰辛了！

"那好吧，我也不为难你了，倪姐，我先回去了！"

杨小兵刚要转身，倪姐的声音在背后不紧不慢地响起："保住春霞这个职位也不是不可以呀，其实只要我跟那些员工说春霞是出去学习了，也不是不能服众！"

"可以吗？"杨小兵一边说着，一边转过身，急迫已经写在他的脸上。

"可以，但是也不可以……"倪姐缓缓地来到杨小兵的身边，"其实你知道我也是真心对待你跟春霞的，对于春霞我也是能帮则帮，毕竟她有能力，但是你若是让我帮春霞这件事的话，也得咱们之间的关系足够亲密呀！"

对于杨小兵来说，这仿佛是一种威胁，他刚打算回绝，倪姐却显得很柔弱地说道："我对你是真心的，我想除了年龄，我也没有什么配不上你的地方，也许你可以试一试呢？小兵，其实倪姐已经说到这个地步，你也该给些面子吧？"

杨小兵犹豫了，他心中虽然还喜欢着春霞，但是也清楚地知道自己跟春霞已经没有了可能，而对于倪姐他也并不是一点波澜都不曾有过，只是觉得自己配不上。

"小兵，如果难为你了，你也不必说什么，原谅我刚刚的试探，其实我很喜欢春霞，这个职位我也会尽量给她保留的！"倪姐诚恳地说着，她的脸上透着一股类似于小女孩的单纯与天真，而这些都是展露给杨小兵一个人看的。

一时间，杨小兵的心里生出一种复杂的情绪，他郑重其事地望着倪姐："倪姐，谢谢你！你真的是一个好人，我真的很敬重你！"

"仅仅只是敬重？"

"不，我真的觉得你很好！只是关于我们感情的事，我现在没心情去处理，春霞她……"

倪姐温柔地笑道："罢了，等春霞找到再说吧，你一有春霞的消息就马上告诉我啊！"

怀着无比复杂的心情，杨小兵来到了自己家附近，和那些警察一起蹲点。

他问警察可不可以挨家挨户地搜查，但是警察说，一旦这么做不但有可能打草惊蛇，而且这种行为本身也是不被允许的。

无奈之下，杨小兵也只能等待。

暑假到了。

王永华打电话给春霞的公司，接电话的员工说春霞去学习了。

王永华本来也打算来一趟深圳，票也提前买好了。他有春霞家的钥匙，便想着先过来，等春霞回来了，给她个惊喜。

十几个小时的火车，再加上几个小时的公交，王永华来到了春霞的家。

打开门进去，眼前的一幕却让他惊诧不已。

春霞是一个十分爱干净整洁的女孩子，平常都把家里收拾得很干净，然而现在家里却显得凌乱不堪，像是被人翻过了似的。

王永华怀着疑心来到了房间里面，他在想会不会是春霞走得急，所以才不小心把家里弄得这么乱。

他在电话中问过员工，春霞什么时候才能回来，但是那边的员工说不知道。他打算先在深圳这边找一个暑假临时工干着，好赚些钱交明年的学费。

在这个自称阳光工程的传销组织里，春霞每天早上都要很早起来，接着就是被强迫上课。看着简易黑板上画着的链条，她早就已经明白了个大概，但是那些人还是反复不停地讲，不断让这种歪理邪说深入春霞的大脑。

春霞是个聪明的孩子，她当然知道反抗是什么样的后果，所以那个小黑屋她一次都没有进去过。

但是，新的问题来了，每一个进入公司的人都要交钱。

春霞没有钱可交，那些人就让她打电话给家里，而春霞家里只有那么个老父亲和一个上学的孩子，哪来的钱交给他们？

那些人看春霞实在不肯交钱，便只好把春霞关进了小黑屋。

小黑屋里传来一阵阵尿骚味，只有一个下水道，想必便溺都是在那里解决的，所以空气里有一股热辣辣的气息，让人睁不开眼睛，她一直不敢相信在这个年代居然还有如此恶劣的环境！

这个小黑屋若是把人关上一天一夜，恐怕就算是不信他们的人，也会被搞得精神崩溃，而凤英就是如此！

但是她还是在这小黑屋里坚持了下来，每天送过来的饭食也只有馒头和粥，连咸菜都吝啬得很，她却都大口大口地吃完，即使难吃，她也必须吃，保证自己的体力。

这里的人疑心病都重，看她看得紧，但她还是尽量寻找出逃的机会。

晚上睡觉的时候，春霞从小黑屋里被放了出来，凤英看到春霞脸上的憔悴，想哭但又不敢哭。

趁大家都睡着了，凤英凑到春霞的身边，刚想说什么，春霞把手指搭在嘴唇上，她注意到其实身边的人还没睡，在默默地监听着她们的对话。

凤英心领神会，直到凌晨她才在春霞的耳边说道："你不是还有个舅舅吗？打电话给他！"

"他根本就不管我！"

"至少你有出去的机会啊！"

凤英一边说着一边从被窝中递了一个尖尖的东西给了春霞，春霞摸了摸，这应该是一个牙刷的柄，而其中一端已经被磨出了尖角。

"我已经逃过一次，他们不相信我了，你拿着这个东西，尽量跑吧！"

凤英一边说着一边流泪，这算是她对春霞的一种补偿。

"那你怎么办？"

"你出去了找人救我！"

屋子里的小窗被封死了，但是仍然能看到丝丝的月光闯进来，春霞在被窝中紧紧地握住了凤英的手："你放心，我一定会想办法救你出去的！"

9

已经快到一个星期了。

警方毫无头绪，杨小兵跟单位请了病假，也成天蹲守在这里，却没有任何的线索。

卖二手货的老头子跟杨小兵说："小兵，你说这女仔也不是你的女朋友，你何必这么费心费力呢？交给警察不就完了！"

其实就连杨小兵自己也不知道为什么，他愿意为春霞付出这么多，是爱情吗？可是这也不过是一场他自己的单恋罢了。

但是不管值不值得，他心中都没想过放弃。

早上，刘哥威胁春霞，如果春霞再不找钱来的话，那么就要再被关进小黑屋了！

春霞把牙刷藏在自己的内衣里，表现出一副很惊恐的样子："我再也不要去小黑屋了，我再也不要去了……"

刘哥看起来很满意："那你是怎么想的？"

"我给我爸打电话，行吗？"春霞一边说着一边扯着刘哥的衣袖，"求求你，那地方我再也不想去了！"

于是刘哥就教了春霞很多撒谎的办法，春霞点点头同意了："我知道了！"

于是刘哥还是像对待凤英那样，用一条绳子把春霞跟自己的手腕绑了起来，而且刘哥身强力壮，他随时随地都能够控制住春霞。

两个人便就这么出门了。

因为一直被关在房间中，春霞在见到太阳的那一刻眯起眼睛，她闻到外面清新的空气，一时间委屈得想哭，但还是镇定地跟在刘哥的身后。

这个传销组织已经在附近摸索好了好几个能打公用电话的亭子，他带着春霞来到最近的公用电话亭，然后让春霞拨通电话。

春霞的心跳很快，她知道自己只有这一次机会。

明明是酷暑的天，春霞的手却因为害怕和出汗而变得冰凉，她摸着那已经被晒得滚烫的电话按钮，磨磨蹭蹭地拨着。

"你快点！不要浪费时间！"刘哥在春霞的耳边小声说道。

春霞吞了一下口水："刘哥，你让我想想那个电话，我要先打电话给村里，然后让村里的人去找我爸！"

刘哥显然震怒了："你怎么不早说？"

"刘哥，你别生气嘛！我家里没电话呀！"

"行了行了！你快点！"

于是春霞便拨通了自己村里村部的电话，村长接了电话，然后告诉春霞过一阵子再打来，他们要先把春霞的爸爸找来。

"得等一会儿我再打过去，刘哥，能不能请你帮我一件事啊？"

刘哥不耐烦地问道："什么事？"

春霞扭扭捏捏地说道："能不能帮我买包卫生巾？或者是卫生纸也行，我那个快要来了……"

刘哥显然是不情愿的，但是对于春霞这个请求他也实在没办法不同意，便只好说道："买给你可以，咱们两个一起去小卖店，但是你若是敢说话的话，这附近可守着咱们的兄弟，你小心着点儿！"

"我说什么呀？再说你是带我赚钱的，我不会怎么样的！"春霞示弱，暂时获取了刘哥的信任，于是两个人一起来到了附近的小卖店。

其实这附近春霞是有些熟悉的人的，她毕竟也在这里住过一阵子，这小卖店她也来过几次。

来到了小卖店前，刘哥跟店家说要卫生巾，而春霞一直低着头，直到老板拿着卫生巾出来的时候，春霞才突然抬起头："老板，我求求你帮帮我……"

可是春霞的话还没说完，刘哥突然捂住了春霞的嘴："没完了啊没完了啊！咱俩不就是吵个架吗！至于到外面来撒泼吗？"

老板一看到这个情况便明白了什么，但是春霞已经被刘哥拖远了。这时春霞拿出了之前自己藏在袖口中的牙刷，直接刺向了刘哥的下体。

她知道这种东西对于一个男人来说根本不会产生任何的危害，所以只有朝那个地方刺去才能正中要害！

顿时刘哥疼得大叫起来，这时老板也跑去叫人，毕竟警察早就跟这老板交代过，一旦有情况就马上去叫在这边蹲点的警察。

这一切被卖二手货的老人看在眼里，他马上跑去通知了杨小兵。杨小兵就在这附近等着，还没等警察过来杨小兵便已经冲了上来。

当然，刘哥的身边也是有人在暗中陪同的。

看到杨小兵那英勇的身影，春霞虽然想呼喊，却被刘哥紧紧地捂着嘴，所以一时间眼泪夺眶而出，这是她进入传销组织这么长时间以来第一次流泪。

看到春霞哭了，杨小兵更是又心疼又愤恨，他以极快的速度冲上来，接着在部队里训练的招式便派上了用场，双手同时握拳发力，手肘向上直接击打在刘哥的下巴上。

刘哥吃痛但是没有反击，冲上来的人便直接把杨小兵按倒了，刘哥则负责带着春霞跑。杨小兵虽然瘦，却极其有力，双手一撑直接跳起来，接着飞腿在空中一扫便把攻击他的人撂倒在地，可他自己也受了伤，鼻血不停地流下来。他顾不上擦拭，拳头如同石头一般落在那几个人的身上，又快又迅速。

这时，蹲点的警察也来了，警察直接掏出了枪，那几个人瞬间不敢动了。趁这工夫，杨小兵直接抢下了春霞，而春霞的手腕还与刘哥连着，刘哥想跑也跑不了，便被警察抓获了。

仅仅几分钟，这惊心动魄的一幕便结束了，春霞获救了。

她看着杨小兵，想说的话全在眼睛里，口中是控制不住的啜泣声。民警表扬了春霞的勇敢，暂时让春霞和杨小兵回到派出所，而那些人则押着刘哥等人找到了传销团伙。

一路上，杨小兵都紧紧地握住春霞那颤抖的手，他的语气很轻："春霞，你受苦了，不过现在没事了，你得救了！"

在公安局接受过问讯之后，春霞也得知那些人已经被一网打尽，民警让杨小兵先送春霞回家，有什么事再让她来。

春霞的东西都被传销组织扣了，杨小兵正打算撬门锁。这时门开了，王永华惊诧地看着他们两人。

"永华，你来了？"

10

春霞从公安局回来，一路上惊魂未定，所以杨小兵搂着她的肩，牵着她的手，结果就在这时看到了王永华。

杨小兵还不知道原来春霞竟然有这么大的力气，她迅速挣脱开了自己的怀抱。

而这个动作也深深地伤害了杨小兵。

"这怎么回事？"

王永华眼中的吃惊变成了愤怒，他略带书生气的脸上展露出一种兴师问罪的表情。

"永华，你听我说……"

春霞还没说呢，王永华转身就进屋里了，他背上书包就要走，春霞便拦着他，可是一个男孩子到底是比女生的力气大很多，春霞刚刚又跟刘哥搏斗了一番，哪还有力气？

她差一点就被王永华掀翻在地。

"够了！"杨小兵终于生气了，他的声音浑厚，仿佛在地上弹了几声似的，"王永华，你除了发脾气之外还有什么能耐吗？你知不知道春霞最近经历了什么？"

王永华也感到了极大的屈辱："还能有什么？不就是你们俩在一起吗？"

看到春霞对王永华的不舍，杨小兵让王永华先坐下来，接着就把春霞这几天被抓到传销组织的事告诉了他。

"真的吗？"

看到王永华那半信半疑的表情，杨小兵不冷静了，他让王永华好好看看春霞的脸，还带着刚才跟刘哥搏斗的伤痕呢！

"告诉你，你不信现在就去公安局问！"

王永华这才心疼地摸了摸春霞那受伤的脸："对不起，是我误会你了！"

"嗯，解释开了就好了。"

"你在外面念书，春霞发生了什么事你都不知道，也照顾不到，反倒是爱发脾气！"杨小兵抱着手臂站在一边看着王永华。

"永华，确实是杨大哥协助警方才救了我……"春霞也看着王永华。

"对不起，是我错怪你了，春霞也麻烦你照顾了，以后若是有机会，我定然好好报答你的这份恩情！"

王永华的一番话说得倒也诚恳，杨小兵自知留在这里无趣，准备离开，但是王永华执意留他在这里吃饭。

"你救了春霞，一定要留在这里吃顿饭，我去买些酒，今天好好招待你！"

王永华身上有些钱，他派发传单，当服务员，做家教攒了些钱，便出去买了些好酒。

春霞和王永华在厨房里忙活了一阵，做了几个菜，王永华帮杨小兵把酒倒上，自己先敬杨小兵，一仰头一杯白酒就干了。

杨小兵看一眼度数，但阻止也来不及了，他知道王永华这个学生怕是到现在还没怎么喝过酒，也不会喝，就鲁莽地干了。

王永华确实被呛得厉害，但也是个要面子的人，愣是面不改色地放下杯子，脸却一直红到了脖子根。

杨小兵也没含糊，也把这一杯白酒干了。

接下来王永华就快醉了，他说起了和春霞学生时代发生的事情，那段朦胧的感情。

"你不知道，春霞那时候可没有现在这么时尚好看，朴素得很呢……"

听王永华这么说，杨小兵的眼前出现了一个女孩，这个女孩的双颊总是被冻得通红，穿着一件颜色单调而沉重的棉袄，走在校园中。

"但是你不知道，春霞学习可好了！经常考第一名，我总想考过她，但是春霞竟一次都没有让过我！"

王永华说得兴致勃勃，春霞的眼睛中却流露出伤感："那又能怎么样呢？你现在超过我了！"

杨小兵观察着春霞的脸色，他也是第一次知道春霞竟然有那么好的成绩，她没有继续念书，这是心中多大的遗憾呀！

"不知道你们家乡有什么土特产呀？"杨小兵适时地换了个话题。

说到这儿，两人都挠头，他们在家乡吃过的食物也不过是些朴实的面食，哪里称得上什么土特产呢？

渐渐地，王永华醉意上涌，他干脆把自己的手臂搭在春霞的肩上，一双眼睛迷离地看着春霞："春霞，我再念两年，就能来照顾你了……"

杨小兵将杯子中的酒一口干了，站起身来："春霞，我先回去了，他也醉了。"

春霞点点头，杨小兵突然想起什么似的，掏出了一个传呼机。

"哎？你捡到了？"

杨小兵把传呼机放到春霞的面前："你故意的？"

要知道这东西是别在腰间的，就算是挣扎也不会掉下来。

"嗯，我想把这东西丢在旁边，若是有好心人捡到了，说不定能给警方提供什么线索呢！"

杨小兵轻轻地笑了笑："你是个聪明的女孩！"

从春霞家出去，杨小兵这才想起来倪姐说的话，但凡有什么消息就马上通知她。杨小兵暂时也没什么事，便来到了公司。

"太好了！我还正愁春霞什么时候才能回来呢！再跟底下的员工瞒也瞒不住了！"

倪姐说着连眼睛里都充满了笑意。

"倪姐，我没想到你这么善良，也是真心地担心春霞！"

"这孩子，总让我想起一个人来。"倪姐坐下来，办公室里的冷气开着，她把黑色披肩裹了裹，"你猜是谁？"

杨小兵被冷风一吹也醉了，他深深地看着倪姐，不由说道："你自己，对吗？"

"你竟然是我的知己！你说说，哪里像了？"

"我不知道，但是很像。"杨小兵摇摇头。

倪姐道："我当初和春霞一样，没得书念就只好出来打工，艰难的日子不知道挨了多少，好不容易才有今天。"

二人四目相对，杨小兵也觉得春霞确实有些地方像倪姐，甚至仿佛连长相，也有那么几分相似了。

"你喝酒了吧？"倪姐拉着杨小兵坐下，杨小兵下意识地握住了倪姐的手，倪姐一惊。

"小兵……"

"倪姐……"

杨小兵的眼睛眯起来，他有些困了。倪姐坐在沙发的把手上，纤纤玉手放在杨小兵滚烫的脸上，她的手是那样冰。

"小兵，以后咱们两个单独在一起，你别叫我倪姐了。"

"那叫你什么？"

"叫我燕子，我叫倪燕。"

杨小兵闭上眼睛，用脸颊蹭了蹭那冰凉的手："燕子。"

11

杨小兵真正清醒过来的时候，是在一家宾馆。

窗帘被拉得很紧，阳光一丝也透不进来。杨小兵觉得渴，翻了个身想去喝水，这才发觉身边那均匀的呼吸声。

杨小兵大惊。

他这才回忆起自己究竟干了什么事。

他和倪姐来到了这家宾馆，然后该干的就全干了，倪姐的肌肤贴着他的腹部，那般温暖那般光滑，他枕着的是倪姐的长发。

"你醒了？"倪姐转过来，深情地看着杨小兵，而杨小兵在被子里的身体也感受到倪姐的抚摸，一时间，杨小兵觉得有些羞愧，他连忙道歉："对不起，倪姐，我喝酒了所以我……"

突然，倪姐抱住了他："别说对不起！是我带你来的这里！"

杨小兵在心中后悔自己的行为，他是个当过兵的人应该有铁一般的意志力，怎么可以做出这种不负责任的事呢？但是，他也很清楚他的心里对于倪姐的感情。

"倪姐，我该怎么……"

"不是说过让你叫我燕子吗？"

杨小兵有些尴尬，但还是说道："燕子……"

"小兵，时间不早了，我该送你到公司上班了。"

坐上了倪姐的车，杨小兵仍然觉得头脑里嗡嗡地响。倪姐倒是极为淡然，到公司下车之前，倪姐问道："你喜欢我吗？"

杨小兵沉默了，他该怎么说？

"我们都已经在一起了，难道你还是不喜欢我？"

"不，我喜欢，燕子，既然我做了这样的事，那就要对你负责！"杨小兵郑重其事地看着倪姐。倪姐笑了，仿佛在她的眼中，杨小兵是一个完全未经世事的孩子："你只要喜欢我就好。"

来到维修室，杨小兵拿起扳手，照例拧螺丝查看里面的情况，但是拧着拧着扳手就掉了，他再拿起扳手的时候才发现自己的手有些颤抖。

凤英被解救了之后又被带到公安局询问了一番，本来以为自己并没有犯什么罪，但是春霞已经把那八百块钱被盗的事报了案，而那个钱已经交到传销组织的手里，一层一层扒皮，早就没了。所以，凤英因盗窃罪暂时被收押进公安局，择日审判。

凤英的家人得到这个消息，心中是悲喜交加，喜的是孩子找到了，也并没有受什么重伤，悲的是孩子进了监狱！

凤英的父亲、哥哥再一次来了深圳，到深圳之后还没到探视时间，所以父子二人便在外面等着，等着等着就想到了春霞。

毕竟凤英是听了春霞的话才执意要来深圳，要不然都该嫁人了，现在反倒弄了个牢狱之灾，盗窃这个罪名一旦真判下来，那十年八年也就要在牢狱中度过了！

出来了之后，凤英不就完了吗？

父子二人是越想越气，就来春霞家砸门。春霞上班去了，王永华找了个家教的工作也出门了，家里没有人。

看到家里没人，父子二人砸了半天门，仍然觉得不解气，干脆出门捡了块石头砸了春霞家的玻璃。

玻璃噼里啪啦地碎了一地，两人闯入了屋中，摆放整齐的家具被打了个稀巴烂，就连春霞的衣服也被撕了个精光。

等到晚上春霞跟王永华回来的时候，看到这一幕便傻眼了。

春霞不知道自己又惹到了什么人，窗户上就剩下两个木头架子，一阵晚风刮过来，木头架子便吱嘎吱嘎地响。

春霞要进房间，王永华却把她抱住了："你别进去了，地上这么多碎玻璃，我进去看看，你等着我。"

王永华打开门走进去，这才看到里面的情况比外面糟糕得多，所有的家具都被砸成了碎片，连茶壶和炉灶都没放过，再走进卧室，被子上被浇了不明液体，地上是好多碎布条。

春霞也跟了进来，看到这一幕她终于崩溃了，她跌坐在地上，手不知道什么时候被插进了玻璃碎片，往外渗着血。

要知道这可是她所有的生活用品，钱没了她没有怪过凤英，因为钱还可以再挣，好歹没有负债。可是所有的生活物品都被打碎了，她不仅要重新买，还要赔房东的钱，她现在拿什么去还？

"春霞！春霞！"王永华看到春霞在发愣，手在流血，赶快去开灯，可是灯泡也被砸碎了。

"天哪！这到底都是谁干的？"王永华说着把春霞揽进怀中。

"这绝对不是来偷东西的，这是恨极了我，所以才把这个房间毁坏成这样！"

春霞说着，眼泪已经流不出来了，王永华看到春霞的手指缝也在往外渗着血，他拼命地掰开春霞的手，这才发现里面握着一块玻璃。

"你这是干什么！伤害自己有什么用！"王永华大喊着，而春霞也喊道："那你告诉我有什么办法！我该怎么办！为什么老天爷要这么对我！"

春霞几乎发疯地尖叫，她再也承受不住了，她一直以来都那么努力地读书，可是连大学都没得念，她来到社会上打拼也从不曾懈怠过，可是到现在所有的积蓄都被偷走了，所有的生活物品都被毁坏了，她什么都不剩。

王永华也不知道该怎么办，就连他的东西也被砸得稀巴烂，那些用来做家教的书籍，自己带过来学习的书籍都被撕成了碎片，可以看得出来，那个人有多么恨春霞。

"去报案吧！"王永华扶着春霞站起来，这才发现春霞的脚已经麻了，她全身冰冷，王永华只好把她抱起来，"我背你去派出所。"

来到派出所报了案，民警们跟着春霞来到了案发现场，他们也愣住了。

毕竟这现场的毁坏程度，堪比一场火灾。

"这是一场恶性案件，你最近得罪过什么人吗？"警察询问道。

春霞摇了摇头。

"是传销组织那帮人报复吧？派两个人在这儿盯着！"带头的民警说完便走了。

12

春霞走投无路，王永华做家教的工资还没开出来，就连第二天要穿的衣服也被撕碎了。

两个人本来应该去开间宾馆住下，可是谁也舍不得口袋中仅剩的那几十块钱，家里更不敢住，也没法住，便游荡在大街上。

好在现在是夏天，两个人坐在闹市区的长椅上，看着熙来攘往的人群，就这么静静地看着，谁都说不出一句话来。

直到街边一阵熟悉的香味飘过来。

"肉夹馍，正宗的肉夹馍……"

春霞和王永华在老家的时候经常吃馍，却很少能吃到肉夹馍，毕竟肉这种东西只有逢年过节了才有的吃。

没吃晚饭的两个人肚子咕噜噜地叫，炖肉的香气随着风飘进二人的鼻子里。

春霞的手被破布条包着，血已经缓缓地渗到了外面的布料中。

她突然站起来，然后去摊车前买了一个肉夹馍。

老板把肉剁得碎碎的，然后塞进去，春霞拿着肉夹馍回到了长椅上。

王永华说："咱们没多少钱了，还吃肉夹馍？"

春霞坐下来，默默地打开了袋子，然后递给了王永华："我只是想家了。"

肉炖得软烂，汤汁渗进馍的孔洞中，把这馍泡得又软又香。王永华咬了一口又递给春霞，两人就这样你一口我一口地吃，直到剩下最后一口的时候，春霞说自己吃饱了。

在长椅上度过了漫长的一夜，两个人分别去上班。

倪姐看到春霞没有化妆的脸，显得有些不悦，春霞便把之前的事情说了，倪姐无奈地看着她："你这人身上怎么这么多波折呢？"

说完，倪姐又把春霞领到了自己的办公室里，拿了一些化妆品："先把妆化了，好好上班！"

其实春霞早就没什么心思上班了，毕竟这么长时间以来上班的存款也都付诸流水，她一面咽着唾沫防止自己声音哽咽，一面画着眉，涂着眼影。

突然，倪姐的脸色冷了下来："你这样还怎么上班？你现在的表情就算是化了妆也很难看，如果你是以这样的状态来上班的话，那你现在就回去！"

这样刺耳的话语更加刺伤春霞的心，但春霞没说什么。

终于化完了妆，她重新站到了柜台的前面。

面对今天的首位客人，春霞几乎是下意识地露出了笑容，然后亲切地服务，介绍产品。

谁也看不出来她的家里发生了这么大的事。

到了中午吃饭的时间，倪姐看春霞吃不下什么东西，这才把声音放轻柔了些："不吃饭怎么行？下午怎么工作？"

春霞却真的没什么胃口，倪姐道："身体才是你翻身的本钱呀，你要调整好心态去面对工作！"

"谢谢你的提醒，要不然恐怕我真要哭丧着一张脸去面对顾客，那我真不配做一个销售！"

倪姐拍了拍春霞的肩膀："也许是我对你太严格了，不过你今天上午表现得不错，下午到我的办公室来一趟，我给你预支些工资，你换个地方住吧。"

春霞拿了几百块钱，想着跟房东退租再进行赔偿，过几天再换个地方住，结果刚走到公安局，正好遇见了民警。

"你来啦？正要跟你说呢，砸你家的人抓住了！"

春霞跟着民警进去，看见凤英的父亲和哥哥都在派出所里，双手铐在背后，两个人弓着腰坐着。

凤英父亲一看到春霞进来了，便开始骂骂咧咧起来："都是你害了我女儿！要不是你，我女儿根本就不会来深圳！现在判了刑，你让我们怎么活！"

民警见他们两人不老实，照着他们的屁股踢了两脚："让你们道歉，把人家里砸得稀巴烂还有理了？"

"她就该砸！"

这时王永华也下班了，想进派出所问问有没有什么进展，一进来便见到了这一幕。

他抱住春霞的肩膀："春霞……"

结果这爷俩看到春霞现在的男朋友，便又有了新的说辞："你这小娘们还挺浪？几天就换个男朋友！警察，我们俩要告她流氓罪！"

警察也没理这对发疯的父子。

春霞问他们为什么要砸自己的家，两个人振振有词："都是因为你去报案，凤英偷了你的钱，你这根本就是污蔑，我们家凤英怎么能偷呢？"

民警厉声说道："你们家凤英自己都亲口承认了！"

"不可能，绝对不可能！都是你这个女娃子给逼的，逼我们家凤英来深圳……"

说着这父子二人便哭天抢地了起来，其实春霞也能够感到他们的悲伤，毕竟来了深圳两次，自己的女儿一次都没见着，反而进了监狱，凤英又是投奔着她来的，那父子二人怎能不恨自己呢？

春霞没说话，王永华和他父子二人对骂了两句，春霞道："罢了，我也有错，在凤英刚入传销组织的时候我应该赶快提醒她，可是我当时也不知道传销是个什么东西！"

"都怪你！都怪你！你毁了我们一家子呀，我女儿嫁不出去了，我儿子也要打一辈子光棍！我们凤英可是救过你的呀！"

春霞只能哀叹一口气，在他们那个落后的地区的确是这样，谁家生了一男一女本来是好命，把女孩嫁出去得些彩礼，再用这个钱给儿子娶亲，现在凤英被关进去了，凤英哥哥又拿什么来娶亲呢？况且家中仅有的积蓄还被那传销组织骗了去。

的确是毁了别人一家，春霞在心中暗暗自责，或许当日她就不应该鼓励凤英一起来深圳赚钱，并不是每一个人都有出来打拼的能力，这个社会充满着诱惑和危险，保不齐就会因此断送人生。

父子二人又破口大骂了一阵子，警察把他们关了起来，王永华问这对父子他们能不能赔偿春霞，警察说能是能，但是能赔多少不知道，毕竟他们也确实没什么钱。

春霞干脆说道："算了，我也不要求什么赔偿了。"

民警说道："姑娘，你也是太好心了。"

"不是什么好心，只是大家都迫于无奈呀！要是有机会，我想再看看凤英，好好跟她道个歉。"春霞道。

13

总算是天无绝人之路，倪姐预支的工资让春霞重新找了个房子，而之前那个房子的损坏就由凤英家的两父子来偿还。

重新找了房子置办了东西，春霞也约定了时间来看凤英。

隔着铁窗，凤英默默地流着泪看着春霞，两个人相对无言，民警说道："没多少时间让你们说话，有话快说，过几天要审判了就不在咱们派出所拘留了！"

春霞含泪道："凤英，终究是我误了你！"

凤英原本圆滚滚的脸蛋这几天已经瘦了下去，想必这里的日子并不好过。

"春霞，你说得对，当初你就不应该让我来这儿，我已经听说了我爸爸我哥哥他们去你家闹事，估计也得判！"

"对不起。"

凤英突然激动了起来："你有什么好对不起我的呢？你又没犯什么错！这都是我自己一个人造成的，是我一个人造成的！是我害了我哥哥我爸爸！"

春霞低着头，她不敢看凤英的眼睛。

"我不知道我要被判多少年，我什么时候才能出来，我真后悔当初跟你来了深圳，我在家老老实实地嫁人生娃不比现在好得多吗？"

"是我不对。"

探视的时间很快就到了，可是凤英还没有发泄完，春霞顾不上说话，只好把自己拿的一些生活用品和食物一股脑儿地递给了凤英："你在这里尽量照顾好身体，然后争取减刑！"

"去你的吧，你的东西我不要！"

但是这些东西还是由民警替凤英收下了，凤英被带了回去，春霞打算离开派出所，这时民警道："你这人的心真好，那女孩儿把你害得够惨的，你还来给她送东西，听她骂！"

春霞吸了吸鼻子："也都是身不由己的可怜人。"

"小姑娘，你心好，日后一定会有好报的！"民警道。

春霞租下的新家在一栋楼房里，虽然小，但是倪姐交代过她，楼房总比平房要安全些，让她保护好自己。

和王永华把新家装饰了一番，春霞在床上坐下，有王永华在身边，她对这里产生了一种亲切感，更因为这几天的经历对王永华的感情多了几分亲人般的亲近。

"谢谢你，陪我度过了这最艰难的几天！"

王永华抱住春霞："跟我提什么谢呢？我理应照顾你，春霞，你在这里好好住着，等我大四实习就来深圳这边，咱俩就住在一起！"

"好，只是这房子太小了，你住过来不会嫌弃吧？"

王永华认真地盯着春霞那一双大而清澈的眼眸："我有什么嫌弃的资格呢？以后我要带你住上大房子，现在是委屈你了呀！"

春霞沉浸在王永华对未来的畅想中，在这个繁华的都市里，他们真的也能有自己的一处房屋吗？有自己的一处落脚之地吗？

很快王永华的暑假过去了，他本想把赚来的钱留给春霞，春霞却没有要，反倒又添了些给王永华，让王永华的家里少拿些钱交学费。

"春霞，你对我太好了。"

"你哥身体不好，少让他干点活儿吧，你安心上学，钱的事以后我来操心！"

王永华郑重地点了点头："我以后定然一辈子都对你好，绝不负你！"

春霞低下头笑了，她没说话，因为王永华的话已经像蜜糖一般流入了她的心中，让她心甘情愿地为王永华付出。

送走了王永华，春霞的生活又回到了从前，上班，回家，攒钱。

这天，本来春霞打算下班了，但是一个顾客突然拿着出现了故障的录音机，说什么都要退钱。春霞检查了一下录音机，这是东芝牌的，日本产的货，质量都很过关。

"是不是你操作不当呢？"春霞一边说着一边打开了录音机，果然里面有暴力损坏的痕迹。

顾客连连否认，春霞仍然以笑容面对："我们可以先帮您进行免费的检修，您看可以吗？"

拿着录音机，春霞来到了维修间，想都没想便推开了门，结果刚好看到倪姐坐在杨小兵的腿上，两个人正拥吻在一块儿！

春霞愣住了，那两个人也愣住了，很快，倪姐镇定地从杨小兵的腿上下来。

"怎么了春霞？这录音机坏了？"

看到刚才那一幕的春霞心脏怦怦地跳着，她点点头："客人说要修一下。"

"那你进来说吧！"

春霞拿着录音机走到了杨小兵的面前，她不知怎的有些不敢看杨小兵的眼睛，而杨小兵也十分不自然，她打开了录音机："你看看这还能修吗？"

杨小兵检查了一番，声音僵硬地说："能。"

退出了维修室，春霞往家走。

明明刚才那个场景也没什么可怕的，怎么心跳还是不止呢？春霞长长地吁了一口气。

做饭，吃饭，看书，睡觉。

春霞躺在床上发现自己这一整晚都心不在焉，不管做什么，那二人拥吻的场景都在脑中挥之不去，她不知道自己心中的这份沮丧从何而来。

是因为王永华的辞别吗？一定是这样！

第二天上班，倪姐便找到了春霞，倪姐笑眯眯地看着春霞："昨天的事你也看到了，我跟小兵……"

春霞连忙点了点头。

倪姐的眼光复杂起来："春霞，这件事情还是保密为好，你不要跟别的员工说，倪姐一向对你不错，所以，能答应倪姐吗？"

春霞点点头："当然！"

"那就好，你去吧，对了，明年咱们公司打算继续扩大，入驻到别的商场去，春霞，你好好表现，业绩好的话让你去新店做管理。"

春霞的眼睛亮起来："谢谢你，倪姐！"

出了办公室，春霞心中有些疑惑，两个人恋爱明明是一件好事，为什么不让他人知道呢？又想起曾经在饭店中看到倪姐和另外一个男人在一起，甚至好像还在做那种事，难不成是因为这个？

春霞努力让这种想法在自己的脑海中挥散,她想,也许是认错人了吧!

14

杨小兵有好一阵子都没再找过春霞。

那天晚上的事让杨小兵感到很尴尬,而春霞也在刻意躲着杨小兵,她知道倪姐频频找她说起杨小兵的事并不为别的,只是因为知道杨小兵喜欢她。

春霞只得避嫌。

不过对于杨小兵救了自己的事,春霞心中一直过意不去,那天杨小兵的英勇她看在眼中,况且他还受了些伤,她一直想找个时间好好谢谢杨小兵。

在感谢杨小兵之前,春霞还想去谢谢那个小卖店的老板,毕竟若不是那个小卖店的老板反应机敏喊人过来抓刘哥的话,春霞还逃不出那个魔窟呢!

买了些香蕉橙子,春霞来到了那个小卖店,老板看到春霞,热情地招呼道:"女仔,最近怎么样?没再遭到传销组织的骚扰吧?"

春霞笑道:"多亏了你那天的出手相救,要不然还真不知道会怎么样呢!"

老板把烟掐灭在烟灰缸里:"举手之劳,你买什么我给你拿?"

春霞摇摇头,接着把水果放到了柜台上:"我是来谢谢你的!那天若不是你马上喊人过来,我真逃不出去呢!老板,谢谢你那天的英勇果断,救了我!"

"哎哟!快把这东西拿回去吧!我也不过是帮你喊了下人,用不着你专程来感谢我。"老板连连摇头把水果往外推。

春霞执意让老板收下,老板这才说道:"你不知道,其实警察已经在这边蹲点好久了,是警察嘱咐我一旦发现什么异常就马上喊人,要不然我当时可能也害怕!"

"原来是这样!不过,那你也算是我的恩人!"

老板连连摇头:"我不过就是帮你喊了个人罢了,真正要说恩人,还是小兵!他天天守在这儿连着半个月,差点连工作都丢了!"

"真的吗?"

老板的手放在玻璃柜台上敲了敲:"这孩子是真够倔的,我跟他说有警察在这儿,他非说不放心,怕警察认不出你,就非得在这附近守着!"

听着老板的话,春霞渐渐垂下眼皮,渐渐地视线有些模糊。这些事,杨小兵都没有跟她说过,好像那天不过是偶遇而已!

"女仔,小兵这孩子对你挺好的,你们好好处着,珍惜彼此!"

春霞点了点头,在老板的眼里他们俨然已经成为了一对情侣,不过春霞也没有解释,毕竟除了情侣又有谁肯为一个普通朋友做到这份上呢?

又跟老板闲谈了几句,春霞执意把水果留下,她恍恍惚惚地往外走,深秋的烈阳格外刺眼，让她的眼睛发酸，一直酸到鼻尖。

回去之后春霞便约杨小兵出来吃饭。

两个人坐在小饭店里，面对面坐着，二人竟然不似从前那般热情和熟络了。

杨小兵的脸依然是刚毅而深邃的，只是那眼神之中似乎刻意抹去了些什么。

"其实今天找你，是为了好好谢谢你……"

杨小兵笑了笑，厚实方正的嘴唇却只是微微地翘了翘。

"谢我什么？"

"那天是你救了我……"春霞一边说着，声音一边小下去，她想起那天杨小兵扶着惊魂未定的她回家，遇上的却是王永华的质问。

"傻丫头，你真以为我打得过那么多人啊？虽然说我是部队出身，可没有警察我一个人也救不下来你呀！"杨小兵往自己的杯子中倒了些啤酒，微白的泡沫沿着杯壁流了下来，将他放在桌子上的手肘的衣袖染湿了一点。

"你其实，半个月都没有去上班，我听小卖店的老板说你一直守在那儿……"

杨小兵看到春霞微微颔首的模样，抿了抿嘴巴，忽然笑道："丫头，我给你算笔账啊，我这半个月的工资扣了38块，可公安局这边奖励了我50块钱，毕竟是我提供了线索，救人有功，我还挣了10多块呢！"

"不，这也许会害你丢了工作，并不是这么点钱就能……"

"咳！"杨小兵喝了一口啤酒，"这不是没丢吗？再说救你只是一方面，我曾经也是一名武警，协助公安局参与过一些案子，心里有点正义感，觉得传销组织就应该一网打尽！"

春霞何尝不知道杨小兵这么说的意思？不过是想让她心里放轻松些罢了，不要因为这个而感到歉疚。

可杨小兵越是这样，春霞就越感到歉疚，她就算是块木头也知道杨小兵对她的感情。

"吃菜吃菜！春霞，你最近新搬的家怎么样？"

春霞抬头："你知道我搬家了？你怎么知道？"

"看来你还不打算告诉我你搬家了？"

"不是的！"春霞着急地解释，"不想你担心。"

"你不想我担心我也知道了，倪姐已经跟我说了，不过还好，我听她说这事儿处理得还不错？都是凤英他们一家砸的！损失由他们父子俩来承担，你也没有多大经济损失。"

"看来，你知道的还蛮详细。"

春霞看着杨小兵，面对如此真诚的眼神，杨小兵却看向了别处，他夹菜到春霞的碗中："你点的菜怎么你都不吃了？别浪费！"

春霞这一瞬间才感觉到杨小兵眼神当中隐藏着的到底是什么！是他们从前在一起的热情与默契，是他们对彼此的那种信任与依赖，如今竟显得那么的生分。

若说春霞不伤心是不可能的，她更因为心中的这份伤心而被道德良心所谴责，她已经有了王永华，杨小兵也早就跟倪姐在一起了，她的确不该要求杨小兵像从前那般对她！

"对了，王永华上学去了？"

春霞点点头。

"那个小伙子挺好的，是个有文化的大学生，你以后跟他在一起，肯定受不了穷！"

春霞也不否认："你和倪姐挺好的，也挺般配的……"

突然，杨小兵好像听到了什么好笑的事情似的："春霞，怎么几天不见，你还跟我客套上了？"

15

"什么客套？我没客套，我说的是真心话！"

杨小兵叹了口气，他把一只手放在酒杯上，打量着黄澄澄的液体中的气泡，半响才说道："哪里谈得上般配？她比我大那么多。"

"年龄不是问题呀！只要你们相爱……"

春霞也不知怎的，平常口才很好，现在说起话来反倒像是第一次学说话一样，万分别扭。

"你香港片看多了？还什么只要我们相爱？"杨小兵又倒了一杯酒，颇有借酒消愁的意味。

那天的事之后他一直都在后悔，他不是完全不喜欢倪姐，而是觉得高攀不起也并不现实，所以他后悔那天没有把持住自己。

"不相爱为什么要在一起呢？杨大哥，你是一个很率真的人，如果不为感情怎么会跟一个人在一起？"

杨小兵笑道："也许你还太小，但我已经到了谈婚论嫁的年纪，家里面也在催，可是倪姐比我大七八岁，我家里的老人不知道能不能接受，而且就算是我家里人接受了，那倪姐呢？她家里人又怎么可能接受我这么个没钱的人呢？"

春霞这才意识到，原来杨小兵想得比她更深更远。

"如果只是谈一场恋爱的话，那岂不是浪费彼此的时间精力？倪姐那个年纪，也耽误不起，我岂不是害了人家？"

春霞思索了一阵:"说得也是！不过倪姐是真的喜欢你,倪姐也是我见过的最有气质的女人,我想如果你们真的想在一起,那么就说服家里人！"

"说你小,果然是很小,有些事情不是说服那么简单的！"

一顿饭两个人就在感情的问题上面绕弯子,说来说去这都是一场别扭的恋爱,春霞道:"那你喜欢倪姐吗？"

这个问题杨小兵回答不上来,说喜欢其实算不上,应该是一种欣赏吧,更多的是从她的身上看到了春霞的影子。

"你既然不喜欢,为什么又一定要跟倪姐在一起呢？"春霞的问句显得那么天真无邪。

杨小兵被问得有些不耐烦,他总不能说是因为那天两个人把持不住睡在一起了。春霞那么单纯,又怎么能接受得了这件事？

"我喜欢,好了,大人的事你也别问了！小孩就做小孩的事儿！"

杨小兵说完便催促春霞快点吃饭,他昨天上了夜班还要回家补个觉呢。

吃完饭,春霞想了想说道:"要不,你去我的新家看看？"

杨小兵潇洒地一摆手:"不了！"

春霞心里有些失落,但也只是淡淡的,几天之后便消散了。日子一如既往地进行下去,春霞度过了经济危机,又开始了自己的攒钱大业。

当然还有那份甜蜜的爱情。

倪姐和杨小兵相恋的事情到底还是被公司里的人知道了。

她把春霞叫进了办公室,要知道春霞从来没有看过她脸色铁青的样子！

"倪姐,出什么事了？"春霞被办公室里萦绕着的一种沉重气氛吓得不轻,难不成是销售组的业绩不达标,被上面的领导批评了？

倪姐看着春霞半天没有说话,在这段时间里,春霞感到身体里里外外地钻着凉气。

"倪姐,我做错什么了你就说,你说了我就改！"

"那好,春霞你想想你曾经答应过我什么？"

春霞绞尽脑汁地想,倪姐交代下来的销售任务自己也超额完成了,还有什么事呢？

"我今天从你们销售部的人的口中听到了有人在议论我跟杨小兵的事。"倪姐道。

春霞连忙辩解:"这件事我真的谁也没有说！倪姐你交代下来的事,我怎么能不照办呢？"

看着春霞脸上一片诚恳,倪姐审问似的又问了几句,也没问出个什么来,便严肃地说道:"你回去开个会,告诉大家严禁谈论领导的私事,也跟他们说如果再敢传我跟杨小兵有什么事的话马上开除!"

"知道了!"

春霞连忙就回去开会,可是想来想去都觉得倪姐没必要发这么大的火呀!不就是被员工知道了谈恋爱的事吗?

在深圳这个思想开放的地方,谈个恋爱何至于这么保守?

不过春霞还是紧急召开了会议,严禁大家讨论倪姐的感情问题,这时顾大姐说道:"这有啥怕说的?前两天我就在那个永利大厦看见他们了,我带我家孩子去玩的时候,看见他们俩都抱一起了!"

春霞还是挺尊重顾大姐的,但是一时间没办法马上堵住大姐的嘴,便使了个眼色,让顾大姐别说了,接着又严肃道:"不准说就是不准说!倪姐说了,如果谁再说的话就开除!行了,这件事就到此为止,咱们大家有时间说这个,倒不如好好研究研究推销的技巧,散会吧!"

听到"开除"二字,大家都纷纷闭了嘴,回到工作中。

倪姐单独找到了杨小兵。

杨小兵向来是个光明磊落的人,喜欢在阳光下做事,不喜欢刻意隐瞒他人。

"有什么不能说的?我们既然能在一起,就不怕别人议论!"

倪姐一向温柔,今天却格外生气:"我不是跟你说过不准说吗?"

"有什么不能说的?你是怕别人议论,还是……"

"我是怕别人议论!你没做过管理你不知道,上司领导的私生活怎么能被员工们知道呢?如果知道了,生出闲言碎语影响我管理!"

倪姐朝着杨小兵大发雷霆,杨小兵倒是不以为然,也没生气,他对女人一向都是宽容且包容的。

"小兵,你不能答应我吗?"

"咱俩的事儿,大家早晚都得知道,一开始藏着掖着后来被大家知道了,反而更不好!"

倪姐的胸口起伏着:"凭什么大家早晚都得知道?我就是不喜欢别人了解我的私生活!"

杨小兵不疾不徐地从机器面前站起身来,把电视的壳子搬到一边:"燕子,咱们不得结婚吗?不请大家喝喜酒吗?"

16

倪姐的头脑嗡的一下炸响了。

结婚?

这个问题她还从来都没有想过，而跟杨小兵结婚，更像是海市蜃楼！怎么可能发生？

倪姐的眼睛泛红了，她的手指插到杨小兵衬衫的纽扣之间，触摸到里面的肌肤。

"小兵，你真的想跟我结婚？"

杨小兵对这句话反倒感到很吃惊："不然呢？恋爱的目的不就是结婚吗？"

看着杨小兵那双单纯的眼睛，倪姐刚刚的怒意全都消散了，取而代之的是一种遗憾，那种遗憾写在脸上。

"难不成你只是想玩？跟我的恋爱只是一场游戏？"

面对杨小兵的问题，倪姐不知该怎么回答，她停顿了一阵子才说道："我不是不想跟你结婚，只是我想在这件事情确定下来之前，不要让别人知道，否则大家该不用心工作了，成天议论我们的事。"

"你说得也对，你放心，这事儿我不会主动说出去的，毕竟对于你们女人来说，也是一件很重要的事！"

倪姐松了一口气，她在折叠的小床上坐下，仰着头看杨小兵做事，他的肌肉线条随着他的动作而变化着，既干净又漂亮。在那年轻的肌肉里，似乎也蕴含着热情的力量。

"你真的打算娶我吗？"

杨小兵正在认真地修理电视机，他认真地点了点头。

"那结婚了以后，可以去你的老家吗？在你老家那边发展！"

杨小兵突然望向倪姐："我老家是北方的，那地方没有深圳发达，我想在这边发展，你不也在这里生活得很习惯吗？"

"是挺习惯的，不过我觉得婚后如果日子过得平淡也挺幸福的，不像在深圳，这么累。"倪姐一边说着一边露出小女孩一般的笑容来，她仿佛是第一次接触到爱情似的，仅仅是因为杨小兵说起了结婚的事，就感到那么开心兴奋。

"回去也可以，就是怕你不习惯，那儿的空气干。你要是习惯的话，我也想回去。"

突然，倪姐小碎步来到了杨小兵的身后："那就这么定了！"

杨小兵回过头，两人的气息交织在一起："好。"

"小兵，你爱我对吧？否则你不会跟我结婚的吧？"

倪姐的声音再一次从杨小兵的背后传来，杨小兵没有直接回答，只是点了点头。倪姐笑了，她用头发蹭了蹭杨小兵的背。

王永华正在进行一项并不简单的作业，他学习的是机电一体化，这次作业需要动手实验，他忙得不可开交。他带领的这支团队里面大部分都是女生，他便更得负起这个责任了。

原定元旦的时候王永华来看春霞，但是因为作业与期末成绩紧紧关联，所以王永华不得不牺牲元旦假期的时间来做作业。

春霞在信中得到了这个消息只觉得心情失落，她早就买下了一件棉袄打算送给王永华，现在王永华不能来，她就只好寄过去了。

拿着棉袄往邮局走，春霞这一路的心情都沉甸甸的，直到来到了邮局的门口，她突然改变了主意。

随着火车缓缓开动，春霞兴致勃勃地依靠着车窗，看着外面向后流动的街景。

渐渐地，火车北上，树上绿油油的叶子越来越少，过了大半天之后，天变得灰蒙蒙的，树枝上的叶子越来越少。

这才是春霞熟悉的冬天。

带着思念上路，所以长达十几个小时的车程春霞一点都不觉得累，到河北的时候，已是半夜。

春霞从自己的行李包中拿出大衣穿上，走出站台时有满天的繁星迎接着她，她觉得自己的心情就如同这浩瀚的天空一般，满满都是向往与期待。

不过这里也是真冷，春霞缩在候车大厅里度过了一夜，半梦半醒地过了几个小时，天便亮了，她在洗手间里洗了脸，又化了妆。

她化妆的技术好了很多，腮红被高高地打在颧骨上，既有气色又自然，望着镜子中的自己，她幻想着王永华见到她时，会有多么的惊喜。

向乘务人员打听过王永华所在大学的地址之后，春霞便踏上了公交车。她在深圳工作了这么久，找一条路线很容易。

拖着行李包辗转了一个早上，春霞站在了王永华的大学校门前。

恢宏的门上面写着大学的名字，在门的两侧分别有一片长长的草坪，虽然里面的草都枯萎了，但是仍然不减这所大学的气派！

年轻的男生女生有成群结队的，也有独自一人的，他们穿梭在这气派的大门之间，大门的里面是一条笔直的大道，通往肃穆而庄严的教学楼。

一时间春霞的心波动了一下，她怎么都没有想到自己来到大学的门前，并不是因为求学而是见自己的爱人。

虽然心中有遗憾，不过想到王永华能替她圆了这个大学梦，也算是一种欣慰。

春霞向路过的同学打听了机电系所在的位置，问起是否认识机电一体化四班的王永华，大部分的同学都说"我不是这个系的所以不清楚"。

春霞才知道，原来大学里面有好多个系，每一个系下面有好多个专业，原来大学有这么丰富的教育资源。看着那些学生，春霞的心中止不住地羡慕。

按照指引，春霞来到了机电系的大楼前面，她刚刚打算走进去问一问四班在哪里，便看到王永华出来了。

他的手中仿佛端着一个模型，春霞刚刚想走上去，便看到王永华的身边围着好几个女生，她们叽叽喳喳地说个不停，王永华的脸上也洋溢着笑容。

就在这时，王永华也突然看到了春霞。

"春霞？"王永华不自觉地说了一声，这时王永华身边的女生问道："你女朋友吗？"

王永华几乎是下意识地回答了一句："不是。"

"就是啊，你看那女的浓妆艳抹的八成不是学生……"女生们议论起来。

17

王永华把手中的模型递给了其中一个女生："你先去实验室吧！"

女生们端着模型叽叽喳喳地走了，此时只剩下王永华和春霞了。

说春霞心里不吃醋那是假的，可是她千里迢迢地赶来，并不想这短暂而宝贵的时光用来和王永华闹别扭。

"你怎么来了？"

春霞听到王永华的语气中有些不耐烦，因为马上就要交作业了，他没有时间陪春霞。

"永华，我是想给你个惊喜。"春霞说着向前踏了一步。

王永华拉着春霞来到了旁边的一个小凉亭坐下："春霞，你要来怎么不提前跟我打个招呼呀？"

"打扰到你了？"

"你不知道吗？我最近正在忙一个作业，所以根本就没时间去做别的，过年我们不就能见到面了吗？你怎么突然就来了？"

满满的热情被一盆冷水浇了个透心凉，春霞的妆容也僵在脸上显得格外尴尬，她低下头小声说道："那我来了，是不是给你添乱了？"

王永华叹了口气："原谅我这几天不能带你四处走走，我实在是太忙了！"

春霞觉得委屈，但是一想到王永华确实是忙，便小心翼翼地说道："不用你陪我，我就是想来看看你！"

"你都来了，我能不陪你吗？这样，我先把你安顿下来。"

王永华拿起包裹带着春霞离开了校园，接着在学校旁边的一家招待所开了房间，他刚要掏钱，春霞却拦了下来："你一个学生有什么钱，老板收我的！"

来到了房间里，王永华抱住春霞，两个人在床上坐了会儿，王永华说："你先休息，我得回去做实验写论文，晚上我们一起吃饭。"

王永华说着就要走，春霞却拉住了他的手："你这么急着去吗？"

好几个月的思念让春霞实在舍不得王永华，王永华严肃地说道："春霞，你就不能懂事一点？"

听到王永华这么说，春霞也不得不松开了手，她刚刚想从包里拿出那件棉袄给王永华穿上，王永华却来不及跟她打招呼就走了。

他回到实验室，一群女生便马上问王永华刚刚那女孩子跟他是什么关系。

"就是你对象吧？你是不是不敢承认呀？"一个叫张睿的女生问道。

"什么女朋友啊？你们可别瞎说！"

另外一个叫吕秋韵的女生说："你们可别起哄了，永华要是找女朋友也是找个女大学生，跟咱们一样的，真要找那种社会上的女孩？"

在这个年代能上大学不容易，不仅学习好，家境也要好，所以身为大学生本身就有一种优越感，王永华也不例外。

"秋韵说得对，那是我的一个表妹，正好来河北玩，我能不招待一下吗？"王永华说着看了看吕秋韵，"你说对不对？"

吕秋韵拨弄了一下刚刚拉直过的头发："你表妹还挺漂亮的嘛！"

王永华没再说什么。

实验进行到了晚上，一边做实验做记录，一边写论文，王永华觉得肚子已经咕噜噜叫了，这才看了一眼墙上挂的钟。

"都九点了，今天就到这儿吧！"王永华说道。

"别，我这儿还有一个数据马上就出来了！"

"算了，大不了明天重记，出去晚了教学楼该锁门了。"王永华说着便催促着这帮女生离开。

等到和女生们分开，他才一路小跑来到了招待所，一打开门，便看到春霞两只通红的眼睛，床边的小桌上放着两个用塑料袋装着的包子，其中一个包子只咬了一口。

"春霞，我……"

春霞的眼神中透着哀怨，她委屈得想哭："你怎么这么晚才回来？"

"我不是做实验吗？对不起，春霞，我实在是给忙忘了！"

王永华抱着春霞哄了一阵子，春霞道："你跟那些女生每天都在一起吗？都在一起到这么晚吗？"

"不是的！我是这个团队的队长，我带领她们一起做实验！也是最近忙才不得不到这么晚的！"

听王永华这么说，春霞的心里还是觉得别扭，她看到王永华在面对她们的时候笑容洋溢，看起来又是那么的和谐般配。她站在这群大学生的身边，显得那么格格不入。

心中的醋坛子已然打翻，春霞也不免有些任性："我看你是喜欢跟她们做实验，那你就去做嘛！还管我干什么？"

王永华累了一天也没心思哄春霞："不是你要来的吗？难道我要把你扔在这儿不管吗？你知不知道你突然来这边让我有多措手不及！"

"我……不过是为了给你个惊喜！"

"你就不能懂事点吗？明知道我在做实验，还故意吃醋，再说我不是也跟你解释过了吗？"王永华也生气了，春霞不知道他为什么突然这么生气，仿佛她的到来触及了王永华的什么地方。

但是想想明天晚上就要走，春霞舍不得这宝贵的相处时间，便只好委屈巴巴地说："我知道了，我只是挺想你的！"

看春霞这么说，王永华才重新把春霞揽到怀中："我知道你坐火车来也挺不容易的，是我不该对你发火，是我的错！"他一边说着一边摩挲着春霞的肩膀。

这时春霞把给王永华买的棉袄拿了出来："天冷了，我怕你冻着，就给你买了件棉袄，你穿上我看看。"

王永华穿上，果然人靠衣服马靠鞍，他显得又精神又帅气，春霞笑了："你穿这件正合适，我的眼光好吧？"

"挺好的！"王永华摸了摸春霞的头，"谢谢你！"

春霞娇羞道："咱俩之间谈什么谢不谢的？我就是心疼你嘛！"

王永华捧起春霞的小脸："我知道了，我以后一定会对你好的，你今天对我的好，我未来都加倍还给你！"

18

王永华睡着了。

学校旁边招待所的环境并不好，薄薄的白色被单底下是并不太干净的被褥，里面藏着灰尘，发出阵阵潮湿的味道，让人感到一阵憋闷。

春霞是攒了一肚子的话准备跟王永华说的，但是看着王永华那熟睡的脸，春霞也没办法把王永华叫醒，便只好静静地躺在王永华的身边。

虽说心里失望，但是能听着王永华呼吸的声音，春霞倒也觉得满足。

她在面对王永华的时候，心里总是有一阵没来由的自卑，更有一份羡慕与向往。她还不知道这份爱情已经在某些方面悄悄地发生了一些变化。

第二天早上王永华起得很早，他随手将细软的头发拨弄了两下，反倒显得格外蓬松好看，春霞笑道："永华，你知道吗？你像香港片里的电影明星！"

　　王永华困倦地揉了一把眼睛："你可别笑我了，我最近忙得是脚后跟打后脑勺，都蓬头垢面了！"

　　春霞没说什么，只是笑眯眯地看着王永华，王永华三两下就套上了毛衣，穿上了春霞给他买的棉袄。

　　"你要走了？"春霞急了，她拉住王永华的手，又看了下时间，现在才不到六点。

　　"是啊！眼看着后天就要交作业了，我们论文还没写完呢，春霞，我保证我今天晚上早点回来！"王永华带着歉意说道，他不知是因为着急还是因为愧疚，所以不敢看春霞的眼睛。

　　"那你不吃早饭了吗？"春霞想跟王永华吃了早饭再走，但也不过是想多看他几眼罢了。

　　"不吃了，最近一直都不吃，我早习惯了！"

　　王永华匆匆开了门，门外涌进来一股冷气，接着他便消失了。

　　春霞一个人坐在床上百无聊赖，她带的那本小说，在路上也早看完了。

　　思来想去，春霞担心王永华总不吃早餐对胃不好，便在学校旁边的饼店买了两个馅饼，一杯豆浆。

　　按照昨天的路线春霞来到了王永华所在的教学楼门前，又打听了几个同学这才找到了王永华所在的研究室。

　　电线相交，电流交汇的声音啪啪作响，王永华急得直挠头，他指挥着张睿："你看看是不是电压的问题。"

　　"安数不对……"张睿一边说一边调整，王永华急躁地说道："早就说让你调成统一的！"

　　张睿知道王永华的脾气有些急躁，并且又是这个团队的领导，便收起了平常开玩笑的样子，连声道歉。

　　而这时实验室的门外传来了敲门声，一个女生去开了门。

　　原来这就是大学实验室！

　　虽然这间教室看起来有些老旧，但是扑面而来的是一股浓浓的学术气息，设施虽朴素至极，但是桌子上的设备看起来又复杂又精密，记录数据的本子上写得密密麻麻，草纸上横七竖八地写着数字……

　　实验室就这样突如其来地展现在春霞的面前，给了春霞的心重重一击。

　　她的遗憾终究是没法忘怀的。

　　王永华看到了春霞，他本就急躁，但还是来到了门口："春霞，你怎么来了？"

事实上王永华的声音很小，他也尤其不想让这些出生在城市的女孩听到春霞这个土里土气的名字。

春霞把馅饼和豆浆一一递到了王永华的手上："我想着你没吃早饭就给你送来了，你上高中的时候胃不好……"

王永华接过了豆浆，却把馅饼推给了春霞："洋葱馅儿的吃完之后有口臭，你拿回去吃吧，我还要做实验呢！"

"我记得你以前爱吃……"

看王永华匆匆就要回去的背影，春霞就算是再懂事也觉得委屈。

"行了，今晚我尽量早点回去！"

"那你别忘了，今天晚上你送我去车站！"

春霞一边说着一边朝王永华挥了挥手，她要坐晚上九点钟的车回深圳。

沿着学校走了两圈，春霞回到了招待所，直到小窗已经渐渐失去了光亮，天上繁星点点，王永华还是没有回来，可是春霞已经不得不离开了。

怀着失落的心情，春霞把行李包拿上，她在前台结了账，推开大门迎着又干又冷的空气向前走着。

王永华到底是没有回来，春霞觉得这次跟王永华见面，王永华对她总是有一种疏离感，而且竟然没有了以往的甜蜜。

眼睛潮湿着，但始终没有泪落下来。

突然，身后传来了剧烈的呼吸声，还有迅疾的脚步声。

"春霞！等等我春霞！"

沉重的心突然像被打开了一扇大门一般，丝丝光亮透进来，春霞回头，看到王永华正朝她追上来。

"我以为你要忙到很晚呢！"春霞委屈地瘪着嘴说，心里又生出了几分甜蜜。

王永华的一只手放在胸口上，另一只手放在膝盖上，后背起伏着："实在是对不起，我太忙了，回来晚了，刚刚去招待所，老板说你已经走了，好在你还没走太远！"

"是我不该这个时候来打扰你，早知道让你这么累，我就不来了！"春霞拉住王永华放在膝盖上的那只手。

"对不起，这两天我实在是招待不周，春霞，等过年了我们还能见面，到时候我肯定好好地补偿你，好好陪陪你！"

春霞点点头："知道啦！我们还是赶快走吧，车要开了。"

返回深圳后，春霞的生活有条不紊地进行着，等到过年，春霞也回了家。

奇怪的是曹贵荣今年竟然没有来家里闹事！

大年三十的晚上，春霞在里面的卧室惴惴不安，老李在厨房忙活着年夜饭。春霞也想下地帮忙，但是小军一定要让她待在卧室里，万一曹贵荣来了，看见春霞那就完了！

年也过了，曹贵荣真的没再来过，一家三口也算是放了心。春霞想留些钱给家里，但是经过凤英那件事，手头也没多少钱，便能留多少留多少，唯一能为家里做的就是辅导辅导小军的功课。

小军顺利地升上了高中，还是春霞所在的重点高中！

19

回到深圳之前，春霞去镇上见了王永华。

西北的冬天，天很蓝很高，王永华还穿着春霞给他买的棉袄，两个人在街边散步。

"永华，你哥哥身体还好吧？"

王永华道："都多久了？身体当然好了！多亏了你那时候的钱，否则还真不知道会留什么病根儿呢！"

春霞点点头，两个人又走了一段路，春霞突然转过身对王永华说："永华，你知道那天在医院我为什么突然离开吗？"

王永华摇摇头。

春霞本来不打算说，可是想想今年曹贵荣也没再来闹过，便想着跟王永华商量把这门亲事定下来。

"其实那天我听到你哥哥在病房里对你说，让你不许娶我，因为这十里八村的都知道我惹上了一个流氓，但是今年他并没有来……"

王永华突然抱住春霞的肩膀，他心疼地说道："原来是因为这个！春霞，我让你受委屈了！"

"今年他没来，我想这事儿应该也是算了，咱俩的亲事……"春霞一边说着一边低下头，脸颊红红的。

男大当婚女大当嫁的事儿，也都正常，只是应该由男生先提出来，春霞心中仿佛有一种不安全感笼罩着。

看到春霞娇羞地低下了头，王永华的脸色有些复杂，但还是拉起春霞的手说："春霞，要不今天晚上咱们就回我家吧，让你见见我的父母！"

"真的吗？"春霞抬起头，眼睛亮起来，心中激荡起一股热情，冷冽的风吹在脸上，她竟不觉得冷，只觉得从心脏往外蹦着一股热气儿似的。

"是啊，咱们也处了这么久了，我早该带你见见我的父母！"

"那好，我买点烟酒，咱们这就去吧！"

春霞说着拉着王永华在镇上的店铺中逛了起来，新年开门的店铺不多，开了门的卖的东西价格也都太贵。

王永华看着货架上的东西，直摇头："春霞，这东西太贵了，我看你就随便买点糕点吧！"

春霞拒绝了："这可不行！我得多买点东西回去孝敬孝敬你的父母！"

买了烟酒，还买了糕点零食给王永华哥嫂家的孩子，两个人踏上了大巴车。

今年的雪不太大，路上的土被大巴车高高地卷起，就像春霞的情绪，也那样地高涨着。

王永华的家比李春霞的家要好一些，至少是方方正正的瓦房。

一家人看到王永华突然带了个女孩过来，都有些紧张，尤其是王永华那年迈的父母，更是不知所措。

春霞热情地把东西递到了王永华父母的手中，王永华也跟父母介绍了春霞。

本来是喜气洋洋的一件事，但是当他们突然听到春霞这个名字的时候，脸色都变得很难看。

春霞感到分外的尴尬，王永华年迈的父母不好说什么，二哥便站出来说道："永华，这位就是春霞？"

"是啊，二哥。"

二哥笑了笑，说："先进屋里来吧。"而这时王永华的小侄子也蹦蹦跳跳地蹿了进来，看到来了一位漂亮大姐姐，便围在旁边起哄。

"一边儿去！做你的作业去！"二哥随手拍了一下小娃儿的屁股，可是毕竟孩子太小，看着那些零食糕点直流口水，春霞便直接把一袋饼干递到他的手中说："吃这个吧！"

小侄子这才一蹦一跳地离开了房间，王永华这时说道："二哥，春霞她是我女朋友，我想我也应该带春霞见见你们了！"

二哥的眉头一皱，打量了一下春霞，也确实是青春靓丽。

"永华，你还在念大学呢，这么早谈恋爱会不会影响学业呀？"

二哥的话一出口，春霞那高涨的心就瞬间落地了，她是个聪明的孩子，怎能不知道他哥哥话中的意思？

"二哥，春霞并没有影响过我的学习……"

二哥并没有直接提那个流氓的事，而是笑了笑："没影响学习就好，但是永华，你带女朋友回来是不是着急你的婚事了？"

王永华正愣着不知该怎么说，二哥又继续说道："你这个年纪正在读书，我看要不然毕业了再说吧？"

二哥话语中字字句句都没对春霞表露过半分的关心，王永华也知道气氛尴尬，便马上说道："是这样的，我打算毕业了就跟春霞结婚！"

二哥点点头："也行，就是到时候不知道能不能把彩礼给你攒出来，你读书已经花了不少钱了……"

王永华看向了春霞，春霞礼貌地说道："彩礼的事我不会勉强……"

"是吗？那真是委屈你了，嗯，但是你不是也收过人家一份彩礼吗？这个事儿是不是不太好办呀？"

王永华的二哥唉声叹气地说着，春霞道："这件事你放心，那份彩礼我会还上的，我在深圳有工作，能挣些钱！"

"哦，原来是这样，如果那边没有什么后顾之忧的话当然是希望你跟我们永华好好处着！"

王永华的父母老实巴交，在门外听着也觉得心有余悸，毕竟全镇都知道春霞那未婚夫是个流氓，他们家怎么敢招惹？

不过既然春霞来了，他们还是准备了一桌丰盛的饭菜，招待春霞。

晚上家里住不下，王永华便带着春霞又回到了镇上，春霞回深圳的火车也是晚上出发。

"春霞，我们暑假再见。"王永华送春霞上车。

春霞却一直心事重重："永华，我看你家里人好像还是不欢迎我……"

王永华摇了摇头："没有的事！我也把你介绍给我家里了，不管他们同不同意，你都是我的女朋友！"

听到王永华说得坚决，春霞也放了心："等我开了工资再给你寄钱，第一个月，你得先紧着点花钱了。"

王永华点点头："知道了，你也别太累，这次来我家也花了不少钱，有钱你就先自己留着吧！"

带着王永华给她的这份决心，春霞安心地踏上了火车，但是她怎么都没想到，竟然会在车厢里看到曹贵荣！

20

春霞是去厕所的时候，看到的曹贵荣。

那张时常因为喝酒而憋得通红的脸带给春霞的恐惧已经深深地印在了心中，她只看一眼便觉得心脏扑通扑通地乱跳，吓得腿发慌，手发凉。

"哎你这女娃，你踩我脚了！"

春霞慌乱之下不小心踩到了一个人的脚,她赶快回过头去,生怕曹贵荣看到她的脸。

"对不起!"

回到座位上,春霞惊魂未定地摸着自己的胸口,那个长得像曹贵荣的人刚刚正倚着座位打盹儿,仰着头。春霞没有看清,但是也不敢回去再看。

一路上,春霞都胆战心惊地缩在自己的座位上,好不容易等到了出站。春霞不敢动,愣是等到车厢的人都走完了她才最后一个走,又在里面的站台徘徊了许久,这才走出站台,四处张望没有再看到曹贵荣的身影。

回到深圳的第一个晚上,春霞翻来覆去地睡不着,若那人真是曹贵荣的话,也不太可能,毕竟曹贵荣那种流氓懒汉,也只能在村头祸害祸害人,怎么可能出远门呢?

想到这里,春霞的心总算安稳下来,睡着了。

回到公司上班,春霞发现了一个很大的问题。

那就是在年终大扫除的时候,所有家电的价格牌都被收到一个地方,可是马上要开门营业,价格牌却找不到了,春霞赶紧去办公室准备再拿一批价格牌过来重写。

或许是因为着急,春霞直接开了倪姐办公室的门。

她一打开门便闻到一股特殊的味道,有些酸酸的。

春霞顾不上这些,直接问道:"倪姐,之前的价格牌你看到了吗?如果丢了的话,就再给我拿一批吧!"

她越走越近,来到了倪姐的身边,一股酸臭味更加明显了。她有些奇怪,倪姐一直都很爱干净,时常都喷着香水,怎么可能允许自己的身上发出这种怪味呢?

"倪姐,我要一批价格牌!"春霞又说了一遍。

倪姐这才像从一种迷离的感觉之中强行剥离出来似的,眯着眼睛看着春霞,看得春霞浑身发毛,毕竟倪姐从来没有这样过!

"倪姐,不舒服吗?"

倪姐揉了揉太阳穴:"我有点头疼,春霞,你去帮我倒杯水!"

春霞倒了杯温水放到桌子上,她看到倪姐的手最近消瘦得厉害,拿水杯那么轻的东西竟然也有些颤抖。

"倪姐,你是不是生病了?我送你去医院吧!"春霞担心不已,倪姐却突然摆了摆手:"不用,不用,我就是来月经了,有些难受!"

春霞点点头:"那中午我出去买包红糖!"

拿着价格牌回到柜台的前面,春霞和员工们一起写价格。

等到中午，春霞趁着吃饭的时间出去买了一包姜红糖，送到了办公室。

早上倪姐还非常虚弱的样子，中午倒显得精神百倍了，连眼睛里都是亮亮的。春霞沏了红糖水放在倪姐的面前："倪姐，你好些了吗？"

倪姐谢过了春霞："好多了，痛经都是阵痛！"

"你没事儿就好！"

春霞笑着离开了倪姐的办公室。

晚上下班时，春霞刚好遇到来上班的杨小兵。

"杨大哥，新年好啊！"春霞热情地打招呼。

"新年好，春霞。"

春霞看杨小兵头发有些乱乱的，笑道："杨大哥，你就是这么去上班的？蓬头垢面的！"

杨小兵拨弄了一把头发："工厂还没开始上班呢，我昨天熬夜，今天就贪睡了点，起来直接上晚班了！"

"这样啊！哎对了，杨大哥跟你说件事儿！"

春霞避开人多的地方，拉着杨小兵到角落里，因为倪姐交代过他们恋爱的事情不许让其他人知道。

"什么事儿啊？"

"倪姐她今天身体有些不舒服，不知道这会儿下没下班，你去看看她吧！"

杨小兵的脸上露出担心的神色："怎么不舒服了？"

"哎呀，就是……每个月都有那么几天那个……"春霞有些不好意思地低下头，杨小兵点了点头，但随即脸上又出现了一抹奇怪的神情。

"对了，工作服放在仓库里都压出褶子了……"

没等春霞的话说完，杨小兵就说："那你就去我家拿熨斗，你不是有钥匙吗？直接去就行！"

春霞跟杨小兵摆地摊的时候卖过衣服，那时买了个熨斗，就一直留在杨小兵的家里。

"行！"

春霞到了杨小兵的家，一如既往的干净整洁，是杨小兵的一贯作风。

在衣柜中拿出熨斗，春霞看到杨小兵家的垃圾桶里有些垃圾，就想着一起带走，然而走近了一看，里面有一个方形的小袋子，还有一个奇怪的东西。

是橡皮筋吗？春霞再仔细一看，顿时羞红了脸，她就算青涩，也是个大人了，自然明白这是什么东西。

手愣在半空中没动，春霞带着熨斗匆匆回到了家里。

把衣服摊在桌子上喷上水，一边熨衣服一边想到了今天倪姐说身体不舒服的事。

难道倪姐是因为做了那件事所以身体才不舒服的吗？春霞想不通。

杨小兵来到公司的第一件事就是去找倪姐。

"听春霞说你今天身体不舒服。"

倪姐眼神飘忽了一下说："是。"

"她说你是因为月经所以不舒服……"杨小兵迟疑了一会儿，"可是你不是前几天才刚刚结束么？"

倪姐的脸色变了变，随即说道："身体有一点不舒服，可能是月经不调吧！"

杨小兵担心道："是不是得了什么病啊？要不然哪天我陪你去检查检查身体吧？去医院！"

一听到去医院，倪姐马上说道："这么点小问题，还用去医院？我找个老中医调理调理就行了！"

杨小兵点点头："那你的身体自己可要当心！"说完便回到了自己的维修室。

21

春霞怎么都没想到，自己会在福春路再一次看到曹贵荣！

她本来打算下班了去那边买些衣服，再买一双高跟鞋，就在她逛街的时候，看到曹贵荣正在街上尾随着一个年轻姑娘。

一时间，春霞的心提到了嗓子眼儿。

她悄悄地跟在曹贵荣的身后，本来想跑，但是又担心那个姑娘，若是真遭了曹贵荣的毒手可怎么办？

熙熙攘攘的人声，掩盖了春霞的脚步声，她看到小姑娘在一个摊位前面停了下来，曹贵荣蹑手蹑脚地跟上去，从口袋中掏出了一个大夹子。

正如春霞所料，像曹贵荣这种流氓是不可能安心打工的。

眼看那大夹子往小姑娘的皮包里伸，春霞本来是想坐视不管，但是突然想起王永华曾经也见义勇为过，若是自己就这么眼睁睁地看着小姑娘不管，岂不是良心不安？

来不及做什么思想斗争，春霞直接冲了上去，捂着脸横冲直撞地撞了下那个小姑娘。

"哎呀！"小姑娘吓了一跳，往旁边蹿出来几步，曹贵荣显然没有得手，所以这份怒气就都转移到这个半路杀出的程咬金身上了。

春霞已经做好了跑的准备，来不及跟小姑娘道歉，而曹贵荣也在她的身后紧追不舍。

要说这一刻春霞后不后悔，答案肯定是后悔，但若是让她对曹贵荣刚刚的行径放任不管的话，她会更后悔！

在人堆中左挤右挤，春霞以为自己逃脱了魔掌，就在这时，身后传来了干巴巴且凶狠的叫骂声："春霞！你这个娘们儿，我找你找得好苦！"

完了！

曹贵荣认出自己来了！春霞当下脚步不稳，差点栽了个跟头。

这时曹贵荣也跟了上来，春霞实在跑不动了，刚好遇上福春路的巡警。

"大叔，快帮帮我吧，有人跟着我！"春霞朝警察喊道，警察马上过来询问了情况，曹贵荣看在眼中，当时就跑了。

因为曹贵荣已经不见了踪影，警察也只是把春霞护送到了路口，一路上惊魂未定，春霞的手放在心口处紧紧地按压着。

她知道曹贵荣这个人渣流氓坏毛病样样占齐，唯独有一个优点，那就是坚持不懈。

她不知道以后会不会再次遇到他，如果还有下一次，曹贵荣必定不会放过她！

提心吊胆了半个多月，春霞没敢再去那天与曹贵荣遇见的地方，就连上班下班都是绕着路走，也再没见过曹贵荣。

最近一段时间听说国家加大了对扒手的抓捕，春霞倒也放了些心，毕竟以曹贵荣那样的作案手段，估计早就被抓进去了。

"春霞，我家里有一份产品参数的文件，你帮我拿来好吗？"倪姐来到春霞的柜台前面说道。

春霞曾经去过倪姐的家里，倪姐把一串钥匙递到了春霞的手中："还记得路吗？"

"记得倒是记得，不过那份资料很重要吗？方便的话我中午午休时间去拿吧？"

倪姐犹豫了一下："是这样的，那份资料很重要，一会儿跟分公司开会的时候就要用，我昨天晚上拿回去就忘了拿了！"

"好！"

春霞拿了钥匙就走，春霞走了两步又折返回来，看到倪姐正十分焦急地让其他员工把别的产品的参数文件都找出来。

"怎么了？要是不想去，我中午回家拿吧！"倪姐道。

"不是的，我是想问资料放在什么地方。"

倪姐最近一段时间记忆力仿佛减退了似的，思维也迟钝了。

想了半天，她犹豫着说道："好像就在我书桌上，你翻一翻就找到了！"

"好！"

春霞出了公司就打车来到了倪姐的家，那是一个十分漂亮的小区，一进门不仅有白色的雕塑伫立着，还有修剪得很漂亮的植物，那些树木春霞叫不出名字来。

不过，春霞怕倪姐着急，也顾不上欣赏便急急忙忙地上了楼。

一开门，屋子里盘旋着一股烟味，春霞低下头发现脚垫上放着一双男人的皮鞋。

她看了看这双皮鞋，又想起了杨小兵，杨小兵向来不爱穿皮鞋，只爱穿轻便的运动鞋或是布鞋，那这双男人的皮鞋是哪儿来的？

还没等春霞反应过来，屋子里便已传来了脚步声。

一个脑满肠肥的男人从里屋走了出来，他手中还夹着一根烟头，笑眯眯地看着春霞："哟！你怎么进来的？"

春霞一愣，她跟着往后退了几步，看着那张布满横肉的脸以及充满了坑洼的酒糟鼻，她突然回想起了那天在饭店中看到的人！

"女仔，你别怕！"男人一边笑着一边将春霞的手腕往回拉，"你认识倪燕？"

春霞点了点头："倪姐让我帮她取一份资料！"

男人那张凶神恶煞的脸上突然出现了慈祥的笑容，这笑容反倒更让人毛骨悚然。

"那你就进来拿呀？去吧！"

春霞站在门口进也不是退也不是，她猜想这个男人是倪姐的什么人。

"怎么啦？害怕了吗？"

春霞摇摇头："不是的，只是很抱歉打扰了你！我进去拿吧！"

走进书房，男人也一起跟了进来，春霞觉得男人的目光仿佛有一种力量似的，重重地压在了自己的身上！

在倪姐的书桌上面放着一大堆文件资料，春霞不敢久留，干脆不加辨认一股脑儿地抱到了怀中："我不知道倪姐让我找的是哪一份，我就都拿回去了，实在打扰你了！"

春霞极为客气礼貌地退出了书房，男人再次跟了出来："你是要去公司找倪燕么？"

"是的！"

"那好，咱们一起去，正好我也要去找她！"

听到这里，春霞的汗毛都立起来了："不用了！我这边着急就先回去了！"

可是男人哪由得春霞？他见到春霞的美貌早已倾心不已，干脆直接拉着春霞的手腕关上了房门："我有车，我送你过去，不比你打车快？"

抱着一堆文件，春霞也无力挣扎，便被那男人生拖硬拽地拉上了车，一同来到了公司。

22

　　车子停在了公司的门口。

　　倪姐的家距离公司并不算远，仅仅十几分钟的车程，可是春霞却度秒如年。她对这个男人本能地生出一种女性的恐惧来，害怕这个男人并不是把车开到公司而是开到别的地方！

　　春霞整理了下资料就准备下车，没想到那男人竟十分殷勤地绕到她这边替她开了门。

　　"谢谢你！"

　　男人不急着进去，反倒是跟春霞不疾不徐地聊起天来："你这女仔挺机灵的！"

　　春霞道："那个，我这就进去了！"

　　"别急呀！我看你和倪燕还挺熟的，我们交个朋友吧！你叫什么名字？"

　　"春霞。"

　　"是吗？"男人显得很惊讶，"你就是春霞呀！我经常听倪燕说你挺能干的，上次还听说她想把你调到分公司去当经理！"

　　春霞咬着嘴唇："没想到倪姐对我这么好啊！"

　　"你知道我是谁吗？"男人把手放在自己的胸脯上，微微俯下身看着春霞，春霞摇了摇头。

　　"我是这家公司的老板！"

　　春霞一愣，要知道这家公司几乎垄断了深圳大部分的电器销售，她未曾见过真正的大老板，只听闻这大老板的名字叫做毛伟强。

　　"毛老板好！"春霞马上鞠了一躬。

　　毛伟强笑了笑："我就说你这小丫头机灵！快去吧！"

　　春霞抱着文件一路小跑进了公司，毛伟强紧随其后，倪姐正在柜台召开紧急会议，一回头突然看到毛伟强和春霞一同进来，她整个人便僵住了。

　　"倪姐，你要的资料我拿来了，只是不知道是哪一个，所以就都拿来请你挑一下！"

　　倪姐的脸色发白，但是仍然强装镇定，她点点头示意春霞把文件放在柜台上，然后又向毛伟强简单地打了声招呼，她微微颔首，虽然与平常一样颇有气质，却似乎带着一种忌惮。

　　毛伟强笑了笑："忙完了我去办公室等你！"

　　春霞回到柜台里面，倪姐道："春霞回来得晚，顾大姐一会儿把开会的内容传达给春霞！"

倪姐说完带着资料便离开了。

下午跟分公司的会议开完之后，倪姐带着满脸的疲惫回到公司，她经过柜台时几乎有些不敢直视春霞的眼睛。

春霞做人一直坦坦荡荡，那双眼睛里有一种诚挚。

"春霞，今天麻烦你去我家取东西了！"下班之前，倪姐单独找到了春霞。

春霞道："我跑一趟不要紧的。"

倪姐犹豫了片刻，接着才说道："真没想到你在我家能看到毛老板，是不是把你吓了一跳？"

"还好。"

"是这样的，毛老板有的时候会在我家跟我探讨工作，这次也不知怎么回事，竟然没经我的允许就去我家了，没吓到你就好！"

倪姐的心虚几乎已经写在脸上，春霞道："毛老板人挺好的，没吓到我，就是……"

春霞知道这话她不该问，但是一个男人平白无故地出现在一个女人的家里，本身就不正常，更何况她在饭店里真真切切地看到过两个人在一起！

"倪姐，你和毛老板关系挺好的？"

倪姐突然板起脸："员工不要猜测领导的私生活，这件事情，你不要外传就好了！"

可问题是春霞和杨小兵是好朋友，这件事春霞怎能不告诉杨小兵？

"我知道，只是杨大哥他对你一片真心，所以我想知道……"

春霞说着，倪姐看了一眼周围便把春霞带到了角落处："这件事情不要告诉小兵！"

"可是，倪姐你真的和老板没有关系吗？"

倪姐在这一瞬间实在恨透了春霞的眼神："春霞，大人的事情你不懂！我和老板没什么关系，我和小兵才是……"

"倪姐，我知道这件事情我不该管，可是杨大哥也是我的朋友，我不能眼睁睁地看着杨大哥被你……"

倪姐的脸色发青，她踩着高跟鞋更是居高临下地看着春霞："被我什么？"

"玩弄感情！"春霞一咬牙把心里的实话说了出来。

倪姐愣了片刻："小兵是你的朋友，我就不是你的朋友了吗？春霞，你扪心自问，自从你到公司以来你出了多少事？我又帮了你多少回？"

春霞感到脸上一阵滚烫，她知道自己没资格去质问倪姐，毕竟要不是倪姐，或许她在深圳就待不下去了！

"大人有些事情是迫不得已，但是我对小兵是真心的！你不要告诉别人好不好？好不好？"

倪姐的声音刚刚还是强硬的，可是说着说着就变成了一种哀求："春霞，看在我帮了你这么多次的面子上，你不要对任何人说好不好？况且我还想让你到分公司那边去当销售部门的经理呢！你的能力完全有可能胜任，去与不去只是我一句话的事！"

分公司经理这个职位对于春霞来说充满了诱惑，但是为此让她隐瞒或是撒谎，她都良心难安。

"春霞！你就答应我这一件事好不好？"倪姐都快哭了，这也是春霞第一次看到倪姐眼角泪光闪烁，她又想到倪姐对她的照顾帮助，只能答应下来。

"倪姐，那也请你答应我一件事好不好？不要伤害杨大哥，他对你是真心实意的！"

倪姐郑重其事地点了点头："当然！你相信我！"

春霞答应了下来，满怀心事地离开了公司，而就在公司门口，春霞再一次看到了毛伟强！

他正站在自己的车子边，慵懒地打量着公司门口，看到春霞走出来，脸上突然充满了笑意："春霞！"

"毛老板好！"春霞一边说着，一边鞠了个躬。

毛伟强直接把一只手放在了春霞的肩膀上："春霞，你跟我何必这么客气呀？今天晚上你有没有空？我想请你一起吃个饭！"

"不用了！"

毛伟强笑道："倪燕想提拔你到分公司当经理，我总得好好认识认识这位新上任的经理呀！"

23

春霞几乎是被生拉硬拽着来到了老板毛伟强的车上。

她不是不懂拒绝，而是实在不好驳毛伟强的面子。

车子载上了春霞，又接了倪姐，三个人一同驶向了饭店。

春霞一个人坐在后排，倪姐和毛伟强坐在前面。

刚刚和倪姐的一连串对话，使得两个人身边的气氛十分尴尬，春霞只好把头偏向窗外。毛伟强对这一切不知情，一边开车一边有一搭没一搭地跟两个人聊着天。

很快，车子来到了饭店的门口。

毛伟强相当殷勤地帮两位女士开了车门，此时此刻他竟然没有一点当老板的架子,可是他越是这样,越是让春霞受宠若惊。

在饭店里就座,春霞如坐针毡。

因为上一次跟杨小兵在这里吃饭时,她就遇见了倪姐,她回想起那个时候的画面,哪还有心情吃饭?只觉得恶心罢了。

葱烧大肠、干煸小排等一道道油腻的菜被端上桌,毛伟强热情地招呼春霞吃东西,春霞点点头,机警地看着两个人。

吃着吃着,毛伟强就以夹菜的名义来到了春霞的身边坐着,可以看出倪姐的脸色非常难看,可是毛伟强对此视若无睹。

"春霞,听说你又是组长又是业绩标兵,应该是个挺开朗的人啊?怎么这会儿反倒这么拘谨?"王伟强一边说着一边把高度酒倒进春霞的杯子里,春霞急着推辞。倪姐道:"毛老板,你不知道春霞这个孩子,她其实蛮内向的,业绩好是因为她的勤奋跟诚恳。做销售并不一定要话多,或是特别热情,只要几句话说到顾客的心坎上,不就足够了吗?"

倪姐算是帮春霞解了围,又连忙说道:"春霞,我是打算重点培养你的,以后这样的社交场合,你也得学着好好说话呀!"

春霞点了点头:"谢谢倪姐的指点。"

三个人酒过三巡,毛伟强人如其名,毛手毛脚的性子上来了,他轻轻地拍了拍春霞的背,眯起眼睛:"你喝多了?是不是不舒服?煮壶茶给你?"

春霞觉得背后仿佛有一层电流经过似的,她立刻直起了身子:"还好,我没醉!"

"还说没醉?"毛伟强一边说着,手一边伸向了春霞的脸颊,她还未褪去青春留下的稚嫩,与成熟女人倪姐是完完全全的两种手感。

这种手感让毛伟强在心里也穿过了一股电流。

"啊!"春霞倒吸了一口凉气,倪姐看在眼里,直接说道:"春霞,我刚刚点了两道菜怎么还没上来?你去催一催!"

春霞如同抓到了一根救命稻草一样,直接跑到了包厢的外面。

而这时毛伟强的脸上出现了不悦:"点的菜什么时候不能上?"

毛伟强一边说着一边点起了一根特制的烟,倪姐看着烟头升起的薄雾,脸上出现了一丝凄凉:"她是个好孩子!"

"我没说她不是个好孩子呀?"

倪姐望了一眼春霞离去的背影,显得有些慌乱。

"你啊,是不是想太多了?我并没有打算把春霞怎么样啊?"毛伟强一边说着,一边把烟递给了倪姐,他自己不抽这支烟。

倪姐没有接过烟，她努力保持着清醒："春霞是个好孩子，你别欺负她！我已经这样了，我心甘情愿地留在你的身边做你的玩物，可是人家不一样……"

毛伟强斜睨着倪姐，眼神中充满了不耐烦甚至是冷漠，他讨厌女人的哭哭啼啼："你最好不要惹我生气！"

"可是，春霞她不一样！她还有着大好的前途去闯，她不应该堕落，我也舍不得……"

毛伟强看了一眼倪姐，用手示意她抽烟，她不得不拿起香烟抽了一口，顿时浑身的汗毛就像被打开了一样，双眼紧闭着。

而这一切，春霞都看在眼中。

她透过门缝，能够感觉到倪姐对自己的保护，她也更加明白毛伟强想对自己做什么！

"毛老板，你想对我怎么样都行！做什么都行！只是春霞这孩子，你不要动！"

毛伟强看着倪姐，眼中终于闪过了一丝怜悯："为什么？"

倪姐来到毛伟强的身边，死死地抓着毛伟强的手："你不是说你只爱我一个人吗？那你就只爱我一个人好了！你想怎么折磨我，糟践我，我都接受！"

突然，毛伟强一个巴掌打到了倪姐的脸上："你好贱啊！"

"是，是啊！我就是贱，你不要再动别的女人好不好？我怎么给你玩弄都好！"倪姐说着，直接在毛伟强的面前跪了下来。

春霞悄悄地捂住了嘴巴，她还从来没见过倪姐如此这般摇尾乞怜，她应该是高贵的优雅的，甚至是带着些冷香的女人，可是如今却在一个男人面前，卑微得连尘土都不如！

"倪姐……"春霞小声地呢喃着，接着她看到倪姐的身体开始不由自主地抖动起来，她如同一条蛇一般缠在毛伟强的身上，密集的吻在他的脸上落下来，而他却显得毫不在意。

"毛老板，我们就在这里进行好不好？我答应你，我什么都答应你！你别动春霞！"

"你为什么那么护着那个小丫头？仅仅是因为吃醋？"毛伟强说着，两根手指捏起了倪姐的下巴。

"总之你就是不许动她，否则，否则就算是我人生尽毁，我也要把你的行为揭发出去！"

毛伟强大吃一惊："你真的敢？没有人再给你药了！"

"没有就没有！我宁可去死！"

"你以为我会怕吗？我最讨厌的就是别人的威胁！"

毛伟强终于从冷漠变成了愤怒。

24

一盘还带着温度的汤菜直接甩在了倪姐的脸上，黄澄澄的油挂在倪姐的头发上，反射着头顶绚烂的灯光。

春霞想推门而入，她想去帮助倪姐，可是脚下像是生了钉子一般，没有勇气再向前踏进一步，她恨自己没有勇气。

"你疯了！你疯了！你他×疯了！"毛伟强把倪姐踹到了一边，"你居然敢威胁我？少烦我！"

倪姐仍旧跪着，可一双眼睛如同箭一般地看着毛伟强："是！若是你敢让春霞碰那种东西！我不会让你好过的！"

两个人叫骂了一阵又僵持了一阵，终于，倪姐胜利了，她眼睛中的那股慑人的光芒就连毛伟强都感到有些害怕。

"好了！我不动！我真不知道你为什么一定要保护那个小丫头！"

倪姐却把手放在自己的心脏部位，她清楚地知道自己并不光是为了保护春霞，更是为了保护心中那为数不多的正义感，和那个还在青春年少时光中的自己。

春霞犹豫了片刻，不知道自己是否应该进去，而这时点的两道菜也被端了进来，她不得不随着服务员进了包房。

"菜已经上齐了！"

传菜的人看到这一幕，从容淡定地把菜放到桌上，毕竟再大的阵势也都见过。春霞看着这个传菜的人，仿佛不舍得他走似的，眼神一直粘在他的身上直到门被关起来。

房间里又只剩下了三个人。

倪姐整理了一下头发，脸上的笑容恢复了些："春霞，刚刚是我不小心跌了一跤，我这样子没吓到你吧？"

春霞木讷地摇了摇头，毛伟强看到这一幕没说什么，刚才对春霞的热情也消减了几分，倪姐趁机说道："时间太晚了，我送你出去！"

两个人来到了饭店的外面，晚上凉风阵阵，吹醒了二人的酒意，倪姐吐在花坛里，春霞帮她拍背，倪姐的眼泪也不由自主地流了下来。

"倪姐，今天的事……"

"今天的事你不要再说了！春霞，我让你受委屈了！"倪姐一边说着一边在饭店前的台阶上坐了下来："看到毛老板带你去吃饭我就应该阻止他，他不是什么好人。"

"倪姐。"春霞没说什么，心中还在惊涛骇浪着，她不敢看倪姐的眼睛。

"不过我不会让那家伙动你的，我会保护好你，你没必要辞职！我说到做到！"倪姐真挚地看着春霞，春霞点了点头："我相信你！也谢谢你愿意保护我！"

可是这种保护，就连春霞都不相信还能持续多久。

"倪姐，你今天为了我……"

"春霞，我实话告诉你吧，我的人生已经这样了，用深陷泥淖这四个字来说也不为过，可你不一样，所以我要保护你，我不会让你落入任何人的魔掌，你相信我吗？"

倪姐抽上那根烟之后连说话的语气都变了，春霞有些怕："谢谢你，可是我不知道我还应不应该来上班，更不知道见到毛老板之后该怎么说话……"

"是我不应该让你去我家取资料，春霞，你不要走好不好？你留下来好好工作，你能在深圳这个地方打拼出一片天地不容易！我一定好好保护你！"

春霞点了点头："那倪姐，我先回去还是……"

"你先回家吧，之后的事情由我来做就好了！"

春霞告别了倪姐，一个人在孤零零的黑夜中，往回家的路上走着。可是走着走着不知怎么就来到了公司，来到大门外面远远地看着维修室亮起的那盏灯，春霞鬼使神差地走了进去。

杨小兵正在听收音机，手上的工作都忙完了，刚要去洗手，便看到春霞失魂落魄地走进来。

"你怎么了？"

杨小兵刚想拍春霞的肩膀，又想到自己的手上有污渍，便快速洗了手，拉着春霞来到折叠床上坐下来。

"你喝酒了？为什么？跟谁喝的？"

杨小兵担心地问道，春霞愣了半天才说话："公司的领导。"

看到春霞的表情，杨小兵的心火一下子就升腾起来："他对你做什么了吗？你怎么变成了这样？是谁？我明天就去找他！"

春霞摇摇头："没有谁呀！我只是喝了些酒不舒服。"

在春霞的多次解释之下，杨小兵总算是相信了春霞的话："你自己明明知道不能喝酒，偏偏又要喝，明天我要好好跟倪姐说说，不要让你去应酬了！"

听到"倪姐"两个字，春霞的心中一阵震颤，她抬头看着杨小兵："杨大哥，你别找倪姐说了，我以后不去就是了！"

"好吧，你要喝水吗？"

杨小兵从暖壶中倒出了热水递给春霞，一连串的动作都是那么温柔自然，春霞不禁在杨小兵的简易床上睡着了。

看着春霞的睡脸，杨小兵定定地站了一会儿，他刚打算把收音机的声音放小一点，便听到春霞口中喃喃地说道："倪姐，你不要这样！你不要这样！"

杨小兵心中一惊，春霞梦话的内容为什么会是倪姐呢？

"倪姐，倪姐……"

说着说着，春霞突然惊醒了，她抹了一把自己满头的大汗，这才看到杨小兵正看着自己，一时间心中无数的情绪涌现上来。

"你怎么了？"杨小兵温柔地问道。

"我没怎么……"

"你刚刚为什么喊倪姐，她出了什么事吗？还是她对你不好了？"

春霞只顾着摇头，眼泪从眼眶中涌出来，她急着擦掉，不知道该不该把今天晚上的事情告诉杨小兵。

她一边对杨小兵的毫不知情感到愧疚，一边又想到倪姐对自己的照顾，她也答应过倪姐不会把此事告诉杨小兵。所以心中万分纠结着，又是一阵困意袭来，她渐渐睡着了，只留下杨小兵在原地想不通，他决定第二天亲自找倪姐问个清楚。

25

杨小兵怎么都没有想到，第二天再见到倪姐时，她的脸上充满了疲惫，不过杨小兵并未来得及管这些，而是直接问道："昨天你和春霞出去吃饭，发生了什么事吗？"

一时间，倪姐的脸上闪过了一丝不自然："没什么呀，她跟你说了什么？"

杨小兵摇摇头："我问你呢！"

"没什么，就是都有点喝多了。"倪姐一边说着一边喝水，她拿起杯子的手显得有些颤抖。

"燕子，你今天看起来很憔悴。"

"喝得，有点多，自然就憔悴，小兵，你心里还记挂着春霞？"倪姐故意做出吃醋的模样。

杨小兵摇了摇头："不是那个意思，就是希望你们少喝酒，女人家一个人在外边，不方便，下次若是还有这样的酒局，最好带我过去。"

两个人正在办公室里说着话，毛伟强推门而入，他的不悦和不耐烦写在脸上。杨小兵有些奇怪，到底是谁这么不懂礼貌？

他本以为倪姐会为此发火，却没想到她竟然马上站了起来，非常不自然地看着杨小兵："你去工作吧！"

既然倪姐已经下达了命令，杨小兵也没有留在办公室里的必要，他刚要离开，毛伟强便一把拉住了他:"你是哪个部门的?"

倪姐抢先回答道:"他是维修部的,专门负责售后处理!工作有些忙,你先让他去吧!"

毛伟强上下打量了杨小兵一番,这种带有攻击性的眼神让当过兵的杨小兵感到浑身不适,但他还是匆匆离开了。

走到一半,杨小兵突然觉得心中不安,那个男人到底是谁?为什么倪燕直接让他离开,仿佛很焦急。

想到这里,杨小兵折返了回去,他担心倪姐。

结果还没走到门口便听到里面一声巨响,接着哗啦一声,杨小兵推测应该是倪姐面前的办公桌倒了。

他心中顿时一惊,刚想推门便听到里面的说话声。

"这小男人长得不错呀!你背着我养小白脸!"毛伟强的怒吼声直接穿透了走廊,而这种侮辱性的话语喊得这么大声,说明他丝毫没有给倪姐脸面。

"你胡说什么呢!他是我专门招进来做维修的,难道人家跟我上班工作都不行吗?"倪姐的声音虽然带着怒气,可是杨小兵听得出来这声音中有一种委曲求全的卑微。

一股热辣辣的血液在杨小兵的身体里奔腾着,他听得清那声质问,也就是说这个男人与倪姐是有着另一种关系的!所以本来打算推门而入的杨小兵,只是站在原地,静静地听着里面的声音。

"你昨天还说不让我动那个小丫头,今天你就和你的小白脸儿玩儿上了!"

"我没有,我没有!"

毛伟强冷笑一声:"还说没有?我在外面已经听得一清二楚!他叫你燕子!"

倪姐的心一慌,整个人干脆直接跌在了椅子上,她几乎不敢看毛伟强的眼睛,那仿佛是淬着毒的寒刃!

"只是普通朋友,只是普通朋友罢了!"倪姐的声音由平静变得颤抖,杨小兵又听到屋子里面的动静,仿佛是用巴掌扇在了人的脸上!

不管事情如何,杨小兵一直都行得正坐得端,没什么好怕的,他一脚踹开了门,眼前的一幕令他惊呆了!

倪姐的脖子正被毛伟强死死地掐在手中,她喘不过气,一张脸憋得又肿又红。

"你放开!"杨小兵厉声喊道。

"哪来的小野狗?给老子滚!"毛伟强狠狠地瞪视着杨小兵。

"你放手!否则我不客气了!"

杨小兵的眼睛里透着一股正义,他早已清楚倪姐对他的感情并不纯澈,但是他也绝对不允许任何一个人在他的眼皮底下欺负人!

毛伟强不放手,挑衅地看着杨小兵:"你这是想英雄救美还是什么?"

由于办公室里吵嚷的声音太大,杨小兵顺手关上了门,他看着倪姐眼中的泪水,不想让人来看她的笑话!

"这就是你相好的?燕子,你可真对得起我啊!"

倪姐拼命地喘着气,咳嗽,看到这里杨小兵忍无可忍,一个飞腿便将毛伟强踢到了一边,毛伟强骂骂咧咧地站起来,他显然没有意识到杨小兵是当兵的出身,一股内敛的力气直接将毛伟强控制住了。

"你给我放开!"

"我不放!除非你答应我不要再对女人动手!"

杨小兵的膝盖抵在毛伟强的脖子边上,毛伟强不敢动,便只好求饶:"我不动她!"

杨小兵这才放手,毛伟强爬起来,冷眼看了看倪姐:"你有能耐了!竟然敢找人来对付我!既然是这样的话,你可别来找我!"

毛伟强走了出去,他是一个审时度势的人,更是一个手中拿捏着把柄的人。

倪姐看到毛伟强走了出去,整个人身体一软,瘫倒在倒下的书桌前。

杨小兵虽然内心复杂,但还是伸手想要把倪姐拉起来,倪姐站起来,眼中满是绝望的泪水。

杨小兵的气息很沉,他看到倪姐脸色发白,唯独刚刚被打过的地方,红红的,他刚想触摸,倪姐却把他的手打掉了:"你别碰我!"

杨小兵心里本来也憋着一股气,没打算说什么转身就要走,倪姐却虚弱地说道:"你都听到了?"

杨小兵没有回头只是点了点头:"你何必呢?既然你已经有对象了,又何必来招惹我?白白地为你心疼!"

倪姐踉踉跄跄地来到了杨小兵的身边:"你带我走好不好?你不是说要带我去你的老家吗?这儿的工作不要了,我们回家去发展好不好?"

那几近迫切的乞求让杨小兵的心如同碎了一般难受,他对倪姐的感情并非当初那样,只是为了责任,而是在长久的相处过程中,也同样对她产生了爱情。

"我带你走?若是你真的不喜欢那个人,你想去哪里就去哪里,有谁绑住你的身体吗?又何必让我带你走呢?"

倪姐只剩下啜泣声,她拉着杨小兵的衣服,用脸贴在那浸满了汗水的衣料上:"带我走,我不喜欢他,你带我走!我现在就走!"

26

又热又烫的泪水混合着杨小兵身上的汗液，就这样湿湿地贴在了他的皮肤之上。

倪姐能够感觉到杨小兵一起一伏的呼吸，他在憋着一口气，想说话，却没说出来。

"你别走！别走！"哀求的声音传入杨小兵的耳中，他就这么久久地站着。

在这安静的办公室之中，倪姐清楚地听到杨小兵紧握拳头的声音，而这时门外传来了敲门声。

倪姐这才像突然恢复了神志一样，迅速爬起来想要整理自己的衣衫和倒下的桌子。

似乎是有什么急事，所以敲门的声音很激烈，杨小兵缓缓走到门前，他的脚步突然变得沉重，仿佛是灌了铅一样。

这是第一次，杨小兵由内而外地感到一种无力。

"倪姐，你在里面吗？这次的收音机整个批次都出了问题，供货商那边又不退，怎么办？好几个客人找上门来了！"

外面是春霞的声音，春霞向来是内向且冷静的，所以，若不是十万火急的事，她绝对不会急着进来。

砰的一声，门被踢开了。

这是一扇朝外开着的门，所以春霞的整个身体都跟跄了一下，差一点就倒在地上，接着她便看到杨小兵那铁青的脸色。

"杨大……"

春霞走上去，本来想问杨小兵出了什么事，可是还没等她的话说完，就看到杨小兵眼中那一抹愤怒。

"你怎么了？"

杨小兵没有回答，只是推开了春霞，一个人离开了。

春霞在原地愣了片刻，她不知道这间办公室里曾经发生过什么，但是那一地的狼藉还未收拾干净，倪姐满脸的泪水也将妆容弄花了。

"倪姐，到底怎么了？"春霞跑上去扶倪姐，倪姐却显然已经没有力气来应对任何人，可是工作上的事又很急。

"你说话呀！到底出了什么事？倪姐……"春霞看到这一幕不禁眼眶通红，她一直以来都很了解杨小兵，他脾气很好，也很善良，这是她第一次看到杨小兵那么生气！

倪姐摇了摇头："我想一个人待着，你出去！"

"可是，那边有好几个客人找上门来了，我……"

突然，倪姐如同发疯了似的大喊："我培养你这么久，连这点小事都处理不好吗？"

"倪姐……"春霞在原地不知所措，她一面心疼一面焦急。

"滚出去！滚出去！"

无奈之下，春霞只好离开了办公室并且将门关好，又匆匆地跑回了销售处。

看着那一个个拿着收音机的老年人，大家都在等这件事情的处理结果，春霞不敢做主，毕竟这一批收音机加在一起价格不菲。

"怎么样？有结果了吗？可以退吗？"

面对着一句又一句的质问，全组的同事也都在看着春霞，春霞没办法也只好赶鸭子上架。

"这样，大家把有问题的收音机都留下来，今天的时间不早了，明天再给大家继续处理……"

可是话还没说完，一群人就骂上了："凭什么？今天我们还就不走了！要是不退钱就不走！店大欺客吗？要是这收音机今天晚上被你们修好了，明天又还给我们，那我们不是还拿着这个残次品吗？我们就要退货，不要这个残次品！"

春霞觉得头疼，以前也处理过一次这样的事，她干脆给每一个人开了小票："这样，想退货的话，明天拿着这个小票来取钱，如果想维修，那么我们也会退一部分钱给您！"

给大家开好了小票，春霞好不容易才把这些人送走，一张一张地看着底单。

"春霞，这是经理的意思吗？"顾大姐问道。

春霞摇了摇头："不是，但是那又怎么样？卖东西诚信为本！开就开，退就退！"

可是要知道每个人的销售业绩都跟工资有着绝对联系，如果这些单退了，每一位同事的工资都会少上许多，卖大家电不容易，出单就出在这种小玩意儿上！

"不是领导的意思你瞎做什么主？"一个男同事说道，显然对春霞的处理态度十分不满。

"就是啊！又不是不能修，咱们维修部那个杨小兵你不是挺熟的吗？"

大家你一言我一语，春霞安静地收好了底单，算了一下损失的金额，这才缓缓地抬起头看着每个人说道："这件事我来做主……"

"如果你做主的话，那就把退掉的单的业绩也还给我们呀！我们当初的努力都白费了？"

春霞沉思了片刻，接着用坚定的语气说道："大家出来工作都不容易，能出业绩更是辛苦，可是我们不能因此就捡了芝麻丢了西瓜，个人的利益固然应当维护，可若是名声坏了，信誉丢了，大家还怎么赚钱？"

春霞年纪小，本来就不能服众，不过她说的话有道理，大家也只好在私底下议论着，春霞听到这里，干脆直言道："谁都不想出这种意外，我能够体会到大家的辛苦，但是这件事就这么定了，不准再议论了！"

同事们也没有再议论下去，到了下班时间，大家便三三两两地离开了公司，柜台中只有春霞坐在那里一项一项地核对账目。

好在有一部分人并不愿意退收音机，只说维修过后再给些补偿就可以了。她便把那些收音机通通送到了维修室，可是推开门，杨小兵却不在了。

春霞来不及多想，这么多的收音机若是不维修明天如何给顾客一个交代？她一路小跑来到了杨小兵的家。

还没等敲门，顺着门缝春霞便闻到了丝丝的酒味，她将双手在裤子上抹了一把，擦掉手心的汗，轻轻地敲门道："杨大哥，你在家吗？"

里面有声音，却没有回应，春霞干脆用力敲了敲门："杨大哥，能不能请你先开门，还有，可不可以不要把个人的情绪带到工作中，现在是你上班的时间了！"

27

杨小兵这才把门打开，手中拎着一瓶白酒，口中呼出的气息是纯纯的酒精味道，让春霞感到一阵眩晕。

"这个时候你还让我上班？"

"杨大哥，我知道你和倪姐或许吵架了，但是工作跟感情……"

突然，玻璃酒瓶被狠狠地放在玻璃桌上，那声音让春霞一耸肩，整个人吓了一跳，屋子里弥漫着一股沉重的气息，让人喘不过气。

"我不想再见到她。"杨小兵抬起眼睛狠狠地望着春霞。春霞一时间想起了在图画书上看到的狼，她一直认为杨小兵的性情温柔，却没想到从他的眼睛中会发出这样的光芒！

"杨大哥，到底有什么事让你这么……生气？"

杨小兵向来是个聪明人，春霞的做贼心虚他也早就看在眼中。

"春霞，你老实告诉我，倪姐的事，你是不是之前就知道？"

春霞摇了摇头："什么？"

"你还在装？！"杨小兵腾地一下站起来，居高临下地瞪着春霞，那是男人的自尊受到挑衅之后才有的反应。

"我没有……"

"你不是要瞒我吗？你还打算瞒我到什么时候？昨天晚上你是不是就知情了？"杨小兵的声音一句高过一句，一字狠过一字。

春霞的手不自觉地抠着玻璃桌上的碎片，那是刚刚被杨小兵用酒瓶震碎的，不过她根本感觉不到疼，因为她的心里只有愧疚。

从一开始她就什么都知道，却并未对杨小兵吐露过半个字。

"对不起！"春霞咬着嘴唇，唯一能说的也只有这三个字，突然，一个巴掌朝春霞的脸颊狠狠地打了过来。

脸上一阵热辣辣的，痛楚让春霞的脸越来越红，也更加地无地自容。

"春霞！"杨小兵迫使自己冷静下来，他一边粗重地喘息着，一边压低了声音道："你想一想，自从你从厂子下岗之后，我帮了你多少次？你知道你被抓进传销组织的时候我几天几夜没合眼吗？我舍不得回家去，我生怕漏了你的踪影，就在那里守着！"

听到杨小兵这么说，春霞的心更像是被拧紧了一般，她只感到无比愧疚，而她也深深地记得自己在获救那天杨小兵是什么模样，头发乱乱的胡子都没刮，身上的衣服也脏了，而这一切都是为了她！

"对不起！"春霞哭了，她一只手掩着面，一只手已将桌上的玻璃碎片握紧。

"收回你的对不起和你的眼泪吧！我对你这么好，可是出了这种事你都不告诉我！你是在看我笑话吗？还是觉得践踏我的自尊有意思？"杨小兵喊着，声音在高处破开，就如同心碎。

"对不起，对不起！我是应该告诉你，可是，可是倪姐她……"

春霞昨天晚上本来是打算把此事告诉杨小兵的，可是又想想倪姐那奋力保护她，哀求她的模样，她又如何张得开口？

所以千言万语只能化作一句"对不起"。

"我不是说让你收回你的'对不起'吗！春霞，你若是有一点良心，都不该这么对我！"

"杨大哥，我也是没有办法，倪姐她真的很爱你，我只是不忍心，她身不由己……"

"所以你就忍心让我受这样的侮辱？"

春霞拼命地摇头："我也不想伤害你！可是我真的不知该怎么办才好！一面是你，一面是倪姐，而且，倪姐让我给她些时间，她会处理好！"

杨小兵看了春霞良久，好久之后才坐到椅子上，这时才突然看到由春霞指缝间渗出的鲜血。

"春霞，你松手……"杨小兵的语气有些慌乱，他轻轻地打开了春霞的手，那一小块玻璃已经被春霞的血液染红，在昏黄的灯光之下显出一种红宝石般的晶莹剔透。

"你不知道疼吗？"

春霞也是这时候才反应过来，原来自己的手中握了一块玻璃，她光顾着愧疚光顾着激动，这时候疼痛才缓缓袭来。

"杨大哥，你不要再生我的气了好不好？不，你生我的气吧，都是我不好……"

杨小兵长长地叹了一口气，他的呼吸声中带着前所未有的颤抖："你等我！"

杨小兵转身在抽屉中翻找着什么，最后干脆拿出了一件干净衣服，直接用牙一咬，撕拉一声，扯下一块布料。

"你这是干吗……"

春霞来不及阻止，杨小兵已经在春霞的面前坐下来："把手打开。"

春霞没有动，她满心的愧疚觉得自己根本就不配被包扎，这时杨小兵突然大喊一声："把手打开！"

借着灯光，杨小兵小心翼翼地检查着伤口里面有没有残留的玻璃碎片，还好只有一块小小的碎玻璃。

"你忍着点疼。"杨小兵说着将伤口里的碎玻璃挑出来，春霞很疼，可是也只能捂着嘴，不敢发出声音，也不配发出声音。

随后杨小兵从抽屉中翻出了云南白药，白色的药粉瞬间吸附在了伤口上，血止了，却留下丝丝的疼痛。

一圈一圈，布料被仔细地绑在春霞的手上，杨小兵这才说话："疼吗？如果你觉得疼就松一点！"

春霞只是摇头。

伤口被包扎完了，杨小兵又从自己的那件衣服上撕下一块布料来："一会儿我带你去卫生所处理一下，若是血渗透了，就再包一层。"

两个人在夜色中来到了卫生所，春霞一边走一边说："就是个小伤口，也不必……"

"这桌子最近我没打扫过，家里也没有什么消毒的东西，万一伤口感染了就不好了。"

在诊所里坐下来，大夫给伤口简单地消了毒就用纱布包好了。

出来的时候已经有满天的繁星在迎接着他们，杨小兵被冷风一吹也冷静了，他握着自己刚刚打春霞的那只手，心中只感到无限后悔。

"对不起，我不该打你。"

"该说道歉的人是我，杨大哥，是我对不起你！"

看着春霞那满眼与星光交映的泪水，杨小兵就算生气，也只能叹息一声："没事。"

28

"今天到底发生了什么?"走在路上,春霞才小声地问道。

杨小兵下意识地摸了下心口,半晌,才说道:"倪姐的男人来了,把她狠狠地骂了一顿,甚至差点动手掐死她!"

一时间,春霞的脑海中浮现出了毛伟强的那张脸,那是一张伪善者的面具,却凶狠毒辣。

"天哪!可是,他为什么要打人呢?"

"因为我当时在办公室里!"

春霞点点头:"杨大哥,对不起……"

"别说了,我送你回家!"杨小兵似乎有意止住当时那痛心的回忆。

"杨大哥,你还没去上夜班呢!"

杨小兵愣住了,路灯之下他匪夷所思地看着春霞:"原来你来找我并不是为了跟我道歉或者是劝我,却是为了让我去上班!"

"不是的,只是突然接到了一批急活儿,都是要维修的收音机……"

杨小兵冷笑了一声:"你还真是全心全意地服务公司!"

"既然我是这儿的员工,我就应该……"

杨小兵握着春霞的肩膀,两个人相视而立:"你想想,如今我还怎么去上班?你让我一个大男人的脸往哪里搁?"

春霞愣着,她当然理解杨小兵的心情,可是那批收音机又该怎么办?

"杨大哥,你只是晚上去,又不会见到别的同事,所以……"

本来已经冷静下来的杨小兵看着春霞,眼神中只剩下失望:"你到底有没有站在我的角度上考虑过半分?你未免也太……"

"绝情"这两个字杨小兵没有说出口,他只是转身就走,春霞没有喊他,也自知理亏,只能站在原地看着那离去的背影。

他经过了几个路灯,脚步渐渐慢了下来,终于他还是回到了春霞的面前。

"你怎么还不回家去?"

春霞用细微的声音说:"杨大哥,那批收音机……"

两个人站的路旁边就是一条河,杨小兵随手抄起了一块石头狠狠地向河中砸去,又过了良久终于说道:"好,我去就是了。"

"谢谢你,杨大哥。"

两个人沿着河岸一前一后地走着,杨小兵走在前面,春霞亦步亦趋地跟在后面,终于来到了公司里。

一台又一台的收音机摆在杨小兵的桌上，因为知道损坏的地方是哪里，杨小兵修起来便也得心应手，很快便将收音机都修完了。

"杨大哥，我知道你来公司修收音机都是为了我，我实在不知该怎么感激你……"

春霞的口中喃喃地说着，却迎接到了杨小兵一个冷漠的眼神："我用不着你感激我，再说，你又何曾感激过我？"

杨小兵如今还记得自己在救下春霞那天送她回家的时候，当看到开门的人是王永华的那一刻，春霞是多么急着与他撇清关系来证明自己的清白！

"也许我早就应该知道你这个人就是冷血无情！不过你的忙我还是愿意帮！"杨小兵把手中的螺丝刀一扔，整个人沉重地坐在折叠床上，折叠床发出了不满的鸣叫声，在这夜里显得格外刺耳。

"我不是……"

"你不要再说了，若你不是冷血无情又怎么能做出今天这种事来！我知道，我应该对我的工作善始善终，可是你知道我再踏进这家公司是什么样的心情吗？"

春霞低着头说不出话，她也知道在这个时候自己的心中还是工作也实在太过伤人。

"既然我是冷血无情的人，你又为什么要帮我？帮我这么多……"

"我怎么知道？"杨小兵看着春霞低下头垂下来的刘海，"你只当我是有欠于你，心安理得地去接受就好了！"

"杨大哥，是我不对……"

就在两人说话时，倪姐来到了维修室。

倪姐看着杨小兵，此时此刻的脸上显出从未有过的如同犯了错误的小孩一般的胆怯神色："小兵。"

杨小兵面无表情地看着倪姐，两个人就如此僵持了整整一分钟，倪姐才说道："对不起……"

"对不起！对不起！对不起！"杨小兵那冰冷的声音由轻变重，"今天你们两个人都跟我说对不起，可你们一个个做起事来又心安理得，哪想到对不起我？"

"我……"

倪姐欲言又止，春霞见状，便轻轻退出了维修室。

"你走吧！"杨小兵说道。

"我不走，我刚刚去你家找你，看到你家没人，我才又回到公司，我想找你说说话……"倪姐的脸显得格外憔悴疲惫，她慢慢地靠近杨小兵，想去握一握那双温暖的手。

"你不走我走,今天是我最后一天上班。"杨小兵把眼神瞥到了窗外。

"小兵!我给你道歉好不好?你不要走!不要走!我真的什么都没有了,我什么都没有啊……"

倪姐的声音由哀求变成了痛哭,她如同一摊软烂了的泥,几乎每走一步就像要跌倒了一般,杨小兵无可奈何地扶着倪姐。

"你不是还拥有你的情人吗?你告诉过我你是单身,我第一次发现我竟然这么好骗!"杨小兵冷笑着说道。

"不!那根本就不是什么情人!是仇人啊!小兵,我爱你,我求求你不要走好吗?若是你走把我也带走好吗?"

看着倪姐那乞求的样子,杨小兵的心中就算是再愤恨,也无可奈何地夹杂着心疼。

"我告诉你,燕子,咱俩是不可能了!"

说着杨小兵转身就要走,倪姐却突然拉住了杨小兵的手,整个人差点跪在了地上:"别说这种话,我求求你不要扔下我一个人好不好?我真的讨厌深圳这个地方,我好想离开这个地方,我好累,我只有你……"

杨小兵一回头,看到倪姐整个人跪在地上,他的心就算是铁打的也看不下去了,他只好把倪姐轻轻地扶了起来:"你不要这样,我希望你坚强一点!"

"你让我怎么坚强?我什么都没有,什么都没有了……"

29

春霞躺在床上,习惯性地想起了杨小兵,终于,心中那份掩藏了的力量促使春霞起身,她拿起传呼机跑到了楼下的公用电话亭前面。

还好,杨小兵没睡,他刚刚沟通好进货的渠道,正在列清单,看到春霞呼过来的信息便马上打电话过去。

沉重的电话被放在耳边,直到那边传来杨小兵的声音,春霞的心才安定了下来。

"出什么事了?"

杨小兵的声音很急。

"没事,只是想给你打个电话。"

那边沉默了一两秒钟接下来便传来发怒的声音:"你知不知道现在几点了?你一个女孩子在外面很不安全!现在就给我回家去!"

春霞被这一通责骂搞得手足无措,她听着杨小兵的声音,莫名地感到鼻子一酸。

"我让你现在回家去!"

"我,我就是……"

春霞不知该说什么好，的确她现在应该回到家去好好睡一觉，毕竟王永华要来了，她应该整顿心情去迎接深爱的王永华。

"听话！我现在还在忙，你一会儿回到家，用传呼机呼我一下让我知道你安全就行！"杨小兵的语气软下来。

挂断电话，春霞回到了家。第二天王永华就来了。

或许是因为太久不见，春霞看到王永华的那一刻竟多了些陌生感，而王永华的变化也很大，从最开始那个穿着朴素的学生，到现在已经变成了有些品位并且成熟了许多的男人。

在人来人往的车站门口，春霞看到王永华的那一刻竟有些羞涩，王永华大步走过来张开双臂把春霞揽入怀中："我来了！我终于来了！"

春霞把头埋在王永华的胸口，听到王永华心脏剧烈跳动的声音，脸颊发烫。

"你知不知道这一天我等了好久？天天盼着学校放我们去实习，天天盼着能签到深圳这边的工作单位！就是为了能快点来见你！"

王永华兴奋地摩挲着春霞的头发，春霞静静地闻着王永华身上的味道，那种特有的味道，还有在火车上留下的车厢中烟草的味道。

"我真的好开心，我等了这么久，终于……"春霞说着说着声音便哽咽了，王永华从怀里抬起她的脸，抹去她脸上的泪："你呀！你知不知道你哭了我多心疼？"

春霞抿着嘴巴擦掉眼泪，又露出笑容来："我不哭了！咱们回家吧！"

两个人回到家，春霞让王永华先放下行李休息，接着便钻进了厨房，一阵忙碌后端出了好几个菜，而这时再去叫王永华，却发现王永华已经抱着被子睡着了。

春霞看着那张熟睡的脸，不忍心叫醒，便一直看着，直到天黑下来。

"我怎么睡着了？"

"你太累了，我不忍心叫你。"春霞把放在王永华脸上的手拿下来，有些不好意思地别过头，而王永华则一把把春霞也拉到了床上："我真的好累！你知道吗？前一天我熬夜交了论文，昨天晚上又在火车上度过……"

王永华一边说着一边亲吻着春霞的额头。春霞紧紧地抱着王永华，这一刻这个身世坎坷的农村小姑娘第一次紧紧握住了属于自己的幸福。她拼命地感受着这一具活生生的肉体带给她的安全感，在深圳打拼多年的不安、劳累一瞬间都在这个身体中得到了宽恕与安慰。

王永华很快就到深圳的一家机电研究所上班了。

春霞觉得这样的生活就仿佛在梦中，即便每天有着上班的苦累，可是回到家中，做起家务，看着身旁的王永华吃着自己做的饭菜，她便觉得浑身的疲惫都消除了。

由于春霞在节假日有时也需要上班，王永华在不上班的时候就送春霞上下班，公司的同事们也常常看到春霞的男朋友。

王永华相貌生得清秀，在人群中十分出众，同事们对他产生了很多好奇之心。

"春霞，这位到底是谁呀？"

"就是啊！之前不是杨小兵帮你对付流氓吗？杨小兵不是你男朋友吗？那这个人是谁啊？"

一群年轻的女孩聚在一起，你一言我一语地问起来，春霞有些羞涩："还能是谁呀？当然是男朋友。"

说到"男朋友"三个字的时候，春霞只觉得唇齿间像咬破了一块软糖一样，甜蜜得把舌头都封了起来，仿佛不会说话了似的。

"哇，春霞你好厉害，竟然有两个男朋友！"

春霞连连摆手："你可别乱说，我的男朋友就一个，杨小兵是我的好朋友。"

"那你们住在一起吗？"

春霞点了点头。

其中一个年长一点的女同事却皱起了眉头："春霞，倒不是我说你，还没结婚就住在一起对女孩子有些吃亏吧？"

春霞脸上有些发热，但还是坚持说道："没什么吃亏的呀！我们已经说好了过了新年就结婚，他要去我家提亲！"

这位年长的女同事这才放下心来："早点结婚好！别耽误了！"

"我知道了。"

"对了，春霞，你男朋友是做什么的呀？我看他文质彬彬的，是不是大学生？"

春霞的脸上洋溢着骄傲和自豪："是啊！他是大学生，现在在一家机电研究所工作！"

"哇！春霞你哪里找的男朋友，竟然这么优秀！你知道吗？现在的这群大学生，心气可高了呢，根本看不上咱们这些高中毕业的！没想到他对你还挺好的，送你上下班！"

春霞低着头："我们两个是高中同学，从那个时候他就喜欢我，其实我也喜欢他！"

同事们又闲聊了一阵子，女孩子们个个对春霞羡慕得要命。这时张经理走了过来，提示大家不要再聊天了，于是大家又投入到了工作当中。

春霞在这一段时间业绩格外好，似乎是被王永华点燃了热情，想为明天创造更好的条件和财富，所以销售起来更卖力。

30

很快王永华的第一个月工资发下来了。

三十二块钱。

春霞因为销售业绩突出，已经能拿到一百五十块的工资了。

面对着工资的差距，自尊心极强的王永华有些难以接受，他看着桌子上放着的钱叹了口气。

要知道在研究所这种地方工作工资都是固定的，而且还有年头要熬。通常进这种地方工作的都是家在本市的，或者家里有钱的，所以有的是时间和青春去慢慢熬。

可是王永华不一样，他要在这个城市里安身立命，要给春霞一个婚姻。

春霞安慰王永华，轻轻地说道："永华呀，其实你的工作也很体面呀！"

王永华也知道自己的这份工作体面，说出去也好听，只是这工资却不体面，他看着桌子上的这些钱，叹了口气："我要在这里买房子，结婚，生小孩，还要接济我的家里，最后把父母也接过来，可是不知道这个愿望什么时候能实现……"

春霞拍了拍王永华的肩膀，用轻快的语气说道："不是还有我吗？你看，我的工作虽然不那么体面但是赚得多呀！咱们慢慢存钱，总会在这里买一套小房子的！"

王永华却无力地看了一眼春霞："可是你的钱又能支撑多久呢？未来你要生娃，还怎么出去赚钱？难道咱们一家人都要靠我的这一点点工资来维持？"

王永华说得不错，春霞的心中也同样有着这样的顾虑，但是春霞一向是个不服输的人，她在王永华面前坐下："永华，你知道吗？我小的时候妈妈就去世了，我爸爸带着小军我们两个人，有好多次连饭都差点吃不上了，不是也都走过来了吗？人生总是有些挫折，只要我们有信心……"

春霞说着说着声音变小了，因为她看到王永华的眼睛里已经失去了刚刚来时的光彩。

"你应该现实一点，在这个社会上我所要追求的不仅仅是温饱，而是让我的孩子受到良好的教育，让我的父母得到良好的医疗，让他们安度晚年，可是……"

春霞也不知该怎么安慰王永华，唯一能做的就是把王永华拥入怀中，她用自己的坚持、坚韧支持着王永华。

过了好半晌，王永华才从低沉的情绪中平静下来，他轻轻地拍了拍春霞的背："我是一个男人，我不该把这些压力让你知道，更不该发泄到你的身上，对不起！明明是我该支撑着你，现在反过来让你支撑着我……"

春霞摇了摇头："我们是未来的夫妻呀！夫妻不就是要相互扶持的吗？只要我们一直在一起，什么困难都不怕！"

王永华抿着嘴笑了笑:"不怕!"

话虽这么说,但是生活的路还要一步一步走。王永华每天结束了研究所的工作之后又接了家教的兼职,他每天晚上一直忙到九点钟才能回家,春霞不忍心王永华这么累,可阻挡不了王永华对于金钱的那种渴求。

春霞也理解,毕竟是苦过来的人,大家都知道钱的重要性。

因为王永华晚上不回家,春霞自己一个人在家也觉得无趣,有时候便在街上逛逛,这时她看到了一家新开张的音像店。

回过神来才发现,这不就是杨小兵前段时间看的那个门面吗?

店的外面还挂着"新店开业有优惠"的招牌,春霞走进去,看到杨小兵正在低头擦拭货架,一抬头看到春霞,他脸上马上露出了笑容:"春霞,你来啦!"

春霞在店里看了一圈,满满的磁带被分类摆在不同的货架上,进店的人也有几个,仅仅这么一会儿工夫就有两个小女生分别买了两盒磁带。春霞说:"杨大哥,看来你生意不错!"

杨小兵笑道:"哪有那么好呀!刚开店生意都很难做,再加上其实磁带赚不了多少钱,赚钱的是录影带,但是买录影带的人也不多……"

杨小兵让春霞坐下,春霞看着店里整齐有序的摆放,干净卫生的环境道:"你向来是一个非常严肃严谨的人,店的装修也有你的风格,简约明朗,一进来就让人心情好!所以未来生意怎么会不好呢?"

"你跟我太生疏了吧?春霞,你以前对我可没这么油嘴滑舌!"杨小兵倒了一杯水放在春霞的面前。

"哪有?我说的是实话!"春霞有些生气,"不过杨大哥你也真是的,怎么没告诉我你开业呀?不让我来捧个场?"

"太忙了,忘了。"杨小兵虽然嘴上这么说,但事实上他只是不想打扰春霞跟王永华的生活罢了,也有那么一刻他有些不想见到春霞,不想勾起心中对春霞的那份热情和爱意。

"好吧,暂时原谅你。以后我可不可以常来你店里坐坐?或者我可以帮你销售啊!"

杨小兵摇摇头:"永华不是来了吗?你哪有时间?"

"永华天天晚上出去做家教,我也没什么事。"

杨小兵笑道:"随你,不过我现在可真没有什么钱给你开工资了!我已经把所有的积蓄都投进去了!"

"当然不要工资,你太见外了,咱们之间不要说这些!"

和杨小兵的相处让春霞有一种如沐春风的感觉,很舒服,并不像和王永华在一起时那般激情似火。春霞常常来这里，帮杨小兵打扫卫生，服务顾客。

虽然两个人行得正坐得端，但是当王永华踏进这间音像店的时候，春霞的心中还是恐惧了一下。

"永华，你怎么来了？"

只见王永华一脸的怒气，他瞪视着春霞："你还敢问我怎么来了？"

"我和杨大哥只是朋友关系，你都知道的，你别误会……"

"误会？你天天来我能不误会？"

31

春霞的心如同被雷击过一般："不是的，我只是过来帮杨大哥的忙……"

这时杨小兵也从里面走了出来，看到王永华的一脸怒气，也跟着春霞一同解释。

可是王永华根本不信，他直接转身就走，春霞跟着他跑了出去，杨小兵看着春霞那满脸着急的泪水，心中充满了愧疚。

王永华一路急走，春霞在后面紧跟着，直到回到了家王永华才说道："明天我就搬到公司去住，也不是没有宿舍……"

"你为什么不相信呢？难道你不相信我的人品吗？杨大哥跟我只是普通朋友关系……"

这段时间的美好生活仿佛是在肥皂泡上跳舞一般，那样的美妙，那样的不真实，却没想到这种美好竟然会这么快就被粉碎了。

"你不知道吧？我做家教的地方就在音像店的附近，我几乎每天晚上都会看到你去那家店。"王永华抱着手臂看着春霞，曾经两个人激情缠绵地拥吻，如今却只剩下冷冰冰的距离感，无论春霞怎么抱住王永华，王永华都如同一座石碑一样，冷得令人心里发凉。

"可是我们什么都没有发生过！只是因为他帮过我很多次，我帮他照顾一下店里的生意罢了！"春霞苦苦地哀求，"你不要搬到公司宿舍去好不好？我求你！"

王永华看到春霞的哀求，脸上却格外平静，春霞哭得几乎晕过去，可是王永华竟然没有任何反应。她不敢相信在前一段时间还与她相濡以沫互相照顾的男人，在这时竟然对她连半分的心疼都没有！

"难道你真的要因为这一件事就全面否定咱们两个的感情吗？从高中到现在，我等了你这么多年，你说过要给我一个婚姻，可是你……"

春霞觉得头脑发胀耳中隆隆作响，她几乎分不清自己在说什么，只是一瞬间把自己多年来所受的痛苦委屈一起发泄了出来。

王永华看到春霞这不理智的样子，却只是往后退了几步，严肃地说道："你冷静一下！你要是这么情绪化的话，我现在就走！"

"不要！"

"那你能不能好好说话？不要再哭了！哭得我心烦！"

"可是，我真的不想跟你分开，你留下来好不好？我以后不去杨小兵的店里了，你原谅我好不好！我跟他真的什么都没有，什么都没有……"

王永华的眉头皱了皱，春霞的哭诉似乎让他的心中有了些触动，但他仍然去意已决。春霞死死地抱住了他的身子，令他动弹不得，无奈之下他只好答应春霞暂时在家里住着。

看到王永华松动，春霞总算是露出了些许笑容："太好了！永华，我答应你，以后我一定加倍对你好，我也不会再去他的店里了，咱们好好的好吗？"

但是仅仅是这么一个小小的要求，对于王永华来说却仿佛心中压着一座大山一样，半晌才微微点了点头。

得到了这个点头，春霞就仿佛被赦免了一样，她抱着王永华亲了又亲吻了又吻："永华，我就知道你还是爱我的，咱们这么多年的感情，风风雨雨都走过来了，一定要在一起！"

"行了，快睡觉吧。"

如此安稳的日子过了两天，春霞这心便又悬了起来，因为王永华日渐冷淡的态度早就已经写明在脸上。

每日去上班春霞也郁郁寡欢，明明能成交的单子，到了春霞的手里却硬生生地把顾客放跑了！

张经理看到春霞这一副失魂落魄的样子，无奈地说道："春霞，我不知道你最近到底遇到了什么事，但是业绩这样的话，可不行啊！"

春霞也只能努力地应付，她不是不想让业绩提高，而是心中的那种担忧不断地在折磨着她，消磨着她的热情。

虽然王永华这儿天没有再提起春霞去杨小兵店里的事，但是除此之外他几乎一句话都不跟春霞说，甚至晚饭也不在家里吃了！

春霞的心中一直盘旋着一股不祥的预感，她觉得手中的这份甜蜜似乎马上就要流失了。渐渐地，她开始更加卑微地对待王永华，可是王永华对此却丝毫没有动心。

当一天晚上春霞转动了钥匙打开了门，看到王永华的行李已经干干净净地被拿走，一件都不剩的时候，她的腿顿时失去了力气，整个人倒在了门边。

王永华还是走了！

春霞一时间不知该怎么办，用传呼机呼王永华，王永华也丝毫没有回应，无奈之下，春霞再一次来到了杨小兵的店里。

杨小兵见春霞跌跌撞撞地跑进来，着实吓了一跳！

"春霞，你怎么哭成这个样子？是不是王永华欺负你了？我去揍他！"

"杨大哥，他走了，他从我的家里走了！"春霞的声音颤抖着。

看着春霞这一副失魂落魄的模样，杨小兵的心像是被击碎了一般痛："是因为我吗？因为你来我的店里？"

春霞道："我不知道，是不是永华他吃醋？还是他觉得我对他不忠？我知道我错了！我该怎么去挽回他？我不想失去他！"

杨小兵把春霞扶到椅子上坐下，店里的客人络绎不绝，春霞只能默默地流泪。看到春霞一耸一耸的肩膀，杨小兵感到一种深深的无力与自责。

"这样吧春霞，你知不知道他工作的地点？你若是知道的话，明天我陪你去一趟，我跟他好好道个歉！"

第二天，春霞请了假，杨小兵关了店，两个人一同来到了王永华所在的机电研究所门前。到了中午吃饭的时候，王永华走出来，春霞远远就认出了那个身影，她冲上去抱住了王永华。

王永华被这么一抱，下意识地把春霞推到了一边，他似乎怕有人发现似的，四下看了看，这才不耐烦地说道："你来这里干吗？"

听到王永华这么说，杨小兵攥紧了拳头。